아직은 죽을 수 없다

NOT QUITE DEAD YET
Copyright © 2025 Holly Jackson Ltd
All Rights Reserved
Korean translation copyright ⓒ 2025 by Iarchitect Co.,Ltd
Korean translation rights arranged with Rogers, Coleridge and White Ltd
through EYA Co.,Ltd

이 책의 한국어판 저작권은 EYA Co.,Ltd를 통해
Rogers, Coleridge and White Ltd 과 독점 계약한
아이아키텍트 주식회사에 있습니다.
저작권법에 의하여 한국 내에서 보호를 받는 저작물이므로
무단전재 및 복제를 금합니다.

HOLLY JACKSON

아직은 죽을 수 없다

NOT QUITE DEAD YET

홀리 잭슨 지음 · 유혜인 옮김

일러두기
본문의 각주는 모두 옮긴이 주입니다.

목차

10월 31일 금요일
6

11월 2일 일요일
28

11월 3일 월요일
92

11월 4일 화요일
134

11월 5일 수요일
204

11월 6일 목요일
316

11월 7일 금요일
378

11월 15일 토요일
472

10월 31일 금요일

1

 썩어 문드러진 시체의 잿빛 피부 아래로 근육과 질긴 힘줄이 다 드러나 있었다. 움푹 파인 눈구멍 안에서 담갈색 눈동자가 반짝였다. 이리저리 움직이며 자기 모습을 관찰하는 그 눈동자만큼은 진짜 그녀의 것이었다. 썩은 옥수수 같은 이빨 틈새에는 핏덩이 같은 게 끼어 있었다. 좀비는 뭘 먹더라? 뇌? 편식 없이 다른 장기도 먹나? 아까 먹은 캔디 애플은 취향이 아니었겠지.
 젯은 요술 거울에 비친 자신을 보고 있었다. 좀비 가면을 뒤집어쓴 모습을. 좋아, 3분이나 좀비 가면을 썼으니 엄마도 더는 잔소리하지 못할 거다. 뜨겁고 텁텁한 숨이 고무에 습기를 더하고 피부에 끈적하게 들러붙어서 숨쉬기도 힘들었다. 가면을 벗자 창백한 얼굴이 드러났다. 그래도 가면만큼 심한 잿빛은 아니었다. 요술 거울이 젯의 동그란 얼굴을 길쭉하게 늘리고 짙은 눈썹과 끝이 오뚝한 코를 왜곡시켰다. 짧은 금발이 위로 삐죽삐죽 솟아 있었다. 머리카락을 가라앉히려는 손에 정전기가 튀었다.
"젯?"
"…깜짝이야." 젯이 놀라서 움찔했다. 요술 거울 때문에 얼굴이 일그러지고 근육질 몸은 주름진 아코디언처럼 찌그러졌지만, 누구 목소리인지는 알아들을 수 있었다. 망할, JJ 림이었다. 하지만 평소처럼 뒤로 넘긴 검은 머리카락과 티 없는 황갈색 피부는 보이지 않았다. JJ는 요란한 빨간 머리 가발을 뒤집어쓰고 줄무늬 셔츠에 청 멜빵바지를 입고 있었다. 《사탄의 인형》에 나오는 처키처럼. 둘은 세 번째 데이트 때 그 영화를 함께 봤다.
"놀라게 하려던 건 아니었어." JJ가 쭈뼛거리며 말했다.
"괜찮아. 핼러윈이잖아." 그 말에 분위기가 더 어색해졌다. 젯은 JJ를 애써 무시하며 호박파이와 애플 브레드가 진열된 가판대를 지나쳐 걸었다.
"저기…" 가발을 벗은 JJ가 페이스 페인팅을 한 아이들 틈에서 허둥대며 젯을 따라왔다. 왜 따라오는 거야? 서로에게 편한 선택지를 줬건만. 그때에 이어 이번에도. "미안해." JJ가 말했다. "저기, 나는 그냥…"
와, 환장하겠네. 왜 핼러윈 축제에 와서 이런 시련을 겪어야 하는 걸까. 버몬트주 우드스톡 한복판의 그린 광장에 마을 사람이란 마을 사람은 죄다 나와 돌아다니고 있는데 제일 만나고 싶지 않은 사람과 하필 딱 마주칠 줄이야.
"트릭 오어 트릿!" 꼬마 뱀파이어가 젯을 올려다보며 외쳤다.
애들이 원래 이렇게 짜증 나는 존재였나? 벌써 10시가 지났다. 요새 부모들은 대체 애를 몇 시에 재우는 걸까? 빨리 좀 침대에 처넣지.

더 빠르게 걸었지만 JJ는 끈질겼다.

"젯, 부탁이야." JJ가 젯의 팔에 손을 뻗었다. "꼭 할 말이 있어."

젯이 걸음을 멈추고 한숨을 쉬었다. "지금은 안 돼. 부모님 모금 부스를 도와야 해서." 거짓말이었다.

JJ의 날카로운 눈매가 가늘어졌다. "제발, 젯. 중요한 일이야."

"아, 중요하다고?" 젯이 코웃음을 쳤다. "우드스톡에서 만날 수 있는 최선의 여자가 나라고 했을 때처럼 말이지. 너는 참 낭만적이야, J."

"그런 뜻으로 한 말 아니었어. 그리고 우리 얘기를 하려는 게 아니라…."

"어이, 친구. 이거 떨어뜨렸어." JJ의 등 뒤에서 들려온 목소리가 젯을 구했다. 오빠 루크가 허리를 굽혀 잔디밭에 떨어진 구겨진 빨간 가발을 줍고 있었다. 루크가 가발을 건네자, JJ는 이제야 분위기를 파악한 듯 가발을 받아 들고 군중 속으로 사라졌다.

"내 덕에 살았네." 루크가 말했다.

그런 거 아니라고 말하려는 순간, 루크가 젯의 어깨를 주먹으로 강하게 때렸다. 나이가 서른에 자식까지 봤으면 주먹질은 그만할 때도 되지 않았나?

젯은 아무 반응도 하지 않았다. 이 세상 모든 여동생이 언젠가는 터득하는 교훈이다. 그래야 오빠들은 더 약이 오른다.

씩 웃는 루크의 턱선이 도드라져 보였다. 사실 갈색 머리카락을 또 빡빡 깎아버린 탓에 얼굴 전체가 그래 보였다. 하지만 소피아는 그런 머리가 좋다나? 마침 호박 분장을 한 아기 캐머런을 품에 안은 소피아가 나타났다.

"방금 JJ였어?" 소피아가 루크 옆에 달라붙으며 물었다. "캣우먼으로 분장한 소피아는 늘씬하고 여리여리한 몸에 타이트한 가죽 옷을 입고 있었다. 소피아보다 키가 작고 풍만한 젯이 입었다면 차마 눈 뜨고 보지 못했을 코스튬이었다. 소피아랑 한 몸처럼 붙어 다니던 학생 때는 서로 옷을 돌려 입던 시절도 있었다. 소피아가 위로 자라는 동안, 젯은 키 대신 가슴이 커지면서 더 이상 그럴 일은 없었다.

"저 자식 아직도 못 알아들은 거야?" 루크가 북적이는 축제 현장을 둘러보며 말했다. 다행히 열기가 조금씩 가라앉고 있었다. "얼마나 더 분명하게 표현해야 하지? 한쪽 무릎을 꿇은 남자에게 싫다고 말하는 거로는 부족한가?"

"실제로 그랬지." 소피아가 쓸데없는 말을 덧붙였다.

"그렇게 안 했어." 젯이 말했다.

"그래서 올해는 무슨 분장을 한 거야?" 루크가 또 젯을 자극하려고 말을 걸었다.

검은색 터틀넥 스웨터에 소매 없는 청재킷, 검은 바지와 검은 부츠. 젯은 자기 옷차림을 가리키며 말했다. "보면 몰라? 스물일곱에 아직도 부모님 집에 얹혀사는 로스쿨 중퇴생이잖아."

루크가 겁먹은 소리를 냈다. "아이고, 무서워라."

소피아가 남편을 쿡 찔렀다.

젯은 어쩐지 속이 뒤틀리고 뺨이 뜨거워졌다.

"자기도 코스튬 안 입었으면서." 젯이 꼬집어 말했다.

루크가 헛기침을 했다. "맞아. 나는 우리 가족과 메이슨 건설을 대표해 이 자리에 온 거니까. 우리가 주최하는 행사니까 프로답고 품위 있는 모습을 보여야지."

"그 머리를 하고?" 여전히 분한 마음에 젯이 웃으며 말했다. 루크라도 물고 늘어지면 기분이 풀릴 것 같았다. 조금은. "아직 오빠 회사 아니거든?"

루크의 턱 근육에 경련이 일었다.

"내년은 다를 거야." 소피아가 루크의 팔을 쥐며 새빨간 입술로 활짝 웃었다. 내년에, 아빠가 '만약' 은퇴하면 그렇게 된다는 뜻이었다. 아빠가 은퇴 예정이라고 했다가 번복한 것만 벌써 세 번이다. 젯은 그 얘기를 꺼내려다 치아를 한가득 드러내며 오빠를 향해 감정 없는 미소를 지었다.

"캐머런에겐 첫 번째 핼러윈이야." 소피아가 안전한 주제로 황급히 말을 돌렸다. 자기 애 얘기로. 사실 입만 열었다 하면 자기 아들 얘기밖에 하지 않았다. "호박으로 분장했지." 그러면서 골반에 받쳐 안은 아기를 흔들었다.

"어우 씨, 진짜?" 젯이 말했다. "땅콩 아니고?"

"젯! 제발 아기 앞에서는 말을 곱게 써줘."

"지랄… 아, 미안." 젯이 손으로 입을 틀어막았다.

"정말 이러기야?"

"말이 헛나왔어." 거짓말이었다.

"요새도 그거 써? 뭐더라?" 소피아가 물었다. "시나리오?"

젯은 어색하게 발을 움직이며 부츠 끝으로 낙엽을 들쑤셨다. 그 이야기는 하고 싶지 않았다. 하지만 소피아와 루크가 빤히 쳐다보는데 어쩌겠는가. "아니, 이제는 안 써."

루크가 주머니에 양손을 찔러 넣었다. 또 사람을 살살 긁겠군. "벌써 포기했다고?" 고소해 죽겠다는 말투였다. "그 정도면 신기록인데."

"실은 다른 프로젝트를 진행하는 중이야." 젯은 방어 태세로 이를 악물고 평온한 목소리를 유지했다. "새로운 아이디어로."

"설마 개 산책 앱인가 뭔가 하는 사업 아니지?" 루크가 말했다.

뺨이 더 뜨겁게 타오르고 뱃속까지 뒤틀렸다. 젯은 대답 대신 루크를 노려보았다.

"아빠한테 들었어."

"다들 내 얘기 좀 그만하면 안 돼?"

"누가 하고 싶어서 하나." 루크가 대답했다.

"닥쳐, 루크."

"젯! 말 좀!"

"아직 말도 못 알아듣는 애잖아, 소피아."

"그게 너와 나의 차이야." 루크가 말했다. "나는 목표가 있으면 끝장을 보거든."

젯이 웃음을 터뜨렸다. 사람들은 탁하고 걸걸한 웃음소리가 젯의 얼굴과 어울리지 않는다고 했다. 하루에 담배 한 갑씩 피우는 사람처럼 웃을 때 할아버지 소리가 난다고 했다. 젯은 평생 담배를 입에 대본 적도 없다.

"나는 아직 시간이 많으니까." 이 멘트는 부모님이 출근하는 월요일 아침마다 출근할 곳 없는 젯이 혼자 되뇌는 말이기도 했다. 머리에 박힐 때까지 그 말을 속으로 반복했다. 어쨌거나 이런 식으로 루크의 도발에 넘어갈 필요는 없었다. "그리고 잊었나 본데, 난 겨우 열 살 때 철자 맞추기 대회에서 우승했어."

루크가 고개를 숙였다. "잊었을 리가 있냐." 당연히 잊지 못했을 거다. 그 일만 있었던 날이 아니니까.

"자." 아무것도 모르는 소피아가 낭랑한 목소리로 남매의 암울한 기억을 밀쳐냈다. "우린 이만 가볼게. 왕자님이 슬슬 칭얼거리려고 하네."

"어머, 루크가 오늘 단백질 섭취가 부족했나 봐?"

루크는 젯이 비꼬는 소리를 무시한 채 마녀와 슈퍼히어로들 너머로 부모님이 운영하는 부스 쪽을 쳐다보고 있었다.

"나는 아빠 구출하러 가야겠다." 루크가 인사도 없이 말했다.

"착한 아드님 나셨군." 젯이 중얼거렸다.

그 말에 루크가 눈을 번뜩이며 돌아보았다.

"나는 회사 이사라도 됐지. 너처럼 병신같이 이사만 다닌 게 아니라."

"말장난도 참 못 하네."

"젯!"

"욕은 내가 아니라 루크가 했어!"

"둘이 싸움 좀 그만하면 안 돼?" 소피아가 사람들 틈으로 사라지는 루크를 바라보며 말했다.

젯이 고개를 저었다. "싸움은 무슨. 우리는 평범하게 대화를 한 거야. 네가 몰라서 하는 말이지."

"저 사람 요새 스트레스가 심해."

"그게 루크잖아." 젯이 말했다. "스트레스를 달고 산다고. 그래도 이번 주에 잭 피니 아저씨랑 데이비드 데일이랑 골프 두 번은 쳤을걸? 루크는 내가 먼저 알았어. 너도 내가 먼저 알았고."

그것이 젯과 소피아 사이의 냉랭하고 가시 돋친 이 분위기의 정체였다. 젯이 대학에 간 후로 절친이었던 소피아는 전화도, 답장도 하지 않더니 젯의 오빠에 눈독을 들였다. 자기도 메이슨 가족이 되려고 별짓을 다 했다. 이제 젯은 소피아와 대화하는 법조차 잊었다. 대놓고 말한 적은 없지만 아기 얘기라면 진절머리가 났다.

"그럼 나는 이만…." 말을 맺지 않았지만 그럴 필요는 없었다. 젯이 떠난다고 하니 소피아도 안도한 표정을 지었기 때문이다. 젯은 점점 줄어드는 인파 속으로 들어갔다.

사람들도 하나둘 자리를 뜨는 중이었다. 다양한 늑대인간과 연쇄살인마가 젯을 밀치고 지나갔다. 무지막지하게 큰 고양이가 이쪽으로 다가오는 모습이 보였다. 흰색과 적갈색 털이 부숭부숭한 어깨 위로 어울리지 않는 사람 머리가 튀어나와 있었고, 고양이 머리는 옆구리에 끼워져 있었다. 젯은 그 사람을 알아봤다. 대머리에 짙은 갈색 피부, 동그란 안경 너머로 보이는 큰 눈. 게리 클레이었다. 엄마와 함께 마을 운영위원회에서 활동하는 사람이다. 게리가 위원장이고 엄마는 부위원장이었다. 엄마는 부위원장으로 만족한다고 했지만, 젯이 보기에 엄마는 거짓말에 서툴렀다.

고양이 게리의 양옆으로 경찰 두 명이 보였다. 코스튬이 아닌 진짜 경찰 제복이었다. 가슴에 경찰 배지를 달고, 허리에는 권총을 찼다. 한 명은 신임 경찰서장 루 잰카우스키였고, 한 명은 젯이 태어날 때부터 앞집에 살고 있는 잭 피니였다.

"안녕, 젯." 큰 키와 넓은 어깨를 자랑하는 잭이 친근한 미소를 지으며 말했다. 짙은 머리카락 사이로 슬그머니 스며든 회색빛이 어느새 수염까지 번져 있었다. 학생 때 소피아는 흰머리가 갓 나기 시작한 잭을 실버폭스(매력적인 백발의 중년 남성을 칭하는 말 - 옮긴이)라고 불렀었다.

"안녕하세요, 피니 씨." 실은 경사님인지 뭔지 하는 호칭으로 불러야 했지만 그 호칭은 좀처럼 입에 붙지 않았다. '피니 씨'도 어릴 때부터 쭉 사용한 '잭 아저씨'에서 그나마 발전한 호칭이었다.

"빌리가 너 찾더라." 젯의 속마음을 읽은 듯 잭이 말했다.
와, 오늘 밤 인기 터지네.
"아, 루 서장님. 얘가 젯입니다. 스콧과 다이앤의 딸이죠. 혹시 이미 구면인가요?"
"아닌 것 같군요." 루 서장은 험상궂은 얼굴에 눈빛도 매서웠지만 목소리만큼은 나긋나긋했다. 하얗게 센 머리카락은 겨자처럼 누리끼리했고, 뺨은 케첩처럼 붉었다.
"어머님과 즐겁게 일하고 있습니다. 여기 게리와도 그렇고요. 아, 저기서 손 흔드는 허수아비가 제 아내예요. 잠시 실례하겠습니다."
"즐겁게? 다른 다이앤 메이슨과 착각했나 봐요." 젯이 멀어져 가는 서장을 바라보며 말했다.
"하! 너 참 재밌는 애구나." 게리가 외쳤다.
젯도 자신이 재미있는 사람이라는 건 알고 있었다. 어쩔 땐, 가진 게 그것밖에 없는 것 같았다.
"새로 온 서장은 어때, 잭?" 고양이 게리가 서장의 뒷모습을 응시하며 물었다. "솔직히 서장은 잭, 자네가 됐어야 해. 아무것도 모르는 외지인보다는 이곳에 수십 년 살아온 사람이 경찰서장을 하는 게 정상 아니겠냐고. 당연히 나야 자네를 뽑았지. 다른 위원들은 대체 왜… 어이쿠, 내가 이런 말 한 거 비밀이야. 하지만… 진짜 자네가 됐어야 해."
어깨가 축 늘어진 잭이 시선을 피할 구실을 찾는 듯 어색하게 고개를 돌렸다. 그러다 한 부스에서 완벽한 대상을 찾았다. 그곳에서는 젯의 부모가 마을의 녹지 기금을 모으기 위해 핼러윈 사탕을 팔고 있었다. 이게 다 우리의 다정한 이웃이 경영하는 주택 건설 회사가 후원하는 행사였다. 녹지 옆에 대저택을 지어 올린 바로 그들 말이다.

"적임자를 잘 뽑으셨다고 생각합니다." 잭이 기침을 하고는 대답했다.

"좋아요. 기분 전환 삼아 누구를 체포하고 싶으면 우리 오빠를 추천할게요. 그래도 싼 인간이라는 거 아실 테니까."

젯이 분위기를 바꿔보려 했지만, 잭은 웃지 않았다. 여전히 게리의 말을 곱씹고 있는 듯했다.

"아." 게리가 입을 열었다. "저기 우리 아들, 오언이야. 사진 찍고 있는 거 보이지? 곧 전문적으로 사진 공부를 시작할 거야. 가서 한 장 찍자고, 잭."

게리가 고양이 팔로 팔짱을 끼고 시무룩한 잭을 끌고 갔다.

"안녕, 젯."

미쳐버리겠네. 숨이라도 좀 돌리자!

젯이 얼굴에 가식적인 미소를 띠고 돌아보았다. "빌리, 너도 왔구나. 잘됐다. 오늘 밤 대화할 사람이 없어서 아쉬웠는데."

"진짜?" 빌리가 물었다.

"아니. 인간이라면 이제 지긋지긋해."

"나도?"

"인간처럼 생겼잖아."

조금 넓은 미간에 짙은 갈색 곱슬머리가 옅은 파란 눈 위로 내려오는 키가 큰 인간. 입은 늘 살짝 벌어져 있고 웃지 않을 때도 한쪽 입꼬리가 살짝 올라가 있는 인간. 빌리가 젯을 보며 의미심장하게 눈썹을 치켜올렸다. 젯은 그 표정의 의미를 알았다. 빌리는 열 살 때나 지금이나 그대로였다.

"그래서 무슨 일인데?" 젯이 물었다.

"방금 너희 엄마 만났는데 내 이름을 물어보시더라."

"태어날 때부터 바로 옆집에 살았고, 우리 집보다 너희 집에서 지낸 시간이 더 많았을걸?" 젯이 코웃음을 쳤다.

"그치? 농담이었겠지? 나를 잊으신 거 아니지?" 젯보다 훨씬 큰 빌리의 몸이 왠지 모르게 작아졌다. 착해 빠진 빌리.

"괜히 우리 엄마 말에 상처받지 마, 친구." 젯이 빌리의 팔을 토닥였다. "나도 상처 안 받는데." 어쩌면 이 말이 오늘 밤 한 거짓말 중 최고가 아닐까. "그것 때문에 나 찾은 거야? …근데, 네 이름이 뭐랬지?"

"아직 농담할 기분 아니야." 빌리가 얼굴을 찌푸렸다. "아무튼, 화요일 밤에 바빠? 바에 올 수 있는지 궁금해서. 이번에 또 라이브 하거든. 사실 내가 연주자야. 며…몇 번 말한 적 있을 거야. 기타 치고 노래도 좀 부른다고. 자작곡도 있고." 빌리 얘, 말이 왜 이렇게 빨라지지? 그리고… 지금 땀 흘리는 거야? "이번에는 올 수 있는지 궁금해서. 모…못 와도 괜찮아."

젯은 숨을 들이마셨다. 갈 수 없었다. 저번에도, 이번에도. 빌리 실력이 형편없어서 웃음이라도 터지면 뒷수습할 자신이 없었다. "미안해." 젯이 말했다. "이번 주는 안 되겠다. 할 일이 너무 많아서. 다음 기회에 어때?"

빌리가 또다시 작아졌다. "그래, 알았어." 고개를 끄덕이고 조금 전의 젯처럼 억지 미소를 지어 보였다. "기회가 또 있겠지. 걱정하지 마."

걱정하지 않았지만 그렇게 말할 수는 없었다. 두 사람을 향해 뛰어오던 광대가 발을 헛디뎌 잔디밭에 나동그라졌기 때문이다.

아직은 죽을 수 없다 17

술 취한 광대는 손에 맥주병을 들고 있었다.

"괜찮아요?" 젯이 물었다.

다시 보니 낯이 익었다. 빨간색 코와 가발로 대충 광대 분장을 한 그는 앤드루 스미스였다. 눈이 풀려 비틀거리던 앤드루가 젯을 발견하고 노려보았다.

"너." 빈 병으로 젯을 가리키며 혀 꼬부라진 소리를 냈다. "네 오빠 어딨어? 그 자식과 할 얘기가 있는데."

"루크라면 이미 돌아갔을걸요?" 젯이 어깨를 으쓱했다.

앤드루가 바람 새는 소리로 음침하게 웃었다. "너네 가족은 글러 먹었어. 이런 거지 같은 파티 매년 열어주는 걸로 보상이 된다고 생각해?"

빌리가 젯 앞으로 나가 막아섰다.

"네놈들 다. 손대는 것마다 망가뜨리고!" 앤드루가 버럭 외쳤다.

"저, 저기, 술을 과하게 드신 것 같아요, 아저씨." 빌리가 양손을 들어 손바닥을 보이며 말했다. "진정하시고, 제가 물이라도 좀 가져다드릴까요?"

"나한테 이래라저래라하지 마, 자식아! 나만 보면 잔소리야!"

앤드루가 반쯤 비틀거리며 달려들어 빌리를 떠밀었다. 빌리는 저항하지 않았다.

"알았어요, 스미스 씨." 빌리는 가슴으로 힘없이 날아오는 광대의 주먹을 맞고만 있었다.

"저기요." 젯이 참다못해 외쳤지만 두 사람에게 다가가기도 전에 상황이 종결되었다. 인파 속에서 잭이 등장했기 때문이다. 뒤에는 루 서장도 있었다. 잭이 앤드루를 붙잡아 빌리에게서 떼어냈다. 앤드루가 휘청이자, 루가 앤드루의 몸통을 두 팔로 안았다.

"진정하시죠, 선생님!" 루가 앤드루의 귀에 대고 소리쳤다. 나긋나긋한 목소리는 온데간데없었다.

"제가 하겠습니다, 서장님." 잭이 앤드루의 팔 하나를 붙잡았다. 광대의 머리가 잭의 어깨에 축 늘어졌다. "괜찮니, 빌리?" 잭이 앤드루의 머리 너머로 아들에게 물었다.

"네, 괜찮아요, 아빠." 빌리가 대답했다. "그냥 오해가 있었던 거예요. 집에 가서 한숨 주무시게 해요. 체포하지 말고요."

"아는 사람입니까?" 루 서장이 잭에게 물었다.

잭은 고개를 끄덕였다.

"빌리와 같은 아파트 옆집에 삽니다."

"좋아요." 서장이 제복 매무새를 바로잡았다. "잭 피니 경사가 집까지 데려다주도록 합시다. 물을 많이 마시게 해요."

"예, 서장님."

루가 광대를 내려다보며 말했다. "다음에 또 이러면 공공질서 위반으로 유치장에 처넣을 겁니다."

"가요, 앤드루." 잭이 광대 분장을 한 남자의 몸을 단단히 붙들고서 도로와 가로등 쪽으로 잡아끌었다.

젯은 서장이 빌리에게 말을 걸기 위해 돌아서는 틈을 타 슬그머니 자리에서 빠져나왔다. 사람들과 대화하는 것도 지겨웠다. 내년에는 아픈 척 빠지든가 해야지. 아니다, 어차피 내년에는 여기 없겠구나. 보스턴에 돌아가 있을 테니까. 로스쿨에 재입학했거나, 새로운 회사를 운영하고 있겠지. 1년은 그리고도 남을 시간이었다. 젯에게는 시간이 있었다.

"무슨 일이야?" 부스에 도착한 젯을 보고 아빠가 물었다.

"앤드루 스미스 씨요." 젯이 좀비 가면을 테이블에 툭 던졌다.

"또 술에 취해 슬피 울더라고요."

"자기 집 일로?" 엄마가 지폐를 세서 금고에 넣는 일에 정신을 집중하며 말했다. 칼단발이 목덜미에서 찰랑거렸다.

"에이, 작년에 하나뿐인 딸이 자살한 일로 그러는 거겠죠."

엄마가 숨을 헉 들이마셨다. "젯, 그러지 말자."

"그러는 게 뭔데요? 말하는 거? 존재하는 거?"

엄마가 젯에게 언제나의 그 눈빛을 보냈다.

"끙." 아빠가 갑자기 허리를 굽히고 옆구리를 붙잡았다.

"또 안 좋아?" 엄마가 20달러짜리 지폐 한 다발을 손에 든 채 아빠를 돌아보았다. "집에 가면 진통제부터 먹어. 그리고 싫다고 하지 마, 스콧. 당신 무슨 일 있어도 검진받으러 가는 거야."

아빠는 대답 대신 끙끙거리는 소리만 냈다. 이마에 땀이 맺혀 숱 없는 머리카락이 관자놀이에 달라붙었다. 얼굴에 주름이 더 많이 파였고 주름살마다 고통이 스며들었다.

"온열 패드 대고 입에 물을 들이부어요." 젯이 씁쓸한 미소를 지으며 말했다. "나는 그게 직방인데. 온열 패드 빌려드려요?"

젯은 그 고통을 이해했다. 아니, 가족 중에 아빠의 고통을 이해하는 사람은 젯 하나였다. 한 번 도지면 몇 주 동안 혈뇨를 싸고 옆구리 통증으로 걷지 못하는 삶을 엄마와 오빠는 경험한 적 없었다. 신장 기능이 정상인 두 사람은.

"재미있었어요. 저는 그만 가볼게요." 젯이 손뼉을 쳤다.

"무슨 소리야." 엄마가 따끔하게 말했다. "남아서 뒷정리 돕겠다며. 너도 이제 쓸모 있는 일을 해야지. 의자 모아서 호텔에 도로 가져다 놓자."

젯은 그러겠다 동의한 적 없었다. 쓸모 있는 일을 하라는 엄마의 잔소리도 지겨웠다. 정말 쓸모없는 사람이 된 것 같았다.
"내일 할게요." 젯이 말했다.
"저 입버릇 또 나왔네." 엄마가 한숨을 쉬었다.
"쟤 입버릇은 그게 아니지." 그래도 아빠의 목소리는 다정했다. "'나중에 할게요.' 이거잖아."
"'나중에'. 최고의 단어죠. 집에서 봬요." 젯이 큰 소리로 말하며 돌아섰다.
어차피 엄마는 고양이 분장을 하고 나타난 게리 클레이에게 관심을 쏟고 있었다.
"워!" 게리가 부스 뒤에서 튀어나오더니 목소리를 저음으로 깔고 사악하게 말했다. "다이앤, 나는 당신의 가장 추잡하고 은밀한 비밀을 알고 있어요."
"장난도 정도껏 해요, 게리." 엄마가 쏘아붙였다.
젯은 그린 공원을 가로질러 도로로 나갔다. 하늘이 어두컴컴했지만 걱정할 만큼 늦은 시간은 아니었다. 이곳을 빠져나가는 차량의 엔진음과 괴물의 비명으로 마을은 아직 소란스러웠다. 집 앞에서 불을 밝히고 있는 핼러윈 호박들이 사나운 세모꼴 눈으로 젯을 노려보았다.
젯은 언덕길인 칼리지 힐 로드에 들어섰다. 로마노 가족이 사는 1번지 앞을 지나 10번지가 나올 때까지 쭉 언덕을 올랐다.
드디어 집이 보였다.
아빠가 개조하고 증축하고 또 증축한, 흉물 같은 저택. 이 집은 거리의 평범한 주택들과 전혀 어울리지 않았다. 젯이라도 메이슨 가족이라면 치가 떨릴 것 같았다.
커다란 원형 진입로까지 언덕을 가볍게 뛰어 올라온 젯은 자신의 트럭을 지나며 애정 어린 손길로 짐칸을 토닥였다. 하늘색 포드 F-150. 엄마는 젯이 자기 심기를 거스르려고 이 차를 샀다고 생각했다. 아주 틀린 말은 아니었다.

붉은색 현관문 앞에는 불 꺼진 핼러윈 호박이 하나 놓여 있었다. 현관 계단에 둔 사탕 바구니에는 '가져가세요. 1인 1개 한정.'이라고 적혀 있었다. 엄마 혼자 다른 세상에 사나? 한 개씩 가져가겠냐고.

젯은 재킷 주머니에서 집 열쇠를 꺼내며, 그녀를 주시하는 초인종 카메라를 향해 혀를 메롱 내밀었다.

현관문을 열자, 레지가 꼬리를 휘저으며 발밑으로 달려왔다. 레지는 젯을 볼 때만 이렇게 신나서 낑낑거렸다.

"그래, 그래, 귀염둥이. 누가 이렇게 착한 강아지야, 응?"

젯이 몸을 숙여 귀엽게 축 늘어진 잉글리시 코커스패니얼의 귀를 간질였다.

레지가 달려 나가 잽싸게 코너를 돌더니 2초 뒤 돌아왔다.

"어이구, 내 선물이야? 더러운 양말?" 젯이 레지의 콧잔등을 엄지로 쓰다듬으며 말했다. 주인에게 귀중한 선물을 줬다는 자부심에 레지의 작은 몸통이 실룩였다. "정말 고마워. 내가 제일 좋아하는 거 어떻게 알고."

현관문을 닫고 집 안으로 걸음을 옮겼다. 새하얀 벽과 모로코 양탄자. 지나치게 깔끔하고 세련된 인테리어가 꼭 모델하우스 같았다. 주제넘게 이곳을 사람 사는 집처럼 대하면 불호령이 떨어졌다. 과자 부스러기를 흘릴 수도, 신발을 아무렇게나 벗어 던질 수도 없었다. 젯은 뒤에서 총총 따라오는 레지와 함께 집 뒤편의 주방으로 향했다.

주방 아일랜드 식탁에는 소피아가 직접 구워서 가져온 쿠키 한 접시가 놓여 있었다. 검은색 박쥐 쿠키와 주황색 호박 쿠키. 소피아는 원래 쿠키를 만들어서 나눠주는 걸 좋아했다. 젯은 박쥐를 하나 집어서 머리를 톡 베어 물었다. 뭐야, 맛있잖아? 쿠키를 해치운 후 끈적해진 손가락을 가스레인지 옆에 걸린 행주로 닦았다. 세 장이 한 세트인 행주에는 줄 맞춰 행진하는 레몬, 오렌지, 아보카도가 각각 그려져 있었다. 살림살이를 전부 세트로 장만하는 것이 이 집의 원칙이었다. 젯은 호박 쿠키도 하나 집어 들고 장식 몰딩이 있는 넓은 아치형 입구를 지나 거실로 들어갔다.

쿠키를 입에 물고 주머니에서 휴대폰을 꺼냈다. 잠금 해제. 눈으로 보기도 전에 엄지가 알아서 인스타그램을 켰다. 호박 쿠키의 반을 베어 물자 주황색 아이싱이 과도한 단맛으로 혀를 공격했다. 고등학교와 대학교 동창들은 이제 결혼해서 기념일을 보내거나, 출산 소식을 전했다. 결혼과 출산을 택하지 않은 애들은 근사한 저녁 식사를 하고 이직 기념 샴페인을 마시는 모습을 과시했다. 젯도 그렇게 될 수 있었다. 다들 이름만 들어도 알만한 기업에서 파격적인 승진을 했다며 겸손한 척 자랑하는 글을 올릴 수 있었단 말이다. 하루아침에 학교를 그만두고 보스턴을 떠나지만 않았어도.

쿠키를 다 삼키고 끈적이는 손가락으로 휴대폰 액정을 눌렀다. 의미 없는 가정이었다. 젯에게 딱 맞는 일은 지금부터 찾아도 충분했다. 남는 게 시간이라니까? 그 일을 찾으면 비로소 인생이 시작될 것이고, 그날이 오면 보란 듯이 니들 눈앞에 찬란한 인생을 들이밀 거니까 기대하라고.

레지가 앞에서 낑낑대기 시작했다.

"미안해, 친구. 이건 인간 과자란다."

낑낑거리는 소리가 낮아지더니 으르렁거리는 소리로 변했다.

"왜…"

뒤에서 발소리가 빠르게 달려들었다.

그리고 순식간에, 젯은 뒤통수를 얻어맞았다. 살갗이 쩍 갈라지고 두개골이 부서지는 소리가 들렸다.

휴대폰이 손에서 미끄러졌다. 이제는 으르렁 소리 대신 비명이 들렸다. 젯도 비명을 질러야 하는데…

또 한 번 더 강한 고통이 찾아왔다. 피가 흐르는 게 느껴지고, 머리 안쪽에서 무언가 부서지는 소리가 들렸다.

누군가 그녀를 죽이고 있었다.

그 생각까지는 할 수 있었다. 하지만 눈을 깜박여도 불빛이 보이지 않았다.

우드스톡 경찰서, 버몬트주 우드스톡

긴급 신고 통화 기록

날짜: 2025. 10. 31.

시간: 23:09

상황 요원: 911입니다. 무슨 일이신가요?

신고자: 빨리, 빨리, 도와주세요! 빨리 보내줘요!

상황 요원: 선생님, 진정하시고요, 무엇을 보내달라는 말씀이실까요?

신고자: 젠장. 앰뷸런스요. 여기로 앰뷸런스 좀 보내주세요. 경찰도요. 움직이질 않아요. 제발. 안 돼!

[뒤에서 비명이 들림]

상황 요원: 주소를 알려주시겠어요, 선생님?

신고자: 네, 미치겠네, 칼리지 힐 로드 10번지예요. 안 돼, 젯. 안 돼, 죽지 마, 제발.

상황 요원: 지금 어떤 상황인가요?

신고자: 누가 공격했어요. 사방이 피예요. 머리가…. 안 돼, 안 돼, 어떡해.

[뒤에서 비명이 들림]

상황 요원: 혹시 현장에 다른 분도 계세요?

신고자: 아니, 없어요, 우리 둘뿐이에요. 제가 발견했고…

상황 요원: 비명은 누가 지르는 거죠?

신고자: 강아지요. 말도 안 돼, 이러면 안 된다고. 젯! 젯! 제발 죽지 마. 내가 이렇게 빌게.

상황 요원: 숨을 쉬는지 확인해 주시겠어요?

신고자: 안 돼, 안 돼, 안 돼. 젯, 제발.

상황 요원: 선생님, 성함이 어떻게 되시죠?

신고자: 빌리요. 빌리 피니.

상황 요원: 잭 아들 빌리?

신고자: 네.

상황 요원: 빌리구나. 나 경찰서의 데비야. 우리 울지 말고 진정하자. 앰뷸런스가 출동했어. 구급대가 곧 도착할 거야. 하지만 네가 확인을 해줘야 해. 숨을 쉬는지, 맥박이 뛰는지.

신고자: 피가, 피가 너무 많아서, 나는… 난 못 하겠어요. 세상에, 젯, 안 돼. 제발, 이럴 수는 없어. 죽었어요. 누가 죽인 거예요. 죽었어요. 죽었다고요.

아니, 아직은 아니다….

11월 2일 일요일

2

젯이 눈을 뜨자, 삑삑 소리가 났다.
"깨어났어요! 선생님, 얘 깨어났어요!" 누군가 외쳤다.
얘? 누굴 말하는 거지? 방 안이 너무 하얗고 밝아서 흐릿하게 보였다. 빛이 눈 안쪽까지 아프게 찔렀다. 다시 눈을 깜박였을 때, 물감처럼 번진 사람 얼굴이 눈앞에 나타났다.
"루크. 가서 의사 선생님 모셔 와. 어서!"
엄마가 엄마답지 않게 거칠게 말했다.
"엄마?" 젯이 평소보다 더 허스키한 목소리로 말했다. 일어나려 했지만 젯의 몸은 아직 깊은 잠에서 빠져나오지 못한 상태였다. 팔꿈치 부근까지 얇고 까끌까끌한 이불이 덮여 있어 움직이기도 힘들었다. 연한 노란색과 파란색 무늬가 있는 흰색 가운이 눈에 들어왔다.
"내가 도와줄게." 이번에는 아빠 목소리가 들렸다. 저기 옆에 있는 흐릿한 덩어리는 아빠인가 보다. 젯은 어깨에 닿은 따뜻한 손을 느끼며 몸을 일으켰다. 머리에 달라붙은 무언가가 옆에 있는 베개에 닿으며 바스락거리자 찌릿한 통증이 솟구쳤다.

눈을 비비려는데 손등에서 삐져나온 튜브가 걸리적거렸다.

"물 마실래?" 엄마의 말이 끝나기도 전에 물컵이 입술에 닿았다. 도무지 편한 각도를 찾을 수 없었다. 젯은 후루룩 소리를 내며 물을 마셨다. 엄마가 평소 질색하는 행동이지만 오늘은 용서해 주지 않을까? 딸이 병원에 입원해 있는데.

그리고 왜 입원했는지도 알았다. 젯은 기억했다. 방 안은 흐릿했지만 머릿속의 기억은 선명했다.

누군가가 젯을 죽이려고 머리를 내리쳤다. 호박 쿠키를 아그작 베어 무는 것 같은 두개골이 으스러지는 소리와 강아지의 비명 같은 울음소리가 떠올랐다. 하지만 젯은 아직 살아 있었다. 확인차 숨을 크게 들이마셨다. 혹시 몰라 눈도 감았다가 떴다. 두 팔과 두 다리는 움직이라는 대로 움직였다. 머리도 틀림없이 붙어 있었다.

살아 있다.

살아남았다.

감사합니다, 감사합니다, 감사합니다.

"젯, 의사 선생님이 곧 오실 거야. 설명 잘 들어야 한다. 알았지? 아주 중요한 얘기야. 네가 직접 결정해야 한대. 우리 딸은 어떤 선택이 옳은지 알 거야."

젯의 머리를 쓰다듬으려 하던 엄마의 손이 허공에서 멈췄다. "미안, 깜박했다."

"모셔 왔어요!" 루크의 목소리가 방 안에 울려 퍼졌다. 루크는 내내 뛰어온 사람처럼 숨을 헉헉 몰아쉬었다. "안녕, 젯." 루크가 평소답지 않게 부드러운 목소리로 말했다. "괜찮아?"

"머리 좀 깨졌다고 죽는 것도 아닌데 뭐." 젯이 웃으며 말했지만 다들 젯을 제대로 쳐다보지 못하고 시선을 피했다. 왜지? 분위기 풀어보려고 한 말이었는데. 살았으면 됐지 뭐가 문제람.

문이 또 활짝 열리더니 체구가 아담하고 머리를 땋아 내린 흑인 여성이 파일을 들고 들어왔다. 그녀의 얼굴에도 웃음기는 없었다.

"깨어나셔서 다행입니다. 가족분들 말씀으로는 '젯'이라고 불리는 걸 좋아하신다고요." 그녀가 말했다. "담당 의사인 리 박사라고 합니다."

이럴 때는 뭐라고 대답하나. '만나서 반갑습니다?' 그런데 왜 다들 죽을상을 하고 있을까? 살아났는데. 깨어났는데.

"제가 잠깐 실례해도…." 의사가 펜라이트를 꺼내 젯의 눈에 불빛을 비췄다. 양쪽 눈을 한 번씩 확인한 후 라이트를 껐다. "어디까지 말씀하셨나요?" 의사가 엄마를 돌아보았다.

"아직 안 했어요." 엄마가 뒤로 물러나며 말했다.

"분위기 왜 이래요. 나 괜찮아요." 젯이 코를 훌쩍였다. "말 안 해도 알고요. 다 기억해요. 누가 내 뒤통수를 때렸잖아요. 나를 죽이려고."

다들 아무 말이 없었다.

"그런데 짠! 성공하지는 못했죠." 젯은 그렇게 말하며 양손을 뮤지컬 배우처럼 흔들어 보였다.

아빠가 터져 나오려는 울음을 참으려 주먹으로 입을 틀어막았다. 손등을 따라 소리 없는 눈물이 흘러내렸다.

"메이슨 씨, 참아주세요." 리 박사가 의자를 가져와 침대 옆에 앉으며 말했다. "젯. 나는 신경외과 전문의예요. 이곳은 다트머스 히치콕 의료센터고요."

"나 여기 얼마나 있었어요?" 젯이 물었다. "오늘 며칠이에요?" 몇 년인지도 물어볼까? 설마… 생각보다 오래 잠들어 있었나? 으악, 몇 년 동안 혼수상태였던 거 아냐? 그래서 다들 반응이 이상한 건가? 설마 벌써 서른 살이 되지는 않았겠지?

"일요일이에요." 젯의 당황한 눈빛을 보고 리 박사가 젯을 진정시키듯 말했다. "지금이 오후 2시니까 이곳에 온 지 약 36시간 됐네요."

"어휴, 놀라라." 젯이 말했다. "다행이네요. 난 또 내가 늙었다고."

"응급실에 도착했을 때 상태가 썩 좋지 않았어요" 리 박사가 파일 가장자리를 만지작거리며 말했다. "도착 당시 혼수상태라 삽관을 해야 했어요. 곧이어 과다 출혈로 심정지가 발생했고요. 그래도 안정이 돼서 수술에 들어갔어요. 붕대를 댄 이곳, 두부 좌측에 경막하출혈이 있었습니다. 경막하출혈은 뇌 표면에 피가 고이는 것을 말해요. 수술로 피를 제거했고, 그 외의 심각한 뇌 손상은 발견하지 못했습니다. 하지만 환자분은 세 차례 공격을 당한 것으로 보입니다. 두개골 아래쪽으로 좌두부 1회, 후두부 2회요."

젯도 거기까지는 기억했다.

리 박사가 침을 삼키고 말을 이었다.

"두개골에 골절이 있었습니다. 후두골에 세로로 금이 갔어요. 골절은 첫 번째 타격으로 발생했지만, 뼈를 뇌 쪽으로 깊이 밀어 넣은 것은 두 번째 타격이었을 겁니다." 의사가 말을 멈추고 고개를 숙였다. "부상 부위와 공격 강도를 고려했을 때, 뇌의 핵심 조직이나 혈관 구조에 큰 손상을 입지 않고 지금처럼 움직이고 생각하고 기능할 수 있다는 건 기적이에요. 이런 경우는 저도 처음입니다. 하지만."

'하지만'이라고 할 줄 알았다. 정말 기적이 일어났다면 가족들이 저런 눈으로 젯을 보고 있지 않았을 테니까.

머리가 쑤셨다. 특히 아래쪽과 왼쪽이. 이제는 어디가 아픈지 알 수 있었다. 뜨겁고 날카로운 이 통증은 그 순간의 고통을 흉내 낸 환영과도 같았다. 젯의 머리가 터지던 그 순간.

리 박사가 무릎에서 파일을 넘겼다.

"골절은 봉합에 성공했습니다. 두개골 조각들을 나사와 철망으로 연결하고 나서 두피를 꿰맸어요."

그 말을 들어서인가? 두피가 화끈거리고 간질간질했다.

"수술 후에는 CT를 한 번 더 찍었습니다."

리 박사가 파일에서 스캔 필름을 꺼냈다. 필름은 병실의 분위기를 파악하지 못하고 만화처럼 '띠용 띠용' 소리를 내며 흔들렸다. 의사는 필름을 들어 창문으로 쏟아지는 오후 햇살에 비춰 보았다. 검은색 배경의 상단에서 흰색 글씨가 빛났다. '마거릿 메이슨, 27세, 2025/11/01'. 그 밖에 뜻 모를 숫자들도 보였다. 그 아래 다양한 각도에서 찍은 뇌 사진이 격자 형태로 배치되어 있었다.

"두개저 가장 깊은 곳, 뇌의 중심에 뼈가 하나 있습니다. 경사대라고요. 환자분이 뒤통수에 외상을 입었을 때 이 경사대에 골절이 생겼습니다." 리 박사의 손에서 필름이 파르르 떨렸다. "경사대 골절은 매우 희귀한 케이스예요. 외상성 두부 손상으로 이렇게 되는 경우는 0.5퍼센트도 되지 않습니다. 여기를 보시면…." 리 박사가 정수리 방향에서 찍은 뇌 사진을 가리켰다. "작은 뼛조각 하나가 경사대에서 떨어져 나왔어요."

그러면서 젯의 뇌 한가운데 떠 있는 옅은 흰색의 구체를 손가락으로 찍었다. 젯이 잘 보고 있는지 확인하며 왼쪽에서 찍은 뇌 측면 사진에서도 그 구체를 가리켰다. 사실 구체라기보다는 그냥 점에 가까웠다.

"네." 젯이 말했다. "하지만 작으니 괜찮지 않아요? 몸에 별 이상도 없고요. 봐요, 멀쩡하잖아요."

"젯…" 리 박사는 다음 말을 잇기 불편한 듯 말끝을 흐렸다. "그 작은 뼛조각이 현재 뇌기저동맥 벽에 붙어 있어요."

젯이 한숨을 쉬듯 말했다. "중요한 부분처럼 들리네요."

"뇌에 혈액을 공급하는 대동맥 중 하나입니다."

역시. 중요하네.

"그런 뼛조각을 제거하는 수술은 불가능하다는 견해가 많습니다. 위치가 너무 깊어 뇌의 다른 부분에 손상을 주지 않고 접근하기가 힘들거든요. 자칫 동맥을 건드려 치명적인 출혈이 일어날 수 있어요. 사망할 가능성이 너무 큽니다. 그대로 두는 편이 낫죠. 뼛조각이 차차 뇌 바깥쪽으로 이동할 수 있으니까요. 그렇게 접근이 쉬워졌을 때 제거하면 됩니다. 하지만."

또 나왔다. '하지만.'

젯의 머릿속에서 북소리가 울렸다. 심장과 같은 박자로 고동치며 두려움을 두려움으로 받아치는 중이었다.

"당신은 PKD, 그러니까 다낭성 신장질환을 앓고 있어요."

"그렇죠." 젯이 코웃음을 쳤다. 지겨운 그놈의 병. 몇 주 동안 혈뇨를 싸고, 극심한 옆구리 통증으로 허리를 펴지 못하고, 이유 모를 명을 달고 살아야 하는 그 병이 또 문제란 말인가. 젯이 일을 그만두고 집으로 돌아온 것도 그 병 때문이었다. 매일 고혈압 약을 먹고, 담배는 입에 대지도 않고, 사랑하는 감자튀김까지 포기하고 소금을 최대한 적게 먹는데도 당해내지 못했다. "그게 뇌랑 무슨 상관이에요?"

이제 아빠는 엄마 뒤에 서서 엄마 어깨에 손을 올리고 있었다. 애써 울음을 참으려는 입이 하얀 선처럼 보였다.

리 박사는 침을 삼키며 말했다.

"PKD 환자는 정상인보다 동맥벽이 훨씬 약하다는 문제가 있습니다. 심장과… 뇌에서요."

"그렇군요."

"미안해요, 젯. 이런 말씀 드리기 쉽지 않네요. 원래도 동맥벽이 약한데 뼛조각이 동맥벽에 압력을 가하는 위치에 있어요. 해당 부위에 동맥류가 생길 겁니다. 커다랗게요. 동맥류가 터지면 출혈이 발생하고 그건… 치명적이에요."

"그렇군요." 젯은 고개를 끄덕이다 그 동작이 통증을 유발한다는 사실을 깨닫고 멈췄다. "동맥류가 생길 가능성이 얼마나 돼요?"

"생기는 건 확실해요, 젯. 속도도 빠를 거고요."

"얼마나요?"

"동맥류가 형성되기 전에는 정확한 예측이 불가능합니다."

"최대한 추측이라도 해봐요, 쌤."

"젯." 엄마가 코를 훌쩍였다.

리 박사가 허리를 펴고 드디어 바닥이 아닌 젯을 바라보았다. "환자분의 특수한 상황을 고려했을 때, 단 며칠 사이에도 파열할 수 있습니다. 길어야 일주일입니다."

젯이 혀를 찼다. 빠르게 뛰는 심장 소리를 감추기 위해서였다. "그러니까… 제가 일주일 안에 죽는다는 얘기예요?"

아무도 대답하지 않았다.

아빠는 더 이상 못 참겠는지 울기 시작했다.

"아빠, 괜찮아요." 젯이 침대에서 어색하게 자세를 바꾸며 말했다. 아빠가 이렇게 우는 모습은 지금까지 딱 한 번 봤다. 동물 같은 원초적인 울음소리를 다시는 들을 일 없기를 바랐는데. 17년도 짧다면 짧은 시간이었다.

"다 나 때문이야." 아빠가 흐느꼈다.

"왜 아빠 때문이에요. 그냥 유전이에요. 나, 오빠, 언니 다 PKD를 물려받을 확률은 50퍼센트였어요." 젯은 원래 운이 좋지 않았다. 전부터 알고 있었다. 평범한 이름인 형제들과 달리 혼자만 마거릿 같은 촌스러운 이름을 받았을 때부터. "그럼 수술을 해야겠네요?" 젯이 리 박사와 가족을 번갈아 보고 물었다.

엄마가 고개를 끄덕이며 퉁퉁 부은 눈의 눈물을 닦았다. 젯이 쓸데없이 오래 잠을 자는 동안, 나머지 가족은 잠을 제대로 못 잔 듯했다. "그 방법밖에 없어, 젯."

"잠시만요, 메이슨 부인." 리 박사가 단호하게 말했다. "젯, 결정을 내리기 전에 확실하게 짚고 넘어갈 문제가 있어요. 아까도 설명했지만 다른 상황이었다면 이 수술은 고려조차 하지 않았을 거예요. 그만큼 잘못될 위험이 큽니다. 솔직히 말씀드릴게요. 젯의 수술은 제 동료인 풀러 박사가 집도했습니다. 풀러 박사는 두 번째 CT를 찍고 현재 젯의 상황이 명확해지자 뼛조각을 제거하는 수술은 불가능하다고 포기했어요. 시도조차 불가능하다고 판단한 거죠. 젯이 이 모든 정보를 제대로 이해하고, 위험을 인지한 상태에서 스스로 결정해야만 수술을 할 수 있어요."

머릿속의 북소리가 더 빨라졌다. 북소리의 리듬에 맞춰 심장박동도 빨라졌다.

"수술이 얼마나 위험한지 퍼센트로 알려주실 수 있어요?"

리 박사는 머뭇거리며 대답했다. "생존 확률은 10퍼센트 이하입니다."

북소리가 멈췄다.

"그러니까 수술대에서 죽을 확률이 90퍼센트가 넘는다고요?" 온몸의 감각이 마비됐다. 정신이 몸에서 분리된 느낌이었다. 극심한 고통에서 벗어나려고 정신과 육체가 분리되는 경우가 있다고 들었는데 그 증상인가? 아니면 이것도 뇌 손상 때문일까? "도박은 잘 모르지만 썩 좋은 확률로 들리지는 않네요."

젯은 확률 게임에 약했다. 50% 확률인 다낭성 신장질환 때도 졌었다. 그런데 이번에는 확률이 고작 10%도 안 된다.

"다른 치료법은 없나요?"

"죄송합니다." 리 박사는 떨리는 목소리를 감추려 헛기침을 했다. 지금까지 몇 번이나 환자에게 사형 선고를 내렸을까? 사람이 그런 일에 익숙해질 수가 있을까?

젯은 가족을 쳐다보았다. 루크는 얼굴이 잿빛으로 변해 아무 말도 하지 않고 턱 근육만 움찔거렸다. 아빠는 조금 전보다는 조용해졌지만 듣는 사람이 더 심란해지는 소리를 내며 울고 있었다. 엄마는 의자에서 몸을 앞으로 기울이고 젯의 손을 꼭 쥐었다.

"그러니까." 젯은 잠시 말을 멈추고 정신을 가다듬었다. "둘 중 하나인 거네요. 지금 죽느냐, 7일 후에 죽느냐?"

3

 병실에는 침묵이 내려앉았지만 세상은 아무 일 없다는 듯 계속 돌아갔다. 기계는 날카로운 삐 소리를 냈고, 복도 저편에서는 낮은 신음 소리가 들렸다. 그리고 환한 가을 햇살이 창문으로 쏟아져 들어왔다. 세상은 젯에게, 젯의 자질구레한 문제에 아무 관심이 없었다.
 웅웅거리는 소리도 들렸다. 하지만 그 소리는 복도가 아니라 젯의 머릿속에서 퍼지고 있었다. 눈 안쪽에서 시작된 소리가 저주의 교향곡처럼 젯의 심장을 휘저었다. 점점 목이 죄여왔다.
 어떻게 이런 선택을 하라는 거지? 젯은 아침 메뉴조차 쉽게 정하지 못하는 성격이었다. 토스트? 시리얼? 아니면 둘 다? 그런데 지금 죽을까, 일주일 후에 죽을까를 정하라니.
 "정말 3번 선택지는 없어요?" 젯이 말했다.
 의사보다 엄마의 대답이 빨랐다.

"아무 문제 없을 거야, 아가. 뭘 고민해. 선택은 하나뿐인데." 엄마가 코를 훌쩍이며 아플 정도로 젯의 손을 꽉 움켜쥐었다. "하나는 가능성이 있고, 하나는 가능성이 아예 없다잖아. 나는 너 못 보낸다. 수술한다고 하자, 젯. 빨리. 선생님이 그러는데 1분 1초가 중요하대."

"메이슨 부인…."

"가능성이 있다고 할 수는 없죠." 젯이 엄마를 보며 말했다. "생존 확률이 10퍼센트도 안 된다면서요. 아무리 수학 배운 지 오래됐어도 어려운 계산은 아니잖아요, 엄마."

"쓸데없이 이기려 들지 마, 젯."

"내가 언제…."

"수술 받아." 엄마의 눈이 그렁그렁해졌지만 눈물이 쏟아지지는 않았다. "나보고 딸을 또 잃으라고? 네가 어떻게 나한테 이러니."

머릿속에서 웅웅거리던 소리가 우렁찬 천둥소리로 변했다. 평소라면 얼마든지 그 감정을 억누를 수 있었지만, 그 기능도 망가졌나 보다.

"내 뇌를 후려친 사람은 내가 아니에요, 엄마. 나는 못 해요. 다 내 잘못은 아니라고요."

아빠가 앞으로 나왔다. "젯, 엄마 말은 그런 뜻이 아니잖니. 최선의 방법을 찾으려는 거야. 우리 모두 그래, 알지 우리 딸?"

아빠 입에서 저 호칭이 나온 건 몇 년 만이었다.

"맞아." 루크가 무뚝뚝하게 말했다. 자기가 한마디 보탠다고 달라질 줄 아나.

"아무튼 너는 수술해야 해." 엄마가 말했다. 쏟아진 눈물이 경쟁하듯 뺨을 타고 흘렀다. "그게 정답이라는 거 너도 알지? 스콧,

당신도 설득해 봐."

리 박사가 의자에서 일어나 대화에 끼어들었다. "이 문제는 젯 본인이 결정해야 합니다." 전보다 목소리가 한결 부드러워졌다. "당장 결정할 필요는 없습니다. 밖에 경찰이 와 있거든요. 젯이 깨어나기 전부터 기다리고 있었죠. 이번 사건에 관해 질문을 하고 싶답니다. 결정을 내리기 전에."

"제가 수술을 하고 못 깨어날 수도 있으니까요." 젯이 리 박사의 의도를 간파하고 말했다. "지금 여기서 이, 인, 인…" 그 단어 뭐지? 뜻은 아는데, 짜증 나네. 취업 면접 볼 때나 경찰이 조사할 때 쓰는 말 뭐더라? 발음이… 발음도 떠오르지 않았다. "이, 인…" 진짜 뭐였지?

"인터뷰?" 루크가 끼어들었다.

"맞아. 인터뷰." 젯이 손바닥으로 침대를 내리쳤다. "근데 무슨 얘기를 하려고 했더라?"

리 박사가 눈을 가늘게 떴다. "젯, 혹시 하려는 말이 잘 떠오르지 않아요?"

"아니요."

사실 몇몇 단어들은 그랬다. '썅, 어떡하지, 나 죽는대, 씨발' 같은 말들은 잘만 떠올랐지만, 리 박사가 어깨에 걸친 저 물건의 이름은 떠오르지 않았다. 이어폰처럼 귀에 꽂는 건데, 아래쪽에 금속판이 달린 길쭉한 물건. 심장 소리 들을 때 쓰는 것 말이다. 사실 젯에게는 필요하지도 않았다. 그냥 들릴 정도로 심장이 큰소리를 내며 뛰고 있었으니까.

젯의 문제를 해결할 능력은 없어도 생각을 읽을 수는 있는지 리 박사가 고개를 끄덕였다.

"공격 지점 중 한 곳은 여기 머리 옆쪽이었어요." 그러면서 젯의 머리에 붙인 반창고 붕대를 가리켰다. "좌반구는 두뇌의 언어 중추가 있는 곳입니다. 이 영역이 손상되면 언어를 이해하거나 생성하는 데 어려움을 겪을 수 있어요. 실어증이라고 하죠. 환자분의 이해력과 말하기 능력은 큰 영향을 받지 않은 듯하니, 지금 이 증상은 아주 경미한 명칭실어증일 겁니다." 잠시 말을 멈췄다가 다시 이었다. "특정 단어가 잘 떠오르지 않을 수 있어요. 자주 쓰지 않았던 단어 위주로요. 일시적인 증상일 겁니다. 대개 몇 주에서 몇 달이면 나아지고 언어 치료로 고칠 수도 있어요."

젯이 어깨를 으쓱했다. "하지만 저는 몇 주나 몇 달이 없잖아요?" 질문처럼 말했지만 사실 질문은 아니었다.

"젯, 수술을 하면…." 엄마가 입을 열었다.

"일단 젯이 경찰분들과 이야기 나누도록 저희는 자리를 비켜드리죠." 리 박사가 젯의 차트를 들고 손짓하자 엄마도 자리에서 일어났다.

루크는 나가지 않고 문가를 맴돌았다.

"누구였어, 젯?" 루크가 물었다. 굳게 다문 입 사이로 이 하나 보이지 않았다. "누가 이런 짓을 한 거야?"

젯은 깊이 한숨을 쉬었다. 이 두 글자는 확실히 떠올랐다. "몰라."

"자, 루크." 아빠가 루크의 등을 부드럽게 툭툭 쳤다. "경찰이 질문해야 하니 나가자. 시간이 별로 없어."

엄마가 이불 밑에서 불룩 튀어나온 젯의 발에 손을 올렸다. "문 앞에서 기다리고 있을게, 아가."

병실을 마지막으로 나간 사람은 리 박사였다. 얼굴에 슬픈 듯한 미소를 띠고 젯을 돌아보았다. 꼭 누가 떠오르는 미소였다. 사형지, 집… 아, 뭐였지? 왜 있잖아, 영화에서 검은 마스크를 뒤집어쓰고 도끼를 휘두르거나 발판을 치우는 사람.

"준비됐습니다." 문이 닫히고 리 박사의 말소리가 작게 들렸다. "너무 압박하지는 마세요. 방금 뉴스를 전했으니까요."

뉴스? 하!

호외요, 호외. 다들 읽어보세요. 젯 메이슨의 머리에 시한폭탄이 있답니다.

문이 열리고, 먼저 정장 차림의 남자가 들어왔다. 파일을 얼마나 꽉 붙잡고 있는지 손마디가 새하얬다. 저 서류들은 다 뭐람?

"마거릿 메이슨 씨?" 부드러운 말투였지만 발음은 지나치게 또렷했다. "버몬트주 경찰 소속 조지 에커 형사입니다."

"젯입니다." 잭 아저씨…가 아니라 잭 피니 경사가 배지를 반짝이며 병실로 들어오며 말했다. "본인이 젯이라고 불리기를 원해요." 잭은 잠이 부족한지 초췌해 보였지만 그래도 익숙한 얼굴이라 반가웠다.

마지막으로 루 잰카우스키 서장이 문을 닫고 들어왔다. "또 만났네요, 젯."

조지 에커가 목을 가다듬고 입을 열었다. "서장님이 잭 피니 경사도 함께 오면 좋아할 거라 하시더군요. 두 분이 서로 아는 사이라고요."

"평생을 알았죠." 젯이 말했다.

잭은 가슴이 아파 차마 볼 수 없다는 듯 고개를 숙였다. 벌써 젯을 애도하고 있었다. 아직 완전히 죽지도 않았는데. 예비 사망자. 불완전한 사망자 취급이다. 뭐야, 완전히 좀비잖아. 좀비 가면

이 복선이었나. 복선foreshadowing 같은 단어가 바로 떠오르다니 의외였다. 머릿속의 블랙홀에 빨려 들어갔을 법한 단어 아닌가? 글자 수도 많은데.

세 남자가 젯의 침대 옆에 말 없는 감시병처럼 섰다. 젯은 고개를 돌려 그들을 올려다봤다.

"누구인지 못 봤어요." 젯이 말했다. "미리 대답하자면요. 뒤에서 공격을 당했거든요. 돌아볼 틈이 없었어요."

에커 형사가 펜을 딸깍딸깍 누르더니 파일에 메모를 했다. "혹시 기억나는 것 중에 단서가 될 만한 건 없나요? 소리라든가…, 뭐든지요."

젯이 침을 꿀꺽 삼키며 말했다. "경찰도 아직 누군지 모르는 거예요? 증거 같은 거 없었어요?"

"아직 현장을 조사하는 중입니다. 뭐라도 기억나는 거 없습니까?" 형사가 대답했다.

"발소리가…" 젯이 대답했다. "뒤에서 다가왔어요."

"소리가 무겁던가요?"

"모르겠어요."

"어떤 유형의 신발이었는지 아시나요? 부츠? 스니커즈?"

"몰라요. 그냥 발소리였어요. 아주 빠르게 움직였어요."

"발이 한 쌍이었나요? 아니면 그 이상?"

"한 쌍요. 한 사람이었어요."

에커 형사가 앞 페이지를 넘겨보았다. "무엇으로 가격을 당했는지 아십니까?"

"아니요." 젯이 멈칫했다. "잠깐, 설마 살해 도구도 못 찾았다는 거예요?"

살해 도구? 그 말을 뱉고 나서야 조금 이상하다는 걸 깨달았다. 젯이 아직 살아있지만 꼭 틀린 말은 아니었다. 젯은 단순히 공격이나 폭행을 당한 게 아니다. 그런 표현은 너무 약하고 포괄적이다. 젯은… 누군가에게 죽임을 당한 거다. 살인 사건으로 전환될 확률이 90퍼센트 이상이었다. 또 한 번의 기적이 일어나 수술이 성공한다면 모를까.

"현장에서는 흉기를 찾지 못했습니다." 에커 형사는 모두를 불편하게 한 단어를 피해서 말했다.

"저를 누가 발견했어요?" 젯은 그녀의 사건 파일을 든 낯선 남자가 아니라 잭 피니에게 물었다. "부모님이에요?"

잭이 기침을 하며 답했다. "빌리였어."

"빌리는 괜찮아요?" 젯이 물었다. 하나도 괜찮지 않은 사람이 그렇게 묻는 게 웃겼지만 젯과 다르게 빌리는 마음이 여렸다. 젯이 거미를 밟았다고 우는 아이였다.

잭은 아무 말도 하지 않았다.

"마거릿… 아니, 젯." 에커 형사가 더 가까이 다가와 젯의 주의를 끌었다. "누군가에게 원한을 살 만한 일이 있었나요? 뭐든 생각나는 대로 말씀해 주세요."

'제가요? 이렇게 매력이 넘치는데요?' 농담으로 받아치고 싶었다. 그렇게라도 철망과 나사로 대충 이어 붙인 머리에 울려 퍼지는 북소리를 속이고 싶었다. 하지만 그럴 수가 없었다. 두려움이 내는 소리를 막을 방법이 없었다.

"아니요." 들리지도 않을 목소리로 젯이 말했다. "아무리 생각해도 저를 죽이려고 할 만한 사람은 없어요."

하지만 분명 그런 사람이 있었다. 그렇지 않고서야 남의 두개골을 세 번이나 후려치진 않는다. '왜 그랬느냐'도 '누가 그랬느냐'만큼 당혹스러운 질문이었다. 젯이 답을 알게 되는 날이 올까? 수술을 선택하고 언제나처럼 확률 게임에서 패배한다면 영원히 알 수 없을 것이다.

에커 형사가 쯧쯧 혀를 찼다. 혀를 확 뽑아버리고 싶었다.

"전 남자친구가 어디 있는지 말씀해 주실 수 있나요?" 잠시 말을 멈추고 파일에 적힌 이름을 손가락으로 찾아 읽었다. "JJ 림. 어디 있는지 아십니까?"

젯도 혀를 찼다. "못 들으셨나 본데, 저는 병원에 내내 혼수상태로 있었거든요?"

에커 형사가 눈썹을 추켜세웠다.

"아니요, 어디 있는지 모르겠네요, 형사님. 왜요?" 젯이 한숨을 내쉬며 다시 대답했다.

"연락이 되지 않아서요. 전화해도 받지 않고요. 남동생인 헨리는 만나봤는데 그쪽도 형이 어디 있는지 모르더군요. 금요일, 그러니까 핼러윈 밤에 갑자기 마을을 떠났다고 합니다. 행선지도 밝히지 않았고요."

젯이 베개에서 머리를 떼고 몸을 일으켰다.

"설마 JJ가 용의자는 아니죠?"

하지만 표정들을 보아하니 짐작이 맞나 보다.

"얼마나 오래 교제하셨죠?" 형사가 물었다.

그게 중요해?

"2년 정도요." 젯이 대답했다. "저기, JJ는 아니에요."

"범인을 못 봤다고 하지 않았어요?" 이번에는 서장이 물었다.

"네. 못 봤죠. 하지만…." 젯은 어떻게 마무리할지 몰라 병실의

탁한 공기 속으로 말을 흐렸다.

"마지막으로 한 가지만 여쭤보겠습니다." 에커 형사가 또 페이지를 넘기며 말했다. "휴대폰이 사라졌는데, 어떤 모델인지 아십니까?"

"제 폰을 가져갔어요?"

"소지품 중에는 없었고 현장에서도 발견되지 않았습니다."

"아이폰 14일 거예요."

"아버님 추측과 같군요." 에커 형사가 메모를 했다. "마지막으로 하나만 더요. 공격 중에 애플워치를 착용하고 계셨어요. 그건 현재 저희가 갖고 있습니다. 데이터 확인을 위해 비밀번호를 말씀해주시겠어요? 그러면 수사 진행이 빨라질 것 같습니다. 통화 기록을 기다리지 않아도 되니까요."

젯이 워치 없는 손목을 쳐다보며 말했다. "0709요."

"확실한가요?" 에커가 의심스러운 눈빛을 보냈다.

"확실해요. 설마 비밀번호가 머리에서 떨어져 나갔겠어요?"

에커가 어색하게 코를 훌쩍였다. 젯은 그가 다시 확인한 이유를 뒤늦게 깨달았다. 젯이 수술을 선택할 경우, 그래서 확률에 따라 수술대에서 죽는다면 지금이 젯과 대화하는 마지막 순간이었기 때문이다. 그래서 확인해야 했던 거다. 사실상 죽은 사람과 대화하고 있었기 때문에.

"0709 맞아요." 젯이 다시 말했다.

에커는 고개를 끄덕이고 루 서장과 잭을 힐끗 보며 파일을 덮었다. "일단 필요한 정보는 다 말씀해주신 것 같군요, 젯."

"아니, 잠깐만요." 젯이 일어나 앉으며 무릎을 가슴으로 당겼다. 아직 끝낼 수는 없었다. 그러면 이제 결정을 내려야 했기 때문이다. 몇 분이라도 미룰 수 있지 않을까? 지금은 안 된다. 나중이 좋았다. 나중에. 선택은 나중에 하고 싶었다.

"괜찮아, 젯." 잭이 거칠고 갈라진 목소리로 말했다. 어제 마지막으로 본 후 목을 혹사할 일이 있었나? 하지만 눈물로 반짝이는 눈은 따스할 뿐이었다. "아저씨가 약속해. 누가 이런 짓을 했는지 우리가 잡을게. 정말이야. 너를 위해 반드시 잡아낼 거야."

하지만 젯이 원하는 건 그게 아니었다. 그래봤자 엄마 말이 옳았다는 사실만 증명할 텐데? 무능하게 태어나 무능하게 죽으란 말인가? 이제 젯에게는 능력을, 쓸모를 증명할 시간이 남아 있지 않았다. 불공평했다. 이럴 수는 없었다.

잭은 눈물을 훔치며 두 사람을 따라 문으로 향했다. 젯이 수술을 받는다고 생각한 거겠지? 방금 한 인사가 작별 인사였다고?

"잘 있어요, 젯." 에커 형사가 나가면서 한 말이 젯의 확신에 완벽하게 못을 박았다.

문이 닫히고 젯의 마지막 희망도 함께 사라졌다.

시간이 다 됐다.

혼자 남은 지 4초 만에 문고리가 다시 돌아가고 엄마를 시작으로 아빠, 리 박사가 들어왔다.

"루크, 어서." 엄마가 엄한 목소리로 루크도 병실로 불러들였.

리 박사는 두 손을 앞으로 모아 깍지를 낀 채로 젯의 침대를 둘러싼 가족을 지켜보며 가만히 서 있었다. 루크의 숨소리가 너무 커서 젯은 생각을 할 수 없었다. 생각해야 하는데. 젯의 선택을 듣기 위해 모인 사람들을 위해 생각을 해야 했다.

"루크, 조용히 좀 해." 젯이 쏘아붙였다.

"난 아무 말도 안 했어."

"시간이 됐어요, 젯." 리 박사가 진지한 목소리로 조용히 말했다. "수술할 거면 지금 바로 준비해야 합니다. 어느 쪽을 선택할지 정했나요?"

"그럼요." 엄마가 젯의 어깨를 쓰다듬고 꼭 쥐며 말했다. "수술이죠. 수술할 거예요. 다른 선택을 왜 해요. 수술이 유일한 희망인데."

"젯?" 리 박사가 다시 물었다.

젯은 엄마를 올려다보았다. 머릿속의 북소리가 세 배로 커졌다. 심장은 갈비뼈 안에서 발작을 일으키고 있었다.

엄마가 흔들림 없는 눈으로 젯을 내려다보았다.

젯은 눈을 깜박였다.

"말해, 아가."

"나는…."

"수술한다는 거예요. 우리 가족 다 같은 생각이에요."

"메이슨 부인, 제발요." 리 박사가 목소리를 높였다. "젯. 본인이 원하는 게 뭐예요?"

뭘 원하냐고? 젯은 삶을 되찾고 싶었다. 머리가 깨지지 않았던 이틀 전으로 돌아가고 싶었다. 이 모든 일이 일어나지 않았으면 했다. 젯의 소원은 언제나 같았다. 무언가를 해내고 싶었다. 큰일을 하고, 만인의 인정을 받는 위대한 성취를 이루고 싶었다. 그렇게 자신의 능력을 증명하고자 했다. 그때 비로소 인생이 시작될 테니까. 젯은 너무 오래 기다렸고 이제는 시간이 부족했다.

삶의 끝에 이르렀다. '나중'은 없었다.

누군가에게 빼앗겨 버렸다.

하지만 전부 빼앗기지는 않았다.

지금 죽느냐, 7일 후에 죽느냐.

젯에게 희망은 없었다. 하지만 그 일주일은 쓸 수 있었다.

무엇을 위해?

젯이 침을 삼키고 고개를 앞으로 돌렸다. 엄마의 얼굴이 흐릿한 배경으로 밀려났다.

"수술은 안 해요."

리 박사가 안도한 표정을 지었다. 엄마와 달리.

엄마의 얼굴은 무너져 내렸다.

"무슨 소리를 하는 거니?" 엄마가 거칠게 말했다. "선생님, 얘가 지금 정신이 없어서 그래요. 혼란스러운가 봐요. 수술은 할 겁니다."

"아니, 엄마. 안 해요."

"아니, 젯. 할 거야." 엄마의 눈은 눈물로 젖어 있었지만 동시에 분노로 이글거렸다. "너 이렇게 나올 줄 알았어. 스콧, 당신이 무슨 말이라도 해!"

아빠는 움직이지 않았다.

"루크." 이번에는 오빠에게 도움을 청했다. "네 동생한테 말 좀 해줘. 우리한테 이러면 안 된다고."

"나 수술하면 죽어요, 엄마." 젯이 신경질적으로 말했다. "다른 사람은 다 안다고요."

리 박사는 확실히 알았다. 젯의 죽음을 짊어졌던 무게가 사라지며 어깨의 긴장이 풀린 모습을 보라.

"희망 같은 건 없어요. 지금 죽느냐, 나중에 죽느냐 둘 중 하나라면 내 선택은 나중이에요." 젯이 다리로 이불을 걷어찼다.

"젯, 안 돼!"

"내 입버릇이잖아요?" 침대 밖으로 다리를 빼고 차가운 바닥에 발가락을 댔다. "'나중에 할게요.' 그게 내 입버릇이라면서요. 평생 그렇게 살았잖아요? 죽는 것도 나중에 할래요."

"젯, 너 이러기야? 스콧, 뭐라고 말 좀 해요!"

젯이 비틀거리며 일어서더니 다리에 힘을 주며 한 발 내디뎠다.

"루크." 젯이 손가락으로 문을 가리켰다. "가서 경찰들 붙잡아. 기다리라고 해."

"안 돼, 루크!" 엄마가 루크에게 소리치며 손가락을 튕겼다.

"루크, 죽을 사람은 나야. 내 부탁 좀 들어줘, 응?"

루크는 엄마가 또 소리치기 전에 슬그머니 문밖으로 나갔다.

"그만해, 젯. 무슨 말인지 알았으니까 다시 침대에 눕자."

젯은 엄마 말을 들은 척도 하지 않았다.

"쌤, 내 두개골 다 붙인 거 맞죠? 지금 나가도 뇌가 쏟아지거나 하지 않겠죠?"

리 박사는 눈을 반짝이며 고개를 끄덕였다. "붕대만 매일 갈아줘요."

"내 옷 어디 있어요?" 젯이 아빠를 돌아보았다.

"증거품으로 가져갔어." 아빠는 그 단어를 입에 올리기가 두려운 듯 헛기침처럼 내뱉었다.

"젯, 안 돼!" 엄마가 악을 썼다. "제발 그만해!"

"그럴 수 없어요, 엄마. 지금은 죽고 싶지 않거든요." 지금 젯은 머리와 심장의 지시대로 움직이고 있었다. 둘 다 긴장과 공포로 고동치며 같은 말을 반복했다. '지금은 아니야, 지금은 아니야, 지금은 아니야.' "나는 7일을 선택할래요. 그러고 싶어요. 그 시간이 필요해요."

"대체 뭘 하려고?" 엄마가 다그쳤다. 그 말 자체는 아프지 않았다. 하지만 그 말에 담긴 엄마의 진심은 상처로 날아왔다. 27년이라는 시간 동안 아무것도 해내지 못한 네가 고작 일주일 사이 무엇을 할 수 있겠냐는 뜻이었다.

"이제야말로 뭔가 해보려고요, 엄마. 의미 있는 일요. 그리고 끝까지 해낼 거예요. 이번에는 달라요. 달라야 해요. 마지막 기회니까."

"뭔가 해본다고?" 엄마가 울부짖었다. "대체 뭘?"

위대한 일을 할 것이다.

아무도 해내지 못한 일을.

"내 살인 사건을 해결할 거예요."

4

 노란색과 검은색 줄무늬가 교차하는 테이프가 울타리 기둥 사이에 걸려 진입로를 막았다. 집은 그 너머로 일부만 보였다.
 '범죄 현장, 출입 금지'라고 쓰인 테이프 앞에 서 있던 경찰이 다가오는 차량을 확인하려 눈을 찌푸렸다.
 경찰서장과 잭 피니가 차를 세우고 창문을 열어 그 경찰과 말을 나눴다. 경찰이 고개를 끄덕이고 테이프 한쪽을 풀었다.
 잭이 창밖으로 팔을 내밀어 뒤차에게 따라오라고 손짓했다.
 루크는 사이드 브레이크를 풀고 앞으로 천천히 움직였다. 차 안은 고요했다. 오는 내내 고요했다. 젯은 병원에서 루크 차를 타고 왔다. 엄마의 우는 모습도, 아빠의 죄책감 어린 시선도 마주하기 버거웠다. 평생 루크가 부모님보다 편하다고 느낀 적이 없었는데 오늘만은 예외였다. 다만, 숨소리를 조금 줄여줬다면 더 고마웠을 것이다.

뒤에 바짝 붙어 따라오던 부모님도 옆에 차를 세웠다. 진입로가 이렇게 넓은데 빈 곳을 찾기가 힘들었다. 흰색 밴, 검은색 밴, 경찰차 할 것 없이 모두 젯의 하늘색 트럭을 에워싸고 꼼짝 못 하게 가두고 있었다.

빨간색과 흰색으로 칠한 현관문은 비명을 지르다 얼어붙은 입처럼 활짝 열려 있었다. 그 네모난 입에서 흰색 비닐 옷에 파란색 장갑과 마스크 그리고 덧신 착용한 사람 같은 형체가 들락거리고 있었다. 눈 주변에 보이는 피부로 사람인가 보다 짐작할 뿐이었다. 그들은 안팎을 오가며 굵은 글씨가 적힌 봉투를 대기하고 있는 밴 안으로 전달하고 있었다.

잭이 경찰차에서 내리자 젯도 따라 내렸다. 젯은 차 문을 열고 나오는 부모님을 발견하고 시선을 피했다. 차 문을 쾅 닫는 두 번의 소리가 가슴을 후벼팠다. 젯은 앞만 바라보았다. 앞에는 아빠가 사랑과 노력 그리고 엄청난 거금을 투자해 지은 집이 서 있었다. 이 집에서 또 한 명의 딸이 죽음을 맞았다. 살인 현장이 된 이곳이 과연 안락한 집으로 돌아갈 수 있을까?

잭이 몸을 옆으로 틀고 좁은 차량 사이를 지나 젯에게 다가왔다. 젯은 루크 옷을 입고 있었다. 차에 여벌로 두고 다니는 운동복이었다. 회색 트레이닝 바지의 끈을 꽉 묶고 발목을 접어 올렸는데도 바짓단이 땅에 끌렸다. 트레이닝 바지와 후드티가 젯의 몸을 완전히 집어삼켰다. 약간 퀴퀴한 냄새도 났다.

"범죄 현장 감식반이 곧 일을 마무리할 거야." 잭이 젯부터 루크까지 메이슨 가족을 쭉 훑다가 다시 젯을 돌아보았다. "1시간 정도 후에. 그런 다음 청소업체가 들어갈 예정이고. 업체는 이미 불러왔어. 준비될 때까지 길 끝에서 대기하고 있지. 청소가 끝나면 집에 들어갈 수 있어."

엄마가 코를 훌쩍였다. 눈가가 빨갛게 짓물러 있었다.

잭이 엄마를 보고 입을 열었지만 이내 입을 다물고 다시 젯에게 시선을 옮겼다.

"현장을 보고 싶다고 했다며? 정말이니?"

젯은 이를 악문 채 고개를 끄덕였다.

"그…." 잭이 주저했다. "피가 아주 많아. 경찰 중에서도 못 보겠다는 사람이…."

"볼래요." 젯이 소매를 걷어 올리며 말했다. "부탁이에요."

먼저 와 있던 에커 형사가 다가오더니 덧신을 벗으며 말했다.

"왔군요, 젯. 정리되기 전에 현장을 보고 싶다고요. 솔직히 권하고 싶지 않지만 원한다면 어쩔 수 없죠. 제가 지금 안내하겠습니다."

"잭 아… 아니, 잭 피니 경사님과 보고 싶어요." 젯은 허리를 곧게 펴며 말했다. 잭은 예전부터 알고 지내던 이웃이었다. 처음 만난 형사보다는 잭에게 더 많은 얘기를 들을 수 있지 않을까? 젯이 기저귀를 차던 시절부터 알았으니 경찰 규칙쯤은 무시하고 정보를 알려줄지도 모른다. 어차피 잭은 집으로 가도 범죄 현장에서 벗어나지 못했다. 앞쪽 창문에서 바로 이 집이 내다보였기 때문이다. 그래서 이렇게 피곤한 얼굴인 걸까?

에커 형사가 잠시 잭을 살펴보다가 말했다. "좋습니다, 잭 피니 경사. 보호 장비를 전부 착용할 필요는 없어요. 증거는 다 확보했으니까. 지금은 마지막으로 사진을 찍는 중입니다. 덧신이면 충분해요. 현장에서 철수할 때까지 아무것도 건드리지 말고요."

"알겠습니다." 잭이 고개를 한 번 끄덕였다. "가자, 젯."

"루크." 에커 형사가 젯의 오빠를 불렀다. "피곤하겠지만 아까 병원에서 시간이 없어 진술을 받지 못했어요. 지금 얘기 나눌 수 있겠습니까?"

"그럼요." 루크가 양손을 주머니에 찔러넣으며 대답했다.

젯은 잭을 따라 밴과 승용차 사이를 지나 현관문으로 향했다. 뒷마당에 있는 높은 나무들이 집 위로 흔들거렸다. 잎사귀는 호박색과 루비색으로 보석처럼 빛났다. 바로 이 색깔 때문에 수많은 관광객과 단풍 애호가가 매년 버몬트를 찾았다. 젯이 이 타오르는 단풍 숲을 보는 것도 이번이 마지막이었다.

"여기." 잭이 새 덧신을 두 장 꺼내서 건넸다. 젯은 신발을 신지 않아서 루크의 헬스용 양말 위로 덧신을 신었다. 현관문으로 고개를 돌려 자물쇠 주변의 부서진 나무를 보는데 그 위에 설치된 플라스틱 장치가 눈에 들어왔다.

"초인종 카메라." 젯이 갑자기 잭의 팔을 움켜쥐며 말했다. "그거 확인했대요? 혹시 누가 찍혔으면…"

잭이 고개를 저으며 말을 잘랐다. "이미 확인했는데 안 찍혔어. 네가 들어가는 모습하고, 빌리가 너 발견하고 문을 부수고 들어가는 모습만 찍혀 있더라. 너를 공격한 범인은 다른 방법으로 집에 들어간 거야. 들어가자."

잭이 집 안으로 들어가자 젯도 뒤를 따랐다. 냄새가 달라지지는 않았다. 여전히 집 냄새가 났다. 의외였다. 왠지 부패의 냄새, 죽음의 냄새가 날 거라 생각했는데. 하긴, 집 안에 썩어가는 시체가 있는 건 아니니까. 썩어가고 있는 건 지금 현관 매트 위에 서 있는 젯 자신이었다.

흰색 비닐 옷으로 전신을 감싼 남자가 복도에서 두 사람을 지나쳤다. 긴 모로코 양탄자와 참으로 어울리지 않는 풍경이었다. 잭이 왼쪽으로 꺾어 거실로 들어갔고 젯도 뒤를 따랐다. 덧신이 반질반질한 오크나무 바닥을 스치며 소리를 냈다. 젯은 거실로 들어가 끔찍한 현장을 보기 전에, 마음의 준비를 하려고 고개를 숙였다. 하지만 더 끔찍한 것이 눈에 들어왔다.

핏자국이 작은 동물 발자국 모양으로 사방에 찍혀 있었다.

젯이 숨을 헐떡이며 문틀에 몸을 기댔다. 쓰러질 것만 같았다. "레지?" 심장이 목구멍까지 기어 올라오고 있었다. "안 돼. 레지는 괜찮아요? 설마…."

"강아지는 무사해." 잭이 젯을 부축했다.

목구멍에서 날뛰는 심장 때문에 침을 삼킬 수 없었다.

"빌리가 두고 갈 수 없다면서 앰뷸런스에 데리고 탔어." 잭이 말했다. "지금은 네 올케가 집에서 보살피고 있어." 잭이 눈을 가늘게 떴다. "계속 볼 수 있겠어?"

봐야 했다. 살인자가 범행을 저지른 장소조차 볼 수 없다면 무슨 수로 살인자의 정체를 밝혀낸단 말인가?

젯이 고개를 끄덕였다.

눈을 질끈 감고 걸음을 뗀 다음 눈을 떴다.

젯이 알던 거실이 아니었다. 레지를 껴안고 밤늦도록 넷플릭스를 보던 그곳이 아니었다. 양탄자에 스파게티를 떨어뜨려 얼룩을 남기고 엄마에게 말하지 말라고 아빠에게 빌었던 그 거실이 아니었다. 쓸데없이 길기만 한 소파도 달라졌다. 오래전 소파 한쪽은 십 대 시절 루크의 자리였고, 다른 한쪽은 젯의 자리였다. 그전에는 에밀리의 자리였다. TV는 아무것도 없는 검은 거울로 변해 젯을 그 안에 가두었다. 거실은 달라졌다. 더는 사람 사는 공간이 아니었다.

검은색 숫자가 적힌 노란 증거 표지판들이 곳곳에 놓여 있었다. 그리고 빨간 핏자국이 눈에 들어왔다.

겁에 질려 빙글빙글 움직인 동물 발자국이 잔뜩 찍혀 있었다.

레지의 유령 같은 발자국을 좇던 젯의 시선이 피 웅덩이에 닿았다. 나무 바닥에 넓게 번진 끈적한 피는 양탄자 끝에도 스며들었다. 그에 비하면 스파게티는 문제도 아니었다.

이게 전부 젯의 몸에서 나온 피라니 믿을 수 없었다.

본능적으로 뒤통수의 붕대로 손이 올라갔다. 젯은 손가락이 붕대에 닿기 전에 동작을 멈췄다. 피를 얼마나 많이 흘렸는지 증거 표지판이 네 개나 필요했다. 6번, 8번, 9번, 11번.

"괜찮아?" 잭이 물었다. "언제든 나가도 돼."

젯은 심호흡을 하고 피가 닿지 않은 공기를 마시려 천장으로 고개를 들었다. 그러지 말았어야 했다. 하얀 천장에 노란 표지판이 두 개 더 붙어 있었기 때문이다. 31번과 32번. 빨간 핏방울이 천장에 기묘한 패턴을 그렸다. 일부는 LED 조명의 유리 표면에 말라붙어 있었다.

"저건 뭐예요?" 젯이 코로 숨을 들이쉬며 말했다.

옆으로 온 잭이 고개를 들고 작은 목소리로 설명했다. "이탈 혈흔이야. 흉기에서 튄 거지… 타격 사이에."

"흉기가 뭐였는지는 모르고요?"

"아직 발견되지 않았어."

경찰어를 번역하자면 이런 뜻이다. '몰라.'

복도에서 두 사람의 목소리가 들리더니 엄마와 루 서장이 나란히 붙어 문 앞을 지나가는 모습이 보였다. 서장이 엄마의 등 뒤에 손을 올리고 엄마와 함께 계단으로 향했다. 둘 다 파란색 덧신을 신고 있었다.

"어제 남편분과 한 번 쭉 살펴봤습니다." 서장이 다시 버터처럼 부드러워진 목소리로 엄마에게 말했다. "하지만 부인께서도 확인을 해주시면 좋을 것 같아서요. 보는 눈이 더 예리하실 수도 있으니까요. 사라지거나 위치가 바뀐 물건이 있는지 봐주세요. 뭐든 좋습니다."

두 사람의 발소리가 위층으로 사라졌다.

젯은 소파 뒤를 지나 핏자국에 다가갔다. 빵빵하게 부풀리고 모서리를 뾰족하게 세운 쿠션이 주는 단정한 느낌은 사건 현장과 어울리지 않았다.

젯은 자신의 머리가 피 웅덩이를 만들고 있을 때 발이 놓여 있었을 지점에서 걸음을 멈췄다.

"의사 쌤이 제가 세 번 맞았다고 했죠?"

"맞아." 잭이 대답했다. "증거에 따르면 그래."

"또 무슨 증거가 있어요?"

잭이 볼 안쪽 살을 잘근거리며 뒤를 힐끗 쳐다보았다.

"제발요, 잭 경사님. 꼭 알고 싶어요."

잭이 한숨을 쉬고 목소리를 낮췄다. "저기 혈흔 증거 보이지." 그러면서 피 웅덩이 앞에 있는 벽난로를 가리켰다. 그곳에는 13번, 14번, 15번 표지판이 놓여 있었다. "그걸 보면 너는 서 있을 때 뒤통수를 두 번 가격당했어."

그 정도 설명은 젯도 할 수 있었다. 두개골이 우드득 부서지는 소리가 다시 머릿속에 울려 퍼졌다. 빨리 가서 진통제를 먹든 해야겠다.

"세 번째는요? 여기 말이에요." 젯이 귀 위쪽 옆머리의 붕대를 가리켰다. 언어 능력에 문제를 일으킨 곳이다.

잭이 7번과 10번 표지판을 가리켰다. 거대한 피 웅덩이 가장자리 가까이에 작은 붉은 점들이 찍혀 있었다. 눈을 가늘게 뜨고 집중하니 그제야 그 작은 핏자국이 보였다.

"저 혈흔은 네가 왼쪽 머리를 마지막으로 맞았을 때 바닥에 쓰러져 있다는 뜻이야. 범인은 위에서 몸을 굽히고 있었고."

젯은 침을 꿀꺽 삼키고 그 모습을 상상해 보았다. 의식을 잃은 후라 그런지 세 번째로 맞은 순간은 기억에 없었다. "확실히 저를 죽이려고 한 거네요."

그때 감식반 사람이 카메라를 들고 거실로 들어왔다. 잭이 그에게 고개를 끄덕여 인사했다. 젯은 그가 주방으로 갈 때까지 기다렸다가 질문을 이었다.

"혈흔으로 또 알 수 있는 건 없어요? 저도 《덱스터》(미국의 TV 드라마. 주인공 덱스터의 직업이 혈흔 분석가다 - 옮긴이) 좀 봤거든요. 결말은 거지 같았지만."

잭이 주변을 살폈다.

"듣는 사람 아무도 없어요." 젯이 더 강하게 졸랐다. "제발요."

잭이 낮은 목소리로 빠르게 설명했다. "이탈 혈흔의 궤적을 보면 범인은 팔을 아래로 휘둘렀어. 너보다 키가 크다는 뜻이지."

젯의 입에서 한숨이 나왔다. "저는 키가 160밖에 안 된다고요. 다른 건 또 없어요?"

"범인은 오른손잡이야." 잭이 말했다. "머리 왼쪽만 다친 건 쓰러질 때 네 머리가 그쪽을 향하고 있었기 때문이야. 범인이 오른손을 써서."

"그러니까 오른손잡이고 저보다 키가 크다는 거군요?" 젯이 말했다. "딱히 후보가 좁혀지지는 않는데요. 전혀."

"미안하다." 잭이 말했다.

"또 제가 알아야 할 건 없어요?"

잭이 거실을 쳐다보았다. "수집한 단서를 전부 분석하지는 못했어. 머리카락이랑 섬유, 지문을 확보했지만 방문자가 워낙 많았잖아. 사고 이후에도 구급대원, 긴급 출동한 경찰, 최초 발견자 빌리처럼 여러 사람이 드나들었고. 범인과 관련된 단서를 확인하기가 어렵지."

"범행 시각은 언제예요?"

잭이 제복의 가슴 주머니에서 작은 수첩을 꺼내 페이지를 넘겼다. "정확히 몇 시였는지는 몰라. 하지만 이웃 방문 조사와 증인 신문으로 대강의 범위는 알아냈어."

젯이 물었다. "증인들이 뭘 봤대요?"

"아니. 소리를 들었대. 개가 비명을 지르는 소리."

젯의 심장이 목구멍에서 입 쪽으로 조금 더 올라왔다. 젯도 레지의 비명을 들었다. 모든 소리가 사라지기 직전까지. 개가 비명을 지를 수 있다고는 상상도 하지 못했다.

"혹시 들으셨어요?" 젯이 물었다. 잭은 바로 옆집에 살았기 때문이다.

"나는 집에 없었어." 잭이 대답했다. "앤드루 스미스를 집까지 데려다주느라 밖에 있었지. 차에 있다가 무전기로 신고를 들었어. 주소를 들었을 때 어떤 기분이었는지 너는 모를 거다." 말을 잇기가 버거운지 목을 가다듬고 코를 문질렀다. "아무튼. 초인종 카메라에는 빌리가 오후 11시 5분에 개 짖는 소리를 듣고 문으로 다가오는 모습이 찍혔어. 그러니 범행은 그 전에 일어났겠지. 6번지 토머스 가족은 개 소리를 들은 게 10시 40분경이라고 해. 12번지 엘리엇 부인은 그보다 늦은 10시 55분 정도였다 하고. 그렇다면 범행 시각은 오후 10시 40분에서 11시 사이일 거야."

젯은 잭의 말을 곱씹으며 고개를 끄덕이고 시간 정보를 기억에 새겼다. "범인이 집에 오래 있지는 않았겠네요. 사람들이 소리에 주, 주, 주모…." 젠장. 뭐지? 사람들이 무언가를 알아차리는 상황에서 쓰는 말인데. 됐다, 넘어가자. "사람들이 소리를 들을 테니까요. 그래서 당황했을 거예요. 맞죠? 레지를 건드리지 않고 제 휴대폰과 흉기만 챙겨 도망쳤어요." 젯이 거실에서 문밖의 복도로 빠르게 시선을 옮겼다. 그러다 멈칫하고 추측을 바로잡았다. "하지만 카메라에 찍힐 걸 알아서 현관문으로 도망치지는 않았어요. 실제로 찍히지 않았고요. 그건 우리 집에 보안 카메라가 있다는 사실을 안다는 뜻이에요. 대체 어떻게 나갔죠? 들어올 때는 어떻게 들어왔고요?"

"이쪽이야." 잭이 말하며 피투성이 현장에서 등을 돌렸다. 젯은 섬뜩한 투어의 참가자처럼 잭의 안내를 받으며 아치형 입구를 지나 주방으로 들어갔다.

소피아의 핼러윈 쿠키는 똑같은 모양으로 똑같은 위치에 놓여 있었다. 맛있는 것도 여전하겠지? 며칠밖에 안 지났으니까. 안 돼, 범죄 현장에 있는 걸 먹을 수는 없다. 하지만 조만간 뭐라도 입에 집어넣어야 했다. 다리가 후들거리고 머리도 조금 어지러웠다. 하지만 어지럼증은 머리에서 피를 왕창 쏟은 결과일 수도 있다.

"여기였어." 잭이 주방 끝에 있는 세탁실로 걸어가며 말했다.

뒷문이 열려 있었다. 문 바로 앞에서는 감식반이 진흙 묻은 잔디밭 사진을 찍는 중이었다. 이곳에도 표지판이 있었다. 49번, 50번, 51번, 52번.

"피 웅덩이 크기 봤어요?" 감식반이 고개도 들지 않고 말했다. 다른 사람이라고 착각한 모양이다.

지잉, 찰칵하는 카메라 소리가 들리고, 섬광처럼 플래시가 터졌다. 한 번 더. 불빛이 젯의 눈꺼풀 안쪽에 새겨졌다. 젯은 한 손으로 눈을 가렸다.

"실례." 감식반은 이제야 고개를 들었다. 젯을 알아보고는 눈을 천천히 끔벅였다. "죄송합니다. 다 끝났어요." 비닐 옷에 싸인 머리를 어색하게 푹 숙이더니 집 옆으로 사라졌다.

"이 문은 닫혀 있었지만 잠기지 않은 상태였어." 잭이 설명했다. "우리 생각에 범인은 이쪽으로 들어온 것 같아. 신발 자국이 많더구나. 일단 다 본을 떴어. 평소에 자주 사용하는 문이야?"

젯이 고개를 끄덕였다. "저도 레지 데리고 산책 나갈 때 이 문으로 다녀요. 엄마가 부른 청소 도우미들도 이 문을 쓰고, 아빠도 정원 가꿀 때 이쪽으로 다녀요."

"네 부모님은 금요일 밤에 이 문이 잠겨 있지 않았을 가능성이 크다고 생각하는 것 같았어."

가능성 정도가 아니었다. 젯은 이 문을 잠그고 다닌 기억 자체가 없었다. 엄마나 아빠도 마찬가지였다. 부모님은 현관에 보안 카메라를 달았으니 필요한 보안 조치는 다 했다고 안심했다. 눈에 확실히 보이니까. 아빠는 카메라가 방지책이라고도 했다. 하지만 카메라는 아무것도 방지하지 못했고, 살인자는 카메라의 존재를 알고 카메라를 피해 뒷문으로 들어왔다.

"가능성 있어요, 네." 젯이 말했다. "그랬을 거예요. 잠겨 있지 않았을 확률이 75퍼센트는 돼요." 이제는 젯도 확률로 말하고 있었다.

"알았다." 잭은 작은 수첩에 메모를 했다.

휴대폰 진동이 울렸다. 범인이 휴대폰을 가져갔다는 사실을 망각한 젯이 주머니를 더듬었다. 휴대폰이 없으니 옷을 덜 입은 것처럼 불완전한 느낌이 들었다.

잭이 미안하다는 눈빛으로 젯을 보고 주머니에서 휴대폰을 꺼내 액정을 확인했다.

"또 빌리네. 아마 네 얘기를 물어볼 거야."

"빌리도 알아요?" 젯이 물었지만 잭은 대답할 수 없었다.

집 안에서 에커 형사의 목소리가 울려 퍼졌기 때문이다.

"네, 좋습니다. 현장에서 철수하죠. 어서 청소업체를 들여보내요. 불쌍한 가족 빨리 다시 들어올 수 있게. 아, 젯. 미안해요, 아직 있었군요. 못 봤어요."

못 봤다니. 왜? 키가 작아서? 아니면 일주일 후에 죽을 사람이라서? 삶과 죽음의 중간쯤에 서 있는 젯은 어쩐지 자신의 경계가 흐릿해진 느낌이었다. 아니야… 그냥 작아서 못 본 거겠지.

5

 청소업체 직원들이 양탄자를 밖으로 꺼내 둘둘 말았다. 뒷면에 스며든 피가 갈색을 변해 있었다. 양탄자를 살릴 방법은 없다고 한다. 밴에 '범죄 현장 정리 및 특수 클리닝 전국 1위'라는 문구가 적힌 업체인데도.
 더 많은 사람이 비닐 옷 차림으로 현관문을 드나들었다. 아빠도 샌드위치 접시를 들고 집 밖으로 나와 진입로에 서 있는 젯에게 다가왔다.
 아빠가 접시를 건넸다. "너 먹으라고 만들었어. 냉장고에 빵이 남아 있더구나." 빵은 안전하다는 말 같았다. 냉장고 안에 있었으니 살인과 무관하다고.
 젯의 배에서 꼬르륵 소리가 났다. 머릿속이 조용해져서인지 소리가 새롭게 느껴졌다. 샌드위치를 한 입 먹었다.
 "좋은 치즈야." 아빠가 싱긋 웃으며 말했다. "저염 아니고. 이제 그 정도는 먹어도 될 것 같아서."

젯도 똑같이 웃었다. "신장 때문에 죽을 줄 알았는데 아니었네요." 샌드위치를 또 한 입 먹었다. 아빠는 마요네즈도 듬뿍 뿌렸다.

"맛있을 거다."

정말 그랬다. 젯은 벌써 나머지 반쪽도 집어 들었다.

"춥지는 않니?"

고개를 끄덕였다. 젯은 루크의 트레이닝복 위에 코트를 걸치고 있었다. 신발도 옷장에 있던 버켄스탁 샌들을 찾아서 신었다.

비닐 옷을 입지 않은 두 사람이 현관 밖으로 나왔다. 경찰서장과 엄마였다. 헤어지기 전 루 서장과 눈빛을 주고받은 엄마가 젯과 아빠 쪽으로 빠르게 걸어왔다.

"지금 먹는다고?" 젯이 뭐라고 묻기도 전에 엄마가 말했다.

"배고파요."

"곧 저녁 시간인데." 엄마가 못마땅한 콧소리를 냈다.

"엄마도 참. 식사 시간을 안 지킨다고 무슨 일 나겠어요? 어차피 일주일 후면 죽을 텐데."

엄마가 움찔하고 눈을 감았다. "젯, 제발. 마지막으로 한 번만 더 부탁하자."

"아까 병원 주차장에서 '마지막'으로 부탁한다면서요."

"지금 마음을 바꿔도 늦지 않아. 돌아가면 리 박사님이…"

"이미 결정을 내렸어요, 엄마. 돌이킬 수 없어요."

"젯, 제발." 애원하는 커다란 눈에 또 눈물이 그렁그렁 맺혔다.

젯은 엄마의 우는 모습을 또 보고 싶지 않았다. 같은 말을 반복하고 싶지도 않았다. 그래서 아예 다른 말을 꺼냈다. 엄마와 서장이 주고받던 눈빛의 의미가 궁금했기 때문이다.

"뭐 사라진 거 있어요?" 젯이 집을 가리키며 물었다. "달라진 거나?"

엄마가 고개를 저었다. "아니, 그런 것 같지는 않아. 이상한 점은 전혀 없었어."

샌드위치를 다 먹은 젯은 샌드위치 대신 공기를 삼키며 생각을 곱씹었다.

"그렇다면 물건을 훔치려고 들어온 게 아니네요." 생각을 소리 내어 말했다. "아니면 그럴 목적으로 들어왔는데 내가 집에 일찍 와서 당황한 건가? 하지만 머리를 세 번이나 쳤잖아요? 도둑이면 한 번만 쳐도 도망칠 틈을 만들 수 있을 텐데. 휴대폰은 왜 가져갔을까요?"

"그런 건 경찰이 알아내면 돼." 엄마가 말했다. "그게 경찰이 할 일이잖니."

젯은 경찰들을 바라보았다. 차량 옆에서 루 잰카우스키 서장과 잭 피니 경사가 에커 형사와 대화 중이었다.

"경찰이 할 일이긴 하죠." 젯이 말했다. "하지만 내 일이기도 해요. 가만히 있을 수는 없어요. 내가 직접 나서야 해요."

"젯, 너 지금…"

젯은 듣지도 않고 엄마의 말을 잘랐다.

"범인은 단순한 폭행을 한 게 아니에요. 내가 무, 무, 무려…" 망할, 머리에 또 구멍이 났다.

"무력화됐다고?" 아빠가 단어를 추측했다.

"맞아요." 젯이 고맙다고 눈을 깜박였다. "나는 두 대를 맞고 이미 무력화됐어요. 그런데 피가 튄 흔적을 보면 범인은 그러고 나서도 세 번째 공격을 했단 말이죠. 단순히 도망치려고 한 행동은 아니라고 봐요. 확인 사살을 하고 싶었던 것 같아요. 나를 확실히 죽이려고."

"나는 못 듣겠다." 엄마가 입을 틀어막고 비틀거리며 집 옆을 돌아 뒷마당으로 향했다.

"내가 따라갈게." 아빠가 젯에게서 빈 접시를 받으며 말했다.

"잠깐만요, 아빠. 아빠가 보기에도 집에 사라진 물건이 없었다는 거죠? 전부 확인했어요?"

"그래."

젯은 숨을 깊이 들이마시고 생각이 부서진 조각들을 따라 흐르며 선명해지기를 기다렸다.

"사라진 게 없다면, 흉기를 우리 집에서 구하지 않았다는 뜻이에요. 우, 우바, 우바…."

"우발적인 범행이 아니다?"

젯이 고개를 끄덕이며 말했다. "흉기를 가져온 거죠!"

아빠는 발끝만 쳐다보았다.

"만약 처음부터 흉기를 챙겨왔다면…." 젯이 말을 멈췄다가 커져가는 생각의 꼬리를 놓칠까 봐 재빨리 말을 이었다. "여기 온 목적이 하나였다는 뜻이에요. 범인은 모르는 사람이 아니에요. 도둑질하러 왔다가 사고를 친 게 아니었어요. 내가 아는 사람이에요. 나를 죽이러 온 거예요."

아빠가 한 손으로 수염 난 턱을 문지르며 입을 벌렸다. 소리 없는 비명을 지르는 표정이었다.

"대체 누가 나를 죽이려고 했을까요, 아빠?"

아빠의 눈에 눈물이 맺혔다. "나는 모르겠다, 우리 딸."

차 문이 쾅 닫히며 감상적인 분위기를 깼다. 자동차에 시동이 걸렸다.

에커 형사가 떠나고 있었다.

"잠깐만요!" 젯이 두 손을 흔들며 달려가 자동차를 가로막더니 후드를 두드렸다.

시동이 꺼지고 차 문이 다시 열렸다. 에커 형사의 미간에 전에 없던 주름이 잡혔다.

"무슨 일입니까?" 그가 차에서 내리며 물었다.

"어디 가요?"

"일하러 가야죠. 수사요."

"저도 갈게요." 젯이 말했다. "범인을 찾겠다는 의지는 제가 조금 더 강하지 않을까요? 나를… 죽인 사람이니까요."

에커 형사는 다음 말을 기다리며 젯을 빤히 쳐다보기만 했다.

"저를 도와주시면, 저도 형사님을 도와드릴 수 있어요." 젯이 팔짱을 꼈다. "지금까지 해결한 살인 사건이 몇 건이죠?"

"제법 많습니다." 에커 형사가 불만스러운 목소리로 말했다. 미간의 주름이 더 깊어졌다.

"저는 살인 사건이 처음이에요." 젯이 손을 들며 말했다. "살해당한 것도 처음이고요. 말하자면 초보죠. 하지만 습득력이 빠르고 적응력도 좋아요. 아, 로스쿨도 다녔어요." 젯이 손뼉을 쳤다. "살인 사건을 제법 많이 해결했다고 하니 잘 아시겠지만, 집에 사라진 물건이 없다면 이 사건은 우… 아빠!" 젯이 불쑥 외쳤다. "아까 그 말 뭐였죠?!"

"우발적인!" 아빠가 대답했다.

"이 사건은 우발적인 살인이 아니에요. 모르는 사람이 집을 털

다가 나 때문에 당황한 게 아니라는 거죠. 살인자가 흉기를 미리 챙겨왔어요. 죽일 의도로 집에 들어온 거예요. 나를 아는 사람이요."

에커 형사가 입을 오므렸다.

"아직은 모든 가능성을 배제하지 않고 검토하고 있습니다."

이 경찰어를 번역하면 이런 뜻이다. '당신 말이 맞아요, 젯. 대단한데요.'

"뭐, 그렇게 하세요. 저는 다른 건 배제하려고요." 젯이 말했다. "마감이 꽤 촉박해서 말이죠."

잭 피니가 이쪽으로 걸어왔다. 경찰서장도 대화에 귀를 기울이며 다가왔다.

"제 애플워치요." 젯이 말했다. "아직 확인 안 했죠? 비밀번호를 방금 받았으니까. 혹시 지금 있어요?"

에커 형사가 머뭇거렸다. "차 안에 있습니다."

"같이 살펴봐도 될까요?" 젯이 물었다. "제 물건이니까 괜찮죠?"

에커가 루 서장과 잭을 돌아보았다.

"보고 나면 경찰서 가져가서 마음대로 쓰세요. 약속해요." 젯이 말했다. "그냥 확인하고 싶어서 그래요." 에커 형사의 손목을 슬쩍 보니 값비싸 보이는 황금색 손목시계가 있었다. "형사님은 애플워치 안 쓰시는 것 같네요. 저는 젠지 세대거든요. 다른 뜻이 아니라, 애플워치 사용법을 잘 안다고요. 유용한 단서를 찾아낼게요. 돕게 해주세요. 부탁이에요."

형사가 두 경찰에게 확인을 구했다.

루 서장이 어깨를 으쓱했다. "괜찮을 것 같은데요. 어차피 단서를 발견하면 젯에게 알려야 하니까요."

에커 형사가 한숨을 쉬었다. 차 뒤로 걸어가 트렁크를 열더니 자그마한 검은색 기기를 들고 돌아왔다. 젯의 스마트 워치였다. 에커가 젯에게 워치를 건네고 가까이 보기 위해 뒤에서 고개를 숙였다.

"뭐 삭제하면 안 됩니다." 그의 숨이 귀에 닿았다.

"안 해요." 젯이 대답했다. 기기의 요구대로 비밀번호를 입력했다. 0709.

"자." 젯이 말했다. "목격자 증언대로면 범행은 대략 20분 사이에 일어났을 거예요."

에커가 잭을 쳐다보았다. 이런, 잭의 입장이 곤란해지겠는데.

"하지만 알리바이를 묻고 다니려면 언제인지 정확한 시간을 알아야 하지 않을까요? 이걸 차고 있으면 심박수가 기록돼요. 여기에 나와 있지 않을까요? 언제 제가…."

젯이 말을 흐리며 알림을 스와이프로 지웠다. 그래, 며칠 동안 활동 링 안 채운 거 나도 알아, 좀 봐줘라. 회색 바탕에 빨간 윤곽선으로 하트가 그려진 작은 네모 아이콘을 엄지로 눌렀다.

오늘의 데이터가 떴다. 심박수는 기록되지 않았고, 휴식기 심박수는 분당 0회로 찍혀 있었다. 워치를 착용하지 않아서 나온 데이터지만 어쩐지 정곡을 찌르며 조롱하는 느낌이었다.

어제 데이터로 화면을 넘겼다. 하루는 자정에 시작됐다. 아무것도 뜨지 않았다. 심박수 정보가 없었다. 응급실에 도착했을 때 워치를 벗겼기 때문인가? 아니면 어느 정도 사실이 반영된 걸까? 정말 금요일에서 토요일로 넘어가는 시간에 젯의 심장이 정지했나? 젯은 바로 이 데이터의 공백 사이에 죽음의 위기를 맞았다.

다시 금요일, 핼러윈 당일로 화면을 넘겼다. 그러자 하얀색 선이 그래프를 채웠다. 젯의 심장이 하루 동안 춘 춤의 궤적이었다.

"보안 카메라에 따르면 젯이 귀가한 시간은 오후 10시 39분이었습니다." 에커가 더 가까이 몸을 기울이며 말했다. "그러니…."

"여기네요." 젯이 말을 자르고 손가락으로 하얀색 선을 따라 그렸다. 갑자기 그래프가 튀었다. 하루의 데이터 위로 하얀색 탑이 솟아올랐다. 심박수 분당 158회. 그러다 수치가 떨어졌다. 급격하게. 분당 56회까지 찍혔다. "심박수가 높아진 이때 발소리를 들었을 거예요. 이게 첫 번째 공격을 당한 순간이고, 이게 두 번째예요. 이때 상황을 파악했죠. 그러다 이쯤에서 의식을 잃었을 거예요." 정확한 시각을 확인하기 위해 엄지로 선을 꾹 눌렀다.

"10시 46분." 뒤에서 에커가 화면에 나온 시간을 읽었다.

잭이 수첩을 꺼내 메모했다.

"10시 46분." 젯도 똑같이 말했다. "이게 범행 시각이에요."

"메시지는 없니?" 잭이 펜을 들어 받아적을 준비를 하고 끼어들었다. "거기 문자도 나오지?"

젯은 에커의 허락을 기다리지 않고 연두색 메시지 앱을 찾았다. "집에서 와이파이 연결이 돼 있을 때 온 문자만 남아 있을 거예요. 이후에는 워치가 아이폰 반경을 벗어나서 문자가 오지 않았을 거고요. 역시, 문자는 두 개뿐이네요. 하나는 엄마가 오후 10시 48분에 보낸 거예요." 눈으로 문자 내용을 먼저 읽은 젯이 콧방귀를 뀌었다. "직접 읽으실래요, 형사님?"

에커 형사가 목을 가다듬고 문자를 읽었다. "우린 좀 늦을 거야. 네가 안 한다고 하니 우리가 호텔로 의자를 옮겨야지 별수 있겠니."

젯이 경찰들을 올려다보았다. "의자는 강력한 살인 동기가 아닌 것 같죠?"

아무도 웃지 않았다. 거참, 사람이 죽어가는데 동정의 웃음이라도 지어주지.

"다른 문자는요?" 에커의 질문에 젯이 메시지 목록으로 돌아왔다.

연락처 이름 옆에 파란색 점이 있었다.

옆에서 에커가 흠칫하며 몸을 더 가까이 기울였다. "누구죠? '받지 마'가 누굽니까?"

젯이 아랫입술을 깨물었다. "저건… 전 남자친구예요. JJ. 헤어지고 저장된 이름을 바꾼 거죠." 세 사람 모두 눈을 가늘게 뜨고 젯을 쳐다보았다. 잭의 얼굴은 유독 심란해 보였다. "왜, 그런 거 있잖아요. 원래 다들 그래요. 젊은 사람들은. 됐어요, 신경 쓰지 마세요."

젯이 알림을 누르자 JJ와 주고받은 메시지들이 떴다.

몇 주 동안 연락이 없었다. 그러다 핼러윈에 JJ에게서 딱 한 단어가 도착했다.

'미안해.'

"그 문자를 몇 시에 보냈나요?" 그렇게 묻는 에커의 말이 빨라졌다.

젯이 메시지를 스와이프해 시간을 확인했다.

"오후 10시 58분요."

"젯이 공격을 당한 뒤네요." 그 말은 질문이 아니었다. "왜 사과를 하는 겁니까?"

젯은 어깨만 으쓱했다.

"생각나는 이유 없어요?" 에커가 정면으로 이동해 젯의 눈을 응시했다.

"아니요. 없는데요." 젯도 그를 똑바로 보며 말했다. "헤어진 지 좀 됐어요. 7월에 헤어졌으니까요. 그쪽은 이별을 원하지 않았지만 나쁘게 헤어지진 않았어요. 그동안 아무 문제 없었어요. 축제 때 마주쳤고…."

"대화를 나눴나요? 뭐라고 했습니까? 몇 시였죠?"

"별거 아니에요. 시간은 10시쯤이었을 거예요. 대화를 하자고 하더라고요. 중요한 일이라고. 우리 얘기를 하자는 게 뻔해서 거절했어요."

"정말로 그게 다입니까?"

이번에는 젯의 눈에 당황스러운 빛이 스쳤다. "숨길 이유가 있나요? 저는 형사님보다 더 이 사건을 더 해결하고 싶은 사람이에요. 축제에서 JJ의 대화를 받아주지도 않았기 때문에 무슨 용건이었는지 몰라요. 왜 '미안해'라고 보냈는지도 모르고요. 마을을 떠난 이유도, 전화를 받지 않는 이유도 저는 몰라요."

"떠오르는 이유가 하나 있죠." 잭이 조용히 말을 꺼냈다.

"잭 피니 경사!" 에커가 날카로운 말로 잭에게 경고했다.

"저를 죽이려 하고 12분 후에 '미안해'라고 문자를 보낸다고요?" 젯이 누구 한 명을 특정하지 않고 이 자리에 있는 모든 경찰에 의문을 제기했다. "타이밍이 이상하기는 하지만 범인은 제 휴대폰을 가져갔어요. 휴대폰이 자기 손에 있는 걸 알 텐데 왜 문자를 보내요?"

"글쎄요. 문자가 위치에 뜨니까요?" 에커가 말했다.

"상징적인 의미일 수도 있죠." 루 서장이 거들었다.

"하지만 범인이 휴대폰을 가지고 있다면… 잠깐." 젯이 말을 멈췄다. 머리와 동시에 심장도 그 의미를 깨달았다. "범인이 제 휴대폰을 가지고 있죠. 나 바보인가?" 하지만 젯은 바보가 아니었다. 바보는 경찰들이지. 지금까지 뭐 하러 심박수 데이터나 메시지로 시간을 낭비한 걸까? "기기 찾기 기능이 있어요." 젯이 설명하며 다시 워치를 들고 홈 화면을 스크롤해 작은 연두색 아이콘을 찾아서 눌렀다.

등록된 기기는 세 개였다.

젯의 애플워치. 배터리 잔량은 절반 정도. '사용자가 소지함'이라고 나와 있었다.

젯의 맥북에어. 배터리 부족. '집에 있음'. 이건 위층 젯의 방에 있었다.

그리고 마지막 항목을 클릭해 열었다.

젯의 아이폰. 버몬트주 우드스톡. '마지막 접속 금요일 오후 10:56'

작은 화면에 지도가 떴다. 실 같은 하얀색 길, 회색 배경, 빛나는 파란색 점. 젯의 휴대폰이 있는 위치였다.

에커가 화면을 가리켰다. "어디죠?"

젯이 화면을 확대하자 도로명과 오타퀘치강이 크게 굽이치는 지점이 나타났다.

"리버 스트리트." 젯이 말했다. "노스 스트리트 코너 근처예요. 엘름 스트리트 다리 건너면 바로 나와요. 여기서 5분도 안 걸려요."

사실 우드스톡에서는 어디든 5분도 안 되는 거리였다.

파란색 점은 어느 주택 안에 있는 것 같지 않았다. 그냥 도로 한가운데 찍혀 있었다.

"마지막 접속 금요일 오후 10시 56분." 젯이 화면에 뜬 글자를 읽었다. "이 시간에 전원이 꺼졌고 이후로 켜지지 않은 거예요. 바로 저곳에서요."

"리버 스트리트." 에커가 소리 내어 말했다. "의미가 있는 곳입니까? 그 동네 주민 중에 아는 사람 있어요?"

젯은 머릿속을 뒤져보았다. 언어 능력은 고장 났어도 기억력은 멀쩡했다. "아뇨, 아는 사람 없어요."

에커가 두 경찰과 눈빛을 주고받더니 점점 어두워지는 저녁 하늘을 올려다보았다. "좋습니다. 그날 밤 뭐 본 게 있는지 가서 주민들과 이야기를 해보죠. 서장님, 가시죠?"

"그러죠." 루 서장이 모자를 눌러쓰며 말했다.

에커 형사가 젯에게 손을 내밀고 워치를 달라 손짓했다.

젯은 워치를 내려다보았다. 오후 6시 49분임을 알리고 있었다. 젯은 워치를 에커의 손바닥 위에 올린 채 물었다.

"새로운 정보가 나오면 알려주실 거죠?"

"알려야 할 정보가 있으면 알려드리겠습니다." 에커가 말하며 워치를 주먹으로 감쌌다.

경찰어로 '봐서'라는 뜻이다.

에커가 차에 탔고 서장은 조수석에 앉았다. 젯과 잭이 뒤로 물러나자 에커는 손을 흔들며 시동을 걸고 출발했다.

"펜 좀 빌릴 수 있을까요, 잭 피니 경사님?"

젯이 웃는 얼굴로 올려다보며 부탁했다. 잭은 말없이 펜을 내밀었다.

"괜찮으면 수첩 몇 장도요."

펜에 비하면 무리한 부탁이었다. 그래도 잭은 군말 없이 새 페이지를 두 장 찢어 건넸다.

"고맙습니다." 젯은 펜과 종이를 들고 잭의 순찰차에 몸을 기댔다. 잊기 전에 기록해야 했다. 사형 선고 받은 뇌를 얼마나 더 믿을 수 있을지 모르니까.

10:46 살해 시각.
10:56 휴대폰 전원 꺼짐. 마지막으로 확인된 위치: 노스 스트리트 코너 근처 리버 스트리트. 범인의 집일까? 아니면 집으로 가는 길에 전원을 껐나? 강에 던져 버린 건 아닐까?
10:58 "미안해"라는 JJ의 문자.

"나는 네 부모님에게 인사하러 가야겠다." 메모를 마치고 고개를 든 젯에게 잭이 말했다. "청소도 곧 끝날 거야. 끝나면 다시 집에 들어가도 돼. 돌아가야지. 이제…." 갑자기 말이 끊겼다.

"일상으로요?" 젯이 다음 말을 추리했다. 누가 봐도 잘못된 선택이었다. 잭의 눈가 주름이 '미안하다'라는 뜻으로 깊어졌다.

잭이 표정을 풀며 희미하게 웃었다. "누가 너 보러 왔다." 그쪽을 손가락으로 가리키고는 뒷마당으로 돌아섰다.

젯은 몸을 홱 돌렸다.

"레지!" 젯은 종이를 주머니에 쑤셔 넣고 달려 나갔다.

빌리가 씩 웃으며 목줄을 놓았다.

레지가 젯을 향해 돌진했다. 앞뒤 몸통이 떨어질 기세였고 다리는 뒤엉켜 잔상만 보였다. 레지가 낑낑 울며 젯에게 뛰어들었다.

"안녕, 귀염둥이." 녀석의 배를 문지르며 말했다. "안녕. 잘 있었어? 나야. 나 왔어. 붕대 조심하고. 아니, 가져가면 안 되지, 바보야. 그런 모습 보여 미안해. 정말 미안. 너를 건드렸으면 그놈들 내가 죽여버렸을 거야."

품에 안으려 했지만 레지는 몸을 가만히 두지 못하고 미친 듯이 주변을 빙글빙글 돌았다.

"아빠가 너 퇴원했다고 연락했어." 빌리가 다가오며 말했다. "레지가 루크 집에 있다고 해서 오는 길에 데려왔지. 보고 싶을 거 아냐."

"어쩜 저렇게 똑똑하지? 우리 친구 빌리 말이야." 젯이 강아지에게 말하며 몸을 일으켰다. 무릎에서 우두둑 소리가 났.

빌리가 젯의 뒤편에 있는 밴과 비닐 옷 입은 사람들을 쳐다보았다.

"범죄 현장 청소업체야." 젯이 설명했다. "곧 끝날 거래."

"벌써 퇴원했다고 해서 놀랐어."

"거기서 시간 낭비할 필요 없잖아?"

빌리는 대답 대신 다른 행동을 했다. 앞으로 나와 젯을 끌어안았다. 젯의 코가 빌리의 가슴에 눌렸다.

젯이 다친 후에 껴안아 준 사람은 빌리가 처음이었다.

젯의 머릿속에 나사와 철망으로 연결된 차단막이 내려가려고 했다. 하지만 지금 내려오면 다시 설치할 방법을 모르는데 어쩌지? 젯이 빌리의 셔츠에 대고 기침을 했다.

"괜찮다니 기쁘다." 빌리가 말하자 따스한 숨결이 머리카락에, 붕대에 닿았다.

"너무 기뻐하지는 마." 젯이 포옹을 풀었다. 레지는 젯의 다리 옆에 앉아 진입로의 흙먼지를 꼬리로 쓸고 있었다.

"아직도 못 믿겠어." 빌리가 코를 훌쩍이며 보조개 사이로 흐른 눈물을 닦았다.

젯이 어깨를 으쓱했다. "나도 안 지 몇 시간 안 됐으니까."

빌리가 아빠의 순찰차를 쳐다보았다. "아직 모른대? 누가…?"

"아직은." 젯이 대답했다. "누가 그랬는지 나도 찾아보려고. 절대 살인자가 아니라고 믿을 수 있는 사람은 너 하나야. 범인이 몇 분 있다 다시 와서 자기가 벌인 짓을 발견할 리는 없으니까. 범인이 카메라에 찍히고 현장 곳곳에 DNA를 남기고 앰뷸런스에 경찰까지 부를 리 없지. 그리고 우리는 같이 자랐잖아. 네가 벌레 한 마리도 못 죽이는 거 알아. 그래서 빌리 피니 너는 범인이 아니라고 확신해. 하지만 묻고 싶은 게 있어. 우리 집에 왜 왔던 거야? 너는 중심가에 살잖아."

"아빠 지갑 때문에." 빌리가 말했다. "축제를 떠나려는데 누가 그린 광장에서 찾았다고 줬어. 앤드루 스미스랑 실랑이하다 떨어뜨렸나 봐. 집 우편함에 넣으려고 걸어오는데 우리 집에 도착하기도 전에 레지 비명이 들리는 거야. 무슨 일이 터졌다는 생각이 들었어."

두 사람은 강아지를 내려다보았다. 빌리가 발견하지 않았으면 젯은 목숨을 건지지 못했을 것이다. 죽기 전 남은 7일 동안 이 친구와 강아지에게 빚을 갚아야 할까?

"내가 직접 하려고, 빌리. 예전부터 말했지? 나 큰일을 할 거라고? 뭐, 그때는 대통령이나 우주비행사가 되겠다는 뜻으로 한 말이지만, 이것도 큰일은 큰일이지. 나 내 살인 사건을 해결할 거야."

빌리가 고개를 숙였다. 눈빛이 점점 어두워졌다. "왜 자꾸 그런 말을 하는 거야?"

 젯이 어깨를 으쓱했다. "어차피 죽을 거면 재미라도 봐야지."

 다른 사람들은 아직 마음의 준비가 되지 않은 듯했다.

 빌리가 또 눈물을 흘렸다. 이번에는 닦지 않았다. 눈물방울이 체크무늬 셔츠 옷깃에 배어들었다.

 "너 발견했을 때 내가 얼마나 무서웠는데. 네가 죽었다고 생각했어. 정말 죽은 줄 알았다고. 정말이면 어땠을지… 하지만 살았잖아. 무사히 살아났어. 이제는 다 괜찮아질 거야."

 "무사하지는 않아." 젯은 빌리의 진심 어린 표정에 당황해서 말했다. 빌리의 푸른색 눈에는 희망이 깃들어 있었다. "빌리… 혹시 아무도 말도 못 들었어?"

 빌리가 코를 훌쩍였다.

 "무슨 말?"

 아, 젠장. 이러면 재미없는데.

 젯은 코트를 더 단단히 여몄다. 밤이 깊어지며 차가운 밤공기가 피부에 스미고 있었기 때문이다. "빌리. 있잖아… 그게… 나 말이야…" 그냥 반창고 떼듯 말해버리자. 빠르건 느리건 상처받는 건 똑같잖아. "나 일주일 후에 죽어."

 빌리의 표정이 순식간에 바뀌었다. 입이 떡 벌어지고 눈은 멍해지고 동공이 흔들렸다. 무릎에서 힘이 빠져 몸이 뒤로 휘청였다.

 빌리는 착해 빠져서 문제였다.

6

젯은 영상을 세 번째 돌려보는 중이었다.
'움직임 감지 오후 10:39 2025/10/31'
머리부터 발끝까지 검은색으로 빼입은 젯이 진입로에서 현관으로 올라오고 있었다. 머리카락이 조금은 헝클어진 모습이었다. 축제에서 쓴 좀비 마스크랑 걸어오면서 맞은 바람 때문이었다.
무릎을 세워 다리를 산 모양으로 만들고 이불 덮인 허벅지 위에 맥북을 올렸다. 조명을 끈 탓에 노트북 화면 속의 젯이 핼러윈 사탕 바구니를 들여다보고 텅 빈 것을 확인하는 영상을 제외하면 방 안은 캄캄했다.
뒤로 보이는 세상은 어두웠지만 젯은 현관문 부근에 설치된 조명으로 밝게 빛났다. 갑자기 젯이 몸을 틀고 카메라를 정면으로 응시했다. 화면을 통해 지금 침대에 이불을 덮고 앉아 있는 젯을 쳐다보았다. 화면 속 젯이 혀를 내밀자 화면을 보던 젯도 혀를 내밀었다.

"들어가지 마." 젯이 열쇠를 꺼내 현관문에 끼우는 과거의 자신에게 음울한 목소리로 경고했다. 아직 살아 있는, 모든 것을 다 가진 젯에게. 많은 시간과 많은 '나중'들을 마음껏 누릴 수 있는 젯에게. 부러웠다. 조금은 밉기도 했다. "들어가지 말라고."

젯은 말을 듣지 않았다.

현관문이 열리고 젯을 통째로 삼켰다. 그러기까지 1분도 걸리지 않았다.

화면이 멈추고 영상이 끝났다.

범인은 젯이 문을 열 때부터 집 안에서 대기하고 있었을까? 아니면 나중에 들어왔을까? 젯이 휴대폰과 거지 같은 쿠키에 정신 팔려 있을 때? 영상으로는 답을 알 수 없었다. 처음 봤을 때도, 두 번째, 세 번째에도. 살인자는 현관을 지나지 않았다. 움직임 감지 센서를 한 번도 작동시키지 않았다.

옆 베개에 펼쳐둔 노트를 보았다. 왼쪽 페이지에 쓴 글에는 취소선이 그어져 있었다. '~~보스턴/다른 도시에서 쓸 강아지 산책 앱 아이디어.~~' 그보다 먼저 지운 아이디어가 노트의 절반을 차지하고 있었다.

젯은 깨끗한 오른쪽 페이지 맨 위에는 이렇게 적었다. '<u>누가 나를 죽였을까?</u>' 밑줄도 그었다. 애플워치의 시간과 데이터 정보 아래에는 이런 질문이 적혀 있었다. '초인종 카메라 – 범인은 내가 도착하기 전부터 와 있었나?' 젯은 그 질문 아래에 답을 썼다. '알 수 없음.' 그리고 펜을 내려놓았다.

문밖에서 살금살금 안방으로 가는 부모님 소리가 들렸다. 지나가는 발도 어렴풋하게 보였다. 한 쌍의 발이 멈칫했다. 제자리에 머무는 두 개의 그림자가 문 아래로 새어 들어오는 빛을 차단했다. 문이 저곳과 이곳을, 산 자와 죽은 자의 공간을 가르고 있었다.

"그냥 가요, 엄마." 밖에 들리지 않을 정도로 젯이 낮게 속삭였다. "나 자니까."

"자고 있잖아, 다이앤." 아빠가 작은 소리로 엄마를 타일렀다. "깨우지 말자고."

그림자가 다시 움직였다.

엄마는 집에 돌아온 후로 '마지막' 부탁을 세 번이나 더 했다. 젯은 피곤하니 자러 가겠다고 했다. 부모님과 식탁에 앉아 표백제 냄새를 맡으며 라자냐를 먹고 싶지는 않았기 때문이다. 초콜릿을 먹고 싶었고, 혼자 있고 싶었다. 아빠가 알려준 비밀번호로 보안 시스템 계정에 로그인해 직접 확인하고 싶었다. 젯이 살아 들어가 죽어 나오는 그 순간을.

다음 영상으로 넘어갔다. 움직임 감지기가 움직임을 다시 감지한 시간은 오후 11시 5분이었다.

이 영상도 세 번째로 본다.

빌리가 현관문으로 황급히 달려오며 주머니에서 손을 꺼냈다. 섬뜩한 비명이 젯의 스피커에 잡음을 터뜨린다. 레지가 절규하는 소리다.

젯의 발밑에서 자고 있던 레지가 그 소리를 듣고 몸을 일으켰다. 아니, 일으키려 노력했다.

"미안해, 친구." 젯이 괴로워하는 레지를 위해 음량을 낮췄다.

원칙상 강아지는 위층에 올라올 수 없었고 침대 위에는 더더욱 올라올 수 없었다. 하지만 젯이 이 규칙을 어긴 것은 하루 이틀이 아니었다.

"계세요?" 화면 속의 빌리가 멀리서부터 외쳤다. "아주머니, 아저씨? 젯?"

집 앞에 도착한 빌리가 주먹으로 현관문을 두드렸다. 얼굴 앞에 있는 카메라의 어안렌즈 때문에 겁먹은 눈이 일그러져 보였다. "저기요? 무슨 일 있어요? 가―강아지 소리가 들려서요. 혹시…." 빌리가 말을 멈췄다. 눈 옆에 손을 대고 현관문의 불투명한 스테인드글라스를 들여다보았다. 뒤로 물러나 우편물 투입구로 몸을 숙였다. "레지." 구멍을 통해 외쳤다. "레지야, 무슨 일이야? 이리 와. 레지!"

강아지는 계속 짖었다.

빌리는 구불구불한 머리카락을 움켜쥐었다.

"어떻게 하지." 혼잣말로 중얼거리며 주위를 살폈다. 빌리가 초인종 카메라를 발견하고 렌즈를, 48시간 후를 사는 젯의 눈을 들여다보았다. 초인종을 눌렀다. 같은 보안 시스템을 쓰는 사람은 누구나 공감할 짜증 나는 벨소리가 울렸다. "아무도 없어요?" 빌리가 카메라에 대고 물었다. "들려요? 뭐가 잘못된 것 같은데, 저…."

빌리가 카메라에 얼굴을 들이밀었다가 화면 밖으로 사라졌다. 창문으로 거실 안을 들여다보기 위해 덤불을 넘는 소리가 부스럭부스럭 들렸다.

소리로 알 수 있었다. 의식을 잃고 머리에 피를 흘리며 쓰러져 있는 젯을 빌리가 언제 발견했는지. 빌리의 목구멍에서 딸깍 소리가 났다. 인간보다는 기계가 낼 법한 소리였다. 수리도 못 할 지경으로 완벽하게 망가진 소리. 금속 나사와 철망으로도 고칠 수 없는 소리.

"세상에, 젯! 안 돼! 젯!"

계속 반복해서 유리를 두드렸다. 강아지는 더 큰소리로 비명을 질렀다.

"젯!" 빌리가 악을 썼다. "젯, 내 말 들려?! 이게 어떻게 된 거야!"

빌리의 목소리가 날것 그대로 거칠게 갈라졌다. 아까 돌아갈 때 젯이 못 듣는다 생각하고 엉엉 울면서 큰길로 내려가던 빌리의 목소리처럼.

순식간에 화면 안으로 돌아온 빌리가 카메라를 지나쳤다. 이를 악물고 현관문을 쳐다보았다.

"기다려, 젯!"

뒤로 물러났다가 자물쇠 부분을 발로 찼다. 문짝이 휘었지만 부서지지는 않았다.

빌리가 다섯 걸음, 여섯 걸음 더 물러나 어깨부터 문으로 돌진했다.

나무가 쪼개지고 문이 안으로 뜯기며 그 위로 빌리의 몸이 굴렀다. 현관문 자리에는 커다란 구멍만 남았다.

"젯! 안 돼, 안 돼, 안 돼! 내 목소리 들려?! 젯!"

영상이 끝나며 빌리의 비명도 끊겼다.

다음은 15분 후 구급대가 도착하고 앰뷸런스의 빨간 경광등이 빙글빙글 도는 영상이었다. 젯은 커서를 움직여 재생 속도를 높였다. 지금까지 이 영상을 가장 많이 봤다. 검은색과 흰색, 빨간색, 파란색으로 이루어진 경찰차가 한 대, 이어 두 대 나타났다. 잭이 모자를 벗어 가슴으로 내렸다. 경찰서장은 집 안으로 서둘러 들어가려다 계단에 발이 걸려 넘어졌다.

구급대원들이 다시 나타나 바퀴가 삐걱거리는 이동 침대를 진입로로 굴렸다. 그 위에는 깨진 머리에 주황색 보호대를 두른 젯이 누워 있었다.

방향을 틀 때 팔이 맥없이 툭 떨어지며 손가락이 흙을 스쳤다. "같이 가요!" 빌리가 외쳤다. 젯은 여섯 번 보면서 외워버린 그 대사를 입 모양으로 따라 했다. 빌리가 아까와는 다른 모습으로 다시 나타났다. 흰색과 갈색 체크무늬 셔츠에 붉은색 얼룩이 찍혀 있었고, 가슴 부분은 빌리 본인의 손자국으로 반질거렸다. 한쪽 눈 아래에도 피가 묻어 있었다. "혼자 둘 수는 없어요!" 둘이 동시에 말했다. 빌리는 외치고, 젯은 속삭였다. "같이 간다니까요! 강아지도요! 아니, 안 돼요, 아빠. 얘 두고는 못 가요. 젯이 원하지 않을 거예요!"

젯은 슬픈 미소를 지으며 일시 정지 버튼을 눌러 혼돈의 순간을 그대로 얼렸다.

노트로 몸을 돌리고 이렇게 썼다. 'DNA는 구조 과정에서 다 오염됐을 듯. 드나든 사람이 너무 많음.'

젯이 움직이자 레지도 움직였다. 빈 초콜릿 상자가 팔꿈치에 깔려 구겨졌다.

"이만하면 됐어." 젯이 되뇌었다. 대사까지 외울 정도면 내용을 파악할 만큼 다 파악했다는 뜻이었다. 영상을 본다고 과거가 바뀌고 젯이 살아나지는 않는다. 이제는 할 일을 해야 한다.

그날 사건이 일어나기 전에도 집 앞에서 몇 번 움직임이 감지되었다. 별일 아닐 테지만 확인이라도 해볼까? 전부 젯이 살해당한 날의 상황이니까?

하나는 오후 8시 33분, 온 가족이 축제 현장에 있을 때의 영상이었다. 젯은 침대에 기대앉아 재생을 눌렀다.

어둑한 형체 다섯 개가 보였다. 기괴하게 생긴 괴물들이 나타났다. 어린애들이었다. 마녀 셋, 늑대인간 하나, 해골 하나가 키득거리고 서로를 팔꿈치로 찌르며 진입로를 따라 걸어 올라왔다.

"이 집 개크다!" 해골이 턱뼈를 쩍 벌리며 말했다.

"메이슨 가족 집이야." 마녀가 들고 있던 빗자루를 반대쪽 손으로 옮기며 말했다. "우리 엄마가 진짜 싫어해. 거만하다고."

젯이 코웃음을 쳤다. 마녀의 말도 일리가 있었다.

"무슨 돈으로 이런 집을 사지?" 해골이 말했다. "마약 조직 두목이라도 되나?"

"《오자크》(마약 조직의 돈을 세탁하게 된 가족의 이야기를 그린 넷플릭스 드라마 - 옮긴이) 좀 그만 봐, 제임스. 너 과몰입이 너무 심해. 그리고 아니야. 이 사람들은 집을 부수고 이 집 같은 저택을 새로 짓는 거야. 우리 엄마는 꼴불견이래."

이 친구 마음에 드네.

소녀가 시간과 렌즈를 통해 젯의 생각을 들은 것만 같았다. 몸을 돌리고 묘한 눈으로 젯을 쳐다보았다.

"데이브, 너 뭐 하는…."

젯이 눈을 깜박하기도 전에 순식간에 뭔가가 화면을 가득 채웠다. 텅 빈 검은 눈. 흰색 플라스틱으로 만든 일그러진 얼굴.

젯이 질겁하며 화면에서 멀어지다 침대 헤드보드에 머리를 찧었다.

두개골에 타는 듯한 통증이 번졌다.

"미친놈." 젯이 화면을 향해, 카메라에 대고 비웃는 《스크림》의

고스트페이스를 향해 욕설을 뱉었다.

"트릭 오어 트릿이다, 이것들아." 녀석이 거친 저음으로 말했다. 재미있어 죽겠나 보군. 친구들 뒤에 숨어 있다가 카메라를 기습한 모양이었다. 쥐새끼 같은 게.

"집에 사람 없어." 고스트페이스가 화면에서 물러나자 매력 넘치는 마녀가 말했다. "봐, 하나씩 가져가래."

늑대인간이 바구니를 뒤집어 열려 있는 토트백에 내용물을 전부 쏟아부었다. "왜?" 그러고는 코를 훌쩍였다. "돈 많은데 이 정도는 해도 되지."

"카메라에 우리 찍히고 있잖아, 멍청아!"

아이들이 머쓱하면서도 짜릿하다는 표정으로 카메라를, 젯을 돌아보았다.

"튀어!" 해골의 외침에 다 같이 깔깔 웃으며 진입로를 달려 내려가 밤거리로 사라졌다. 늑대인간은 보이지 않는 달을 향해 울부짖었다.

"싸가지 없는 놈들." 영상이 끝났을 때 젯이 말했다. "나도 사탕 먹고 싶었다고."

그보다 22분 전에 찍힌 영상에는 젯이 축제에 참석하겠다고 엄마와 약속하고도 1시간 11분이 지나 겨우 집을 나서며 레지에게 "다녀올게!"라고 말하는 장면이 담겨 있었다.

오후 3:42 레지와 산책을 나갔던 젯이 집으로 돌아와 트럭을 세웠다. 한참 동안 산책을 하며 빌링스 파크를 한 바퀴 돌고 또 한 바퀴 돌아야 했다. 새로 론칭할 강아지 산책 앱을 구상하고 있었기 때문이다.

오후 3:29 소피아가 아기 캐머런을 안고 집에서 나와 평소 젯의 주차 구역의 서 있는 파란색 레인지로버로 걸어갔다. 주방 조리대에 '사랑하는 소피아가'라고 적힌 쪽지와 함께 핼러윈 쿠키를 두고 나오는 길 같았다.

오후 3:24 5분 전에는 파란색 레인지로버가 진입로에 멈춰 섰다. 차에서 내린 소피아가 뒷좌석에서 아기 캐머런을 꺼내 품에 안고 현관문으로 다가오며 열쇠를 꺼냈다.

잠깐.

젯이 영상을 멈추고 되감았다. 눈을 깜박이고 다시 보았다.

쿠키 접시는 어디 있지? 소피아가 들고 있는 것은 아기뿐이었다. 그럼 그 쿠키는 어디서 나타난 거야? 소피아는 집으로 들어갔다가 4분 뒤에 다시 나왔다. 어느 영상에도 쿠키는 없었다.

젯이 펜을 들고 메모했다. '쿠키는???'

오후 2:21 뭐지?! 소피아가 또 집에서 나오고 있었다. 아니, 사실은 처음이다. 지금 젯은 영상을 역순으로 보고 있으니까. 무슨 일이지? 금요일에 약 1시간 간격으로 두 번이나 집에 들르다니. 왜? 쿠키는 대체 어디 있고?

오후 2:14 위압적인 덩치의 파란색 레인지로버가 다시 집 앞에 멈춰 섰다. 차에서 내린 소피아가 뒷좌석으로 향했다. 캐머런을 꺼내 골반에 받쳐 안았다. 다른 것에 손을 뻗어 한 손으로 쥐었다. 아. 쿠키 접시다. 소피아가 양손 가득 짐을 든 채로 문을 열동안, 접시 위에서 박쥐와 호박 쿠키가 위태롭게 돌아다녔다.

"캐머런, 가만히 좀 있어." 소피아가 허둥거리며 말했다.

이렇게 쿠키의 비밀은 풀렸다. 마법의 핼러윈 쿠키 따위에 살해당했다면 얼마나 분했겠는가. 그런데 소피아는 왜 쿠키를 두고 1시간 후에 다시 왔을까? 쪽지를 깜박했나? 쪽지가 중요하다고 생각해 돌아온 건가? 모르겠다. 소피아의 사고 방식을 이제는 이해할 수 없었다.

오후 1:59 산책하러 나온 젯이 레지를 트럭에 태우고 차 문을 닫자 레지가 신이 나서 짖는다.

오후 12:00 엄마와 아빠가 축제 준비를 위해 정각에 딱 맞춰 출발한다.

"표지판 챙겼어?" 엄마가 품에 비닐봉지를 가득 안고 나오며 말했다.

아빠가 표지판을 힘겹게 들고 신음했다.

"정말이지, 스콧." 엄마가 혀를 찼다. "병원에 가보자니까. 점점 심해지잖아."

"괜찮아."

끝이었다. 핼러윈, 젯이 죽은 그날에 다른 움직임은 감지되지 않았다. 살인자가 범행 이전에 주위를 기웃거린 징후도 없었다.

노트에 썼던 '쿠키는???'을 지웠다. 발견된 단서는 하나도 없었다. 누가 왔다 갔는지 집 앞에서 전부 기록한 카메라는 젯에게 아무 답도 주지 못했다.

잠을 자야겠지? 하지만 잠은 시간 낭비 같았다. 지금 젯에게는 낭비할 시간이 없었다.

보안 시스템 계정의 대시보드에서 지난 영상 페이지를 닫고 카메라의 실시간 녹화 화면으로 전환했다. 밤의 진입로가 보였다. 어둠 속에 젯의 하늘색 트럭이 어울리지 않게 서 있었고, 현관의 흐릿한 주황색 조명만이 트럭을 밝혔다. 바람에 날리는 나뭇잎 말고는 아무것도 움직이지 않았다.

자정이 지나고 새날이 밝았다. 다음 날이 되었다. 죽음에 하루 더 가까워졌다.

죽음.

생각하지 말아야 하는데. 어쩔 수 없었다.

살인자가 돌아올까? 젯을 마저 끝장내기 위해?

젯은 실시간 영상을 구석구석 들여다보며 단서를 찾았다. 굳이 다시 올까? 시간과 작은 뼛조각이 대신 처리해 줄 텐데? 젯에게는 저주였지만 범인에게는 선물이었다.

이상하게 눈에 흐릿한 빛이 어리는 듯했다. 시야에 다른 막이 낀 것만 같았다. 화면을 너무 집중해서 보고 있었나? 단순히 피곤한 탓일지도 모른다.

젯은 잠시 망설이다가 새 탭을 열고 구글 검색창에 '동맥류 증상'이라고 치고 엔터를 눌렀다. 검색 결과가 떴다.

"아니야, 하지 마." 노트북을 덮고 멀찍이 밀어냈다. 보고 싶지 않았다. 눈이 피곤한 거다. 다른 이유는 없다.

젯은 침대에 천천히 누워 턱까지 이불을 끌어 올렸다. 천장을 바라보며 그곳에서 답을 찾고 싶었지만 뒤통수에, 프랑켄슈타인 같은 두개골에 조금만 압력을 가해도 지독한 통증이 느껴졌다. 오른쪽 뺨으로 베개를 벴다. 이런 자세로는 한 번도 자본 적 없었다. 창문이 아니라 욕실 문을 보며 자다니. 하지만 이렇게 누워야만 아프지 않았다.

젯은 억지로 눈을 감았다. 눈이 피곤하다면 몸도 피곤하다는 뜻일 테니까.

눈을 뜨지 않았다. 가만히 누워 잠이 들기를 기다렸다.

양을 세지는 않았다. 죽을 때까지 남은 시간을 세고, 다음으로는 분을 셌다.

11월 3일 월요일

7

"이게 다 뭐예요?"

젯이 달그락거리는 식기 소리와 웅얼거리는 낮은 대화 소리에 이끌려 눈을 비비며 식당으로 들어섰다.

집에 와 있는 루크와 소피아가 식탁에 한 자리씩 차지하고 앉았고, 식탁 끝에는 캐머런을 위한 아기 의자도 놓여 있었다. 아기의 입가는 끈적한 초록색 음식물을 닦은 흔적으로 지저분했다.

엄마는 쟁반을 들고 스크램블드에그를 각자의 접시에 나눠주는 중이었다. 접시마다 베이컨이 담겨 있었지만 아빠의 접시는 예외였다. 베이컨에는 염분이 너무 많았기 때문이다.

"드디어." 루크가 젯을 힐끗 올려다보며 말했다. "일어났구나." 그래서 못마땅하다는 말투였다.

젯만큼이나 이 상황이 못마땅할까. 남은 시간이 점점 줄어든다는 걱정에 몇 시간이나 잠을 이루지 못하다 11시까지 늦잠을 자버렸다. 깜박하고 알람을 설정하지 않았나? 아, 깜박한 게 아니었다. 알람을 설정할 휴대폰이 없었지.

부모님은 왜 깨우지 않았을까. 솔직히 이 시간까지 젯을 깨우지 않은 건 전혀 엄마답지 않은 행동이었다.

"여기서 뭐 해?" 젯이 오빠에게 물었다.

"와서 앉아라, 젯." 엄마가 토스트를 건네며 말했다. "내가 오라고 했어. 가족끼리 근사한 아침 식사를 하면 좋겠다고 생각해서." 이 문장의 강조점은 '근사한'이었다.

"젯, 안녕." 소피아가 말했다. 아랫입술이 파르르 떨렸다. "나는… 정말 속이 너무 상해서…"

"왜?" 젯이 의자를 끌어당겨 앉았다. "계란이 그렇게 맛없어?"

지금의 젯에게 가족과 함께하는 아침 식사는 형벌이나 다름없었다. 멍청한 질문이나 해댈 것 아닌가. 괜찮은지, 푹 잤는지.

"푹 잤어?" 소피아가 물었다.

"시체처럼 푹 잤지." 젯이 토스트를 한 입 베어 물으며 말했다.

아빠가 큼지막한 머그잔으로 얼굴을 가리고 커피를 벌컥벌컥 마셨다.

루크는 계란을 입 안에 쓸어 담고 바삭하게 구운 베이컨을 손으로 집어 들어 한 입 먹었다. 아그작 소리가 났다. 인간의 두개골이 깨지는 소리와 별반 다르지 않았다.

"루크, 천천히 먹어." 엄마가 십 대 아들을 키우던 시절로 돌아간 듯 루크에게 말했다.

"출근해야 돼요." 루크가 입에 음식물을 넣은 채로 말했다.

엄마가 식탁에 팔꿈치를 올리고 관자놀이를 문질렀다. "동생 옆에 있어 줄 수도 있잖아, 루크." 갑자기 목소리가 울먹였다.

루크가 밥 먹는 속도를 줄였다. 잠시 동작을 멈추고 나이프를 집어 들었다. 젯이 루크 손등에서 상처를 발견한 것도 그때였다. 아니, 양쪽 손 모두 그랬다. 루크가 식기를 움켜쥐자 갓 아물기 시작한 상처의 딱지가 갈라졌다.

"손이 왜 그래?" 젯이 물었다.

루크가 기침을 했다. 목에 걸린 계란이 내려갈 때까지 가슴을 두드렸다.

"미안, 기도로 넘어갔어." 루크가 손을 앞으로 뻗고 손가락을 몇 번 구부렸다가 폈다. "아, 이거? 금요일 아침에 공사 현장 갔었거든. 기초 공사 중인 도랑에 걸려서 넘어지다가 손으로 받쳤는데 그때 살짝 다쳤어. 피부만 좀 까진 거야."

"안전모는 쓰고 있었겠지? 현장에 있었다고 해서 하는 말이야." 아빠가 말했다.

"당연하죠." 루크가 대답했다. "제가 알아서 잘해요, 아빠."

아빠가 어색한 미소를 지었다. "그렇다면 또 도랑에 걸려 넘어지는 일은 없겠지?"

루크는 민망한 듯 볼 안쪽을 씹었다.

소피아가 루크의 등에 손을 올리고 한마디 했다. "제 생각에는 이번 프로젝트가 메이슨 홈 최고의 역작이 될 것 같아요."

"메이슨 건설이다." 아빠가 바로 잡았다.

소피아의 얼굴이 빨개졌다. 루크는 등에서 소피아의 손을 떨쳐 냈다.

"네, 알아요." 소피아가 식탁 맞은편에 앉은 시아버지에게 말했다. "그런데 이 사람이 이름을 바꾸면 어떨까 생각하고 있어서요. 회, 회사를 물려받은 후에요. 조금 더, 음, 편안한 느낌을 주고 싶어서요."

아빠가 커피를 한 모금 더 마시고 어깨를 으쓱했다. "40년 전 내가 회사를 세웠을 때부터 '메이슨 건설'이었어. 그 이름에 무슨 문제가 있는지 나는 잘 모르겠구나."

딱히 빈정거리는 목소리는 아니었다. 아빠는 빈정거리는 법조차 모르는 사람이었다. 하지만 소피아의 얼굴이 하얗게 질렸다.

"그럼요, 당연히 아무 문제 없죠."

"화장실." 그렇게 말한 루크가 의자를 뒤로 밀며 식탁에서 일어나 복도로 나갔다. 죽어가는 사람은 젯인데 루크가 또 스포트라이트를 독점했다. 그건 루크의 특기였다.

"소피아." 젯이 소피아를 눈빛으로 압박하며 말했다. "질문 하나만 할게. 핼러윈 날에 관한 질문이야."

"해." 소피아의 얼굴은 여전히 창백했다.

"우리 없을 때 집에 왔었더라. 두 번." 질문은 이 말에 암시되어 있었다.

소피아가 고개를 여러 번 빠르게 끄덕였다. 자기가 무슨 만화 캐릭터인가. "응, 내가 구운 쿠키 두고 가려고."

"알아." 젯이 말했다. "두 개 먹었어. 그때…"

"아." 소피아가 말했다.

"맛있었어. 조금 퍽퍽하긴 해도." 젯이 의자에서 자세를 고쳐 앉았다. "그런데 너 두 번 왔잖아. 쿠키를 놓고 가고서 1시간 후에 또 왔어."

"내가 그랬어?"

"그래. 초인종 카메라에 찍혔어. 못 믿겠으면 영상 보여줄 수…"

"아, 미안." 소피아가 지나치게 숨이 가쁜 목소리로 웃었다. "이제 기억난다. 휴대폰을 깜박하고 못 챙겼어. 주머니에 있는 줄 알았는데 잠깐 내려놨었나 보더라고. 뒤늦게 생각나서 가지러 왔던 거야."

이번에는 젯이 고개를 끄덕였다. 휴대폰 때문이었다면 이해가 됐다. 하지만 평소 막대기처럼 뻣뻣한 소피아가 안절부절못하는 모습을 보는 것도 재미있었다. 사실 예전에는 이런 애가 아니었다. 십 대 때는 젯보다 농담을 재미있게 잘하는 친구였다. "어디에 있었어?"

"주방." 소피아가 준비된 대답을 했다. "아기 낳고 가끔씩 깜박하는 거 있지. 그렇지, 여보?" 식당으로 돌아온 루크를 올려다보며 물었다.

"뭐?" 루크는 듣고 있지 않았다.

"젯이 초인종 카메라에 찍힌 영상 얘기하고 있었어. 그날 밤 말이야."

루크가 식탁에 앉은 사람들을 쓱 둘러보고 젯과 눈을 맞췄다. "정확한 시간도 찍혔어? 정확히 몇 시에 그 일이…"

"카메라에는 안 찍혔어." 젯이 대답했다. "하지만 내 애플워치가 알려줬지. 오후 10시 46분. 그게 범인이 내 머리를 후려친 시간이야." 두 번째 토스트에 잼을 발랐다. "10월 31일 밤 10시 46분에 어디 있었어?"

"농담하는 거지?" 루크가 웃음을 터뜨렸다.

"아마도." 젯이 어깨를 으쓱했다. "그래도 궁금하니까, 다들 어디에 있었는지 말해봐. 대답 못 하면 오빠가 자기 여동생을 죽였다는 소문이 날걸?"

"젯." 엄마가 관자놀이를 더 세게 문질렀다.

"나야 집에 있었지. 경찰에 진술한 것처럼." 루크는 언짢은 듯했지만 한편으로는 입가에 미소를 머금고 있었다. "10시 15분쯤 소피아와 집에 도착해서 캐머런을 재우고 TV를 봤어."

"뭐 봤는데?" 젯이 물었다.

"《프렌즈》." 루크가 말했다. "소피아가 《프렌즈》 팬이잖아."

"그런 다음 자러 갔어." 소피아가 캐머런의 얼굴에서 찐득한 녹색 덩어리를 닦아주며 덧붙였다.

"두 사람은 밤새 같이 있었다는 거네?" 젯이 포크로 오빠 부부를 가리켰다. "엄마, 아빠는 축제 물건들 차에 실어 회사 창고로 옮기고 있었고요?" 손뼉을 짝짝 쳤다. "뭐, 모두 알리바이가 있네요, 그럼." 다음으로는 아기에게 나이프를 들이밀고 추궁했다. "캐머런, 너는 어디 있었어?"

캐머런이 침으로 거품을 불었다.

"누구인지는 우리 다 알지 않니, 젯?" 아빠가 건드리지 않은 계란을 포크로 휘적이며 말했다. "경찰이 찾는 일만 남았지."

"누군데요?" 루크가 물었다.

"JJ." 아빠가 대답했다.

루크는 젯을 돌아봤다. "JJ였어?" 그렇게 말하는 목소리와 강하게 움켜쥔 손이 숨길 수 없는 분노를 드러냈다.

"아니, 아직 몰라." 젯이 말했다. "갑자기 사라져서 전화를 안 받을 뿐이야."

"문자도 보냈잖아." 아빠가 말했다. "'미안해'라고."

"죽여버리겠어." 루크가 식탁을 주먹으로 내리치자 식기가 들썩이고 아기가 움찔했다.

"루크, 제발." 소피아가 말했다. "아기 앞에서는 참아줘."

"누구를 죽인다고 그래." 엄마가 목소리를 높여 대화의 흐름을 바꿨다. "지금 이런 얘기 할 때니? 시간만 아깝지. 우리가 왜 모였는지 다들 알잖아."

다들 안다고? 젯이 가족을 둘러보았다. 우리가 왜 모였지?

"젯." 엄마가 의자에서 몸을 틀어 무릎을 젯 쪽으로 돌리며 말했다. 엄마의 목소리는 부드러우면서도 단호했다. "우리 가족에게는 이번이 마지막 기회야. 리 박사님이 그러는데 일단 동맥류가 생기면 돌이킬 수 없단다. 너를 살리고 싶으면 지금 너를 병원으로 데려가야 해. 오늘 아침이라도 당장. 엄마 소원이다. 온 가족이 동의한 일이야."

갑자기 속이 뒤틀렸다. 입 안에 있던 토스트에서 아무런 맛도 느껴지지 않았다.

"진짜로 온 가족 의견이에요?" 젯이 식탁에 앉은 사람들을 향해 큰소리로 물었다. "어떻게 살지, 어떻게 죽을지 나 스스로 결정하지 못한다고 생각하는 거예요? 다들 나보다 현명하셔서? 이런 결정을 해야 하는 게 어떤 기분인지 알기나 해? 씨발. 그리고 소피아, 내 단어 선택에 한마디라도 더 했다가는 가만 안 돼."

아무도 젯을 쳐다보지 못했다. 엄마와 아기 빼고는.

"수술대에서 죽을 수는 없어요. 그게 내 대답이에요. 죄송합니다, 가족 여러분." 오른쪽 눈 위의 통증도 하나의 대답이었다. 오늘 아침에 생긴 그 통증은 돌이킬 수 없는 사태가 벌어졌다는 증거였다. 이제 젯에게 선택의 여지는 없었다. 엄마에게는 더더욱 없었다.

"알았다." 엄마가 의자 다리를 오크나무 바닥에 시끄럽게 끌며 일어나 찬장으로 성큼성큼 걸어갔다.

"아침에 장례식장 가서 받아온 거야."

그러더니 식탁으로 돌아와 젯 앞에 카탈로그 두 장을 철썩 내려놓았다.

젯이 아래를 내려다보았다.

하나는 관 카탈로그였다. 광택제를 바른 각양각색의 나무 관이 번쩍거렸다.

옆에 있는 것은 유골함 카탈로그였다.

"이게 무슨…." 젯이 입을 열었다.

"엄마." 루크가 양손에 얼굴을 묻었다. "어떻게 이런…."

"골라봐." 엄마가 말을 자르고 두 개의 카탈로그를 가리켰다. "결정해, 젯. 네 선택이 중요하다고? 이것도 선택해 봐. 어서. 뭐로 할 거야? 매장이야, 화장이야? 하나 고르라니까?"

"엄마 지금 제정신 아니에요." 젯이 카탈로그를 밀어냈고 그 바람에 접시가 식탁에서 떨어져 산산조각 났다.

캐머런이 울음을 터뜨렸다.

"너 때문이잖아!" 결국 이성을 잃은 엄마가 소리쳤다. 눈물이 콧물과 섞여 흘러내렸다. "말을 왜 안 듣니. 너를 잃을 수는 없어. 자식 하나를 또 묻을 수는 없다고, 젯. 나는 못 한다. 이런 불공평한 일이 어디 있어."

"불공평이라고요?" 젯이 기가 막힌 목소리로 물었다. "나 스물일곱 살이에요. 제대로 살 기회도 없이 죽어야 하는 사람은 나란 말이에요."

"안 죽으면 되잖아!" 엄마가 애원했다. "죽지 마, 젯. 제발! 너는 내가 악역이라고 생각하겠지만 나는 상관없어. 너를 살릴 수만 있다면 뭐든 할 거야! 제발, 젯. 이러지 말자!"

"이미 결정했어요, 엄마!"

"나는 못 해." 엄마의 얼굴이 일그러지듯 무너져 내렸다. 엄마가 두 손으로 얼굴을 가린 채 식당을 뛰쳐나갔다. 통곡하느라 숨도 쉬지 못해서 울음소리에 기침이 섞여 나왔다. 위층에서 문이 쾅 닫히는 소리가 집 전체를 뒤흔들었다.

아빠가 한숨을 푹 쉬고서 일어났다. "너 때문에 엄마 속이 말이 아니야."

"잠깐." 젯이 아빠에게 따졌다. "나 때문에 엄마 속이 말이 아니라고요? 말도 안 돼. 내 앞에 관 카탈로그를 놓은 사람이 누군데요? 아빠, 제발 좀! 한 번만이라도 입장을 분명히 하면 어디가 덧나요? 옳은 말 하는 사람 편을 들라고요."

"루크, 일어나." 소피아가 속삭이며 아기 의자에서 캐머런을 안아 올렸다.

"아니, 아니, 아니." 젯이 말했다. "그냥 있어. 남아서 근사한 가족 식사 즐겨야지. 내가 가면 되잖아. 내가." 코를 훌쩍이고 소매로 콧물을 닦았다. "내가 떠날게. 더는 여기서 못 살겠으니까."

"젯, 그런 말 하지 마." 아빠가 두 팔을 벌리고 젯에게 다가왔다. 눈빛이 다정했지만 지금 이 상황에서 '다정함'은 별 도움이 되지 않았다.

"수술 안 한다는 거 진심이에요. 죽을 날까지 6일 남았는데, 여기서 이런 식으로 죽을 수는 없어요. 갈게요!"

그러고는 누가 불러 세우기 전에 황급히 식당에서 나왔다. 부른다고 설 생각도 없었지만. 젯은 마음의 결정을 내렸다. 그녀에게는 중요한 과제가 남아 있었다. 이번 생의 마지막 과제를 이 집에서 할 수는 없었다. 과제만으로도 벅찼다.

방으로 올라와 백팩 두 개를 들고 서랍장으로 향했다. 옷은 많이 안 챙겨도 되니 다행이다. 일주일 휴가를 위해 짐을 싼다고 생각하자. 그보다도 가볍게. 팬티를 한 주먹 집어 들고 브라도 두어 장 꺼냈다. 티셔츠 몇 장, 트레이닝 바지와 청바지도 가방에 쑤셔 넣었다. 욕실로 들어가 머리빗과 칫솔을 챙겼다. 화장품 파우치… 는 필요한가? 곧 죽을 사람 얼굴에 굳이 컨실러를 발라야 할까? 하얀색 로트렐 약병은 그냥 두었다. 고혈압과 신장 때문에 매일 먹는 약이었지만 이제는 의미가 없었다.

침대에 둔 노트와 잭 피니에게서 훔친 펜은 맥북과 함께 두 번째 백팩에 넣었다. 콘센트로 가서 그… 그… 뭐라고 부르더라. 배터리를 채워주는 하얀 전선 같은 거. 아무튼, 그 선을 잡아서 뽑고 가방 속 물건들 위에 대충 올렸다. 백팩 두 개를 어깨에 짊어멨다. 여전히 잠옷 차림으로.

아래층으로 내려와 신발을 신고 재킷을 걸쳤다.

"안녕, 레지. 사랑해." 허리를 굽혀 강아지의 정수리에 입을 맞췄다. 사실 레지는 젯의 강아지도 아니었다. 젯을 대학에 보내고 부모님이 허전한 마음을 달래려 데려온 강아지였다. 하지만 지금은 젯의 강아지였다. 그 사실을 모르는 사람은 없었다. 누구보다도 레지가 잘 알았다.

"젯." 복도 모퉁이에서 아빠가 나왔다. "진짜로 떠나려는 거 아니지?"

"진짜로 떠나요."

"안 돼." 아빠가 말했다. "엄마가 허락하지 않을 거야."

"엄마가 허락하는 일만 할 수는 없어요, 아빠. 저 가야 해요."

아빠가 백팩에 손을 뻗어 한쪽 끈을 붙잡았다. "하지만 젯, 이건 아니야…."

"뭐가요? 내 앞가림 하나 못할까 봐요? 나 혼자서도 할 수 있어요. 할 수 있다고요."

바로 그때, 우편물 투입구가 벌컥 열리더니 우편물 몇 개가 매트 위로 쏟아졌다. 진입로에서 들리는 발소리가 빨라졌다. 집 안의 고성을 듣고 우체부가 서둘러 떠나는 소리였다.

레지가 우편물을 향해 달려왔지만 젯이 더 빨랐다.

"봐요, 아빠." 젯이 코웃음을 치며 말했다. 상대적으로 조용하고 말투가 가벼울 뿐 젯도 엄마와 똑같이 이성을 잃어가고 있었다. "나 편지도 주울 수 있어요. 어디 보자, '마거릿 메이슨' 앞으로 두 통이 왔네요. 자기 앞가림 개잘하는 어른답게 나한테 온 편지 집는 거 보라니까요." 열려 있는 백팩을 아빠 손에서 빼앗아 편지를 쑤셔 넣었다. "조금 있으면 똥 싸고 뒤처리도 혼자 할 수 있겠어요."

캐머런의 울음소리가 들렸다. 루크와 소피아도 복도로 나오고 있었다.

"걱정하지 마. 너도 곧 할 수 있을 거야, 꼬맹아."

젯이 보조 테이블 위의 나무 접시에서 열쇠와 지갑을 집어 들었다.

"어디 가게?" 루크가 물었다. 그저 의무감 때문에 하는 질문이었다. 젯은 오빠를 잘 알았다.

"이 집구석만 아니면 어디든! 여기서 두 번은 안 죽어. 관은 엄마한테 고르라고 해. 나는 상관없어. 어차피 죽을 몸."

젯은 현관문을 열고 낑낑대며 밖으로 나왔고 중지를 세운 채로 초인종 카메라 앞을 지났다. 트럭 문을 열고 차 안에 올라타 시동을 걸고 운전대를 손바닥으로 한 번 때렸다. 아야, 아프잖아. 이건 다시 하지 말아야겠다.

백미러를 확인하며 차를 뒤로 빼고 문가에 서 있는 아빠와 루크와 소피아에게 손을 흔들었다.

막 차도로 나온 순간, 위층 창문의 커튼이 살짝 흔들렸다.

엄마가 유리창에 퉁퉁 부은 얼굴을 대고 떠나는 젯을 보고 있었다.

세 번 노크하고 2초 기다렸다. 다시 노크하고 또 기다렸다. 하지만 더는 기다릴 여유가 없었다. 트럭에 앉아 고민할 만큼 고민했다. 뭘 어떻게 할지, 어디로 가야 할지. 답은 하나뿐이었다. 이 거지 같은 마을에 찾아갈 사람은 한 명뿐이었다. 그래서 젯은 문을 두드리고, 두드리고, 또 두드렸다. 그 애라면 무례한 행동도 용서해 줄 것이다. 언제나 그랬듯이.

찰칵 하며 문이 안으로 열리고 문틈으로 빌리의 당황한 얼굴이 나타났다.

"젯." 빌리가 문을 완전히 다 젖혀 열었다. 구불거리는 검은 앞머리 아래로 퉁퉁 부은 눈이 보였다.

"아래층 바에 물어보니까 너 1B호에 산다더라고." 젯이 설명했다.

"너 괜찮아? 미안, 미안해. 그런 뜻이 아니라. 내가 멍청한 질문을 했네." 빌리의 시선이 젯의 가방에 닿았다. 빌리의 입술에 걸린 또 다른 질문은 밖으로 나오지 못하고 입가만 맴돌았다.

"저기, 있잖아." 젯이 말하고 숨을 들이마셨다. "혹시… 나 여기 있어도 돼? 같이?"

움직이지 않는 입과 달리 빌리의 눈은 젯의 얼굴을 이리저리 살피고 있었다. 눈빛 속에 예전의 빌리가 언뜻 스쳐 지나갔다.
 "룸메이트 노릇은 제대로 못 할 거야." 젯이 웃었다. "집세는 당연히 못 내고, 늦게까지 잠 안 자고 네 밥을 빼앗아 먹을 수도 있어. 짐도 딸려 있고." 그러면서 바닥에 있는 백팩 두 개를 가리켰다. 하지만 젯이 말하는 짐은 그 짐이 아니라는 사실을 두 사람 모두 알고 있었다. "그래도 부담이 엄청 되지는 않을 거야. 너도 알겠지만, 나 일주일 후에 죽을 거라서."
 빌리가 침을 꿀꺽 삼켰다.
 "오케이라는 거지?"

8

"빌리, 괜찮다니까. 걱정하지 마."

 젯은 빌리가 진공청소기를 밀고 지나갈 수 있게 커피 테이블에서 발을 들어주었다.

 "이불 빨고 있어." 청소기 소음 때문에 빌리가 목소리를 높여 말했다. 빨려 들어간 부스러기가 청소기 안에서 타다닥거렸다. "네가 침대 써. 나는 소파에서 잘게."

 "어떻게 침대 주인을 쫓아내." 젯은 리버 스트리트의 구글 거리 뷰가 떠 있는 화면으로 시선을 돌렸다. 디지털 스토커처럼 위아래로 클릭하며 그 지역을 샅샅이 뒤지고 있었다. 그렇게 하면 과거의 잔디밭이나 흙길에서 잃어버린 휴대폰을 찾을 수 있다고 생각하는 것처럼.

 "소파가 좋아서 그래. 나 원래도 가끔은 소파에서 자."

 빌리 피니는 거짓말을 정말 못했다. 게다가 이 소파는 싸구려 소파였다. 튀어나온 스프링에 벌써 젯의 허벅지가 배겼다.
 청소기를 들고 침실로 사라진 빌리는 계속 청소기를 돌리며 탈취제를 집어 들고 방 안에 구석구석 뿌려댔다.
 젯은 입을 다문 채 미소를 지으며 리버 스트리트 위쪽 끝을 다시 쳐다보았다.
 침실에서 더 많은 욕설과 부스럭거리는 소리가 들렸다.
 "빌리, 걱정 좀 그만해." 또 저런다. 저렇게 수선 떨고 있으면 집중하기가 힘들다고.
 빌리가 작은 상자를 들고 다시 나타났다. "작년 크리스마스 선물로 받은 건데 아직 안 뜯었어."
 상자를 열자 유리병에 든 초록색 양초가 나왔다. '시더 딜라이트' 향이라고 적혀 있었다. 빌리가 커피 테이블에 유리병을 내려놓고 주방 서랍에서 라이터를 꺼내와 허리를 굽히고 심지에 불을 붙였다. 빌리의 흐릿한 파란 눈에 작은 불꽃이 비쳤다.
 "예쁘네." 젯이 씩 웃으며 빌리를 올려다보았다. "여기서 살면 좋을 것 같아. 남은 평생."
 빌리가 라이터에서 엄지를 떼고 굳은 눈으로 젯을 쳐다보았다.
 "왜? 웃자고 한 말이야." 젯이 걸걸한 목소리로 웃었지만 빌리는 웃지 않았다. 평소에는 젯이 어떤 농담을 해도 웃었으면서.
 "이것만 치울게." 빌리가 중얼거리고 커피 테이블 중앙에 놓여 있던 사진 액자에 손을 뻗었다. 노트북 화면에 가려 사진이 있는지도 몰랐다. 하지만 빌리가 액자를 집어 드는 순간, 사진 속 인물이 젯의 눈에 들어왔다. 검은색 머리카락이 구불거리고 눈이 반짝거리는 여자였다. 손가락 사이로 아이스크림이 녹아 흘렀다. 빌리네 엄마, 베스 피니 부인이었다. 사진 속에는 어린 남자애도 있었다. 소년은 머리카락도, 아이스크림도, 새파란 눈동자도 엄마와 똑같았다. 젯과 가장 친하던 시절의 빌리였다. 열두 살쯤 됐다. 빌리가 시선을 피했고 젯도 못 본 척 시선을 피했다. 하지만 젯은 빌리가 벽장 첫 번째 선반에 액자를 놓고 문을 닫는 모습을 곁눈질로 지켜보았다.

"괜히 나 있다고 해서 다 치울 필요는 없어."

"맞다." 다른 걱정거리가 떠올랐는지 빌리가 말했다. "현관 앞 매트 아래에 보조 열쇠 있어. 네가 쓰면 되겠다. 가져다줄게."

열쇠를 가지러 간 빌리가 숨을 거의 헐떡이며 돌아와 테이블에 열쇠를 내려놓았다. 빌리의 눈동자에 젯의 노트북 화면이 비쳤다.

"네 휴대폰 전원이 저기서 꺼진 거야?"

젯은 고개를 끄덕이다 고개를 젖히고 위에 서 있는 빌리를 쳐다보았다. "저 동네에 아는 사람 있어?"

빌리가 아랫입술을 잘근잘근 씹었다. "글쎄. 너는 범인이 저기 산다고 생각해?"

"뭐, 범행 직후에 곧바로 갔으니까." 젯이 말했다. "이 지점에서 내 폰을 껐어." 리버 스트리트와 노스 스트리트가 교차하는 지점의 거리뷰를 가리켰다.

빌리는 잠시 생각을 해보았다. "집으로 가는 길이었을 수도 있어. 그러다 네 폰을 가지고 집에 가면 안 된다는 사실을 깨달은 거지. 꼭 그 동네에 산다고 할 수는 없지 않나? 그냥 지나가는 길이었다면."

"어쩌면." 젯이 고개를 끄덕였다. "어쩌면 마을 북쪽에 살 수도 있겠네."

'어쩌면'이 너무 많은 느낌인데.

"또 뭐 있어?"

젯이 펼쳐놓은 노트의 메모로 고개를 돌리자 빌리도 따라서 시선을 옮겼다.

"많지는 않아. 경찰은 JJ가 범인이라고 생각하는 것 같아."

빌리가 소파 등받이에 팔을 기대고 몸을 숙였다. 젯의 어깨 위에 빌리의 머리가 떠 있었다.

"너도 JJ라고 생각해?"

"아니. JJ는 그런 사람 아니야. 하지만 열린 사고를 하려고 노력 중이야." 젯이 말을 멈췄다. "뭐… 누구 때문에 머리통이 열린 김에."

이번 농담에는 빌리도 웃을 뻔했다. 한쪽 입꼬리가 올라가 실룩거렸다. 하지만 유령에 홀린 듯한 눈은 아직 정상으로 돌아오지 않았다. 게다가 생각이 너무 많은 듯 머리가 쉬지 않고 바쁘게 돌아갔다. 그럴 만도 하다. 죽은… 아니, 거의 죽어 있던 젯을 발견했으니까. 잊으려면 시간이 필요할 테지. 젯은 처음 몇 초 이후로는 그 상황을 목격하지 않아도 됐다. 하지만 궁금했다. 지금 젯의 눈빛도 빌리처럼 뭔가에 사로잡힌 것 같을까? 왠지 그럴 것 같았다. 오른쪽 눈 안쪽으로 깊숙한 통증이 느껴졌고, 붕대 아래는 통증이 약해졌지만 여전히 쓰리고 아팠다. 진통제를 더 먹어야겠다. 그래도 의사가 잘 듣는 약을 줬기에 망정이지.

젯이 얼굴을 찌푸렸다.

"왜 그래?" 빌리가 몸을 더 굽히고 젯의 눈을 쳐다보았다. "진통제 필요해? 아니면 배고파? 내가 먹을 거 만들어줄게. 말만 해."

"빌리, 괜찮아. 내 뒷바라지 안 해도 돼."

"내가 좋아서 하는 거야."

언제나 그랬다. 빌리는 젯보다 9개월 먼저 태어났다. 젯은 빌리가 존재하지 않는 세상을 몰랐다. 빌리는 언제나 바로 앞집에 있었다.

'안녕, 빌리, 우리 자전거 탈래? 경주하자. 야, 내가 어리고 작다고 봐준 거야? 봐주기만 해, 빌리.'

'안녕하세요, 메이슨 부인. 젯 있어요? 개구리를 찾았는데 젯 보여주려고요. 젯이 개구리를 좋아해서요.'

이런 관계는 젯이 열네 살이 되며 끝났다. 소피아가 절친 자리를 대신 차지하고 젯의 시간과 관심을 전부 빼앗은 그때부터. 소피아가 와 있으면 빌리는 놀러 올 수 없었기 때문이다. 괜히 어색해지면 안 되니까. 젯과 빌리는 각자 다른 세계에서 성인이 되었다. 자전거 경주나 개구리는 이제 없었다. 하지만 빌리 말대로 젯은 개구리를 좋아했다. 그날 그 개구리도 진짜 끝내줬다.

화면에 알림창이 떴다. 배터리가 부족하단다.

"이런." 젯이 말했다. "그거… 미치겠네, 이름이 뭐지? 하얀 전선 같은 거?"

"충전 케이블?"

"맞아!" 젯이 장하다는 듯 빌리의 어깨를 두드렸다. "충전 케이블, 그거야."

"내가 가져다줄게." 빌리가 허리를 펴고 일어났다. 빌리는 누군가를 위해 무언가 해주는 걸 마다하지 못하는 사람이었다. 빌리는 원래 그런 애였다. 하지만 젯은 빌리와 달랐다.

젯이 빨간 백팩을 가리켰다. "저 안에 있어."

"편지도 있는데." 빌리가 가방을 뒤지다 말했다.

"아, 맞다. 어디 봐."

젯이 맥북을 테이블에 두고 바닥으로 내려와 빌리의 손에서 편지 뭉치를 빼앗았다. 첫 번째 빨간 봉투에는 손 글씨로 주소가 적혀 있었다. 봉투를 뒤집어 입구를 찢었다.

"카드네." 젯이 말하며 카드를 꺼냈다.

흰색 카드 앞면에는 현란한 색깔의 화병 그림이 있었다. 화병과 작은 그림자 아래에 적힌 문구는 '빠른 쾌유를 빌어요.'였다.

"장난하나."

카드를 들어 빌리에게 보여주었다. 빌리가 얼굴을 찌푸렸다.

"누가 보낸 거야?"

카드를 펼쳐 안에 적힌 손 글씨를 대충 훑었다.

"게리 클레이."

"마을 운영위원회 회장?"

젯이 고개를 끄덕이고 목을 가다듬은 후 큰소리로 읽었다. "'사고 소식을 듣고 놀랐습니다.' 사고라고요? 그런 건 계획적인 살인이라고 해요. '온 마음과 기도를 보냅니다.' 이봐요, 게리, 마음과 기도는 당신이나 처…."

"이건 뭐야?" 빌리가 젯의 무릎에서 다른 봉투를 집어 들더니 물었다. "공문서 같은데."

젯은 카드를 내려놓고 봉투를 받아 들었다. 정말로 공문서 같았다. 얇은 비닐 아래에 아주 깔끔한 글씨체로 찍힌 젯의 이름과 주소가 얼핏 무시무시한 분위기를 풍겼다. 상단에는 굵은 글씨로 '본인 외 개봉 금지'라고 적혀 있었다.

젯이 봉투를 북 찢어 열고 접힌 종이를 꺼내 읽었다.

"미납 안내문? 잠깐만, 이게 뭔 소리야?"

"뭔데?" 빌리가 옆자리에 앉자 소파 쿠션이 빌리 쪽으로 푹 꺼졌다.

"라이트파이라는 인터넷 대출 회사에서 보낸 거야. '마거릿 메이슨 님, 귀하는 아래 명시된 담보 대출에 대한 월 상환금을 기한 내에 납부하지 않았습니다.'" 젯이 편지 내용을 훑어보았다. "뭐라고? 3만 달러?"

"3만 달러나 왜 필요했어?"

"나는 3만 달러가 필요했던 적 없어, 빌리." 젯이 짜증의 화살을 빌리에게 돌렸다. "내가 빌린 게 아니야." 편지 속 '은행 계좌번호' 뒤에 적힌 숫자를 가리켰다. "내 계좌도 아니잖아. 나 이런 돈 없어. 대출 같은 거 안 받았다고." 편지를 계속 읽었다. "아래의 개인 자산을 담보로 한 대출이었기에 상환금이 지급되지 않을 시 압류 조치를… 어쩌고저쩌고… 뭘 하지 않으면 소송이 제기될 것임을… 잠깐만, 자산이라니?" 밑에 적힌 내용을 훑어보았다. "차량 포드 F-150, 연식 1986, 등록번호 HB… 내 트럭이잖아!" 젯이 입을 떡 벌리며 손에 든 편지를 흔들었다. "누가 내 트럭을 담보로 대출을 받았어! 내 이름으로!"

"정말 네가 안 한….

"3만 달러를 받아서 썼으면 기억하겠지, 빌리. 내가 라테랑 아보카도를 얼마나 사 먹는다고 생각하는 거야?"

빌리는 고개를 끄덕이며 젯의 비난을 묵묵히 받아들이고, 입술로 바람을 불어 열기를 가라앉혔다. "그렇다면 신원 도용이겠네." 빌리가 말했다. "누가 네 이름으로 대출을 받았다면."

젯은 머리가 깨졌다는 사실도 잊고 뒤로 털썩 기댔다. 그러다 붕대가 소파에 닿자 앓는 소리를 냈다. "넘어진 사람은 걷어차지 말라는 말도 못 들었나."

빌리가 젯을 유심히 쳐다보았다. "저기, 어쩌면… 우연이 아닐 수도 있어, 젯."

젯이 다시 몸을 일으켰다.

"네 사건과 관련이 있지 않을까?"

젯도 빌리를 유심히 쳐다보았다. "그렇게 생각해?"

"생각해봐. 전에도 이런 경우 있었어?"

"없었지." 젯이 동의했다. "살해당한 경우도 없었고."

"내 말이." 빌리가 소파에서 일어났다. "경찰서 가서 보여주자. 경찰도 누가 왜 너를 죽이려고 했는지 찾고 있잖아?"

"3만 달러 때문이라고?" 젯은 자신이 그보다 더 가치 있는 사람이라고 생각하며 살았는데. "네 말이 맞아." 젯이 코를 훌쩍이며 일어나 테이블에 놓인 빌리의 보조 열쇠를 집어 들었다.

드디어 뭔가 나왔다. 구글 지도로 리버 스트리트를 왔다 갔다 클릭하는 것보다 훨씬 의미 있는 수확이었다. 사건의 결정적인 단서가 될 수도 있었다.

문 옆 옷걸이에 걸어둔 재킷을 꺼내 입은 후, 평소 열쇠를 넣고 다니는 주머니에 열쇠를 넣고 반대쪽 주머니에 편지봉투를 넣었다. 휴대폰을 챙겼는지 확인하려 청바지 주머니를 두드렸다가 그럴 필요가 없다는 사실을 떠올렸다. 젯의 휴대폰은 범인이 가지고 있었으니까.

두툼한 양말을 신은 발을 버켄스탁 샌들에 넣었다.

"이따 봐." 젯이 문에 손을 뻗으며 말했다.

"아." 털 안감을 댄 청재킷에 벌써 팔 한쪽을 꿴 빌리가 대답했다. "나는… 아니야, 그래, 괜찮아."

젯이 열린 현관문 앞에서 망설였다. "너는 바쁜 줄 알았지. 안 그래도 민폐를 끼쳤는데 시간까지 빼앗으면 안 될 것 같아서."
 빌리의 재킷이 축 늘어지고 빌리의 입꼬리도 축 늘어졌다.
 "그래, 네 말이 맞아. 어차피 나, 나는 이따가 바에 출근도 해야 하고… 그래, 괜찮아. 나, 나중에 보자."
 '나중에.' 이제는 이 단어의 의미도 몇 시간으로 바뀌었다. 젯에게 남은 '나중'은 그만큼밖에 없었기 때문이다.
 "그래, 나중에 보자, 빌리."

9

"이걸 언제 받으셨습니까?" 에커 형사가 편지를 다시 훑어보았다. 엄지로 잡은 부분에 구김이 생겼다.

"오늘 아침 우편으로 도착했어요." 젯이 말했다. 테이블 맞은편에는 에커 형사와 경찰서장이 앉아 있었는데, 두 사람의 몸집에 비해 철제 의자가 너무 작아 보였다. 잭 피니는 파일을 두 손으로 가슴에 껴안고 면회실 뒤쪽 벽에 기대어 서 있었다.

에커가 젯의 머리 위에 걸린 디지털시계를 쳐다보았다. 젯도 그의 시선을 따라 고개를 돌렸다. 오후 4시 52분. 새빨간 숫자가 화를 내는 것처럼 초 단위로 빠르게 올라갔다. 빨강은 위험과 피 그리고 실수를 상징했다.

"오후나 돼서 열어봤고요." 젯이 묻지도 않은 질문에 답했다. "그런데 대, 대, 대⋯ 기다리는 곳에서 1시간 넘게 앉아서 기다렸어요. 제 시간이 얼마 안 남은 거 아시죠?"

에커는 질문에 대답하지 않았다. 다시 편지를 읽던 에커가 엄지를 움직이자 종이 윗부분이 앞으로 툭 접혔다.

"대출 실행 시점은 2개월 전이었습니다." 에커가 말했다. "지난주에 첫 번째 상환금을 납부해야 했고요."

젯이 어깨를 으쓱했다. "다른 문제가 시급해서 신용 점수 낮아지는 건 걱정도 안 해요." 눈을 문질렀다. 천장 조명이 너무 밝아 눈의 통증이 점점 심해지고 있었다. 이 사람들은 은은한 조명이라는 걸 모르나?

"이 계좌번호도 모르고요? 대출금이 지급된 계좌요."

"몰라요, 제 계좌 아니에요."

에커가 혀를 차며 말했다. "알겠습니다. 조사해 보도록 하죠."

"관련이 있다고 생각하세요? 제 살인 사건과?"

에커가 편지를 접어 봉투에 다시 넣었다. "현재로서는 모든 가능성을 배제하지 않고 검토 중입니다."

또 경찰어로 말하는군.

"그래도 일부는 배제했겠죠. 제가 형사는 아니지만, 에일리언이나 테일러 스위프트 소행은 아닐 거 아니에요. 테일러 스케줄이 얼마나 빡빡한데."

루 서장이 손으로 입을 가리고 웃었다.

"저희가 살펴보겠습니다." 에커가 편지로 테이블을 툭 치며 일어나자 자그마한 철제 의자가 듣기 싫은 마찰음을 일으켰다. 존재감을 과시하려는지 크기에 비해 쓸데없이 큰 소리가 났다.

"잠깐만요." 젯이 문으로 가는 에커를 불러세웠다. "어젯밤에 리버 스트리트에 간다고 하셨죠. 그곳 주민들과 이야기해 본다고요. 뭐 알아낸 거 있어요?"

에커는 문고리를 쥔 채 가만히 서 있었다. "주민들과 이야기를 해봤습니다. 그날 밤 특별히 이상한 점을 목격하거나 이상한 소리를 들었다는 사람은 없었어요. 마지막으로 확인된 휴대폰 위치와 가장 가까운 12번지에는 할머니 한 분이 거주하는데 그때 이미 취침 중이었다고 하시더군요. 오늘 아침 구역을 나눠 수색을 진행하라 지시했습니다. 아직까지는 발견된 게 없네요. 뭐라도 나오면 알려드리겠습니다."

젯은 고개를 끄덕였지만 에커의 말을 전부 신뢰하지는 않았다. "아, 그리고 라이트파이 놈들에게 전해주세요. 트럭 압수하려면 내 시체를 밟고 넘어가야 할 거라고."

이런. 의도한 말은 아니었는데. 우리가 사용하는 언어 곳곳에 죽음이 존재했다. 젯도 죽을 날을 받고서야 그 사실을 실감했다.

에커가 문을 열었다. 경찰서장은 젯에게 고개를 끄덕여 인사하고 모자를 다시 눌러 쓰고는 에커를 따라 나갔다. 문이 닫히고 시계의 분이 또 바뀌었다. 남은 시간이 줄어들고 있었다.

그제야 잭이 움직였다. 벽에서 몸을 떼고 주인 잃은 의자 하나에 앉았다. 의자는 그가 앉기에도 너무 작았다.

"몇 시간 전 경찰서로 전화가 한 통 왔어." 잭이 젯과 눈을 맞추고 말했다. "네 엄마가 실종 신고를 접수한다는 전화였지."

젯이 한숨을 쉬었다. 입 밖으로 나온 공기는 더 무겁게 가라앉았다. "무슨 실종이에요."

"알아." 잭이 다정하게 말했다. "네 엄마는 원래 그런 사람이잖니, 젯."

"안 그랬으면 좋겠어요."

"네가 오늘 아침에 집을 나갔다고 하더라. 엄마가 얼마나 걱정하는지 몰라. 너나… 네 상태에 대해서."

"저는 괜찮아요." 젯이 코를 훌쩍였다. "빌리 집에 있어요."

잭은 고개를 끄덕이다 턱을 치켜든 자세에서 멈췄다. "그럴 것 같았다. 엄마가 다시 전화하면 그렇게 전할게."

침묵이 흘렀다. 침묵도 아까보다 더 무겁게 느껴졌다.

"혹시 저 때문에 난처해지셨어요?" 젯이 문으로 고갯짓을 하며 말했다. "제가 수사에 참여해달라 부탁해서요."

"네가 부탁한 기억은 없는데." 잭이 미소를 지었다. "그보다는 요구였지."

젯이 피식 웃었다. "죄송해요. 그냥, 저 사람들은 잘 모르잖아요. 믿음이 안 가요." 손가락을 꼼지락거리다 두 손을 맞잡고 깍지를 꼈다. "저 사람들도 저를 모르고요. 관심이나 있겠어요. 사건만 종결하면 그만이죠. 하지만 경사님은 제가 아는 사람이고, 필요한 정보를 다 알려주실 거 아니에요. 그게 이웃 아닌가요?"

잭이 다시 미소를 지었다.

"그러니까… 제가 알아야 할 정보 없어요?" 젯이 넌지시 말했다. "현장 조사 중에 발견한 단서라거나?"

잭이 자세를 바꾸자 철제 의자가 삐걱거렸다. "글쎄다, 그건 에커 형사가 먼저…."

"부탁이에요." 젯이 몸을 앞으로 기울이고 잭의 흔들리는 눈을 똑바로 쳐다보았다. "시간이 얼마 없다고요."

잭은 한숨을 쉬고 뒤를 힐끗 확인했다. 문을 바라보는 몇 초 동안 시간은 속절없이 흘렀다. 시계는 무음이었지만 젯의 귀에는 시간의 소리가 똑똑히 들렸다.

"알았다." 잭이 재빨리 말하며 한 손으로 코를 문지르고 다른 손으로는 파일을 밀었다. "흥미로운 단서가 나오기는 했어."

"흥미로운 단서요?"

잭이 파일을 열고 종이와 사진을 휘리릭 넘겼다. 현장에 있던 노란 표지판 사진들도 보였다. 서류에 적힌 글씨들이 궁금했지만 거꾸로 뒤집힌 데다 너무 빠르게 지나가서 읽어낼 수는 없었다.

"이거야." 커다란 사진이 나오자 잭이 그 사진을 꺼냈다.

사진 위쪽에는 장갑 낀 손이 있었다. 손의 주인은 하얀 배경 앞에서 손가락 두 개로 투명한 비닐봉투를 들고 있었다. 위가 봉인된 비닐봉투의 내용물은 머리카락 한 가닥이었다. 젯은 눈을 가늘게 뜨고 더 가까이 몸을 기울였다. 머리카락은 빨간색 직모 같았다. 10센티미터가 조금 넘는 길이였다.

젯은 잭이 건넨 사진을 더 자세히 들여다보았다.

"현장에서 발견된 머리카락이야. 더 구체적으로 말하면, 네가 공격당해 쓰러져 있던 곳에서 발견된 머리카락. 제일 큰 피 웅덩이에 있었어. 머리카락이 먼저 바닥에 떨어졌고, 네가 그 위로 피를 흘린 거야. 감식으로 그런 정보를 알아낼 수가 있지."

젯은 사진을 내리고 다시 잭을 쳐다보았다. 이 사진의 의미를 알 것 같았지만 잭의 설명을 듣고 싶었다.

잭이 고개를 끄덕였다. "구급대원이나 경찰, 아니면 너를 발견한 빌리가 들어와서 현장이 오염됐을 때 떨어진 게 아니라는 뜻이야. 이 머리카락은 그보다 전에 떨어졌거나, 아니면 그때…"

잭은 문장을 맺지 않았다. 그럴 필요도 없었다.

"그러니까 범인이 흘렸을 수도 있다는 거네요?" 젯이 물으며 다시 사진으로 시선을 돌리고 확대된 머리카락을 따라 손가락을 움직였다. 젯이 아는 사람 중에 빨간 머리가 있던가? 소피아 머리카락은 진갈색이지만 붉은 조명을 받으면 살짝 붉게 보이기도 했다.

젯이 마른침을 삼켰다. "DNA는 나왔어요?" 하지만 알고 있었다. 영화나 드라마에서는 순식간에 정보를 입수하지만 현실은 달랐다. 연구소에서 결과 하나를 받는 데 몇 주씩 걸릴 수도 있었다. 젯은 영화 주인공도 아니었고, 기다릴 시간도 없었다.

잭이 고개를 젓고 작은 목소리로 말했다. "소용없어. 인간 머리카락이 아니니까."

젯이 눈을 찌푸렸다.

"가짜야." 잭이 말했다. "합성섬유."

젯은 머리카락을 다시 쳐다보았다. "가발이라는 말이에요?"

"맞아, 가발이야." 잭이 손을 뻗더니 젯이 들고 있던 사진을 다시 파일에 끼웠다. 또 뒤를 힐끔거렸다. "핼러윈 축제 때 누가 빨간 가발을 쓰고 있었는지 아니?" 그렇게 물었지만 잭은 답을 이미 알고 있는 듯했다. 그래서 에커 형사도 묻지 않았던 걸까?

젯이 숨을 내뱉으며 말했다. "JJ요."

잭은 입을 굳게 다물고 파일을 덮었다.

JJ가 이런 짓을 했을 리는 없었다. 아닌가? 젯과 사귀는 동안 언성 한 번 높이지 않았던 JJ다. 솔직히, 소리라도 질렀으면 그만큼 젯을 좋아하나보다 생각했을 거다. 하지만 JJ는 행방이 묘연해졌다. 범행 시각 이후 젯에게 '미안해'라는 문자를 보냈다. 핼러윈 축제 때 빨간 직모 가발을 쓰고 있었다. 젯이 살해당한 그날 밤에.

젯은 잭 피니의 눈빛에서 세 번의 스트라이크를 읽을 수 있었다.

JJ는 삼진 아웃이었다.

10

트럭 안은 소금과 기름 냄새로 가득했다. 감자튀김이 식을수록 냄새는 더 심해졌다. 아무래도 라지 사이즈 감자튀김 네 개에 더블 치즈버거까지 시킨 건 무리였다. 젯은 신장을 지키려고 몇 년 전부터 감자튀김을 멀리했는데 이제는 그럴 필요가 없었다.

젯은 두 번째 감자튀김 봉지에 남은 마지막 세 조각을 입에 넣었다. 먹을 수 있을 때 오기로라도 먹어야 했다. 하지만 기억만큼 맛있지는 않았고 소금기 때문에 혀가 아렸다.

그 위치에 가까워졌다.

오른발에서 힘을 살짝 빼자 트럭이 기어가듯 속도를 줄였다.

여기가 리버 스트리트와 노스 스트리트가 만나는 지점이다. 전조등 불빛도 닿지 않는 어둠 속으로 도로는 계속 이어지고 있었다.

살인범이 젯의 핸드폰을 이곳으로 가져와 전원을 끈 지도 사흘이 지났다.

　범인과 어떤 관련이 있는 장소일까? 범인은 어디로 가고 있었을까?

　JJ가 유력 용의자라면, 경찰은 이 장소와 JJ를 어떻게 연결했을까? 이 근처에 JJ의 지인이 있다는 말은 들어본 적 없었다. 그렇다면 JJ는 왜 젯을 죽이고 이곳으로 왔을까? 방금 한 말은 취소다. 애초에 JJ가 젯을 죽일 리 없었다. 둘이 함께 있으면 항상 웃음꽃이 피었다. 그것도 아주 많이. 물론 지금 돌이켜 보면 대부분 한쪽의 일방적인 웃음이었을지도 모르겠다. JJ와 일하는 중에도 체육관 직원실에서 둘만의 비밀스러운 시간을 즐겼다. 직원실에 카메라가 달려 있다는 사실을 깨닫기 전까지는 그랬다. 사귀는 동안 좋았다. 하지만 젯은 좋은 것만으로 만족할 수 없었다. 단순히 좋은 것보다는 더 나은 목표, 더 위대한 목표를 추구해야 했다. 젯 앞에는 창창한 미래가 펼쳐져 있었으니까. 그 당시에는 그렇게 믿었다. JJ와는 끝도 나쁘지 않았다. 피차 어색하지 않도록 체육관도 그만뒀다. 설마 그런 이유로 사람을 죽이겠는가?

　오늘 밤만 벌써 이 거리를 따라 운전하는 게 네 번째였지만, 젯은 여전히 아무런 답도 단서도 발견하지 못했다. 보이는 것은 '천천히! 어린이 보호'라고 적힌 노란 표지판뿐이었다. 천천히 가고 있었지만 표지판 때문은 아니었다.

　젯은 한숨을 쉬었다.

　차라리 내려서 걸어갈까? 식은 튀김 냄새가 아니라 쌀쌀한 밤공기를 마시면 다른 관점, 새로운 시각으로 볼 수 있을지도 모른다. 젯은 새하얀 울타리 옆 잔디밭에 차를 댔다. 사이드브레이크를 당겼지만 엔진 시동은 켠 채로 두었다. 휴대폰도, 워치도 없는 젯이 시간을 확인할 수 있는 수단은 대시보드의 시계가 유일했다. 10시 55분. 1분만 있으면 이곳에서 살인자가 젯의 휴대폰 전원을 끈 그 시간이 된다.

키를 뽑은 후 차에서 내려 문을 잠갔다. 그런 다음 몸을 돌려 트럭에 한 손을 올리고 거리를 바라보았다. 휴대폰이 파란색 점으로 마지막 위치를 남긴 곳은 도로 한가운데였다. 그 마지막 흔적이 젯을 이곳으로 이끌었지만, 이제는 길을 잃은 기분이었다.

아무 일도 일어나지 않았다. 1분이 지났지만 달라진 것은 없었다. 바람 소리가 새빨간 단풍나무를 휘저을 뿐이었다. 뭘 기대했던 걸까?

젯은 트럭을 두고 리버 스트리트를 따라 계속 걸었다. 양쪽으로 늘어선 집들을 살펴보느라 머리가 어지러웠다. 삼각형 현관 지붕에 빨간 자동차가 서 있는 흰색 집이 에커 형사가 말한 그 집일 거다. 자느라 아무것도 못 봤다는 할머니네 집 말이다.

죽은 듯 고요한 거리에는 인도를 걷는 젯의 신발 소리밖에 들리지 않았다. 이 너머로는 가로등도 없었다. 머리 위에 뜬 달이 희미한 달빛만을 비추고 있었다.

젯을 죽인 범인은 분명 이 동네에 아는 사람이 있을 것이다. 그러지 않고서야 젯의 머리를 박살 내고 곧장 이곳으로 운전해 올 이유가 있겠는가? 이 주변 주민들 이름을 다 뽑아달라고 경찰에 요청해 볼까?

갈수록 집이 드문드문해지더니 공동묘지가 나타났다. 어둠 속에 십자가와 비석이 삐뚤빼뚤한 치아처럼 늘어서 있고, 그 위로 눈물을 흘리는 천사가 우뚝 솟아 있었다. 젯은 일부러 깊이 생각하지 않고 걸음을 재촉했다. 이곳에는 에밀리 언니가 묻혀 있었다. 왠지 의미심장하지 않은가? 동생이 언니보다 나이를 한참 더 먹고서 다시 만나게 되다니. 마침 저기 잔디밭에 아직 채워지지 않은 빈자리가 보였다. 이런, 결국에는 그 생각을 하고 말았다. 젯을 위해 꽃다발을 놓아줄 사람이 있을까? 기왕이면 제일 좋아하는 해바라기로?

공동묘지를 지나자 다시 집들이 나타났다. 젯은 덧문과 지붕이 달린 창문들 아래를 살금살금 지났다. 교차로에서 네 갈래 길이 나왔다. 앞에 놓인 길은 쭉 리버 스트리트였다. 아직 절반밖에 안 왔는데 벌써 다리가 조금씩 휘청거렸다. 피곤해서다. 그냥 피곤하기 때문이다. 그냥 피곤할 수도 있잖아? 다른 의미가 아니라. 뒤통수도 욱신거렸다. 뭔가 축축한 느낌의 통증이었다. 밖에 이렇게 오래 있을 줄 모르고 진통제를 빌리 집에 두고 왔다.

젯은 마을 쪽으로 돌아가는 왼쪽 길을 택했다. 여기까지 온 김에 차라리 한 바퀴 빙 둘러 트럭으로 돌아가자. 공동묘지를 다시 지나는 것보다야 낫겠지.

젯은 짙어지는 어둠 속에서 길을 따라 걸었다. 달도 보이지 않고 양쪽에 늘어선 나무들의 간격이 갈수록 좁아졌다. 저 앞에 다리가 하나 보였다. 고장 난 가로등의 주황색 불빛이 깜박이며 다리를 비췄다. 미들 커버드 브리지. 일반적인 다리와 다르게 다리에 나무로 만든 집을 덮어 놓은 것 같은 모양이라 관광객이라면 누구나 멈춰 서서 사진을 찍었다. 딱 '버몬트 스타일'이라나. 하지만 대낮일 때나 그렇지, 밤에는 꼭 공포영화에나 나올 것처럼 생겼다. 영화 대본에 들어가라고 쓰여 있는 게 아니라면 발도 들이고 싶지 않은 모습이었다.

젯은 굳이 다리로 지나갈 이유는 없었지만, 그냥 계속 걸었다.

젯의 발소리가 다리 전체에 메아리치며 지끈거리는 머릿속으로 파고들었다.

젯이 문득 걸음을 멈췄다.

뒤쪽 나무들 사이에서 바스락거리는 소리가 따라오고 있었다.

어깨 너머로 뒤를 돌아봤지만, 아무것도 보이지 않았다.

그냥 여우였을까?

그 순간 깨달았다. 젯은 두렵지 않았다. 두려워야 정상이었다. 어두운 밤에 휴대폰처럼 도움을 청할 수단도 없이 홀로 걷고 있었으니까. 하지만 두렵지 않았다. 젯의 심장은 그런 감정을 알아차리지 못했다. 경고의 의미로 고동쳐야 한다는 사실을 잊은 것 같았다.

심장이 옳았다. 두려워할 이유가 없지 않은가? 최악의 상황, 악몽의 단골 소재는 이미 현실이 되었다. 어두운 밤에 혼자 외출하지 않는 이유, 자신을 지키기 위해 주먹으로 열쇠를 말아쥐어야 할 이유가 사라졌다. 젯은 더 이상 죽을 수 없었다. 이미 그렇게 돼버렸으니까.

남자들이 이런 느낌인 걸까? 어둠 속에서 으스스한 다리를 건너면서도 살아서 건너편에 도착하지 못할 수도 있다는 두려움이 조금도 느껴지지 않았다. 이러나저러나 상관없었다. 이제는 밤도 젯의 세상이었다.

죽음을 앞둔 여자, 이미 죽은 여자에게 두려움 같은 건 없었다.

젯이 엉덩이로 밀어 문을 열었다. "감자튀김 먹을래, 빌리? 식은 거긴 한데."

빌리는 세 발짝 떨어진 곳에서 휴대폰을 든 채 동그랗게 뜬 눈을 깜박이지도 않고 서 있었다.

"대체 어디 갔었어?" 빌리가 숨을 헐떡이며 말했다.

젯이 남은 감자튀김 두 상자를 내밀었다. 빌리는 품 안에 받아 들다가 하나를 떨어뜨릴 뻔했다.

"4번 국도에 있는 버거집 감자야. 경찰서 근처. 4년 만에 처음 먹는 감자튀김인데 솔직히 좀 실망했어. 이럴 바에는 맥도날드나 찾아볼걸."

"지금 몇 시인 줄 알아?" 빌리가 테이블에 감자튀김을 내려놓았다. 한쪽 상자가 넘어지며 감자튀김이 쏟아졌다. "걱정했잖아. 폰도 없으면서 어딜 갔다 온 거야?"

"경찰서 갔다가 4번 국도에 있는 버거 가게 찍고, 한동안 차로 리버 스트리트를 왔다 갔다 하며 감자튀김 먹고 나를 죽인 범인을 찾아다녔지. 아, 걷기도 했다. 소용없는 짓이었지만. 아무것도 못 찾았거든."

빌리의 눈이 아까보다 더 커졌다.

"같이 가자고 하지. 밤이잖아. 위험하단 말이야."

"안 무서웠어. 뭐가 걱정이야, 빌리. 또 살해당할까 봐?"

"그럴 수도 있지."

"뭐 어때. 이제는 상관없잖아?"

"상관있어." 빌리는 바닥에 떨어진 감자튀김을 주워 들고 손에 묻은 기름을 닦았다. 빌리의 눈에 담긴 감정은 단순히 걱정이 아니었다. 두려움이었다. 남자라면 밤을 두려워하지 않는다고 생각했지만 빌리는 달랐다. 갑자기 젯은 왠지 모를 죄책감을 느꼈다.

"내가 늦을 수도 있다고 했잖아." 젯이 말했다. 사과라기엔 한참 부족한 말이었다. "살인 사건을 해결해야 하거든."

빌리는 코를 한 번 훌쩍이더니 축 늘어진 감자튀김을 집어 먹으며 말했다. "형사가 뭐래? 대출 건 말이야."

"살펴보겠대. '모든 가능성을 배제하지 않겠다'라는 것 같아."

"잘됐네." 빌리가 오물거리며 말했다. "근데 이거 진짜 맛없다. 내가 맛있는 거 구해다 줄게. 네가…." 빌리는 말을 하다 말고는 얼굴을 붉혔다.

젯은 못 들은 척하고 재킷을 걸었다. "에커 형사랑 서장이 나간 뒤에, 너희 아빠가 알려준 게 있어."

빌리가 놀란 표정을 지으며 감자튀김을 하나 더 집었다.

"진짜? 나한테는 절대 안 알려주는데. 우리는 미식축구랑 날씨 얘기밖에 안 해." 빌리가 콧방귀를 뀌었다.

"현장에서 발견된 머리카락 사진을 보여주셨어." 젯이 말했다. "내 피가 흐르기 전에 떨어진 거래. 원래 그 자리에 있었던 게 아니라면 범인이 흘렸다는 뜻이지."

"DNA 테스트 얼마나 걸리지?"

"가발이야." 젯이 소파에 앉고 소파 저편에 놓인 수첩을 가져와 펼쳤다. "핼러윈 코스튬용 빨간색 가발." 빌리를 올려다보았다. "그리고 핼러윈 날 누가 빨간 가발을 썼는지 우린 다 알지."

"그래." 빌리가 숨을 들이마셨다.

"JJ…." 젯이 말했다.

"앤드루 스미스." 빌리도 젯과 동시에 말했다.

두 사람은 서로를 손가락으로 가리키며 빤히 쳐다보았다.

또 동시에 말했다.

"JJ도?"

"앤드루 스미스가 빨간 가발을 쓰고 있었다고?" 젯의 눈이 가

늘어지고 목소리는 작아졌다.

"그 사람 광대였잖아, 젯."

기억을 더듬어 보았다. "빨간 코는 기억나. 가발도 썼었나?"

"백 퍼센트 확실해." 빌리가 옆자리에 털썩 앉았다.

젯은 눈을 감고 그때를 떠올리려 했다.

"근데 광대 가발은 보통 무지개색 아니야? 말려서 곱슬곱슬하고? 현장에서 나온 머리카락은 직모였어. 10센티가 조금 넘는."

빌리도 눈을 감고 그때를 떠올렸다. 젯은 빌리가 너무 오래 생각하는 것 같아서 얼굴에 바람을 훅 불었다.

"너 진짜 11살 이후로 변한 게 없다." 빌리가 말했다.

"너도 마찬가지야." 젯은 빨리 기억하라고 빌리의 옆머리를 손가락으로 쿡쿡 찔렀다. "뭐 생각나는 거 있어?"

빌리가 고개를 끄덕였다. "분명 빨간 가발이었어. 색은 빨간색 하나고, 직모였을 거야. 빨간 머리가 풍성했어. 영화 《그것》에 나오는 광대처럼."

젯은 빌리에게 펜을 들이대며 물었다. "확실해?"

"아니…." 펜이 주는 압박감을 이기지 못한 빌리가 말했다. "하지만 가서 물어볼 수는 있지. 바로 옆집이니까." 그러더니 소파에서 일어났다. "지금 바로…."

"아니야, 아직은 안 돼." 젯이 빌리를 다시 앉히자 두 사람의 다리가 부딪혔다. "대뜸 가서 우리가 가발 얘기를 꺼낼 순 없어. 그가 용의자라면 우리 얘기를 듣고 가발이나 다른 증거를 없애려고 할 거야. 현장에서 확보한 머리카락 얘기는 아무도 몰라야 해. 사실은 네 아빠도 말하면 안 되는 증거였어." 젯이 고개를 절레절레 저으며 말했다. "너 정말 수사에 소질이 없구나, 빌리."

"나는 처음이잖아!" 빌리가 항복하듯 두 손을 들었다. "하지만 앤드루가 무슨 가발을 썼는지 무슨 수로 확인하려고? 이건 중요한 문제야. 용의자가 하나에서 둘로 늘어날 수 있어."

"더 많을 수도 있지." 젯이 생각을 소리 내어 말했다. "그날은 대부분 코스튬을 입고 있었어. 축제에 빨간 가발을 쓰고 돌아다닌 사람이 더 있었을지도 모른다는 얘기야."

빌리는 힘없이 어깨만 으쓱했다. "내가 사진이라도 찍을걸."

이번에는 눈을 감을 필요도 없었다. 그날의 기억이 고통스럽게 눈 안쪽의 터널을 타고 밀려왔다. "그날 사진을 찍은 사람이 있어." 젯이 손가락을 튕겼다. "게리 클레이 아들. 오언이랬나? 걔가 고오급 카메라로 축제 공식 사진을 찍고 있었어. 사진이라면 있어. 그것도 많이."

젯이 활짝 웃자, 빌리도 덩달아 웃었다.

"가자." 젯이 벌떡 일어나 재킷을 걸어둔 곳으로 걸어갔다.

빌리가 기침을 하며 말했다. "지금 가려고? 11시 반이야."

"남은 시간이 별로 없어, 빌리."

빌리는 잠시 망설이다 말했다.

"아침에 가야 환영받지 않을까? 너도 피곤해 보이고."

"피곤한 것쯤은 괜찮아, 빌리." 젯이 재킷에 팔 한쪽을 넣었다.

"꼭 그래서 하는 말이 아니라." 빌리가 시선을 아래로 떨구며 말했다. "너… 지금 피나. 붕대 뒤쪽에…."

젯이 동작을 멈추자 재킷이 바닥으로 툭 떨어졌다. 손을 뒤통수에 올리고 살짝 누르니 날카로운 통증이 솟았다. 손이 따뜻하고 끈적해졌다. 젯이 인상을 찌푸렸다.

"붕대를 매일 갈아주라고 했는데." 하지만 어떻게? 보이지 않고,

손에 닿지도 않는데?

"내가 해줄게." 젯이 부탁하기도 전에 빌리가 말했다. 빌리는 젯과 평생 알고 지낸 사이였다. 젯이 남들에게 숨기는 부분도 빌리는 알았다. 무능해진 기분이 싫어 도움을 청하지 못하는 성격까지도.

"네가 원한다면야." 젯이 코를 어색하게 킁킁거렸다. 사실 젯도 빌리의 숨겨진 면을 알았다. 상대가 누구든 돕지 않고는 못 배긴다는 점도 그중 하나였다. 젯이 아니었어도 빌리는 도움의 손길을 내밀었을 것이다.

"그래, 와서 앉기나 해." 까진 무릎에 반창고를 붙이는 것처럼 대수롭지 않다는 듯 빌리가 소파를 두드렸다. 어렸을 때 젯의 무릎에 반창고를 붙여준 적도 있었을 거다. "집에 구급상자 있어. 거즈랑 테이프도 있을 거야. 소독약도."

"소독약은 안 발라도 되지 않을까?" 어차피 썩을 몸인데.

빌리가 TV 옆에 있는 벽장 문을 열었다. 맨 위 선반에는 빌리 엄마의 사진이 든 액자가 놓여 있었다. 빌리 엄마가 젯을 바라보는 듯했다. 젯은 붕대 아래 상처가 욱신거려 얼굴을 찡그렸다. 그 아래 선반에 공구 가방과 파란색 구급상자가 있었다.

"아빠 선물이야." 빌리가 말했다. "독립했을 때 받은 건데 둘 다 지금까지 꺼낼 일이 없었어."

빌리가 구급상자를 열고 비닐 포장된 거즈와 테이프를 꺼냈다.

"좋아, 앞을 봐. 뒤부터 하고, 그다음 옆을 갈자." 빌리가 무릎을 꿇고 소파 등받이에 팔꿈치를 올려 젯과 눈높이를 맞췄다. "천천히 할게. 괜찮지?"

"그냥 해."

젯은 고통을 예상하고 이를 악물었다. 목덜미에 빌리의 따스한 숨이 닿았다. 그러다 사라졌다. 빌리는 집중하려 숨을 참고 있었다. 젯의 머리에 조심스럽게 손을 올리고 오래된 붕대를 벗겼다. 진물이 흐르는 상처와 피부가 함께 당겨졌다.

젯이 얼굴을 찌푸리고 소파 쿠션을 움켜쥐었다.

"미안, 미안. 오, 이런."

"빌리, 너 혹시 기절하는 건 아니지?"

"버텨볼게. 됐어. 다 뗐어."

빌리가 붕대를 벗기자 차가운 공기가 상처에 닿았다. 지나치게 차가웠다.

"나 머리카락 밀렸어, 빌리?"

"음." 빌리가 대답했다. "그게… 아주 예쁘지는 않아. 딱지가 살짝 있고, 다 밀린 부분도 조금은 있어. 빨리 덮어버리자. 예쁘고 깔끔하게."

귀 뒤쪽에서 비닐 포장 뜯는 소리가 들렸다.

"간다. 이걸 아주 조심스럽게 댄 다음에 테이프로 고정할 거야. 알았지?"

젯은 빌리가 다가오기를 기다렸다. 더 가까이.

"악!" 젯의 갑작스러운 외침에 빌리가 놀라서 펄쩍 뛰었다.

"젯, 그런 장난 재미없어!"

젯이 굵고 걸걸한 목소리로 웃었다. 재미만 있는데. 빌리의 표정이 너무 웃겼다.

"다시는 그러지 마."

젯은 욕실 불을 끄고 캄캄해진 거실로 나와 문을 닫았다.

빌리는 벌써 소파에 몸을 웅크린 채 누워 있었다. 담요는 빌리의 키에 비해 짧았고, 소파도 마찬가지였다. 소파 밖으로 나온 맨발이 달랑거렸다. 다가오는 젯을 보자 빌리의 눈빛이 반짝였다.

"다 씻었어. 치약 고마워." 젯이 말했다.

"고맙기는."

젯은 소파를 지나 침실로 걸어갔다. 작은 스탠드가 방 안을 밝히고 있었다. 젯이 주저하다 뒤를 돌아보았다.

"같이 갈래?" 어둠을 향해 말했다. "내일 아침에, 오언 클레이 만나러 갈 때. 네가 원한다면 말이야."

빌리가 가고 싶어 한다는 걸 알기 때문에 하는 말이었다. 게다가 같이 가면 빌리가 걱정할 일도 없고, 상황을 따로 설명할 필요도 없으니까.

"같이 갈게." 캄캄한 거실에서 빌리의 목소리가 들렸다.

젯은 조용히 침실로 들어왔다. 침대에는 깨끗한 이불이 잘 정돈되어 있었고 협탁에는 물도 한 컵 놓여 있었다. 빌리가 준비했겠지.

"잘 자, 젯."

"잘 자, 빌리."

11월 4일 화요일

11

젯은 초인종을 누르고 조금 무례하다 싶을 때까지 손을 떼지 않았다.
플레전트 스트리트 19번지는 쾌적하다는 뜻의 거리 이름에 딱 어울리는 집이었다. 노란색 목재와 광택을 낸 회색 덧문이 특징인 이 저택은 아마 메이슨 건설의 작품일 것이다. 그래 보였다.
젯이 다시 한번 초인종에 손을 뻗었다.
"잠깐만 기다려 봐." 뒤쪽 계단에서 빌리가 말했다.
"나 남은 시간이 얼마 없어." 젯은 빌리를 무시하고 초인종을 짧게 세 번 눌렀다.
문이 안으로 열리고 문틈에 게리 클레이의 얼굴이 나타났다. 눈을 가늘게 뜨고 방문객을 확인하는 동안 짙은 색 피부에 주름이 잡혔다. 잠시 후 두 사람을 알아본 게리가 찡그린 얼굴을 펴고 미소를 지었다.

"아, 젯 왔니. 이른 아침이지만 반갑구나."

"안녕하세요, 게리." 젯도 게리처럼 미소를 지었다. "카드 잘 받았어요. 마음 써주셔서 감사합니다."

게리의 시선이 옆머리의 붕대로 향하더니 미소가 흐릿해졌다.

"알아냈니? 누가 그랬는지…."

"아직요." 젯이 말을 잘랐다. "찾으려고 노력하고 있어요. 여기 온 것도 그래서고요. 핼러윈 축제 때 아드님이 사진을 찍었던 기억이 나서요. 사진을 보면 큰 도움이 될 것 같거든요. 혹시 집에 있어요?"

갑자기 밀물처럼 쏟아진 정보에 게리가 말을 더듬었다. "어, 그, 그래, 있어. 마당에서, 그, 드론을 날리고 있다. 자, 자주 그래."

"약을 하는 것보다는 낫죠." 젯이 게리를 재촉하듯 한 걸음 더 앞으로 움직였다.

"들어올래?" 게리가 물으며 문을 잡은 채 뒤로 물러났다.

당연한 말씀을. 하지만 젯은 그 말 대신 "고맙습니다."라고 인사하고 게리를 지나쳐 현관 복도로 들어갔다. 빌리도 젯의 뒤를 따랐다.

"주방을 통해서 가면 돼." 뒤에서 게리의 목소리가 들리고 현관문이 찰칵 닫혔다.

복도 반대쪽 벽에 직사각형 거울이 걸려 있었다.

젯이 문득 걸음을 멈췄다. 시선이 거울 속의 눈에 닿았기 때문이었다. 오른쪽 눈이 이상했다. 자고 일어나 욕실 거울을 볼 때도 그러더니 아직 그대로였다. 오른쪽 동공이 확장되어 있었다. 커다란 검은 구멍 주위로 담갈색 홍채는 거의 보이지 않았다.

"괜찮아?" 빌리가 옆에 서서 물었다. 빌리도 변화를 알아차렸을까? 하지만 뭐라 말하지는 않았다.

"그럼." 젯은 자신의 모습에서 시선을 거두고 복도에서 주방으로 방향을 틀었다. 주방은 빛이 잘 들어와 환했고 회녹색 찬장과 흰색 대리석 조리대로 꾸며져 있었다. 어디선가 높게 위이잉거리는 기계음이 들렸다.

게리가 두 사람 옆을 지나 뒷마당과 연결된 유리문으로 향했다. "나는 일하러 가야 하고 오언이 사진을 보여줄 거야." 그러면서 손등으로 유리를 두드렸다.

뒷마당에는 펑퍼짐한 후드티 차림의 십 대 소년이 리모컨 비슷한 물건을 들고 서 있었다. 소년이 고개를 들자 게리가 다시 유리를 두드리고 이리 오라며 빠르게 손짓했다.

날카로운 기계음이 성난 꿀벌 소리처럼 점점 커지더니 드론이 오언의 발밑에 내려앉았다. 오언이 드론을 들고 유리문으로 서둘러 다가왔다.

"아빠 출근한다." 오언이 안으로 들어와 문을 닫고 식탁에 드론을 소중히 내려놓자 게리가 말했다. "이 누나는 다이앤 메이슨 부회장 딸이야. 네가 좀 도와줘라. 알았지?"

게리는 아들의 대답을 기다리지도 않았다. "엄마 만나면 안부 전하마, 젯." 그 말을 남기고 손을 흔들며 복도로 나갔다. 곧이어 현관문이 탕 닫히는 소리가 들렸다.

오언은 후드티에 파묻힌 몸을 한껏 움츠리고 서서 눈만 깜박였다.

"나는 젯이라고 해." 젯이 말했다. "이쪽은 빌리. 너는 오언이지?"

오언이 침을 꿀꺽 삼키고 발로 시선을 떨어뜨렸다. 안쓰러울 정도로 사람을 대하는 게 서툰 아이였다. 어른이 되어서도 사회성이 늘어날 것 같지는 않았다.

어색하든 말든 젯에게는 시간이 없었다.

"네가 찍은 핼러윈 축제 사진 보고 싶어서 왔어."

오언이 주춤거리며 한쪽 발끝으로 반대쪽 발을 쿡쿡 찔렀다. "아직 편집을 다 못했어요."

"그래도 괜찮아. 시간이 촉박해서 말이야."

발만 보고 있던 오언이 고개를 들었다. 얼굴에 차마 말하지 못하는 질문이 떠올랐다.

젯은 한숨을 쉬고 말했다. "핼러윈 날 누가 내 머리를 공격했어. 그래서 나는 5일 후에 죽게 됐고. 그러니까 누가 나를 죽였는지 확인할 수 있게 사진을 보여주면 정말 고마울 것 같아. 아니면 우리 다 같이 발을 조금 더 쳐다보고 있을까?"

"아, 그 얘기 들었어요." 오언이 말했다. 목소리에 약간의 생기가 돌았다.

"그래, 내 얘기야."

오언의 시선이 젯 뒤에 있는 빌리로 향하더니 188센티미터나 되는 몸을 지나 넓은 어깨를 훑었다. 지레 기가 죽어 후드티 안으로 몸을 더 움츠렸다.

"나는 그냥 빌리야." 빌리가 말했다.

'착해 빠진'은 어디다 떼먹고.

"여기 있는 파일이 다예요. 총 628장이에요."

세 사람은 오언의 침실에 들어와 있었다. 오언은 빛을 뿜는 대형 커브드 모니터 두 대를 앞에 두고 자기 책상 회전의자에 앉았고, 젯과 빌리는 오언의 뒤에 바짝 붙어 있었다.

"그날 밤 드론 영상도 있어?" 빌리가 물었다.

오언이 고개를 저었다. "사진만 찍었어요. 그 아이는 안 데리고 나갔거든요."

으으, 아이래.

"좋아, 우리 이제 사진 볼게. 수고했어." 젯이 손가락으로 문을 가리켰다.

오언은 무선 마우스를 쥔 채 꿈쩍도 하지 않았다.

"자, 오언, 착하지." 젯이 더 강하게 말했다. "우리 사진 봐야 한다니까. 너는 뒷마당으로 네 애인 데리고 나가서 놀아."

"애인 없는데… 아."

"그래." 젯이 말했다. "벌떡 일어나."

오언이 머뭇거리며 일어났다.

"알았어요. 뭐 삭제하면 안 돼요."

"안 한다고 약속해." 젯이 의자에 앉아 눈치를 주자 결국에는 오언도 방을 나가 아래층으로 내려갔다.

"분명히 컴퓨터에 괴상한 야동 같은 거 받아놨을 거야." 젯이 말하며 모니터로 고개를 돌리고 마우스를 쥐었다.

"남자애들 트라우마 생길 짓 좀 그만해." 빌리가 책상에 팔꿈치를 대고 젯 옆으로 몸을 숙였다.

"내가 무슨 남자애들한테 트라우마를 줬다고 그래?"

"그랬어."

젯이 첫 번째 파일을 더블클릭하자 전체 화면으로 사진이 열렸다. 눈이 빛나는 핼러윈 호박 사진이었다. 지나치게 사람 같은 미소가 소름 끼쳤다. 오언이 전문가 흉내를 낸답시고 과다 노출로 찍은 호박 사진들을 화살표로 한참 넘기고서야 축제 사진이 나왔다. 해 질 녘 이른 어둠이 내려앉고 있었다. 이때는 젯이 도착하기 전이었다.

페이스 페인팅 부스에서 유치 빠진 아이들이 잇몸을 드러내며 카메라를 향해 웃었다. 은박 접시에 담긴 파이 두 개를 들고 가는 뱀파이어 사진도 있었다. 머리부터 발끝까지 고양이 코스튬을 입은 게리 클레이는 부숭부숭한 손으로 카메라에 대고 브이 포즈를 취했다.

코스튬 경연 대회에 참가한 짝퉁 슈퍼히어로들 사진도 많았다. 우승자인 어설픈 스파이더맨에게는 허접한 플라스틱 금메달이 수여되었다.

젯의 손이 멈췄다. 엄마와 아빠가 부스에 핼러윈 사탕 봉지를 쌓아두고 웃고 있는 사진이 나왔기 때문이었다. 엄마의 미소에는 긴장이, 아빠의 미소에는 고통이 배어 있었다. 아빠는 플래시 빛에 피부가 조금 누렇게 떠 보였고 이마도 지나치게 번들거렸다.

"너희 아빠 괜찮으신 거야?" 빌리가 사진을 보며 물었다.

젯이 고개를 숙였다. "신장이 망가지기 시작했어. 예순이 넘은 후로는 예고된 일이었지, 뭐. 조만간 투석이나 이식도 고려해야 할 거야." 입을 굳게 다물고 계속 화살표를 클릭했다. "왜 하필 내 신장도 부실해서는."

"거기, 스톱!" 빌리가 허리를 굽히고 마우스를 쥔 젯의 손을 잡았다. "JJ야."

정말이었다. 줄무늬 셔츠와 청 멜빵바지를 입었고 얼굴에는 검은색으로 두껍게 흉터를 그려놔서 누구인지 알아보기 힘들었지만 JJ가 확실했다. 머리에 쓴 새빨간 가발은 직모였고 길이는 10센티미터가 조금 넘어 보였다. JJ는 남동생 헨리의 어깨에 가볍게 팔을 두르고 서 있었다. 형제의 닮은꼴 미소는 말레이시아인 아버지에게 물려받은 것이었지만, 그 외에는 아버지의 흔적이 많지 않았다. 그 집 아버지는 형제가 어릴 때 집을 나가버렸으니까. 헨리는 해골과 뼈다귀 그림으로 장식한 해적 모자를 쓰고 한쪽 손에 금색 플라스틱 갈고리를 달았다. JJ는 키가 더 큰 동생의 어깨에 머리를 기대고 있었다.

"현장에서 나온 머리카락이랑 같은 거야?" 빌리가 물었다.

"그런 것 같아. 색깔도, 길이도."

젯은 그 사진을 따로 보관하기 위해 두 번째 모니터로 옮겼다. 두 사람은 림 형제가 지켜보는 가운데 나머지 사진도 마저 살펴보았다.

"이건 또 뭐야!" 젯이 탄식하며 자신의 클로즈업 사진을 클릭했다. 분명 몰래 찍은 사진이었다. 플래시 때문에 눈이 빨갛게 빛났고 캔디 애플을 베어 무느라 콧잔등에 주름이 자글자글했다. 뺨에는 캐러멜이 묻어 있었다. "이건 삭제다." 젯이 클릭하자 사진이 휴지통으로 빨려 들어갔다. 그 사진은 휴지통에 들어가야 마땅했다.

"젯." 빌리가 꾸짖듯 젯의 이름을 불렀다.

"나 죽을 사람이야." 젯이 빌리에게 그 사실을 일깨워 주었다. 만능 방패라고나 할까.

더 많은 사진을 넘겼다. 마녀 셋과 해골, 늑대인간, 고스트페이스의 단체 사진이 나왔다. 초인종 카메라에 찍혔던 애들이다. 메이슨 가족의 사탕을 다 훔쳐 간 녀석들. 마녀 하나가 카메라에 중지를 세워 보였다. 볼수록 마음에 드는 친구였다.

사진은 끝도 없었다.

"저 애도 빨간 가발 쓰고 있네." 빌리가 화면을 가리켰다. 한 소녀가 섬뜩한 인형 같은 미소를 짓고 두 남자 사이에 서 있었다. 남자 하나는 경찰 복장이었다. 당연했다. 경찰서장 루 잰카우스키였으니까. "똑같은 가발처럼 보이긴 하네." 빌리가 JJ와 소녀를 번갈아 보았다.

"그러게." 젯이 혀로 소리를 냈다. "하지만 열한 살짜리 여자애가 나보다 클 리는 없어. 얘는 아니야. 용의자 후보에서 제외."

"동의해." 빌리가 미소를 지었다.

젯은 계속 화살표를 클릭했다.

"아유, 귀여워." 루크와 소피아의 사진을 보고 빌리가 말했다. 사진 속 루크는 호박 분장을 한 아기 캐머런을 안고 있었다.

젯이 참지 못하고 콧김을 뿜었다.

빌리는 그 콧김의 의미를 잘 알았다.

"소피아는 네 절친이었잖아." 빌리가 조심스럽게 말을 꺼냈다.

"빌리 너도 내 절친이었어."

"우리는 어릴 때고. 소피아랑 자매처럼 친하지 않았어? 어떻게 된 거야?"

젯이 코웃음을 쳤다. "내 잘못 아니야. 내가 대학 가고 나서 문자를 씹은 건 저쪽이라고. 나를 버리고 곧장 우리 오빠에게로 달려갔지. 그 멍청한 인간한테."

빌리가 팔꿈치로 젯을 쿡 찔렀다. "결혼식 때 신부 들러리도 서 놓고."

"맞아. 그러면 나를 버린 일을 만회할 수 있다고 생각했나 보지. 전혀. 드레스도 진짜 흉측했어. 분명 일부러 그랬을 거야."

"어쨌든. 캐머런은 귀엽잖아."

젯이 어깨를 으쓱했다. "재미없어."

"젯, 아기 보고 재미없다고 하면 어떡해."

"아기는 재미없고, 막 아기를 낳은 사람들은 더 재미없어."

"젯!" 하지만 빌리도 웃고 있었다.

"잠깐." 젯이 다급히 속삭였다. 다시 화면에 이끌린 눈이 머릿속의 어떤 기억을 건드렸기 때문이다. 소피아가 아니라 오빠에 관한 기억이었다.

사진 속의 루크는 통통한 호박 코스튬을 꽉 움켜쥐고 카메라에 아기를 들어 보였다. 양쪽 손등이 앞을 향했고 손마디의 피부가 얇게 당겨졌다. 젯은 화면에 손가락을 뻗어 루크의 깨끗한 손을 문질렀다.

"왜?" 빌리가 물었다.

"거짓말이었어." 젯이 손가락을 거두며 말했다. 빛 때문에 생긴 착시가 아니었다. 루크의 손등에는 상처가 없었다. "개새끼."

"뭐?"

"루크 손. 난도질당한 것처럼 손등이 다 긁혔어. 내가 의식 차리고 보니까 그렇더라고." 젯은 오빠의 눈을 들여다보았다. "물어보니까 금요일 아침 공사장에서 다쳤다고 했어. 넘어졌다고. 하지만 이건 금요일 저녁 사진인데…."

"손이 멀쩡하네." 빌리가 젯의 생각을 대신 마무리했다.

"이 이후에 무슨 일이 있었던 거야." 젯이 말했다. "왜 거짓말을 했지?"

"토요일 아침을 잘못 말했겠지." 빌리가 의견을 냈다.

"그때는 이미 나 입원한 병원에 와 있었어." 젯이 반박했다.

아직은 죽을 수 없다 143

"설마 그런 생각은 아니지? 루크가…." 빌리가 차마 문장을 맺지 못하고 말을 흐렸다.

"루크와 소피아는 범행 시각에 같이 있었어." 두 사람 말로는 그랬다. 하지만 이미 한번 거짓말을 했다면… 젯도 그 생각을 끝까지 할 수 없었다. "뭐, 빨간 가발은 안 썼으니까…."

그 문제는 일단 뒤로 하고 사진을 쭉쭉 넘기며 빨간 가발의 흔적을 찾았다. 이 집에 온 이유는 빨간 가발을 찾기 위해서였다. 루크가 아니라.

"잠깐, 스톱!" 빌리가 말했다.

젯이 이전 사진을 클릭했다.

고양이 탈을 벗은 게리 클레이가 양옆에 두 명의 경찰을 끼고 환하게 웃는 사진이었다. 게리는 고양이 팔로 루 서장과 잭 피니에게 팔짱을 꼈다. 세 사람 다 카메라를 보며 미소를 짓고 있었다.

배경의 왼쪽 끝에 젯도 보였다. 빌리를 올려다보며 얼굴을 찌푸리는 중이었다. 하지만 사진의 오른쪽 가장자리, 그러니까 빌리 아빠 잭의 뒤편으로 앤드루 스미스가 맥주병을 입가에 가져가며 두 사람에게 다가오는 모습이 보였다. 피사체의 배경에서 빠르게 움직이는 도중에 찍혔지만 아주 흐릿하지는 않았다. 빨간 페인트로 칠한 코, 눈에 그린 검은 아이라인, 머리에 쓴 빨간 가발. 빌리 말이 맞았다. 정전기가 일어난 듯 폭신한 직모는 JJ의 가발과 길이도 같았다.

"맞지?" 빌리가 사진을 보며 말했다. 젯은 그 사진도 옆 모니터로 옮긴 후 두 사진을 나란히 놓고 확대했다. "둘이 같은 가발 쓰고 있는 거지?"

새빨간 색깔도, 질감도, 길이도 똑같았다. 두 가발 모두 젯의 살인자가 현장에 떨어뜨린 머리카락 한 올과 일치했다.

젯이 고개를 끄덕였다. "같은 데서 샀나 봐."

"아마존." 어쩌다 보니 둘이 동시에 말했다.

"둘인 거네." 빌리가 허리를 펴고 다시 똑바로 섰다. "JJ와 앤드루 스미스."

"JJ 아니면 앤드루 스미스지." 젯이 정정했다.

"정말 앤드루가 용의자라고 생각해?"

"그날 밤 술에 취해 있었어. 화도 많이 났고." 젯은 넘어지고 있는 화면 속 광대를 응시했다. "축제 때 한 말 너도 들었잖아. 메이슨 가족을 다 증오한다고. 메이슨이라면 죽어야 한다…"

"그렇게 말하지는 않았지." 빌리가 말을 잘랐다. "이제 어떡해?"

젯이 일어나다 한쪽 다리가 저려 휘청였다. 빌리가 팔을 잡고 부축해주었다.

"JJ는 여기 없으니 대화할 수 없지." 젯이 말했다. "하지만 앤드루는 가능해."

빌리가 입을 굳게 다물고 고개를 끄덕였다. "어디 있을지 알 것 같아."

"가자."

오언의 침실에서 나가던 젯이 열린 문가를 맴돌고 있던 오언과 딱 마주쳤다. 오언은 헉 소리를 내며 후다닥 벽에 붙어 몸을 최대한 작게 웅크렸다.

"야." 젯이 이글거리는 눈빛으로 오언을 쳐다보았다. "너 엿들었으면 혼나."

"안 그랬어요. 진짜예요!"

"어디 가서 입 나불대면 변태 같은 야동 모음 너네 아빠한테 이른다."

오언 입에서 불쌍한 강아지 같은 소리가 흘러나왔다.

젯은 밖으로 나와 길 건너 트럭을 세운 곳으로 씩씩하게 걸어갔다. 아침 햇살에 반짝이는 하늘색 페인트는 쾌적한 거리와 잘 어울렸다. 하지만 어울리지 않는 것이 하나 있었다. 앞 유리에 웬 비닐?

"웃기는 소리 하네." 젯이 비닐을 떼서 빌리에게 들어 보였다. "딱지? 고작 45분인데. 새 주차 미터기 내가 가만히 두나…."

생각해보니 젯이 화를 낼 필요는 없었다. 어차피 닷새 후면 죽을 텐데. 젯의 손에 들린 이 작은 딱지는 무의미했다. 비닐에서 딱지를 꺼내 반으로 찢자 빌리의 입이 떡 벌어졌다.

젯이 딱지를 손에서 놓았다. 날아간 종이 조각들이 죽은 나방처럼 후두둑 떨어져 진흙에 달라붙었다.

"저 돈 절대 못 내."

12

"여기 있을 거랬잖아."

빌리가 젯을 위해 문을 잡아주었다. 두 사람은 계단을 올라 닥터 맨드레이크스 다이브 바에 들어섰다. 물론 젯의 머릿속에서는 늘 빌리네 바였다. 빌리의 직장이었고, 또 빌리의 집 바로 아래층 가게였기 때문이다. 하지만 실제로 와본 것은 처음이었다.

남색 줄무늬 벽에 마호가니 벽판을 댄 공간의 목제 계산대 뒤로 유리 선반 가득 술병이 놓여 있었다. 각종 조명이 어둑한 구석을 비추었는데 조명이 이상할수록 더 매력적인 분위기를 연출했다. 제일 으슥한 구석의 테이블에 맥주병을 양손으로 감싸 쥔 앤드루 스미스가 앉아 있었다.

"대낮부터?" 등이 구부정한 남자를 훑어보며 젯이 말했다. 지금은 빨간 가발을 쓰지 않았다. 하얗게 세기 시작한 단발을 뒤통수에서 하나로 묶었을 뿐이었다.

"가게 문 열면 항상 내려와 있어."

젯이 빌리를 올려다보았다. "알코올 중독자를 술집 위에 살게 하다니, 누가 그런 기똥찬 아이디어를 냈대?"

"본인이지, 뭐." 빌리가 대답했다. "다행히 첫 번째 병인 것 같아."

"두 번째를 주문하기 전에 빨리 가서 말 걸자."

빌리가 카운터로 걸어가 사장에게 인사를 했고, 젯은 반대쪽으로 향했다. 테이블 옆에 바닥을 뚫고 튀어나온 것처럼 거꾸로 선 두 다리가 보였다. 두 다리는 검은색과 흰색 줄무늬 스타킹에 루비색 구두를 신고 있었다. 그 사이로 전구 하나가 절묘한 위치에 끼워져 있는 스탠드였다. 확실히 젯이 올 만한 곳은 아니었다.

앤드루의 테이블에는 의자가 하나뿐이었고, 그 의자는 앤드루가 차지하고 있었다. 젯은 다른 의자를 붙잡아 끌고 왔다. 바닥을 끼이익 긁는 소리에 앤드루가 얼굴을 찌푸리며 귀를 막았다.

"뭐야?" 말투가 퉁명스러웠다.

"저예요." 젯이 의자에 털썩 앉아 끈적거리는 테이블에 팔꿈치를 대고 양손의 손가락을 삼각형으로 맞댔다.

"남 술 마시는데." 드디어 앤드루가 고개를 들었다. 눈빛이 아주 흐리멍덩하지는 않았다. 적어도 젯을 몰라볼 정도는 아니었다.

"그러게요."

빌리도 젯 옆으로 와서 등받이를 앞으로 돌리고 의자에 말을 타듯 앉았다.

앤드루가 코를 훌쩍이며 빌리를 보다가 다시 젯에게 시선을 돌렸다.

"머리는 또 왜 그래?" 맥주병으로 붕대를 가리켰다.

젯은 빌리를 쳐다보았고 빌리도 젯을 쳐다보았다.

"소식 못 들으셨어요?" 젯은 앤드루의 눈과 불그죽죽하게 튼 손을 유심히 관찰했다. "습격을 당했는데. 핼러윈에."

앤드루가 구시렁대며 고개를 저었다. "아니, 나는 너 건드린 적 없어. 소리만 질렀지."

"축제 때 말고요." 젯이 말했다. "끝나고 집에서요. 누가 그랬는지는 못 봤어요."

앤드루가 어깨를 으쓱했다. "나는 모르는 일이야."

그 말을 완벽하게 믿을 수는 없었다. 당연히 범인이면 아무것도 모르는 척 연기하며 말하겠지. 알코올 중독자에게는 연기가 일상 아닌가? 더 이상 남의 시선을 의식하지 않는 지경에 이른다면 모를까. 젯의 앞에 있는 이 남자도 그런 부류 같았다.

앤드루가 맥주병을 집어 들고 한 모금 마셨다. 젯은 그가 사용하는 손을 확인했다.

"오른손잡이네요." 젯이 말했다.

"안 그런 사람도 있냐?" 일리 있는 지적이다.

"축제 때 잭 피니 경사님이 같이 나와서 여기 위층 아파트까지 모셔다드렸죠?" 젯이 천장을 올려다보며 말했다. "그분은 집에 도착하고 몇 시에 떠났어요?"

앤드루가 코웃음을 쳤다. "잭 피니가 왜 그런 짓을 해. 경찰인데."

젯이 몸을 앞으로 기울이고 속삭이듯 말했다. "잭 아저씨 때문에 한 질문 아니에요."

"나?" 앤드루가 왠지 모르게 불안한 숨소리를 내며 웃었다. 빌리를 돌아보았다. "얘 지금 나라고 생각하는 거야? 나는 밤새 기절해 있었어."

"그럼 아빠가 언제 집에서 나왔는지 알려주셔도 상관없지 않을까요?" 빌리의 말투는 젯보다 부드러웠지만 효과가 있는 듯했다.

"가서 물어보든가. 나는 취해서 기억이 없어." 앤드루가 맥주병을 탁 내려놓았다. "아, 피니 경사가 나가자마자 친구 놈한테 문자를 보낸 기억은 난다. 기다려 봐." 그러더니 뒷주머니에 손을 넣어 휴대폰을 꺼냈다.

은색 불빛이 앤드루의 얼굴을 아래에서 밝혔다. 화면을 두드리는 동안 이마에 기묘한 그림자가 너울거렸다.

"그래. 10시 29분에 문자를 보냈네. 잭 피니 경사는 그 직전에 나갔을 거야."

젯의 머리가 첫 번째 공격을 당하기 17분 전이다. 이곳에서 집까지는 걸어서 10분밖에 걸리지 않았다. 달리면 더 일찍 도착할 수도 있었고. 앤드루가 젯의 집 뒷문으로 들어올 시간은 충분했다. 젯은 나중에 노트에 적자고 생각하며 시간을 외웠다. 무릎에 놓인 손가락이 제멋대로 꼼지락거렸다.

"이후로 쭉 혼자 계셨어요?" 젯이 조금 더 캐물었다.

"그랬습니다요, 아가씨." 앤드루가 또 기분 나쁜 숨소리를 내며 웃었다. "경찰이 집까지 바래다줬으면 알리바이가 확실하다고 할 수 있지."

"그건 알리바이가 안 돼요." 젯이 정정했다. "혼자 있었다면서요. 주장을 이, 이, 입… 뒷받침해 줄 사람도 없고요."

"왜? 몇 시에 습격을 당했는데?"

"질문은 제가 해요." 젯이 말했다. 정확한 범행 시각을 안다는 말은 삼가고 싶었다. 수사를 현명하게 하려면 그 사실을 숨겨야 한다는 생각이 들었다. 또 젯이 곧 죽을 거라는 사실도 숨겨야 했다. 앤드루가 그 사실을 아직 모르고, 그냥 폭행 사건에 대해 말하는 중이라고 생각할 수 있으니까. '살인'이라는 말을 들으면 두려움에 입을 다물고 머릿속으로 계획을 짜기 시작할지 모른다. 실패했다고 착각하게 두는 편이 나았다. 범인이 정말 앤드루라면 말이지.

"왜 이렇게 난리야." 앤드루가 다시 맥주를 마시며 말했다. "누구는 안 겪어봤나. 나도 눈 떠 보니 머리통이 깨져 있고 눈에 멍이 들었는데 누구 짓인지 모르는 일이 몇 번이나 있었어."

"범인이 저를 죽이려고 했으니까 그렇죠."

"하지만 못 죽였잖아."

젯은 빌리와 눈을 맞추고 보일 듯 말 듯 고개를 저었다. 다른 방법이 없을지 고민하며 주위를 둘러보았다. 술집 내부를 훑는 젯의 시선이 맥주 통의 로고, 벽에 붙은 전단지를 스쳤다. 기타와 마이크가 그려진 전단지에는 '오늘 밤 라이브 공연'이라 적혀 있었다.

"아저씨는 우리 가족을 왜 그렇게 미워하세요?" 젯이 앤드루를 돌아보고 물었다. 비난하는 느낌을 주지 않도록 조심스럽게. "축제 날에도 우리가 손대는 것마다 다 망가진다고 했죠. 그게 무슨 뜻이에요?"

앤드루가 콧방귀를 뀌었다. 거의 다 빈 맥주병 안에 그 소리가 울려 퍼졌다. 뭐라 덧붙이지는 않았다. 아무 말도 하지 않았다.

"가족끼리 친하게 지내던 시절도 있었잖아요." 젯이 말을 이었다. "아저씨는 우리 부모님과 예전부터 아는 사이였고, 우리 언니 에밀리와 니나도…."

딸의 이름에 앤드루가 움찔했다.

"둘이 절친이었잖아요. 어릴 때 기억이지만 니나는 매일 우리 집에 와서 수영하고 자고 갔어요. 아줌마도 니나를 데리러 올 때면 엄마와 한참 서서 수다를 떨었고요. 에밀리와 니나는 둘도 없는 단짝 아니었나요?"

"그래서 지금 둘 다 어디 있지?" 앤드루가 어두워진 눈빛으로 젯을 쩨려보며 그 말을 툭 던졌다. "다시는 내 앞에서 내 딸 입에 올리지 마."

"죄송해요." 젯이 말했다. "많이 힘드셨죠. 니나가…."

"지 머리에 총을 쐈을 때?" 앤드루가 기분 나쁜 목소리로 공허한 웃음을 터뜨리고 맥주병의 라벨 일부를 뜯었다. "그래, 많이 힘들었지. 누구 잘못인지 알고는 더 힘들었어."

젯이 눈을 깜박였다. 어떤 단서에 가까워지고 있다는 예감이 들었다. 하지만 괜히 압박을 가해 앤드루를 궁지에 몰아넣고 싶지는 않았다. "누가…." 조심스럽게 말을 꺼냈다.

"다이앤." 그 이름은 입 밖이 아니라 목구멍 안쪽에서 웅얼거리는 소리로 들렸다.

"우리 엄마요?"

앤드루가 머리를 문지르자 머리카락이 얼굴로 쏟아졌다. 그의 행동은 제멋대로라 예측할 수 없었다. 목덜미의 솜털이 쭈뼛 서고 심장박동이 빨라지면서 젯에게 경고를 보냈다.

"우리가 그런 일을 당한 후에도 그, 그 여자는…."

"무슨 말을 하는 거예요?" 젯이 추궁했다.

"그 여자 때문에 니나가 자살한 거야. 그게 결정타였어. 호텔에서 해고당한 거. 니나는 그 일을 좋아했어. 얼마나 유능했다고."

하고 싶은 질문이 너무 많았다. 대체 무슨 질문부터 해야 하지?

"그걸 어떻게 알고…."

"니나한테 들었으니까. 다이앤이 자기를 미워한다고 했어. 해고된 직후에 누구 때문인지 안다고 하더라고. 그 여편네가 연줄을 이용한 거야. 연줄이 좀 많겠어? 마을 운영위원회에 한 자리 차지하고 있잖아. 네 엄마가 수작을 부렸고, 니나는 그 사실을 알고 이틀 뒤에…."

젯은 아래의 의자를 옮겨쥐었다. 손이 빌리의 손을 스쳤다. 빌리도 젯의 손에 손등을 맞댔다. 젯이 의도적으로 손을 내밀었다는 것처럼. 두 사람의 손이 단둘이 나눌 은밀한 이야기가 있다는 것처럼.

"우리 엄마가 왜 니나를 해고해요?"

앤드루가 축축하고 걸걸한 목소리로 기침을 했다. "난들 아나? 가서 물어보든가. 니나는 결국 나한테도 말하지 않고 떠났어." 그러더니 얼굴을 일그러뜨렸다. 무너지지 않으려고, 울지 않으려고 안간힘을 쓰고 있었다. 앤드루는 열심히 싸웠고 단 한 방울의 눈물밖에 놓치지 않았다. "직장 문제가 전부는 아니었어. 니나 그 녀석, 인생 자체가 순탄치 않았어. 고작 열여섯 살에 제일 친한 친구를 갑자기 잃고, 엄마 도움이 가장 필요한 시기에 엄마는 병들어 죽었지. 나보고 집을 팔지 말라고 했어. 평생 그 집에 살면서 자기 자식을 기르는 상상을 했다고. 추억이 너무 많다고. 하지만 나는 팔았지. 그러지 말았어야 했어. 그 집을 왜 팔았을까. 그 일로 니나에게 너무 큰 상처를 줬어. 하지만 그렇게 큰돈을 준다는데 무슨 수로 당해."

"누가요?" 젯이 물었다.

"너!" 앤드루의 목에서 쌕쌕거리는 소리가 났다. "너네 가족. 루크가 와서 제안을 했어. 벌써 옆집을 사들였고 우리 집도 원한다고. 내가 부르려는 가격보다 훨씬 많은 액수였어. 그러니 어째? '됐어, 루크. 그 돈은 넣어둬.'라고 해? 그놈은 어떻게 하면 나를 구워삶을 수 있을지 알았어. 호의처럼, 친절을 베푸는 것처럼 꾸몄지. 당연히 나는 집을 팔았고." 앤드루가 딸꾹질을 했다. "하지만 그 돈이 다 어디 갔는지는 말 못 해."

그러면서 카운터 쪽을, 그 뒤편에 있는 술병들을 힐끗 쳐다보았다. 앤드루는 그 돈이 다 어디로 사라졌는지 아는 듯했다. 입으로, 목구멍으로 흘러 들어갔겠지.

"우리 집을 리모델링 해서 되판다고 했어. 뭘 하나 궁금해서 그 앞을 자주 지나가면서 봤지. 특히 니나가 그렇게 되고…." 앤드루가 코를 훌쩍였다. "공사가 지연되더라고. 계획이 바뀌었는지. 지금은 다 허물었어. 우리 집도, 옆집도. 두 집 땅을 합쳐서 웬 부자 놈이 들어와 살 거대한 궁전을 지으려는 거겠지. 자기가 자란 집이 사라졌다니 니나가 알면 까무러칠 일이야. 사라졌어. 흔적도 없이. 지난주에 확인했을 때는 우리 집이 있던 자리를 파서 기초공사를 하고 있더군."

젯은 고개를 끄덕였다. '우리 가족을 왜 그렇게 미워하세요?'에 대한 답을 얻었기 때문이었다. 루크 때문이었고, 엄마 때문이었다. 그래서 젯을 선택한 걸까? 엄마가 자기 딸의 목숨을 빼앗았다고 생각해 우리 엄마 딸의 목숨을 빼앗으려 했나?

"오빠가 아저씨 집을 허문 일은 유감이에요. 하지만…."

말이 끝나기도 전에 앤드루가 맥주병의 라벨을 다 뜯고 웃음을 터뜨렸다. "그놈은 아닐걸. 집 팔아서 떼돈을 벌 텐데. 누가 실세

인지 자기 아빠한테 증명하겠지." 또 한바탕 웃었다. 아까보다 더 큰 소리로 미친 사람처럼. 웃느라 갈비뼈가 다 아파 보였다. "그런데, 웃긴 거 알아?"

앤드루가 코를 문질렀다. "루크는 이제 자기 차례라고 생각하지? 네 아빠가 은퇴하고 회사를 물려주면 자기가 메이슨 건설 사장이 될 거라고. 네가 모르는 사실을 나는 알지. 이야, 그놈 면전에 대고 말해주면 얼마나 고소할까."

"무슨 말요?" 영문을 몰라 젯이 물었다. "아저씨가 아는 사실이 뭔데요?"

"네 아빠는 루크에게 회사를 넘겨줄 생각 없어." 앤드루의 잇새로 바람이 새어 나왔다. "팔 거래. 넬 잰카우스키한테."

젯의 눈이 가늘어지자 앤드루가 입술을 핥았다. 루크는 아니지만 동생인 젯의 혼란스러운 표정을 보고 기쁨을 만끽하는 것 같았다. 설마, 거짓말이겠지. 앤드루는 알코올 중독자 아닌가. 살인자일 수도 있고.

"그걸 어떻게 알았어요?" 빌리가 나서서 물었다.

"본인이 그러던데. 넬 말이야."

"서장님 부인이요?" 빌리가 물었다.

앤드루가 고개를 끄덕였다. "그쪽도 건설사를 운영하고 있다더군. 다른 지역에서. 우드스톡으로도 사업을 확장하고 싶겠지. 이제 여기 살고, 남편이 경찰서장이니까. 메이슨 건설을 사들일 거랬어. 벌써 이야기가 오고 있대. 얘네 아빠랑."

젯은 충격으로 눈만 깜박거리다 겨우 헤어 나온 후에야 이렇게 물을 수 있었다. "아빠는 왜 루크에게 회사를 물려주지 않는대요?"

앤드루는 한참 전에 다 비운 맥주병의 공기만 들이마셨다. "넬 말로는 공평하지 않다고 생각해서래. 한 놈한테만 회사를 물려주는 게. 자식이 둘이잖아. 뭐, 살아 있는 자식은."

이 부분에서는 앤드루의 말에 믿음이 갔다. 딱 아빠가 할 법한 말이었기 때문이다. 아빠는 무조건 공정해야 하는 사람이었다. 하지만 이건 공정한 판단이 아니었다. 젯은 한순간도 아빠 회사를 원한 적 없었다. 독자적인 사업으로 대박을 터뜨려 능력을 증명하고 싶을 뿐이었다. 반면 루크는 아빠 회사를 간절히 원했다. 아빠도 그 사실을 알았다. 모르는 사람이 없었다. 앞에 앉아 있는 이 주정뱅이도 아는 사실이었다.

"그 말 안 믿어요." 젯이 말했다. 지금은 거짓말을 할 필요가 있었다.

"너만 그렇게 말한 게 아니야." 앤드루가 씩 웃었다.

"무슨 뜻이에요?" 빌리가 말했다. "이 얘기 또 누구에게 했어요?"

앤드루가 어깨를 으쓱했다. "나는 입이 무겁지가 못해. 술꾼에게는 절대 사업 계획을 말하지 말라고. 넬은 좋아. 사람이 착하더라고." 그러고는 빈 술병을 굴려 보냈다. "한 병 더 마셔야겠네."

젯이 일어나 맥주병을 세워 테이블에 탁 내려놓았다. 저 얼굴도, 풍선 바람 빠지는 듯한 웃음소리도 이제는 지겨웠다. 이 남자가 왜 젯을 죽였을지 이유를 캐는 짓도 더는 못 해 먹겠다.

"가자, 빌리." 그렇게 말하며 돌아선 젯이 다른 세계에서 온 줄무늬 스타킹 스탠드를 지나쳐 걸었다.

빌리는 머리에 갓을 뒤집어쓴 타조 몸통 모양 스탠드 부근에서 젯을 따라잡았다.

"무슨 생각이야?" 빌리가 카운터에 있는 앤드루를 주시하며 목소리를 낮추고 물었다.

"저 인간은 내가 살해당한 시간에 알리바이가 없고 살인 동기가 있다는 생각. 동기가 한두 개도 아니야." 젯이 코를 훌쩍이며 말했다. "우리 가족 때문에 자기 집을 잃고 딸이 죽었다고 원망하고 있어. 사실은 우리 엄마 머리를 후려친다고 생각했을지도 몰라. 우연찮게 내가 걸렸고."

젯은 앤드루를 다시 쳐다보았다. 이번에는 맥주보다 더 독한 위스키를 주문했고 테이블로 돌아가는 중에도 술을 홀짝였다.

"여기서 한참 마실 것 같아." 젯이 말했다. "올라가서 문 부수고 내 아이폰을 찾을까? 그 방법으로 증명하는 거야?"

빌리라면 이 말에 격한 반응을 보여야 했다. 하지만 빌리는 다른 생각을 하는 것 같았다. 눈동자를 굴리며 알 수 없는 생각을 좇고 있었다.

"뭔데?" 생각을 말해달라고 젯이 재촉했다.

"잠깐 생각 중이었어. 앤드루가 휴대폰을 집으로 가져왔으면 마지막 신호는 왜 리버 스트리트에서 잡혔을까? 생뚱맞은 동네잖아. 너희 집에서 이쪽으로 오는 길도 아니고. 무슨 관계지?"

젯도 빌리의 생각에 머리가 복잡해졌다. 일리 있는 지적이었다.

"좋아." 젯이 말하고 다시 앤드루의 테이블로 성큼성큼 걸어갔다. 다만 아까처럼 자리에 앉지는 않았다.

"또 왔네." 앤드루가 웃다가 호박색 술에 사레가 들었다.

"하나만 더요." 젯이 더 날카로운 목소리로 앤드루의 뒤통수를 겨냥하며 말했다. "혹시 리버 스트리트에 아는 사람 있어요?"

"리버 스트리트?" 앤드루가 되묻더니 의자에서 몸을 틀고 젯을 올려다보았다. "아는 사람 있지. 전에 이웃이었으니까."

"뭐라고요?" 젯이 숨 가쁜 목소리로 말했다. 갑자기 빨라진 심장박동에 그 말이 절로 튀어나왔다.

"원래 그 동네 살았어. 우리 집이 노스 스트리트에 있었거든. 리버 스트리트 바로 지나서. 집으로 가려면 그 길을 지나야 했지."

젯이 고개를 옆으로 휙 돌리고 빌리와 눈을 맞췄다. 이제야 그 눈에 경고 신호가 들어왔다. 뒤늦은 불안감이 물기 어린 파란색 눈동자를 덮었다. 젯의 눈도 똑같이 보일 것이다.

"메이슨 건설이 노스 스트리트에서 공사를 하고 있다는 거예요?" 젯과 달리 아직 멀쩡한 앤드루의 뒤통수에 대고 젯이 물었다. "아저씨 옛날 집에서요?"

"너네 회사 일을 왜 나한테 물어." 앤드루가 술을 꿀꺽꿀꺽 들이켰다. "길 끝이야. 이제 막 새 건물을 짓기 시작했지." 또 술을 목구멍에 들이부었다. "리버 스트리트는 왜 물어보는 건데?"

그동안 엉뚱한 거리에서 엉뚱한 질문을 하고 있었다.

사실은 노스 스트리트였다.

파란색 점은 리버 스트리트와 노스 스트리트가 만나는 길모퉁이에 걸려 있었다. 젯은 잘못 짚은 길에서 그 점을 찾고 있었던 거다.

팔을 붙잡아 빌리를 끌고 나왔다.

"지금까지 다른 길을 보고 있었어." 젯이 출구로 향하며 긴박하게 속삭였다. "앤드…, 아니 범인은 휴대폰 전원을 끄고 노스 스트리트에서 공사장으로 향한 걸지도 몰라. 우리 생각처럼 리버 스트리트를 쭉 따라간 게 아니라."

"정말 앤드루라고 생각하는구나?"

"그곳과 관련이 있잖아." 젯이 앤드루를 힐끗 돌아보았다. 그는 어두운 구석에 앉아 위스키를 끝장내고 있었다. "우리가 휴대폰 정보를 가지고 있는지 모르나 봐. 거기서 전원이 꺼졌다는 걸 아는데, 멍청이."

"앤드루가 아니면?"

젯이 빌리의 팔을 놓아주었다. "앤드루가 아니라면, 범인이 그 장소와 관련 있는 게 아니라, 내가 그 장소랑 관련이 있을지도 몰라."

빌리가 문가에서 걸음을 멈추더니 잠시 후 눈을 반짝이며 물었다. "그럼 노스 스트리트로?"

"그래, 빌어먹을 노스 스트리트로." 젯이 대답했다.

13

도착했다. 빌어먹을 노스 스트리트에.

눈앞에서 도로가 갑자기 끊겼다. 흰색 밴과 메이슨 건설 로고가 찍힌 차량들이 뒤섞여 길을 막고 있었다. 공사장 진동에 젯의 트럭까지 덜컹거렸다. 낡은 철조망에 '주의: 공사 구역'과 '위험: 안전모 착용'이라는 두 개의 표지판이 붙어 있는 게 보였다.

이 이상 접근할 수는 없었다. 젯은 휴대폰이 마지막으로 확인된 위치와 약 15미터 떨어진 나무 뒤에 차를 세웠다. 시동을 끄고 트럭에서 내렸다. 빌리도 조수석에서 밖으로 나왔다. 두 사람이 차 문을 세게 쾅 닫았지만 공사장 소리에 묻혀 들리지 않았다.

젯이 밴과 가동을 멈춘 기계 사이를 통과해 공사장으로 앞장서고 열려 있는 문을 지났다.

"원래는 여기에 집이 두 채 있었다는 거지?" 젯이 앞을 보며 빌리에게 물었다.

"그랬대."

지금은 질척한 땅과 촌스러운 노란 모자를 쓴 남자들밖에 보이지 않았다.

빙글빙글 돌아가는 시멘트 혼합기 옆을 지났다. 인부 하나가 삽 하나로 시멘트를 퍼담을 동안 다른 사람은 옆에서 지켜보기만 했다.

"이게 루크의 대단한 프로젝트인가 보네." 빌리가 진흙탕을 밟지 않도록 조심하며 아수라장 같은 현장을 둘러보고 말했다. "축제 때 소피아한테 들었어. 너희 아빠 간섭 없이 루크 혼자 힘으로 진행하는 첫 번째 프로젝트라고. 그래서 스트레스가 심한 거래. 잘돼야 하니까."

젯이 어깨를 으쓱했다. "루크는 기본적으로 스트레스를 달고 사는 인간이야." 축제 때 소피아에게도 한 말을 들려주었다. 그때도 이렇게 대수롭지 않은 듯 넘겼다.

"아무튼 중요하대. 소피아 말로는. 얼마 전에도 공사가 지연됐었대. 바닥이 무너졌나 그래서 계획을 변경해야 했대. 다 허물고 다시 짓기로. 옆집 부지와 합치는 중인 것 같아. 루크가 이 프로젝트를 거의 자식처럼 생각하나 보더라고."

젯은 코를 찡그렸다. 별로 대단해 보이지는 않는데? 진흙을 파고 널빤지로 벽에 지지대를 세운 나무 거푸집의 윤곽이 드러났다. 새로 지을 건물의 토대인 듯했다. 세상에, 저 크기 좀 봐. 루크는 대체 얼마나 큰 집을 세우려고 이러는 걸까? 지금은 골조가 대부분 비어 있고, 앞쪽에서도 극히 일부만 콘크리트로 채운 상태였다. 나머지 부분에도 콘크리트를 부을 준비는 끝난 것 같았다.

"그래서 축제 때 유난히 더 재수 없었나 보네." 젯이 말했다.

"응, 소피아도 그랬어. 기초 공사를 시작하면서 더 예민해졌다고. 이제는 돌이킬 수 없으니까."

"하지만 앤드루 스미스의 제보에 따르면 아빠는 루크에게 회사를 내줄 생각도 안 하고 있고."

빌리가 입술을 잘근거렸다. "루크는 그 사실을 모르는 것 같던데."

그럼, 당연히 모르지. 앤드루의 말이 거짓일 수도 있었다.

"어이!" 누군가의 목소리가 소음을 꿰뚫었다. 이런, 들켰다.

안전모와 지독히도 어울리지 않는 형광 조끼를 입은 남자가 두 팔을 흔들며 달려오고 있었다. 인사하는 동작이 아니었지만 젯은 인사하듯 웃으며 남자에게 손을 흔들었다.

"여기서 뭐 하는 겁니까?" 두 사람에게 다가온 남자가 버럭 외쳤다. "여기 있으면 안 됩니다. 공사 현장이에요."

"네, 표지판 봤어요." 젯이 말했다.

남자가 안전모를 올리자 살이 두툼한 눈이 드러났다.

"나가주시죠. 여기는 사유지입니다. 또 위험해요."

그러더니 도로를 가리키며 젯의 등에 손을 올렸다.

"나가라는 말은 하지 말아주시죠." 젯이 손을 뿌리치며 대꾸했다. "우리 아빠가 스콧 메이슨이거든요."

남자가 머뭇거렸다. "그럼 루크 이사님의…."

"동생이죠." 젯이 말했다.

남자가 고개를 끄덕이고 팔을 거두었다. "이사님은 지금 안 계십니다."

"괜찮아요." 젯이 미소를 지었다. "그쪽 만나러 온 거니까."

"저, 저를요?"

"성함이 어떻게 되시죠?"

남자가 손가락으로 자기를 가리키며 눈빛으로 물었다. 젯은 맞다고 고개를 끄덕였다.

"지미요."

"아, 좋아요, 지미." 젯이 말했다. "딱 제가 찾던 분이네요. 현장 감독이죠?"

"그런데요?"

"잘됐네요." 젯이 진흙을 헤치며 새집의 골조를 향해 다가갔다. 아이고, 샌들 아까워라. "현장에 관해 몇 가지 질문을 하려고 왔어요. 회사 정책입니다."

"하지만…"

"길 건너에 있는 출입문 말이에요." 젯이 손가락으로 문을 가리켰다. "밤에는 닫아서 잠그겠죠?"

"그… 물론입니다."

"하지만 문 옆으로 펜스가 없잖아요. 차가 들어오지는 못해도 사람이 출입문 옆으로 걸어 들어올 수 있지 않을까요?"

"예, 뭐. 울타리가 필요 없다는 건 이사님 생각이었습니다. 주변에 다른 건물이 없고, 이곳과 연결된 도로도 없으니까요. 누가 여기까지 올라오겠어요."

젯은 입술을 오므렸다. "'만일의 경우'를 대비해 카메라는 설치했나요? 왜, 보안용 카메라 있잖아요."

지미가 멍한 표정을 지었다. "카메라가 왜 필요하죠?"

"좋은 질문이에요. 빌리, 받아적어. 아, 빌리는 제 비서랍니다."

빌리가 놀라서 당황한 표정을 지었다.

"신입이거든요." 젯이 손으로 입을 가리고 지미에게 큰소리로 속삭였다.

"현장에서는 반드시 안전모를 착용해야 합니다. 그게 규칙이에요."

지미가 차 문을 열어둔 밴으로 돌아가 쌓여 있는 노란 안전모 중 두 개를 꺼냈다.

"네 비서라고?" 다시 돌아오는 지미를 주시하며 빌리가 입을 움직이지 않고 속삭였다.

"상사한테 말대답하지 마."

"받아요." 지미가 안전모를 빌리와 젯에게 하나씩 건넸다. "매일 사고가 터지는 게 공사장입니다. 얼마 전에도 여기서 바닥이 꺼지는 바람에 지붕이 무너졌어요. 안에 근무자가 있는 상태에서요. 내가 없을 때였어요. 내가 있었다면 그런 일도 일어나지 않았을 텐데. 아무튼, 어떤 사고든 일어날 수 있다는 겁니다. 머리를 보호해야 해요." 그러면서 자기 안전모를 두드렸다.

빌리가 입으로 바람을 후 불었다. 불편할 때 나오는 행동이었다. 어릴 때 버릇을 아직도 못 고쳤다니. 빌리가 젯의 시선을 피하며 안전모를 눌러 썼다.

젯은 모자를 진흙밭에 툭 던졌다. "저는 안 쓸게요, 지미. 솔직히 지금 입고 있는 의상과 어울리지 않아서요. 당장 무너질 지붕도 안 보이고요. 아직 기초 공사도 안 끝났잖아요?"

이유는 또 있었다. 미쳤다고 붕대 두른 머리에 저 모자를 쓰겠는가. 모자에 눌려 통증만 더 심해질 텐데? 진통제에도 한계가 있었다.

"기초 공사 말이 나왔으니 하는 질문인데요." 젯은 지미의 경악한 표정을 가볍게 무시하고 말을 이었다. "콘크리트를 언제부터 부으셨나요? 여기는 벌써 굳었네요. 앞쪽은요."

도로와 제일 가까운 지점으로, 미래의 진입로 자리가 될 터였다. 폭은 약 5미터였고 네 모서리가 더 많은 널빤지로 막혀 있었다.

"예, 차고부터 시작하기로 했죠." 지미가 대답했다. 하지만 젯이 원하는 답은 아니었다.

"콘크리트가 언제부터 들어갔냐고요, 지미."

만약…

"토요일 오전이었을 겁니다." 생각에 잠겨 있는데 지미의 말이 들렸다. "거푸집 공사가 금요일 오후에 끝났거든요. 이 작업은…" 지미가 굳은 콘크리트 도랑을 손가락으로 가리켰다. "토요일 오전에 시작했어요. 바로 끝낼 수도 있었지만 이사님이 직접 봐야 한다고 했어요. 그런데 개인적인 사정으로 며칠 출근을 못 하셨어요."

"아." 젯이 말했다. "제가 그 개인적인 사정이에요."

지미가 눈을 가늘게 떴다. 젯이 무슨 말을 하는지 모르고 알고 싶지도 않은 눈치였다. "오늘 겨우 재개했어요." 그러다 괜히 한마디 덧붙였다. "금방 끝낼 수 있습니다. 걱정하지 마세요."

"토요일 언제 시작하셨어요? 콘크리트 붓는 작업요."

지미가 어깨를 으쓱했다. "아침 8시쯤 됐을 겁니다."

"그렇군요." 그 말을 하는 젯의 얼굴에 미소가 번졌다. 다만 반짝이는 눈빛과 빨라지는 심장박동은 최대한 감췄다. 드디어 뭔가를 발견했다. 확실했다. "아래에는 진흙밖에 없죠? 이미 땅을 팠으니까, 진흙에 다른 게 묻혀 있었다면 아셨겠죠?"

지미가 어리둥절해 젯을 쳐다보았다. "뭐 잃어버렸어요?"

"내 정신 좀 봐. 잠깐 비서와 단둘이 얘기할 수 있을까요, 지미? 네, 저쪽에 가 있어요. 좋아요."

"젯?" 빌리가 젯을 내려다보고 물었다.

"너도 나랑 같은 생각 하고 있어?" 젯이 속삭였다.

"모르겠는데."

"콘크리트를 부은 시간 말이야, 내가 살해당하고 9시간 후 아니야? 범인은 내 휴대폰을 들고 이 동네로 왔었어. 바로 저 지점까지." 젯이 트럭 뒤에 있는 길을 가리켰다. "범인이 사전에 정보를 알고 있었다면 어때. 다음 날 아침 기초 공사가 시작될 예정이라는 정보를 알았으면 물건을 숨기기에 이보다 완벽한 장소는 없어."

"휴대폰 말이야?" 빌리가 콘크리트를 쳐다보았다.

"현장에서 사라진 다른 것들도." 젯이 말했다. "살해 도구. 집 토대에, 콘크리트에 묻혀 있으면 누가 찾을 수 있겠어?"

"그럼 어쩌지." 빌리가 흘러내린 머리카락을 만지작거리다 안전모에 밀어 넣었다. "경찰에 신고해?"

"자기들만 재미 보라고?"

젯이 눈을 찡긋했다. 빌리는 침을 꿀꺽 삼키고 젯의 움직임을 주시했다. 목의 울대가 위아래로 움직였다.

"왜 그렇게 웃어? 지금 장난치는 거지?" 빌리가 다급하게 속삭였다.

"죽을 만큼 진지해." 젯이 말했다. 긴장하는 빌리를 보고 싶어서 한 말은 아니었다. 그것도 하나의 재미였지만. "경찰은 조사를 빠르게 진행할 수 없어. 영장 같은 걸 청구해야 하니까. 최소한 며칠은 걸릴 거야. 더 오래 걸릴 수도 있고." 젯이 빌리의 어깨를 두드렸다. "나는 서류 작업에 낭비할 시간이 없잖아. 미안해."

빌리가 하늘로 고개를 젖히고 눈을 깜박였다. "사실은 안 미안하지?"

"저기요, 지미!" 젯이 지미에게 달려가며 외쳤다. 진흙이 스며든 양말에서 질퍽거리는 소리가 났다. "콘크리트 깊이가 얼마나 돼요?"

지미는 아까보다 더 당혹스러운 표정을 지었다. "1미터 조금 안 됩니다. 왜요?"

"1미터." 젯이 혼잣말로 중얼거리며 새집의 토대를 살폈다. "그 정도면 할 만하겠네. 좋아요, 여러분!" 더 먼 곳까지 소리가 전해지도록 두 손을 확성기 모양으로 모으고 외쳤다. "휴식 시간입니다! 다들 5분 쉬었다 오세요. 아니… 그냥 더 쉬어요. 거기, 굴착기 꺼요!"

"마음대로 지시하면 안 돼요." 지미가 말했다. 당황한 표정은 누그러졌지만 얼굴에 분노와 비슷한 감정이 떠올랐다.

"해버렸는데 어쩌죠. 감독님도 좀 쉬엄쉬엄 일해요. 가서 커피를 마시든가, 볼일을 보든가 마음대로 해요. 이봐요!"

젯이 밴으로 걸어가는 젊은 남자를 불러 세웠다. 그의 손에는 대형 해머가 들려 있었다.

남자는 놀라서 눈만 커다랗게 뜨고 제자리에 얼어붙었다.

"저기요." 젯이 말했다. "그것 좀 빌려줄래요?"

남자는 아무 말도 하지 않았다. 젯에게 해머를 건네고 밴으로 후다닥 도망쳤다.

해머는 묵직했다.

젯이 두 손으로 해머를 잡았다. 끝에 고무를 덧댄 주황색 손잡이는 매끈한 재질이었다. 얼마나 많이 사용했는지 단단한 금속으로 된 머리 부분에는 긁힌 자국과 움푹 파인 자국이 가득했다.

"내가 정말 이 짓을 하다니." 젯이 빌리에게, 또 자신에게 말하고 새집의 토대 쪽으로 해머를 들고 움직였다. 바닥으로 내려가 구조물을 넘고 훗날 차고가 될 공간에 우뚝 섰다.

"뭐 하는 겁니까? 나와요!"

"미안해요, 지미." 젯이 대답하며 해머를 높이 들었다. "아무래도 우리는 친구가 되지 못할 것 같네요."

두 손으로 콘크리트 도랑의 중심에 해머를 내리쳤다. 콘크리트가 쩍 갈라졌다. 그 충격이 젯의 손목을 조이며 팔을 타고 올라갔고 둔탁한 소리가 귓가에 울려 퍼졌다.

커다란 콘크리트 덩어리가 떨어져 나가고 그 자리에 구멍이 뚫렸다.

"이게 뭐 하는 짓이야?!" 지미가 한 옥타브 높은 소리로 외쳤다. "멈춰!"

그러면서 젯을 향해 돌진했다.

"안 됩니다!" 먼저 도착한 빌리가 젯 앞에 서서 지미를 막았다. 팔로 바리케이드를 치자 어깨 근육이 불끈거렸다. "내버려두시죠." 빌리는 몸을 쭉 펴서 큰 키를 과시하며 얼굴이 붉으락푸르락한 지미를 굽어보았다. "부탁입니다."

"하지만 저 여자가…."

"알아요." 빌리가 침착하게 말했다. "하지만 저나 감독님이 말릴 수 있는 사람이 아니에요. 무슨 짓을 해도요."

젯이 또 한 번 해머를 내리쳤다. 이번에는 손바닥만 한 콘크리트 조각이 떨어져 나갔다.

"제발요." 빌리가 다시 부탁했다. 너무 착해서 탈이었다. 지미에게 그냥 꺼지라고 한마디 하면 될 것을. 젯은 숨 좀 돌리고 직접 그 말을 해야겠다고 생각했다.

지미가 위협적으로 으르렁거리는 소리에 젯이 고개를 들었다. 빌리를 때리면 지미를 해머로 한 대 후려치겠다는 눈빛으로 쳐다보았다. 하지만 그렇게 되지 않았다. 지미는 빌리를 건드리지 않았다. 뒤돌아 걸어가며 뒷주머니에서 휴대폰을 꺼냈다.

"갔어." 빌리가 말했다. 젯은 아무 반응 없이 다시 해머를 내리치며 구멍을 넓혔다. 매끈했던 표면이 갈라지고 단층선이 거미줄처럼 뻗어나갔다.

"자기가 대신 싸워주니 좋네." 벌써 숨을 몰아쉬며 젯이 빌리에게 말했다. "이제 좀 남자 티가 나, 빌리 피니 씨?"

"너는 죽고 싶어서 이래?"

"그 말은 못 들은 걸로 할게."

젯이 또 해머를 휘둘렀다. 진짜로 이런 행동을 하고 있다니 믿기지 않았다. 하지만 어쩔 수 없었다. 닷새 후면 죽는데 살인 사건을 해결해야 하니까. 그리고… 사실 예전부터 젯에게는 싹 다 박살 내고 싶은 욕구가 있었다.

정말 박살이 나고 있었다. 구멍의 중심은 벌써 60센티미터쯤 파였을 것이다.

빌리는 그런 젯을 지켜보고 있었다. 윗니가 초승달 모양으로 아랫입술을 깨물었다.

젯은 위치를 바꿔 더 가까운 곳을 조준했다. 구멍을 단면으로 쪼개기 위해서였다. 어디에 묻혀 있을지 모르니 도랑 전체를 확인해야 했다.

"이해해, 빌리." 빌리의 시선을 느끼며 젯이 말했다. "지금 난감하지? 돕고 싶어서. 돕는 게 네 일이라서. 하지만 도와줄 수 없고." 소매로 얼굴의 땀을 닦았다. 송골송골 맺힌 땀 때문에 콧등이 따가웠다. "너는 뒷일을 생각해야 하니까. 하지만 나는 아니라서 괜찮아. 너는 나를 보호만 해줘. 열받은 인부들만 막아주면 돼."

다시 해머를 내리쳤다.

한 번 더.

벌써 몸이 후끈거려서 잠시 멈췄다가 재킷을 벗은 후 다시 해머를 휘두르기 시작했다.

고개를 드니 빌리가 어디론가 사라져 보이지 않았다.

젯은 코를 훌쩍이고 해머를 내려놓았다. 무릎을 꿇고 콘크리트 조각을 손에 퍼담아 뒤로 치웠다.

다시 일어나 작업을 시작했다. 이번에는 바깥쪽 경계선을 향해 구멍을 팠다.

해머를 들어 쿵 내리쳤다.

고개를 드니 빌리가 보였다.

손에 파란색 해머를 들고 도랑을 가로질러 오고 있었다.

젯의 옆에 섰지만 젯이 아닌 바닥을 쳐다보고 있었다.

"너 하나야." 빌리가 말했다.

머리 위로 대형 해머를 들었다가 내리쳤다. 젯의 발밑이 다 뒤흔들릴 정도의 굉음이 들리더니 콘크리트에 거대한 구멍이 뚫렸다.

"나까지 문제에 휘말리게 하는 사람은 너밖에 없어." 빌리가 중얼거리고 해머를 다시 내리쳤다.

"내가 언제!"

젯은 빌리가 한 번 더 치기를 기다렸다가 이어서 해머를 휘둘렀다.

"상어 영화 찍는답시고 너희 집 수영장에 식용 색소 넣으라고 시킨 일 기억 안 나?"

젯이 빌리 앞에 있는 콘크리트 덩어리를 질질 끌어 치웠다.

"수영장 얘기는 듣고 싶지 않아." 젯이 투덜거렸다. "아니, 아무 말도 하지 마. 힘들어 죽겠어."

젯이 해머로 내리치자 콘크리트가 움푹 파였다. 빌리가 해머를 휘두르자 그보다 두 배 넓게 파였다.

"야." 젯이 말했다. "네 해머가 더 좋다. 바꾸자."

해머의 차이는 없었다.

빌리 한 번, 젯 한 번. 한 번이 두 번으로 바뀌었고, 한 사람이 해머를 내리칠 동안 다른 사람은 해머를 치켜들고 준비 동작을 취했다. 꼭 초침이 불규칙적으로 움직이는 고장 난 시계 같았다. 언제는 너무 느리고, 언제는 너무 빨랐다.

"뒤로 가, 젯. 나 혼자 몇 번 해볼게."

빌리가 바닥을 한 번, 두 번, 세 번 내리쳤다. 깨진 콘크리트 덩어리가 튕겨 나왔다. "바닥에 거의 다 왔어." 빌리가 숨을 헐떡이며 해머를 내려놓고 콘크리트 조각들을 치웠다.

그들이 해냈다. 중앙에 폭 1미터의 삐뚤빼뚤한 길을 내고 아래의 흙도 1미터 깊이로 파내는 데 성공했다.

"확인해 볼까?" 젯도 해머를 내려놓았다. 양쪽 콘크리트에 발을 하나씩 올린 채 도랑 위에 섰다. "빌리, 거기 있는 삽 좀."

아직은 죽을 수 없다

빌리가 건넨 삽을 들고 겉으로 드러난 진흙을 긁어냈다. 삽을 푹 찔러 넣고 흙을 풀어 헤쳤다. "여기는 없어. 다음으로 넘어가자."

"이쪽 뚫어봐." 빌리가 한 손으로 그곳을 가리켰다. 반대쪽 손으로 이마의 땀을 훔치자 이마에 진흙 자국이 남았다. "길 가까운 쪽. 범인은 그 방향에서 왔을 거야."

"알았어." 젯이 말하고 빌리의 지시를 따랐다.

이제는 인부들도 즉석에서 탄생한 원형 극장 주변에 앉거나 서서 종이컵을 들고 두 사람을 구경하는 중이었다. 해머가 위아래로 움직일 때마다 촌스러운 노란색 플라스틱 모자도 따라서 움직였다. 지미는 불룩 나온 배 위로 팔짱을 끼고 제일 앞에 서 있었다.

젯과 빌리는 다시 리듬을 찾았다. 젯의 가슴으로 스멀스멀 올라온 열기가 땀으로 맺혀 갈비뼈 사이를 타고 흘렀다. 등 아래도 마찬가지였다. 아니, 그보다 더 아래로. 더 아래. 그러니까, 엉덩이에서도 땀이 흐르고 있었다.

폭 1미터의 구멍을 더 뚫자 콘크리트를 옆에서 조금 더 수월하게 쪼갤 수 있었다. 아래의 진흙을 확인하고 또 이동했다.

빌리가 해머질을 멈추고 안전모를 벗어 뒤로 던졌다. 5분 뒤에는 재킷을, 또 5분 뒤에는 셔츠를 벗어 던졌다. 남은 상의는 안에 받쳐 입은 흰색 셔츠 한 장뿐이었다. 목둘레가 땀으로 젖어 속살이 비쳐 보였고 맨팔의 근육은 콘크리트를 내리칠 때마다 불끈불끈했다.

젯은 잠시 숨을 고르며 빌리를 지켜보았다. 그러다 다른 것이 눈에 들어왔다. 누군가의 움직임이 보였다. 머리를 짧게 깎은 사람이 차에서 내려 곧장 이쪽으로 다가오고 있었다.

루크였다. 이제는 뛰기까지 했다. 젯을 아직 못 봤을 가능성도 있을까?

"미친 젯 메이슨, 너 대체 무슨 짓이야?!" 공사 현장 저편에서 루크가 외쳤다.

젯은 해머를 내리쳤다. 콘크리트가 한 무더기 부서져 도랑 바닥으로 떨어졌다.

"젯, 뭐 하냐니까?" 루크가 외쳤다. 이성을 잃은 사람처럼 목소리가 높아졌다.

"건설!" 젯도 오빠에게 외쳤다. "나도 가족 사업에 동참하려고!"

"내가 기초 공사 한 걸 왜 깨부수는데?!"

젯은 힘겹게 숨을 들이마셨다. 목구멍이 꽉 막혀 공기가 쉽게 들어오지 않았다.

"상태가 안 좋더라고! 처음부터 다시 해!"

빌리가 젯을 쳐다보았다. 젯의 고갯짓에 망치질을 다시 시작했다.

젯도 해머를 휘둘렀다.

"젯, 멈춰!" 루크가 고함을 내지르며 구경 중인 인부들을 밀치고 들어왔다. "너 왜 이러는 거야?!"

"해야 하니까! 말까지 하려니까 돌겠네! 머리 깨지겠어. 와, 목도 말라. 죽는 게 이런 기분이구나."

"해머 내놔!" 루크는 분노로 얼굴이 빨개져서는 소리를 지르며 도랑으로 다가왔다. "당장!"

"한 발만 더 오면 빌리한테 해머로 맞을 줄 알아!"

아직은 죽을 수 없다

"안 때려요, 루크." 그래도 빌리는 목소리를 높이지 않고 차분하게 설명했다. "젯 말은 진심으로 죄송하지만 지금 멈출 수 없다는 뜻이에요."

"젯!"

"왜!" 젯도 똑같이 소리를 질렀다. "중요한 일이야! 말 그만 시켜! 동생 일찍 죽는 꼴 보기 싫으면!"

루크가 주먹을 말아쥐었다. 손등에 피딱지가 앉아 있었다. 금요일 아침 공사 현장에서 넘어져서 생긴 상처가 아니었다. 핼러윈 축제 이후에 생긴 상처였다. 그러고는 거짓말을 했다.

"나 아빠한테 전화한다!" 루크가 외치고 한 손의 주먹을 풀어 휴대폰을 꺼냈다.

"그래, 해!"

"경찰에 신고도 할 거야!"

"그건 안 돼! 하지 마!"

"지금 경찰 오고 있어요." 공사장 저쪽에서 누군가가 큰 소리로 말했다.

"지미! 이 배신자!"

젯은 분노를 콘크리트에 쏟아부었다. 한 번, 두 번, 세 번 내리치자 쩍 금이 가고 커다란 덩어리가 떨어져 나오며 아래의 시커먼 흙이 드러났다. 몸을 숙여 양손으로 흙을 퍼담고 허리를 비틀어 뒤로 버렸다.

그새 전화를 끊은 루크가 다시 고래고래 소리를 지르기 시작했다.

"애초에 해머를 못 들게 했어야죠, 지미! 평소에도 아무나 막 들어와서 연장을 쓰게 둡니까? 이 인간들은 또 뭐야?"

젯이 고개를 들었다. 노란 안전모를 쓰지 않은 사람들이 공사장 입구에 바글바글 모여 구경하고 있었다. 리버 스트리트의 주민들 같았다. 루크가 벌이는 소란 때문에 궁금해서 모여든 모양이었다.

"물러나, 젯. 이 부분은 내가 처리할게."

빌리가 위치를 옮겨 도랑 위에 다리를 넓게 벌리고 섰다. 해머를 한 번, 또 한 번 세게 내리쳤다. 이마에서 또르르 흘러내린 땀이 깜박이는 눈으로 들어갔다. 빌리는 땀을 닦지도 않았다. 해머가 바닥의 흙에 닿을 때까지 멈추지 않았다.

무릎을 꿇고 흙먼지와 상처가 가득한 손으로 잔해를 치웠다. "자, 구역 하나 더 팠어. 확인해 보자."

젯은 해머를 버리고 삽을 주워 들었다. 새로 판 구역의 진흙을 삽 머리로 긁었다. 뒤집힌 흙에 삽을 푹 찌르고 앞뒤로 움직이자…

삽에 무언가가 걸렸다.

흙에서 파냈다.

더럽고 축축해진 천 조각의 한 귀퉁이였다.

"뭐가 있어." 젯이 숨 가쁜 목소리로 말하고 더 자세히 보기 위해 도랑 안으로 뛰어내렸다.

삽으로 진흙을 풀어헤치고 털어냈다. 모서리가 펄럭였다. 흙을 잔뜩 뒤집어썼지만 천에 인쇄된 무늬가 보였다. 어디서 많이 본 캐릭터였다. 주근깨 난 꼬마 오렌지. 정수리에 초록색 잎사귀가 머리카락처럼 돋아나 있었다.

"맙소사." 젯이 속삭였다.

"왜?"

"우리 집 주방 행주야." 젯이 말했다. 목덜미의 털이 쭈뼛 서고 차가운 손가락 천 개가 등줄기를 어루만지는 듯한 한기가 느껴졌다. "엄마가 세 개 세트로 산 거. 하나가 없어졌는지 몰랐어."

삽으로 흙을 조심스럽게 벗겼다. 아주, 아주 조심스럽게. 더러운 행주가 접힌 채로 모습을 드러냈다. 불룩했다. 무언가를 감싸고 있었기 때문이다.

"장갑이 필요해."

"목장갑?" 빌리가 줄지어 구경 중인 인부들을 가리키며 물었다.

"아니." 젯은 쭉 뻗은 빌리의 손가락을 눈으로 훑으며 고개를 저었다. "비닐장갑. 경찰 수사에 사용하는 것처럼. 그…"

젯의 레이더에 대체품이 걸렸다. 인부 중 한 사람이 손에 들고 있었다. 장갑이 아니라 점심 식사일 뿐이었다. 윗부분을 닫을 수 있는 투명 지퍼백 안에 삼각형으로 자른 샌드위치가 들어 있었다. 다른 한 조각은 인부의 입에 이미 반쯤 먹힌 상태였다.

"저거면 되겠다." 젯이 중얼거리고 구멍에서 기어나와 그에게 다가갔다. 인부는 젯을 보고 얼어붙었다. 아까 그 젊은 남자였다. 커다랗게 뜬 눈에는 두려움이 가득했다. 원래 그런 표정일 수도 있고.

루크가 끼어들어 젯의 팔을 붙잡았다.

"젯, 무슨 일인지 설명을…"

"지금은 안 돼. 내가 조금 바빠서."

"여기는 내 현장이야. 내가 책임자라고." 루크의 손에 힘이 들어갔다. "내 구역에서 함부로…"

"30초 후에는 진짜 바보 같은 짓 했다고 후회하게 될 거야. 우리가 찾았거든."

"뭘 찾아?"

젯이 팔을 뿌리치고 루크를 팔꿈치로 밀어냈다.

"안녕, 눈빛 특이한 분. 우리 또 만났네요. 해머 잘 썼어요. 그런데…."

그의 손에서 샌드위치 봉투를 빼앗았다. 지퍼백을 뒤집자 입구가 열리며 남은 샌드위치가 진흙을 휘저은 땅으로 떨어졌다.

"땅콩버터 젤리 샌드위치? 어린애야?"

"디저트 샌드위치라고요." 움찔한 젊은 인부가 힘없이 말하며 물러났다.

젯은 되돌아가며 땅콩버터가 잔뜩 묻은 부분을 피해 비닐에 손을 넣었다. 비닐이 장갑처럼 손가락을 감쌌다. 모양이 우스꽝스러운 장갑은 착용감이 좋지 않고 안쪽도 끈적거렸다.

빌리가 젯의 팔을 잡고 도랑 아래로 내려주었다.

젯은 행주 옆에 적당한 거리를 두고 무릎을 꿇었다.

숨소리가 크게 들렸다. 하지만 다른 소리도 추가되었다. 귀가 찢어지는 사이렌 소리가 점점 커지며 늦은 오후의 하늘에 울려 퍼지고 있었다.

"경찰이야." 빌리가 말했다. "이쪽으로 오고 있어."

젯은 비닐로 감싼 손가락을 쫙 펴고 팔을 뻗었다.

엄지와 검지로 행주의 끄트머리를 가볍게 쥐고 천을 젖혔다.

진흙 덩어리와 흙먼지가 튀어 무릎 주변으로 우수수 떨어졌다.

젯은 눈을 깜박였다.

찾았다. 그것은 더러워지지 않은 행주 안쪽의 흰색 천에 놓여 있었다.

젯의 아이폰이었다.

깨진 액정의 유리가 여린 잎사귀의 잎맥처럼 뻗어나갔다.

프레임은 콘크리트의 무게를 이기지 못하고 찌그러졌다.

그리고 몸을 기대듯 휴대폰 옆에 딱 붙어 있는 물건은, 망치였다.

검은색 손잡이.

쇠로 된 은색 머리.

뭉뚝한 끝에 묻은 갈색 얼룩은 흙일까? 아니면…

"저게…." 빌리가 먼저 말을 꺼냈다.

"살해 도구야." 젯이 문장을 마무리했다.

눈앞에 나타난 흉기는 자그마했다. 길이가 40센티미터도 되지 않았다. 금속 새처럼 생긴 머리는 입에 금발 몇 가닥을 물고 있었다.

이 망치였다. 이 망치가 젯을 죽였다. 젯의 머리를 깨고 두개골을 으스러뜨리고 있으면 안 될 곳에 뼛조각을 남겼다.

바로 눈앞에 나타났다.

제대로 살아보기도 전에 젯의 인생을 훔치고 미래를 앗아간 흉기가. 이 망치는 젯의 '나중'과 '매일'을 전부 빼앗고 한 줌의 시간만 남겼다. 먹다 남은 음식 찌꺼기처럼.

크지도 않은 주제에.

사이렌 소리가 이제 코앞까지 다가와 하늘을 갈랐다. 구름이 그 틈새를 메우려 꿀렁꿀렁 움직였다.

빌리도 젯이 있는 흙바닥에 무릎을 꿇었다. 젯의 등에 손을 올렸다.

"젯." 빌리가 나직이 말했다. 빌리의 목소리는 꼭 다른 세상, 산 사람들만 존재하는 세상에서 들려오는 듯했다.

어깨에 닿은 손가락이 따스하지만 조금은 끈적거렸다. 그 촉감에 정신이 들었다.

"전화기 줘봐." 젯이 코를 훌쩍이며 샌드위치 지퍼백을 버리고 손을 내밀었다. 손톱 밑에 때가 끼어 있었다. 손바닥은 흙과 콘크리트 먼지 때문에 회색으로 변했다.

빌리는 주저하지 않고 젯의 지저분한 손바닥에 자기 휴대폰을 올렸다.

젯은 화면을 스와이프해 카메라를 켜고 망치 위로 몸을 숙였다.

숨을 참았다. 머릿속에서 사이렌이 시끄럽게 울렸고, 머리도 고통스러운 비명을 질러댔다.

사진을 찍었다. 손을 더 가까이 가져갔다. 추가로 한 장, 또 한 장을 찍었다. 카메라가 망치 머리에서 못뽑이로, 이어 검은색 자루를 타고 내려가 미끄럼 방지 처리가 된 고무 손잡이에 이르렀다. 그러다 하단의 로고에 머물렀다. 끝이 뾰족한 노란색 원 안에 '콜비'라는 브랜드명이 인쇄되어 있었다. 화면을 탭해 포커스를 맞추고 한 장 더 찍었다.

사이렌이 뚝 끊겼다. 그러고 나서도 젯의 귀에는 환청처럼 소리가 맴돌았다.

자동차 문 세 개가 동시에 쾅 닫혔다.

"이게 대체 무슨 일입니까?!"

이제는 모두 입구 안으로 들어왔다. 노란 안전모 대신 검은 경찰 모자를 쓴 경찰관들이 현장을 지키고 과학수사팀을 기다리고 있었다. 허술한 출입문은 범죄 현장 출입 금지라고 적힌 노란색

아직은 죽을 수 없다 179

폴리스 라인 테이프로 칭칭 감아두었다.

"여기서 DNA가 나올까요?" DNA를 얻을 시간이 없다는 사실을 알면서도 젯이 에커 형사에게 물었다. "지문이라거나?"

에커가 화난 눈으로 젯은 째려보며 입을 굳게 다물었다.

"우리 쪽에 연락을 했어야죠." 짜증이 묻어난 목소리는 퉁명스러웠다. "우리가 제때 도착한 걸 다행이라고 생각하세요. 그렇게 마음대로 하면 증거능력이 없어질 수도 있다는 거 몰라요?" 에커가 수첩을 펜으로 탁탁 두드렸다.

"'우리 대신 살해 도구를 찾아줘서 고마워요'라는 말을 참 이상하게도 하시네요."

"젯, 제발요." 에커가 한숨을 쉬었다. "이런 행동은 안 됩니다."

"무슨 행동 말이에요?"

"수사를 방해하는 행동이요."

젯이 손가락 관절을 꺾었다. 등이 화끈거리고 뻐근했다. "방해라고요? 수사에 도움이 될 단서는 제가 더 많이 발견했는데요."

"젯…"

"시간이 없어요. 손을 더럽히는 것도 두렵지 않고요. 봐요."

그러면서 흙먼지가 묻은 손을 에커에게 들어 보였다.

"젯…"

"형사님은 JJ가 범인이라고 생각한다는 거 아는데, 상황이 바뀌었잖아요. 아닌가요?" 젯이 공사장을 손으로 가리켰다. "이 안에서 내 휴대폰과 살해 도구가 나왔어요. JJ와 아무 연관이 없는 곳에서요. 하지만 딱 맞는 사람이 있죠. 앤드루 스미스요. 바로 이 자리에 그 사람 집이 있었어요. 공사를 계속 지켜봤기 때문에 다음 날 아침 콘크리트를 붓는다는 사실도 알았을 거예요. 핼러윈 때 JJ와 똑같은 빨간 가발을 쓰고 있었으니까 현장에서 발견된 머리카락의 주인일 수도 있고요."

에커가 순간 말을 잇지 못하고 입만 뻐끔거렸다. "현장에서 머리카락이 발견된 걸 어떻게 알았습니까?"

젯이 눈을 깜박였다. "그게… 추측일걸요?"

에커가 뒤를 힐끗 쳐다보았다. 제복 차림으로 루크, 빌리, 젯의 부모님과 서 있는 잭 피니 경사를. 들켰네. 미안해요, 잭 아저씨. 이번에는 정말로 곤란해지겠네요.

"하지만 만약 빨간 가발에서 나온 머리카락이 현장에 있었다면요." 젯이 말을 이었다. "앤드루도 JJ와 똑같은 용의자가 되잖아요. 모든 가능성을 배제하지 않고 고려 중이라는 말은 하지 마요. 지겨우니까."

"저는 그 어떤 가능성도 배제하지 않고 있습니다. 용의자도 마찬가지고요. 빨간 머리카락이 두 사람만을 가리키는 것도 아닙니다."

"뭐, 그렇게 생긴 빨간 가발을 쓴 사람은 두 사람 말고 열한 살짜리 여자애뿐이었으니…."

"머리카락은 옮겨붙을 수 있어요, 젯. 가발이라 해도요." 에커가 입술을 씰룩거리며 젯의 흔들리는 눈동자를 쳐다보았다. 젯에게 한 방 먹이고 점수를 땄다는 듯한 표정이었다. "현장에 인조모가 떨어져 있었다고 해서 범인이 가발을 썼다고 단정할 수 없죠. 가발을 쓴 사람과 접촉했을지도 모른다는 뜻, 그 이상도 이하도 아닙니다. 머리카락이 범인의 몸에 옮겨붙었다가 현장에 떨어졌을 수 있어요."

"아." 젯은 그 말밖에 할 수 없었다.

"축제에서 JJ와 대화했다고 하셨죠? JJ가 그 가발을 쓰고 있을 때요." 에커가 다시 젯을 정조준을 하고 물었다. "혹시 신체적인 접촉이 있었습니까?"

젯은 어깨를 으쓱했다. "제 팔을 만졌을지도 모르겠어요. 자세히 기억은 안 나지만."

"좋습니다." 에커가 결정타를 날리고 고개를 끄덕였다. 눈빛이 부드러워졌지만 으스대는 표정은 여전했다. "머리카락이 JJ에서 당신에게로 전해졌을 수 있겠네요. 그러다 당신이 머리카락을 현장에 흘렸고요."

당하고만 있으니 기분이 영 좋지 않았다. 이겨서 으스대는 쪽이 되고 싶은데 지금은… 김이 샜다. 승기를 빼앗기고도 팔에 힘이 없어 되찾아 올 수 없었다.

"그러니까, 축제 때 JJ나 앤드루 스미스와 접촉한 사람이면 누구든 범인이 될 수 있다는 거네요. 머리카락이 JJ에서 제 몸에 옮겨 붙었다면 범인은… 뭐야, 아무나 가능하겠는데요?"

에커가 한숨을 내쉬고 수첩을 집어넣었다.

"다시는 수사를 방해하지 말아 주십시오."

"그러죠." 젯이 입으로 바람 부는 소리를 냈다. "대화 즐거웠어요. 언제나처럼."

그러고는 가족이 있는 곳으로 슬금슬금 다가갔다.

"어머, 젯, 꼴이 그게 뭐니." 엄마가 말했다. 그사이 마음고생을 했는지 얼굴이 파리하고 핼쑥했다. "흙투성이잖아."

"그러게요." 젯이 양팔을 옆으로 내렸다.

"그냥 집으로 와. 엄마가 따뜻하게 목욕물 받아줄게."

"싫어요." 젯이 훌쩍이며 코를 소매로 문질렀다. 흙먼지가 벗겨지기는커녕 더 달라붙었다. "따뜻한 목욕물에 들어가 앉아 있을 시간 없고요, 집에 가지도 않을 거예요. 나 포기 안 해요. 이번에는 달라요, 엄마. 할 수 있어요. 이미 하고 있고요. 방금 살해 도구를 찾았어요. 경찰이 아니라 내가요. 꼭 해야 돼요. 해야만 하는 일이에요."

"하지만, 젯…."

"당연히 힘들겠죠." 젯이 말했다. 사실 젯 자신에게도 그런 확신이 필요했다. 이제는 더 힘들어졌다. 두 명이었던 용의자 후보에 지각 변동이 일어나 모든 사람이 후보가 될 수 있다는 가능성이 열렸으니까. 아, 모든 사람은 아니지. 범인은 이 공사 현장과 관련이 있는 사람, 다음 날 아침 콘크리트를 부을 계획을 아는 사람, 휴대폰과 흉기를 숨기기에 이곳이 제격이라는 사실을 아는 사람이었다. 그렇게 생각하면 후보군이 조금은 좁아진다. 어쩌면 많이.

"아빠." 젯이 아빠를 돌아보고 말했다. "메이슨 건설에서 일하는 사람들 명단 확인할 수 있어요? 계약 업체, 하청 업체까지 이 현장을 알고 있을 만한 사람 전부 다요."

아빠가 고개를 끄덕였다. 옆구리를 움켜쥔 손은 마디가 새하얬다. 젯은 그 의미를 알았다. 뭘 해도 떨칠 수 없는 아빠의 고통을 젯만은 이해했다.

"루크가 뽑아줄 거야." 아빠가 말했다.

젯은 오빠를 돌아보고 눈썹을 추켜세웠다. "최대한 빨리 해줘."

루크가 못마땅한 콧소리를 냈다. "안 그래도 지연됐는데 공사를 중단하게 생겼군. 범죄 현장이 돼버렸으니."

"내가 콘크리트를 부숴서 범죄 현장이 된 건 아니잖아. 살인자가 와서 증거를 물었기 때문이지. 아마도 오빠 지인이나 부하 직원이. 나 말고 범인한테 화를 내."

"루크가 화를 내기는." 아빠가 말했다. 아빠는 역시나 모른다. 아무것도 몰랐다.

"잭 피니 경사!" 에커가 잭을 부르더니 "저 좀 잠깐 볼까요?"라고 말했다.

젯은 입술을 오므리고 그 모습을 바라보며 멀어져 가는 잭에게 '죄송해요'라는 눈빛을 보냈다.

그러고 나서 아직 주머니에 보관 중이던 빌리의 휴대폰을 꺼내 사진첩을 열었다.

"이게 그 망치예요, 아빠." 아빠에게 사진을 보여주었다. "브랜드 보세요. 콜비요. 혹시 회사에서 직원들이 쓰는 거예요?"

아빠가 휴대폰을 받아 들고 눈을 찡그리며 화면을 자세히 들여다보았다.

"아니, 우리가 주문해 사용하는 제품은 아니야." 큼큼 헛기침을 했다. "하지만 하청업체에서는 자기가 가져온 연장을 쓰기도 하지."

"이런 거 쓰는 사람 본 적 있어요?"

아빠가 고개를 푹 숙이고 가로저었다. "미안하구나, 딸."

"오빠는?" 젯이 루크에게 화면을 보여주었다.

"내 머리에 그런 기억은 없어."

"그래, 내 머리에 있었지. 정확히는 뒤통수에."

"몸은 괜찮니, 젯?" 엄마가 남매 사이에 끼어들었다.

"1시간 동안 망치질을 한 느낌이에요."

"빌리." 엄마가 갑자기 놀란 표정을 짓고 빌리를 쳐다보았다. 뭐야, 이름 기억하네? 눈빛을 보니 빌리도 같은 생각을 하고 있었다. 움찔하며 벌어지는 입술을 보면 알 수 있었다. "정말 젯이 푹 쉬게 도와주고 있는 거야?"

"그게, 저…."

엄마는 대답을 듣지도 않았다.

"젯, 집으로 가자. 제발."

"안 돼요." 젯이 마음을 숨기듯 가슴 앞으로 팔짱을 꼈다. 마음을 보호하려는 걸까? "아직 할 일이 남았어요. 따라와, 빌리."

빌리는 순순히 따라왔다.

"제가 잘 돌볼게요, 메이슨 부인. 약속해요." 빌리가 말했다.

"그리고 루크." 젯이 트럭 문을 열며 외쳤다. "명단 줘. 최대한 빨리. 내가 살날이 5일밖에 안 남은 거 알지? 빨리 달라는 말이야."

14

"아, 왔구나. 잘됐다."

문가에 서 있는 빌리에게 젯이 말했다. 물론 자기 집에 온 것이었지만. 빌리의 손가락에 걸린 비닐봉지가 바스락거리는 소리를 냈다.

"먹을 것도 좀 샀어." 빌리가 주춤거리며 현관문을 닫고 손에 든 비닐들을 조리대로 가져갔다. "네가 좋아하는 초콜릿이랑. 리스트에는 없었지만… 약국도 들렀어. 좀 더 괜찮은 붕대 사려고."

테이블에 노트북을 펼치고 바닥에 책상다리로 앉아 있던 젯은 다시 노트북 화면으로 고개를 돌렸다. 페이지가 둘로 쪼개졌다. 아무것도 안 건드렸는데 뭐지? 젯은 맹세코 가만히 있었다. 눈을 비비고 한 번 깜박이자 이미지가 다시 정상으로 돌아왔다.

"이 망치에 대해 좀 더 조사를 해봤어." 바스락거리는 비닐 소리보다 큰 소리로 젯이 말했다. "이 망치는 단독으로 살 수 없더라고. 60가지 공구가 들어있는 세트로만 팔아. 이렇게 생긴 검은색 공구 가방에 들어 있는 거야." 이미지를 클릭했다. "각종 드라이버에 부속품도 다양하게 있어. 줄, 작은 렌치, 줄자, 칼, 작은 톱에 펜치 같은 것도 있고, 뭔지 알지? 범인은 이 세트를 가지고 있거나 가졌던 적 있을 거야."

"그래." 빌리가 냉장고에 우유를 넣으며 말했다.

"또 찾은 거 있어." 젯이 말을 이었다. "이 공구 가방은 북미 지역의 소매점에서만 팔았대. 홈디포, 로우스, 아마존처럼. 즉… 아무 의미 없는 정보라는 소리지."

빌리가 봉지에서 식빵을 꺼냈다. "지금 우리가 생각하는 범인은 너희 아버지 회사와 관련 있는 인물이야. 노스 스트리트 프로젝트에 관해 알고, 기초 공사 시점도 아는 인물."

"맞아." 젯이 말했다. "그럴 수밖에 없어. 루크가 명단만 보내주면 노스 스트리트 현장에 관해 아는 사람을 추려서 제일 좋아하는 망치 브랜드가 뭐냐고 물어보려고." 화면 속의 망치를 바라보았다. 젯을 살해한 망치와 같은 모델이지만 더 깨끗하고 반짝거렸다. "빨간 가발 건은 우리가 좀 성급했던 것 같아. 하지만 앤드루일 가능성을 배제할 수는 없어. 아직 연결고리가 있으니까."

젯의 시선이 현관문을 통과했다. 그 너머의 공간, 두 집을 가르는 좁은 복도를 머릿속으로 다시 그려보았다. 복도를 사이에 두고 저쪽은 1A호, 이쪽은 1B호였다. 기가 막히지, 자기를 살해한 범인일지도 모르는 사람과 엎어지면 코 닿을 거리에 살고 있다니.

"끝." 빌리가 장 본 물건을 다 정리하고 비닐봉지를 빠른 손놀림으로 뭉쳤다. 바스락거리는 소리가 꼭 비밀을 속삭이는 듯했다. "나는 이만 바에 내려가 볼게." 몸을 틀고 붙박이 전자레인지를

아직은 죽을 수 없다 187

거울삼아 머리매무새를 다듬었다. 한 가닥은 고집스럽게 말을 듣지 않았다.

젯이 소파에 등을 풀썩 기댔다. "오늘 밤에 일 있어?" 제일 먼 쪽의 벽으로 걸어가 기타 케이스를 집어 드는 빌리를 지켜보며 물었다.

빌리는 얼굴을 보이지 않고 어깨만 으쓱하며 말했다. "비슷해. 저, 전에 말했던 라이브 공연 있잖아. 내, 내가 공연한다고 한 거. 내… 라이브." 빌리가 덧붙였다.

"아." 젯이 말했다. "그게 오늘이었어?"

"응. 앨리슨이 화요일 하루만 허락해서."

"언제 시작해?"

빌리가 전자레인지를 다시 힐끗 보고 작은 시계를 확인했다. "정확히 10분 후에. 진작 내려가서 세팅을 했어야 했는데. 사람들이 기다리고 있거든." 이제야 젯을 보고 기타 케이스를 발등에 내려놓았다. "안 가고 취소할 수도 있어. 네가…."

"아니, 그러지 마." 젯이 말을 잘랐다. "가. 괜히 앨리슨과 부딪히지 말고. 나는 괜찮아."

빌리가 기타 케이스를 들어 등에 멘 순간, 미간에 주름이 잡혔다. 빌리도 팔이 아픈가? 젯은 팔 때문에 죽을 지경이었다. 아, 또 죽는다는 말을 썼네.

"저기." 빌리가 아까보다 낮은 목소리로 자신 없이 말했다. "괘, 괜찮으면 너도 와. 멀지도 않은데." 그러면서 미소를 지어 보였지만 웃음기가 엷은 눈에 이르지는 못했다. "몇 시간째 그 망치만 들여다보고 있잖아. 잠깐 쉬는 것도 도움이 되지 않을까?"

젯은 거절하려 입을 열었다. 하지만 적절한 변명이 신속하게 떠오르지 않았다. '바빠'는 이제 쓸 수 없는 카드였다. 그 사실을 젯도 알고, 빌리도 알았다. '나중에'나 '다음에'라는 말도 불가능했다. 그 두 가지도 선택지에 없었기 때문이다. 이제는.

젯을 가만히 바라보던 빌리가 황급히 침묵을 깨뜨렸다. "너희 엄마가 너 푹 쉬게 해야 한다고 신신당부를 해서… 너희 엄마 무서우시잖아." 웃음을 터뜨렸다가 주먹 쥔 손으로 입을 막았다. "나… 형편없는 실력은 아니야. 그거라면 걱정하지 말라고."

"내가 왜 너를 형편없다고 생각해." 거짓말이었다.

빌리는 진실을 간파한 듯 미소를 지었다. 아아, 빌리 피니, 쓸쓸한 파란색 눈으로 그렇게 바라보면 반칙이지. 뜨끈한 죄책감이 젯의 가슴을 할퀴고 뱃속까지 미끄러져 내려갔다.

"그래, 좋아." 젯이 말했다. "봐서 내려갈게."

빌리의 눈이 반짝였다. 눈동자 색은 얼음같이 차가운 파란색에서 여름 하늘같이 시원한 파란색으로 변했다.

"좋아." 빌리가 한쪽 입꼬리를 올려 씩 웃으며 말했다. "아래에서 봐."

빌리가 나가고 현관문이 닫혔다.

"빌리 자식, 진짜." 젯이 노트북을 덮으며 투덜거렸다. 바닥에서 몸을 일으켜 세우자 팔 뒤쪽 근육들이 아픔을 잊지 않고 아우성쳤다. 젯은 침실로 향했다. 아니, 트레이닝복 차림으로 바에 갈 수는 없잖아? 오늘 입은 옷은 하나같이 다 엉망이 되었고.

깨끗한 청바지를 입고 셔츠를 찾아 백팩을 뒤졌다. 흐음, 이제 알겠다. 시간이 없거나 정신이 완전히 나가 있을 때 짐을 싸지 말라는 이유가 이거였구나. 가방 속에는 바에 입고 갈 만한 옷이 하나도 없었다. 젯은 빌리의 옷장을 한 번 눈으로 훑고 문을 열었

아직은 죽을 수 없다 189

다. 플란넬 셔츠가 거의 모든 색상 조합으로 걸려 있었다. 체크, 스트라이프, 또 체크. 빌리는 영락없는 시골 청년이었다. 본인도 그걸 잘 알았다. 젯이 하나를 빌린다고 뭐라 하지 않을 것이다. 아마도. 젯은 남색과 크림색 조합의 셔츠를 한 장 꺼내 입고 단추를 채웠다.

욕실로 들어가 빌리의 데오도란트를 뿌리고 화장품 파우치를 꺼낸 후 얼굴을 뜯어보았다.

머리는 산발이 따로 없었다. 언제 한 번 상처를 피해서 샴푸를 해야 할까? 그럴 필요까지 있나? 빗질은 시도해 보았다. 붕대 주변의 머리카락은 여전히 떡지고 엉켰지만 이 정도로 만족하자.

다음은 얼굴 차례였다. 피부가 조금은 파랗게 질린 상태였고 관자놀이 부근에 약간의 붓기도 있었다. 붕대 아래로 멍이 삐져나왔다. 소량의 파운데이션으로 멍과 눈 밑의 다크서클을 가렸다. 뺨에 블러셔를 바르고 콧등에도 살짝 색을 입혔다. 아이브로우 젤을 이용해 눈썹 털을 위로 빗어 젯의 취향인 눈썹을 연출했다. 입술은 연한 핑크색으로 칠하고 윗입술 산을 날카롭게 살렸다.

마스카라 솔을 들고 거울로 몸을 더 기울였다. 눈을 깜박였다. 오른쪽 동공이 아직도 작아지지 않았다. 눈 한가운데에 마치 검은 구멍처럼 놓여 있었다. 반대쪽과 확연히 다르게. 마스카라를 칠해도 별 소용은 없었다. 그래도 뭐, 이 정도면 죽어가는 사람치고 나쁘지 않은 얼굴이지.

젯은 거꾸로 뒤집힌 마녀 다리 모양 스탠드 옆에 있는 테이블에 혼자 앉을 수 있었다. 차가운 맥주병을 감싸 쥐니 조금 전 박박 씻은 손바닥 피부가 따끔거렸다.

바는 사람들로 북적였다. 이렇게 사람이 많을 줄이야. 대략 마흔 명이 들어와 있었고 좁은 공간에 발 끄는 소리와 두런두런 대화하는 소리가 가득 찼다. 젯과 빌리와 앤드루 스미스 셋뿐이었던 아까와는 전혀 다른 세계였다.

사람들이 환호하며 갑자기 박수를 치기 시작했다. 바 뒤편의 문에서 빌리가 기타를 들고 등장한 것이었다. 빌리는 가볍게 뛰어 마이크 스탠드가 서 있는 임시 무대에 올랐다. 더 큰 박수가 터져 나왔다. 한 중년 여성 무리에서 꺄아 하는 함성이 들렸고, 가게 뒤쪽에서는 건장한 체격의 남자가 늑대의 하울링처럼 휘파람을 불었다.

"감사합니다." 빌리가 마이크에 대고 말하자 소리가 삐이익 하고 튀었다. "고마워요, 스티브."

젯은 빌리보다 더 긴장해 테이블 아래를 움켜쥐었다. 몸이 자꾸만 들썩여 다리도 꼬았다.

"빌리입니다. 오늘 밤 여러분 앞에서 공연을 하게 되어 영광이에요." 빌리가 스트랩에 머리를 넣어 기타를 메고는 말했다. "지금까지 아무도 들어보지 못했을 곡으로 시작하겠습니다."

빌리가 기타를 연주하기 시작했다. 스트링 위로 손가락이 춤을 추었고 전주 리프에 누군가가 웃음을 터뜨렸다. 노래까지 시작하자 웃음소리는 더 커졌다.

모르는 사람이 없는 곡이었기 때문이다. 버몬트와 앙상한 나뭇가지에 관한 노래로 이 지역에서 인기가 굉장했다. 나뭇가지가 앙상해지는 이 무렵에는 더더욱.

객석이 고요해지고 빌리는 노래를 이어갔다. 젯은 테이블을 더 꽉… 잠깐만. 뭐야, 이거. 괜찮잖아? 괜찮은 정도가 아니었다. 빌리는 노래를 잘했다. 이럴 수가, 대단한 가창력이었다. 말할 때와 다르게 목소리가 허스키했고, 세상에서 제일 쉬운 일이라는 듯 고음을 쭉 뽑았다.

욱신거리는 팔에 솜털이 쭈뼛 솟았다. 젯은 양팔로 몸을 감쌌다. 빌리 피니가? 빌리에게 이런 면이 있을 줄 누가 알았을까?

후렴 부분은 모두가 함께 불렀다. 음이 엉망진창이었고 박자도 맞지 않았다. 제발 좀 닥치지. 젯은 친구의 노래를 듣고 싶었다.

빌리가 사람을 찾는 듯 객석을 훑다가 개인 테이블에 홀로 앉아 있는 젯을 발견했다.

젯이 맥주를 들어 보이자 빌리가 윙크를 했다. 이제 2절로 넘어갔지만 빌리는 한쪽 입꼬리를 끌어 올리고 활짝 웃는 중이었다. 저 입으로 노래를 부르려면 힘들겠는걸.

"제 친구예요." 젯이 옆 테이블 남자에게 말했다.

"빌리는 우리 모두의 친구죠."

잘나셨네요, 아저씨.

노래가 끝나고 가게 뒤쪽에서 또 늑대 같은 휘파람 소리가 들렸다.

빌리가 마이크에 대고 씩 웃었다. "네, 다음은 스티브가 제일 좋아하는 곡입니다. 안 그러면 스티브가 야유할 것 같아서요."

목을 가다듬고 기타 줄을 가볍게 뜯었다. 이 노래도 사람들의 호응을 얻었고 뒤쪽의 스티브는 누구보다 흡족한 표정을 지었다.

젯은 맥주를 한 모금 더 마셨다. 한쪽 볼에서 탄산이 톡톡 튀고 그쪽으로 따스한 기운이 밀려들었다. 어라? 한쪽 볼만 그랬다. 반대쪽 볼은 아무 감각이 없었다. 원래 볼에도 감각이 있던가? 한 모금을 더 마셔 맥주병을 비웠다. 바를 힐끗 보고 사람들 사이를 어떻게 지나가면 좋을지 길을 탐색했다. 저기 길이 하나 있었다. 어떤 여자가 스툴 하나에 앉아 있는 곳까지. 젯은 여자를 단번에 알아보았다. 빌리가 부르는 노래에 나오는 노엘은 아니지만 비슷한 이름이었다. 넬. 넬 잰카우스키. 경찰서장 사모님.

젯은 자리에서 일어나 빌리만 보고 있는 사람들 사이를 지그재그로 지나갔다.

"하나 더 주세요." 카운터에 빈 병을 내려놓았다. 바로 옆에 서서 보니 넬은 이마 부근의 구릿빛 머리카락이 희끗희끗 변하는 중이었다. 화이트와인을 마시고 있었다. 지문이 희미하게 찍힌 유리잔에서 습기가 물방울로 맺혀 흘러내렸다. "안녕하세요." 젯이 말했다. "저는 젯이에요."

넬이 이쪽을 쳐다보았다. 머리카락과 똑같은 색인 눈동자가 젯에 닿은 순간, 눈빛이 부드러워졌다. "반가워요." 넬이 말하며 허리를 폈다. "자기라면 누구인지 알지. 남편에게 들어서… 저 친구 참 잘하네, 그쵸?" 그러면서 유리잔으로 빌리를 가리켰다.

"최고죠." 젯이 반사적으로 대답했다. "서장님이 뭐라고 하셨어요?"

넬은 머뭇거리며 코로 와인 향을 들이마셨다. "나는 그냥, 아가씨 사정이 너무 딱하다는 말을 하고 싶었어요. 정말 끔찍한 일이에요. 기분은 괜찮아요? 혹시 내가 도울 수 있는 일이…."

"괜찮아요." 젯은 거짓말을 했다. "별 차이 없더라고요. 죽어가는 것도 결국에는 살아가는 거나 똑같던데요."

"유감이에요." 넬이 유리잔을 골똘히 바라보다 관객들이 후렴에 합창을 시작하자 얼굴을 찌푸렸다.

젯은 소리가 가라앉기를 기다렸다가 물었다. "사실이에요? 정말 우리 아빠가 사모님에게 메이슨 건설을 팔 계획이에요?"

와인을 마시던 넬이 사레들려 캑캑댔다. "아버님이 그래요?"

"다른 사람한테 들었어요."

넬이 턱을 치켜들며 궁금하다는 눈빛을 보냈다.

"앤드루 스미스요." 젯이 대답했다. "사실이라는 뜻인가요?"

넬이 고개를 끄덕였다. "쓸데없는 말을 해서는."

"앤드루 스미스는 원래 쓸데없는 말이 취미니까요."

"집에 일손 필요하면 종종 부탁하고 돈을 쥐어줬어요." 넬이 말했다. "우드스톡에 와서 처음 만난 이웃 중 한 사람이었죠. 바로 여기서요." 주위를 둘러보았지만 이곳에 앤드루는 없었다. "외로운 것 같더라고요. 가끔 대화를 나눴어요. 아무리 그래도⋯ 앤드루가 그런 말을 하면 안 되는 건데. 아버님은 아직 비밀로 하기를 원하고 계세요."

"사실 건가요?" 젯이 물었다. "회사 말이에요."

넬은 손가락으로 유리잔 테두리를 따라 그렸다. "상식적인 결정이긴 해요. 하틀랜드와 하트퍼드에서 주택 건설 사업을 하고 있거든요. 남편이 이곳에 부임하기 전까지 그 지역에서 살았고요. 이제는 우드스톡이 집이니 이쪽으로도 사업을 확장하는 게 맞죠. 우리가 사람들 생각하는 것처럼 완전한 외지인은 아니에요. 남편은 30대 때 여기서 6개월 살기도 한 걸요."

"고맙습니다." 카운터 뒤에서 뚜껑 딴 맥주병을 건넨 남자에게 젯이 말했다.

"내가 살게요." 말릴 새도 없이 넬이 나서서 카드 기계에 손을 내밀었다.

"잘 마실게요." 젯이 맥주를 한 모금 마셨다. "아빠가 은퇴하고 오빠에게 회사를 물려주는 것도 상식적인 결정이에요. 오빠는 10년 넘게 회사에 있었으니까요. 우리는 다 그렇게 생각하고 있었어요."

넬은 다시 아까처럼 와인을 가만히 쳐다보았다. "아버님은 그러기를 원하지 않으세요. 자식이 둘이잖아요. 젯에게 불공평하다는 거죠. 루크에게 회사를 물려준다면."

"흠, 다행히 오빠의 그 문제는 곧 해결되겠네요. 주말이면 아빠에게 자식은 하나밖에 안 남잖아요." 젯이 맥주를 한 모금 더 마셨다. "잠시만요. 누가 제 테이블에 앉으려고 해서요."

젯은 자리로 돌아와 자신의 의자에 손을 뻗은 남자를 눈빛으로 쫓아 보냈다.

"감사합니다. 감사합니다." 빌리가 말하자 숨소리가 마이크를 간지럽혔다. "자, 다음으로는 제 자작곡을 들려드릴게요." 관객석에서 탄성이 나왔다. "네, 네. 예전에 만든 곡이라 여러분도 아마 들어본 적 있을 거예요. '그녀를 위해'입니다."

빌리의 손가락이 기타 줄 위를 경쾌하게 움직이며 코드를 연주했다. 시선은 발끝을 떠나지 않았다.

"언제부터였냐고 네가 물어본다면 나는 오래전부터였다고 말하겠지." 빌리가 노래를 부르기 시작했다. "그리고 네게 되물을 거야. 어떻게 귀엽고 위험한 그 미소를 사랑하지 않을 수 있냐고. 네 웃음소리는 죽어가는 노인 같아. 나는 참아야 해. 참으려고 애쓰고 있어. 첫눈에 반한 사랑이었지. 처음 만난 날부터. 하지만 이루어지지는 못할 거야. 왜냐하면.."

빌리가 기타를 더 격하게 연주했고 기타 반주는 후렴으로 가며 더 커졌다. 멜로디 아래로 허스키하게 들리는 빌리의 목소리도 따라서 커졌다. 빌리의 노래는 계속되었다.

그녀가 나를 사랑하는 날은 오지 않을지도 몰라.
다른 곳에서 만났다면, 다른 시기에 만났다면 달라졌을까.
하지만 꾸밈없는 눈으로 나를 바라보면
나는 숨을 쉬는 법조차 잊어버리지.
점을 쳐도, 별자리를 봐도 답을 알 수 없고,
우리는 같은 페이지에도, 같은 길에도 없어.
그래도, 누가 뭐라 해도 연주하리.
이 작은 노래는. 그녀를 위한 거니까.

빌리가 침을 꿀꺽 삼키고 마이크에서 물러났다. 딱 봐도 긴장한 듯했다. 시선은 여전히 바닥에 두고 있었다.

"와아아아." 젯은 입가에 손을 모아 외치고 박수를 쳤다. "계속해, 빌리!"

다른 사람들도 동참했다.

빌리의 얼굴에 미소가 떠올랐다. 눈빛도 살아나 즐거운 듯 바 내부를 둘러보았다.

"그녀는 내 취향이고, 나와 취향이 같아. 그래, 나 영국판《러브 아일랜드》봤는데, 왜?"

젯이 웃음을 터뜨렸다.

"아니, 그만 좀 물어봐. 우리는 친구라니까. 그대로 있어. 내 노래는 아직 끝나지 않았으니까. 그녀는 여왕이지만 나는 왕이 아니야. 성대하게 인생을 말아먹은 놈일 뿐. 욕해서 미안."

객석이 웃음바다로 변했고, 젯의 뺨은 더 뜨거워졌다. 저기 서 있는 빌리가 그녀의 친구였기 때문이다.

"네 맥주야."
빌리가 맞은편 의자에 앉아 기타 케이스에 팔을 올렸다.
"고마워."
"있잖아." 젯이 말했다.
"뭐가?" 빌리가 맥주병을 쥐고 물었다. 눈썹을 추켜세우자 이마에 잔주름이 생겼다.
"너 나쁘지 않더라." 젯이 미소를 지었다. 얼굴 한쪽에만 감각이 느껴졌다.
빌리가 웃었다. "형편없는 실력 아니라고 했잖아." 맥주를 한 모금 마시다 입꼬리가 올라가며 주르륵 흘릴 뻔한 맥주를 얼른 소매로 닦았다. "내가 언제 너한테 거짓말하는 거 봤어? 왜, 왜 얼굴을 찌르는 거야?"
"뺨에 감각이 없어." 젯이 말하며 손톱을 세우고 손가락으로 뺨을 찔렀다. "너는 느껴져?"
빌리가 손가락을 들고 테이블 너머로 몸을 기울였다.
"아니, 내 뺨 말고, 네 뺨. 찌르면 느낌이 있어?"
빌리는 손을 거두고 젯의 맥주병을 집어 들었다. "얼마나 마신 거야?"
"너 잘해, 빌리." 젯이 말했다. "그냥 잘하는 게 아니야. 졸라 잘해."
"그만해." 빌리가 자기 셔츠를 코까지 끌어 올려 얼굴을 가렸다.
젯이 손을 뻗어 셔츠를 확 내렸다. 구겨진 셔츠에 손자국이 고스란히 남았다.

"왜 숨긴 거야?"

"뭘 숨겨." 빌리가 말했다. "내가 오라고 50번도 넘게 말했잖아. 네가 늘 바빴던 거지."

"늘 바빴지." 젯이 중얼거렸다. 한숨 같기도, 웃음 같기도 한 소리가 입에서 흘러나왔다. 어느 쪽인지는 젯도 판단할 수 없었다. "하지만 말이야, 너 충분히 할 수 있겠더라. 곡 써서 연주하고 돈 버는 거."

"내가 무슨." 빌리가 말했다. 맥주병에 입을 대고 있어서 소리가 더 크게 울렸다.

"아니야, 할 수 있어. 정말로." 젯이 진지하게 말했다. "누가 발굴만 해주면 돼. 그러면 본격적으로 시작할 수 있어."

"뭘 시작해?"

"빌리 네 인생." 젯이 손바닥으로 테이블을 내리쳤다. "왜 여태 아무것도 안 하고 있었던 거야? 생각해 본 적 없어? 이 일을 저, 저, 정… 제대로 해보자고?"

빌리는 어깨를 으쓱했다. "별로 그러고 싶지 않아. 내가 곡을 쓰는 이유는 하나야. 재미있어서. 곡을 쓰면 행복하니까."

"하지만 원대한 목표가 없으면 그게 무슨 의미야?"

"의미가 없을지도 모르지."

갑자기 짜증이 솟구치며 목덜미가 뜨거워졌다. 젯은 자세를 똑바로 하고 앉았다. "하지만 뭐라도 의미가 있어야지. 안 그러면 인생을 낭비하는 거잖아."

빌리가 어깨를 으쓱했다. "내가 모든 순간을 사랑했어도 시간 낭비야?"

젯은 아랫입술을 잘근거리며 빌리의 얼굴을 뜯어보았다. "맞아,

빌리. 방금 네가 묘사한 게 바로 시간 낭비야."

맥주를 마시던 빌리가 웃음을 터뜨렸다.

"하나도 안 웃겨." 젯도 맥주병에 대고 한숨을 쉬었다. "그래도 너는 잘하는 일을 찾아서 다행이다. 나는 결국 못 찾았거든. 정말 노력했는데도."

"무슨 말을 하는 거야, 젯? 펜실베이니아 대학교 로스쿨에 들어가 놓고. 세계 최고의 로스쿨 중 하나잖아."

"…들어갔다가 두 학기 만에 떨어져 나왔지."

"보스턴에 있는 멋진 은행에서도 일했고."

"…그것도 그만뒀지. 근무 시간이 너무 길고 물 마실 틈도 없어서 계속 혈뇨를 쌌거든. 그게 몸에 별로 안 좋다더라."

미소를 짓고 있던 빌리의 입꼬리가 내려갔다. "너는 스스로를 너무 몰아붙이는 것 같아."

젯이 고개를 저었다. "겨우 이 정도로. 그래, 나는 뭔가를 시작하고 끝을 본 게… 하나도 없네." 빌리의 셔츠 소매로 눈을 비비고 다시 미소로 본심을 숨겼다. "아, 아니다. 열 살 때 지역 맞춤법 대회에 나가서 나보다 나이 많은 참가자 다 제치고 우승한 적 있구나."

빌리의 눈빛이 흔들렸다. "혹시 그날이…."

"맞아, 언니가 물에 빠져 죽은 날. 깜박했다. 너도 그날 같이 있었지."

"잊을 수가 없지." 빌리가 맥주 대신 엄지를 입으로 가져갔다. 머나먼 기억까지 거슬러 올라가면 자기 엄마의 비명이 들릴까?

젯이 헛기침을 했다. "나는 그날 이후로 머리를 못 길렀어. 내가 막 싫다고 해도 엄마가 억지로 짧게 잘랐거든. 이제는 나도 습관이 됐나 봐." 어깨를 겨우 스치는 머리카락 끝을 매만졌다.

"기억해." 빌리가 말했다. "어른 두 명이 감시할 때만 너희 집 수영장에 들어갈 수 있었지. 수면 아래로 잠수하는 것도 금지였고. 배수구 근처에는 얼씬도 할 수 없었어."

젯이 코를 훌쩍였다. 빌리의 촉촉한 눈을 바라보았다. 그냥 말해버릴까? 아무에게도 하지 않은 이야기였다. 루크에게도, 소피아에게도, JJ에게도. 지금 말하지 않고 죽으면 영원히 비밀로 묻힐 것이다.

"저기, 나…." 젯이 삐끗하고 말을 흐렸다. 마음을 다잡고 다시 출발선에 섰다. "우리 엄마 말이야, 나 때문에 에밀리가 죽었다고 생각한다? 내 탓이래."

빌리가 눈을 깜박였다. "무슨 소리야? 너는 근처에도 없었잖아."

"그러니까." 젯이 말했다. "그날 오후에 부모님이 집을 비운 게 대회에 나간 내 탓이었다고. 내가 결승전까지 가지만 않았어도 그 전에 집에 도착할 수 있었고, 그러면 에밀리는 죽지 않았을 거라는 뜻이지." 젯이 고개를 숙이고 셔츠 깃에 턱을 묻었다. "장례식 끝난 직후에 엄마가 아빠한테 하는 말 우연히 들었어. 나 때문에 에밀리가 죽었다고."

빌리가 발을 움직이자 빌리의 신발이 젯의 신발에 닿았다. "말도 안 되는 소리야."

"엄마는 너희 아빠도 원망해." 젯이 코를 훌쩍였다. "원래 누구에게든 책임을 돌려야 하는 성격이잖아."

"우리 아빠?"

"응. 대회 가는 길에 엄마가 너희 아빠한테 부탁했다나 봐. 몇 시간 있다가 루크와 에밀리 잘 있는지 확인해달라고. 그때 언니는 열여섯 살이고 오빠는 열세 살이었잖아. 진짜, 둘이 눈만 마주치면 싸우던 시기였어. 엄마는 집에 둘만 있으면 서로 죽이지 않을까 걱정했던 것 같아. 그런데 너희 아빠가 확인하러 가지 않았나 보더라고."

빌리가 고개를 저었다. "에밀리가 죽은 건 황당한 사고였어. 어떻게 누구 잘못이야. 머리카락이…"

"알아." 젯이 말을 잘랐다. "엄마만 모르지. 그때 이후로 계속 나한테 벌을 내린 거야."

젯이 발을 까딱이며 빌리의 신발을 툭툭 건드렸다. 아무에게도 하지 않은 이야기는 하나 더 있었다. "사실 전부 다 에밀리의 인생 계획이었다? 다트머스 졸업하고 펜실베이니아 대학 로스쿨에 들어가는 것도 언니의 꿈이었어. 나도 노력했지만…" 하지만 진심으로 노력했던가? 다트머스에서는 어찌저찌 살아남았다. 늘 남의 집에 와 있는 기분이었고 소피아의 빈자리를 채울 친구도 만들지 못했지만 밝은 미래만 바라보며 굳세게 버텼다. 곧 미래가 눈앞에 나타났다. 상상만큼 찬란했던 미래를 손에 넣었다. 그러다 그만둘 핑계를 발견하자마자 로스쿨을 때려치웠다. 마치 탈출하기를 기다리고 있었던 것처럼. 왜 그랬을까? "우리 언니 너도 기억하지? 성격 좋고, 머리 좋고, 자신감 넘쳤잖아. 가만히 있는데도. 특별히 노력하지도 않았어. 나도 그렇게 되고 싶었어. 언니도 열 살 때 같은 맞춤법 대회에서 우승한 거 알아? 당연히 언니는 쉽게 해냈지. 하지만 나한테는 쉽지 않았어. 결국 나는 언니 자리를 못 메운 것 같아. 그치?"

빌리가 반쯤 미소를 지으며 젯과 발 끝을 맞댔다. "아무래도 넌 체구가 작으니까."

젯이 코웃음을 치고 빌리의 발을 찼다.

"너희 엄마가 네게 유독 엄하시긴 해." 빌리가 얼굴에서 웃음기를 지우고 말했다. "그래도 너를 사랑해서 그러는 거야."

"정말?"

"뭐, 적어도 열여덟 살 때 너를 두고 떠나지는 않았잖아. 생일 카드만 달랑 두 개 보내고 연락이 끊기지도 않았고. 전화 한 통 없고, 이유도 설명해 주지 않고, 어디 있는지도 모르고." 빌리가 구불거리는 머리카락을 쓸어 넘기자 손가락이 지나간 대로 자국이 났다. "그 정도는 돼야 자식을 사랑하지 않는 엄마라고 할 수 있어, 젯."

젯이 빌리와 눈을 맞췄다. 뱃속에서 불쾌한 죄책감이 스멀스멀 올라오려 했다.

"너희 엄마 일은 유감이야, 빌리."

"너희 엄마도. 엄마들이란 다 그런가 봐?"

"그러게, 엄마들이란."

건배의 의미로 맥주병을 부딪쳤다.

"좋아, 우울한 이야기는 그만하자." 젯이 말했다. "누가 여기서 죽은 것도 아니고 말이야."

"지금 일부러 그러는 거지, 젯."

"네가 가수로 유명해지는 이야기나 다시 시작하자고."

"안 해."

"기타 케이스에 저거 위치 추적기야?" 젯이 손으로 가리키며 물었다.

"응." 빌리가 추적기를 손가락으로 매만졌다. "내 자식이니까."

"웃기네." 젯이 또 코웃음을 쳤다.

"웃기네? 너도 네 트럭을 똑같이 대하잖아."

"트럭은 내 자식 맞지." 젯이 말했다. "네가 운전하고 싶다고 해도 절대 허락 못 해."

"나도 내 기타 허락 못 해." 빌리가 말했다.

"좋아."

"나는 더 좋아."

"그런데 말이야." 젯이 테이블 너머로 몸을 기울이고 빌리의 팔을 쿡 찔렀다. "네 자작곡, 좋아하는 여자 얘기지?" 더 가까이 다가가 속삭였다. "누구야?"

빌리가 의자에서 몸을 뒤로 뺐다. "아무도 아니야. 그런 사람 없어. 가상의 인물이지."

"에이, 그러지 말고." 젯이 말했다. "나한테는 말할 수 있잖아. 평생 알고 지낸 사이에. 나보다 괜찮은 큐피드가 어디 있냐? 내가 도와줄게. 죽기 전 소원으로. 바에서 일해?"

빌리는 손가락을 만지작거리며 손만 뚫어지게 쳐다봤다. 이상하고 빌리답지 않은 행동이었다. 젯은 그 행동을 인정한다는 의미로 해석했다.

"맞지?" 젯이 속삭였다. "혹시 앨리슨이야? 앨리슨이구나? 앨리슨 보고 곡을 쓴 거야?"

"아니." 빌리가 기침을 하며 말했다. "아니라니까. 아무와도 상관없어. 그냥 평범한 노래야."

11월 5일 수요일

15

"그러니까 오빠는 지금 당장이라는 말이 무슨 뜻인지 모르는 거네?" 젯이 목소리를 높였다. 아기가 유아용 의자를 작은 주먹으로 두드리며 악을 쓰고 있어서 그럴 수밖에 없었다.

루크는 반응하지 않고 빌리를 지나 싱크대 위의 찬장으로 걸어갔다.

빌리가 캐머런을 웃게 하려고 장난스럽게 혀를 쭉 내밀었지만 소용없었다.

"오빠?!" 젯이 말했다.

"귀 안 먹었어." 루크가 쏘아붙였다. 턱이 움찔거리고 피부밑의 근육이 살아 있는 것처럼 움직였다.

"빨리 명단 달라고."

"이따 사무실 갈 거야. 가서 보내줄게."

젯이 팔짱을 꼈다. "지금은 왜 못 가는데? 소피아는 어디 간 거야?"

 루크가 찬장 문을 필요 이상으로 세게 닫고 옆 칸 문을 벌컥 열었다. "소피아는 수요일 아침마다 필라테스 수업 듣는단 말이야. 내가 아이 봐야지."

 젯은 얼굴이 새빨개지고 있는 아기를 돌아보았다. 차마 들어주기 힘든 비명이 젯의 두개골 안으로 침투해 균열 하나 놓치지 않고 그 틈으로 울려 퍼졌다.

 "얘 왜 이래?" 젯이 물었다.

 "이가 나려는 거야."

 "소리 좀 줄일 수 없어?"

 "지금 그러려고 하잖아. 이게… 아, 여기 있다."

 루크가 제일 위쪽 선반에서 빨간색 상자를 꺼냈다. 유아용 타이레놀이었다. 상자를 열고 유리병과 작은 플라스틱 스포이트를 꺼냈다. "좋아, 기다려, 캐머런. 쉿, 쉬잇." 루크의 말은 아무 효과가 없었다.

 젯의 머리가 지끈거렸다. 소음에 저항하듯 통증을 발사하고 있었다.

 "씨, 용량을 모르겠다." 루크가 작은 스포이트를 보며 눈을 찌푸렸다. "젯, 내 휴대폰 좀 봐줄래? 전에 소피아가 문자로 보내준 거 있어. 거기, 테이블 위에. 얼마 먹이면 되는지 나올 거야."

 젯이 한숨을 쉬며 검은 화면을 두드렸다. "비밀번호 뭐야?" 휴대폰의 요구 사항을 전달했다.

 "213024." 루크가 대답하고 약병 뚜껑을 돌려 여는 동안 젯은 비밀번호를 입력했다.

 '메시지' 아이콘을 누르고 소피아와 주고받은 문자 타래를 열었다.

"뭐 찾으면 돼?" 젯이 목록을 위로 넘기며 물었다.

"타이레놀." 루크도 소음 때문에 머리가 터질 것 같은지 이를 악물고 말했다.

"알았어." 화면을 훑던 젯이 혀를 찼다. "아기 똥 얘기를 이렇게 많이 하는 게 정상이야?"

"젯!"

"찾았다. '방금 의사와 통화했어.'" 젯이 화면에 뜬 문자를 읽었다. "'상태 안 좋으면 애드빌 말고 타이레놀 먹여보래. 3ml.'"

"3ml." 루크가 되뇌었다. "좋아." 그러고는 약병에 스포이트를 담갔다. 하지만 젯의 시선은 다시 루크의 휴대폰 화면으로, 소피아가 보낸 문자로 향했다.

금요일 오후 3시 6분에 보낸 문자였다. 잠깐만⋯ 젯이 자세를 고쳤다. 이 시간이면 소피아가 초인종 카메라에 찍힌 두 순간의 사이 아닌가? 그때 집에 휴대폰을 두고 왔다고 했는데? 어떻게 흘린 휴대폰으로 문자를 보낼 수 있지?

젯이 착각한 걸까? 수첩에 적은 시간을 확인해 봐야겠다.

하지만 몇 줄 아래에 다른 문자가 보였다.

소피아는 루크에게 이렇게 보냈다.

'전화해.'

이것만으로 충분했다. 왼쪽으로 화면을 넘겨 전송 시간을 확인했다. 사건 당일인 금요일 밤 10시 52분. 젯의 머리가 박살 나고 6분 후에 보낸 문자였다. 루크와 소피아는 그때 이 집에 같이 있었다고 했다. 경찰에 그렇게 진술했다. 하지만 집에서 같이 《프렌즈》를 보고 있었다면 소피아가 '전화해'라고 문자를 보낼 리 없잖아… 둘 중 하나는 집에 없었고, 둘 다 거짓 진술을 했다는 뜻이었다.

젯이 눈을 가늘게 떴다. 그 모습을 본 빌리가 눈을 크게 떴다. 젯이 고개를 저었다. 여기서는, 지금은 안 된다고.

"자, 꿀꺽." 등을 돌리고 있어 아무것도 모르는 루크가 캐머런의 입에 대고 분홍색 액체가 든 스포이트를 눌렀다.

아기가 약을 꿀꺽 삼키자 비명이 그쳤다. 소음에서 해방된 젯의 귀가 먹먹하게 울렸다. 캐머런은 쩝쩝 입맛을 다시고 혀를 날름거렸다. 자그마한 입이 다시 벌리고 소리 없는 비명을 준비하다 쩌렁쩌렁한 비명을 내질렀다.

"쟤 아직 비명 지르고 있어." 젯이 귀를 막고 말했다.

"효과가 바로 나타나지는 않아." 루크가 스포이트를 헹구며 젯을 째려보았다.

"그래, 나는 그만 가볼게." 젯이 주방을 가로질러 현관으로 향했다. "직원 명단 보내, 오빠. 사무실에 도착하는 대로. 안 그러면 아빠한테 부탁할 거야."

"내가 해." 루크가 싱크대 위로 고개를 숙인 채 말했다. 콸콸 쏟아지는 물소리가 아기의 비명에 가세해 청각을 공격했다.

젯은 소리를 피해 현관문으로 내달렸고 빌리도 뒤를 따랐다.

"그 표정 뭐였어?" 현관문을 닫아 모든 소음을 차단한 빌리가 물었다. 두 사람은 차 두 대를 세울 수 있는 주차장 앞에 서 있는 젯의 트럭으로 걸음을 옮겼다. "루크 휴대폰에서 뭘 본 거야?"

"둘이 거짓말을 했어. 루크랑 소피아." 젯이 운전석 문을 열고 차에 올랐다. "진술한 것과 다르게 범행 시각 즈음에 둘 중 하나는 집에 없었어. 아, 소피아는 거짓말을 하나만 한 게 아니지. 그날 오후 우리 집에 휴대폰을 두고 왔다고 했지만 분명히 그 시간에 오빠에게 문자를 보냈어. 내가 보안 카메라 영상 보여줄게."

빌리가 안전벨트를 채웠다. "그래, 우리 이제 어디 가는 거야?"

젯이 차 키를 꽂았다.

"명단이 필요한데. 오빠라고 하나 있는 게 쓸모도 없어서." 젯이 인상을 쓰며 오빠의 집이 있는 뒤를 돌아보았다. "아침에 직원들 만나 얘기하고 싶었단 말이야. 앤드루 스미스 다음으로는 그게 제일 확실한 단서야. 회사에서 일하는 사람이면 노스 스트리트 현장에서 기초 공사를 한다는 사실을 알았을 거야. 그런 망치를 가지고 있을 수도 있고."

"다시 공사장 가서 인부들에게 물어볼까?" 빌리가 제안했다.

"폐쇄됐잖아. 이제 범죄 현장이니까. 가봤자 아무도 없을 거야. 빌리가 의자에 기대앉았다. "떠오르는 방법이 없네."

젯이 시동을 걸고 말했다. "나는 있지. 아는 직원이 있어. 그 명단에 이름이 있을 사람. 걔라면 우리를 도와줄 수 있을 거야."

"JJ 동생?"

빌리가 트럭 문을 닫고 아담한 집을 바라보며 말했다. 삼각 지붕, 한때는 흰색이었을 외벽, 길가에 붙은 작은 마당과 망가진 울타리가 보였다. 젯이 마지막으로 왔을 때는 울타리가 멀쩡했는데 무슨 일이 있었던 걸까.

"응. 헨리." 젯이 대답했다. "메이슨 건설에서 일하거든. 아니… 일했거든. 사고 전에."

"사고라니?" 여전히 집을 둘러보며 빌리가 물었다.

"7, 8개월 전인가. 헨리가 바보같이 술을 마시고 담장 위에서 떨어졌어. 무릎뼈가 바스러져서 수술까지 받았다니까. 게다가 못 같은 데 얼굴을 박았는지 눈도 찔렸고."

빌리가 몸을 움츠렸다.

"의사들도 손을 쓸 수 없었대. 그쪽 눈은 시력을 잃었어. JJ는 왜 그렇게 멍청한 짓을 했냐고 길길이 뛰었지. 말은 안 해도 자기 동생을 세상 누구보다 아끼거든. 둘은 그냥 원 플러스 원이야." 젯도 빌리를 따라 아담한 집을 바라보았다. 사실 두 형제 사이에는 젯이 들어갈 공간도 있었다. 젯이 원하지 않았을 뿐이다. "아무튼, 이제는 걸을 수 있으니 복직했겠지. 노스 스트리트에서 일했던 다른 직원이나 거래처 사람에 관한 정보를 들을 수 있을 거야. 뭔가… 살인자 같은 낌새를 풍긴다든가 아니면 나나 우리 가족을 증오하는 사람이라든가."

젯이 먼저 움직이려 하자 빌리가 앞을 막아섰다.

"JJ도 여기 살아?" 빌리가 물었다.

"JJ는 여기 없지." 젯이 빌리를 지나쳐 걸었다. "너도 알잖아. 마을을 떠난 거. 걱정 좀 그만해, 빌리. 여기는 안전하니까."

젯이 길을 따라 걸었다. 진흙 낀 신발 밑으로 자갈이 으드득 밟혔다.

현관문 앞에서 노크를 하고 대답을 기다렸다.

빌리가 젯을 내려다보았고 젯은 빌리를 올려다보았다.

"다시 한번 고마워." 젯이 말했다. "머리 감는 거 도와줘서."

"별일 아니야."

하지만 별일이었다. 굉장히 별스러운 일이었다. 젯이 주방 싱크대에 고개를 숙이고 있으면 빌리가 컵으로 미지근한 물을 부어주었다. 피가 엉기고 딱지가 앉은 부위에 샴푸가 닿을 때마다 상처가 따끔거렸다.

이 정도면 오래 기다렸다. 젯이 다시 노크를 했다.

길 저편에서 개가 짖기 시작했다.

"집에 없는 것 같아." 빌리가 말했다.

젯은 현관문에 귀를 대고 집중하기 위해 눈을 감았다. 문 너머로 사람들의 말소리가 어렴풋이 들렸다. 스튜디오 청중의 요란한 웃음소리도.

"TV가 켜져 있어." 젯이 말했다. "안에 있는 것 같아."

젯이 손가락 마디로 문을 다시 두드렸다.

그때 현관문이 벌컥 열렸다.

젯의 얼굴을 똑바로 겨눈 총이 보였다.

방아쇠에는 손가락이 걸려 있었다.

16

젯이 뒤로 비틀거리며 빌리의 품에 쓰러졌다.
"쏘면 안 돼!" 빌리가 외쳤다.
"헨리, 이게 무슨 짓이야!"
떨리는 손이 총을 내렸다. 그 뒤로 헨리의 겁먹은 얼굴이 보였다.
"아, 젯." 헨리가 허둥지둥 총을 등 뒤로 숨겼다. "미안해요. 다른 사람인 줄 알고."
젯이 다시 똑바로 섰다. "다른 사람? 누구를 쏘려고 계획한 건데, 헨리?"
"그런 사람 없어요." 헨리가 코를 훌쩍였다. "별일 아니에요." 그러고는 집 안으로 돌아가 라디에이터 위의 선반에 총을 반대 방향으로 두었다. 저 선반은 JJ가 늘 열쇠를 보관하던 장소였는데.
젯은 아직도 벌벌 떨며 청바지 주머니로 들어가는 헨리의 손을 유심히 관찰했다. 헨리는 오른손에 총을 들었다. 오른손잡이라는 뜻이었다.

"너 언제부터 총이 있었어?" 젯의 목소리는 아직 흥분으로 날뛰었다. 심장도 전적으로 동감한다는 듯 갈비뼈를 마구 때렸다. 아직 젯 뒤에 바짝 붙어 있는 빌리에게도 두려움이 전해질 것 같았다. 겁에 질린 숨결이 젯의 머리카락을 스쳤다.

"얼마 전에 샀어요." 헨리는 젯의 눈을 피했다. "총기 등록했으니까 걱정하지 마요."

"걱정하지 말라고?! 너 방금 나 쏠 뻔했어. 그래 놓고 걱정하지 말라니 무슨 소리야!"

"미안하다고 했잖아요."

젯이 헨리의 얼굴을 살폈다. 조금 전의 충격은 서서히 가라앉으며 뱃속의 불안감으로 빨려 들어갔다. 헨리의 한쪽 눈 바로 아래 광대뼈에 찰과상이 나 있었다. 상처 주위로는 와인빛이 감도는 자주색 멍이 들었다. 최근에 생긴 상처가 분명했다.

"네가 총 산 거 JJ도 알아?"

헨리가 고개를 저었다. "내 문자에 답장 안 해요. 전화도 안 받고."

"어디 있는지는 알아?"

"아뇨, 경찰한테도 말했지만 나는 몰라요." 헨리가 다시 문지방 가까이 다가와 고개를 빼고 문밖을 살폈다. 표정이 또 바뀌었다. 눈에 두려움이 다시 떠올랐다.

"또 누구 있어요?" 헨리가 두 사람 뒤쪽을 눈으로 훑었다.

"아니, 나랑 빌리밖에 없어."

헨리가 뒤로 물러서다가 신음하며 몸을 웅크리더니 한 손으로 옆구리를 눌렀다.

"누가 무서워서 그러는 거야?" 젯이 헨리의 옆구리를 주시하며 물었다.

"그런 거 없어요. 그냥 총이 갖고 싶었어요."

"JJ 때문에?" 빌리가 덧붙였다.

"이 남자는 누구예요?" 헨리가 코를 훌쩍였다. "내가 우리 형을 왜 무서워해요."

"나는 그냥 빌리야."

"JJ는 왜 떠난 거니?" 젯이 끼어들었다. "금요일 밤에 떠났잖아. 내가 습격당한 바로 그날."

헨리가 고개를 젓고 마침내 젯과 눈을 맞췄다. "형이 그랬다고 생각해요?"

"경찰은 그렇게 생각하더라고." 젯이 날카롭게 말했다. "그날 밤에 사라진 건 아무래도 수상하잖아. 아무 상관 없다면 돌아와서 해명했겠지, 안 그래?"

"어디로 갔는지, 왜 떠났는지 나도 몰라요. 그냥 축제 끝나고 사라졌어요. 옷도 몇 개 없어지고요. 하지만 형이 누나를 폭행할 그럴 사람 아니라는 거 알잖아요." 헨리가 젯의 붕대를 쳐다보았다. 왼쪽 눈이 조금 흐릿하고 초점이 약간 어긋나 있었다.

"단순한 폭행 사건이 아니야." 젯이 우울한 목소리로 말했다. "나흘 뒤면 살인 사건으로 전환될 거야."

헨리의 입이 떡 벌어지며 다시 치아가 드러났다. 입술 아래에 생긴 상처도 보였다. "그게 무슨 소리예요?"

"뭐야, 너도 몰라?" 젯이 빌리와 눈빛을 주고받았다. "경찰은 왜 반쪽짜리 얘기만 하고 다니는 거지? 나 진짜 죽어, 헨리. 두개골

조각 하나가 잘못 박혀서 뇌동맥류가 생겼거든. 곧 그게 터질 거고 그럼 끝이래. 그래서 그렇게 된 거야."

헨리의 입술이 떨렸다. 고개도 좌우로 흔들렸다. "정말이에요?"

"뭐, 사실이야." 젯이 말했다. "내가 바로 의료계도 놀란 희귀 케이스지." 그러면서 엄지로 가슴을 가리켰다.

헨리가 소매로 콧물을 훔쳤다. "형도 알아요?"

"모를 거야." 젯이 말했다. "아무도 연락이 안 된다잖아."

"형도 알아야죠." 헨리가 말했다. "형은 분명 보고 싶어 할 거예요. 그 전에… 아니 말도 안 돼. 못 믿겠어요. 누나가 어떻게…." 헨리는 말을 맺지 못했지만 그럴 필요 없었다. 말하지 않아도 젯에게는 충분히 전달되었다.

"알아."

"그리웠어요. 누나랑 같이 살던 때요. 형도 그래요. 말은 안 해도 전 알아요."

젯도 알고 있었다.

"제가 도와드릴 수 있는 게 있다면…."

젯은 기회를 붙잡았다. "사실 도와줄 게 있어, 헨리. 우리 JJ 때문에 온 게 아니야. 네게 질문이 있어서 왔어."

"저요?" 헨리가 어색하게 발을 끌며 권총을 힐끗 내려다보았다. "핼러윈 날 밤 10시에서 11시 사이에 어디 있었는지 물으려고요?"

"아니." 젯이 망설였다. "물어봐야 해?"

헨리가 어깨를 으쓱했다. "경찰이 이미 물어봤어요. 저는 여기 있었어요. 혼자."

"아니, 나는 메이슨 건설에 관해 물어보려고 온 거야."

헨리의 얼굴에 그늘이 지고 눈썹 끝도 처졌다. "왜, 왜요?" 헨리가 물었다.

젯은 빌리를 돌아보고 자기 옷인 것처럼 빌리의 재킷 주머니에 손을 넣어 빌리의 휴대폰을 꺼냈다. 빌리는 개의치 않았다.

"혹시 이 망치 본 적 있을까? 이런 망치 쓰는 사람 알아? 아빠 회사 직원 중에?"

헨리 앞에 사진을 들어 보였다. 젯의 피와 뼈로 얼룩진 망치가 아닌 아마존 상품 페이지에서 찾은 깨끗한 사진이었다.

화면을 유심히 보던 헨리가 말했다. "내 망치는 아니에요. 그건 빨간색하고 검은색이라."

"메이슨 건설 직원 중에 이 콜비 세트를 쓴 사람 없어? 노스 스트리트 현장에 있던 사람 중에 말이야."

헨리가 침을 삼키고 휴대폰 화면에서 젯에게로 시선을 옮겼다. 어쩐지 낯선 눈빛이었다. "내가 그걸 어떻게 알아요? 메이슨 건설에서 일한 적도 없는데."

젯의 팔이 툭 떨어지고 가슴도 쿵 내려앉았다. "무슨 말을 하는 거야, 헨리? 내가 아는데. 너 거기서 일했잖아. 나 이 집에서 눌러살 때, 셔틀버스 타는 곳까지 태워다준 적도 많았어."

"무슨 말을 하는지 모르겠어요." 헨리가 중얼거렸다.

"아니." 젯이 목소리를 높였다. "나야말로 네가 무슨 말을 하는지 모르겠어."

"도움이 못 돼서 죄송해요." 헨리가 아침 햇살이 비추는 곳으로 걸어 나오자 눈 밑의 멍이 새로운 색깔로 물들었다. 헨리는 문 가장자리를 슬그머니 붙잡았다. 경첩이 삐걱대며 소리를 냈다. 문을 닫으려는 듯했다. 그 순간 젯의 뒤통수가 찡하더니 눈앞의 세상이 둘로 갈라졌다. 두 명의 헨리가, 두 개의 손이, 두 개의 문이, 두 개의 권총이 겹쳐 보였다.

"너 눈은 왜 그런 거야?" 젯의 말에 헨리가 멈칫했다. 젯의 눈은 또 왜 이럴까? 계속 온 세상이 이중으로 보였다.

헨리가 눈을 깜박였다. "이제는 앞이 잘 안 보여요. 사고 났을 때 실명한 눈 말고 다른 눈도 다쳤거든요. 둔기 외상이래요. 그래서 몇 달 전에 망막이 분리되지 않게 하는 수술을 받았어요. 수술은… 잘 안됐어요. 재수술을 받아야 한대요. 안 그러면 이 눈도 시력을 잃는다고요." 헨리가 다시 눈을 깜박였다.

"나는 왜 멍이 들었냐고 물어봤던 거야." 젯이 헨리의 표정을 살피며 말했다. "하지만 의사 말을 들어야지. 너 당장 그 수술 받아야 해."

헨리가 코를 훌쩍였다. "그럴 돈 없어요."

"네 돈 안 써도 돼." 젯이 말했다. "건강보험은 됐다 뭐해. 그냥 우리 오빠한테 가서 물어봐. 급여랑 복지는 오빠 담당이니까."

"저랑은 상관없어요." 헨리가 문을 더 세게 붙들었다. "메이슨 건설에서 일한 적도 없는걸요."

젯이 문을 발로 막았다. "헨리, 왜 거짓말해? 무슨 일이야?"

"다른 사람과 착각했나 보네요."

"아니, 그럴 리 없어." 젯은 목소리에서 감정을 숨기려 노력했다. 표정에서도 두려움을 숨기려 했다. "혹시 누구한테 맞았니, 헨리? 그 멍이며, 입술이며, 옆구리도. 그래서 총을 산 거야? 나한테는 말해도 돼. 비슷한 처지잖아. 네가 나를 도와주면 나도 너를 도와줄게. 무슨 일인지 말해봐."

"이제 가주세요." 헨리가 문을 밀자, 젯은 힘없이 비틀거리며 문지방 뒤로 물러났다. "일이… 있어서요. 그만 가주세요."

눈앞에서 문이 쾅 하고 닫혔다.

문이 세차게 닫히는 소리 때문일까, 눈을 한 번 깜박이자 젯의 세상이 정상으로 돌아왔다. 문이 하나였고, 얼굴 앞에 놓인 손도 한 쌍뿐이었다. 젯의 팔꿈치를 붙잡고 내려다보는 빌리도 하나였다. 빌리의 푸른 눈동자에 걱정이 어렸다. 잔잔한 호수에 강풍이 휘몰아치는 것 같았다.

"나는 괜찮아." 젯이 재킷을 바닥에 벗어 던지며 말했다. "그냥 머리가 아파서 그래."

"글쎄." 빌리는 젯의 재킷을 벽에 걸며 말했다. "방금 그걸 멀쩡한 운전이라고는 못 하겠는데?"

"피곤해서 그래." 젯은 눈을 가늘게 떴다. 그래야만 세상이 둘로 나뉘지 않고 딱 붙어 있었다. "머리 아플 일밖에 없잖아. 소피아는 두 번이나 거짓말을 했고, 오빠도 거짓말을 했어. 소피아를 감싸려고 한 거짓말일 수도 있지. 소피아가 기초 공사에 관해 알고 있던 건 확실해. 공사한다고 네게 말한 사람이 소피아니까. 이제 헨리까지 거짓말을 하는데, 이유를 알 수 없단 말이지. 다 너무 혼란스럽고, 그래서 머리가 아파. 너도 그러겠지만. 어이쿠."

다리가 푹 꺾인 젯이 소파 팔걸이를 겨우 붙잡았다.

빌리가 재빨리 젯의 허리를 감싸안았다. "내가 잡았어."

"잡아줄 필요 없거든." 젯이 인중에 맺힌 땀을 닦았다. "잠깐 누우면 될 거야. 응. 20분 정도만. 낮잠 잘게. 20분 있다가 깨워줘, 빌리. 20분 여유는 있으니까. 그러고 나서 소피아가 왜 휴대폰을 두고 갔다고 거짓말을 했는지, 핼러윈 날 우리 집에서 진짜로 뭘 하고 있었는지 알아보자고. 알았지?"

"알았어." 빌리가 젯을 침실로 이끌며 대답했다.

"그때쯤이면 오빠도 명단을 보냈겠지. 헨리 도움은 없어도 돼. 아직 시간 있어. 20분은."

"그래, 20분." 빌리가 약속하고 젯을 침대까지 데려다주었다.

젯은 침대에 앉아 신발을 벗어 던졌다. 베개를 베고 옆으로 돌아누웠다. 빌리가 어깨까지 이불을 덮어 주었다. 빌리의 눈에서는 아직도 걱정과 근심이 휘몰아치고 있었다.

"20부, 분만." 젯이 중얼거리며 눈을 감았다. 머릿속의 북소리가 다시 시작됐다. 젯은 파르르 떨리는 눈꺼풀을 닫아 그 소리도 함께 가둬버렸다.

조그맣게 노크 소리가 났다.

젯은 코를 훌쩍였다.

"젯?" 빌리가 조심스럽게 젯을 불렀다.

젯은 천천히 눈을 떴다. 휴. 겹쳐 보이던 건 사라졌다. 전부 제대로, 정상으로 보였다. 머리가 지끈거렸지만 그런 두통은 이제 익숙했다. 새로운 일상이랄까.

"20분 됐어?" 젯의 목소리가 갈라졌다.

"사실 40분 지났어. 아무리 깨워도 안 일어나더라."

"안 돼, 빌리." 젯이 일어났다. 정신이 번쩍 들고 짜증이 솟구쳤다. "20분이라고 했잖아. 이럴 시간…."

이불을 젖혔다.

젖히려고 했다.

하지만 팔이 움직이지 않았다.

오른팔이.

팔을 내려다보았다. 여전히 움직이지 않았다. 전혀.

심장이 아래로 쿵 떨어졌다.

안 돼, 안 돼, 안 돼.

왼팔은 말을 들었다. 젯은 왼팔로 이불을 젖혔다.

다시 한번 시도했다.

오른손 손가락을 움직여 보려 했지만 아무 변화가 없었다.

움직이는 쪽 손가락으로 오른팔을 꾹 눌렀다. 세게. 더 세게. 피부에 반달 모양의 손톱자국이 찍혔다.

아무 느낌도 없었다. 그냥 어깨에 붙은 고깃덩어리 같았다.

"빌리!" 젯이 소리를 질렀다. "빌리, 도와줘!"

또 소리를 지르려는데 문이 열렸다.

"왜?" 빌리가 휘둥그레진 눈으로 눈동자를 이리저리 굴리며 방 안으로 뛰어 들어왔다. "무슨 일이야?"

"내 팔." 젯은 다른 손으로 오른팔을 잡아 들어 올리려 했지만 팔이 매트리스 위로 툭 떨어졌다. "팔이 안 움직여. 감각이 없어. 뭔가 이상해."

빌리가 침대 옆에 황급히 무릎을 꿇고 앉았다.

젯의 손을 잡고 자기 손에 힘을 주었다.

"느껴져?" 빌리가 물었다.

젯이 고개를 저었다. 심장이 다시 목구멍까지 튀어 오르며 위산도 같이 역류했다.

"안 느껴져." 젯이 말했다. "느낌이 없어. 다 사라졌어. 이건…"

심장 주변으로 목구멍이 조였다. 비좁은 틈으로 어떤 말도 내뱉을 수 없었다.

"가자." 빌리가 손을 놓고 젯의 어깨 밑으로 팔을 집어넣으며 말했다. "병원에 데려다줄게."

젯은 다리를 조심스럽게 움직여 보며 자리에서 일어났다.

"걸을 수는 있다." 젯이 말했다. 방을 나서는 빌리를 따라 걸었다. 옆으로 축 늘어진 팔이 걸음을 방해했다.

"나 팔이 안 움직여, 빌리."

빌리가 뒤를 돌았다. 눈에 떠오른 두려움을 숨기려 했지만 젯은 이미 보고 말았다. 빌리는 젯보다 더 겁먹은 것 같았다.

"괜찮을 거야." 빌리가 거짓말을 했다. 거짓말이라고는 하지 않는 그 빌리가. "병원에 가면 돼."

젯은 차 키를 둔 테이블로 손을 뻗었다. 아니. 손을 뻗는다고 생각했지만 아무 일도 일어나지 않았다. 젯의 팔은 그냥 그대로 늘어져 있었다.

하는 수 없이 왼손으로 차 키를 집어 들었다.

"빌리." 젯이 차 키를 내려다보더니 키를 꽉 움켜쥐며 말했다. "나 이제 운전 못 해."

빌리와 젯은 서로를 불안한 눈으로 바라봤다.

"네가 저 트럭을 얼마나 아끼는지 알아."

빌리가 손바닥을 내밀었다.

젯은 숨을 크게 들이마셨다.

어쩔 수 없었다.

기다리고 있는 빌리의 손에 열쇠를 놓았다.

17

"기다리셨죠. 미안해요."

리 박사가 진료실로 유유히 걸어 들어왔다. 미끈한 바닥에 구두 굽이 부딪혀 또각또각 소리가 났다. 공기 중에는 희미하게 표백제 냄새가 퍼져 있었다.

젯이 병원 가운을 무릎까지 걷어 올린 채 허리를 똑바로 세웠다. 오른팔은 침대 밖으로 힘없이 늘어져 있었다. 기다리게 해서 미안하다는 말일까? 아니면 다른 미안할 일이 있는 걸까?

"CT 결과를 방사선 전문의와 함께 봤어요." 리 박사의 손에는 파일이 하나 들려 있었다. "자." 리 박사가 말을 멈추고 목을 가다듬었다.

"저도 볼 수 있을까요?" 젯이 물었다.

리 박사가 고개를 끄덕였다.

파일을 열고 얇은 필름을 한 장 꺼내더니 침대를 지나 창문으로 갔다. 쏟아지는 햇빛에 필름을 댔다.

격자 모양으로 배치된 연한 파란색 이미지들은 젯의 머릿속을 나타냈다. 이번 촬영 때는 의식이 있었다. 거대한 금속 원통 안으로 들어가 윙윙거리며 돌아가는 기계에 뇌를 분석 당하는 내내 젯의 정신은 또렷했다.

그리고 전과 사뭇 다른 결과가 나왔다.

"여기 있는 흰 덩어리 보이시죠?" 리 박사가 손가락으로 그 주변에 원을 그리며 말했다.

"동맥류인가요?"

"동맥류예요."

젯이 마른침을 꿀꺽 삼켰다.

"선생님 예상이 맞았네요."

이 감정은 뭐지? 리 박사가 틀렸을 가능성이 있다고 생각했던 건가? 사실은 죽지 않을 수도 있다고? 어젯밤 빌리와 바에 있을 때, 젯은 살아있다는 감각에 푹 빠져 자신이 죽어가고 있다는 사실을 잠깐이지만 잊었다. 그전까지는 '만약에'라는 가정 속의 시한폭탄이 째각거리고 있을 뿐이었다. 하지만 지금은 이렇게 손에 잡힐 듯한 현실이 되었다. 마지막 남은 희망마저 사라졌다.

"커 보이네요." 젯은 그렇게만 말했다.

리 박사가 고개를 끄덕였다. "대동맥류예요. 직경이 23밀리미터로, 2밀리미터만 더 컸어도 거대동맥류로 분류됐을 겁니다."

"다행이라면 다행이네요." 젯이 코를 훌쩍였다. "아주 야망이 큰 동맥류였지만요."

리 박사는 전혀 웃지 않았다. 빌리도 마찬가지였다. 빌리의 눈에는 눈물이 그렁그렁 맺혀 있었다.

"지금까지 언급한 두통, 눈 위쪽의 통증, 복시, 동공 확장은 전부 이 정도 크기의 비파열 동맥류에서 전형적으로 나타나는 증상이에요. 근력 약화, 균형 감각 상실, 집중력 저하 같은 증상도 나타날 수 있습니다. 얼굴 한쪽의 감각이 사라질 수도 있어요."

젯이 빌리를 바라봤다. 뺨이 마비된 걸 깜박하고 아직 이야기하지 않았다. 그것도 이미 시작된 증상일 줄이야.

"팔은요?" 빌리가 눈빛으로 되살리기라도 할 것처럼 젯의 팔을 바라보며 물었다. 리 박사는 선뜻 대답하지 못했다.

"왜요?" 젯이 손가락으로 팔의 맨살을 쓸어보았다. 아무 느낌이 없었다. 꼭 다른 사람의 팔을 만지는 기분이었다.

"스캔을 보니 동맥류가 새고 있어요." 리 박사가 스캔 사진을 두드리자 필름이 바스락 소리를 냈다. "이 출혈이 신경 하나를 압박해 신호 전달을 방해하고 있을 가능성이 있어요. 그 경우라면 팔 기능 상실을 설명할 수 있습니다."

"원래대로 돌아올까요?" 빌리가 물었다.

리 박사의 표정만 봐도 대답을 알 수 있었다.

"미안해요, 젯."

"피가 왜 새는 거예요?" 젯이 물었다. "무슨 의미죠?"

리 박사가 예상한 질문이라는 듯 고개를 끄덕였다.

"경고 출혈이라고도 하는데 대개 중대한 파열이 일어나기 며칠 전에 발생하죠."

젯은 한숨을 내쉬며 애초에 품지 말았어야 할 자그마한 희망의 마지막 조각까지 흘려보냈다. 표백제 냄새로 가득한 공기 중에 희망이 흩어지는 모습을 지켜보았다.

"그러니까 선생님 말씀이 옳았네요. 전부 다." 젯이 리 박사에게 말했다. "제게 남은 시간이 일주일이라고 하셨는데, 벌써 절반이 지났어요."

절반. 중간 지점도 지났다. 죽음까지 절반 이상 왔다. 돌아갈 수 없고, 되돌릴 수도 없다. 젯의 선택도 무를 수 없었다.

"정말 유감이에요, 젯."

빌리가 의자에 앉아 젯의 손을 잡았다. 아직 감각이 남아 있는 쪽 손을. 빌리가 손에 힘을 주었고 젯도 빌리의 손을 꼭 쥐었다.

위장이 뒤틀리더니 아래로 떨어진 심장을 거머쥐었다. 심장이 사라진 자리에는 텅 빈 가슴만 남았다.

"어, 어떤 느낌이에요?" 젯이 의사를 올려다보았다. "그게 터질 때요. 죽을 때 어떤 느낌일까요?"

리 박사가 파일을 가슴에 껴안았다.

"동맥류 파열을 경험한 환자들은 인생에서 가장 고통스러운 두통이었다고 묘사해요. 별안간 벼락이 치는 것 같았다고 합니다." 젯의 눈을 똑바로 바라보며 말했다. 그녀가 맞이할 죽음을 묘사하는 동안에는 눈을 맞추는 것이 당연한 예의라고 느끼는 듯했다. "그 밖의 증상도 갑자기 나타날 겁니다. 뇌 속에서 급격한 출혈이 일어나기 때문이죠. 목이 뻣뻣해질 수 있고, 속이 메스꺼워지거나 팔다리에서 힘이 쫙 빠질 수도 있어요. 발작이 일어날 수도 있습니다. 혈액이 뇌세포의 산소를 차단하며 의식이 들어왔다 나갔다 반복할 거고요. 이후에는…."

"이후에는." 젯이 되뇌었다. 다음에 어떤 말이 나올지는 모두 알고 있었다.

빌리가 엄지로 젯의 손등을 쓰다듬었다. 젯의 부드러운 살에 닿은 그의 살은 거칠거칠했다.

"자리 비켜드릴 테니 두 분 말씀 나누세요."

리 박사가 문을 닫고 나갔다. 방 안은 너무나 조용했다.

젯이 빌리가 잡고 있던 손을 빼서 침대를 짚고 일어났다. 차가운 타일 바닥에 맨발이 닿았다.

"가자." 젯이 옷을 개어둔 구석의 의자로 향하며 말했다.

"젯." 빌리가 몸집과 어울리지 않게 기어들어 가는 목소리로 말했다. "혹시 얘기하고 싶으면…"

"안 해도 돼." 젯이 말을 잘랐다. "다 아는 얘기잖아. 변한 건 없어."

왼손으로 청바지 허리 부분을 붙잡고 흔들어 펼쳤다. 다리 구멍에 오른쪽 다리를 넣은 순간 몸이 휘청였다.

"도와줄까?" 빌리가 조심스럽게 물었다.

"한 손으로 하면 돼. 그 정도는 할 수 있어."

반대쪽 다리도 구멍에 넣고 바닥을 밟았다. 청바지를 무릎까지 끌어 올렸다. 숨을 헐떡이며 바지를 허벅지 위로 올리는 사이, 왼손은 이리저리 흔들리기만 했다. 엉덩이가 고비였지만 빌리에게 도움을 청할 생각은 없었다. 할 수 있다고 다짐했다. 무능한 사람이 되지는 않을 것이다. 환자복을 걷고 바지를 끝까지 추켜올렸다. 그러다 팔을 툭 건드리자 죽어버린 팔이 힘없이 흔들거렸다.

"됐다." 젯이 숨을 내쉬었다. "내가 해냈어."

바지의 허리 부분을 내려다보았다. 지퍼가 활짝 열려 있었다.

젠장.

"못 하겠다." 젯이 말을 꺼냈다. "혼자서는… 혹시…"

"단추 채워줘?"

"응." 젯이 빌리보다 더 작은 목소리로 말했다.

젯은 앞으로 다가온 빌리의 시선을 피했다. 빌리가 아래로 손을 뻗어 지퍼를 올리고 단추를 채워주었다. 빌리의 손가락이 배의 맨살을 스쳤다. 심장은 이제 배가 아니라 귀에서 뜨겁게 불타오르고 있었다.

"됐어." 빌리는 고맙다는 인사를 할 틈도 주지 않았다. 다행이었다. 감사 인사를 할 생각은 없었으니까. 하지만 만약 누군가에게 무력한 모습을 보여야 한다면 젯의 선택은 무조건 빌리 피니였다. 예전에 자전거를 타다 넘어져서 무릎이 까졌을 때도 그랬다. 빌리는 괜찮았다.

젯이 한숨을 쉬며 브래지어를 집어 들었다. 빌리가 시선을 피했다.

이것까지는 무리였다.

젯은 브래지어와 티셔츠를 재킷 주머니에 쑤셔 넣고 한쪽 어깨에 재킷을 걸쳤다. 병원에 환자복은 넘쳐날 테니까. 그리고 병원에서 뭐 어쩌겠는가. 설마 절도범이라고 체포하겠어?

"젯, 정말 괜찮아?" 빌리가 여전히 시선을 피한 채 물었다.

"괜찮아." 젯이 말했다. "아까도 말했지만 변하는 건 없어. 나는 원래 죽어가고 있었어. 원래 일주일밖에 없었잖아. 자, 빨리 가자. 내 살인 사건은 저절로 해결되지 않아."

계단을 다 올라온 젯이 왼손으로 벽을 짚고 멈춰 섰다. 오른손은 몸 옆에 힘없이 흔들렸다.

"다들 여기서 뭐 해요?" 빌리의 아파트 앞에 모여 있는 사람들을 흘겨보았다. 너무 많은 목소리가 복도를 가득 메우고 있었다.

에커 형사, 잭 피니, 경찰서장, 그리고 젯의 부모님이었다.

"왔구나." 엄마가 안도의 한숨을 내쉬며 말했다. "어디 갔나 찾고 있었잖아. 어디 있었던 거니?"

"병원에요." 젯이 막을 새도 없이 뒤에 서 있던 빌리가 대답했다. 엄마는 몰랐으면 좋겠는데. 엄마가 알아봤자…

"병원?" 엄마가 눈을 휘둥그레 뜨고 따지는 목소리로 물었다. "왜, 무슨 일이야?"

그렇지, 엄마라면 또 한바탕 난리를 치겠지. 고맙다, 빌리.

"별일 아니에요." 젯이 아직 움직이는 쪽 팔로 빌리를 쿡 찌르며 말했다. "동맥류가 새기 시작하는 바람에 팔이 안 움직여서요."

젯이 재킷 소매에 싸여 옆에 축 늘어져 있는 문제의 팔을 가리켰다.

"그게 무슨 소리야? 팔이 안 움직이다니?" 엄마의 목소리가 한 톤 높아졌다. "어디 봐."

젯이 눈을 깜박였다. "어떻게 보여줘요. 말 그대로 그냥 팔이 안 움직이는 거예요. 엄마."

"병원에서 약 받았니?"

젯이 입술을 오므렸다. "네, 팔 하나가 더 자라는 마법의 약을 주더라고요."

"내가 갔어야 하는데. 너는 애가 제대로 질문도 못 하고…."

"다들 여기는 무슨 일로 왔어요?" 이번에는 젯이 제대로 된 질문을 던졌다. 젯은 답을 듣기 위해 엄마 대신 경찰들에게로 시선을 돌렸다. 가장 익숙한 빌리네 아빠를 쳐다보았다.

하지만 입은 연 건 에커 형사였다. "드릴 말씀이 있습니다. 안으로 들어가도 될까요?"

"비상키가 매트 아래 없더라." 잭이 젯의 머리 위로 빌리를 바라보며 말했다.

"젯 줬어요." 주머니에서 열쇠를 꺼낸 빌리가 사람들을 뚫고 문 앞으로 갔다.

빌리는 문을 열고 모두 들어갈 때까지 붙잡아주었다.

잭은 안으로 들어가다 멈춰서 아들의 어깨에 손을 툭 올렸다.

"일요일에 패트리어츠 경기 있어." 손을 얹은 채로 잭이 아들에게 어색하게 말했다. "비가 온다고는 하는데, 볼 거니?"

"모르겠어요, 아빠." 빌리가 작은 목소리로 말하다 복도에 있는 젯과 눈을 맞췄다. 빌리는 사실 미식축구를 좋아하지 않았다. 아빠를 위해 좋아하는 척을 했을 뿐이다. 엄마가 집을 나간 후 함께 볼 사람이 필요했으니까. 게다가 일요일은 젯의 죽음이 예정된 날이었다.

하지만 잭은 빌리의 눈빛에서 그 무엇도 읽어내지 못한 듯했다. 젯처럼 빌리의 마음을 읽을 수 없었다. 잭이 헛기침을 하며 빌리의 어깨에서 손을 내리고 집 안으로 들어갔다.

젯의 엄마는 젯을 걱정스럽게 챙기며 축 늘어진 팔을 일부러 건드렸다. 반응이 있는지 확인하려는 듯이.

이렇게 많은 사람이 와 있기에는 아파트가 너무 좁았다. 옴짝달싹 못 하고 어깨도 펼 수 없었다.

"앉아, 젯." 엄마가 젯을 끌고 와 소파에 앉히고 옆에 자리를 잡았다. 아빠는 반대쪽에 앉았다.

"마실 것 드릴까요? 커피나…." 빌리가 주방 앞에서 머뭇머뭇 말을 꺼냈다.

"나중에, 빌리." 엄마가 빌리의 말을 잘랐다. "형사님이 중요한 소식을 전하실 거야."

에커 형사가 맞은편에 앉았고 서장과 잭이 그 뒤에 버티고 섰다. 세 사람의 굳은 입매와 진지한 눈빛은 그야말로 경찰을 상징하는 하나의 이미지 같았다.

"누가 죽기라도 했어요?" 젯이 분위기를 환기하려 농담을 던졌지만 효과는 없었다. 오히려 더 무거워진 분위기가 젯의 가슴을 짓눌렀다.

에커 형사가 검지 두 개를 뾰족하게 세워 입술에 댔다. 마치 뼈와 살로 이루어진 권총처럼.

"젯." 에커의 목소리가 머릿속에 시끄럽게 울려 퍼졌다. "당신을 습격한 용의자로 JJ 림을 체포했습니다."

"JJ를요?" 젯이 몸을 앞으로 내밀며 말했다. "JJ를 찾았어요?"

엄마가 젯의 등을 쓰다듬었다.

"몇 시간 전 돌아왔어요." 에커 형사가 손가락 총을 풀고 무릎에 손을 올렸다. "동생이 문자로 당신의 상황을 알렸다고 하더군요. 그래서 돌아왔다고 했어요."

"만났어요? JJ랑?"

"이미 심문을 한 차례 진행했습니다. 체포 후에요."

"그래서요?" 젯이 목소리를 낮췄다. "뭐라고 해요?"

에커가 침을 삼켰다. "뭐, 현재로서는 모든 혐의를 부인하고 있어요. 하지만 체포 영장을 받을 만한 증거는 충분했습니다."

"증거라고요?" 젯이 물었다.

에커는 고개를 끄덕였다. "현장에서 나온 빨간색 머리카락이 핼러윈 때 JJ가 착용한 가발과 같은 인조모로 밝혀졌습니다."

"옮겨붙었을 가능성도 있다고 하지 않으셨어요?"

"범행 시간 이후에 보낸 '미안해'라는 문자도 있고요. JJ는 알리바이가 없고, 그날 밤 서둘러 우드스톡을 떠났다는 사실도 증거가 됩니다."

"하지만 JJ가 왜 나를 죽여요? 형사님보다는 제가 JJ를 더 잘 알아요."

"그뿐만이 아닙니다." 에커가 말했다. "살인 동기도 추정할 수 있어요. 몇 달 전 그의 청혼을 거절하셨다고요."

"네." 젯이 코를 훌쩍였다. "결혼할 만큼 잘 맞지 않았으니까요. 고작 그런 이유로…."

"남성 범죄자들은 그보다 하찮은 이유로도 여성을 해칩니다." 에커 형사가 말을 잘랐다. "가능한 동기는 그것만이 아니에요." 그러더니 주머니에서 무언가를 꺼냈다. 젯이 그에게 건넸던 대출 업체의 통지서였다. "젯의 명의를 이용해 트럭을 담보로 받은 3만 달러짜리 대출 있잖습니까. 대출금이 입금된 계좌의 소유자가 JJ였어요."

젯의 숨이 목구멍에 턱 막혔다.

"JJ였다고?" 젯이 말했다. 대답보다는 혼잣말에 더 가까웠다.

"JJ는 신분을 도용해 젯 명의로 대출을 받았습니다. 이미 본인 이름으로 받은 대출도 여러 건이라 신용 점수가 바닥이었어요. 그러다 이번 대출의 월 상환금도 감당할 수 없는 처지가 되었죠." 에커가 종이를 흔들었다. "결국 돈을 갚지 않았습니다. 자신이 무슨 짓을 저질렀는지 젯이 알게 될 거라는 사실에 패닉 상태가 됐다는 게 저희 추측입니다. 그래서 어쩔 수 없이…."

"나를 죽였다고요?"

에커는 대답하지 않았다. 직접적으로는. "검찰 쪽에서 조금 더 붙잡고 있으라 하더군요. 자백을 받아낼 수 있는지 보라고요. 하지만 정황 증거가 확실해 그것만으로도 기소 절차를 진행할 수 있습니다, 젯."

무슨 말을 해야 할까. 보아하니 젯의 살인 사건은 저절로 해결된 모양이었다. 그럼 젯은 이제 뭘 해야 하지?

"걱정하실까 봐 말씀드리면." 에커가 말을 이었다. "그 혐의는 나중에… 그러니까 당신이…."

"내가 죽고 나서요." 젯이 명확한 표현으로 대신 말했다.

에커가 고개를 끄덕였다. "그때는 JJ의 혐의가 1급 살인죄로 변경될 겁니다. 답을 찾는 것이 젯, 당신에게 얼마나 중요한 의미인지 압니다. 이제 답을 얻었어요."

젯의 뱃속이 뒤틀리고 답답하게 조였다. 답은 경찰이 아니라 젯이 찾아야 했다. 그것이 핵심이었다. 무언가를 해낼 수 있는, 목표를 달성할 수 있는 마지막 기회였단 말이다. 그런데 앞에 앉아서 한다는 말이, 벌써 끝났다고? 그렇게 쉽게 빠져나가는 길을 알려 주고 있었다. 젯은 언제나 쉬운 길을 선택했다. 어떤 일을 하든 힘들어지면 포기하고 말았다. 하지만 이번에는 달라야 했다. 포기하면 안 됐다. 어째서인지 JJ가 범인이었다고 인정하면 포기하는 기분이 들었다. 옳지 않다는 느낌이었다. 젯의 직감도, 깨진 머리도 그렇다고 말했다.

"망치는요?" 젯이 몸을 앞으로 기울였다. "JJ가 콜비 공구를 전부 가지고 있던가요? 60개 세트예요. 나머지 쉰아홉 개도 집에 있어요?"

잭이 헛기침을 했다. "JJ의 집을 수색했는데 아직 발견된 것은 없어."

"뭐, 얼마나 큰 집이라고요." 젯이 말했다. "지금까지 못 찾았으면 나올 리 없죠. JJ가 그 망치를 갖고 있었다는 사실은 어떻게 증명하는데요?"

"솔직히 말하면, 모릅니다." 에커 형사가 말했다. "이런 사건에서는 모든 퍼즐 조각이 딱 들어맞지는 않아요."

"저기, 까다롭게 군다고 생각할 수도 있겠지만요, 죽을 거라면 모든 단서를 제대로 맞춰놓고 싶어요. 빈틈없이 꽉."

"말씀드렸다시피 저희가 JJ를 압박해 자백을…."

"노스 스트리트 공사장은요?" 젯이 경찰들 사이에 제시한 편한 길에는 관심이 없었다. 그쪽으로는 한 걸음도 내딛지 않았다. "다음 날 아침 콘크리트를 부을 계획이라는 사실을 JJ가 어떻게 알았죠? JJ는 그곳에 아는 사람도 없어요. 그냥 운이 좋았다는 건가요?"

"우드스톡을 떠날 때 그쪽을 지났을 수 있습니다. 공사 현장을 발견하고 모험을 한 거죠."

"그래서요?" 젯의 목소리가 높아졌다. "끝난 거예요? 수사는 이제 안 해요?"

에커가 고개를 저었다. "수사는 아직 진행 중입니다. JJ의 혐의를 입증할 증거를 보강해야죠. 그래야 검사가…."

"JJ가 아니라면요?"

"아빠." 빌리도 가세했다. "젯 말 좀 들어줘요…."

"젯." 엄마가 젯을 바라보며 끼어들었다. 얼굴이 너무 가까웠다. "범인은 JJ야. 경찰에서도 이유가 있으니 체포했겠지. 다 끝난 거야, 아가."

끝나지 않았다. 젯은 아니었다. 아직 시간이 남아 있었고, 그 시간을 허무하게 날리고 싶지 않았다. 이미 많은 시간을 낭비한 젯이었다. 평생을 낭비했다. 이 시험에서는 탈락하지 않을 작정이었다. 이번에는 절대로 안 된다. 쓸 수 있는 팔이 하나뿐이라 해도.

"네, 알겠어요." 젯이 불쑥 말했다. "고생 많으셨어요, 여러분. JJ에게 안부 전해주세요."

"힘들다는 거 알아, 젯." 잭이 손가락 하나로 턱수염을 쓸며 말했다. "그래도 우리가 범인을 잡았으니 이제는 남은 시간은 좀 더 편안하게 보내렴."

"좋네요." 젯이 치아를 과하게 드러내며 씩 웃었다. "뜨개질하면서 《기묘한 이야기》나 다시 볼까 봐요. 아니면 복근 운동이라도 할까요?"

"젯, 제발 집으로 돌아와." 엄마가 코를 훌쩍였다. "함께 있어야지. 온 가족이."

집에 갈 수도 있었다. 예전의 젯은 너무 힘들어질 때, 몸이 더 이상 받쳐주지 않을 때 집으로 돌아가곤 했다. 그래, 집에 갈 수 있었다. 그래도 됐다.

하지만 젯은 이미 힘든 결정을 했고, 또 한 번 힘든 결정을 하기로 했다.

"죄송하지만 못 가요." 젯이 말했다. "일단은 할 일이 너무 많고요, 남은 시간도 즐겨야죠. 경찰님들 명령대로."

엄마의 입술에 경련이 일었다.

"그럼 저희는 이만 가보겠습니다." 에커 형사가 일어나자 의자가 삐걱거렸다. "추가로 의문 사항 있으면 언제든 연락 주세요. 저희 쪽에서도 JJ가 정식으로 기소되면 연락드리겠습니다."

젯은 고개를 끄덕이고 눈으로 그의 움직임을 쫓았다.

에커가 동작을 멈추고 젯의 아빠를 돌아보며 말했다. "스콧, 지금 노스 스트리트 현장에서 뵐 수 있을까요? 궁금한 점이 몇 가지 더 있어서요."

아빠가 손바닥으로 무릎을 치고 말했다. "네, 바로 따라가지요. 여보, 갑시다."

엄마가 일어나다 멈칫하고 고개 숙여 젯의 정수리에 입을 맞췄다. 아팠다. 안 아픈 곳이 없었다. 하지만 뱃속을 쥐어짜던 느낌에서는 마침내 해방되었다.

경찰서장은 문가에서 꾸벅 인사를 했고 잭은 젯에게, 이어 빌리에게 슬픈 미소를 남기고 떠났다. 젯의 부모님을 먼저 보내고 마지막으로 집에서 나간 에커 형사가 문을 찰칵 닫았다.

빌리가 문으로 다가가 떠나는 이들의 뒷모습을 작은 구멍으로 내다보았다. 대화하는 목소리가 계단 아래로 내려가며 희미해졌다.

빌리가 새롭게 눈을 반짝이며 돌아보았다. 오직 젯에게만 보여주는 표정이었다.

"우리는 JJ라고 생각 안 하는 거지?" 빌리가 문에 머리를 기대고 체념과 기대감이 섞인 목소리로 말했다.

젯이 미소를 지었다. 진심에서 우러난 미소는 치아를 딱 보기 좋을 정도만 드러냈다. "그럼, 아니지." 젯이 동의했다. "JJ가 아니라는 말은 아니야. 하지만 모든 의문에 대한 답을 찾아야 행복하게 눈을 감을 수 있을 것 같아. 이 문제는 대충 뭉개지 않을 거야, 빌리. 대충 살다 죽지 않을 거니까 알아둬." 젯이 말했다. "JJ는 그 망치 브랜드를 사용했나? 그렇다면 나머지 공구는 어디 있지? 노스 스트리트에 콘크리트를 부을 것을 알았다면 어떻게 알았고?

축제 때 JJ, 앤드루와 접촉해 빨간 머리가 옮겨붙었을 가능성이 있는 사람은 또 누가 있을까? 범인이 앤드루 스미스는 아닐까? JJ 동생은 왜 메이슨 건설에서 일하지 않은 척하지? 우리 가족은 왜 내가 죽은 날에 뭘 했는지 거짓말을 하는 걸까?" 목을 뚝 소리 나게 꺾었다. "소피아부터 알아보자."

빌리가 한쪽 입꼬리를 올려 웃으며 고개를 끄덕였다. "그만둔다는 생각은 아예 없었던 거지?"

"1초는 했나." 젯이 빌리와 눈을 맞추고 말했다. "하지만 멈출 수는 없어. 살날이 사흘 반밖에 남지 않았고, 나를 죽인 범인은 꼭 내 손으로 잡을 거야. 뭐, 너도 그만두고 싶지 않잖아? 해머로 깨부수고, 루크 빡치게 하고, 곧 죽을 사람이라 싸가지 없게 행동해도 용납받고, 얼굴 앞에 들이민 총도 구경하고. 나는 재미있는데, 너는 어때?"

18

젯은 손가락으로 화면을 가리켰다. 가리킨다는 느낌을 받았지만 팔은 힘없이 늘어져 있었다. 머릿속에서 움직인 것은 환영이었고 현실의 팔은 소파에서 꿈쩍도 하지 않았다. 좋아, 왼손을 쓰면 된다.

"여기 봐." 젯이 말했다. "소피아가 돌아온 시간은 3시 24분이야. 5분쯤 집에 있다가 다시 떠나."

빌리는 고개를 끄덕이고 파란색 레인지로버를 세우는 소피아를 바라보았다.

"쿠키를 놓고 갔다가 한 시간도 안 돼서 돌아온 거지?"

"맞아." 젯이 말하는 동안 소피아는 캐머런을 안고 현관문으로 걸어갔다. "물어보니까 집에 휴대폰을 두고 가서 다시 가지러 왔다고 했어."

"하지만 루크에게 문자를 보낸 게…"

"오후 3시 6분이지." 젯이 커피 테이블에 있는 노트를 힐끗 보고 말했다. 그러다 직접 적어 놓은 시간에 시선이 머물렀다. 0은 사선처럼 기울어졌고, 소문자 d에는 꼬리가 없었다. 다시는 오른손으로 글씨를 쓰지 못할 것이다. 진짜 죽음을 예고하는 전조처럼 작은 죽음이 먼저 찾아온 것이다. 젯이 침을 꿀꺽 삼켰다. 작게 깜박이는 슬픔을 뱃속으로 밀어 넣고 다른 슬픔과 함께 묻어 두었다. 다시는 트럭도 운전하지 못할 것이라는 슬픔과 함께.

"하지만 휴대폰을 너희 집에 두고 왔다고 말한 게 오후 2시 21분과 이때 사이잖아." 소피아가 집으로 들어가 문을 닫는 모습을 보다가 빌리가 잠시 말을 멈췄다. "3시 24분."

"응, 거짓말이었어." 젯이 빌리를 돌아보았다. "내가 이상하다고 했잖아. 내가 살해당한 날 소피아는 휴대폰이 없다고 거짓말을 했고, 집으로 돌아온 이유에 대해서도 거짓말을 했어. 거기다 10시 52분에 보낸 '전화해'라는 문자도 있지. 그때 루크와 집에서 같이 TV를 보고 있었다면서."

"그게 무슨 뜻일까?" 빌리가 영상을 멈췄다.

"모르겠어." 젯이 엄지를 잘근잘근 깨물었다. 잘 안 쓰던 손에 하려니 기분이 이상했다. "'전화해. 내가 6분 전에 당신 동생 머리를 깼으니까.'라는 뜻일 수 있지." 소피아처럼 하이톤으로 목소리를 높였다. "걔 아이폰도 가지고 있는데 전원 꺼서 기초 공사 중인 노스 스트리트 현장에 버리려고. 내일 아침에 콘크리트 작업을 한다며. 와서 도와줄래? 참, 아기는 어때?'"

젯의 성대모사에 빌리가 웃음을 겨우 참았다. 하지만 절묘하게 똑같았다. 젯은 왜 여태 이런 재능을 발견하지 못했을까?

"정말 소피아가 너를 죽였을 수도 있다고 생각해?"

"개도 나를 그렇게 좋아하진 않잖아." 젯의 목소리가 평소처럼 걸걸한 저음으로 돌아왔다. "하지만 분명 뭔가 있어. 소피아는 핼러윈에 집에서 몰래 뭔가를 했고, 나나 경찰이 그 사실을 알아내지 않기를 바라고 있어."

"그게 네 사건과 관련이 있다?" 빌리가 입술을 물어뜯었다.

"어쩌면."

"아." 빌리가 갑자기 눈을 크게 떴다. "휴대폰이 아니라 다른 걸 깜박했을지도 몰라."

"예를 들어?" 젯이 노트북 화면에 비친 빌리의 눈을 바라보며 물었다. "망치 숨기기 같은 거?"

"아니, 나는 문을 생각하고 있었어. 뒷문이 열려 있지 않았어? 범인이 그렇게 집 안으로 들어왔다는 게 경찰 의견이잖아. 누군가가 그날 문을 미리 열어놨다면?" 빌리가 손가락을 트랙패드 위에 놓고 재생 버튼을 눌렀다. 다시 움직이기 시작한 소피아가 카메라 쪽은 쳐다도 보지 않고 고개를 숙인 채 메이슨 가족의 집에서 나왔다. 캐머런은 쪽쪽이를 빨고 있었다.

"혼자서?" 젯은 머릿속으로 장면을 재구성했다. 소피아가 주방으로 들어가 세탁실로 이동해 뒷문의 걸쇠를 풀었다.

"아니면 공범을 위해?" 빌리가 어깨를 으쓱하며 말했다.

젯이 콧잔등에 주름을 만들었다. "살인 청부업자 같은? 우드스톡에도 살인 청부업자가 있나?"

"살인 청부업자가 망치를 사용할 것 같지는 않아." 빌리는 그 아이디어에서 발을 뺐다. "좋아, 생각을 해보자. 네가 습격을 당한 날은 맞아. 하지만 우연의 일치일 가능성도 있지 않을까? 내 말은…." 다시 화면을 가리켰다. "소피아가 전에도 이런 적이 있어?

쿠키 구워서 너나 너희 부모님 외출했을 때 두고 간 적 있냐고."

젯은 몸을 숙이고 왼손으로 턱을 괴었다. 손가락을 관자놀이에 대고 기억을 더듬어 보았다. 생각을 하면 머리가 더 아픈 건가? 기억하려고 노력해서? 약한 불로 지지는 듯 뭉근한 통증이 끓어올랐다. 하지만 머릿속에 불은 없었다. 피가 천천히 새고 있을 뿐이었다.

"응. 그랬을 거야." 소피아가 베이킹을 한 게 이번이 처음은 아니었다. 슬슬 꼴 보기 싫다고 생각될 만큼 여러 번 그런 일이 있었다. 근데 언제였더라? "엄마 생일 때 케이크를 만들었던 것 같아. 맞아, 그랬어. 그때도 낮에 놓고 갔고. 나중에 만나기로 한 레스토랑에 들고 가기 불편하다면서. 심지어 당근 케이크였다니까. 케이크에 채소라니 말이 돼?"

"그게 언제야?" 빌 리가 트랙패드를 클릭해 대시보드 페이지로 빠져나왔다.

"엄마 생일이니까 8월 30일. 나랑 부모님은 그날 낮에 로라 이모 집에 있었어. 돌아와 보니 케이크가 있더라고. '소피아 마음씨가 정말 예쁘지 않니?'" 젯이 이번에는 엄마 말투를 흉내 내며 말했다.

"그렇게 오래된 데이터도 남아 있을까?" 빌리가 페이지를 확인했다.

"응, 180일까지 저장돼. 비켜봐." 젯이 팔꿈치로 빌리를 밀어내고 왼손으로 트랙패드를 조작해 대시보드에서 그 날짜를 찾았다. "여기 있다. 이게 소피아일 거야."

8월 30일 오후 12시 7분에 찍힌 '움직임 감지' 영상을 클릭했다.

파란색 레인지로버가 진입로에 멈춰 섰다.

문이 열리고 차에서 내린 소피아가 뒷좌석으로 향했다. 지금과 다른 아기를 꺼냈다. 2개월 전의 캐머런이었다. 인생의 4분의 1이 날아간 티가 났다. 크기가 작고, 머리숱이 적고, 얼굴은 더 빨갰다. 소피아도 어렵지 않게 한 팔로 캐머런을 받쳐 안고 반대쪽 손으로 플라스틱 뚜껑을 씌운 생크림 케이크 용기를 들었다.

소피아가 계단에 케이크를 내려놓고 청 반바지 주머니에서 열쇠를 꺼냈다. 현관문을 열고 찰나의 순간 카메라를 쳐다보았다. 소피아가 2개월 후의 미래에 사는 젯과 빌리를 바라봤다. 소피아는 케이크를 들고 안으로 들어갔다.

젯은 4분 후에 찍힌 다음 영상으로 넘겼다. 소피아가 케이크 없이 떠나는 모습이 찍혀 있었다.

"좋아." 빌리가 말했다. "혹시 저러고 나서 또…."

"돌아올 거야." 젯이 말을 자르고 다음 영상을 클릭했다. "우리는 그날 4시 넘어 집에 왔는데, 오후 1시 33분에 찍힌 영상이야. 역시, 소피아네."

파란색 레인지로버가 다시 집 앞에 멈춰 섰다. 케이크만 없고 하는 행동은 똑같았다. 캐머런과 집에 들어갔다 나왔다. 이번에는 3분만 머물렀다.

빌리가 노트북 화면으로 몸을 더 가까이 기울였다. "쟤 지금 뭐 하는 거야?"

"그건 모르겠지만 하나는 확실해." 젯이 대답했다. "전화기를 두고 온 게 아니야. 여기 봐." 노트와 그 위에 놓인 펜을 집어 들고 빌리에게 건넸다. "날짜와 시간 좀 적어줄래? 나는… 나는 이제 못 쓰니까. 응, 거기에. 아니, 그것보다는 깔끔하게. 빌리 네 글씨

꼭 네 살짜리 어린애 같아."

"또 생각나는 날 없어?" 빌리가 젯을 돌아보고 펜으로 입꼬리를 찔렀다. "너희 가족이 다 외출한 사이에 과자나 케이크가 와 있던 날?"

"사실 있어." 젯이 말하며 트랙패드를 움직여 그날을 찾았다. "7월 4일. 부모님이 그날 저녁 마당에서 파티를 했거든. 소피아가 쿠키를 놓고 갔던 기억이 나. 작은 성조기 모양 쿠키였어. 우리가 장 보러 나가서 우드스톡에 있는 버거 패티를 싹쓸이하고 있을 때였을 거야. 이상하지 않아? 오빠랑 소피아도 파티에 오기로 했었거든. 왜 그때 가져오지 않고?"

젯은 그날 오전 10시 47분에 움직임 감지로 찍힌 영상을 클릭했다. "오, 우리 나갈 때다." 부모님이 현관문 밖으로 걸어 나왔고 엄마는 여름의 아침 햇살에 눈을 가렸다. 지금은 사라지고 없는 새싹과 꽃이 집 앞을 장식했다.

"젯, 빨리 나와!" 엄마가 집 안에 대고 외쳤다. "오늘 할 일이 얼마나 많은데."

"시간은 충분해요." 여름의 젯이 집에서 뛰어나오며 말했다. 지금과 똑같았지만, 진흙이 덕지덕지 묻어 있지 않은 버켄스탁 샌들을 신고 있었다. 두 팔도 다 움직였다. 손가락으로 머리카락을 빗으며 짧은 꽁지머리를 묶고 있었다. 이 젯은 생명력으로 가득했다. 4개월 후에는 그러지 못한다는 사실을 까맣게 모르고 있었다.

"저녁에 JJ도 오니?" 아빠가 젯에게 물었다. "버거 패티를 한 팩 더 사야겠어, 다이앤."

화면 속의 젯이 머리를 긁적였다. "바쁠 거예요. 다음에 부르죠,

뭐."
 화면 밖의 젯은 카메라가 움직임을 감지한 다음 영상으로 넘어갔다.
 "우리가 집에서 차 타고 나간 후 딱 2분 있다가 찍힌 거야." 소피아의 파란색 레인지로버가 진입로로 다시 한번 들이닥치는 모습을 보며 젯이 말했다.
 "이상하네." 빌리가 중얼거렸다. "꼭 근처에서 너희 가족이 나가기를 기다리고 있었던 것 같아."
 "그런 것 같지?" 젯도 동의했다.
 소피아가 하늘색 여름 원피스와 청재킷 차림으로 차에서 내렸다. 뒷좌석으로 가서 또 아까와 다른 아기를 꺼냈다. 체구가 훨씬 작고, 뺨이 훨씬 빨갛고, 머리숱이 훨씬 적은 아기였다. 차 안으로 몸을 더 깊숙이 넣더니 흰색, 빨간색, 파란색 쿠키를 비닐랩으로 덮은 접시를 들고나왔다.
 현관문 앞에 도착했을 때 캐머런이 불편한지 쪽쪽이를 문 채로 칭얼거렸다.
 "그래, 그래." 소피아가 아기를 얼렀다. "몇 분만 있을 거야. 약속해."
 현관문을 열고 아기, 또 쿠키와 안으로 들어갔다.
 젯은 4분 후인 다음 영상을 재생했다.
 현관문이 열리고 양손으로 아기를 감싼 소피아가 걸어 나왔다. 쿠키는 안에 두고 나와서 없었다.
 소피아가 현관 계단을 발로 제대로 디뎠는지 확인하는 순간, 캐머런이 퉤 뱉은 쪽쪽이가 땅바닥에 떨어져 튕겨 나갔다.
 입이 허전해진 캐머런이 울기 시작했다.

"안 돼." 소피아가 말했다. "엄마가 주워줄게. 걱정하지 마."

몸을 숙여 집 앞에 떨어진 흰색과 초록색 쪽쪽이에 손을 뻗는데 소피아의 재킷 주머니에서 무언가가 떨어졌다. 땅에 부딪히며 크게 달그락거리는 소리가 났다.

"어머나." 소피아가 외마디 비명을 지르더니 멀리 굴러가는 흰색 물체를 허둥지둥 주워 바지 뒷주머니에 얼른 쑤셔 넣었다. 청바지가 불룩 튀어나와 보였다. 쪽쪽이도 마저 주운 소피아가 차로 걸어가는 동안 캐머런의 비명은 점점 커졌다.

"잠깐." 젯은 흰색 물체가 땅에 떨어지는 순간으로 재생 바를 끌고 가 영상을 되감았다. 너무 빠르고, 너무 흐릿했다. 잠시 보고 있다가 트랙패드 위로 두 손가락을 움직여 화면을 확대했다.

"뭐지?" 빌리도 목을 앞으로 빼고 물었다. "약병인가?"

"응." 젯이 화면을 더 가까이 확대했다. 작은 데다 픽셀이 깨져 잘 보이지 않았지만 하단의 하늘색 띠와 뚜껑 부근에 흐릿하게 찍힌 검은색 글씨와 주황색 숫자는 읽을 수 있었다. "로트렐." 젯이 말했다. 심장이 빠르게 뛰며 그 말이 젯에게로 메아리쳤다. "암로디핀베실산염. 100캡슐."

"저게 보여?" 빌리가 놀랍다는 표정으로 젯을 보았다.

"안 보이지." 젯이 말했다. "안 봐도 알아. 내 거니까."

"뭐?" 빌리의 눈빛이 바뀌었다. 또다시 파란색 바다에 작은 폭풍이 일었다.

"내 약이라고." 젯이 더 확신에 차서 말했다. "약병 보면 로트렐 맞아. 고혈압약. 신장 때문에 매일 한 알씩 먹어야 하거든. 내 약이야." 다시 화면을 축소했다. "소피아가 왜 내 약을 훔치지?"

빌리가 눈을 깜박이며 물었다. "없어진 적 있어?"

"아니." 젯이 말했다. "그랬다면 알았겠지. 매일 아침 하나씩 먹는데. 내 방 화장실 수납장에 있어. 양치 후에 먹으려고."

빌리가 화면으로 시선을 돌렸다. "이번에도 다시 왔을까?"

같은 날 오전 11시 51분에 또 움직임이 감지되었다. 빌리가 젯보다 먼저 재생을 눌렀다.

파란색 레인지로버.

문이 열리고 소피아가 나왔다.

파란색 원피스에 청재킷 차림으로.

한쪽 팔로 캐머런을 받쳐 안았다. 아기가 입에 문 쪽쪽이는 깨끗한 빨간색으로 바뀌었다.

소피아는 아까와 달리 빈손이었다. 하지만 주머니에는 무언가가 있었다. 약 한 시간 전처럼 주머니가 약병 모양으로 불룩했다.

젯이 손가락으로 가리켰다.

"아직도 주머니에 약이 있어."

"다시 돌려놓으려는 건가?" 소피아가 집으로 들어가 현관문을 닫는 화면을 보며 빌리가 물었다. 3분 후 녹화된 다음 영상을 클릭했다.

시간을 건너뛴 소피아가 캐머런을 안고 집에서 걸어 나오더니 뒤돌아 문을 닫았다. 아까까지만 해도 불룩하던 청바지 뒷주머니가 납작했다. 그 말은…

"약이 없어." 빌리가 말했다.

"다시 가져다 놓은 게 분명해."

두 사람은 서로를 돌아보고 눈을 맞췄다.

"여태 저러고 있었던 거야? 엄마 생일, 핼러윈 때도? 집에 와서 내 약을 가져갔다가 다시 가져다 놓는 짓을?"

빌리가 침을 꿀꺽 삼켰다. "약에다 뭔가 한 걸까?"

젯이 몸을 기울여 노트북을 세게 닫았다. 탁 소리가 가슴에 울려 퍼졌다. 그게 아니면 소피아가 대체 무슨 짓거리를 하고 있었겠는가?

"확인할 방법은 하나야. 가자. 집 나올 때 약은 두고 왔어. 엄마, 아빠가 노스 스트리트 현장에 있으니까 지금 가야 해. 아무도 없을 때. 저기… 나 재킷 입는 것 좀 도와줄래?"

19

 젯은 초인종 카메라에 대고 손을 흔들었다. 빌리의 집에 있을 노트북을 향해, 이번 주가 지나고 이 영상을 보게 될 누군가를 향해, 무덤 너머의 세상을 향해.
 열쇠를 꽂고 현관문을 밀어 열었다. 집 안의 냄새는 청결해도 너무 청결했다. 사흘이 지났는데도 공기 중에 화학약품 냄새가 묻어 있었다. 뒤를 따르던 빌리가 쿨럭 기침을 했다.
 동물의 발이 미끄러운 나무 바닥 위를 달리는 소리가 들리더니 레지가 모퉁이를 돌아 나타났다.
 레지가 젯을 보자 반가운 듯 깽깽거렸다. 젯에게 말을 걸고 있었다. '어디 갔다 이제 와, 안녕, 안녕, 안녕, 나 벌써 용서했어.'
 "안녕, 우리 미남 늑대 레지날드 경." 젯이 무릎을 꿇고 왼손으로 레지의 귀 뒤를 긁어주었다. "누가 이렇게 착한 강아지지?"
 레지가 꼬리를 흔들자 온몸이 들썩였다. 얼굴을 핥겠다고 젯의 허벅지를 딛고 서서 죽어버린 팔을 코로 툭툭 건드렸다.

"이제는 양손 권법 못 써, 친구. 미안해." 그 대신 한 손으로 더 세게 벅벅 긁어주었고 레지는 그 손에 머리를 기대며 젯의 다갈색 눈동자를 바라보았다. "빌리에게 아주 정중하게 부탁해." 강아지가 낑낑거렸다. "빌리는 착하니까 해준다고 할 거야."

레지가 꼬리로 젯을 때리며 젯의 어깨에 머리를 기대고 빌리를 올려다보았다. 젯은 한 팔로 녀석을 안았다.

"이러는 편이 나아." 강아지의 털에 턱을 괴고 나직이 말했다. "부모님한테서 너 훔쳐 온 뒤로 당연히 언젠가는 네가 죽는 모습을 보게 될 거라고 생각했어. 그런데 내가 먼저 떠나게 됐네. 미안해, 친구. 네가 그리울 거야. 너도 내가 그립겠지."

옆에 있던 빌리가 몸을 숙이고 양손으로 레지의 귀 뒤를 감싼 후 벅벅 긁기 시작했다. 빌리의 손등이 젯의 목을 스쳤다.

레지가 눈을 감고 기분 좋은 소리를 냈다.

"그치." 젯이 미소를 지었다. "이 정도는 돼야 좋지? 그래서 빌리가 책임져 줄 거라고 한 거야. 그렇게 좋아? 나보다 더?"

"너보다 좋을 수는 없지." 빌리도 미소를 지으며 허리를 다시 세웠다.

"자." 일어나려는데 젯의 무릎 관절에서 뚜두둑 소리가 났다. 레지는 젯과 빌리의 다리 사이를 빙글빙글 돌았다. "가자, 레지. 우리 지금 임무 수행 중이야. 올케가 몇 달 동안 나한테 독을 먹이고 있었는지 확인해야 하거든."

젯은 계단으로 향했고 빌리와 레지가 뒤를 바짝 쫓았다.

"정말 소피아가 너를 죽이려 했다고 생각해?" 두 칸 아래에 있어도 젯보다 큰 빌리가 물었다.

"뭐, 누군가는 나를 죽이려 했잖아." 젯이 깨진 머리를 가리켰다. "처음에는 그런 식으로 천천히 할 계획이었을지도 모르지. 그러다 더 시, 신, 신소… 짜증 나. 그 표현 뭐지? 더 빨리 처리해야 할 때 쓰는 말."

"속도를 높이다?" 빌리가 추측했다.

"아니, 단어로."

"가속?"

젯은 입을 꾹 다물고 위층에 발을 디뎠다. "아니지만 비슷해. 계획을 앞당기려고 약을 망치로 바꾼 거지."

젯이 침실 앞에서 걸음을 멈췄다. 항상 문이 열려 있던 방인데 문이 닫혀 있었다.

"하지만 소피아가 왜 너를 죽이려고 해?"

젯은 문고리를 쥐었다. 아니, 이제 움직이지 않는 팔로 문고리를 쥐자고 생각했다. 죽어버렸음에도 아직도 본능은 오른손을 먼저 택했다. 젯은 혀를 차며 본능을 무시하고 왼손을 사용했다.

"가능하다고 생각되는 이유가 있어." 젯이 두 친구를 방으로 들여보내며 씁쓸하게 말했다. "소피아는 돈을 밝혀. 예전부터 그랬어. 열다섯 살 때는 친구에게 안 하는 말이 없잖아. 소피아네 집은 형편이 어려웠고 부모님이 늘 돈 때문에 다퉜대. 자기는 절대 그렇게 살지 않겠다고 했어. 우리 가족처럼 살기를 원했어. 나는 그게 오빠를 선택한 진짜 이유라고 생각해. 뭐, 로맨스를 몰라서 하는 말일 수도 있겠지만." 잠시 쉬고 말을 이었다. "소피아는 내게 불공평하다는 이유로 아빠가 오빠에게 회사를 물려주지 않을 작정인 걸 알아냈을지도 몰라. 나를 없애면 문제가 사라지지."

"무시무시한데." 빌리가 주위를 둘러보며 말했다.

"살인 동기라는 게 원래 무시무시하지 않을까? 처음이라 잘 모르겠지만."

"여기 달라졌네." 빌리가 침대와 벽을 가리키며 말했다. 무늬 없는 벽지와 짙은 색 걸레받이, 밝은색 면 이불, 중성적인 느낌의 패턴 무늬 쿠션을.

"응." 젯의 시선도 빌리의 시선을 따라 움직였다. "네가 마지막으로 왔던 게 아마…."

"14년 전이지." 빌리가 대신 말을 맺었다.

"이제 개구리 벽지는 없어." 젯이 혀를 딱딱 튕겼다. "초록색 침대도 없어졌고."

"설마 우드스톡 제5대 백작 래빗슨 씨를 버리지는 않았겠지?"

"내가 괴물이니." 젯이 코웃음을 치며 욕실로 향했다. "그분은 옷장에 계셔. 팔 하나가 떨어지기는 했지만. 어, 이것도 복선이었나?"

젯은 신발로 욕실 문을 밀어서 열고 조명을 켰다.

"자. 여기 있어."

싱크대 위에 달린 거울 수납장에 다가가자 거울 속의 젯이 가까워졌다. 동공이 묘하게 확대된 눈은 공포에 질려 있었다. 당장이라도 싸우거나 도망칠 준비가 된 것만 같았다. 빌리도 거울로 자신이 아닌 젯의 얼굴을 보고 있었다. 그러는 티가 났다.

젯은 수납장을 열어 거울 속의 두 사람을 치우고 아래쪽 선반에 놓인 흰색 약병에 손을 뻗었다. 번거로운 일을 도맡아야 하는 왼팔이 점점 피로감을 호소했다.

"간다."

변기로 걸어가는 동안 손에 들린 약병에서 알약끼리 부딪히는 소리가 났다. 젯은 변기 뚜껑을 닫고 변기 옆 바닥에 앉아 뚜껑에 팔꿈치를 댔다.

빌리도 맞은편에 앉았다. 변기 부근에서 두 사람의 무릎이 스쳤다.

레지는 귀찮게 따라붙는 대신 문지방에 자리를 잡고 보초를 서고 있었다. 아, 서는 게 아니라 앉는다고 해야 하나. 또 진짜 보초라면 반대쪽을 봐야겠지만.

젯이 약병을 주먹으로 움켜쥐고 뚜껑을 내려다보았다. 어린이 보호를 위해 눌렀다가 돌려서 여는 뚜껑이다. 젯이 양 볼에 바람을 넣었다.

"내가 열어줘?" 빌리가 물었다.

"너한테 이런 부탁하면 내가 너무 무능한 사람 같아."

"아무도 안 보는데 뭘."

"레지 있잖아."

"아무한테도 말 안 할거야." 빌리가 몸을 기울여 한 손으로는 약병을 쥔 젯의 손을 감싸고 반대쪽 손으로 뚜껑을 꾹 눌렀다가 비틀어 열었다. "자, 네가 거의 한 거야. 나는 마무리만 했어."

"나 너무 봐주지 마." 젯이 약병 안을 들여다보았다.

"뭐, 네가 스스로를 너무 안 봐주잖아."

젯이 약병을 기울여 흰색 변기 뚜껑에 내용물을 쏟았다. 작은 노란색 캡슐이 사방으로 굴러떨어졌고 일부는 뚜껑 중앙에 작은 산을 이루었다. 각각의 캡슐에는 '로트렐 2260'이라는 작은 검은색 글씨가 찍혀 있었다.

"그런데 어떤 약이야?" 빌리가 하나를 집어 들고 유심히 관찰하며 물었다.

젯도 왼손 엄지와 검지 사이에 알약 하나를 쥐었다.

"'칼슘 길항제'야." 젯이 약상자에 적힌 말을 인용했다. 욕실에 휴대폰을 들고 들어오지 않으면 뭔가 읽을거리를 찾아야 할 때가 있다 보니 그 문구는 오래전부터 기억에 각인되었다. 샴푸 병도 위급할 때 유용한 대체재였다. "PKD 부작용인 고혈압 치료제. 고혈압이 있으면 신장 기능이 더 망가질 수 있거든. 나랑 아빠는 그래서 이 약을 먹어야 돼. 뭐 이상한 점 보여?" 캡슐 하나를 눈앞에 들어 올렸다가 다른 캡슐을 집어 들었다. 둘 다 정상으로 보였다. 움푹 파인 부분도 없고, 상단과 하단이 잘 맞았다.

"딱히." 빌리가 말했다. "하지만 몇 년 동안 매일 먹은 사람은 너잖아. 이상해 보이는 데 있어?"

"딱히." 젯도 똑같이 말했다. "하나 열어서 가루를 쏟아볼래?"

빌리가 작은 캡슐 하나를 손가락으로 쥐고 한쪽 끝을 비틀어 둘로 쪼갰다. 아래쪽에 가루가 고여 있었다. 몸을 굽히고 변기 뚜껑에 흰 가루를 톡톡 털었다.

"원래 이렇게 생긴 거야?" 빌리가 묻자, 숨결에 가루가 조금 흩어졌다.

젯은 고개를 숙이고 가루를 눈높이에서 관찰했다. "모르겠어." 젯이 속삭였다. "한 번도 열어본 적은 없거든. 무슨 맛이지?"

검지를 핥고 가루 더미에 쿡 찍자 가루가 젖은 살에 달라붙었다. 혀를 내밀고 손가락을 핥아 맛을 보았다.

강렬한 쓴맛을 씻으려는 듯 입 안에 침이 차올랐다.

"별로야?" 젯의 얼굴을 보던 빌리가 약을 조금 맛보았다.

"모르겠어." 젯이 말했다. "화학적인 맛이야. 분필 느낌. 사실 약맛이지, 뭐."

"그럼 건드리지 않았다는 건가?" 빌리도 똑같은 표정을 짓고 혀를 집어넣었다.

"글쎄, 독이 어떤 맛인지 모르니까. 그것도 화학적이고 분필 같은 맛일 수 있어."

"누가 건드린 것 같지는 않은데." 빌리가 다른 캡슐을 집어 들었다. 반으로 비틀어 갈랐다가 다시 합쳤다. "봐, 이제는 완벽해 보이지 않잖아. 한쪽이 찌그러졌고 선도 똑바로 맞지 않아. 자국 남기지 않고 다시 온전한 상태로 만들기는 어려워." 그렇게 하려고 노력했다. "만약 걔가 하나씩 열어서 약을 다른 걸로 바꿔치기했다면 티가 났을 거야."

그러면서 젯에게 증거물을 내밀었고 젯은 살짝 찌그러진 캡슐을 집어 들었다. 정말이었다.

"하지만 걔가 내 약을 가져갔다가 한 시간 후에 다시 갖다 놓는 모습을 우리 눈으로 똑똑히 봤잖아. 대체 뭐 하는…." 젯의 생각이 말보다 먼저 도착했다. 상대가 되지 않을 정도로 빨랐다. 젯의 뇌에도 아직 멀쩡한 부분이 있었다. "내 약이 아니야." 젯이 숨을 토하듯 내뱉자 더 많은 가루가 흩어지고 캡슐들이 굴러갔다. "아빠도 같은 약을 먹잖아. 소피아가 가져간 건 아빠 약이었어. 따라와. 이거…."

젯이 지저분한 변기 뚜껑 위를 가리켰다.

빌리는 무슨 뜻인지 완벽하게 이해하고 양손으로 캡슐을 퍼서 뚜껑이 열린 약병에 쏟아부었다. 남은 가루를 불어 없애고 약병 뚜껑을 다시 닫아서 젯에게 건넸다.

"가자."

젯이 욕실 문지방에 있는 레지를 넘어 밖으로 나갔다. 레지가

아직은 죽을 수 없다 253

벌떡 일어나 뒤를 따랐다. 젯과 빌리는 복도를 따라 부모님 침실로 향했다.

안방 침대는 언제나처럼 완벽하고 깔끔하게 정리되어 있었다. 벽걸이 책꽂이에 있는 낡은 양장본들은 읽으려고 가져다 놓은 책이 아니라 장식용이었다. 양쪽으로 열리는 커다란 유리문을 지나면 프렌치 정원과 수영장이 내다보이는 발코니가 나왔다.

젯은 안방 화장실이 있는 왼쪽으로 방향을 틀었다.

"세면대를 각자 쓰시네." 빌리가 중얼거렸다. "좋다."

젯은 중앙에 걸려 있는 화려한 아르데코풍 거울로 빌리를 보며 피식 웃었다. 아빠가 쓰는 왼쪽 세면대로 다가가 자신의 약병을 선반에 두고 위에 있는 목제 수납장으로 손을 뻗어 문을 열었다. 똑같이 생긴 로트렐 약병을 쥐고 몸을 돌려 빌리에게 건넸다. 이번에는 말을 하지 않았다. 그럴 필요도 없었다.

빌리가 뚜껑을 눌렀다가 비틀어 약병을 열자 딸깍하는 소리가 타일 벽에 메아리쳤다.

"여기." 젯이 엄마가 쓰는 짙은 색 오크나무 화장대에 향수와 메이크업 브러시를 치워 공간을 만들었다.

빌리가 거기에 약병을 기울였다. 노란색 캡슐들이 와르르 쏟아져 나왔다. 젯의 약보다 양이 더 많았다. 꼭 새로 개봉한 것처럼. 지난주에 새로 타온 약인 듯했다.

젯은 캡슐 한 알을 조심스럽게 들고 눈앞에서 관찰했다. 양쪽 껍질이 만나는 지점에 미세하지만 움푹 파인 자국이 있었다. 엄지와 검지로 쥔 채로 돌려보는데 노란색 바탕에 그려진 흰색 띠가 직선으로 연결되어 있지 않았다.

"뭐야." 다른 캡슐을 관찰하던 빌리도 같은 점을 발견했다. "네

약과 다르게 생겼어. 이건…."

"조작된 거야." 젯도 같은 의견이었다. 혹시 몰라 몇 개를 더 집어 들었다. "하나 열어봐, 빌리."

빌리는 젯의 말을 듣기도 전에 캡슐을 비틀어 열고 있었다. 전에 한 번 해봐서 작업하기가 훨씬 수월했다.

반으로 가른 캡슐을 털자 짙은 색 나무 상판에 흰색 가루가 쏟아졌다. 젯이 먹던 약과는 질감이 달랐다. 흰색 입자가 조금 더 크고, 작은 결정처럼 조금 더 반짝거렸다.

"달라 보여." 빌리가 빈 캡슐 껍질을 내려놓으며 한마디 했다.

"다르네." 젯도 같은 의견이었다. 손가락으로 가루를 찍었다.

"맛을 봐서는 모를 거야." 빌리는 젯이 손가락을 입으로 가져가는 모습을 지켜보며 말했다. "다른 약과 바꿔치기했으면 알 방법이 없지 않아?"

젯이 혀를 내밀어 가루에 댔다.

녹아내린 가루가 입 안으로 사라지자마자 톡 쏘는 맛이 났다.

젯이 기침을 했다. "뭔지 정확히 알겠어. 이건 소금이야." 빌리와 눈을 맞췄다. "먹어봐."

빌리가 가루를 한 꼬집 입에 넣고 맛을 봤다. "맞네. 소금."

"소금…." 젯이 숨을 헉 들이마셨다. 맛이 배어들며 그 의미가 선명해졌기 때문이다.

"뭐?"

"그건 PKD 환자에게, 뭐라고 하지, 최악의 선물이야." 젯이 말했다. "몇 개 더 열어서 확인해 봐."

빌리는 시키는 대로 했다.

"소금이야." 빌리가 말했다. "이것도 소금. 이것도. 전부 소금이야, 젯."

위장이 뒤틀리고 척추를 따라 튀어 오르려 했다. 그에 대한 반응으로 솜털들이 쭈뼛 섰다.

"우리는 저염식을 해야 해." 젯이 말했다. "좋은 치즈 한 장 못 먹는다고. 소금은 혈압을 올리는데, 만약 아빠가 몇 개월째 로트렐이 아니라 소금을 잔뜩 먹고 있었다면… 맙소사." 벽에 등을 기대다 타일을 짚은 손이 미끄러졌다. "너도 우리 아빠 봤지. 그래서 올해 들어 유독 상태가 아, 악, 악… 음, 안 좋아진 거였어. 신장 기능이 망가져서 의사들도 그랬단 말이야. 조만간 이식이나 투석이 필요하다고." 젯이 숨을 들이마시고 목소리의 떨림을 다잡았다. 충격에서 헤어 나오는 동시에, 분노가 차올랐다.

"소피아가 독을 먹이고 있었던 거야. 소피아는 아빠를 죽이고 있었어."

"미친." 빌리가 탄식하고 양손을 겨드랑이 사이에 끼웠다. "미쳤군." 다른 말로는 표현할 수가 없었다.

"미쳤지." 젯도 동의하며 화장대 다리를 발로 걷어찼다. 노란색 알약들이 부르르 떨며 이리저리 굴렀다. "이 집에서 벌어지는 살인 사건이 하나만은 아니었나 보네. 만약 소피아가 시집 식구 하나를 죽이기로 마음먹었다면…" 젯이 엄지로 자신을 가리키고 가슴을 후볐다.

빌리가 약을 가리키며 말했다. "어쩌지? 경찰에 보여줘?"

"경찰은 꺼지라 그래. 너희 아빠께는 죄송하지만." 젯이 머쓱하게 코를 훌쩍였다. "경찰은 범인이 JJ라고 확신해. 여유롭게 앉아서 설득할 시간도 없고. 이건 경찰이 아니라 내 문제야. 내가 소피아를 상대할 거야. 그리고 아빠가 이 약을 하나라도 더 먹게 할 수는 없어."

젯이 알약을 왼손 안에 최대한 많이 퍼담았다.

"나머지도 주워." 빌리에게 말하고 변기로 향했다.

노란색 캡슐들을 변기에 쏟았다. 고여 있는 변기 물에 알약들이 둥둥 떠다녔다. 그래도 한 알은 바지 뒷주머니에 챙겼다.

빌리도 양손에 퍼담은 나머지를 쏟아부었다.

젯이 물을 내리자 약은 소용돌이 치는 급류에 휩쓸려 사라졌다. 나란히 서서 그 모습을 지켜보는 동안 젯과 빌리의 손등이 스쳤다.

"소피아 집으로 가?" 빌리가 물었다.

젯은 목을 뚝 소리 나게 꺾고 어금니를 꽉 깨물었다.

"엄청 시끄러워지겠지?"

"나 혼자 들어갈 거야." 젯이 말했다. "혼자 상대해야 더 많은 정보를 빼낼 수 있어. 너는 길가에서 기다려."

"하지만…."

"걱정하지 마. 걔한테 뒤통수를 보이지는 않을게. 곁에 망치를 두고 있을지 누가 알아. 내가 안다는 사실을 깨달았을 때 그 표정을 보고 싶어. 우리 아빠를 죽이고 있다는 걸 들켰을 때의 표정. 베스트 프렌드를 바꾸지 말았어야 했나 봐, 그렇지? 빌리 너는 남을 독살하는 타입은 아니잖아."

빌리가 코를 훌쩍였다. "그러게, 괜히 바꿨어."

"하나만 더 하고."

젯은 아빠가 사용하는 세면대로 돌아가 소피아가 손을 대지 않은 자신의 로트렐 약병을 집어 들었다. 그리고 수납장에서도 원래 아빠 약병이 있던 그 자리에 약병을 놓고 문을 닫았다.

아빠에게 드리는 마지막 선물이다. 젯은 이제 약을 먹지 않아도 되니까. 아빠는 아직 늦지 않았을지도 모르니까.

거울 속의 젯에 다시금 시선이 꽂혔다. 두 눈에 이글거리는 불길이 끝도 보이지 않는 검은 구덩이를, 나사와 철망으로 겨우 이어 붙인 그 뒤의 공간을 가득 채우고 있었다.

"소피아 집으로 가자." 젯이 말했다. "내가 이걸… 잡아다가… 아주—."

20

"아주 신나?" 소피아가 양팔을 번쩍 든 아기를 내려다보며 노래하는 듯 낭랑한 목소리로 물었다. "의자에서 내려오고 싶어?"

아기는 계획이 바뀌었는지 작은 브로콜리를 하나 더 집고는 입에 대고 마구 뭉갰다.

"미안, 젯." 소피아가 캐머런의 머리를 쓰다듬으며 말했다. "저녁 식사 중이었거든. 아까 뭐라고 했지?"

"아침 필라테스는 어땠어?"

소피아가 입을 꾹 다물었다. "음, 좋았어. 왜?"

"그냥 안부 체크. 우리 올케가 하루를 어떻게 보냈는지 궁금해서 수다 좀 떨러 왔지." 젯이 몸을 주방으로 반만 넣은 채 문틀에 기댔다. "미리 말하자면 내 하루는 별로였어. 더 이상 오른팔을 못 쓰게 됐거든. 살날이 3일 반밖에 남지 않은 상황에서 흥미로운 반전이지. 그래도 필라테스는 좋았다니 다행이다."

젯이 주방으로 들어가다가 조리대 위에서 무언가를 발견했다. "잠깐." 웃음이 나올 것 같았다. "또 베이킹이야?" 젯이 가리킨 쪽에는 흰색 아이싱을 바르고 테두리를 파란색으로 장식한 케이크가 놓여 있었다. "완벽한 주부가 따로 없네."

"아." 소피아는 캐머런에게 잘게 썬 닭고기를 건넸다. "캐머런이랑 제일 친한 친구, 노아 주려고 만든 거야. 내일 첫 생일이라 조촐하게 파티를 한 대서."

"너무 무리한다, 소피아." 젯이 케이크를 내려다보며 어두운 목소리로 말했다. "우리 같은 나머지 사람들이 초라해지잖아."

"아직 덜 됐어." 소피아가 행주를 어깨에 걸치며 옆으로 다가왔다. "글씨를 마저 써야 해."

젯이 고개를 끄덕였다. "어디다 쓰게? 여기 중앙에?" 손가락을 아래로 하고 케이크에 '첫 번째 생일 축하해 노아'라 적는 시늉을 했다. 하지만 다 쓰고도 손가락을 멈추지 않고 아이싱을 쿡 찔렀다. 이어 케이크에 구멍을 내고 속을 한 움큼 주먹으로 파냈다.

"젯!" 소피아가 비명을 질렀다. "뭐 하는 짓이야? 망쳤잖아!"

"맛 좀 보려고." 젯이 손을 입으로 가져가 케이크를 크게 한 입 베어 물었다. 느끼하고 달콤한 크림이 혀에 찐득하게 달라붙었다.

캐머런이 키득키득 웃었다.

"젯!"

"기다려 봐." 입 안 가득 케이크를 문 젯이 나머지도 꾸역꾸역 입에 넣고 씹었다. 그러고는 인상을 찌푸렸다. "세상에, 소피아. 소금을 너어어어무 많이 넣었잖아. 애들 죽이려고 이래?"

소피아의 눈이 휘둥그레졌다. 발은 제자리에 박힌 듯 움직이지 않았다. 알아들었나? 알아들었으면 좋겠네.

"너 얼굴에 아이싱 묻었어." 소피아가 말했다. 한 글자, 한 글자 날카롭게 뱉은 말에서 옅은 분노가 새어 나왔다.

"알아." 젯이 말했다. "캐머런도 얼굴에 브로콜리 묻었더라. 잠시만."

젯은 소피아의 코앞까지 걸어갔다. 지나칠 정도로 가까운 거리에 서서 소피아의 눈을 똑바로 올려다보며 케이크와 아이싱 찌꺼기를 행주에 닦았고 일부는 소피아의 옷에 묻었다. 손가락에 남은 것을 다 빨아먹고 다시 또 행주에 닦았다.

"너 머리가 어떻게 됐니?" 소피아가 목소리를 낮추고 속삭였다.

"동맥류." 젯이 쏘아붙였다. "내가 한 말 들었어야지. 소금이 과하면 위험할 수 있다고 했지. 특히 PKD 환자에게는."

"무슨 말 하는지 모르겠어." 소피아는 아직도 움직이지 않았다.

"아, 정말? 하나도?"

"몰라." 소피아가 싱크대에 행주를 툭 던졌다. "그냥 막 들어와서 이러는 건…"

젯은 작은 노란색 캡슐을 조리대에 탁 놓았다.

소피아의 시선이 캡슐에 꽂혔다.

"여기서 한 거야?" 젯이 한쪽 팔을 펼쳤다. "주방에서? 약을 싱크대에 버리고 하나하나 소금을 채워서 다시 끼워 맞추는 일. 성가셨을 텐데." 감명을 받은 척 턱을 까딱였다. "한 병에 100개 들었잖아. 매번 한 시간씩 걸릴 만도 해."

"무슨 말을 하는지 모르…"

"아니, 너는 알아. 재미없게 이러지 마, 소피아. 나는 그럴 시간 없어." 젯이 팔짱을 꼈다. "네가 약을 가지고 나가는 모습이 초인종 카메라에 찍혔어. 한 시간 후에 약병을 제자리에 놓으려고 돌아오는 모습도. 내용물을 일일이 소금으로 바꾼 후에 말이야. 아무도 모를 거라 생각했어? 7월 4일. 엄마 생일, 핼러윈. 최소 4개월은 그 짓을 한 거야. 더 오래됐을 수도 있고."

소피아가 입을 빈틈없이 꾹 다물었다.

"좋아, 더는 부정하지 않네." 젯이 말했다. "우리도 이제 어른스러워진 거겠지?" 소매로 얼굴을 닦자 굳은 아이싱 찌꺼기가 묻어 나왔다. "솔직히 처음에는 나라고 생각했어. 네가 독살하려는 사람이. 가슴이 뛰었지. 나를 죽인 사람을 찾고 있었으니까. 하지만 틀렸어. 아빠였던 거야. 너는 몇 달 동안 아빠에게 독을 먹이고 있었어, 소피아. 아빠를 죽이려고."

쩍 하는 침 소리가 나며 소피아의 입이 벌어졌다.

"오버하지 마, 젯. 내가 무슨 아버님을 죽이려고 해."

"너는 매일 조금씩 독을 먹였어. 신장이 안 좋은 사람에게 소금을. 신장이 점점 망가지게. 빠른 시일 내에 투석이나 이식을 받지 않으면 아빠는 죽고 말 거야. 네가 한 짓 때문에. 그게 사람을 죽이려는 행동이 아니면 대체 뭐…."

"죽이려는 건 아니었어." 소피아가 황당한 말을 다 듣겠다는 듯 고개를 저었다. 이 말을 듣는 젯이야말로 황당했다. "계속할 생각 없었어. 그냥 증상이 조금 악화되기를 바랐던 거야. 당분간만."

"개소리…."

"이제 은퇴할 때가 됐구나, 건강을 진심으로 챙겨야겠구나, 깨달으시라고."

"진심이야?" 젯이 소피아의 말을 강탈해 다른 의미로 되받아쳤다.

"그만해, 젯. 우리 어른스럽게 대화하고 있었잖아." 소피아가 코를 훌쩍였다. "아버님 은퇴할 시기가 지난 걸 모르는 사람도 있니? 은퇴한다고 말씀하신 게 벌써 2년 전이야. 루크가 얼마나 오래 기다렸는데. 나는 그냥… 시기를 앞당긴 거야. 아버님이 회사에서 손을 떼게 살짝 밀어드렸을 뿐이라고. 죽이려고 했던 건 절대 아니야." 그 말을 단호히 뱉었다.

"아, 그래." 젯이 감정 없는 목소리로 낮게 웃었다. "빨리 은퇴하라고 독을 먹인 행동은 빨리 죽으라고 독을 먹인 행동과 엄청난 차이가 있지. 전자는 도덕적으로 정당하니까. 소피아 네 말이 맞아. 네 뭣 같은 원칙을 의심하지 말았어야 했는데."

"닥쳐, 젯. 우리는 각자 해야 할 일을 하는 거야."

젯은 그녀의 오른쪽 팔꿈치를 붙잡고 소피아의 눈빛으로 반응을 살피며 다음 질문으로 이끌었다. "너는 아빠가 메이슨 건설을 오빠한테 물려줄 거라 생각해?"

"당연하지. 그러실 거야. 언젠가는." 소피아가 말했다. 눈빛은 조금도 흔들리지 않았다.

젯의 심장만 더 빠르게 뛰었다. 소피아는 넬 잰카우스키에게 회사를 판다는 아빠 계획을 몰랐다. 그렇다면 소피아가 젯의 머리에 망치를 휘두를 이유가 사라졌다는 뜻인가? 메이슨 가족 중 한 사람을 죽이려 했지만 그게 젯은 아니었다?

소피아는 계속 지껄이고 있었다. "그 전에 은퇴만 하면 돼. 너희 아빠도 그걸 원하셔. 몸도 지쳤고 마음의 준비도 된 상태야. 나만 좋자고 이러는 게 아니라고. 우리 모두를 위한 거야."

"그래, 성녀 나셨다, 소피아. 우리 집에 시집와 줘서 눈물 나게 고맙네."

"너는 감사할 줄은 모르는구나, 젯. 예전부터 그랬지. 그래서 네가 성공하지 못한 거야."

"아, 너는 성공했고?" 젯이 소피아를 공격했다. "내가 봤을 때 네가 이룬 목표는 우리 오빠 잠자리 상대가 전부 같거든."

"아, 드디어 인정하네."

"뭘 인정해?"

"처음부터 알고 있었어. 너 내가 루크와 결혼해서 불만이지?" 소피아가 매서운 눈빛을 쏘아보며 말했다.

"아니, 나는 두 사람이 아빠 회사를 먹으려고 우리 아빠를 서서히 죽이고 있었던 게 더 불만이야!"

소피아의 턱 근육이 움찔거렸다. "루크는 정말 열심히 일했어. 작년에 회사가 문 닫을 뻔했을 때도 상황을 역전시킨 건 루크야. 자격이 충분하다고!" 목소리가 흔들리더니 힘이 빠졌다. "나를 왜 그렇게 미워해, 젯?"

젯이 눈을 동그랗게 뜨고 작은 노란색 알약을 가리켰다.

"아니." 소피아가 코를 훌쩍였다. "이 일 전부터. 루크와 결혼하기 전부터. 내가 뭘 어쨌길래 그러는 거야?"

"장난해?" 젯의 목소리에 점점 더 힘이 들어갔다. "네가 나를 버렸잖아, 소피아. 나는 너를 자매처럼 생각했어. 매일 붙어 다녔잖아. 그러다 대학에 가니까 전부 다 낯설고 무섭고, 내가 있을 곳이 아니라는 생각만 들었어. 네가 필요했던 그때 네가 먼저 연락을 끊었잖아! 너는 내 곁에 없었어!"

소피아가 고개를 저으며 말했다. "웃기네. 내 기억은 다르거든. 연락을 먼저 끊은 쪽은 너야, 젯. 네가 우드스톡을 떠났을 때 내 곁에는 아무도 없었어. 내 전부였던 네가 사라졌으니까. 너는 에밀리처럼 되려고 다트머스에 집중하느라 완전히 다른 사람이 되어버렸어."

 방금 공격은 좀 아팠다. "아니야!" 젯이 버럭 외쳤다. "너는 에밀리를 만난 적도 없잖아. 아무것도 모르면서 언니 얘기 입에 올리지 마. 먼저 연락을 하지 않은 건 너야."

 "내 기억은 달라."

 "잘못 기억하는 거지!"

 "좋아!" 소피아가 쏘아붙였다. "나를 미워하고 싶으면 얼마든지 미워해. 하지만 나는 루크를 위해 이런 거야. 그 사람을 위해서라면, 내가 사랑하는 사람들을 위해서라면 뭐든지 해."

 "아무리 그래도 시아버지를 독살하는 건 선을 넘은 행동 같은데." 젯이 말했다. "아빠가 준비 마치고 은퇴할 때까지 기다릴 수 없었어?"

 "루크가 못 기다려." 하지 말아야 할 말이 실수로 나왔는지 소피아의 몸이 굳었다.

 "왜?" 젯이 더 가까이 다가갔다. "오빠가 왜 못 기다리는데? 저질러놓은 일이라도 있어?"

 "아니, 아니, 아니." 소피아가 당황한 듯 말했다. 뒤에 붙은 '아니' 두 번은 좀 과했다. "지금도 너무 오래 기다렸잖아. 그 얘기야."

 "소피아." 젯이 험악하게 말했다. "말해."

 "할 말 없어!"

 "내가 살해당할 때 너는 어디 있었어?" 바닥에 떨어진 케이크 조각이 젯이 내디딘 발에 밟혀 뭉개졌다. "핼러윈 날 밤 10시 46분에. 둘이 같이 있었다는 말 사실 아닌 거 알아. 한 명은 집에 없었지. 너였니? 아니면 루크?"

소피아가 눈을 깜박였다. "무슨 말을 하는지 모르겠…."

"또 이러네." 젯이 말을 잘랐다. "아니, 알아. 너는 거짓말을 했어. 그날 밤 10시 52분에 루크한테 '전화해'라고 문자 보냈잖아. 계속 그렇게 멍청한 척할 거면 확인해 보자. 전화기 가져와. 네 말과 달리 둘 중 하나는 집에 없었어. 소피아 너였어? 어디 있었는데?"

소피아가 눈을 깜박였다. "나는 여기 있었어." 목소리에 힘이 없었다.

"그럼 루크야?" 젯이 추궁했다. "루크가 어디 다른 데 가 있었어?"

"아니."

"소피아, 말해!"

"무슨 말을 하라는 거야! 루크는 나랑 집에 있었어!"

"거짓말!"

"아니야!"

"루크 손등에 있는 상처는 뭔데?" 젯은 더 강하게 추궁했다. "밖에서 다치고 온 거야?"

"루크는 계속 집에 있었다니까!"

"개소리하지 마, 소피아."

"모든 일을 너랑 연결하지 마, 젯." 소피아가 외쳤다. "이 세상은 너를 중심으로 돌아가는 게 아니야!"

"흠, 어차피 이번 주에 죽는데 조금만 더 나를 중심으로 돌아가도 되지 않을까? 그때까지만."

젯은 몸을 뒤로 물렸다. 목덜미가 왠지 모르게 가렵고 피부 바로 밑에서 뜨거운 기운이 차올랐다. 젯은 손가락으로 로트렐 캡슐을 가리키며 말했다.

"오빠도 알아? 네가 아빠에게 독 먹이고 있던 거? 혹시 둘이 같이 계획…"

"아니, 그 사람은 몰라." 소피아가 코를 훌쩍였다. 우는 것도 아닌데 축축한 콧물을 빨아들이는 소리가 났다. "너도 말하면 안 돼. 말하지 않겠다고 약속해, 젯."

젯은 소피아의 간절한 표정에 기가 차 입술을 안으로 말고 웃음을 참았다. "그런 약속 따위 안 해."

소피아가 젯의 팔을 덥석 잡았다. 오른팔을. 그러는 모습을 보지 못했더라면 몰랐을 것이다. 감각이 전혀 없었으니까. 소피아가 팔을 아무리 세게 움켜쥐고 살에 손톱을 박아도 젯은 움찔하지 않을 터였다. 조금도.

"안 돼, 젯. 루크한테 절대 말하지 마."

젯은 눈을 가늘게 뜨고 소피아를 노려봤다. "나는 뭐든 내 마음대로 할 수 있어. 살날이 사흘밖에 안 남았거든. 그래서 무서울 게 없단다, 소피아."

젯이 소피아를 밀치고 지나갔다.

신나게 브로콜리를 꺾고 있는 캐머런도 지나쳐 복도로 향했다.

"이번 주에 빌리 피니와 계속 같이 다니더라?" 소피아가 젯의 뒤에 대고 외쳤다.

젯은 그 말을 무시하고 계속 현관으로 걸어갔다.

"빌리도 아니?" 소피아가 큰소리로 물었다. "네가 무슨 짓을 했는지? 네가 어떻게 걔 인생을 망쳤는지?"

젯의 발이 휘청이며 현관 매트에 멈춰 섰다. 이를 악물고 죄책감을 원래 있던 곳으로 삼켰다. 뱃속 깊이. 아니, 더 깊이.

"루크한테 약 얘기하면 나도 빌리한테 걔 엄마 얘기할 거야!"

젯의 심장도 죄책감을 따라 뱃속으로 내려가 쓰라린 위산에 타 들어 갔다.

"지랄하지 마, 소피아!"

"너나 지랄하지 마, 젯!"

"네 애새끼 앞에서 입조심해!" 젯이 외치며 현관문을 벌컥 열었다.

밖은 어두웠고 캄캄한 하늘에 달이 낮게 떠 있었다.

젯은 문을 쾅 닫았다.

이 집은 현관에 둔 핼러윈 호박을 아직 치우지 않았다. 역삼각형 눈매와 삐뚤빼뚤한 이빨을 자랑하는 호박은 소피아처럼 비웃음에 가까운 미소를 지은 채 조금씩 뭉그러지고 있었다.

젯은 속에서 끓어오르며 두 배로 커진 심장을 씹어먹고 눈 안쪽을 할퀴는 이 감정에, 분노에 몸을 내맡겼다. 뒤꿈치로 호박을 세게 짓밟자 껍질이 터지며 주황색 속살이 사방으로 흩어졌다. 호박이 납작해질 때까지 밟고 또 밟았다. 덩어리와 끈적한 찌꺼기만 남을 때까지.

소피아라고 생각하니 감정 해소에 도움이 됐다.

활활 타던 분노는 가라앉았지만 집 앞에 서 있는 젯의 몸이 갑자기 환해졌다. 스포트라이트가 두 개나 이쪽을 비추었다. 젯은 눈이 부셔 손으로 가렸다.

자동차 한 대가 진입로로 들어와 소피아의 파란색 레인지로버 옆에 주차했다.

퇴근하고 돌아온 루크였다.

젯은 신발 밑창에 묻은 호박 속을 닦아내고—이번 주 완전히 버켄스탁의 수난 시대네—서둘러 계단을 내려가 루크가 시동을 다 끄기도 전 차 옆으로 가 조수석에 올라탔다.

"음, 안녕." 루크가 차 키를 든 채로 젯을 쳐다보았다. 손등의 딱지가 벗겨지고 있었다.

"나도 안녕." 젯이 대답했다.

"너 방금 우리 집 호박 부순 거야?" 루크가 젯 뒤편의 창문을 내다보며 말했다.

"응, 화가 나서." 젯은 주저 없이 말했다. "내 명단 어디 있어?"

"뭐?"

"메이슨 건설 직원 명단 말이야."

루크가 콧대를 꼬집으며 한숨을 내쉬었다. "아, 깜박했네."

"깜박했다고?" 젯이 몸을 기울였다. 달라진 얼굴에 전에 없던 분노가 가물거렸다. 지금 이 분노는 가슴에 살아 있었다. "그래, 생사가 걸린 문제도 아니니까."

"미안해." 루크의 눈에서 반짝인 달빛이 젯에게 반사되었다. "일이 미쳐버리게 많았어. 노스 스트리트 공사장이 폐쇄된 것도 그렇고…."

"나한테 보여주고 싶지 않은 이유라도 있는 거야?" 젯이 말했다. 분명 그런 이유가 있었다. 아직 밝혀지지 않은 무언가가 존재했다. "시간을 끌어도 너무 끄는데."

"그냥 깜박했어. 미안하다." 루크가 고개를 숙였다.

"아닌 것 같아. 오빠는 나 살날이 3일밖에 안 남은 것도, 이 명단이 나한테 얼마나 중요한지도 알잖아. 무슨 일이야?"

"어?"

"그냥 말해. 무슨 일 있는 거 아니까."

"아무 일도 없어."

"오빠가 나 죽인 거 아니지?" 웃으며 하는 말이었지만 확신 없는 웃음소리는 차갑고 공허하게 들렸다.

루크의 턱 근육이 경직되었다. 그는 차 안의 공기를 입 안에 우물거릴 뿐이었다.

"진지하게 묻는 거야?"

"오빠는 집에 없었어. 내가 습격당했던 시간에. 거짓말 다 알아."

루크가 코를 훌쩍였다. "아니야, 집에 있었어. 나는 소피아와…"

"방금 소피아한테 들었어." 젯도 거짓말을 했다. 하지만 사실이라는 확신이 있었다. 소피아는 집에 있었고, 루크는 집에 없었다. "오빠 손에 있는 상처, 금요일 아침에 생긴 거 아니지. 축제 때 찍힌 오빠 사진 봤어. 손 멀쩡하던데. 이후에 다친 거지? 금요일 밤 어느 시점에."

"내가 망치로 네 머리를 깨부술 때?" 루크가 웃으며 말했다. 젯만큼이나 공허한 웃음소리였다.

"그냥 한번 물어봤어."

"그러지 마." 루크가 얼굴을 문지르자 손가락에 수염이 스치는 소리가 났다. "나 아니라는 거 알잖아. 너는 내 동생이야. 내가 동생을 왜 죽이겠어?"

젯은 의자에 몸을 기댔다. 떠오르는 이유는 딱 하나 있었다. 넬 잰카우스키에게 회사를 판다는 아빠 계획을 알았다면, 젯을 제거하는 것만이 유일한 해결책이었다면.

지나치게 무거운 침묵이 어깨를 짓누르는 가운데, 젯은 차 키의 금속 부분에 손톱을 긁고 있는 오빠를 가만히 지켜보았다.

"저기…." 흔들리는 목소리를 잠시 다잡았다. "아빠 회사를 물려받는 일이 그렇게 중요해?"

루크가 웃음을 터뜨리며 차 키를 손바닥에 대고 누르자 작은 토니 모양대로 자국이 남았다. "제일 중요하지. 이 세상에 그것 말고는 중요한 게 없을 정도로."

"정말?" 젯이 루크와 눈을 맞추려 애쓰며 물었다. "그러니까 오빠 능력을 이 세상에 증명해 줄 하나의 목표, 성과에 평생을 바쳤다고 치자. 결국 그걸 손에 넣으면 그때부터 진짜 인생이 시작되는 건가? 마침내 행복해지고? 그런 거야?"

"응." 루크는 앞만 바라보았다. "비슷해."

"하지만 정말일까?" 젯도 앞 유리를 내다보았다. "정말 행복해질 거라고 생각해?"

루크는 잠시 생각에 잠기더니, 차 안의 공기를 다 빨아들일 기세로 숨을 들이켜고는 다시 내뱉었다.

"그렇게 생각해. 그래야만 해." 루크가 옆을 힐끔 쳐다보며 물었다. "근데 왜?"

젯은 어깨를 으쓱했다. "그냥 생각을 좀 하고 있었거든. 우리에 대해, 우리 어린 시절에 대해. 우리가 과연 '행복'이 어떤 모습인지 이해하고 있을까 궁금하더라고. 에밀리가 있고, 그 사건이 있었으니까. 우리는 늘 언니와, 언니가 하려던 것들과 비교를 당했잖아. 심하게. 그러다 보니 우리 스스로 비교가 인생의 전부라고 생각하게 되지 않았나 싶어. 언니와 비교하고, 우리끼리 비교하고, 남들과 비교하고. 무언가를 증명하려고 노력했지. 특히 아빠, 엄마에게. 우리도 충분히 잘할 수 있다고. 하지만 그게 정상일까? 다들 원래 그렇게 사는 걸까? 아니면…." 젯이 말을 흐렸다. 생각의 흐름을 스스로도 알 수 없었다. '아니면' 다음에 어떤 말이 올지, 다른 선택지가 있기나 한지도 모르겠다. 바보 같은 생각이었다. 피가 뇌로 새어 들어가 바보 같은 생각을 유발하고 있었다.

"아니, 나는 그런 생각 안 해." 루크가 젯의 말을 일축하고 안전벨트를 풀었다. 대화가 끝났다는 듯한 태도였다.

하지만 젯은 아직 끝나지 않았다. 이번 주는 세상이 젯의 비위를 맞춰야 한다.

"있잖아." 젯이 목소리를 높여 루크를 다시 대화로 불러들였다. "오빠가 입버릇처럼 항상 아빠한테 신장 하나 주겠다고 한 거 알지?"

루크가 고개를 끄덕였다. 달라진 눈빛에 새로운 감정이 떠올랐다. "너였어도 하나 떼줬을 거야."

젯이 억지스럽게 활짝 미소를 지었다. "내가 뇌 때문에 죽는 거라 다행이네. 오빠 신장을 하나만 기증해도 될 테니까."

"그러게."

"뭐…." 젯이 입을 열었다. "조만간 아빠한테 신장을 드리게 생겼더라. 오빠 와이프 덕분이지."

"무슨 말이야?" 루크가 젯을 쳐다보았다.

"내가 로트렐과 소금에 대해 물어보라 했다고 소피아한테 전해." 젯이 미소를 지었다. "꼭 전해. 꽤 재미있는 얘기거든."

젯은 왼팔을 뻗어 문손잡이를 잡았다. "오른팔은 더 이상 안 움직여." 젯은 어색한 자신의 동작에 어리둥절해하는 루크를 보고 이유를 설명하며 문을 열었다. "동맥류에서 피가 새고 있거든. 며칠 남지 않았다는 뜻이지…."

젯은 열린 문 너머를 응시했다. 바람이 차 안까지 울부짖듯 거

세게 밀려 들어왔다.

다리 하나를 밖으로 뺐다가 망설이고 뒤를 돌아보았다.

"오빠?"

"응?"

아빠가 넬 잰카우스키에게 회사를 판다는 계획을 알았다면 루크에게는 살인 동기가 있다. 루크를 용의자 후보에서 제외할 수는 없었다. 친오빠라고 해도, 유년기를 함께 보낸 사이라 해도, 젯의 편이 되어줘야 하는 사람이라 해도. 사실 에밀리가 죽은 후로 칼리지 힐 로드 10번지라는 전쟁터에 진정한 내 편은 없었으니까.

이 얘기에 루크가 어떻게 반응하는지 보면 확실히 알 수 있을 것이다.

"내가 알아낸 사실이 있거든." 젯은 신중하게 단어를 고르며 말을 꺼냈다. "오빠에게도 말해줘야 할 것 같아서. 오빠 문제고, 또 내 문제니까."

루크가 운전석에서 몸을 틀고 젯을 바라보았다. "뭔데?"

젯은 침을 삼켰다. 루크는 태생적으로 자기 기분을 감추지 못했다. 그러니 만약 내 얘기를 듣고 화를 낸다면 범인이 아니라는 뜻 아닐까?

"아빠는 오빠에게 회사를 물려주지 않을 계획이야." 젯은 용기를 잃기 전에 재빨리 말했다. "우리는 다 오빠가 받을 거라고 생각했잖아. 아빠 은퇴하면. 그런데…"

루크의 눈에 그늘이 스쳤다. 표정이 흔들리더니 모든 감정이 입꼬리에 고였다.

"회사를 팔 거래. 넬 잰카우스키에게." 젯은 루크를 관찰하며 말을 이었다. 양 볼이 분노로 붉게 물들더니 목까지 타고 내려갔다. "주택 건설 회사를 크게 운영하는데 우드스톡으로도 사업을 확장하려고 한대. 아빠는 그쪽에 회사를 팔 생각이고. 자식이 둘인데 오빠에게만 회사를 물려주는 게 공평하지 않다는 거지. 물론 오빠도 잘 알겠지만 나는 회사를 원한 적이 없어."

루크의 아랫입술이 벌어지며 치아가 드러났다.

"사실이야?" 루크가 말했다. 감정을 억누른 탓에 그 말은 음울한 속삭임처럼 들렸다. "아니면 나 상처 주려고 하는 말이야?"

"사실이야." 젯이 말했다. "넬과 만나서 얘기했어."

이성의 끈이 끊어지며 루크가 폭발했다. 눈이 텅 빈 구멍으로 변했고, 입도 다를 바 없었다. "젠장!" 루크의 입에서 포효가 터져 나왔다. "미친!"

루크는 핸들을 주먹으로 내리치며 소리를 질렀다.

손등의 상처가 다시 터지며 결혼반지 위로 피가 흘렀다.

"빌어먹을!" 루크는 성질을 이기지 못하고, 분노에 사로잡혀 주먹으로 핸들을 계속해서 내리쳤다.

주먹이 정통으로 꽂히며 경적이 빵 울렸다.

그리고 한 번 더.

루크는 멈추지 않았다. 피투성이가 된 손과 경적 소리가 그를 더 자극하는 것 같았다.

"씨발!"

젯은 문을 열어둔 채 차에서 내려 흥분한 오빠를 뒤로하고 어두워진 거리를 걸어 내려갔다.

그러는 내내 루크의 절규와 날카롭게 울리는 경적 소리가 젯을 따라왔다.

21

 센트럴 스트리트 아파트 앞에서 자동차 경보음이 침묵을 깨고 빌리의 집 창문까지 울려 퍼졌다.
 이어진 침묵은 빌리가 깼다.
 "미안, 뭘 하자고?"
 빌리가 샌드위치를 든 채로 젯을 빤히 쳐다보았다.
 "메이슨 건설에 침입하자고." 젯이 말하며 한 손으로 재킷 지퍼를 끝까지 올렸다. "한 번에 좀 알아들어라."
 "알아들었어. 다시 생각해 보라고 질문한 거야." 빌리가 샌드위치를 내려놓았다.
 "생각은 이미 했어." 젯이 말했다. "또 생각했고." 쿵 소리를 내며 신발을 신었다. "한 번 더 생각했지. 루크는 뭔가 숨기고 있어. 직원 명단을 안 보여주는 이유가 있을 거야. 그 정도로 기억력이 나쁘지는 않단 말이야. 지금 몇 시야?"

"9시 40분."

"완벽해." 젯이 말했다. "아무도 없을 거야. 우리 말고는."

"가서 뭘 찾을 건데?" 빌리가 가슴 앞에 팔짱을 꼈다. 그는 어젯밤 젯이 바에 갈 때 빌려 입은 셔츠 차림이었다.

"그 명단." 젯이 톡 쏘았다. "오빠가 명단 가지고 의뭉스럽게 구는 이유도. 넬 잰카우스키에 대해서는 몰랐다고 하지만, 틀림없이 메이슨 건설에 수상한 무언가가 있어. 왜 소피아가 아빠를 빨리 은퇴시키려고 독을 먹였겠어. 괜히 들쑤시지 못하게 막으려 한 거지. 소피아는 오빠가 기다릴 수 없다고 했어. 그 이유를 알고 싶다는 거야. 어쩌면 그것 때문에 5일 전 어떤 인간이 내 머리에 망치를 날렸을지도 모르니까. 모든 단서가 회사와 관련돼 있어. 그러니 우리도 회사로 가야지."

젯이 벽장 쪽으로 가려는데 죽은 오른팔이 소파 등받이에 걸려 넘어질 뻔했다. 아니면 시야가 다시 두 겹으로 겹쳐 보이는 탓일지도 모른다. 젯은 뒤엉킨 윤곽선을 허둥지둥 훑으며 초점을 맞추려 애썼다.

"손전등 있어?"

"어, 있어." 빌리가 손으로 가리켰다. "그 벽장에 있을 거야. 아마 공구 가방 위에."

"강력 테이프는?" 젯이 물으며 벽장문을 열었다. 처음에는 손잡이를 못 찾고 그 왼쪽을 더듬었다.

"강력 테이프가 왜 필요한데?"

"빌리."

"옆 선반 위에 있을 거야, 아마."

젯은 벽장을 뒤져 손전등과 테이프를 챙겼다. 위에 놓인 액자

속 피니 부인의 눈을 피하며 두 물건을 한 손에 쥐기가 쉽지는 않았다.

"그리고 네 포, 폰에도 손전등 있잖아." 주방 조리대에 놓인 휴대폰을 턱짓으로 가리켰다. 그 동작만으로도 몸의 균형이 흐트러졌다.

"가기 전에 뭐 안 먹을래?" 빌리가 물었다. "내가 만든 샌드위치 어때?"

"배 안 고파." 젯은 눈을 깜박여 눈앞에 둘로 겹친 세상을 다시 하나로 만들려 했다. 두 세상을 바늘로 꿰매거나 풀이나 강력 테이프로 붙일 수 있으면 좋을 텐데.

"젯." 빌리가 솜사탕처럼 부드러운 목소리로 물었다. "정말 괜찮겠어? 너 상태가…."

"나 안 죽었어." 젯이 코를 훌쩍이고 소매로 콧물을 닦았다.

"그래." 빌리가 속삭였다.

"아직은." 젯은 일부러 할아버지처럼 걸걸하고 숨 가쁜 소리로 웃다가 머리가 아파 입을 다물었다. "준비됐어?"

"무단 침입할 준비? 범죄 저지를 준비?"

"범죄는 내가 저질러, 빌리." 성한 팔로 빌리에게 팔짱을 꼈다. "너는 도주를 돕는 운전기사일 뿐이지. 목적지까지 데려다주는 역할이기도 하고. 빌리 너는 내 정신적 지주야."

"지금은 육체적 지주?" 빌리가 팔에 힘을 주며 젯의 몸을 부축했다.

"계단까지만. 금방 괜찮아질 거야."

"정말 이런 짓을 하다니 믿기지 않아." 빌리가 조리대에서 젯의 트럭 열쇠와 자기 휴대폰을 집어 들었다.

"네 인생 최고의 한 주지, 빌리?"

"맞는 말이야, 젯."

두 사람 위로 우뚝 선 나무들이 달빛을 가려 어둠을 더욱 짙게 물들였다. 마치 경고하듯 나뭇잎이 부스스 흔들렸다.

"긴장돼?" 젯이 물었다.

"아니." 대답이 너무 빠른데.

둘은 마을을 빠져나가는 도로 위를 달리는 중이었다. 하지만 마을을 벗어나기 전에 왼쪽으로 아빠 회사가 보였다.

"그냥 여기 세워." 젯이 앞 유리 너머를 가리켰다. "진입로로 들어가지 말고. 정문에 카메라 있어."

빌리가 길가에 차를 대며 서툴게 브레이크를 밟았다. 차가 급정거하며 타이어가 자갈에 드르륵 갈렸다.

"조심해야지!" 젯이 말했다.

"우리 합의한 거 아니었어?." 빌리가 사이드 브레이크를 당기며 말했다. "내가 운전할 때 뭐라고 하지 않기로 했잖아."

"아니, 운전할 때마다 두 번까지는 뭐라고 할 수 있다고 했거든? 아직 한 번 남았어."

"어쨌든 내 잘못은 아니야. 브레이크가 너무 예민한 거라고."

젯은 대시보드에 왼손을 올린 채 몸을 앞으로 숙여 차에게 속삭였다. "얘 말 진심으로 받아들이지 마, 아가."

"그래서 계획이 뭐야?" 빌리가 젯을 돌아보며 말했다.

"내가 안으로 들어가서 카메라를 가리고 보안 경보기를 끌 거야." 젯이 침을 꿀꺽 삼켰다. "가서 엑셀 파일이든 뭐든 루크의 행동을 설명하고 나를 죽인 범인을 지목해 줄 문제의 명단을 찾을 거고. 우리는 내 살인 사건을 해결하고 집으로 돌아가 맥주 파티를 하면 돼. 쉬운 죽 먹기지?"

"노 프라블레모." 빌리가 《터미네이터2》에 나오는 대사를 흉내내며 대답했다.

"잔돈은 가져, 더러운 짐승아." 젯은 《나 홀로 집에》에 나오는 대사로 받아쳤다.

"이피 카이 예이다." 빌리가 《다이하드》의 명대사를 외치고는 젯을 위해 하이라이트를 남겨두었다.

"씨발놈아!" 젯이 이어서 대사를 완성했다.

"좋아, 가자." 빌리가 문을 열고 차에서 내렸다.

"너도 가려고?" 젯이 차에서 내리며 물었다. "트럭에 남는 거 아니었어?"

빌리가 씩 웃었다. "너 혼자 재미 보라고?"

"어, 너도 즐기고 있는 거야? 나름 잘 어울리네."

빌리의 미소가 깊어지며 한쪽 입꼬리가 올라갔다.

"그런데 잠깐." 강력 테이프를 손목에 헐렁한 팔찌처럼 찬 젯이 빌리의 팔을 붙잡았다. "너는 곤란해질 수 있다는 거 알지? 나는 죽음이라는 무적 치트 키가 있잖아. 너는 아니고."

빌리가 젯을 내려다보며 끝이 떨어지려 하는 붕대를 살며시 눌러 고정시켰다.

"당연히 같이 가야지." 빌리가 말했다. "네가 가는 곳이면 어디든 나도 따라갈 거야. 그게 베스트 프렌드의 운명 아냐?"

휴, 다행이다. 사실은 혼자 들어가고 싶지 않았다. 두려워서가 아니다. 정말로. 이제는 두려울 게 없잖아? 하지만 빌리와 다시 함께한다는 게 그냥 좋았다. 젯이 빌리를 보며 미소를 지었다. 빌리가 옆에 있으면 둘 다 편안해졌다. 빌리와 함께 있을 때만 느끼는 이 편안한 감정을 너무도 오래 잊고 살았다. 어떻게 그럴 수 있었을까? 빌리와 있으면 뭘 증명하거나 특별히 더 애쓸 이유가 없었다.

"좋아." 젯이 동의했다. "이따가 우리 전용 악수도 만들자."

빌리가 콧구멍을 벌름거렸다. "우리 전용 악수 잊은 거야?"

"됐고, 빨리 가자."

빌리가 주저하며 하늘색 트럭을 힐끗 돌아보았다.

"누가 차 타고 지나가다 트럭을 보지 않을까? 눈에 안 띄는 편은 아니잖아."

젯이 어깨를 으쓱했다. "뭘? 그냥 집에서 하기 곤란한 발정 난 어린애들 둘이 카섹스 하나 보다 하겠지."

"네 머릿속 참…." 빌리는 고개를 절레절레 저으며 젯을 따라 진입로를 걸었다.

"알아." 젯이 말했다. "내가 죽으면 네가 가져도 돼. 병에 담아서 절여놔."

"젯, 그만해."

젯이 그대로 멈췄다. 정문 앞에 도착했기 때문이다.

젯은 빌리의 셔츠를 움켜쥐고 진입로에서 숲의 가장자리로 끌고 갔다.

"카메라는 이쪽을 보고 있어." 아직은 셔츠를 놓지 않았다. "뒤로 조용히 가서 테이프로 렌즈를 가리자."

"전에 해봤어?" 빌리가 속삭였다.

"뭘?"

"범죄."

"아니." 젯이 코웃음을 쳤다. "TV에서 봤지. 그래서…."

두 사람은 정문에 시선을 고정하고 함께 천천히 걸으며 진입로 경계에 우거진 덤불을 지났다. 정문의 커다란 간판에는 흰색과 파란색 글자로 '메이슨 건설'이라 적혀 있었다. 작은 박스형 로고는 창문 두 개와 굴뚝이 달린 집 그림으로 표현되었다.

젯이 기둥 하나에 설치된 흰색 소형 카메라를 가리켰다.

그들은 사각지대인 그림자에 숨어 카메라의 뒤로 다가갔다.

"나는 키가 안 닿겠다." 젯이 말했다. "팔도 하나뿐이고. 혹시 네가…?"

빌리가 젯의 손목에서 테이프를 빼 지익 뜯더니 치아로 조금 잘랐다. 이어 손을 위로 뻗고 뒤에서 감싸듯 팔을 둘러 카메라 전면에 테이프를 붙인 다음 만약을 위해 한 장 더 붙였다.

젯은 정문으로 걸어가 테이프로 가린 카메라 앞에 서서 중지를 세워 보였다. 아까는 농담으로 한 말이었지만 왠지 정말 즐거운 기분이 들었다. 빌리도 젯의 옆으로 와 앞 못 보는 카메라에 대고 셔츠를 깠다. 탄탄한 배의 흰 살은 물론 젖꼭지까지 노출되었다.

젯은 깔깔 웃다 빌리에게 부딪혔다.

빌리가 정문 중앙에 있는 키패드를 가리켰다.

"비밀번호 알아?"

"응." 젯이 손전등을 켜고 금속 키패드를 비췄다. 하나여야 할 불빛이 두 개로 보인다는 사실은 애써 외면하면서. "사실 여기 출근했었어. 보스턴에서 돌아온 후로 몇 달간. 루크가 너무 짜증 나게 굴어서 관뒀지."

손을 쓰기 위해 손전등을 빌리에게 건넸다.

키패드 버튼의 차가운 금속에 손가락을 대자 피부가 따끔거렸다.

"022492." 소리 내어 말하며 비밀번호를 입력했다. "에밀리 생일이야."

귀에 거슬리는 삐익 소리가 들리고 활짝 열린 정문이 두 사람을 맞아주었다.

"불법 침입 시작." 빌리가 젯의 뒤를 따르며 중얼거렸다. 모퉁이를 돌자 금속과 벽돌로 지은 건물이 검은 하늘을 배경으로 서 있었다.

"지금은 침입만 하는 거지." 젯이 정정했다. "불법은 아직 안 저질렀어."

두 사람은 주차장을 지났다. 옆면에 '메이슨 건설' 로고가 찍힌 흰색 밴들이 대열을 이루고 있었다. 우드스톡 내의 작은 군대 같았다.

"주 출입구에도 카메라가 있어." 젯이 가리키자 빌리가 젯의 손가락을 따라 손전등을 움직였다. "조심해." 젯이 다급히 속삭였다. "불빛 보이면 어쩌려고. 벽 뒤에 숨어서 손을 뻗으면 테이프를 붙일 수 있을 거야."

"응, 가능하지." 빌리가 카메라의 위치를 가늠하며 말했다. "여기서 기다려."

빌리가 젯과 손가락을 스치며 플래시를 다시 건네고 벽으로 달려가 그 뒤에 숨었다. 테이프를 길게 쭉 찢어 테이프 롤을 주머니에 넣고는 잠시 벽에 등을 대고 젯에게 양쪽 엄지를 치켜세웠다.

젯은 한쪽 엄지를 세워 보였다. 사용할 수 있는 손이 하나뿐인 걸 어떡하겠나.

빌리가 구석으로 슬금슬금 다가가 앞으로 고개를 뺐다. 같은 방향으로 손도 뻗었다. 더 힘껏 뻗었다.

"5센티미터 정도 위로." 젯이 말했다.

닿았다. 렌즈를 테이프로 덮고 남은 테이프로 카메라 뒷면까지 둘둘 감았다.

"완벽해." 젯이 말하며 빌리의 등을 두드렸다.

"소리는 녹음 안 되지?"

"녹화만 돼."

"그래도 누가 왔다 간 건 알 거야." 빌리가 바람에 흔들리는 나무의 속삭임에 움찔하며 뒤를 돌아보았다. "카메라를 조작한 것도."

"아냐, 아빠는 확인 안 할 거야." 젯이 말했다. "이유가 있다면 모를까."

빌리가 고개를 끄덕였다. "그럼 이유를 만들지 말아야겠네."

"당연." 젯이 동의했다. "아무것도 건드리지 않을 거야. 절대 모를 테니까 걱정 마."

빌리가 출입문 자물쇠를 가리켰다. 유리문 너머의 건물 내부는 암흑과도 같았다.

"열쇠 있어?" 빌리가 물었다.

젯은 입을 굳게 다물었다. "아니."

"자물쇠 따는 법은 TV에서 안 가르쳐줘, 젯?" 빌리가 젯에게 장난스러운 눈빛을 보냈다.

"그걸 뭐 하러 배워. 열쇠 보관함이 있는데." 젯이 화분 뒤편의 벽에 붙어 있는 작은 검은색 상자를 가리켰다. 상자의 겉면에 번호키가 달려 있었다. "하지만 나를 대 범죄자로 대하는 태도는 아주 좋아. 그 정신을 잃지 말자고."

젯이 화분을 몇 센티미터 옮기고 허리를 굽혀 자물쇠의 숫자를 돌리기 시작해다.

"또 에밀리 생일이야?" 빌리가 물었다.

"아니." 젯이 팔을 더 쭉 뻗었다. 식물의 잎사귀가 얼굴을 간질였다. "그냥 0000이야. 위험하다고 아빠한테 계속 잔소리했는데 안 바꾸더라. 됐다."

상자 겉면을 열고 안을 더듬어 열쇠를 찾았다. 열쇠를 건네받은 빌리가 열쇠를 자물쇠에 꽂았다.

"자, 괜히 겁먹지 마." 젯이 경고했다. "경보가 울릴 건데 걱정할 필요는 없어. 경보를 해제하는 번호를 내가 알고 있거든. 이건 에밀리 생일이 맞아."

"안 놀랄게." 빌리가 열쇠를 비틀고 육중한 문을 밀어서 열었다. 경보 장치가 작동해 작게 삐삐거리며 어둠 속에서 위치를 알렸다.

빌리가 문을 잡아주며 젯의 등을 안으로 밀고 문을 닫았다.

"좋아." 젯이 안쪽 벽에 붙은 경보 장치로 다가갔다. 눈높이에 위치한 환한 화면은 남은 초의 숫자를 표시했다. 57초, 56초. '시스템 가동 중'이라는 글자도 떠 있었다. '비밀번호를 입력하시겠습니까?'

그럼, 당연하지. 고무 버튼을 눌렀다. 022492. 입력.

삐삐거리는 소리 사이로 경보음이 크게 삐익 울렸다.

화면에 '입력 실패 횟수 1/3'이라는 글자가 떴다.

젯의 심장이 목구멍까지 튀어 올라 고동치기 시작했다.

"안 돼." 젯이 주먹으로 벽을 쳐다. "암호를 바꿨어."

"그래." 뒤에서 당황해 헐떡이는 빌리의 목소리가 들렸다. "이제는 겁이 난다. 다시 해보지 그래? 다른 사람 생일이라거나."

40초. 39초.

루크의 생일로 시도했다. 051695. 입력.

키패드가 삑 울렸다. 이번에는 더 신경질적으로.

'입력 실패 횟수 2/3'

"젠장." 젯이 탄식했다. "루크 생일도 아니야."

"젯."

22초. 21초. 20초.

시도할 기회는 마지막 하나만 남았다.

젯이 숫자를 눌렀다. '120597.' 자신의 생일이었다. 정확히 한 달 남은. 몰랐다. 날짜를 인식하지도 못하고 있었다. 그러다 깨달았다. 젯은 스물여덟까지 살지 못한다는 사실을.

11초.

10초.

9초.

"젯."

입력 버튼을 눌렀다.

순간 고음이 터지며 삑삑거리는 안내음을 덮었다. 그러더니…

고요해졌다.

젯의 귀에 들리는 소리는 두개골 안에서 울려 퍼지는 유령 같은 메아리뿐이었다.

'입력 완료. 시스템이 해제되었습니다.'

"휴, 다행이다." 빌리가 고개를 푹 숙이며 말했다. 턱이 가슴에 닿으려고 했다.

"이것 좀 봐." 젯이 빌리를 돌아보았다. "내 생일이야. 아빠는 정말 공평에 진심인가 봐. 정문에는 죽은 첫째 딸, 경보기에는 죽은 둘째 딸."

빌리가 허리를 굽히고 다람쥐처럼 볼을 부풀렸다가 숨을 내쉬었다.

"너는 무사할 거야, 빌리." 젯이 빌리의 어깨를 꼭 쥐고 말했다. "가자, 사무실은 위층에 있어."

"불 켤까?" 빌리가 스위치를 가리키며 물었다.

젯은 손전등을 더 똑바로 들었다. "불은 켜지 말자. 길에서 누가 볼지도 모르니까."

"맞는 말이야." 빌리도 자신의 휴대폰을 꺼내 손전등으로 화면을 스와이프했다.

두 사람은 창고 안으로 걸어 들어갔다. 투명한 비닐에 싸인 나무 깔판이 곳곳에 탑을 이루었고, 반짝이는 파란색 욕실 타일도 안에 잔뜩 쌓여 있었다. 그 너머에는 잘리기 전의 나무만큼 길쭉하고 커다란 목재 빔들이 줄을 지었다. 20년 전의 젯은 저 위에서 평균대 놀이를 하곤 했다. 하지만 언제나 언니와 오빠가 젯보다 더 오래 버텼다. 둘 다 동생에게 져주는 성격들은 아니었기 때문이다.

"이쪽이야." 젯은 볼 때마다 소름 끼친다고 생각했던 전시용 주방을 가로질렀다. 주방과 아무 상관 없는 곳에 만들어진 주방 아닌가. 식탁의 의자는 유령들의 자리일 뿐이었다.

문을 통과하고 복도를 지나 철제 계단에 이르렀다.

계단을 텅텅거리며 걸어 올라가는 발소리는 왜 이리 크게 들리는지. 두 개의 불빛이 어둠을 갈랐다. 음, 사실은 네 개의 불빛과 두 겹으로 보이는 어둠이었지만 빌리에게 말할 수는 없었다.

철제 계단을 다 오른 젯이 바닥의 카펫을 밟고 문을 어깨로 밀었다.

개방된 사무실 공간을 손전등으로 비추자 어두운 창문과 꺼진 모니터 화면에 반사된 불빛이 그들에게 윙크를 보냈다.

"여기서 몇 명이나 일해?" 빌리가 책상 개수를 세며 물었다.

"이 사무실에서 풀타임으로 근무하는 직원은 열다섯 명쯤 될 거야." 젯이 불빛으로 앞을 확인하며 조심스럽게 걸음을 내디뎠다. "아빠 사무실만 복도 끝 주방 옆에 있고." 손전등 불빛으로 빌리에게 위치를 알려주었다. "오빠 사무실은 따로 없는데 아빠가 파티션은 허락했어. 이쪽이야."

젯이 사무실 뒤편의 오른쪽 구석으로 빌리를 이끌고 갔다. 루크의 자리로. 흰색으로 칠한 나무와 얇은 유리로 만든 접이식 가림막이 루크와 다른 직원들의 책상을 분리하는 역할을 했다. 단독 사무실은 아니어도 최선의 조치라고 할 수 있었다.

젯은 루크의 의자에 털썩 앉았다. 의자가 너무 높아 발이 땅에 닿지 않고 달랑거렸다. 끼익 소리를 내며 한 바퀴 돌고 책상에 손을 올려 회전을 멈췄다.

책상에 펼쳐둔 루크의 맥북 화면에 손전등 불빛이 머물렀다. HDMI 선으로 노트북을 더 큰 외부 모니터와 연결한 상태였다.

"좋아." 젯이 말하며 마우스를 이리저리 움직이고 클릭해 컴퓨터를 깨웠다.

전원이 켜졌다. 잠금 화면은 7월 4일에 루크, 소피아, 캐머런이 함께 찍은 사진이었다. 배경에서 불꽃의 조각들이 세 가족의 어깨로 떨어지고 있었다. 회색 입력 상자가 아기의 눈을 가리고 비밀번호를 요구했다.

"이것도 에밀리의 생일일 수는 없겠지?" 빌리가 풀죽은 목소리로 말하며 젯의 옆에 무릎을 꿇았다. 그래도 머리 높이는 젯과 거의 비슷했다.

"아닐걸." 젯이 왼손의 손가락을 쫙 펼쳤다. "하지만 아이폰 비밀번호와 같을 가능성이 높지."

"너 알아?"

"너도 알아." 젯이 코를 훌쩍였다. "13시간 전쯤 아침에 직접 들었잖아. 소피아와 주고받은 문자 확인한다고 내가 오빠 폰 잠금 해제할 때."

빌리가 입을 떡 벌리고 눈을 초롱초롱 빛냈다. 감명받은 표정이었다. "그걸 기억해?"

"내가 원래 숫자나 쓸데없는 것들에는 기억력이 좋거든." 젯이 키보드로 '213024'를 누르며 말했다. "그래서 시험에 다 붙은 거야. 수학 선생님을 잘 만났나 봐."

그 말을 내뱉은 순간 움찔했다. 왜 그랬을까. 갑자기 변한 감정의 온도에 죄책감이 끓어오르기 시작했다.

빌리가 눈을 깜박였다. "엄마보다는 수학 선생님이 적성에 잘 맞았지."

젯은 망설였다. 무슨 말이라도 해야 할까? 빌리도 그러기를 원할까? "그렇지 않아, 빌리."

"수학 선생으로서도 꽝이었다고?"

"아니, 좋은 엄마셨다고. 너 엄마 얘기를 입에 달고 살았잖아. 사실 조금은 질투 났었어."

"그래." 빌리가 코를 훌쩍이고 공허한 목소리로 말했다. "그랬지. 네가 소피아를 만난 후로는 엄마가 내 베스트 프렌드였을 거야.

아무 설명도 없이 나와 아빠를 떠나기 전까지는."

어떻게 반응해야 할까. 그래서 젯은 반응하지 않았다. 엔터 키를 누르고 제발 맞으라고 손 모아 기도했다. 실제로 손을 모았다는 말은 아니다. 하나뿐인 손으로는 불가능했다.

바탕화면이 툭 튀어나왔다. 구석구석에 각종 아이콘과 파일이 빼곡했다.

"맞았어." 젯이 속삭이며 어둠 속에서 빌리와 눈을 맞췄다.

마우스를 쥐고 화면의 화살표를 움직여 루크의 파일들을 보기 위해 '파인더'를 더블클릭했다.

"컴퓨터 하나를 확인하는 데 두 사람은 필요 없지." 빌리가 허리를 펴고 일어섰다. "나는 계속 뒤져볼게. 루크는 서류를 책상에 보관하나? 아니면…?" 서랍을 한두 개 열어보았다. 그 안에는 펜 몇 자루, 계산기, 머리와 단자 형태가 다양한 코드 뭉치밖에 없었다.

"서류만 보관하는 방이 있어." 젯이 빌리를 돌아보았다. "아빠는 옛날 사람이라 청구서 같은 것들을 종이 문서로 보관하는 것 같더라고. 주방 뒤에 있는 작은 방이야. 저쪽." 손전등으로 방향을 가리켰.

"응, 나는 저기 가서 찾아볼게."

걸음을 옮기던 빌리가 금세 돌아왔다. 휴대폰 플래시를 위로 비추고 있어 묘한 그림자 각도로 얼굴이 일그러져 보였다.

"음." 빌리가 말했다. "뭘 찾아야 하지?"

"아무거나." 젯이 별 도움 안 되는 대답을 했다.

"아무거나. 그래, 좋아. 알겠어." 빌리가 혼잣말로 중얼거리고는 자리를 떴다. 어둠이 빌리를 통째로 삼켰다.

"뭐든 나오면 소리쳐." 젯이 빌리에게 외쳤다.

"응, 너도." 공기를 타고 온 목소리를 듣고 젯의 얼굴에 미소가 번졌다.

다시 화면으로 고개를 돌렸다. 뭐부터 본다? '문서'를 클릭하자 50개는 되어 보이는 파란색 파일 아이콘이 화면을 가득 채웠다. 흐음, 금방 끝나지 않겠는데.

그래서 젯은 작은 돋보기를 클릭해 검색 바를 띄웠다.

'콜비 망치'라고 입력했다. 한 손으로, 게다가 왼손으로만 타자를 치다 보니 느린 속도에 속이 터졌다.

엔터를 눌렀다.

아무것도 나오지 않았다.

'망치'를 지우고 '콜비'만 검색했다.

'검색 결과 없음.'

에잇. 그래, 그렇게 쉬울 리 없지. '안녕, 젯, 네 살해 도구를 찾고 있구나. 나는 직원 중 정확히 누가 그 연장을 사용하는지 바로 알 수 있는 파일이야.'라는 문서가 어디 있겠나.

그렇다면 어려운 방법을 써야 한다는 뜻이다.

'중요한 업무 파일' 폴더로 들어가 '재정', '2025'를 차례로 클릭했다. 러시아 인형처럼 겹겹이 존재하는 폴더 계층을 계속 그런 식으로 내려갔다.

마침내 '2025년 10월 급여 대장'이라는 이름의 엑셀 파일을 발견했다. 더블클릭해 파일을 열고 큰 모니터로 드래그해 옮겼다.

눈을 비벼 봤지만 모든 글자와 숫자의 테두리가 필요 이상으로 많아서 보기가 힘들었다.

눈을 찡그리면 그래도 조금은 선명해졌다.

표의 왼쪽에는 정규직부터 시작해 근무자 이름이 쭉 나열되어 있었다. 스콧 메이슨과 루크 메이슨에서 아래로 내려갈수록 젯이 모르는 계약직들의 이름이 나왔다. 연봉이나 단가, 근무 시간, 초과 근무 시간도 알 수 있었다. 색깔로 하이라이트 표시를 한 '총지급액' 열의 하단에는 금액의 합산이 보였다.

헨리 림을 찾아 명단을 훑었다. 헨리의 이름은 없었다. 그런데 뭔가 빠진 이름이 또 있는 것 같았다. 뭔가 떠오르려고 하는데 잘 떠오르지 않았다. 이 사무실에서 근무하는 사람들의 이름을 다시 확인했다. 젯은 앞에 놓인 책상들의 주인을 알았다. 어린 시절부터 안 사람들도 많았다. 아빠와 오빠 아래에 칼 있고, 마리아 있고, 아말도 있었다. 젯의 시선이 빠르게 움직였다. 잠깐, 앤지는 어디 있지? 앤지 라이스? 앤지는 이곳에서 20년 넘게 근무하는 직원이었다. 젯이 모르는 새 은퇴라도 했나? 앤지의 이름은 명단에 없었다.

젯은 책상에 팔꿈치를 대고 의자를 뒤로 굴리며 자리에서 일어났다.

돌아다니며 눈과 손전등 불빛으로 책상들을 훑었다.

저건 아니고.

저건 아말 책상이고.

이 사람은 누구인지 모르겠다. 신입인가.

여기다.

책상 펜꽂이 옆에 액자가 하나 놓여 있었다.

젯은 손전등을 입에 물고 액자를 집어 들었다.

카메라를 향해 웃고 있는 사람은 양옆의 손주들과 어깨동무를 한 앤지 라이스였다.

"그럴 줄 알았어." 젯이 손전등을 문 입으로 어눌하게 중얼거리며 액자를 내려놓는데 또 다른 것이 보였다.

모니터에 포스트잇이 붙어 있었다. '앤지, 리드에게 메이플 새 디자인 보고 부탁해요.'

앤지 라이스는 아직 이곳에서 근무했다. 이 책상에서. 그런데 왜 지난달 급여 대장에는 앤지 이름이 없었을까?

젯은 루크의 책상으로 급히 돌아가 화면을 보았다. 명단을 다시 꼼꼼하게 살폈다. 손가락으로 한 칸, 한 칸 짚으며 모두의 이름을 일일이 확인했다.

"앤지는 없어."

파일 목록으로 돌아가 9월 급여 대장을 열었다. 앤지도, 헨리도 없었다. 8월도 마찬가지였다. 7월도, 6월도. 아니. 5월과 4월에도 없었다. 전혀. 3월, 2월까지 거슬러 올라갔다. 2월이면 젯이 JJ와 아직 사귈 때였고, 그때 헨리는 분명 메이슨 건설에서 일하고 있었다. 하지만 엑셀 파일은 젯에게 거짓말하지 말라고 했다. 그 안에 헨리의 이름이 없었기 때문이다. 앤지의 이름도 없었다.

차가운 감각이 거미 다리처럼 빠르게 등줄기를 타고 올라와 두통을 일으켰다.

젯은 신음하며 눈을 손바닥으로 꾹 눌렀다. 보이지 않는 칼이 안을 쑤시는 것만 같았다.

왜 두 사람의 이름이 없지? 그냥 실수인가? 루크가 깜박하고 표에 입력하지 않은 걸까?

젯은 '급여 대장' 폴더에서 나와 '세무 신고' 폴더로 들어갔다.

파일 하나를 클릭하자 10월 세금 신고를 위한 고용주용 양식이 떴다.

자세히 살펴보니 머리가 더 지끈거렸다. 재미있을 줄 알았는데 이게 뭐야.

똑같았다. 엑셀 파일에 있는 금액과 일치했다.

9월도, 8월도, 7월도.

이게 실수라면 루크가 매번 같은 실수를 저질렀다는 뜻이다. 루크는 세금 같은 중요한 문제에 실수하는 법이 없었다.

젯은 세금 관련 폴더에서 나와 '보험' 폴더 하위에 있는 '산재보험' 폴더로 들어갔다. 최신 파일을 클릭했다. 메이슨 건설이 보험사에 내는 보험료 정보였다. 기록은 일치했다. 급여 대장과 동일한 직원 수가 적혀 있었다. 여기에도 헨리나 앤지는 없었다.

"나 불렀어?" 캄캄한 사무실에 빌리의 목소리가 퍼졌다. 젯이 깜짝 놀라는 바람에 마우스 커서가 엉뚱한 쪽으로 튀었다.

"아니." 젯이 서류 몇 장을 들고 코너를 돌아 나오는 빌리를 바라봤다.

"아." 빌리는 입술을 움찔거리며 휴대폰으로 젯을 비추었다. "무슨 소리가 들린 거 같아서. 찾은 거 있어?" 그러면서 화면을 가리켰다.

"어쩌면." 젯이 말했다. "너는 뭐 찾았어?"

"어쩌면."

"너 먼저 얘기해." 젯은 의자를 돌려 빌리를 마주 보았다.

"좋아. 나는 서류를 무작위로 보고 있었어." 빌리가 루크의 책상에 몸을 기댔다. "지겨워서 미칠 뻔했지. 아무튼, 그러다가 '플레전트 스트리트 19번지'라는 라벨이 붙은 폴더를 발견했어."

"플레전트 스트리트 19번지." 젯이 되뇌었다. "게리 클레이 집이잖아."

"내 말이." 빌리가 서류 뭉치를 든 채로 젯에게 경례를 했다. "별문제는 없어 보여. 12개월 전에 전면 확장 공사를 했더라고. 집 앞쪽을 리모델링해서 주방을 새로 만든 거 맞지?"

"맞아."

"그리고 주방 공사 말이야, 청구서를 찾았어. 메이슨 건설이 게리에게 준 거." 빌리가 종이 한 장을 들어 보였다.

젯은 문서를 훑어보는 시늉을 했지만 제대로 보이지 않았다. 글자들이 겹쳐다 못해 겹친 데 또 겹쳐서 검은 선이 뒤엉킨 덩어리가 되었다. 빌리가 종이를 똑바로 들고 있지 않아 글씨를 알아보기가 더 힘들었다.

"여기 봐." 빌리가 그 부분을 손으로 가리켰다. "조리대 상판으로 '화이트 칼라카타 마블'을 썼다고 게리에게 만 이천 달러를 청구했어. 19제곱미터에. 재룟값만 말하는 거지?"

"맞아."

"하지만." 빌리는 그 말만 하고 다음 장으로 종이를 넘겼다. "이건 임페리얼 마블이라는 회사에서 받은 주문 확인서야. 주문 내역을 보면 19제곱미터는 맞지만, 상품이 '스탠더드 이탈리안 화이트 마블'이라고 적혀 있어. 값은 칠천 달러고."

젯이 침을 꿀꺽 삼켰다. 침이 위장까지 타고 내려가는 느낌이 났다.

"차이가 좀… 나네." 젯이 말했다.

"좀이 아니라 무려 오천 달러야." 빌리가 두 장의 문서를 나란히 들고 덧붙였다.

"청구서를 조작한 거야?" 젯이 작은 목소리로 말했다. "오빠가 청구서를 조작하고 있었어? 차액을 챙기려고?"

"발견한 건 이 케이스뿐이지만 계속 찾아볼게." 빌리가 코를 훌쩍이고 서류를 뒤적이며 말했다. "그런데 이것부터 봐봐. 헨리 림이 이상하게 굴었던 거 기억하지? 네가 다 아는데 이 회사에서 일한 적 없다고 하고."

"응." 젯이 화면으로 시선을 돌리며 말했다. "그 문제라면…."

"노스 스트리트 프로젝트 관련 문서만 있는 폴더를 하나 찾았어."

젯이 다시 고개를 돌렸다. "진짜?"

"아직 다 살펴보지는 않았는데, 이것 좀 봐."

빌리가 종이 한 장을 건넸다. 젯은 종이를 책상에 올려놓고 손전등을 집어 들었다.

"공사장 비계 렌탈 회사에서 노스 스트리트로 보낸 배달통지서야. 누가 사인했는지 봐. 인수자가 누구인지."

큼지막하게 휘갈겨 쓴 글씨는 젯도 읽을 수 있었다.

"헨리 림." 젯이 서명을 읽었다. "역시. 헨리는 노스 스트리트 현장에서도 일했어. 이게 언제야?"

빌리가 손가락으로 페이지 상단을 찍었다. "올해 3월 3일."

하지만 헨리는 3월 급여 대장에 없었다. 대체 뭐가 어떻게 돌아가고 있는 거지?

"3월." 젯이 말했다. "그 직후에 사고를 당하…." 젯은 말을 하다 말았다. 머릿속이 온갖 '만약에'와 '어쩌면'으로 가득해 정신을 차릴 수 없었다.

"젯…."

"쉿, 생각 중이야."

젯은 다시 화면으로 시선을 돌렸다. 조각들이 하나둘 제자리를 찾아갔다. 하지만 완성되고 있는 것은 퍼즐이 아닌 집이었다. 사면을 벽으로 둘렀지만 지붕은 없는 집. 그 집이 젯의 깨진 머리 안에 한 공간을 차지했다.

"세상에, 루크." 젯이 속삭였다.

"뭐가?" 빌리가 다시 무릎을 꿇고 앉아 젯과 눈높이를 맞췄다.

"단순히 청구서 조작만 한 게 아니야." 젯이 말했다. "탈세도 하고 있어. 급여와 세금은 루크 담당이잖아. 정규직이고, 계약직이고 급여 대장과 세금 신고서에 빠진 직원들이 있어. 헨리만이 아니라 앤지 라이스도 있다고. 앤지는 분명히 여기서 일해. 저기 책상이 떡하니 있다니까?" 젯이 앤지의 책상을 손으로 가리켰다. "지금은 둘뿐이지만 우리가 모르는 사람들도 더 있을 거야. 장부에 기록하지 않고 임금을 주고 있겠지. 은밀하게. 현금으로 준다거나 할 거야. 임금을 신고하지 않으면 연방세, 메디케어세, 사회보장세를 한 푼도 내지 않아도 되니까. 이 짓을 몇 달째 하고 있었던 거야. 회사 재무 담당자가 된 후로 쭉 그랬다면 몇 년일 수도 있어." 젯이 침을 꿀꺽 삼키고 화면을 가리켰다. "게다가 보험 문제도 있어. 산재보험사에 직원 수를 허위로 보고했으니까. 누락된 직원이 사고라도 당하면, 산재 보상은커녕 치료도 못 받고 급여 보상도 받지 못할 거야."

"잠깐." 빌리도 상황을 파악하고 자기만의 이론을 세우기 시작했다.

"지미 기억해? 재수 없는 현장 감독?" 젯이 말했다. "그 사람이 그랬잖아. 노스 스트리트에서 사고가 있었다고. 지붕이 무너져서 안에 있던 인부가 다쳤다고 했어. 그래서 공사가 지연됐고 루크는 계획을 수정해야 했어."

"혹시 그 인부가…."

"헨리였을 거야." 젯이 고개를 끄덕이며 말했다. "술에 취해서 담장에서 떨어져서 한쪽 눈이 실명되고 무릎이 박살 났다는 말은 사실이 아니라고 생각해. 메이슨 건설에서 일하는 중에 다친 거야. 앤드루 스미스가 판 집에서 작업하다 지붕에 깔린 거지."

"미친." 빌리가 말했다. 말이 끝난 후에도 쉽게 입을 다물지 못했다.

"헨리에게는 미쳐 돌아갈 상황이었을 거야." 젯이 말했다. "입원비, 수술비, 치료비 다 자기가 부담해야 했을 테니까. 다 합치면 대충 만 달러는 될 거야."

"더 나올 수도 있어." 빌리가 말했다. "눈을 살리려면 추가 수술도 필요하다며. 하지만 그럴 돈이 없다고 했어."

젯이 고개를 끄덕이며 그 정보도 추가했다. "오빠도 미칠 노릇이었을 거야. 실제로 범죄를 저지르고 있었으니까. 헨리가 어디 가서 말이라도 하면, 오빠가 한 짓을 누가 알게 되면…." 말을 잇지 못하고 침을 꿀꺽 삼켰다. 빌리의 눈빛을 보니 빌리의 생각도 젯처럼 암울한 방향으로 흐르고 있는 듯했다.

"그렇다면…." 빌리가 운을 뗐다. "헨리에게 동기가 생기는 건가? 루크 때문에 이렇게 됐고, 루크를 증오한다면 헨리가…."

"그래서 나를 죽였다고? 오빠에게 상처를 주려고? 아니면 경고의 의미로? 아니면 돈이 간절히 필요하니 그 돈 내놓으라고 협박하려고?"

"헨리는 노스 스트리트 현장에서 일했어." 빌리가 생각을 소리 내어 말했다. "사고 후에도 공사 현황을 지켜보고 있었을지도 몰라. 핼러윈 다음 날 아침 기초 공사를 한다는 걸 알았을지도 모르고. 기가 막히네."

"기가 막히지." 젯이 동의하며 일어나자, 빈 의자가 반동으로 한 바퀴 회전했다. "이 파일들을 내 메일로 보내야겠어. 급여 대장이랑 세금 신고서. 너는 서류 보관실 돌아가서 뭐 찾을…"

그 순간 공기가 폭발하듯 소리가 터져 나왔다.

귀가 찢어질 듯한 날카로운 소리가 젯의 머리 안쪽까지 파고들었다.

젯은 한 손으로, 빌리는 두 손으로 귀를 틀어막았다.

"이거 뭐야?" 두 개의 톤으로 날카롭게 울리는 경보음 때문에 악을 써야 했다. "보안 경보는 해제했는데? 너도 봤지. 해제한다는 메시지도 떴잖아!"

빌리는 젯을 빤히 쳐다보기만 했다. 휴대폰의 은색 불빛이 얼굴을 가까이 비추고 있어 안 그래도 촉촉한 눈이 어둠 속에서 반짝였다.

그러다 눈빛이 달라졌다. 충격보다 더 끔찍한 감정이 떠오르고 있었다.

"보안 경보가 아닌 것 같아!" 빌리도 악을 썼다. "젯, 어디서 연기 냄새 안 나?!"

22

굳이 냄새를 맡지 않아도 알 수 있었다. 손전등 불빛을 배경으로 춤을 추는 연기가 보였기 때문이다. 발밑에서 스멀스멀 피어오른 연기가 천장에서 검은 구름으로 변해 두 사람 머리 위에 도사리고 있었다.

"불났어!" 빌리가 외쳤다. "빨리 나가자!"

젯의 발은 그 자리에 달라붙은 듯 움직이지 않았다. 신발 밑창에서 느껴지는 따뜻함은 이내 뜨거움으로 변했다. 당장 나가야 했다. 하지만 어째서인지 움직일 수 없었다. 뇌는 아직 고요했던 20초 전에 머물러 있었고, 경보음이 울린 순간 감각이 차단되어 꼭 심장이 멎은 기분이었다.

"젯!" 빌리가 경보음보다 큰 목소리로 젯의 얼굴에 대고 외쳤다. 아직 멀쩡한 팔을 붙잡고 젯의 정신을 깨웠다. "뛰어!"

젯이 마침내 움직였다. 뇌가 다시 작동하며 두려움에 사로잡힌 몸의 움직임을 따라잡았다.

"잠깐!" 젯이 빌리의 손을 뿌리치고 루크의 책상으로 되돌아갔다. "이거 가져가야지!"

빌리가 찾은 서류들을 집어 들었다. 손을 하나밖에 못 쓰다 보니 손전등을 든 채 서류를 구겨서 쥐어야 했다.

"젯, 가자고!"

"바로 따라갈게!" 젯이 후다닥 빌리에게 달려갔다.

"아니, 너 먼저 가. 내가 뒤 봐줄게!"

빌리가 젯을 붙잡더니 등을 밀어 앞에 세웠다. 짙은 연기 때문에 주위가 한층 더 어두웠다.

두 사람은 반복되는 경보음보다 빠르게 문을 향해 내달렸다.

먼저 문으로 몸을 날린 빌리가 손잡이를 움켜쥐고 문을 열어젖혔다.

거대한 열기가 그들을 덮치고 젯의 눈을 할퀴었다.

"세상에." 젯이 중얼거렸지만 경보음과 불길의 포효 속에 묻혀서 들리지 않았다.

전부 사라졌다. 어디를 봐도 불길뿐이었다. 사방에 깔린 불이 계단 절반을 집어삼키고 두 사람에게 접근했다. 철제 계단이 고열을 이기지 못하고 비명을 지르며 휘어지고 구부러졌다.

이제는 복도라고도 할 수 없었다. 그냥 화염의 터널이었다. 불길은 점점 더 강해지며 창고 쪽으로 방향을 꺾었다. 불의 폭풍에서 검붉은 불꽃과 새까만 연기가 더 빠르게, 더 강력하게 쏟아져 나왔다. 창고는 더 이상 창고가 아니었다. 지옥문이 열린 듯 사무실 바로 아래에서 불길이 솟구치고 있었다.

젯이 쿨럭쿨럭 기침을 했다. 검고 짙은 연기가 먼저 그들을 덮쳤다. 하지만 공기 중에 연기 냄새만 있는 것이 아니었다. 톡 쏘고 더 매캐한 무언가의 냄새가 났다.

가스다.

빌리가 젯의 어깨를 붙잡아 뒤로 끌어당겼다. 그러고는 문을 발로 차서 닫았다.

하지만 연기는 벽의 균열과 바닥의 틈으로 스며들었다.

"다른 길은 없어?" 빌리가 외치며 젯의 목 부근에서 손을 정신없이 움직이더니 셔츠를 올려 코를 막아주었다. 기침을 하고 자기 코도 셔츠로 막았다.

"뒤에 계단이 하나 더 있어!" 젯이 아직 손전등과 서류를 움켜쥔 손으로 셔츠를 입에 댄 채 외쳤다.

"가자!"

빌리가 다시 사무실 안으로 젯을 밀쳤다. 눈높이까지 내려온 연기가 앞을 가린 탓에 서로를 제외하면 시야에 아무것도 없었다.

젯이 책상에 쿵 박았다. 무릎 위에 날카로운 통증이 솟았지만 계속 움직였다.

앞이 보이지 않았다. 아무것도 보이지 않았다. 손전등 불빛이 비추는 것은 점점 더 커지는 연기의 소용돌이뿐이었다. 빌리의 손을 잡고 싶어도 보이지 않았다. 어차피 잡을 손도 없었다.

아무것도 보이지 않았다.

젯이 발을 내딛자, 발 옆으로 바닥이 갈라졌다. 주황색으로 환하게 빛나는 균열이 눈에 들어왔다.

갈라진 바닥이 우르르 무너져 내려 아래의 불바다로 사라졌다.

젯은 황급히 뒤로 물러났다. 바닥의 구멍이 입을 더 크게 벌리며 무너져 내렸다.

젯은 그 광경을 지켜보았다. 이제는 보였다. 아래의 지옥에서 기어올라 이곳으로 향하는 불길이 똑똑히 보였다.

또 우르르 소리가 나더니 책상 하나가 구멍 속으로 미끄러져 들어가 화염에 삼켜졌다. 앤지 라이스의 책상이었다.

이제는 지옥의 반대편에 있는 빌리도 보였다.

"안 돼, 오지 마!" 젯이 외쳤지만 이미 늦었다.

빌리가 구멍을 훌쩍 뛰어넘어 젯 옆에 무릎으로 착지했다.

빌리는 두 팔로 젯을 일으켜 세웠다.

"이쪽이야!"

불길을 피해 반대쪽으로 뛰기 시작했다. 점점 더 넓게 퍼지는 불길은 카펫을 먹어 치우며 두 사람을 쫓았다.

태어나서 처음 느껴보는 열기가 등 뒤를 떠밀 듯 몰아쳤다. 날카로운 열기가 젯의 손가락을 쿡쿡 찔렀다.

젯은 손을 내려다보았다.

입에서 비명이 나왔다.

손에 쥔 서류가 불타고 있었다.

젯은 서류에서 손을 놓았다.

같이 떨어진 손전등 불빛이 무너지는 바닥에 삼켜졌다.

"뛰어!" 젯이 외쳤다.

전력 질주를 하는 동안 젯의 죽은 팔은 끈이 잘린 꼭두각시의 팔처럼 이리저리 흔들렸다. 균형이 깨져 몸을 주체할 수 없었다.

"저기 문 있어. 끝에!"

거의 다 왔다. 이제는 무슨 말을 하는지도 들렸다. 더 이상 경보음이 울리지 않았다. 다른 것들처럼 불에 타 녹아버린 걸까.

두 사람은 동시에 문에 도착했다. 빌리가 손잡이를 거칠게 내렸다.

"안 돼!" 빌리가 외쳤다. "잠겼어!" 다시 시도했다. 손잡이를 두 손으로 잡고 위아래로 덜컹덜컹 움직여 보았다. "내가 열게. 뒤로 물러나 있어!"

젯은 시키는 대로 비켜주었다. 연기에 숨이 막혔다. 코를 막아 공기 대신 자신의 숨을 들이마시며 빌리가 문에서 멀찌감치 물러나는 모습을 지켜보았다.

빌리가 성큼성큼 뛰어가 어깨로 문을 들이받았다.

덜컹 흔들렸지만 열리지는 않았다.

빌리가 다시 한번 문으로 몸을 날렸다.

문이 휘어지며 약간의 공간이 생겼지만 그것만으로는 부족했다.

빌리가 다시 뒤로 갔다. 그들은 지옥의 가장자리에 있었고 주위의 세상이 무너져 내리는 중이었다. 그러다 젯이 눈을 한 번 깜박이자 장소가 바뀌었다. 젯은 컴퓨터 앞에 앉아 있었고, 빌리는 화면 속에서 또 다른 문을 어깨로 부수려 했다. 큰소리로 젯의 이름을 불렀다. 있는 힘껏 부르면 젯을 다시 살려낼 수 있기라도 한 것처럼.

"젯!" 또 그 외침이 들렸다.

젯은 눈을 한 번 더 깜박여 지옥으로 돌아왔다.

빌리가 해냈다. 열린 문을 지나 계단으로 달려가고 있었다.

이쪽에는 휘몰아치는 연기가 없었다. 계단도 멀쩡했다.

밖이다.

젯이 한 걸음 내딛는 순간 온 세상이 무너져 내렸다.

앞에 있는 바닥이 굉음과 함께 쩍 갈라지며 낭떠러지로 변했다. 두 사람과 사무실을 가르던 벽도 접히듯 무너져 내렸다. 비명을 지르며 지붕 일부를 데리고 아래의 불길로 추락해 구멍을 막았다.

젯이 고개를 들었다. 별이 보였다. 하지만 곧 연기에 가려 사라졌다.

이제는 빌리를 볼 수 없었다. 벽의 잔해 너머는 보이지 않았다. 그래도 목소리는 들렸다.

"젯!" 빌리가 외쳤다. "젯, 괜찮은 거야?"

젯은 손에 대고 캑캑 기침을 했다.

"빌리, 너는 가!" 젯이 외쳤다. "밖에 있잖아! 어서 가!"

"싫어! 너 없이는 안 가!"

"가야 돼!"

"싫다고!"

젯이 뒤로 물러나자 발밑의 바닥이 신음했다.

"빌리! 빨리 가! 건물 전체가 무너질 거야!"

"너랑 같이 갈 거야!"

젯의 목구멍이 조여왔다. 주먹이 심장을 쥐어짜는 느낌이었다.

"가라니까, 빌리! 가! 너는 살아야지!"

한 걸음 더 물러났다.

"너 없이는 안 돼!"

"돼!" 젯이 악을 썼다. 젯의 목소리가 불길을, 죽어가는 건물의 신음을 뚫고 울려 퍼졌다. "어차피 나는 3일 후면 죽어! 이미 죽었다고, 빌리! 너는 아니잖아. 살아야 해!"

"싫어!"

"빌리, 가! 안 가면 절대로 용서 안 할 거야!" 바닥이 아니라 젯의 목소리가 갈라졌다. "그리고 죽어가면서도 너를 증오할 거야. 진심으로. 그러니까 가! 제발, 빌리! 나를 위해서라도!"

빌리의 목소리는 들리지 않았다. 부츠가 철제 계단을 밟는 소리만 심장박동처럼 쿵쿵, 쿵쿵 들릴 뿐이었다.

갔구나. 잘됐다. 이제 빌리는 안전했다.

빌리는 살아야지.

하지만 젯도 마찬가지였다.

젯의 몸이 열기를 빨아들였다. 그 열기로 마음속에 남아 있는 삶의 의지를 불태웠다.

그래, 젯이 살날은 3일밖에 남지 않았다. 하지만 그 3일도 젯의 인생이었다. 절대 불지옥에 빼앗길 수는 없었다. 젯은 자신에게 주어진 삶을 살아낼 작정이었다. 비록 짧은 시간이지만 매 순간을 평생처럼 꽉 채워 살 것이다.

젯은 살아야 했다.

하지만 반대쪽도 무너지기 시작했고 젯의 입에서 떨리는 숨이 흘러나왔다.

죽고 싶지 않았다.

죽기 싫었다.

젯의 가슴이, 머리가 그렇게 부르짖으며 젯의 발을 다시 뒤로 잡아끌었다.

죽는 것이 두려웠다.

죽을 수 없었다.

이미 죽은 사람이기에 떨쳐버렸다고 생각했던 모든 두려움이 한꺼번에 밀려들었다.

젯은 움찔하며 불타는 천장 패널을 피해 몸을 날리고 달리기 시작했다.

다시 복도를 지나 아빠 사무실 문으로 뛰어 들어갔다.

반대편의 불지옥을 막아주기를 바라며 문을 쾅 닫았다.

목표는 사무실 뒤쪽의 창문이었다.

창문으로 돌진한 젯이 연기 때문에 눈을 깜박이며 창문 아래를 내다보았다.

역시, 짐작대로였다.

대략 3미터 아래에 타일 지붕이 있었다. 경사진 지붕은 좁고 길었다. 그 아래 벽에는 지붕 있는 창고가 붙어 있었다. 불타는 건물 2층에서 무작정 뛰어내리는 것보다는 낫지 않은가? 어쩔 수 없으면 그렇게라도 하겠지만.

일단 창문을 열어야 했다. 내리닫이창이었다. 지금 젯과 삶 사이를 가로막는 것은 유리 두 장뿐이었다.

손을 뻗어 중간의 걸쇠를 풀었다. 연기가 젯의 주위로 몰려들어 목구멍으로 침입했다.

젯은 기침을 했다.

숨을 쉬기 힘들었다.

창문 아래쪽의 손잡이를 쥐고 당겼다.

손잡이는 움직이지 않았다.

아니, 왜 안 움직여?

유리가 창틀에 꽉 끼었나? 아니면 왼팔의 힘이 너무 약한 걸까?

두 손을 써야 했다. 두 손이 다 필요했다. 빌어먹을.

다시 힘껏 당겨보았다. 손가락에서 목까지 고통의 비명을 질렀다.

"나는 안 죽어!" 창문을 향해, 유리에 비치는 유령 같은 자신의 모습을 향해 소리쳤다.

발 하나를 들어 창턱에 대고 왼팔에 힘을 보탰다. 다시 손잡이를 당겼다.

창문은 꿈쩍도 하지 않았다.

"야!" 젯이 기침을 하며 외쳤다.

창문을 깨자. 창문을 깨야 한다. 창문을 깰 도구가 필요했다.

죽지 않아, 죽지 않을 거야.

아빠 책상의 컴퓨터 어때? 무거우니까. 아니, 너무 무겁다. 한 손으로 들 수 없었다. 다른 것, 다른 물건을 찾아야 한다.

저기 구석에 놓인 커다란 금색 화분? 잎이 축 늘어진 관엽식물은 사방의 연기 속에서 푸르른 빛을 내뿜었다.

젯은 그대로 화분을 들고 창문으로 달려가 유리를 내리쳤다.

화분은 깨졌지만 유리는 깨지지 않았다. 젯의 발 위로 흙과 잎사귀가 쏟아졌다.

"악!" 젯이 울부짖었다.

뒤편의 문도, 벽도 불길에 휩싸였다. 화염이 젯을 발견하고 이쪽으로 다가오고 있었다.

젯은 아빠 사무실에 갇힌 신세였다.

여기서 죽을 수는 없었다. 젯은 죽지 않을 생각이었다.

다른 것을 찾자.

책상의 컴퓨터 옆에 커다란 액자가 있었다. 묵직해 보였다. 프레임을 대리석 비슷한 재질로 만든 것 같았다.

메이슨 일가의 가족사진이었다. 사진 속 젯은 얼굴이 새빨갛고 눈을 찡그린 꼬마에 불과했다. 개구리 생각을 하고 있었겠지. 엄마, 아빠, 에밀리, 루크. 메이슨 가족이 다섯에서 넷이 되기 전의 마지막 여름에 찍은 사진이었다.

젯은 그 사진을 집어 들었다. 죽을 수 없었기 때문이다.

비틀거리며 연기를 뚫고 창문으로 돌아가 멀쩡한 팔을 들었다가 창문을 내리쳤다.

돌로 된 프레임 모서리가 창문을 때렸다. 유리가 깨졌다. 창문이 아닌 액자의 유리가.

다시, 더 세게 내리쳤다. 창문에 균열이 나타났다. 균열은 고정된 상태로 순식간에 거미줄 모양으로 퍼졌다.

젯은 뒤로 물러나 거미줄 한가운데를 겨냥했다.

그곳에 액자 모서리를 박자 창문이 깨지고 바깥세상으로 가는 길을 열어주었다.

신선한 공기다.

젯은 안으로 밀려 들어온 공기를 들이마셨다. 차가운 바람이 시뻘게진 얼굴에 닿았다.

연기가 젯을 밀치고 하늘을 덮으려 밖으로 나갔다.

뒤에서는 카펫이 불타고 있었다.

시간이 없었다. 숨이나 쉬고 있을 때가 아니었다.

젯은 액자로 아래쪽 창틀에 남은 유리를 마저 깨뜨렸다.

사진을 내려놓고 왼손으로 창턱을 감쌌다.

다리 하나를 창틀에 올리고 몸을 끌어올리며 반대쪽 다리도 올려 가장자리에 걸터앉았다.

두 번 생각할 시간은 없었다. 생각할 시간 자체가 없었다.

젯은 그냥 몸을 앞으로 굴렸다.

경사진 지붕에 발부터 떨어졌다. 다음으로는 등이 닿았다. 숨이 턱 막히며 폐에서 숨과 연기가 전부 빠져나왔다.

젯은 아직 움직이고 있었다. 구르고 있었다.

이렇게 구르다 지붕 아래로 떨어지겠다. 하지만 멈출 수는 없었다. 팔 하나로는…

캄캄한 밤하늘에 불쑥 나타난 두 개의 손이 젯을 붙잡았다. 감각이 있는 어깨와 감각이 없는 어깨에 강한 손힘이 닿았다.

빌리가 지붕에 서서 젯을 일으켜 주었다. 얼굴이 재투성이였고 목의 상처에서는 피가 재보다 더 선명한 색으로 흘러내렸다.

"돌아왔구나." 젯이 거친 목소리로 말했다.

"빠져나왔구나." 빌리가 눈을 닦으며 말했다. "다시는 그런 말 하지 마." 그 말을 하는 목소리가 떨렸다. "나보고 떠나라고 하지 말라고. 네가 나오지 않았으면 내가 저 창문으로 들어가려고 했어. 그건 아니잖아, 젯. 그건 아니야."

뒤에서 삐걱거리는 굉음이 들렸다. 건물 안에서 무언가가 무너지고 있었다. 신음하고 울부짖으며 불길에 연료를 보탰다.

"여기서 나가야 해." 빌리가 젯의 성한 손을 붙잡고 지붕 아래쪽으로 이끌었다. "이쪽에 폐기물 적재함이 있어. 안에 깔판이 쌓여 있거든. 나도 그거 밟고 올라온 거야."

빌리가 먼저 뛰어내렸다. 그런 다음 뒤를 돌아 적재함 가장자리에 서서 젯을 올려다봤다.

"끝에 걸터앉아서 그냥 뛰어. 내가 받아줄게."

정말 젯을 받아내기는 했지만 깔판이 흔들리는 바람에 발이 미끄러졌다. 빌리는 젯을 안은 채 뒤로 넘어졌다. 젯은 빌리 위에서 굴러떨어지며 옆에 있는 나무 깔판에 부딪혔다.

젯은 움직이지 않았다. 빌리도 마찬가지였다.

두 사람은 잠시 그대로 누워 불타는 건물을 올려다보았다.

방금 젯이 탈출한 창문에서 성난 불길이 튀어나와 벽을 타고 올라갔다.

"우리 죽을 뻔했어." 빌리가 나직이 말했다.

"그래도 살았어." 젯은 그렇게만 말했다.

"가스 냄새가 났어."

"나도." 젯이 기침을 했다. "누가 불을 지른 거야."

"우리가 안에 있을 때." 빌리가 덧붙였다.

젯이 빌리를 쳐다보았다. "우리가 안에 있었기 때문인가?"

새로운 소리가 화르르 타는 불길에 도전장을 내밀었다. 멀리서 날카로운 고음이 커졌다 작아졌다 하며 울려 퍼지고 있었다.

"사이렌 소리야." 젯이 상체를 일으켰다. "도착하기 전에 나가야 해."

신음하며 한 손으로 깔판에서 몸을 일으키고 아래의 잔디밭으로 뛰어내렸다. 빌리도 뒤를 따랐다.

주차장에 주차된 밴들을 지날 때, 뒤에서 쿵 하며 벽의 절반이 쓰러지는 굉음이 들렸다. 벽돌이 와르르 쏟아지며 2층의 일부도 함께 무너져 내렸다. 땅에 떨어지는 순간 불꽃이 튀고 시커먼 재가 눈처럼 쏟아졌다.

빌리가 입을 굳게 다물었다.

"아무것도 건드리지 않기로 했는데."

"우리가 한 건 아니니까." 젯이 말했다.

다시 정문으로 걸어 나왔다. 센서가 그들을 인식하고 문을 열어주었다. 사이렌 소리가 가까워지며 점점 더 크게 들리고 있었다.

"보안 카메라 가린 거 벗겨야 하나?" 빌리가 테이프로 덮인 카메라를 가리키며 물었다. 두 사람이 그 앞에서 쇼를 벌인 것도 고작 한 시간 전이었다.

"흐음, 어차피 누가 다녀갔다는 사실은 알 거야." 젯이 말했다.
뒤에서 또 다른 벽이 쿵 무너졌다.

진입로를 따라 내려오니 젯의 파란색 트럭이 얌전히 기다리고 있었다.

젯은 망설이다 뒤를 돌아보았다.

메이슨 건설은 사라지고 없었다. 아빠가 쌓아 올린 모든 것이 날아갔다. 불길에 휩싸여 안으로 무너지는 지금은 건물처럼 보이지도 않았다. 마치 죽음의 고통을 느끼는 인간처럼 발악했다. 불타는 소리가 단말마의 비명과도 같았다. 달은 하늘로 솟구치는 연기의 기둥에 가려 보이지 않았다.

연기 옆으로 하늘에 떠 있는 무언가가 보였다. 빨간 불빛이 작게 깜빡이는 검은 형체가 어두운 하늘을 날고 있었다.

"저거… 혹시 저거 드론이야?" 젯이 눈을 가늘게 뜨며 물었다.
"가자." 빌리가 트럭 문을 열었다. "경찰 거의 다 왔어. 가야 해."
젯의 눈에도 보였다. 숲을 비추는 빨간색과 파란색 불빛이 캄캄한 길 아래쪽에서 그들을 향해 빠르게 달려오고 있었다.

조수석 문을 열고 몸을 밀어 넣자 빌리가 시동을 걸었다.
"어서, 어서, 출발!"

젯은 쏟아지는 물줄기에 머리를 댔다. 손을 뻗어 물 온도를 차갑게, 더 차갑게 만들었다. 불에 감염된 것처럼, 불이 속에 자리를 잡은 것처럼 피부가 너무 뜨거웠다. 아직 남아 있는 열기가 젯이 가까스로 위기를 모면했다는 사실을 일깨워 주었다.

붕대가 물에 푹 젖었지만 개의치 않았다. 머리카락에 밴 연기 냄새부터 빼야 했다.

왼쪽 검지의 화상은 느껴졌지만 오른쪽 팔의 화상은 느낌이 없었다. 팔꿈치 위에 생긴 큰 화상 자국에 재킷에서 녹은 천 조각이 엉겨 붙어 있었다.

무릎의 주변에는 얼룩덜룩 멍이 들었다.

왼쪽 손바닥은 깨진 유리창에 베였다.

하지만 최악은 가슴의 압박감이었다. 가슴을 사정없이 쥐어짜는 감각 때문에 심장이 목구멍까지 튀어 올라올 것만 같았다.

위험은 지나갔지만 아직도 그 말을 입 밖으로 낼 수 없었다.

입술이 떨리고 눈시울이 붉어졌다.

눈을 질끈 감고 눈물이, 이 느낌이 사라지기를 빌었다. 운다고 해결될 일이 아니니까.

더욱 찬물로 샤워기 밸브를 돌렸다. 피부에 닭살이 돋아났다.

가슴이 조여왔다. 무시하려고 해도 바보 같은 심장이 목구멍을 막아 침을 삼킬 수 없었다.

젯은 샤워기를 껐다. 이만하면 오래 있었다. 물을 맞아도 그 느낌이 사라지지는 않았다.

멀쩡한 팔꿈치로 문을 밀었다.

멀쩡한 손으로 수건을 집었다.

가만… 어떻게 한 손으로 몸에 수건을 두르지?

젠장.

아슬아슬했다. 하마터면 무너질 뻔했지만 젯은 이성을 붙잡았다. 한 손밖에 못 써도 그건 가능했다.

젯은 알몸으로 물을 뚝뚝 흘리며 젖은 타일 위에 서 있었다.

죽은 팔을 꼬집었다. 어떻게 감히 나를 두고 죽을 수 있어?

다른 방법을 시도했다.

수건의 한쪽 끝을 라디에이터 틈에 끼워 고정시키고 반대쪽 끝을 잡고 엉거주춤한 자세로 수건을 몸에 감아보려 했다.

하지만 끼워둔 수건 끝이 버티지 못하고 바닥에 툭 떨어졌다.

답답한 신음이 터져 나오고 눈에 눈물이 고였다.

젯은 눈물을 참고 다시 시도했다.

수건이 쉽게 빠지지 않게 한쪽 끝을 더 깊숙이 쑤셔 넣었다. 반대쪽 끝을 왼손으로 쥐고 무릎을 굽힌 채 어색하게 빙글빙글 돌며 수건으로 몸을 감쌌다. 성공이 코앞이었다. 수건이 풀리기 직전에 다른 쪽 끝을 간신히 붙잡았다.

한 손에 양쪽 모서리를 꽉 쥐고 뒤 돌아 나가려다 멈칫했다.

닫힌 욕실 문을 보고서야 깨달았다. 문을 열 손이 없었다.

또 무너질 뻔했다. 떨리는 입술을 꾹 다물었다. 턱이 감정을 터뜨리려고, 젯을 바닥까지 끌어내리려고 부들거렸다.

안 돼. 젯은 버텼다. 그리고 발을 들어 발끝으로 금속 손잡이를 내려 문을 열었다.

젯은 비틀거리며 문을 빠져나왔다.

빌리가 무릎에 젯의 노트를 펼친 채 소파에 앉아 있었다.

"아, 나왔어?" 빌리는 고개를 들었다가 다시 노트로 시선을 떨어뜨렸다. "내가 생각을 해봤는데 말이야. 만약 우리 생각처럼 너를 죽이려고 불을 지른 거라면, 핼러윈에 너를 공격한 범인과 동일 인물일 가능성이 커. 그렇다면…"

이유는 모르겠지만 빌리의 얼굴이 젯을 완전히 무너뜨렸다. 돌이킬 수 없었다. 막을 수도 없었다.

젯이 울기 시작했다.

뜨거운 눈물이 줄줄 흘렀다. 가슴이 미어졌다.

빌리가 눈을 커다랗게 뜨더니 노트를 내려놓고 일어났다.

"무슨 일이야?" 빌리가 부드럽게 물었다. 추궁이 아닌 순수한 질문이었다. 착해 빠진 빌리.

"나… 나 한 손으로 수건을 못 감겠어." 젯이 울음을 터뜨렸다.

빌리가 가까이 다가왔다.

"정말 그래서야?" 전보다 더 부드러운 목소리로 물었다.

"아니." 젯이 고개를 저었다. 숨을 몰아쉬며 준비했다. 그 말을 내뱉을 준비를. "빌리." 그 말은 눈물 젖은 속삭임으로 흘러나왔다. "나 죽고 싶지 않아."

그와 동시에 젯은 모든 끈을 놓았다.

이제는 그냥 눈물만 흐르지 않았다. 목구멍 깊은 곳에서 울음이 끓어올랐고, 중간중간 숨을 쉬려 했지만 짧고 서글픈 흐느낌만 터져 나왔다. 숨을 쉴 수 없었다. 공기가 심장에 막혀 넘어가지 않았다.

"나 죽고 싶지 않아."

빌리가 두 걸음 만에 둘 사이의 거리를 메우고 젖은 채 떨고 있는 젯을 감싸 안았다.

빌리는 젯의 손에서 수건 끝을 조심스럽게 빼내 젯의 등 뒤로 팔을 감싸고 수건을 대신 잡아주었다.

"나 무서워." 젯이 흐느꼈다. 자유로워진 팔로 빌리의 가슴에 손을 기댔다. 이마도, 코끝도. "죽고 싶지 않아."

젯은 울었다.

젖은 머리카락에서 물이 뚝뚝 떨어지고 콧물과 눈물도 줄줄 흐르며 경주를 벌였지만 전부 빌리에게로 스며들었기에 승자는 없었다. 젯이 흐느낄 때마다 두 사람의 몸이 떨렸지만, 빌리는 젯을 단단히 붙잡아주었다. 강하고 따뜻한 손이 축축한 등의 맨살에 닿았다.

젯은 울면서 빌리의 셔츠를 주먹으로 꽉 움켜쥐었다.

빌리는 몸을 굽히고 젯의 망가진 머리 위에 턱을 댔다.

이어 코를 댔다.

이어 입술을 댔다. 머리카락에 한 번 입을 맞추고 그대로 멈췄다. 뜨거운 숨결이 차가운 목덜미에 닿았다.

젯은 계속 울었다.

그동안 빌리는 젯의 수건이 흘러내리지 않게 붙잡고서 젯의 눈물을 전부 다 받아주었다.

11월 6일 목요일

23

젯이 문을 두드렸다. 두 번만.

안에 있는 사람을 부르기 위해 우편물 투입구로 허리를 굽혔다. "헨리, 나 젯이야." 작은 집에 대고 외쳤다. "이번에는 총 쏘려고 하지 마."

잇새로 숨을 들이마시는 빌리의 목소리가 떨렸다.

"여기 있으면 안 될 것 같아." 빌리가 초조하고 불안한 목소리로 다시 말했다. "헨리가 유력 용의자라면 말이야. 범인은 핼러윈에 너를 죽이려 했고, 어젯밤에는 너를 죽이려 한 근본적인 이유를 알아내지 못하게 또 태워 죽이려고 했어. 세 번째 시도를 할지 누가 알아? 게다가 총도 있고…"

문이 열리는 바람에 빌리는 나머지 말을 삼켜야 했다. 실제로 꿀꺽 소리가 났다. 열린 문 사이로 헨리의 얼굴이 나타났다. 눈 밑의 푸른 멍이 어제보다 더 진했다.

"안녕." 젯이 가식적인 웃음을 짓고 말했다. "우리 또 왔어."

문이 활짝 열리고 헨리가 뒤로 물러났다. 총은 없었다.

"경찰이 형을 체포했어요." 헨리가 손을 꼼지락거리며 코를 훌쩍였다. "어제요. 돌아왔는데 수갑 채워서 데리고 갔어요."

"알아." 젯이 말했다.

"형은 그냥 누나가 보고 싶어 온 거예요." 헨리가 작은 목소리로 말했다. "형이 그런 거 아니에요. 형이 누나한테 그런 짓을 했을 리 없어요."

"네가 그걸 어떻게 알아?" 젯이 헨리를 압박했다.

"그냥…." 헨리는 대답 없이 말을 흐렸다.

더 세게 밀어붙여야겠다.

"저기, 이번에는 좀 들어가도 될까?" 젯은 허락을 기다리지 않고 집 안으로 한 발 내디디며 문간을 넘었다.

"음, 네." 헨리가 눈을 깜박이고 들어오라 손짓했다. "경찰이 수색한다고 뒤져서 조금 어수선해요."

"경찰은 뭘 찾으려고 했던 거야?" 젯이 헨리를 따라 집 안으로 들어간 후 빌리가 현관문을 닫으며 들어왔다.

"핼러윈 날 형이 입은 옷들을 가져갔어요. 우편물도 몇 개 가져가고."

헨리가 두 사람을 거실로 안내했다. 거실은 젯의 기억과 똑같이 어수선했다.

젯은 과거에 늘 앉던 곳을 찾아 빛바랜 빨간색 소파 끝에 앉았고, 빌리는 그 옆에 딱 붙어 몸을 끼워 넣고 앉아서 무릎에 주먹을 얹었다.

헨리는 안락의자에 앉았다. 평소 JJ가 앉던 자리였다.

젯이 연기 때문인지 울어서 그런 건지 아직 칼칼한 목을 가다듬었다. "경찰 말로는 JJ를 기소할 근거가 충분하대." 젯이 말했다. "내가 죽을 경우… 나 정말 죽어, 헨리. 그때는 1급 살인죄로 변경될 거야. 유죄를 받으면 JJ는 죽을 때까지 감옥에서 나오지 못해. 무슨 말인지 알겠어?"

헨리는 자기 무릎만 쳐다보았다. "형은 결백해요."

"그게 사실이라면 나 좀 도와줘, 헨리. JJ를 위해서."

헨리가 볼 안쪽 살을 잘근잘근 씹었다. "어떻게 도우라는 건지 모르겠…"

"내가 어제부터 지금까지 알아낸 사실 몇 가지를 말할게." 젯이 몸을 앞으로 기울였다. "틀린 부분이 있으면 내 말을 끊어도 좋아. 너는 사실 메이슨 건설에서 일했어. 언제부터인지 모르겠지만 루크는 너를 직원 명부에 올리지 않고 월급을 따로 주기로 했어. 아마 현금으로 지급했을 거야. 나는 루크를 잘 알아. 분명 두 사람 모두에게 이득이라고 그럴듯하게 말했겠지."

아주 잠깐이지만 헨리의 코 평수가 넓어졌다.

"너는 노스 스트리트 현장에서 근무했고 3월에 비계 대여 서류에 서명도 했어. 그러다 사고가 난 거야. 하지만 사람들한테 말하고 다닌 것처럼 술을 마시고 담장에서 추락하는 바보짓을 하진 않았지. 공사장에서 뭐가 잘못돼서 네 위로 지붕이 무너졌어. 너는 그 사고로 무릎이 깨지고 한쪽 눈을 잃은 부상을 입은 거야."

헨리가 눈빛을 감추려는 듯 눈을 감았다. 감정을 숨길 수 없다고 생각하는 모양이었다. "하지만 문제는, 공식적으로는 메이슨 건설의 직원이 아니기 때문에 산재보험이나 건강보험 혜택을 받지 못한다는 거였지. 내 말을 끊지 않네. 내 짐작이 맞는다는 뜻인가?"

헨리는 가만히 눈을 떴다.

"너는 병원비를 전부 감당해야 했을 거고. 수술비, 치료비, 입원비까지 다. 얼마나 놀라고 당황했을지 상상이 가. 엄청난 액수였겠지. 너는 루크 메이슨 때문에 인생이 망가졌다는 걸 그제야 깨달았을 거야. 그래서 화가 났지. 복수심이 끓을 정도로. 아직도 반박하지 않는구나."

헨리는 젯의 눈을 한사코 피하며 고개를 저었다. "아니, 무슨 말인지 모르…."

"네 형이 감옥에서 죽기를 바라니, 헨리?" 젯이 목소리를 더 낮게 깔고 말끝에 날을 세웠다. "둘도 없이 친한 사이인 줄 알았는데. 냉정해라."

헨리가 오른쪽에 있는 수납장을 힐끗 보고는 다시 무릎으로 시선을 떨어뜨렸다. 아파 보일 정도로 주먹을 꽉 쥐었다.

헨리의 시선이 젯과 천장 사이를 빠르게 오갔다. 너무 많은 숨을 깊이 빨아들인 탓에 가슴이 부풀어 올랐고 어깨도 따라서 들썩였다.

그러다 전부 놓아버렸다. 꽉 쥐고 있던 주먹도, 머금었던 숨도.

"루크는 잠깐이면 된다고 했어요." 헨리가 조용히 말했다. "회사에서 뭘 처리할 동안만 기다리라면서." 소매로 코를 훔쳤다. "합법적이라고 했어요. 그게 무슨 뜻인지 깨달았을 때는… 이미 늦었어요."

원래 자리로 돌아온 젯의 심장이 빠르게 뛰었다.

"내 생각이 맞았던 거네. 전부 다?"

"네." 헨리의 목소리가 갈라졌다. "노스 스트리트에 있는 그 집에서요. 루크가 병원까지 태워다줬고요."

"왜 아무에게도 말하지 않은 거야, 헨리?"

"루크가 그러지 말라고 했으니까요." 헨리가 다시 수납장을 힐 끗 쳐다보았다. "돈을 갚겠다고 했어요. 끝까지 입 다물고 있으면 병원비를 다 내주겠다고. 병원비에 보태라고 매월 돈을 보내줬지만 그것만으로는 안 됐어요. 턱없이 부족했다고요."

젯이 침을 삼켰다. "지금 한 얘기들, JJ도 알아?"

"아니요. 형은 지금도 술 먹고 그런 줄 알아요. 병원비가 밀린 건 알죠. 형이 도와주고 있었어요. 형 없었으면 어땠을지 상상도 못 하겠어요. 형은 고객을 더 받고, 체육관에서 초과 근무를 했어요. 그냥 하루 종일 일만 한 거예요. 나 때문에." 헨리가 다시 자신의 무릎을, 텅 빈 손을 내려다보았다. "대출을 계속 받았는데 나중에는 그것도 못 하게 됐어요. 우리가 못 갚았거든요. 전부 병원비로 썼는데, 다 갚으려면 아직 한참 남았어요."

"젯." 빌리가 젯을 돌아보며 말했다. 빌리의 목소리가 소파 등받이를 타고 전해졌다. "JJ가 네 이름으로 받은 대출. 이것 때문이었네."

"뭐라고요?" 헨리가 코를 훌쩍였다.

"몰랐어?" 젯이 물었다. "그것도 경찰이 JJ를 의심하는 이유야. 내 명의로 3천 달러 대출을 받아서, 첫 달부터 상환하지 못했는데 경찰은 그게 살인 동기라고 생각해."

헨리의 눈이 커졌다.

"몰랐어요." 헨리가 속삭임에 가까운 목소리로 말했다. "미안해요, 젯. 우리 형은… 나만 아니면 그런 일을 저지르지 않았을 거예요. 내가 그렇게만 되지 않았어도… 우리는 절박했어요. 눈을 수술한 후로 더 심해졌죠. 수술도 실패했고요. 만 천 달러를 더 못 구하면 꼼짝없이 실명인데, 도저히… 그럴 수가 없었고, 어떻게 할 방법도 없었어요." 그 말은 이리저리 움직이는 헨리의 눈동자보다 더 빠른 속도로 경쟁하듯 쏟아져 나왔다. "원래도 빚이 엄청났거든요. 이제는 월세도 못 내서 쫓겨나게 생겼어요. 거기다 형까지 체포됐는데 뭘 어떻게 할 수가 없네요. 평생 나를 돌봐준 형에게 아무것도 해줄 수가 없다니. 보석이 가능할지 모르겠지만 보석금을 마련할 수도 없고, 변호사를 쓸 돈도 없어요. 다 망했어요. 전부 내 탓이에요."

헨리가 손바닥에 얼굴을 묻고 손가락으로 눈을 꾹 눌렀다.

"꼭 그런 건 아니지 않아?" 젯이 조심스럽게 눈치를 살피며 말했다. 헨리는 스스로를 극한으로 몰아붙인 상태인 데다 총도 가지고 있었다. 헨리는 총의 위치를 알았지만 젯과 빌리는 몰랐다. "잘못은 루크가 했지. 너를 이런 곤경에 빠뜨린 건 루크야. 네가 다친 곳도 루크가 관리하는 현장이었고, 돈으로 입막음까지 했잖아."

헨리가 고개를 살짝 들었다.

젯은 말을 계속했다.

"이건 루크 잘못이야, 헨리. 네 잘못이 아니라. 루크가 벌인 짓이니까."

헨리는 허리를 펴고 잘 보이지 않는 눈으로 젯을 똑바로 바라봤다.

"루크가 밉니, 헨리?" 젯이 말했다. "너를 이렇게 궁지에 몰아넣어서?"

헨리는 대답하지 않았다.

"그래서 복수하고 싶었어? 루크에게 벌을 주려고?"

헨리가 코를 훌쩍였다. "아니, 그런 게 아니에요. 나는 돈만 받을 생각이었어요. 눈이 멀고 싶지 않아요, 젯. 무섭다고요. 그냥 돈이 필요했어요. 그래서 그런 거예요."

젯은 뱃속이 뒤틀리고 목구멍까지 쓴 물이 올라왔다. 방금 그거 자백인가? 정말… 정말로 해냈나? 젯 스스로 자신의 살인 사건을 해결한 걸까?

"나를 공격하면 루크가 돈을 갚을 줄 알았어? 처음부터 작정한 거였니? 정말 내가 죽기를 바랐어?"

"잠깐만요." 헨리의 표정이 어두워졌다. "지금 무슨 말을 하는 거예요? 나 아니에요. 내가 왜 누나를 공격해요. 나는 절대…"

"핼러윈 날 밤 10시 46분에 어디 있었어?"

젯이 일어났다.

"여기 있었죠."

헨리가 일어났다.

빌리도 일어났다. 어깨가 떡 벌어진 장신의 몸을 쭉 폈다.

"혼자?" 젯이 말했다. "'혼자 있었다'로는 알리바이가 성립되지 않는다는 거 알지?"

"나, 나는…." 헨리가 몸을 뒤로 움츠리며 말을 더듬었다. "혼자 있었던 게 아니에요."

그 말에 놀란 젯이 고개를 갸웃했다. "하지만 너 경찰에… 누가, 누가 왔었던 거야, 헨리? 누구랑 같이 있었어?"

헨리가 침과 함께 그 이름도 같이 삼켰다.

하지만 굳이 들을 필요 없었다. 새로운 퍼즐이 빈칸에 딱 맞아떨어지며 젯 혼자 힘으로 답을 알아냈기 때문이다.

"루크?" 젯이 말했다. "루크가 왔었어?"

헨리가 보일 듯 말 듯 간신히 고개를 위아래로 끄덕였다.

젯이 고개를 숙였다. 그러자 생각의 공간이 확장되며 모든 퍼즐이 제자리를 찾았다. "소피아는 밤 10시 52분에 루크한테 전화하라고 문자를 보냈어. 그때 루크는 여기 와 있었어." 젯이 시선은 헨리에 둔 채로 빌리에게 말했다. "둘은 경찰에 오빠도 집에 있었다고 거짓 알리바이를 만들었어. 하지만 내 살인이 아니라 다른 범죄에 대한 알리바이였던 거야." 젯이 자세를 바꾸고 헨리와 눈맞춤을 시도했다. "루크는 여기를 찾아와서 너를 폭행했어. 맞지?" 젯은 대답을 기다리지 않고 성한 손으로 헨리를 가리켰다. "눈의 멍, 입술의 상처, 갈비뼈의 타박상. 다 핼러윈 밤에 생긴 거야. 루크도 같은 날 손등을 똑같이 다쳤는데, 거짓말로 이유를 댔어. 여기 왔었던 거지? 루크한테 맞았어?"

"네." 헨리가 코를 훌쩍이고 뒤에 있는 그 수납장을 다시 돌아보았다.

"왜?" 추궁하는 젯의 목소리가 누그러졌다. 이제는 앞에 있는 이 사람이 자신을 죽인 살인자라 생각하지 않았다.

헨리가 어깨를 으쓱했다. "나는 그냥 돈이 필요했을 뿐이에요. 절박했어요. 루크에게 문자를 보내서, 돈을 마련해주지 않으면 누나 아버지를 찾아가서 도움을 받을 수 있을지 물어보겠다고 했어요. 그분은 회사 주인이니까, 잘은 몰라도… 경찰에 신고한다고 협박한 것도 아니에요. 그냥 누나 아버지 얘기만 했어요. 핼러윈 축제 때 말을 걸려고 했는데, 루크가 그걸 보고 중간에 막더라고요. 그러더니 집으로 와서…" 헨리가 먼 곳을 바라보며 침을 삼켰다. "또 그런 짓을 하면 가만두지 않겠다고 했어요. 누구에게든 절대 얘기하지 말라고."

 짙은, 지나치게 짙은 침묵이 젯의 귓속을 파고들었다.

 "그래서 총을 산 거야?" 빌리가 다정한 말투로 물었다. "루크가 돌아올까 봐 겁이 나서?"

 헨리가 눈을 깜박였다. "루크 화나면 무섭잖아요."

 젯이 코를 훌쩍였다. 루크는 무섭지 않았다. 루크는 그냥 루크였다. 젯에게는 그랬다. 하지만 젯이 아는 모습이 루크의 전부는 아니었다. 소피아의 루크도, 헨리의 루크도 젯은 알지 못했다.

 "루크가 온 게 몇 시였어?" 젯이 헨리에게 물었다.

 "떠난 시간은 기억해요." 헨리가 대답했다. "911에 신고해야 하나 고민돼서 곧바로 휴대폰을 봤으니까. 10시 56분이었어요." 헨리는 젯을 똑바로 쳐다봤다. "온 지 10분도 안 됐을 거예요."

 "그렇다면 헨리 너는 나를 죽이지 않았겠구나." 젯이 속삭이듯 말했다. "너는 알리바이가 있어."

 "루크도 마찬가지지." 빌리가 우울하게 말했다. 찰나의 순간이라도 정말 가능하다고 생각했던 걸까? 오빠가 젯의 살인범이라고?

 두 용의자가 서로의 혐의를 벗겨주고 있었다. 이제 어떻게 해야 할까? 정말 중요한 의문 말고도 해결되지 않은 의문이 너무 많았다.

 하지만 12시간 전 누군가가 또 젯을 죽이려 했다. 두 범인이 동일 인물이라는 게 가장 깔끔하고 현실성 있는 추론이었지만, 서로 다른 사람일 수 있다는 가능성도 존재했다.

 "어젯밤 메이슨 건설을 태운 게 너니, 헨리?" 젯이 말했다. "너는 회사를 증오할 이유가 충분하지. 네가 불을 질렀어?"

헨리가 눈을 가늘게 떴다. "회사에 불이 났어요?"

"어젯밤 어디 있었어?"

"집에 있었죠."

"혼자?"

"혼자요." 헨리가 대답했다.

젯이 한숨을 쉬었다. "'혼자 있었다'는 알리바이가 안 된다는 거 알잖아."

"혼자 있었어요." 그렇게 말하는 목소리에 힘이 더 들어갔다.

"좋아."

젯이 헨리의 시선을 자꾸 빼앗는 수납장을 보다가 손가락으로 가리켰다.

"저기, 헨리, 네 총 빌릴 수 있을까?"

"뭐라고?!" 헨리가 아닌 빌리가 먼저 반응했다. 물론 헨리도 거의 동시에 말했다. "뭐라고요?"

"핼러윈에 누가 나를 죽이려 했고, 어젯밤에도 같은 상황이 벌어졌어." 젯이 말했다. "총을 가까이 두고 있어야 마음 편할 것 같아. 또 그런 일이 생길 수 있으니까."

헨리는 움직이지 않았다.

"내가 진상을 밝히지 못하고 죽으면 JJ는 나를 살해한 범인으로 평생 감옥에서 썩게 될 거야."

그 말이 통했는지 헨리가 수납장을 열고 안에서 총을 꺼냈다.

헨리는 손에 든 검은색 권총을 가만히 바라보며 이리저리 돌렸다. 턱 근육이 움찔거렸다.

헨리를 지켜보는 지금도 젯의 귓가에 헨리의 말이 울려 퍼졌다. '루크 화나면 무섭잖아요.'

"루크 걱정은 안 해도 돼." 젯이 말했다. "내가 해결할 테니까. 알았지, 헨리?"

"알았어요."

헨리는 마지막으로 한 번 더 총을 돌려 총구를 자기 가슴 쪽으로 향하게 해서 총을 내밀었다.

젯이 손을 뻗어 총을 받았다. 총은 생각보다 묵직했다.

"안전장치 켜져 있어요. 장전된 총이고요." 헨리가 코를 훌쩍였다.

"고마워." 젯이 총을 옆으로 내렸다. "나중에 돌려줄게. 내가 떠나도…"

"네." 젯이 다음 말을 하지 못하게 헨리가 말했다. "잘 가요, 젯."

젯은 돌아서서 빌리의 얼굴을 쳐다보며 눈빛으로 가자고 말했다. 굳게 다문 입을 보니 이 상황이 못마땅한 모양이다.

"너 총을 쏠 줄이나 알아?" 밖으로 나와 현관문을 닫고 나서야 빌리가 물었다.

"응, 그냥 조준하고 쏘면 되잖아." 젯이 총을 다리 옆으로 숨기며 대답했다.

빌리는 조수석 문을 열고 젯이 트럭에 올라탈 동안 문 위쪽을 잡아주었다.

"조준하고 쏘는 건 얼마든지 할 수 있어." 무릎에 총을 얹은 채로 젯이 빌리를 올려다보았다. "왼손으로도 충분해. 로켓 과학은 아니잖아, 빌리."

빌리는 조수석 문을 닫고 뛰어가 운전석에 탔다.

젯은 몸을 숙여 글로브박스를 열고 총을 넣었다.

"여기 두면 돼." 젯이 글로브박스를 닫으며 말했다. 총은 시야에서 사라졌음에도 여전히 두 사람의 마음을 무겁게 눌렀다.

"젯, 나는 잘 모르겠어. 이게 과연…."

"그냥 예방 조치야." 젯이 말을 자르고 가벼운 미소로 분위기를 누그러뜨렸다. "어젯밤 너도 죽을 뻔했어, 빌리. 범인은 신경도 안 써. 네가 마, 마, 말…."

"말려든다고?" 빌리가 추측했다.

"맞아." 젯이 고개를 끄덕였다. "너는 나처럼 죽어가는 것도 아니잖아. 살아 있고, 앞으로도 계속 살아야 해. 이건 그냥 예방 조치야." 그러면서 글로브박스를 가볍게 두드렸다.

"뭐야." 빌리가 휴대폰을 들고 화면을 스크롤 하며 말했다. "부재중 전화가 엄청 많은데. 너희 부모님 전화야. 우리 아빠도. 잠깐만." 화면을 누르고 휴대폰을 귀로 가져갔다. "음성메시지가 있어."

빌리가 메시지를 듣는 동안 낮게 웅웅거리는 목소리가 스피커에서 흘러나왔다. 너무 빠르고 불분명해서 알아들을 수는 없었다. 하지만 휴대폰을 내리고 젯을 돌아보는 빌리의 눈빛이 어떤 의미인지는 짐작이 갔다.

"아빠야. 경찰서에서 너랑 할 말이 있대. 긴급하게."

24

"불에 탔다고요?"

젯은 놀란 척 눈을 동그랗게 뜨고 목소리까지 높였다.

"전소됐어." 잭 피니가 테이블 맞은편에 앉아 있었다. 그 옆에는 잰카우스키 서장이 지나치게 작은 철제 의자에 몸을 구겨 넣고 있었다.

"아직 소방서 쪽에서 자세한 보고를 받지는 못했어요." 경찰서장이 말했다. 몸을 앞으로 기울여 테이블에 팔꿈치를 올리자 의자가 한숨을 쉬듯 삐걱거렸다. "하지만 방화 사건은 분명합니다. 연소촉진제가 사용되었어요. 건물 전체가 몇 분 만에 타버렸을 겁니다."

실제로도 몇 분 만에 타버렸다. 젯은 현장에 있었기에 그 사실을 알았다. 바로 지옥의 가장자리에 서 있었다. 아직도 그때의 열기가 화상 입은 손을 쿡쿡 찔렀다. 젯은 손을 슬쩍 보고 무릎에 없었다. 테이블 아래로 숨겨야 했다.

"여, 연⋯." 젯이 입을 열었지만 방금 경찰서장이 사용한 단어를 떠올릴 수 없었다. 그 단어는 머릿속의 구멍으로 사라져 버린 후였다.

"가솔린이야." 잭이 나서서 도와주었다. "누군가가 1층에 가솔린을 들이붓고 불을 붙였어."

"끔찍하네요." 젯이 침을 삼켰다. "대체 누가 아빠 회사에 불을 지른 걸까요?"

"그 얘기를 하려고 부른 겁니다." 서장이 말했다.

젯이 서장과 눈을 맞췄다. "제 살인 사건과 관련이 있다고 생각하시는 거예요? 메이슨 건설에 불을 지른 사람과 동일 인물일까요? 하지만 JJ를 체포했으면⋯."

"연관성을 검토 중입니다." 서장이 젯의 말을 잘랐다. "아직 구체적인 건 밝혀지지 않았어요. 혹시 수사에 도움이 될 만한 사람을 아나 해서 묻는 겁니다."

젯이 입을 꾹 다물었다. "아니요. 그런 짓을 저지를 사람이 누구일지 저는 모르겠어요."

"젯, 어젯밤에는 어디 있었어요?" 경찰서장이 테이블에 있는 파일을 열고 펜을 딸각 누른 후 빈 종이에 글씨를 쓸 준비를 했다.

젯의 심장이 조여왔다. 가슴이 젯보다 먼저 질문에 반응하고 있었다.

"저도 지난 며칠 동안 수많은 사람에게 비슷한 질문을 하고 다녔죠."

질문에 대한 대답은 아니지만 거짓말도 아니었다.

서장이 펜을 누르며 말했다. "그러니 우리가 왜 이런 질문을 해야 하는지 이해하죠?"

"그럼요." 이제는 거짓말을 하는 수밖에 없었다. 무표정을 유지하고 빨개진 손을 무릎에서 떼지 않았다. "집에 있었어요. 빌리네 아파트요. 거기서 지내고 있거든요."

경찰서장이 뭔가를 종이에 적었다.

"혼자?"

"아니요, 빌리랑 있었어요."

"빌리라면…, 빌리 피니?"

옆에서 잭이 손에 대고 쿨럭 기침을 했다.

"네, 서장님." 젯이 대답했다.

"밤새?"

"밤새."

경찰서장은 잭을 힐끗 보더니 파일을 덮었다.

"좋아요. 우리가 또 알아야 할 얘기는 없을까요?"

"제가 또 알아야 할 얘기는 없나요?" 젯이 받아쳤다.

서장이 멍한 얼굴로 젯을 바라보았다.

"제 사건 말이에요." 젯이 말했다. "이제 살날이 이틀 정도 남았어요. 혹시 잊으셨어요?"

"잊기는요, 젯." 경찰서장이 파일을 품에 안았다. "새로운 정보는 없습니다. JJ 럼이 체포되었죠."

젯이 이번에는 몸을 앞으로 기울였다. 한쪽 팔꿈치는 테이블에 대고 반대쪽 팔은 옆에 힘없이 축 늘어뜨렸다. "기소할 건가요? 방화 사건도 있으니 달라질까요?"

잭이 대신 대답했다.

"지금 에커 형사가 심문하고 있어. 아직 자백을 받아내지는 못

했지만 검찰 측에서 자백 없이도 기소를 진행할 것 같아." 잭이 젯의 눈을 똑바로 응시했다. "절대 빠져나가게 두지 않을 테니 걱정하지 마. 약속해."

"고맙습니다, 잭 피니 경사." 경찰서장이 말하며 일어났다. 정말로 고마워서 하는 말보다는 경고성 멘트였다.

서장이 문을 향해 손짓했고 손짓의 의미를 알아들은 젯이 자리에서 일어났다. 하지만 눈을 한 번 깜박이자 또 하나의 세상이 눈앞의 세상을 덮치며 문이 두 개로 늘어났다. 두 명의 잭이 손잡이를 잡고 문을 열어주었다. 두 개의 출구가 있었지만 하나는 진짜가 아니었다.

"고맙습니다." 젯이 경고가 아닌 진짜 감사 인사를 하고 비틀거리며 밖으로 나왔다.

대기실로 나와 보니 빌리와 젯의 부모님이 앉아서 기다리고 있었다. 세 사람 뒤에 두 겹으로 보이는 사람이 한 명 더 있었다. 게리 클레이였다.

빌리가 벌떡 일어났지만 엄마가 먼저 다가와 젯을 와락 껴안았다. 젯은 마주 안아줄 수 없었다. 두 팔이 꽁꽁 묶인 데다 한쪽 팔은 아예 움직이지 않았기 때문이다.

"너무 끔찍한 일이지 않니." 젯의 머리카락에 대고 한숨 섞인 목소리로 말한 엄마가 포옹을 풀었다. "우리가 직접 얘기하고 싶었는데."

"어떡해요, 아빠." 젯이 아빠의 눈을 바라보며 말했다. 아빠는 신장이 있는 옆구리 쪽을 손으로 누르며 의자에서 힘겹게 일어나고 있었다. 고통스러운 얼굴에 깊은 주름이 파였다. "많이 속상하실 거예요. 그 회사를 일구는 데 평생을 바쳤잖아요."

"보험이 있어." 아빠가 목소리에서 애써 고통을 감추고 말했다. "다시 일어날 수 있을 거다. 다친 사람이 없는 것만으로 다행이지."

젯이 빌리와 눈을 맞췄다. 빌리도 젯과 눈을 맞췄다. 한 번의 깜박임에 소리 없는 천 가지 말이 오갔다.

"오빠도 알아요?" 젯이 부모님을 번갈아 쳐다보고 말했다.

"루크가 먼저 연락했어. 한밤중에." 아빠가 말했다. 누렇게 뜬 피부와 그늘진 눈 밑을 보니 잠을 제대로 못 잔 듯했다. "현장에 계속 남겠다고 고집을 부리더구나. 밤새 거기 있었어. 엄마가 아침을 가져다줬는데 도통 움직이지를 않는다. 그냥 보고만 있어."

"대체 왜 그럴까." 엄마가 코를 훌쩍였다. 그러더니 메이슨 가족이 아닌 빌리와 게리를 의식적으로 힐끗 돌아봤다.

"그럴만해요." 젯이 루크의 편을 들고 나섰다. 그런데 루크는 언제 마지막으로 젯의 편을 들었더라? "모든 꿈이 연기로 사라졌잖아요. 말 그대로."

젯이 진실의 흔적을 찾아 아빠의 표정을 살폈다. 전소됐든 아니든 아빠 회사가 루크의 소유가 될 일은 결코 없었기 때문이다.

아빠는 반응하지 않았다. 엄마만 손가락으로 관자놀이를 지그시 누를 뿐이었다. "머리가 너무 아파."

젯이 눈을 굴렸다. "네, 내 두통보다 심하겠죠."

"경찰이 뭐라고 묻든?" 아빠가 또 신장 쪽에 손을 대고 속삭이듯 물었다. "연관된 거래? JJ와 관련이 있는 거니? 남동생이 하나 있지? 혹시…"

"아직 몰라요." 젯이 말을 잘랐다. "나를 죽인 사람일 수도 있고, 아닐 수도 있고요."

"뭐, 그 부분이라면 게리가 도움을 줄 수 있을 거야." 그렇게 말하고 엄마가 게리를 불렀다.

"그게 무슨 말이에요?" 젯이 게리를 보며 물었다.

"확실하지는 않아." 게리가 다가오며 말했다. "아들 오언이 어젯밤 드론을 날리고 있었거든. 사이렌 소리를 듣고 무슨 일인가 궁금해졌대."

젠장, 소용돌이치는 연기 기둥 부근에서 본 게 드론 맞았구나. 하지만 드론도 두 사람을 포착했을까? 젯이 게리의 어깨 너머로 다시 빌리와 눈을 맞췄다.

"아." 젯이 놀란 눈빛 연기로 얼굴의 충격을 감췄다. "뭐 찍힌 거 있대요?"

게리가 숨을 들이마셨다. "오언이 도착했을 때는 이미 건물이 무너진 후였대. 소방차보다 조금 먼저 온 거라. 연기 때문에 잘 보이지는 않더라고." 잠시 말을 멈췄다가 다시 이었다. "몇 번을 봤지만 중요한 단서를 발견하지는 못했어. 드나든 사람도 안 찍혔고. 하지만 경찰은 우리가 못 본 걸 발견할 수도 있으니까. 도움이 될 것 같아서 영상을 가져와 봤어."

도움도 적당히 줘야죠, 게리. 미치겠네.

"고맙습니다." 젯은 목을 흠흠 가다듬었다. "영상에 누가 보이던가요? 불을 질렀을 만한 사람요."

"내 눈에는 안 보이던데."

빌리와 젯은 안심해도 된다는 뜻이었다. 하지만 달리 해석하면 그들을 태워 죽이려 했던 범인을 지목할 수 없고, 용의자를 특정할 단서도 없다는 뜻이기도 했다. 용의자에서 배제할 수 있는 사람은 젯과 빌리 외에 JJ뿐이었다.

"나도 아쉬워." 게리가 말했다. 젯이 실망해서 그런 표정을 지었다고 생각한 모양이다. "하지만 누가 그랬는지 알 것 같아."

이곳에 모인 모든 사람이 게리를 돌아보고 다음 말을 기다렸다.

젯과 빌리에게는 더 간절한 기다림이었다.

"누구요?" 젯이 답답하다는 듯 왼손을 휘저으며 날카롭게 물었다.

게리가 엄마를 쳐다보며 입을 열었다.

"다이앤, 경찰에 신고는 했어요? 고양이 사건?"

다시 활기를 찾은 엄마가 오른팔을 가볍게 들어 한 손으로 머리카락을 쓸어 넘겼다. "말도 안 되는 소리 하지 마요." 웃음기가 섞인 목소리였지만 어쩐지 날이 잔뜩 서 있었다. "그 일과는 아무 상관 없어요."

"확실해요?" 게리가 물었다. "메이슨 건설과 당신 가족을 증오한다잖아요. 당신을 협박했고요. 이제 회사가 다 타버리기까지 했으니 하는 말입니다."

"언제적 얘기를 하는 거예요, 게리. 그냥 장난이었어요. 이번 사건하고는 상관없어요."

"엄마, 무슨 말이에요?" 젯의 시선은 엄마에게만 꽂혀 있었다.

"아, 별일 아니야, 젯."

"별일 아니라니. 회사와 우리 가족을 그렇게 싫어하는 사람이 있다면 방화 용의자일 뿐만 아니라 나를 죽인 사람일 수도 있다는 뜻이잖아요."

엄마가 눈을 깜박였다. "그건 JJ…."

"고양이 사건이 뭔데요?"

"별일 아니래도, 젯." 엄마는 더 단호하게 반응했다. 안 그래도 두 개로 겹쳐 보이는 윤곽선이 더 많은 숫자로 갈라졌다.

"게리 아저씨!" 젯은 엄마 대신 게리를 추궁했다. "고양이 사건이 뭔데요? 저 살날이 이틀밖에 안 남았어요. 시간 낭비하지 않게 좀 도와주세요."

게리가 침을 꿀걱 삼키자 울대가 위아래로 움직였다.

"뭐냐면…." 게리가 입을 열었다.

"아무것도 아니었어." 엄마가 끼어들었다. "누가 마을 회의에 멋대로 들어와서 가벼운 장난을 친 거야. 시민 발언 시간에."

젯이 턱을 치켜들고 물었다. "고양이 분장을 하고요?"

"아니." 엄마가 말했다. "온라인 회의였어. 줌 미팅."

"필터 같은 거였어." 게리가 덧붙였다. "누구인지 모르게 하려고. 목소리도 변조했고. 사실 소름 끼쳤지. 내 올해 핼러윈 코스튬이 그거였는데, 이제는 웃을 수가 없게 됐네. 그 사람이 방화범이라면 말이야."

"그런 얘기 한 적 없잖아." 말문이 막혀 있던 아빠가 말했다.

"중요하지도 않은데 뭐 하러." 엄마가 대답했다. "그냥 악의 없는 장난이었고 다들 잊고 있었어."

하지만 게리는 잊지 않았고, 엄마도 분명 기억했다.

"그게 언제였어요?" 젯이 두 사람에게 물었다. 누구라도 상관없었다.

게리가 고개를 들고 기억 속의 답을 찾는 듯 천장을 이리저리 둘러보았다. "1년 전쯤? 그보다는 덜됐나."

"고마워요, 게리." 엄마가 딱딱하게 말했다.

"회의 녹화 영상 아직 가지고 계세요?"

"아, 그럼." 게리가 말했다. "당연하지. 마을 운영위원회의 줌 회의 영상은 전부 마을 웹사이트에 게시되어 있어. 회의록 전문도 같이…."

"그래요, 고마워요, 게리." 엄마가 게리의 말을 끊었다.

게리는 계속 '민주주의의 투명성' 어쩌고 하며 중얼거렸다.

엄마는 듣지 않으려 했다. "아, 저기 잭 피니 경사님 계시네요. 잭." 엄마가 잭을 불렀다. "게리가 뭐 보여줄 게 있대요. 화재 사건 관련해서요."

게리의 어깨가 축 처졌다. 루크가 대리석 조리대로 자기 돈을 얼마를 떼어먹었는지 알면 충격받겠지. 회사를 불태운 사람이 고마워질 수도 있다.

외면당한 게리가 민망한 듯 자리를 뜨자 빌리와 젯 사이에 공간이 생겼다. 눈 깜짝할 사이에 무수한 정보가 쏟아져 들어왔다.

새로운 단서도 나왔다.

불을 질렀을지 모르는 사람에 관한.

망치로 젯의 머리를 깨뜨렸을지도 모르는 사람에 관한.

"가자." 젯이 말했다. 하지만 빌리는 그 말을 듣기 전부터 물기 어린 눈으로 젯을 바라보며 움직이고 있었다. 손에 든 트럭 키가 짤랑거렸다. 젯의 심장박동이 빨라졌다. 좋은 의미로. 공포에 대한 반응이 아니었다. 지금은 빌리와 나란히 하늘을 나는 기분이었다. 새로운 전기가 오른팔을 제외한 몸의 피부밑을 찌릿찌릿 통과했다.

빌리는 변화를 알아차렸다. "설레?" 빌리가 젯을 내려다보며 웃었다.

"너도 그렇지 않아?" 젯이 속삭였다.

"어디 가니?" 문에 다 왔을 때 엄마 목소리가 들렸다.

젯이 뒤를 돌아보았다. "집에요." 젯이 말했다. "빌리네 집."

"저, 저녁 먹으러 올 거지?" 엄마는 겨우 그 말을 꺼냈다. 반쯤 감긴 눈에는 눈물이 그렁그렁했다. "앞으로 기회가 많지 않을 텐데. 가족끼리 모여서…."

젯의 태도가 누그러졌다. 가슴은 여전히 쿡쿡 쑤셨지만 머릿속의 통증에 비하면 아무것도 아니었다.

"내일요." 젯이 말했다. "약속해요." 진심이었다.

엄마의 얼굴이 밝아졌다. 웃지는 못해도 미소 비슷한 표정이 떠올랐다. "오늘 저녁에는 뭐 하려고?"

"고양이 영상 볼 거예요."

25

"와, 지겨워서 돌겠다."

바닥에 책상다리를 하고 앉은 젯이 한쪽 눈을 뜨고 앞의 커피 테이블에 놓인 노트북 화면을 바라보았다.

"지루함으로 죽을 수도 있나?"

"그러기만 해." 빌리가 말했다. 빌리는 젯의 옆에 자리를 쭉 뻗고 앉아 있었다. 양탄자에 가볍게 펼친 손이 젯의 오른쪽 무릎에 닿았다.

줌 회의 녹화 영상은 전체 화면으로 계속 재생되고 있었다. 현재는 이분할 모드였다. '마을 운영위원회'라고 표시된 한쪽은 마을회관 내 회의실이었고, 천장의 강한 조명이 U자 형태의 긴 테이블을 비추었다. 제일 끝은 젯의 엄마와 게리 클레이를 비롯한 마을 운영위원 다섯 명의 자리였다. 제복 차림의 루 잰카우스키는 오른쪽에 앉아 있었고, 공무원 몇 명도 수첩과 펜을 준비하고 왼쪽에 자리했다.

옆 화면에서는 '더피 부인'이 카메라에 얼굴을 너무 가까이 들이밀었다. 가차 없는 모니터 불빛에 울긋불긋한 뺨과 늘어진 살이 사실적으로 드러났다.

"오늘도 주민 발언 시간엔 참여해 주셔서 감사합니다, 더피 부인." 게리가 쾌활하게 말했다. "옆집 태양광 말고 다른 문제에 관해 이야기하려고 오셨나요?"

"네, 그래요." 더피 부인이 말했다. 딱딱한 노인의 음성에는 본론을 꺼내기 전부터 짜증이 묻어났다. "플레전트 스트리트에 새로 생긴 주차미터기 말이에요. 우리 딸이 거기 살아서 가는데 딱지를 벌써 여섯 장이나 받았어요. 나는 그거 못 냅니다."

"동지여." 젯이 커서를 움직여 성난 주민이 나오는 부분을 빠르게 넘겼다. 분할된 화면에 더피 부인을 제외하고 다른 얼굴은 등장하지 않았다. 마을회관 회의실의 창이 다시 전체 화면으로 커졌다.

"줌 대기실에 다른 분은 없나요, 밀리?" 게리가 카메라 뒤에 있는 사람에게 물었다.

"아니요, 없습니다." 밀리라는 사람은 목소리만 들렸다.

"좋아요, 넘어갑시다." 게리가 말했다. "게시된 안건과 관련해 추가하거나 삭제할 사항 있으신 분? 없죠? 자, 이제 재정 보고서를 보며 이야기를 나눠볼까요? 경찰 수익부터 살펴봅시다."

사람들이 바스락거리는 종이를 분주히 넘겼다.

"다음." 젯이 말했다.

빌리가 몸을 굽히고 트랙패드에 손가락을 올렸다. 영상을 닫고 '마을 운영위원회 회의 업로드'라는 페이지로 빠져나왔다.

"좋아, 다음 영상은 올해 1월이야." 빌리가 말하며 영상을 더블 클릭했다. 혹시 몰라 3월부터 역순으로 보기 시작했는데 지금이 다섯 번째 영상이었다.

빌리가 재생을 눌렀다.

젯은 다시 눈을 떴다.

똑같은 사람들이 똑같은 위치에 앉아 있었다. 옷만 달라졌을 뿐이었다. 루 잰카우스키만 똑같은 제복 차림이었다. 젯은 중앙에 있는 엄마를 주시했다. 엄마의 단발이 목에서 찰랑거렸다.

"다 됐나요?" 게리 클레이가 카메라 뒤에 대고 묻고는 다시 회의장 내부로 시선을 돌렸다. "좋습니다, 여러분. 저는 게리 클레이입니다. 지금부터 우드스톡 마을 운영위원회 회의를 시작하겠습니다. 현재 시각은 1월 14일 오후 6시 30분이며, 2025년 첫 회의를 맞아 모든 분들에게 행복한 새해가 되기를 기원합니다. 참석자는 저와 다이앤 메이슨, 데이비드 데일, 플로렌스 추, 리치 콜린스입니다." 나머지 참석자의 이름도 줄줄 나열했다. "그리고 새로 오신 경찰서장님을 소개합니다. 연말에 우리 위원들의 비밀 투표로 선출되셨지요. 루 잰카우스키 서장님입니다."

루가 꾸벅 인사를 했고 의례적인 박수가 나왔다. 어색한 미소를 짓고 있는 젯의 엄마가 제일 먼저 손을 내렸다.

"자, 밀리." 게리가 말했다. "주민 발언을 위해 줌 대기실에 들어오신 분 있나요?"

"오늘은 없습니다."

"좋아요." 게리가 씩 웃었다. "안건으로 넘어갑시다."

이번에는 젯이 몸을 앞으로 기울이고 영상을 멈췄다. 그러자 영상에 있는 모든 사람이 얼어붙었다.

"다음?" 빌리가 물었다.

하지만 다른 문제가 있었다.

"나 방금 뭐 깨달았어." 젯이 말했다. 과거를 되짚고 있으니 머리가 지끈거렸다. 시선은 화질 낮은 영상 속에서 맞은편의 신임 경찰청장을 바라보는 엄마 얼굴에 고정되어 있었다. "경찰서장 선거 말이야, 무기명 투표지? 핼러윈 축제 때 게리가 너희 아빠한테 말하기를, 자기는 루가 아니라 너희 아빠를 뽑았다고 했어. 데이비드 데일은 당연히 너희 아빠에게 투표했겠지. 우리 오빠까지 셋이 거의 주말마다 골프를 치니까."

"그렇지?" 빌리가 질문처럼 말끝을 올렸다.

"그러니까, 루가 이기려면 우리 엄마가 너희 아빠 말고 루에게 투표했다는 뜻이야. 위원이 총 다섯 명이니까."

"아." 빌리가 다시 화면으로 시선을 돌렸다.

"엄마가 왜 루 잰카우스키에게 투표했을까?" 젯이 말했다. "전까지는 루와 모르는 사이였을 텐데. 너희 아빠와는 30년 넘게 이웃으로 친하게 지냈고. 나는 막연히 엄마와 데이비드가 너희 아빠에게 투표하고 다른 사람들이 루를 택했을 거라 생각했어. 왜 엄마가 루에게 투표했을까?"

빌리가 어깨를 으쓱했다. "그 사람이 더 적임자라 생각하셨나 보지."

"바보 같은 짓 아닌가?" 젯이 말했다. "친구를 두고. 뭐, 그러거나 말거나. 우리는 고양이부터 찾자."

그 영상에서 나와 다음 영상을 클릭했다.

"12월에는 회의가 없었던 것 같아. 이건 2024년 11월인데…."

스피커에서 게리 클레이의 목소리가 젯의 말을 끊었다.

"운영위원장 게리 클레이입니다. 지금부터 우드스톡 마을 운영위원회 회의를 시작하겠습니다. 현재 시각은 11월 12일 6시 30분이며, 참석자는…." 젯은 커서를 끌어 호명이 끝날 때까지 영상을 넘겼다.

루 잰카우스키는 사라지고 전임 경찰서장이 나타났다. 그는 루보다 훨씬 나이가 많았다. 새하얀 머리카락은 숱까지 없어 민머리 위에 둥둥 떠 있는 듯했다.

젯이 경찰서장 얼굴 주변에 화면의 화살표를 움직이며 그의 눈을 쿡쿡 찔렀다. "하루빨리 은퇴하고 싶구먼." 노인의 목소리를 흉내 내며 말했다. "이런 거지 같은 회의 지루해 죽겠네."

"맞아." 빌리도 합세했다. "어서 늙은이들의 취미 생활이나 즐겨야지. 퍼즐. 정원 가꾸기."

"수많은 여자들과 뒹굴고." 젯이 덧붙였다. "'내가 경찰서장이었을 때' 이 대사는 작업 성공률 백 퍼센트라니까."

"햄도 잔뜩 먹어야지."

"햄?" 노인 젯이 노인 빌리에게 물었다.

"응. 나 햄 진짜 좋아하거든." 빌리의 억양이 흐트러져 느긋한 서펑족과 어눌한 약쟁이의 중간쯤 되는 말투로 바뀌었다.

게리가 분위기를 깼다. 언제나 그랬듯이.

"자, 회의를 시작합시다." 게리가 말했다.

"밀리, 오늘 주민 발언을 위해 들어오신 분 있나요?" 젯이 이 질문을 하고 몇 초 후 게리가 똑같은 질문을 던졌다.

몸은 보이지 않는 밀리의 목소리가 스피커로 들렸다. "네, 대기실에 한 분 계세요. 성함은 모르겠습니다. 이름은 '익명'이라고 뜨네요. 입장을 허락할까요?"

젯이 몸을 앞으로 기울이고 숨을 참았다. 바로 옆에 있는 빌리도 똑같이 했다.

"그래요, 들어오시라고 해요." 게리가 픽셀로 깨져 보이는 손을 흔들었다.

화면이 둘로 나뉘었다. 이번에는 젯의 눈이 일으킨 착시가 아니었다. 화면이 반으로 갈라지고 마을회관에 있는 모든 참석자가 쪼그라들었다.

오른쪽에는 어둑한 방이 있었다. 조명이라고는 배경의 창문을 통해 흐릿하게 들어오는 빛이 전부였다. 컴퓨터 화면의 은색 불빛을 받으며 그 앞에 앉아 있는 것은 한 마리 고양이였다.

진짜 고양이는 아니었다. 완전한 고양이도 아니었다. 일종의 필터였다. 자연스럽게 움직이는 사람의 몸에 주황색과 흰색이 섞인 고양이 얼굴이 붙어 있었다. 디지털 그래픽으로 된 얼굴에서는 밝은 녹색 눈이 묘한 느낌을 풍기며 깜박거렸다. 고양이는 목을 가리려고 짙은 색 후드티의 지퍼를 끝까지 채웠다. 검은 머리카락이 슬쩍 보이는 머리통에서 뾰족한 고양이 귀가 솟아 있었지만 주황색 털 뒤편으로 진짜 인간의 귀도 보였다.

고양이가 고개를 갸웃했다. 함께 옆으로 기울어진 고양이 얼굴이 약 1년 후를 사는 젯을 똑바로 응시했다.

팔에 소름이 쫙 끼쳤다. 한쪽 팔만.

그러다 움찔했다. 스피커에서 폭소가 터져 나왔기 때문이다. 마을회관에 웃음소리가 울려 퍼졌다.

게리 클레이가 야유를 했다.

젯의 엄마는 손으로 입을 가리고 키득키득 웃었다.

"이런!" 게리가 겨우 장내의 소란을 뚫고 외쳤다. "더피 부인 맞아요?"

"세상에." 얼마나 웃어댔는지 플로렌스 추는 눈물까지 닦았다.

"필터가 켜진 것 같아요." 게리가 말을 이었다. "혹시 손주가 할머니 컴퓨터 건드린 것 아니에요, 더피 씨?" 게리의 목소리가 갈라졌다. 더 큰 소리로 하하 웃던 게리가 웃음을 그치고 말했다. "필터 끄게 도와줄 사람 없어요?"

고양이가 천천히 눈을 깜박이더니 입을 열었다. 순간 인간의 치아가 번뜩였다.

짐승이 내는 것 같은 끔찍한 소리가 노트북 스피커를 긁었다.

게리 클레이가 귀를 막았다. 전 경찰청장도, 빌리도 귀를 막았다.

"안 끌 건데요." 고양이가 말했다. 한 마디, 한마디 할 때마다 다른 세계에 속하는 듯한 섬뜩한 저음이 울려 퍼졌다. 음성 변조 소프트웨어를 사용한 걸까. "내 정체를 공개하고 싶지 않아요."

젯은 목덜미의 털이 쭈뼛 서는 것을 느꼈다. 빌리가 몸을 더 가까이 밀착했다.

게리가 손을 내렸다. 여전히 미소를 짓고 있었고 입꼬리가 실룩거렸다. 웃어도 될 상황인지 모르겠다는 듯⋯

"누구시죠?" 괜찮다고 판단했는지 게리가 웃으며 말했다. 하지만 목소리의 웃음기는 흔적도 없이 사라져 있었다.

엄마는 아직도 입에서 손을 떼지 못했다.

"저는 우드스톡 주민입니다." 고양이가 음침하고 섬뜩한 목소리로 대답했다. "할 말이 있어서요. 다이앤 메이슨에게."

젯의 엄마가 입에서 손을 내렸다.

"메이슨 건설에 관한 일입니다." 고양이가 덧붙였다.

엄마가 목소리를 되찾고 쯧쯧 혀를 찼다. "나는 그곳에서 일하지 않아요. 남편 회사죠. 다른 할 말…."

"궁금하네요. 밤에 어떻게 발 뻗고 잘 수 있죠?" 고양이가 머리를 반대로 갸웃하며 물었다.

"뭐라고요?" 엄마의 언성이 높아졌다.

"밤에 어떻게 발 뻗고 자느냐고!" 고양이가 다시 말했다. 사나운 목소리가 마을회관을, 1년 뒤 빌리의 아파트를 채웠다. "남의 집을 빼앗아서 그곳에 살지도 않을 인간들을 위해 저택, 별장을 짓잖아."

엄마는 고개를 절레절레 젓고 게리와 눈빛을 주고받았다.

"메이슨 건설은 다른 분들의 집을 빼앗지 않습니다." 엄마가 대답했다. "실례지만 이만…."

"차마 거절하지 못하는 약자에게 거액을 제시하고. 그게 도둑질이 아니면 뭐지? 당신도 약탈자야."

"밀리." 게리가 말했다. "내 생각에는 우리 쪽에서…."

"매도를 철회해." 고양이가 게리의 말을 무시하고 큰 소리로 말했다. "어떤 집 말하는지 알 거야. 아직 늦지 않았어."

엄마가 고개를 저었다. 어이없다는 듯 눈을 굴리려다 그건 참은 듯했다. 젯에게는 익숙한 표정이었다. "대체 무슨 말을 하는지 모르겠네." 엄마가 코웃음을 쳤다.

"집은 벽 네 개와 지붕으로만 이루어진 게 아니야." 고양이가 이빨을 번뜩였다. "사람에게 의미 있는 공간이라고. 당신들이 함부로 빼앗을 수는 없어."

"메이슨 건설에 불만이 있으면 그 문제는 우리 남편에게…."

"당신이 들어." 고양이가 내뱉은 말에 방 안이 술렁였다. "당신도 뭔가 할 수 있잖아." 고양이가 고개를 반대쪽으로 갸웃하고 이상하게 텅 빈 눈을 깜박였다. "그리고 나는 당신 비밀을 알거든."

엄마가 다시 허탈하게 웃으며 동료 위원들을 둘러보았다.

"내가 무슨 비밀이 있다고요." 엄마가 말했다. "애플파이 레시피 말고는 없어요."

다른 사람들이 예의상 웃음을 터뜨렸다.

"좋아요." 게리가 다시 미소를 지으며 말했다. "밀리, 어서 다음으…."

"당신에게는 비밀이 있어, 다이앤." 고양이가 게리의 말을 잘랐다. "당신 가족도 모르는 비밀. 하지만 에밀리는 예외였지. 에밀리는 알았어."

엄마의 눈이 번쩍 뜨였다. 화면 뒤에 있는 젯의 눈도 커졌다. 회의실에 숨을 헉 들이마시는 소리가 퍼졌다. 다이앤 메이슨의 죽은 딸 이름을 입에 올리는 것은 도를 넘은 장난이었기 때문이다. 이제는 아무도 웃지 않았다. 웃는 표정을 짓는 사람도 없었다. 젯은 노트북 가장자리를 꽉 움켜쥐고 몸을 더욱 앞으로 기울였다.

"이게 뭐야." 젯이 중얼거렸다.

"밀리, 내보내요." 엄마가 소리쳤다.

"그러고 있어요."라는 목소리가 들렸다. "죄송해요, 저…."

고양이가 웃었다. 인간과 동물의 혼종이 짓는 미소는 소름 끼쳤다.

"에밀리가 알고 있다는 거 몰랐어?" 고양이가 물었다. "내게 말해줬어. 죽기 전에."

"밀리!" 엄마가 외치고 벌떡 일어났다.

구두를 또각거리며 테이블을 따라 프레임 가장자리로 뛰어갔다. 젯의 화면과 가까워지며 엄마의 얼굴과 겁에 질린 눈은 더욱 선명해졌다.

"정확히 말하면." 고양이가 덧붙였다. "죽기 직전에."

"밀리, 뭘 하고 앉아 있는 거야?!"

엄마가 프레임 밖으로 사라졌다. "비켜, 밀리. 내가 할 테니까."

"당신이 막아, 다이앤." 고양이가 재미있다는 듯 미소를 반쯤 머금고 말했다. 텅 빈 눈으로 앞에 펼쳐지는 혼란을 지켜보고 있었다. "그러지 않으면…"

고양이가 사라졌다.

마을회관이 다시 배경으로 펼쳐지더니 두 배로 커진 사람들이 화면을 꽉 채웠다.

"이게 뭐야." 젯이 아까와 같은 말을 내뱉었다. 사라졌던 엄마가 다시 나타나 재킷 매무새를 가다듬고 헝클어진 머리카락을 쓸어 넘기며 테이블로 돌아갔다.

자리에 앉은 후 엄마의 얼굴이 일그러지기 시작했다. 치아를 한가득 드러내며 미소를 지었지만 감정이 실려 있지 않았고 불안한 눈빛도 숨기지 못했다. "애들 장난이란." 엄마가 웃으며 서류를 집어 들고 테이블에 탁탁 내리쳤다. "뭐, 확실히 회의 분위기는 띄웠네요. 안 그래요?"

게리는 눈치가 빨랐다. 길게 내뱉은 한숨을 웃음으로 수습했지만 진심이 느껴지지 않았고 공허한 웃음소리가 회의실에 어색하게 울려 퍼졌다. "미쳤나 봅니다." 게리가 말했다.

"네, 황당하기 짝이 없어요." 엄마가 동의했다. "말도 안 되는 헛소리죠." 한 번 더 강하게. "자, 이제 현수막 승인에 관해 이야기해 볼까요?"

젯이 영상을 일시 정지했다.

빌리는 아무 말도 하지 않았다. 젯도 마찬가지였다. 영상을 앞으로 돌려서 다시 재생 버튼을 눌렀다.

"당신에게는 비밀이 있어, 다이앤." 섬뜩한 그 목소리가 스피커를 긁었다. "가족도 모르는 비밀. 하지만 에밀리는 예외였지. 에밀리는 알았어."

젯은 영상을 다시 앞으로 돌렸다.

"내게 말해줬어. 죽기 전에."

소리치는 목소리, 반질반질한 바닥을 달리는 발소리가 쿵쾅쿵쾅 고동치는 젯의 심장과 경주를 벌였다.

"정확히 말하면 죽기 직전에."

"젯?" 빌리가 젯을 불렀다.

"왜?" 젯이 영상을 멈췄다.

빌리가 화면을 손으로 찔렀다. "이거 누굴까?"

"모르겠어."

젯은 고양이를, 고양이와 인간이 섞인 눈을 가만히 바라보았다.

"사실일까?" 빌리가 얼굴을 찌푸렸다. "에밀리가 비밀을 털어놓았다는 게?"

"에밀리는 17년 전에 죽었어." 젯이 말했다. 빌리의 질문에 맞는 대답은 아니었다.

"그렇다면 이 사람은 그때 너희 가족을 알았겠네?"

젯이 어깨를 으쓱했다. 그런데 고양이 뒤에 있는 무언가가 젯의 시선을 사로잡았다. 어둑한 방의 배경에 창문이 하나 보였다. 젯은 손가락으로 트랙패드를 조작해 창문을 확대했다. 한 번 더 확대했다. 픽셀이 뭉개진 검은 창문에서 은색 빛이 비쳤다.

"노트북 화면이 비친 거야." 젯이 흐릿한 은색 형체를 더 확대하고 어렴풋이 분홍색을 띠는 테두리를 커서로 따라 그렸다.

"핑크?" 빌리가 말했다.

"로즈골드야." 젯이 정정했다. "그리고 검은색 키보드. 내가 봤을 때는 맥북에어 같아."

"좋아." 빌리가 입술을 깨물었다. "그 정보로 어떻게 고양이의 신원을 알아내지?"

젯이 빌리를 쏘아보았다. "내 말은, 과연 로즈골드 색 맥북을 사는 남자가 있겠냐는 뜻이야."

빌리가 어깨를 으쓱했다. "조금 억지 같은데."

"억지는 네가 부리는 거고." 젯이 중얼거렸다.

"창밖에 뭐가 있는지 볼 수 없나?" 빌리가 더 가까이 몸을 기울이고 주먹으로 턱을 괴었다.

"안 될 거야. 밤이고 노트북이 너무 환해서." 젯이 말했다.

빌리는 볼 안쪽 살을 잘근거리며 잠시 생각에 잠겼다.

"혹시 고양이가 노트북 앞에서 움직이다 모니터 화면을 가린 적 있어? 그러면 창문 밖이…."

빌리가 말이 마치기도 전에 젯은 행동으로 옮겼다. 창문을 중심으로 영상을 확대하고 재생을 눌렀다.

"당신이 막아, 다이앤." 고양이가 말했다. 이 각도에서는 누구인지 모를 사람의 형상만 창문에 비칠 뿐이었다. "그러지 않으면…."

고양이가 자세를 바꿀 때 젯이 일시 정지를 눌렀다. 인간의 어깨가 노트북 불빛을 가리자 유리창에 비친 밝은 노트북 화면이 사라졌다. 어두운 바깥과 주황색 불빛 한 점만 보일 뿐이었다.

"기다려 봐." 젯이 말했다.

젯이 화면의 밝기를 올렸다. 그러자 창밖의 어둠에서 어떤 형체들이 다시 모습을 드러냈다.

"주황색은 가로등이야." 빌리가 손가락으로 가리켰다. "그럼 2층이라는 거네. 침실인가?"

하지만 젯은 가로등 뒤에 있는 무언가를 보고 있었다. 흐릿한 흰색 사각형. 집이었다. 외벽 패널의 가느다란 줄무늬, 사람 얼굴처럼 배치된 창문들. 현관 위의 작은 삼각형 지붕과 집 앞에 주차된 빨간색 차량. 아는 집 같은데?

"어디서 본 것 같지 않아?" 이번에는 소리 내어 물었다.

"모르겠는데. 너는 알겠어?"

생각났다. 심장이 먼저 반응해 갈비뼈를 타고 올라와 목구멍에 자리를 잡았다.

"미친…." 젯이 숨을 내뱉었다. "저기 리버 스트리트야. 모퉁이에 있는 집. 내 휴대폰 위치가 마지막으로 확인된 바로 거기."

빌리의 눈이 커졌다. "확실해?"

"구글 거리뷰로 백만 번도 넘게 봤어. 차 타고 그 앞을 백만 번 넘게 지나갔고. 그 집 맞아. 리버 스트리트야."

빌리의 눈빛이 어두워지며 또 한 차례의 폭풍을 예고했다. "그런데 저 창문에서 리버 스트리트 모퉁이가 보인다면 저기는…."

"노스 스트리트지." 젯이 대신 문장을 끝맺었다. 젯의 머리가 상황을 얼른 따라잡고 논리의 공백을 메꾸었다. "바로 앤드루 스미스네 집이야. 허물기 전의. 또 그 집이라니. 집도 용의자가 될 수 있으면 진짜 이 집이 일 순위네."

빌리가 현관문 쪽을 힐끗 쳐다보더니 물었다. "그럼… 앤드루인 건가?"

"아니." 젯이 빌리의 턱을 잡고 젯 쪽으로 돌렸다. "딸이야."

"니나?"

"고양이가 한 말을 생각해 봐." 하지만 젯도 정확히 기억나지는 않았다. 영상을 다시 앞으로 돌렸다. 어둡고 사악한 목소리가 노트북과 테이블에 진동을 일으켰다.

"차마 거절하지 못하는 약자에게 거액을 제시하고. 그게 도둑질이 아니면 뭐지? 당신도 약탈자야."

"매도를 철회해. 어떤 집 말하는지 알 거야. 아직 늦지 않았어."

젯이 영상을 멈췄다.

"앤드루가 그랬잖아. 자기가 루크한테 집을 팔았을 때 니나가 엄청나게 상처를 받았다고. 이건 니나야. 집을 팔지 못하게 막으려는 거지. '차마 거절하지 못하는 약자'는 자기 아빠 얘기야."

이제야 이해한 빌리가 고개를 끄덕였다. "하지만 니나는… 언제였더라?"

"작년 크리스마스에 총으로 자살했지. 이 일이 있고 몇 주 후에." 젯은 화면을 다시 축소하고 고양이의 얼굴을, 초록색 가짜 눈을 들여다보며 그 뒤에 있을 니나의 진짜 얼굴을 상상했다. 필터로 숨기고 있을 모든 고통을.

빌리가 힘없이 코를 훌쩍였다. "하지만 니나가 11개월 전에 죽었으면 어젯밤 메이슨 건설에 불을 지르거나 핼러윈에 너를 공격할 수 없잖아. 이 단서도 무의미해."

"모르겠어." 젯이 말했다. 사방에 흩어진 조각들을 무시하고 새로운 생각의 흐름을 따라 움직였다. "아무튼 니나야." 그 이름으로 다 설명된다는 듯 힘주어 발음했다. "니나는 언니 절친이었어. 절친끼리 주고받는 이야기가 뭘까?"

"비밀?"

"맞아." 젯이 빌리의 팔에 팔짱을 꼈다. "그리고 앤드루가 이런 말도 했잖아. 엄마가 니나를 호텔에서 해고했다고. 그때는 왜 그랬는지 몰랐어. 하지만 지금 보니…."

빌리가 고양이를 가리키며 말했다. "이 사람이, 자신을 협박한 사람이 니나라는 사실을 너희 엄마가 알아냈다는 거야? 그래서 벌을 주려고 니나를 해고했고?"

"아니면 입막음하려고." 젯이 말했다. "이건 단순한 장난이 아니었고, 엄마도 그걸 알았어. 엄마 얼굴을 봐, 빌리. 겁에 질렸잖아. 정말로 엄마가 니나를 해고했다면, 니나가 폭로하겠다고 협박한 일이 뭐든 사실이라는 뜻이야. 그렇지 않아?"

빌리가 고개를 끄덕였다.

"만약 그게 엄마가 니나를 해고할 만큼 심각한 문제였다면… 17년 후에 누군가가 나를 죽이려고 할 만큼 심각한 문제일 수도 있다는 거지."

"허, 참." 빌리가 뒤로 털썩 기댔다.

"그러게. 허, 참." 젯도 똑같이 했다.

"무슨 일인지 아주머니가 알려주실까?"

"말하게 만들어야지." 젯이 말했다. "벌써 거짓말했잖아. 우리가 이 영상 못 찾게. 그러니까 부인할 수 없게 증거를 더 확보해야지. 안 그러면 또 남 탓으로 돌릴 사람이야."

"무슨 증거?"

"우리 언니 비밀에 대한 증거." 젯이 말했다. "뭔지 추측할 수 있을 정보라도 괜찮고."

그러다 젯이 갑자기 짧게 웃음을 터뜨렸다.

"왜 그래?" 빌리가 젯을 돌아보았다.

"그냥. 나는 평생 언니의 그림자를 벗어나지 못했어. 그런데 내가 죽기 전 마지막으로 하게 될 일이… 또 이거라니. 뭘 하든 결국에는 언니야."

빌리가 손뼉을 쳐서 실의의 구멍에 빠져 있는 젯을 끄집어냈다.

"그래서 에밀리의 비밀을 어떻게 알아내지?" 빌리가 말했다. "비밀을 아는 두 사람이 다 세상을 떠나서 쉽지 않을 텐데. 너희 부모님 아직도 에밀리 물건 보관하고 있어? 쓰던 휴대폰이라거나?"

젯이 고개를 저었다. "언니는 17년 전 죽었어. 우리 부모님이 아무리 언니를 그리워한다지만 널쩍한 손님방을 원하는 마음도 있었거든. 남은 유품 같은 건 없어."

"그럼 더 어렵겠네." 빌리가 손가락을 입술에 댔다. "에밀리가 죽은 게 몇 년도지?"

"2008년." 그 날짜는 젯의 뇌에 각인되어 있었다. 젯이 지역 철자 대회에서 우승한 날, 인생이 완전히 바뀐 날이었으니까.

"2008년이라…." 빌리가 되뇌며 말했다. "2008년에는 열여섯 살 여자애 둘이 뭐로 소통했지?"

"페이스북?"

"페이스북…, 너 혹시 에밀리 계정에 접속할 수 있어?"

"안 돼. 메일 주소는 알아낼 수 있다고 해도 비밀번호까지는 어려울 거야. 여태 언니 아이디로 로그인된 전자기기가 있는 것도 아니고. 17년이 지났는데."

젯은 그 생각의 꼬리를 잡고 빌리의 현관문과 그 너머의 공간으로 시선을 옮겼다. "하지만 니나는 죽은 지 1년밖에 안 됐지…."

일부러 말을 흐렸다. 여기까지 했으면 빌리도 무슨 말인지 알아듣겠지.

하지만 빌리가 눈치채지 못한 것 같아 마저 말했다. "앤드루가 아직 니나 물건을 보관하고 있을까? 휴대폰이나 노트북? 아니면 로즈골드 색 맥북 같은 거?"

빌리는 그제야 상황을 파악하고 젯이 쳐다보고 있는 문 쪽으로 고개를 돌렸다.

"젯, 무슨 생각하는 거야?"

"왜 이래, 빌리." 젯이 씩 웃었다. "너도 같은 생각 하고 있잖아."

"음, 아닌데."

젯이 자리에서 일어나 빌리에게 윙크를 했다.

"내가 무슨 생각을 하는데, 젯? 우리가 무슨 생각을 하는 건데?"

"앤드루는 아래층 술집에 있겠지?"

"그래." 빌리가 풀 죽은 목소리로 말했다. "네가 무슨 생각하는지 알겠다."

26

"여기." 빌리가 눈을 크게 뜨고 다급히 소곤거렸다. 그는 닥터 맨드레이크스 다이브 바의 유리문에 몸을 반쯤 걸치고 있었다.

젯은 가로등의 주황색 불빛이 닿지 않는 바깥의 어둠 속에 몸을 숨기고 기다리는 중이었다.

서둘러 다가가 왼손을 내밀었다.

빌리가 그 위에 열쇠 꾸러미를 떨어뜨렸다.

"화장실 갈 때까지 기다렸어." 빌리가 속삭였다. "재킷 주머니에 있더라."

"잘했어." 젯이 열쇠를 움켜쥐었다. "이제 가서 주의를 끌고 있어 봐. 내가 있는 동안 올라오지 못하게."

"주의를 끌라고?" 빌리의 눈이 더 커졌다. 끝이 보이지 않는 호수처럼.

"가서 사근사근하게 말 붙여 봐. 맥주도 더 사주고."

"저 사람 알코올중독자야." 빌리가 작은 소리로 항의했다.

젯이 어깨를 으쓱했다. "그러니 더 완벽하지."

빌리가 신음하고 불편한 듯 한숨을 내쉬었다.

"노트북 찾게 10분만 벌어줘. 그런 다음 네 집에서 만나자." 빌리와 눈을 맞추고 있던 젯이 어렵게 눈을 돌리고 빌리 뒤에 열려 있는 문으로 나갔다. 그러면서도 제일 먼 구석 테이블에 구부정한 자세의 사람이 털썩 앉는 모습을 주시했다.

"앤드루 왔다." 젯이 속삭였다. "빨리 가."

빌리가 돌아선 뒤로 문이 빠르게 닫혔다.

젯은 모퉁이를 돌아 창문으로 빌리를 지켜보며 같은 속도로 걸었다. 한 명은 안에서, 한 명은 밖에서, 서로의 걸음이 일치했다. 빌리는 손을 어색하게 주머니에 넣고 앤드루의 테이블로 다가가 무슨 말을 하려는지 입을 열었다.

이제 창문에서 벗어난 젯은 빌리에게 행운을 빌어주고 술집 바로 뒤에 있는 옥외 계단으로 걸음을 재촉했다. 위층의 아파트를 향해.

그러다 눈앞의 계단이 두 개로 겹쳐 보이는 바람에 넘어질 뻔했다. 틈새에 발이 빠지고 눈 안쪽에 익숙지 않은 통증이 솟았다. 감당할 수 없을 정도는 아니었다. 젯은 발에 무게를 실어 진짜 계단인지 확인부터 하고 한 칸, 한 칸 올랐고 위층으로 다 올라온 후에는 오른쪽이 아니라 왼쪽, 1A호로 방향을 틀었다.

열쇠를 꼭 쥐고 열쇠 구멍에 넣었다. 잘못 찔렀다. 눈을 깜박이고 다시 시도했다.

젯이 열쇠를 밀어 넣어 돌리자 앤드루 스미스의 현관문이 젯이 보게 될 광경에 미리 사과하듯 조용히 한숨을 내쉬며 열렸다.

사방에 굴러다니는 빈 술병.

아무렇게나 쌓여 있는 옷가지.

돌돌 말아 내던진 티슈 뭉치.

음식물 포장지.

이 집과는 어울리지 않는 크기로 욕실 문을 반쯤 막은 소파.

빌리의 아파트와 구조는 똑같은데 방향이 반대였다. '시더 딜라이트' 향도 없었다. 삶에 찌든 방 특유의 퀴퀴한 냄새가 났다.

조명을 켜자 더 볼 만했다.

젯은 안으로 들어와 문을 닫고 쓰레기 사이로 조심스럽게 나아갔다.

벽에는 사진 액자가 비스듬한 각도로 걸려 있었다. 학사모와 가운 차림의 니나가 부모님 사이에서 웃고 있었다. 이렇게 나란히 서 있는 모습을 보니 니나는 엄마와 외모가 정말 비슷했다. 옅은 갈색 피부, 길쭉한 검은색 눈동자까지. 앤드루도 행복해 보였다. 수년간의 음주로 지금은 빛이 다 사라졌지만, 저 때만 해도 미소와 눈빛이 반짝거렸다. 사진 속의 앤드루는 이런 앞날을 예상하지 못했으리라. 그래도 행복하고 뿌듯해서 웃고 있는 모습은 이렇게라도 영원히 남았구나. 니나의 엄마는 이미 병을 앓고 있었겠지만 당시에는 아무도 몰랐다. 이 사진을 찍은 후에는 다 같이 노스 스트리트 집으로 가서 졸업 기념 식사를 했겠지. 그 집은 이제 사라졌다. 앤드루의 가족도 마찬가지였다.

젯은 더러운 접시와 유리잔이 쌓여 있는 주방 조리대를 지나 침실로 들어갔다. 커튼은 지금껏 단 한 번도 열리지 않은 것처럼 닫혀 있었다.

젯은 허물처럼 벗어 던진 옷가지 사이를 요리조리 지났다. 하지만 뭘 건드린다고 앤드루가 눈치챌 수 있을까? 전체가 쓰레기장 같은데. 이 난장판은 앤드루의 소행이었다.

젯은 몸을 숙여 침대 밑을 들여다보았다. 아무것도 없었다. 탈출한 양말 몇 짝이 숨어 있을 뿐이었다.

허리를 펴고 일어나 옷장을 확인했다. 옷걸이에도, 서랍 안에도 뭐가 없었다. 니나의 소유로 보이는 물건은 하나도 보이지 않았다. 젠장, 니나가 떠난 지 얼마나 됐다고! 젯은 아래층에 있는 빌리를 떠올렸다. 빌리의 겁먹은 눈빛이 생각나 새어 나오려는 웃음을 참아야 했다. 빌리만 생각하면 절로 미소가 지어졌다.

젯은 거실로 다시 나왔다. 소파 뒤를 지나 빌리 집에도 있는 벽장으로 다가갔다. 왼손으로 한쪽 문을 열고 주춤주춤 뒤로 움직여 반대쪽 문도 열었다. 벽장은 짐으로 꽉 찬 상태였다. 선반에 빈 공간이라고는 찾아볼 수 없었고, 바닥에는 상자가 줄줄이 놓여 있었다.

젯은 전체를 빠르게 훑고 눈앞의 흐트러진 세상을 다시 하나로 맞추려 눈을 가늘게 떴다. 가까스로 돌아온 시야는 제일 구석에 처박힌 종이 상자에 집중되었다. 위에 '니나'라고 휘갈겨 쓴 글씨가 보였다. 내용물이 너무 많은 탓에 상자 덮개가 제대로 닫히지도 않았다.

"빙고!" 젯은 몸을 구부려 상자를 꺼냈다. 그러다 다른 상자에 걸렸을 때는 오른발을 써서 상자를 빼내려는 왼손을 거들었다.

상자는 쿵 소리와 함께 벽장에서 나와 바닥으로 떨어졌다.

젯이 그 앞에 무릎을 꿇고 앉아 상자를 열었다.

처음 눈에 들어온 것은 곱게 접어 위에 아슬아슬하게 얹어둔 후드티였다. 짙은 버건디색 위에 노란 노리치 대학교 로고가 찍혀 있었다. 다음으로는 후드티 주변으로 흩어진 사진들이 보였다.

젯은 사진들을 집어 들고 첫 번째 사진부터 보았다. 니나와 엄마가 집에서 만든 타코 한 접시를 앞에 두고 환하게 웃는 사진이었다. 가족 셋이 먹기에는 타코의 양이 너무 많다는 생각이 들었다. 젯은 타코 사진을 끝에 놓고 다음 사진으로 넘겼다. 청소년기로 시간대가 바뀌며 니나의 깨끗한 피부에 여드름이 돋아났다. 니나와 어깨동무를 한 금발 소녀가 보였다. 카메라를 보며 방긋 웃는 그 소녀는 교정기를 착용하고 있었다. 에밀리였다. 열다섯 살 때쯤일까. 사진이 찍힌 곳은 젯의 집 앞마당 테라스였다. 에밀리가 똑같은 다갈색 눈으로 젯을 응시했다. 동생은 눈을 깜빡였지만, 언니는 그럴 수 없었다. 에밀리의 머리카락은 젯보다 색이 연했다. 그리고 허리까지 내려올 정도로 길었다. 결국 에밀리의 목숨을 빼앗았을 정도로.

젯은 사진들을 옆으로 치우고 후드티를 들었다. 비록 손은 하나였지만 깔끔하게 접힌 주름이 흐트러지지 않도록 노력했다. 젯의 심장이 울렁거렸다. 그 아래 숨어 있던 물건을 발견했기 때문이다.

맥북이었다.

로즈골드 색 맥북에어. 겉면에 난 깊은 스크래치가 사과 모양 로고를 반으로 비뚤게 갈랐다.

"좋았어." 젯이 속삭이며 맥북을 꺼내 옆구리에 꼈다. "고마워, 니나."

"나 아무래도 지옥에 떨어질 것 같아." 현관문을 열고 들어온 빌리가 커피 테이블에 노트북 두 개를 펼쳐놓고 있는 젯을 보자마자 얼어붙었다. "진짜로 찾았어?"

"미션 컴플리트." 젯이 씩 웃었다. "참, 노트북 한 손으로 여는 거 진짜 돌아버리게 힘들다?"

"에이, 그래도 너는 노련한 요원이잖아." 빌리가 서둘러 다가왔다.

"포기를 모르지." 사실은 아니었다. 젯은 일평생 포기밖에 몰랐다. 하지만 지금은 과거의 젯이 아니었다. "배터리도 방전돼 있었어. 그럴 만도 하지. 11개월 동안 상자에 처박혀 있었으니까. 그래서 추, 추, 충… 흰색 전선을 꽂아놨어. 이제 막 전원이 들어오려고 해."

전원이 켜지며 화면이 잠금 페이지로 바뀌었다. 젯이 몸을 앞으로 기울여 터치패드를 클릭했다.

곧바로 홈 화면이 나타났다.

"비밀번호가 안 걸려 있어?" 빌리가 물었다. 그러고는 덧붙였다. "너는 왜 꼭 바닥에 앉는 거야?" 젯 옆에 털썩 앉은 빌리가 지나치게 긴 다리를 세우고 화면을 유심히 쳐다보았다.

젯은 빌리가 더 편하게 앉을 수 있도록 몸을 움직여 주었다. "니나가 비밀번호를 안 걸어놨나 보지. 아니면 니나가 죽고 나서 앤드루가 비밀번호를 풀었거나. 봐야 할 문서나 다른 게 있어서 말이야." 단지 딸이 그리워 기계에 남아 있는 딸의 흔적이라도 찾고 싶었을 수도 있다. "첫 번째 장애물은 넘었네. 이제 페이스북에 아직 로그인되어 있기를 기도하자고."

사파리를 더블클릭해 브라우저를 열었다. 옆집에 있는 앤드루의 공유기 신호가 잡혔는지 와이파이는 연결되어 있었다. 젯은 커서를 주소창으로 옮기고 손가락 하나로 키보드의 자판을 하나씩 눌렀다. F-a-c….

"타자 치는 것만 보면 마거릿이라는 이름이 딱이야." 빌리가 피식 웃었다.

"안 웃겨." 젯도 비웃음을 날려주고 팔꿈치로 빌리를 가격했다.

e-b….

자동완성 기능으로 끝에 ID 코드가 있는 페이스북 주소가 나와서 엔터를 눌렀다. 젯은 제발 되기를 기도하며 아직 움직이는 쪽 손가락으로 행운의 십자가를 만들었다.

페이스북 로그인 페이지가 떴다.

사용자 이름은 이미 채워져 있었다.

'nina_diaz_smith_92@gmail.com'

하지만 비밀번호는 빈칸이었다.

심장이 내려앉았다. 혹시 저장된 비밀번호가 뜨지 않을까 싶어서 빈칸을 클릭했다.

아무 일도 일어나지 않았다.

"망했어." 젯이 소파에 힘없이 늘어졌다.

빌리가 젯의 등에 손을 얹고 다시 일으키며 말했다. "완벽하게 망하지는 않았어. 메일 주소가 있잖아. 지메일. 거기에 로그인되어 있으면…."

"페이스북 비밀번호를 재설정하는 거야!" 젯이 숨을 헉 들이마시며 빌리의 아이디어를 가로챘다. 굳이 가로채지 않아도 빌리가 알아서 바쳤을 것이다. 빌리는 그런 애였다. 젯이 빌리에게도 공을 돌렸다. "네 말이 맞아, 빌리. 사랑해."

빌리는 긴장했다. 앞으로 다가가 트랙패드에 손가락을 올리는 젯과 몸이 스쳤을 때는 더 긴장했다. 젯은 새 탭을 열고 커서를 주소창으로 가져갔다. G-m-a까지 쳤다가 Gmail이 자동 완성되자 엔터를 눌렀다. 숨을 참았다. 빌리는 아까부터 숨을 참고 있었다.

연한 파란색으로 된 웹페이지가 열리고 니나의 수신함에 들어온 메일들이 주르륵 보였다.

"들어왔어!" 젯이 웃음을 터뜨리고 빌리를 보며 같이 웃었다. "너 이력서에 최강 해커 추가해도 되겠다."

빌리가 팔을 뻗어 어색하게 젯을 껴안았다. 어색한 이유는 바닥에 앉아 팔 하나로만 하는 포옹이었기 때문이다.

"해보자."

젯이 페이스북 로그인 페이지로 돌아가 '비밀번호를 잊으셨나요?' 버튼을 클릭했다. 손이 더 빠른 빌리가 젯 대신 니나의 이메일 주소를 입력했다. '예'를 클릭하고 그 메일 계정으로 비밀번호 재설정 링크를 보냈다.

지메일 페이지로 넘어갔다. 도착한 메일이 없었다. 새로고침을 했다. 아직도 없었다. 다시 새로고침을 했다.

왔다.

젯이 손가락으로 트랙패드를 눌러 메일을 열고 링크로 이동했다.

"비밀번호 뭐로 할 건데?" 타자를 치는 젯에게 빌리가 물었다.

"에밀리 메이슨." 젯이 대답하며 확인을 위해 새 비밀번호를 다시 입력했다. "그거면 니나도 괜찮다고 할 거야."

화면에 '비밀번호가 성공적으로 변경되었습니다.'라는 문구가 떴다. 두 번 확인할 것도 없었다. 젯은 얼른 로그인 페이지로 돌아가 빈 비밀번호 입력 칸에 언니의 이름을 쳤다. 의식적으로 호흡을 하며 화살표를 '로그인' 버튼으로 가져갔다. 클릭.

로그인 페이지가 사라지더니 잠시 후 파란색과 흰색의 페이스북 홈페이지로 바뀌었다. 무수한 색깔로 이뤄진 사진과 다양한 상태 표시도 끝없이 이어졌다. 제일 위에 있는 작은 사진 속에서 니나는 석양으로 물든 해변에 서서 두 팔을 벌리고 있었다. 이 세상에 근심 걱정이라고는 하나 없는 사람 같았다. 하지만 젯이 알기로 니나의 걱정은 한둘이 아니었다.

"성공했다니 믿을 수 없어." 빌리가 몸을 더 앞으로 기울였다. "자, 메신저로 들어가자."

젯이 메신저를 클릭했다.

"한참 아래까지 스크롤을 내려야 할 거야." 빌리가 말했다.

"응, 17년 동안 답장할 일이 없었을 테니까. 거의 끝까지 가야 할 거야."

젯은 등을 뒤로 기대고 스크롤 작업은 빌리에게 맡겼다. 두 손으로 하는 편이 나으니까. 거슬러 올라가야 하는 세월도 어마어마했고.

페이지가 끝에 다다를 때마다 버벅이며 재로딩되었다. 빙글빙글 돌아가는 작은 원이 젯의 인내심을 시험하는 것 같았다.

"좋아, 2012년 8월에 마이크 프레이저에게 마지막으로 메시지를 보냈어." 빌리가 화면의 글씨를 읽었다. "가까워지고 있어. 4년만 더 가면 돼."

아래로, 아래로, 아래로.

대화들이 재로딩되었다.

페이지가 느려졌다. 과거로 갈수록 오래된 메시지를 현재로 끄집어내는 일이 어려워지는 듯했다.

"나왔다. 2008년." 빌리가 중얼거렸다. "어디 보자… 아." 빌리의 손이 멈췄다. "여기 있다."

에밀리 메이슨.

그 이름은 화면 아래에서 두 번째에 있었다.

활동 상태는 '오프라인'이었다. 당연하게도.

빌리가 비켜준다고 몸을 뒤로 뺐다. 젯은 그 공간을 차지하고 다시 트랙패드에 손을 올렸다. 빌리를 쳐다보았다. 조금 더 눈을 맞추고 있다가 언니의 이름을 클릭했다. 화면 하단에 채팅창이 떴다. 죽은 자들의 대화가.

젯은 마음의 준비를 마치고 눈으로 메시지를 읽기 시작했다.

니나가 에밀리에게 보낸 마지막 메시지는 지금까지 열리지 않았고 읽히지도 않았다.

'오늘 네 장례식이었어. 나는 너희 가족과 앉아 젯의 손을 잡고 있었어. 네가 정말로 떠났다니 믿을 수 없다. 영원히 잊지 못할 거야. 나중에 딸을 낳으면 네 이름을 붙여줘야지. 안녕, 에밀리.'

빌리가 떨리는 숨을 내뱉고 나직이 말했다. "읽기가 쉽지 않다."

작성일은 에밀리의 장례식이 있었던 6월 8일이었다.

다음 메시지는 5월 30일 금요일에 에밀리가 보낸 것이었다.

"언니 죽기 하루 전이야." 젯이 말했다. "아니, 얘기를 하고 있었는데.'" 언니의 메시지를 소리 내어 읽었다. "'일이 있다고 가셨어. 다음 주에 해야지.'"

"무슨 말이지?" 빌리가 묻기도 전에 젯은 스크롤을 움직여 그보다 먼저 도착한 니나의 메시지를 찾았다.

"'베스 피니 선생님한테 말했어?'" 젯이 메시지를 읽자, 젯과 빌리의 눈이 동시에 마주쳤다.

"우리 엄마?" 빌리가 목소리를 낮춰 속삭였다.

"언니네도 같은 수학 선생님이었잖아." 젯이 말했다. "그냥 학교 일이었겠지."

"에밀리가 우리 엄마에게 무슨 말을 하려고 했네." 빌리가 말했다. 딱히 질문은 아니었다. "하지만 다음 주까지 살지 못했어."

젯은 다시 스크롤을 움직여 두 사람이 주고받은 대화를 또 찾았다. "이건 이틀 전이야." 젯이 말했다. "28일 수요일. 언니는 이렇게 썼어. '내일 학교 가서 말해줄게.'"

"'뭘?'" 빌리가 니나 역할을 했다.

"'니나, 나 또 들었어. 내가 자는 줄 알고 말하는 거. 다 들렸어. 바로… 루크 얘기야.'" 말 사이의 공백은 에밀리의 의도가 아니라 젯의 혀가 꼬인 결과였다.

그게 끝이었다. 앤디 화이트의 생일 파티에 관해 메시지를 주고받은 일주일 전과 그사이에 다른 대화는 없었다.

"루크." 젯은 다시 그 이름을 소리 내어 발음했다. 서른 살인 지금의 루크와 에밀리가 말하는 열세 살 소년 루크가 머릿속에서 뒤섞였다.

"니나가 말한 비밀이 저거라고 생각해?" 빌리가 젯을 돌아보았다. "루크 얘기?"

"루크 얘기…." 젯은 빌리가 한 말을 되풀이하며 오래전에 죽은 언니의 말을 되뇌었다.

"에밀리는 루크 얘기를 엿들었다고 했어." 빌리가 다시 화면으로 고개를 돌리며 말했다. "너희 부모님이겠지? 루크에 관해 얘기한 사람이라면. 이게 그 비밀인가? 니나가 그랬잖아. 그 직후에 에밀리가…."

"미치겠다, 언니." 젯이 짜증을 냈다. "왜 꼭 내일 학교에서 말하겠다고 한 거야? 지금 당장 말하면 어디가 덧나?"

"그럴 수 없었나 보지." 빌리가 말했다. "누가 읽을 수도 있으니까. 에밀리가 우리 엄마한테 하려던 말이 이걸까? 루크 문제?"

"글쎄다." 젯은 한숨을 쉬며 스크롤을 다시 내렸다. "이것만 봐서는 모르지. 아예 다른 문제일 수도 있고. 며칠 간격이 있잖아."

"정리하면, 에밀리는 목요일에 학교에서 니나를 만나 비밀 이야기를 했어. 그러고 나서 토요일에… 에밀리가 죽었고."

빌리가 그 말 앞에 뜸을 들인 게 젯은 못마땅했다.

"언니는 사고였어!" 마지막 말을 일부러 강조했다. "타이밍은 그냥 우연의 일치야. 너도 그 자리에 있었잖아. 네 눈으로 봤잖아. 언니는 혼자 있다가 사고를 당한 거야. 이 일과는 아무 상관 없어."

"그래." 빌리가 화면을 응시하며 말했다. 화면에 물기 어린 눈이 은색으로 반사되었다. 그 안에 담겨 움직이는 죽은 두 사람의 대화는 빌리가 눈을 깜박일 때마다 물결처럼 너울거렸다.

27

 앤드루 스미스는 술집에서도 제일 안쪽 구석에 있는 테이블에 엎어져 있었다. 필름이 나간 상태였다. 사람들은 구석의 취객이 보이지 않는 듯 아무렇지 않게 주위를 돌아다니며 웃고 떠들었다.
 젯이 자리에 남아 있는 동안 빌리는 앤드루의 테이블로 돌아가 의자에 걸려 있는 재킷 주머니에 조심스럽게 열쇠를 넣었다. 곧바로 젯에게 돌아오지는 않고 카운터로 가 유리컵에 물을 채웠다. 일어나면 마시라고 앤드루의 테이블에 물컵을 올려두었다. 딱 빌리가 할 법한 행동이었다. 젯은 미소를 머금고 빌리가 자기다운 행동을 하고 자리로 돌아오는 모습을 지켜보았다.
 또 방해꾼이 나타났다.
 "빌리!" 카운터 뒤에서 앨리슨이 외쳤다.
 빌리는 젯만 볼 수 있는 각도에서 인상을 쓰고는 뒤를 돌아 고용주에게 꾸벅 인사했다. "사장님."

"아프다며. 그래서 이번 주 근무 뺀 거 아니었어? 어디가 아프다는 거야. 아까 맥주 사는 거 봤어."

빌리는 뒷짐을 지고 아무 말도 하지 않았다.

"출근이 불성실하면 나도 어쩔 수 없어." 앨리슨이 못마땅하게 입술을 오므렸다. "그렇게 되면 다른 직원 뽑아야지."

"죄송해요." 빌리가 진심 어린 눈빛을 보내며 고개를 끄덕였다. "그게… 더, 더 중요한 일이 있어서요."

앨리슨이 양손으로 허리를 짚고 눈을 크게 뜨며 무언의 질문을 던졌다.

빌리는 대답하지 않았다. 대답할 생각도 없었다.

돌아서서 젯의 등에 손을 올리고 젯을 문 쪽으로 안내했다.

"빌리." 젯이 속삭였다. 뱃속이 긴장감으로 조여왔다. "괜히 나 때문에 곤란해지면 어쩌려고 그래. 어차피 나는 곧…"

"너 때문이라고 누가 그래." 빌리가 나직이 말하며 젯이 지나갈 수 있게 문을 열어주었다. 불어닥친 바람에 머리카락이 눈 위로 쏟아졌다.

빌리는 모퉁이를 돌아 길을 따라 집 쪽으로 걷기 시작했다.

젯은 걸음을 멈췄다. 왠지 모를 직감이 젯을 반대쪽으로 이끌고 있었다. 젯이 빌리의 팔을 붙잡았다.

"우리 그냥…" 젯은 왠지 한심해진 느낌이 들었지만 애써 그 느낌을 억눌렀다. "음… 걸을까?"

빌리가 몸을 틀어 어깨 너머의 계단을 엄지로 가리켰다. "에밀리와 니나 메시지 더 찾아보지 않고?"

"몇 시간이나 봤으면 됐어." 젯이 대답했다. "아무것도 못 찾을 거야. 언니가 크리스 앨런과 첫 키스를 했다는 사실이 내 살인 사건의 열쇠가 될 것 같지도 않고. 그냥… 걷고 싶어."

"아." 빌리가 몇 걸음 만에 젯의 옆으로 다가왔다. "너희 어머니 만나러 갈래? 에밀리가 엿들은 말이 뭔지 여쭤보게? 늦은 시간이긴 하지만…."

"아니." 젯이 숨을 훅 들이마셨다. 폐에 밤공기를 가득 채웠다가 다시 내뱉었다. "그냥 걷고 싶어. 다들 가끔 그러잖아?" 천천히 몸을 돌려 술집 뒤편으로 걸어 나갔다. "이유 없이, 목적지도 없이, 힘을 빼줘야 하는 강아지도 없이. 그냥 걷잖아. 걷고 싶어서."

빌리가 젯 옆에서 걷기 시작했다. 양쪽 입꼬리가 내려간 미소에는 혼란스러우면서도 즐거운 듯한 감정이 섞여 있었다. "응, 가을에는 더 그렇지."

"응, 가? 옹가라고?" 젯이 키득거리며 말장난을 했다.

"나는 그냥 네가 불안할까 봐… 시간이 얼마 안 남았으니까."

젯도 불안하지 않을까 생각했다. 하지만 젯의 직감은 생각이 달랐다. 갈비뼈 안에서 박자를 높이는 젯의 심장도 다른 노래를 부르고 있었다.

"시간은 충분해." 함께 길을 건너며 젯이 말했다.

그들은 걸었다. 그냥 걸었다. 보통 사람들처럼. 빌리는 젯의 왼쪽에서 젯이 두 걸음을 내디딜 때마다 한 걸음씩 내디뎠다. 빌리의 팔이 젯의 팔을 툭툭 건드렸다. 젯은 가을과 첫 낙엽의 향이 가득한 밤공기를 들이마셨다. 현관 계단에서 썩어가고 있는 호박들의 쿰쿰한 냄새도. 핼러윈 호박들을 쳐다볼 뿐 눈싸움을 하지는 않았다. 이제는 그럴 기분이 아니었다. 그 대신 어렴풋한 미소를 지었다.

"이쪽이야." 젯은 직감에 따라 다시 길을 건너고 타원형 도로의 중앙에 있는 그린 공원으로 향했다. 엿새 전 핼러윈 축제 때 사람들의 발에 짓밟힌 바람에 잔디밭은 질척했다.

그들은 짙은 주황색으로 물든 나무와 사탕단풍 아래를 걸었다. 나뭇가지가 파르르 떨렸지만 춥지는 않았다. 두렵지도 않았다. 늦은 시간이었고 젯과 빌리 말고는 아무도 없었는데도.

젯은 고개를 들었다가 기막힌 타이밍으로 그것을 보았다. 손을, 하나 남은 손을 뻗었다. 낙엽이 바람을 타고 빙글빙글 돌다가 젯의 손바닥에 내려앉았다.

젯은 완벽한 호박색 잎사귀를 주먹으로 감쌌다.

빌리가 씩 웃으며 말했다. "그거 행운의 상징이래."

젯도 빌리를 보고 웃었다. "그럼, 너 가져." 빌리에게 나뭇잎을 내밀었다.

빌리는 됐다고 고개를 저었다.

젯은 거절할 기회를 주지 않았다. "받아줘."라고 부탁하며 나뭇잎을 빌리의 주머니에 넣었다.

빌리가 무언의 감사 인사로 재킷을 톡톡 두드렸다.

젯은 다시 고개를 들었다. 나뭇잎 너머로 새까만 하늘을 올려다보았다. 사실 아주 새카맣지는 않았다. 은색으로 반짝이는 작은 별들이 젯을 내려다보며 윙크했다.

"뭘 그렇게 보는 거야?" 빌리가 목을 쭉 뺐다. "또 하나 잡으려고?"

"너를 위해 행운을 최대한 많이 모아둬야지. 나 없으면 너를 지켜줄 사람이 없잖아." 젯이 코를 훌쩍였다. "사실은 별 보고 있었어. 다들 그러더라? 별 이유도 없이. 그냥 보고 있으면 예쁘다고."

"맞아." 하지만 빌리는 별을 보고 있지 않았다. 젯을 보고 있었다.

젯이 경고도 없이 철퍼덕 주저앉더니 땅에 드러누웠다. 청바지에 닿은 잔디가 축축했다.

"워, 괜찮아?"

"응." 젯은 과감하게 다리를 쭉 뻗고 잔디밭에 머리를 뉘었다. 붕대 아래로 통증이 욱신거렸지만 땅은 그리 단단하지 않았다. "나 그냥 여기 누울 거야." 젯이 말했다.

"왜?" 그렇게 물은 빌리도 곧바로 벌러덩 드러누웠다. 젯과 머리를 가까이 대고, 다리는 반대쪽을 가리킨 자세였다. 불균형하지만 두 사람만의 작은 삼각형이 만들어졌다.

"그러고 싶으니까." 젯이 하늘을 올려다보았다. 원래 이 동네에서는 별이 이렇게 많이 보였던가? 지금껏 단 한 번도 고개를 들고 별을 셀 생각을 하지 못했다. 그럴 이유가 없다는 이유로.

"내가 생각을 해봤는데 말이야." 빌리가 말했다. "니나는 너희 엄마가 아는 비밀을 다른 가족은 모른다고 했어. 그렇다면 에밀리는 부모님이 아니라…."

"안 해도 돼." 젯이 말을 잘랐다.

"응?"

"그 얘기."

"알았어." 빌리가 고개를 끄덕이자 검은 머리카락과 잔디가 함께 움직였다. 곱슬머리 사이에서 곧은 풀잎이 더 도드라졌다. "그럼 무슨 얘기 하고 싶어?"

"아무거나. 그냥 아무 얘기."

젯은 별을 세기 시작했다.

"왜 JJ와 결혼하지 않은 거야?" 빌리가 조심스레 물었다.

젯의 가슴이 움츠러들고 갈비뼈가 방패막이처럼 닫혔다. 하지만 '아무거나'라고 말한 사람은 젯이었다. 그리고 상대는 빌리였다. 빌리라면 믿을 수 있다. 트럭을 걸고, 목숨을 걸고. 어쩌면 그보다 의미 있는 무언가도 걸 수 있었다. 가슴의 문이 열리며 젯이 한숨을 쉬었다.

"한때는 JJ가 내게 딱 맞는 상대라고 생각했어. 내 등을 밀어주는 사람이었지. 내 능력을 최대한 발휘해야 한다고, 더 원대한 꿈을 꿔야 한다고 말해줬어. 아마 JJ는 그런 나를 좋아했던 것 같아. 큰 꿈을 꾸는 나. 하지만 결국에는 나를 싫어하게 됐을 거야. 나는 늘 포기하니까. JJ와의 관계를 포기한 것처럼. 내 삶이 안정되고 더 나은 사람이 된다면 나와 더 잘 어울리는 사람, 내게 더 완벽한 사람을 만날지도 모르잖아. JJ랑 결혼해서 평생 우드스톡에서 썩는 건 싫어. 우리 부모님이나 루크와 소피아처럼."

빌리가 잔디를 한 움큼 뽑았다. "떠나고 싶었어?"

젯이 고개를 기울여 빌리를 바라봤다. "너는 그런 적 없어? 떠나고 싶다는 생각 안 해봤어? 새로운 곳으로? 한 곳이 아니어도 돼. 집이 아니라도 집처럼 편안하게 느껴지는 곳 말이야. 다른 바를 찾아서 네 음악을 연주하고 사람들에게 웃음을 준다거나. 누구든 빌리 너와 있으면 웃게 되잖아. 트럭에서 양말도 갈아 신지 않고 차가운 맥주를 마시며 매일 밤 새로운 별을 감상하는 거야. 계획도 하지 않고, 시간에 얽매이지도 않고. 그냥… 그렇게 하는 거지."

젯의 눈이 촉촉해졌다. 눈물이 맺힌 눈에 별들이 더 밝게 빛났다.

"맞아." 빌리가 말했다. "떠나자고 생각한 적도 있었어." 그러고는 젯을 힐끗 쳐다보았다. "그런데 떠날 수 없는 일들이 자꾸 생기더라고."

젯이 코를 훌쩍였다. "어차피 무의미한 얘기야. 그렇게 시간을 낭비하면서 살 수는 없잖아. 더 큰 목적이 있어야 하지 않아?"

빌리는 완전히 드러눕지 않은 채 어깨를 으쓱했다. "글쎄, 그보다는 단순하지 않을까 싶은데. 나는 나만의 사람, 딱 한 사람을 찾는 게 인생의 목적이라고 생각해." 잠시 후 말을 이었다. "물론 상대도 나를 사랑하는지 확인해야겠지. 어느 날 갑자기 짐을 싸서 떠나버리면 안 되니까. 그쪽도 나를 사랑해야 해. 그거면 된다고 봐, 나는."

젯이 빌리를 쳐다보았다. 까슬까슬하게 엉킨 머리카락과 잔디가 목을 간지럽혔다. 빌리 엄마 일을 말해버릴까? 죽기 전에 빌리에게 그 이야기는 해줘야 하지 않을까? 하지만 그랬다가는 이 관계가 변할 텐데, 젯은 그런 결과를 원하지 않았다. 젯을 보는 빌리의 눈빛이 달라지지 않기를 바랐다. 시간이 허락한다면 계속 이렇게 있고 싶었다. 바로 지금처럼.

"저기 봐." 젯이 하늘을 손가락으로 가리키고 별 모양을 따라 그렸다. "보여? 아니, 이쪽 말이야, 빌리. 저기 눈 하나 있고, 또 하나 있고. 개구리지?"

빌리가 웃었다. "너답다. 개구리 참 좋아해."

"너는 안 보여?"

빌리는 숨을 내쉬며 젯을 바라봤다. "네 눈에 개구리면 내 눈에도 개구리야."

"진짜 개구리라니까."

젯은 팔을 다시 잔디밭에 내려놓았다. 고개를 돌리고 빌리에게 미소를 지었다.

"그래서… 너도 추워?"

"추워서 기절하겠어." 빌리가 이를 딱딱 부딪치며 웃었다. "옷도 다 젖었고."

"나도야. 우리 그만 갈까?"

"좋아."

빌리가 몸을 일으켜 젯 옆에 우뚝 섰다. 허리를 굽히고 자기 손을 잡으라며 팔을 뻗었다.

"저기, 빌리." 젯이 고개를 들고 말했다. "손 잘못 줬어."

그러면서 움직이는 쪽 손을 흔들었다.

"아, 미안." 빌리가 아차 하고 손을 바꿨다.

젯이 픕 하고 웃음을 터뜨리며 빌리를 바라봤다. 빌리도 픕 하고 웃었다. 그게 결정타였다.

젯이 폭소를 터뜨렸다. 더 이상 참지 못하고 몸을 옆으로 굴리며 웃었다. 갈비뼈가 땅에 닿았다. 죽은 팔은 그사이 어딘가에 끼어 있겠지.

빌리도 큰소리로 웃었다. 점점 커지는 웃음소리가 할아버지처럼 캘캘 웃는 젯의 웃음소리와 교차되어 섞였다.

"우리 왜 웃는 거야?" 빌리는 허리도 펴지 못하고 웃고 있었다. 눈에는 눈물까지 고였다.

"모르겠어." 젯이 힘겹게 말하고 숨을 쉬었다. "웃긴 일도 아닌데."

하지만 웃겼다. 이 세상에서, 이 우주에서 제일 웃긴 일인 것처럼 두 사람은 깔깔 웃었다. 웃음이 멈추지 않았다.
 빌리가 멀쩡한 손을 잡고 젯을 일으켜 세울 때도.
 서로 부딪히고 비틀거리면서 걸음을 옮길 때도.
 얼마나 웃었는지 배가 아팠다. 끔찍한 두통도 잊을 만큼.
 빌리는 웃음을 참아보려 했지만 웃음을 삼킨 후 내뱉은 한숨에 다시 젯의 웃음보가 터졌다. 전염성 강한 웃음에 둘 다 이미 감염된 상태였다.
 얼굴이 새빨개지고 콧물이 흐르고 눈을 제대로 뜨기 힘들었다.
 그들은 걸으며 계속 웃었다.
 그렇게. 그냥 그렇게.

 젯은 말똥말똥한 정신으로 천장을 올려다보았다. 여기에 없을 뿐 별은 멀리 있지 않았다.
 젯은 웃고 있었다.
 볼이 다 아팠다. 감각이 남아 있는 한쪽은 그랬다. 웃음을 그칠 수 없었기 때문이다.
 참을 수 없었다. 그러고 싶지도 않았다.
 "잘 자, 빌리." 이번에는 젯이 먼저 반쯤 열린 문 너머로 말을 걸었다.
 "잘 자, 젯."

11월 7일 금요일

28

"엄마?" 젯이 아무도 없는 집에 대고 외쳤다.
아무도 없지는 않았다.
레지가 코너에서 총총거리며 나와 젯에게 몸을 날렸다.
"안녕, 안녕, 슈퍼 레지맨?" 젯이 한 손으로 레지의 귀를 간지럽히고, 등을 따라 헬리콥터처럼 빙글빙글 도는 꼬리까지 쓰다듬었다. "누가 이렇게 착한 강아지지?" 젯이 물었다. 언제나 그랬듯이. "누가 착한 강아지야?"
레지가 하품을 하고 빌리 쪽으로 다가가 빌리에게도 꼬리를 흔들었다.
"엄마는 꼭 이렇게 내가 할 말이 있을 때 집에 없더라." 젯이 허리를 폈다. "'제발 집으로 돌아와'라고 하던 말은 다 뭐래. 자기도 집에 없으면서. 그래 놓고 나한테는 쓸모없다고 하지."
"돌아오시겠지." 빌리가 현관문을 닫았다. "일단 기다리자."

"그래, 시간은 남아도니까." 젯이 말했다.

이제는 'ㅁ' 발음이 잘되지 않았다. 한쪽 입가에 힘이 빠져 입술을 꾹 다물기가 어려웠다. 반대쪽으로 발음이 새고 웃을 때도 미소가 반으로 갈라졌다. 오늘 아침 미소를 짓다가 처음으로 그 사실을 깨달았다. 빌리가 아침 식사로 팬케이크를 만들어줬을 때. 빌리는 요리를 한다고 일찍 일어났다. 감자튀김보다는 훨씬 나았다.

젯이 강아지를 따라 현관문을 지나 거실로 들어갔다. 또 이곳에 와버렸다. 피 웅덩이나 피 튀긴 흔적은 보이지 않았다. 피를 박박 문질러 닦고 페인트로 덮었지만 젯은 어디였는지 알았다.

빌리는 숨을 참으며 젯 뒤를 따랐다.

빌리도 본 적 있었다.

젯의 축 늘어진 몸을 안고, 깨진 머리를 보았다. 젯의 이름을 부르짖는 목소리가 갈라졌다. 보안 카메라 영상을 보고 또 보는 동안 젯의 가슴도 똑같이 찢어졌다.

그런 광경을 목격해서는 안 될 사람이었다. 그러기에는 마음이 너무 여렸다.

빌리는 주방으로 나와서야 숨을 내쉬었다.

레지가 돌돌 말린 양말에 달려들더니, 스툴 밑에 버려진 양말을 봐달라고 두 사람에게 낑낑거렸다. 꼬리를 칠 때마다 가스레인지 옆에 달린 행주 두 개가 툭툭 흔들렸다. 세 개 세트 중 이제는 아보카도와 레몬만 남아 있었다.

젯은 계속 걸었다. 세탁실에서 뒷문으로 나가려 했다.

손잡이를 내려보니 문이 잠겨 있었다. 늦게나마 젯 일로 교훈을 얻었나 보다. 이미 늦었지만.

걸쇠를 풀고 다시 문을 열었다.

레지가 먼저 젯을 밀치고 뛰쳐나갔다. 땅에 구멍을 파서 양말을 숨기려는 거겠지. 다시는 찾지 못하게.

다음으로는 젯이, 그다음으로는 빌리가 나갔다. 둘 사이에는 아무 말도 오가지 않았다. 말하지 않아도 어디로 가야 하는지 정확히 아는 듯했다.

수영장으로 향했다.

지금은 흰색 비닐로 덮여 있었다. 가장자리의 물푸레나무 데크와 대비되어 언뜻 크림색으로도 보였다. 비닐은 여름 혹은 늦봄이 되어야 벗겨질 것이다. 2주 연속 화창한 주말이 이어져 이제 때가 됐다고 아빠가 판단한 후에.

젯은 문득 궁금해졌다. 이후로 물을 교체했던가? 아니면 에밀리가 익사한 물 그대로인가? 염소가 물에서 죽음을 지워냈겠지?

데크에 울려 퍼지던 젯의 발소리가 뚝 그쳤다. 빌리의 발소리도.
"너 그날 여기 있었지." 젯은 수영장을 가만히 바라보았다. "기억해?"

빌리가 입술을 깨물었다. "열한 살 때라 한계가 있겠지만 그런 날이면 기억하지."

젯이 고개를 끄덕였다. "다시 들려줘."

"에밀리를 찾았을 때?"

"전부 다."

빌리가 숨을 들이마시고 용기를 모았다. "화창한 날이었어. 나는 마당에서 엄마가 화단에 씨앗을 심는 걸 돕고 있었지. 해바라기씨였을 거야. 지금도 저기 자라고 있어. 아빠는 안에서 요리를 했거나 아니면 나중에 바비큐 하려고 장 보러 나갔던 것 같아.

그러다 아빠가 와서는, 루크가 나랑 놀자고 찾아왔다고 했어. 근데…" 빌리가 잠시 말을 멈췄다. "루크가 먼저 나랑 놀자고 한 적이 없었거든. 루크는 열세 살이고, 나는 열한 살이었으니까. 나는 원래 너랑만 놀았잖아. 근데 그날은 네가 맞춤법 대회에 가 있어서, 아빠가 나랑 루크한테 마당에서 축구를 하자고 했어. 한동안 축구하면서 놀았지. 그러다가… 있잖아, 어젯밤 너랑 그걸 발견한 후에 뭔가 걸리는 게 있었어. 그때도 이상하다고 생각하긴 했는데, 지금까지 잊고 있었어."

"뭔데?" 젯이 수영장에서 눈을 떼고 올려다보았다.

"그게, 우리가 일대일로 축구를 했거든. 아빠가 심판을 봤고, 엄마는 계속 정원을 가꾸고 있었어. 아빠가 우리 쪽으로 공을 던졌는데, 그게 뒷마당 울타리 쪽 덤불로 들어가 버린 거야. 나랑 루크가 공을 찾으러 덤불로 들어갔지. 공을 찾아서 나와 보니까 루크 팔이 상처투성인 거야. 아빠가 호들갑을 떨었던 기억이 나. 루크에게 반창고 붙이겠냐고 물어보고 엄마 보고 안에 가서 약을 가져와달라고 했어. 자기 때문에 다쳤다고 생각했던 것 같아. 그런데…" 빌리가 젯과 눈을 맞췄다. "네가 내 기억을 얼마나 믿을 수 있을지 모르겠지만, 사실 내가 기억하기로는…."

"빌리. 그냥 말해."

"덤불에 들어가기 전부터 루크 팔에는 긁힌 상처가 있었어. 반팔 티셔츠를 입고 있어서, 그때 분명히 봤거든."

젯은 폭풍처럼 감정이 요동치는 빌리의 눈을 뜯어보았다. "어떻게 생긴 상처?"

"굉장히 많았어." 빌리가 말했다. "양쪽 다. 자잘한 상처가. 덤불 속을 기어오르다 가시에 긁히거나, 누군가와 싸우다 손톱으로 긁했을 때 상처 있잖아. 경찰도 나중에 상처에 관해 물어봤어. 우리 가족이 진술할 때. 우리 다 덤불 얘기를 했지. 나, 엄마, 아빠, 루크. 하지만…" 빌리의 눈빛이 어두워지고 눈가에 주름이 잡혔다. "어젯밤 가만히 생각을 하는데, 다른 게 떠오르더라고. 루크는 그날 수영장에 들어간 적 없다고 했거든. 우리한테도 그랬고, 나중에 경찰한테도 그렇게 말했어."

"응, 알아." 젯이 말했다. "오빠는 안 들어갔어."

"루크는 종일 집 안에서 플레이스테이션을 하고 있었댔지. 에밀리가 어디 있는지 몰랐고, 심심해져서 나랑 놀 수 있는지 보려고 왔다고 했어."

"응, 맞아."

"그런데 말이야." 빌리가 말했다. "축구할 때, 태클을 걸려고 가까이 갔을 때, 머리카락에서 냄새가 났어."

"무슨 냄새?"

"염소 냄새."

젯은 비밀로 덮인 수영장을 돌아보았다. 가슴에서 스위치가 딸깍 눌린 듯 심장박동의 리듬이 흐트러졌다.

"확실해?" 젯이 물었다.

"아니, 확실하지는 않아. 오래전 일이니까. 에밀리 메시지에서 본 내용 때문에 이런 느낌이 드는 걸지도 모르겠어. 미안."

젯은 볼 안쪽 살을 잘근잘근 씹었다. 아무 감각도 없었다. 피의 쇠 맛이 느껴진 후에야 살이 찢어졌다는 사실을 인식할 뿐이었다. 17년 전, 빌리는 어린애였다. 젯도 그날의 기억을 확신하지 못했다. 그렇다면 빌리의 기억도 배제해야 했다. 루크는 수영장에 들어갔지만 그 시점은 사건 '이후'였을 것이다. 빌리가 착각을 한 거겠지.

"그러고 나서 어떻게 됐어?" 젯이 물었다.

"축구 끝나고 아빠는 바비큐를 준비하고 루크는 집에 간다고 했어. 그런데 루크가 열쇠를 안 가져왔다는 거야. 너희 집 문이 열려 있는지도 알 수 없어서 엄마가 루크를 데려다주겠다고 했어. 잘 들어갔는지 확인하려고. 나도 따라갔지. 엄마만 졸졸 따라다닐 때였거든." 빌리가 코를 훌쩍였다. "처음에는 현관문으로 갔어. 노크를 했는데 답이 없더라고. 에밀리도 외출했나보다 생각했어. 그래서 엄마가 우리를 데리고 집 옆으로 돌아가 집 뒤쪽을 확인했어. 저 뒷문은 열려 있었어." 빌리가 세탁실 문을 가리켰다. 젯을 죽인 범인이 침입할 때 사용한 문을. "엄마랑 막 나가려고 하는데 엄마가 이쪽으로 고개를 돌렸다가…." 빌리가 말을 흐리고 비닐로 덮인 수영장을 힐끗 쳐다보았다.

"너도 봤지." 젯이 말했다. 질문은 아니었다.

"봤다고 할 수는 없어." 빌리가 말했다. "색깔만. 형체만 보였지. 수영장 바닥에."

젯이 침을 꿀꺽 삼켰다.

"무슨 일인지 깨닫고 엄마가 비명을 질렀어. 엄청나게 큰 소리로. 루크가 달려왔어. 길 건너에서 아빠도 비명을 듣고 달려왔어. 옆집 그리핀 씨도." 그 장면이 다시 보이는지 빌리가 눈을 감았다. 17년이라는 세월이 눈 깜짝할 사이에 사라지고 그날이 눈앞에 펼쳐지는 모양이었다. "아빠가 곧바로 뛰어들었어. 옷을 입은 채로. 수영해서 바닥으로 내려갔어. 몇 초가 그렇게 길게 느껴진 건 처음이었어. 아빠가 혼자 올라왔어. 에밀리 머리카락이 배수구에 껴서 꺼낼 수 없다면서. 루크한테 안으로 가서 가위를 찾아오라고 했어. 루크는 시키는 대로 했고. 루크가 그렇게 빠르게 움직이는 모습 처음 봤어. 수영장에 뛰어 들어가서 아빠한테 가위를 줬고, 아빠는 잠수했어. 이번에는 더 오래. 머리카락 중간이 엉망으로 잘린 에밀리를 안고 다시 올라왔어."

빌리가 수영장에 더 가까이 다가갔다.

"아빠가 에밀리를 건졌어. 바로 여기에." 허리를 굽히고 정확한 지점의 타일을 짚었다. "루크도 같이 에밀리 다리를 밀어 올렸어. 그러고 나서 아빠가 심폐소생술을 했지만… 에밀리는 벌써 새파랗게 변한 후였어. 그렇게 생각한 기억이 나. 너무 늦었다고. 그리핀 씨가 앰뷸런스를 불렀어. 엄마는 루크를 안아주고 있었고. 나는 전부 지켜봤어. 이 자리에서." 빌리가 뒤로 물러나 자기 발을 가리켰다. 소년 빌리는 바로 이곳에 서 있었다. "아빠는 끝까지 포기하지 않았어. 하지만 우리 모두 틀렸다는 사실을 알았을 거야. 한 10분 후쯤 앰뷸런스가 와서 대신 처치를 시작했어. 네가 부모님과 집에 온 건 그러고 나서 몇 분도 안 됐을 때야."

빌리가 마침내 젯을 쳐다보았다. 마침내 현재로 돌아왔다.

"너는 작은 트로피를 들고 있었지." 빌리가 목이 멘 듯 주먹에 대고 기침을 했다. "너희 엄마가 에밀리를 발견했을 때 내셨던 소리는 죽을 때까지 잊지 못할 거야. 사람 입에서 그런 비명이 나올 거라고는…."

젯도 기억했다. 하지만 사람 입에서 그런 비명이 나왔다. 쓰러진 젯을 발견한 빌리처럼.

"그러면 너희 엄마가 언니를 발견했던 거야?"

젯의 뱃속에서 죄책감이 올라왔다.

"응." 빌리가 코를 훌쩍였다. "엄마가 처음이었어."

"혹시… 이후에도 에밀리 얘기 하신 적 있어?"

빌리가 하늘을 올려다보았다. "가끔 그날 일에 대해 얘기했지. 엄마는 늘 괴로워했어."

"그거 말고… 혹시 에밀리가 하려던 말이나, 에밀리가 무슨 말을 하려고 했다는 사실을 아셨을까?"

"지금 무슨 생각 하는 거야?" 빌리가 물었다.

젯은 자신이 지금 무슨 생각을 하는지 몰랐다. 하지만 말하다 보면 떠오르지 않을까?

"그게, 에밀리 메시지에서 금요일에 얘기를 하고 있었는데, 너희 엄마가 일 있다면서 가버렸다고 했잖아. 어쩌면 너희 엄마는 뭔가 알았을지도 몰라. 전부가 아닌 일부라도. 에밀리가 하려던 말이 학교 얘기가 아니라 루크에 관한 일이라는 걸. 그리고 다음 날 에밀리가 죽었으니, 그게 꽤 중요한 일이라고 생각하지 않았을까? 그래서 자기가 아는 사실을 다른 사람에게 말했거나, 아니면 적어뒀거나…."

빌리의 아랫입술이 말려 들어갔다. "나한테는 그런 말 한 적 없는데."

"너는 어렸잖아." 젯이 받아쳤다. "혹시… 선생님 물건 아직 보관하고 있어?"

빌리가 다시 젯의 집 쪽으로 고개를 돌렸다. 그 뒤에는 빌리가 어린 시절을 보낸 집이 숨어 있었다.

"응, 있어." 빌리가 말했다. "아빠는 다 버리고 싶어 했는데 내가 못 버리게 했거든. 전부 다락방 상자에 있어. 휴대폰이나 노트북 같은 건 떠날 때 가져가셔서 없고."

"학교에서 쓰던 업무 관련된 건?"

"응, 플래너, 캘린더 같은 거라면 있어."

"2008년도 것도?" 젯이 물었다. 가느다란 한 줄기 희망이 뱃속의 구멍을 채우고 있었다.

"아마 있을 거야." 빌리는 지금도 자기 집을 응시하고 있었다. 멍한 시선은 그보다 더 먼 곳을 보는 듯했다. "엄마가 그런 걸 보관하는 성격이라. 매년 추억 상자도 만들었어. 왜 있잖아, 티켓이나 압화 같은 잡동사니들."

"볼 수 있을까?" 젯이 조심스럽게 눈치를 살피며 물었다. "정말 다 기록하셨으면 에밀리에 대해서도 뭔가 쓰지 않았을까?"

"응." 빌리가 수영장에서 등을 돌렸다. "우리가 찾는 게 있을지는 모르겠지만, 너희 엄마 오실 때까지 기다리는 동안 살펴보자."

"레지!" 젯이 외치자 주황빛 털 뭉치 강아지가 쏜살같이 나타났다. 입에 물었던 양말은 사라지고 없었다. 흙을 팠는지 앞발이 갈색으로 물들어 있었다. "이리 와."

테라스에서 잔디밭으로 나와 뒷문을 통해 세탁실로 들어갔다. 또 까먹을 뻔했다. 젯이 다시 뒤로 돌아가 문을 잠갔다.

주방과 거실을 지나 현관으로 오는 동안 레지의 발자국이 바닥에 찍혔다. 그래도 이번에는 피가 아닌 흙만 묻었다.

"사랑해." 젯이 문을 열며 말했다.

"뭐, 뭐라고?" 빌리가 말을 더듬었다.

"강아지한테 하는 말이야. 잘 있어, 레지. 나중에 봐."

진입로로 걸어 나와 젯의 트럭을 지나쳤다. 빌리가 주차한 각도가 영 이상했지만 지금은 트집 잡을 때가 아니겠지? 도로로 나와 길을 건너 빌리네 집 울타리에 있는 작은 문을 통과했다.

"너희 아빠는 출근하셨네." 집 옆으로 난 좁은 진입로를 보며 젯이 말했다. 차는 없었다.

"너 요새 무단 침입에 꽂힌 거 아는데." 빌리가 젯에게 미소를 지으며 열쇠 꾸러미를 꺼냈다. "오늘은 열쇠가 있거든. 미안."

빌리가 현관문을 열었다. 문이 열리자마자 거실이 보였다. 젯은 어렸을 때부터 빌리네 집이 더 집 같다고 생각했다. 이 구석에는 짐이 너무 많고, 저 구석에는 짐이 너무 없는 집. 어디는 너무 평범하고, 어디는 너무 밝은 집. 깔끔하지만 너무 깨끗하지는 않은 집. 노란색 소파의 쿠션들은 서로 어울리지 않았지만 아직 빵빵했다. 제일 안쪽 구석에 있는 계단은 연한 청보라색이었는데 군데군데 페인트가 벗겨져 본래의 흰색을 드러내 보였다.

"가자." 빌리가 말하고 젯을 위층으로 이끌었다.

계단을 다 올라 걸음을 멈추고 천장의 문을 올려다보았다.

"잠시만."

빌리가 커다란 벽장으로 가 다락방을 여는 장대를 집어 들었다. "너 항상 이 벽장에 숨었었지." 빌리가 말했다. "우리 숨바꼭질할 때."

"나도 그 생각 하고 있었어. 야, 만약에 시간 남으면 재대결하자."

빌리가 장대를 들어 걸쇠에 끼우고 돌려서 출입구를 열었다. 사다리가 거슬리는 쇳소리를 내며 미끄러져 내려왔다. "난 지금 키가 188이야. 숨을 데가 없어."

"내가 48시간밖에 못 산다고 일부러 져줄 필요는 없어."

이제는 단위가 시간으로 바뀌었다. 빌리도 그 사실을 알아차렸지만 애써 모른척했다. 빌리는 사다리와 젯을 번갈아 쳐다보았다. "도와줘?"

젯이 코웃음을 쳤다. "사다리는 한 팔로도 올라갈 수 있어." 속도는 굉장히 느렸다. 그래도 차근차근 오르고 있었다.

"내가 바로 뒤에 있으니까 떨어져도 괜찮아." 빌리가 말했다.

"나한테 깔릴 텐데."

"내가 붙잡아줄게."

사실 빌리가 붙잡아준다는 확신이 있었다.

젯은 위로 올라가 합판 바닥을 밟고 섰다. 천장이 낮았지만 고개를 숙일 필요까지는 없었다. 반면 빌리는 어쩔 수 없이 허리를 반으로 굽히고 램프를 켰다. 누렇고 침침한 빛이 들어왔다.

"이쪽이야." 빌리가 말하고 몸을 더 낮게 구부려 쌓여 있는 종이 상자 쪽으로 움직였다.

이곳에서는 퀴퀴한 냄새가 났다. 시간에도 냄새가 있다면 이런 느낌일까.

"이건… 엄마 짐이네." 빌리가 위태롭게 흔들리는 상자의 탑에서 하나를 내렸다. "두고 간 옷 같아."

"옷을 안 가져가셨어?" 젯은 빌리에게 마음속 죄책감을 들키지 않으려는 듯 일부러 큰 소리로 말했다.

"다는 아니고, 캐리어 하나만 채워서." 빌리가 코를 훌쩍였다. "어지간히도 급하게 떠났나 봐. 중요한 것만 챙기고 나머지는 다 두고 갔어. 우리도."

빌리가 끙 소리를 내며 옷 상자를 들어 바닥에 놓았다. 하지만 켜켜이 쌓인 셔츠와 청바지 위에 다른 물건도 있었다. 자그마한 가죽 앨범이었다. 젯은 빌리가 짐을 뒤지는 동안 빌리의 등 뒤에 무릎을 꿇고 성한 팔로 앨범을 넘겼다.

젯에게는 너무나 익숙한 소년의 얼굴, 어린 시절의 빌리가 보였다. 빌리가 호박밭에서 엄마와 손을 잡고 있는 사진 밑에는 이렇게 적혀 있었다. '2006년 핼러윈.' 페이지를 넘길 때마다 빌리는 젖살이 빠져 성숙해졌고 입꼬리를 반쯤 올리는 미소를 지었다. 페이지를 넘기던 젯의 손이 멈췄다. 양면 중 한쪽이 텅 비어 있었기 때문이다. 사진이 있던 자리의 네 귀퉁이에는 테이프 자국만 남았다. 그 아래에는 이렇게 적혀 있었다. '2009년 여름 아이스크림을 먹는 나와 빌리.' 빌리가 자기 아파트에 보관하는 사진인 듯했다. 젯이 들어왔을 때 숨긴 액자에 있던 사진.

하지만 빈 페이지는 이것만이 아니었다.

4년 후에도 빈칸이 하나 있고 사진이 사라져 있었다. '2013년 새 자전거를 타보는 나와 빌리.' 젯은 빈 곳을 손가락으로 쓸며 눈을 감고 그 장면을 상상했다.

"뭐 하는 거야?" 빌리가 끼어들었다. "안 돕고 뭐 해?"

젯이 허리를 펴고 빌리가 볼 수 있게 앨범을 돌렸다. "너희 엄마가 전부 다 버리고 가지는 않았네. 중요한 건 챙겼어." 아까 빌리가 한 표현을 빌려 말했다.

머뭇거리던 빌리의 눈이 빈 페이지를 훑는 순간 번뜩였다.

"그냥 빠진 거겠지." 빌리가 중얼거리며 눈을 깜박이자 눈에서 번뜩이던 빛이 다시 사라졌다. 빌리는 젯에게서 앨범을 받아 들고 관심 없다는 듯 바닥에 놓았다.

"이것 봐." 그 대신 아래에 있는 상자 하나를 꺼내 테이프를 뜯었다. "학교 업무용 물건들 같아. 이건 수학 교재들." 책을 몇 권 꺼내자 무게 때문에 입에서 신음이 나왔다. "서류도 좀 있고." 상자 안으로 손을 더 깊숙이 넣었다. "아, 여기 있네. 엄마 업무 플래너." 빌리가 플래너를 젯에게 건넸다. "2015년 거야. 엄마가 집 나간 해."

젯은 작은 스프링 노트를 만지작거리다 표지를 펼쳤다. 안에 '베스 피니'라고 멋스러운 필체로 큼직하게 적혀 있었다. 젯은 몇 페이지를 넘겨보았다. 어두워서 내용을 읽기가 쉽지 않았다. 한 페이지에 하루씩 주말도 빠짐없이 쓰여있었다. 빨간색이나 검은색 펜으로 적은 메모, 중요 행사, 할 일 목록이 페이지에 빽빽했다. 삐뚤빼뚤하게 그려진 체크박스에는 대부분 완료 표시가 되어 있었다.

1월 15일
11시 수학 교사 회의.
그래프용지 추가 주문하기.
추가 과제 채점.
방과 후 테일러 엘리엇 상담.

젯은 몇 페이지를 더 넘겨봤다.

3월 7일
엘리엇 부모님께 이메일 보내기.
빌리 생일 선물 주문하기.

열여덟 살이 되던 그해 빌리는 엄마에게서 어떤 선물을 받았을까? 그것이 마지막 선물이었을 텐데.
젯의 위장이 더 불편하게 꼬였다.
젯은 플래너를 탁 덮으며 물었다.

"2008년은?"

"찾고 있어." 상자에 머리를 거의 집어넣은 빌리가 끙끙거리며 말했다. "2013년…, 2011년…." 두 노트를 조심스럽게 바닥에 꺼내 놓았다. 언젠가는 엄마가 다시 찾을지도 모른다는 듯이.

"이거다. 아니네, 2006년이다. 미안." 더 깊이 머리를 넣었다. "이건 2010년이고… 아, 여기 있다. 2008년."

빌리는 플래너를 꺼내 들고 다시 무릎을 꿇고 앉았다.

"5월 30일 금요일을 찾아봐. 그게 언니가 말하러 간 날이니까. 뭐라도 적혀 있을 거야. 너희 엄마 뭐든 기록하셨다며."

젯이 빌리 쪽으로 더 다가가 빌리가 페이지를 휘리릭 넘기는 모습을 어깨 너머로 지켜보았다. 6월. 지나쳤다. 다시 앞으로 페이지를 넘겼다.

"여기 있다." 빌리가 엄마의 글씨 위로 손가락을 움직였다. "5월 30일. '모의고사 검토. 세라랑 점심. 4시에 빌리 데리러 가기.'" 빌리가 침을 삼키고 젯을 올려다보았다. "어떡하지, 젯. 에밀리 얘기는 없네."

"정말?" 젯이 빌리의 어깨에 팔을 기대며 물었다.

"응." 빌리가 페이지를 이리저리 넘기며 전날과 다음 날을 확인했다. "에밀리 얘기는 없… 잠깐."

다음 날짜를 펼쳤다.

5월 31일 토요일. 에밀리가 익사한 날이었다.

젯은 빌리 위로 몸을 더 기울이고 글씨를 내려다보았다. 젯의 눈에는 글자가 갈라져 두 겹으로 보였다.

'가게에서 햄버거 픽업.'

'뒷마당 화단에 꽃 심기.'

하지만 그것만이 아니었다.

피니 부인은 그 페이지 하단에 깨알 같은 글씨로 다른 것도 적어두었다. 겁에 질려 다급히 적은 듯 글씨가 사선으로 기울어져 있었다.

빌리가 플래너를 옆으로 돌렸고, 둘은 조용히 그 문장을 읽었다.

'이미 젖어 있었다. 그 전부터.'

'그 전부터' 아래에는 떨리는 선으로 밑줄이 그어져 있었다.

두 겹이 된 시야처럼 젯의 심장도 두 배로 뛰었다. 쿵쾅쿵쾅 뛰는 소리가 귓구멍까지 밀려왔다.

아니야. 잠깐만. 안 돼. 그런 생각은 하지 말자. 그럴 수는 없었다. 그만하자. 그만.

"이미 젖어 있었다…." 젯이 속삭였다.

"그 전부터…." 그다음은 빌리가 대신 말했다. 빌리의 손에 들린 플래너가 떨렸다. 빌리가 불안하게 소용돌이치는 눈으로 젯의 눈을 쳐다보았다. "루크야." 빌리가 말했다.

빌리가 입 밖으로 꺼내기 전부터 그 이름은 이미 젯의 머릿속을 요란하게 헤집고 다녔다.

생각하고 싶지 않았지만 어쩔 수 없었다. 열한 살이었던 빌리의 기억만으로는 믿기 어려웠지만 빌리의 엄마까지?

"네 말이 맞아." 젯은 빌리 옆에 무릎을 털썩 꿇고 피니 부인의 글씨를 엄지로 쓸었다. 빛의 장난이나 착시가 아니라 진짜 그렇게 쓰였는지 확인해야 했다. "너는 루크 머리에서 염소 냄새가 났다고 했어. 에밀리를 발견하고 루크가 물에 뛰어들기 전부터 말이야. 너희 엄마도 알고 있었던 거야. 루크가 놀러 오기 전부터 이미 젖어 있었다는 걸. 이미 수영장에 들어갔었던 거야. 아니라고 했지만 거짓말이었어. 루크는 수영장에 있었던 게 분명해."

"루크가 왜…." 빌리는 말을 맺지 못했다. 혀끝에 걸렸던 생각이 뽀얀 먼지 위로 내려앉았다.

"빌리, 루크 팔에 긁힌 상처가 있었다고 했지. 만약에… 혹시…." 어떻게 말해야 할지 난감했다. 말로 뱉으면 꼭 사실이 될 것 같았기 때문이다. "혹시 다른 사람 머리를 물속에 담그고 있고, 그 사람이 살기 위해 발버둥 칠 때 생길 법한 상처처럼 보였어?"

빌리가 눈을 깜박이자, 눈 안에서 검은 파도가 몰아쳤다.

"팔이 상처투성이였어."

젯의 무릎이 꺾였다. 나무 기둥에 등을 힘없이 기대고 앉았다.

"맙소사. 루크가 에밀리를 죽인 거야?"

엄마의 플래너를 펼쳐둔 채 빌리가 허리를 펴고 앉았다.

"나도 모르겠어." 빌리가 속삭였다. "하지만 잘 몰라도, 우리 엄마는 그렇게 생각했던 것 같아."

젯이 고개를 저으며 그 생각을 거부했다. 그 생각이 머릿속으로 들어와 자리를 잡게 둘 수 없었다. "아니야. 겨우 열세 살이었는데. 아, 물론 그때부터 언니보다 몸집이 커지긴 했어. 힘도 더 셌고. 둘이 매일 싸우긴 했지. 평범한 남매처럼. 루크가 성질이 더럽긴 해. 그거야 다들 아는 사실이지. 하지만 아무리 그래도… 설마… 설마?"

빌리도 젯도 답을 알지 못했다. 답을 알지도 모르는 빌리의 엄마는 10년 전에 자취를 감췄다. 그게 누구 때문이었더라?

젯은 다시 고개를 저었다. 에밀리가 죽은 뒤로 모든 것이 변했는데 지금 또 그렇게 되고 있었다. 젯의 머리처럼 무너져 내리는 중이었다.

"하지만 에밀리는 머리카락이 배수구에 걸려 있었어. 빌리 너도 봤다며. 에밀리 꺼내려고 너희 아빠가 머리카락을 잘랐잖아. 열세 살짜리가 사고로 위장까지 하고, 알리바이를 확보하려고 너희 집으로 갔다고? 겨우 열세 살짜리가?"

"나도 모르겠다."

"루크가 에밀리를 정말 죽일 수 있을까? 자기 누나를? 만약 그게 가능하다면 자기 여동생도 죽일 수 있겠지?"

"나도 모르겠다." 빌리도 다른 말들이 블랙홀에 다 빨려 들어가기라도 한 듯 그 말만 반복했다.

"아니야. 알리바이가 있잖아. 내가 공격당할 때 루크는 헨리와 있었어. 아니야. 나를 죽이지 않았어."

"그렇다고 해서…." 빌리는 다시 플래너를 내려다보았다.

"루크가 화나면 무섭긴 하지." 젯은 헨리가 했던 말을 되뇌며 루크가 주먹으로 운전대를 퍽퍽 내리치던 모습을 떠올렸다. 아물어 가던 손등의 딱지가 벗겨지고 결혼반지 아래 피가 고이는 모습을.

고개를 절레절레 흔들자, 두개골의 균열 사이로 새로운 생각이 밀고 들어왔다.

"사고가 아니었다면, 루크가 에밀리를 죽인 거라면… 내 잘못이 아니었던 거야."

"젯." 빌리가 젯을 돌아보았다. 눈 안의 폭풍이 잠잠해지고 있었다. 빌리가 젯의 손을 잡고 젯의 무릎 위에서 꼭 쥐었다. "한순간도 네 잘못이었던 적 없어."

29

 메이슨 가족의 집 앞에 파란색 레인지로버가 젯의 트럭을 막고 서 있었다.
 "여기 있었구나!" 소피아가 소리치며 다가왔다.
 "한참 찾아다녔잖아!" 소피아의 뺨은 잔뜩 달아올라 있었다. 눈에는 눈물이 그렁그렁했다.
 "지겨워." 젯은 걸음을 멈추지 않고 중얼거렸다. "저기, 소피아. 나도 여유롭게 수다 떨고 싶지만 지금은 엄마를 만나러…."
 "루크에게 말했다며!" 소피아가 입에 거품을 물며 으르렁거렸다. "내가 약 얘기 하지 말라고 했지? 근데 그걸 말해?"
 머리가 지끈거렸다. 깨진 옆머리가 충돌하며 맞닿은 지점에서 분노가 튀었다. 소피아가 두 명으로 늘어나더니 그 모습이 또 겹쳐 보였다. 세상이 두 쪽으로 갈라졌다. 시간도 마찬가지였다. 다른 세상의 젯은 무려 17년 전으로 돌아갔다. 무거운 날, 차가운

트로피를 들고 있던 그날로.

"네 말이 맞아. 내 잘못이지." 젯이 쏘아붙였다. "시아버지가 계속 출근하다가 네 남편이 저지른 사기극을 알아낼까 봐 독을 먹인 것도 내 잘못이야."

소피아의 눈이 번쩍 커지고 콧구멍도 넓어졌다. 소피아가 젯과 빌리를 번갈아 쳐다보았다.

"그래." 젯이 말했다. "그것도 알고 있어."

"헨리 림의 사고, 병원비에 대해서도." 빌리가 덧붙였다.

"전부 들통났어, 소피아."

소피아는 깜박이는 법을 잊기라도 한 듯 눈을 전혀 깜박이지 않았다.

"루크는 우리 때문에 그런 거야. 메이슨 가족을 위해서! 망해가는 회사를 루크가 살려냈어. 루크가 구했다고!"

"사기를 쳐서 말이지. 탈세하고." 젯이 한 발 앞으로 나아가 소피아와 눈을 맞췄다. "누군가가 회사에 불을 질렀어. 아마 루크가 한 짓 때문이었겠지. 회사를 구했다는 말이 사실인지 나는 잘 모르겠다. 회사가 없어졌는데!"

"루크는 좋은 사람이야."

"웃기지 마, 소피아!" 젯이 악을 썼다. 분노와 싸우지 않고 분노를 받아들이기로 했다. "너 이제…"

"그러는 너는 달라?!" 소피아가 손가락으로 젯의 가슴을 찌르다시피 가리키며 비웃었다. "너는 좋은 사람이야, 젯?"

"소피아, 네 차나 빼!"

"내가 그랬지." 소피아가 목소리를 낮추고 음험하게 속삭였다. "루크에게 말하면 가만히 안 있는다고. 똑똑히 말했어.

젯이 숨을 들이마시고 소피아와 눈을 맞췄다. "하기만 해." 더 낮고, 더 위협적인 목소리로 말했다.

소피아가 빌리를 돌아보고 입을 열었다.

"소피아, 하지 마!" 젯이 한 손으로 소피아를 밀쳤다.

소피아도 젯을 떠밀었다. 손힘이 얼마나 센지 젯의 등이 레인지 로버에 부딪혔다.

소피아가 빌리의 눈을 똑바로 쳐다보았다.

"너 그거 알아?" 소피아가 빌리에게 물었다.

"빌리, 듣지 마!" 젯이 외쳤다. "우리 가야 돼, 빨리!"

빌리는 소피아 대신 젯을 쳐다보았다.

"제발 듣지 말아줘." 젯이 애원했다. 뱃속에서 소용돌이치는 죄책감에 떠밀려 올라온 눈물로 눈이 따끔거렸다. "가자."

"너희 엄마가 너를 버린 진짜 이유가 뭔지 알아?" 소피아가 웃는 듯한 표정을 지으며 말했다.

"소피아, 제발 그만해!" 둘 사이에 꼼짝없이 갇혀버린 젯이 이제는 소피아에게 애원했다.

"그게 무슨 말이야?" 빌리가 작고 떨리는 목소리로 말했다.

젯은 눈을 감고, 오직 젯을 볼 때만 환해지던 빌리의 눈빛을 떠올린 후 기억에 저장했다. 오늘 이후로 다시는 보지 못할 테니까.

"젯이 그런 거야." 이 상황을 즐기는 듯 소피아가 말했다. "얘 때문에 너희 엄마가 집을 나간 거라고."

"소피아, 그만해!" 젯이 외쳤다. 하지만 이미 늦었다. 빌리의 얼굴만 봐도 알 수 있었다. 눈동자에 폭풍이 휘몰아치고 얼음처럼 차가워졌다. "빌리." 젯이 빌리에게 손을 내밀었다.

빌리는 젯의 손을 잡아주지 않았다. 어깨 근육이 긴장했다.

"뭘 어떻게 했는데?" 빌리가 속삭였다. 젯에게 하는 말이었지만 눈으로는 소피아를 보고 있었다.

"일부러 그런 게 아니야." 젯이 말했다. "그럴 줄은…."

"젯이 학교 끝나고 베스 피니 선생님을 찾아갔어. 우리 2학년 때. 선생님한테 성적을 조작해달라고, 추가 점수 과제 성적을 올려달라고 했지. 죄책감을 건드려서 조종을…."

"그게 아니라…." 젯이 소피아의 말을 잘랐다. 하지만 뭐라고 해야 하지? 다시 할 말을 찾기 위해 빌리를 쳐다보았다. "나는 그냥, 학점을 3.5로 만들어야 했어. 아니면 다트머스에 들어가지 못하니까. 꼭 다트머스에 들어가야 했단 말이야. 에밀리가 가려던… 아무튼 미적분 과제 점수만 조금 올리고 싶었어. 그게 다야."

"다 계획했어." 소피아가 앞으로 나왔다. "나랑 같이. 어떤 말로 협박해야 너희 엄마가 성적을 조작해 줄지. 젯은 죽은 언니를 이용하는 게 최선이라고…."

"입 다물어, 소피아." 젯이 얼굴을 닦고 빌리 앞에 섰다. 소피아가 아닌 젯을 보도록. 소피아가 아니라 젯에게서 직접 들어야 했다. 소피아는 말을 무기처럼 사용해 두 사람 모두에게 상처를 주려 하고 있었다. 그것도 웃으면서. "사실이야. 내가 너희 엄마를 찾아가서 에밀리 얘기를 꺼내고 내가 왜 다트머스에 들어가야 하는지 설명했어. 그런 다음, 내가 엿들은 우리 엄마 말을 그대로 전했어. 그날 엄마가 너희 아빠에게 에밀리와 루크 잘 있는지 확인해달라고 부탁했다는 거. 부탁대로 했다면, 에밀리가 아직 살아 있었다면 미래가 어떻게 달라졌을지 궁금하다고 말했어. 잘못이라는 거 알아. 끔찍한 잘못이었어. 나는 선생님이 에밀리 일로 죄책감을 느끼고 나를 도와줄 수 있지 않을까 생각한 거야." 젯이 코를 훌쩍였다. "그렇게 속상해할 줄은 몰랐어. 갑자기 우시더라고. 내가 선을 넘었던 거야… 미안해, 빌리. 정말 미안해."

다시 빌리에게 손을 뻗었다.

빌리가 흠칫 굳더니 뒷걸음질을 쳤다. 고개를 저었다. 평소 촉촉하던 눈에 눈물이 맺혔고 눈을 깜박이자 눈물이 턱까지 흘러내렸다.

"바로 그날이었어." 소피아가 다시 조준하며 말했다. "너희 엄마가 짐 싸서 떠난 날. 젯이 그런 거야. 젯 때문에 너희 엄마가 마을을 떠났다고. 그게 전부는 아니었을지도 모르지만, 결정적인 이유는 젯이었어." 소피아가 공허하고 잔인하게 웃었다. "어릴 때부터 그렇게 좋아했으면서, 얘가 네 인생을 망친 장본인이라는 건 까맣게 몰랐구나!"

젯이 눈을 깜박였다. 그 말은 젯의 가슴 정중앙에 꽂혀 또 하나의 블랙홀을 만들었다.

"미안해, 빌리. 정말 미안해."

빌리의 숨소리가 떨렸다. 길 쪽으로 젯에게서 한 걸음 더 물러났다. 입을 벌리자 눈물 줄기가 입술 위에서 갈라졌다.

"그래서 엄마가 해줬어?" 빌리가 물었다. 빌리의 시선은 젯이 아닌 하늘을 향했다. 별 하나 없이 구름만 끼어 있는 하늘을. "네 성적 바꿔줬어?"

젯의 턱이 움찔하고 아랫입술이 파르르 떨렸다. "응." 젯이 속삭였다. "빌리, 나는…."

"믿을 수가 없어." 빌리가 한 손으로 얼굴을 문질러 나머지 눈물을 훔쳤다. 이런 상황에서도 빌리는 소리를 지르지 않았다. 그러기에는 상처가 너무 깊었다. "지난 10년 동안 엄마가 왜 우리를 버리고 갔을까 궁금해하며 살았어. 나는 정말 사랑받을 수 없는 놈인가 생각했지. 그래서 나를 낳아준 엄마조차도…" 빌리가 하려던 말을 삼키고 눈물을 닦았다. "너는… 다 알았잖아, 젯. 어떻게… 네가. 네가." 빌리가 드디어 소리쳤다. 목소리가 갈라졌고 젯의 심장도 찢어졌다.

"빌리, 나는…."

"미안해, 못 하겠다."

빌리가 부츠로 돌바닥을 긁으며 돌아섰다. 진입로를 벗어나 도로로 걸어갔다.

젯을 두고 떠났다.

돌아보지도 않았다.

"빌리!" 젯이 외쳤다. 나무에 부는 바람이 조롱하듯 젯의 목소리를 삼켰다.

"루크에게 말하지 말았어야지." 소피아가 험악한 목소리로 말했다. "그러고도 무사할 줄 알았어, 젯?"

젯이 소피아를 밀치고 코트 먹살을 잡았다.

얼굴에 대고 비명을 지르고 싶었다. 한 대 치고 싶었다. 자신이 받은 상처뿐 아니라 빌리의 상처까지 모두 소피아에게 퍼붓고 싶었다. 하지만 그러는 대신, 소피아의 가슴을 후벼 팔 만한 말로 똑같이 되갚아 주었다.

"평생 지금처럼 불행하길 바라." 젯이 소피아의 어두운 눈동자를 똑바로 응시하며 속삭였다. 진심이라는 의미로 눈 한 번 깜박이지 않았다.

젯은 소피아를 버려두고 거리로 나갔다. 소피아 따위에 1초도 낭비하고 싶지 않았다. 소중한 1초, 1분, 1시간은 다른 사람을 위해 써야 했다.

"빌리!" 젯이 외치며 빌리를 쫓아갔다.

하지만 빌리의 걸음이 너무 빨랐다. 한참 앞서 있던 빌리는 어느새 큰길까지 내려갔다.

"빌리, 기다려!"

젯의 소리가 들리지 않는 모양이었다. 아니면 듣기를 거부하는지 더 빠르게 걷기 시작했다. 빌리의 모습이 흐려지더니 온 세상이 두 개의 불균형한 덩어리로 갈라졌다.

젯은 나무에 몸을 기대고 숨을 고르며 최악의 순간이 지나가기를 기다렸다. 빌리를 놓쳤다. 더는 빌리가 보이지 않았다. 하지만 빌리를 잃을 수는 없었다.

젯은 길을 따라 달렸다. 머릿속에서 북소리가 울렸다. 심장박동은 아니었다. 심장은 이미 블랙홀에 빨려 들어가 어딘가로 사라졌으니까. 빌리의 심장도 아마 같은 곳에 있을 것이다.

젯은 빌리의 뒤를 쫓았다. 분명 이 길을 지나갔을 것이다. 그런 광장을 지나 집으로.

그냥 빌리의 아파트가 아니다.

그곳은 '집'이었다.

갑자기 땅이 흔들린 것처럼 현기증이 나더니 다리가 휘청였다. 몸이 쓰러질 것처럼 무거워졌다. 젯은 눈을 깜박이며 버텼다. 빌리를 쫓아가야 했다. 빌리를 찾아야 한다. 그것 말고는 아무것도 중요하지 않았다. 아무것도 젯을 막지 못했다.

하지만 복병이 있었다.

경찰차 한 대가 인도를 막고 젯 앞에 멈춰 섰다.

문이 하나 열렸다. 그리고 하나 더.

경찰서장과 잭 피니 경사가 차에서 내렸다.

"젯." 잭 피니가 문을 닫고 말했다. "얘기 좀 하자."

"지금은 안 돼요." 젯이 코를 훌쩍였다. 차를 돌아 잔디밭으로 계속 나아갔다. "더 중요한 일이 있어서요."

"선택하고 말고 할 게 아닙니다." 서장이 소리치고는 빠른 걸음으로 젯을 따라잡았다. 젯의 팔을, 감각이 없는 쪽 팔을 잡고 젯을 끌어당겼다. "마거릿 메이슨, 2급 방화 혐의로 체포합니다. 당신은…."

"뭐라고요?!" 속이 텅 비어버린 느낌이었다. 뜨겁고 흉측한 공포만이 남았다. "아니, 아니. 잘못 짚었어요. 나 체포하면 안 돼요. 시간이 얼마 없단 말이에요!" 손을 뿌리쳤다.

"당신은 묵비권을 행사할 권리가 있고…." 서장은 고지를 이어갔다.

안 돼. 막아야 한다.

"안 된다고! 그거 가져와요. 여, 여, 여…." 썅, 뭐더라? 법률 용어로? 분명 알 텐데. 알아야 했다. 그래야 이 사태를 막을 수 있었다. "법원에서 여, 여, 영… 내 눈으로 보기 전에는 안 돼요. 여, 영…."

서장은 말을 들으려 하지 않았다. 수갑을 쥐고 젯의 손목으로 가져갔다.

도저히 그 단어가 떠오르지 않았다. 다른 방법도 없었다. 이대로 끌려갈 수는 없었다. 본능이, 젯의 눈 안쪽에서 시작된 불길이 젯의 몸을 차지하고 새로운 힘을 불어넣었다.

젯이 왼손으로 경찰서장의 어깨를 세게 밀쳤다.

서장이 연석을 헛디뎌 휘청했다. 젯은 뒤도 돌아보지 않고 달리기 시작했다.

"도망친다!" 뒤에서 서장이 외쳤다. "잡아, 잭 피니 경사. 어서!"

차 문 두 개가 다시 쾅 닫히고 엔진이 으르렁거리며 깨어났다.

그러더니 사이렌이 젯을 겨냥해 비명을 질렀다.

젯은 도망쳤다.

떨리는 숨을 마셨다 뱉었다.

아무 생각도 하지 않았다. 그냥 달렸다.

운동화 밑창이 바닥을 때리는 소리가 울렸다. 세상이 이리저리 기울어지며 젯의 균형 감각을 흔들어 놓았다.

경찰차가 바로 뒤에 붙어 쫓아오고 있었다. 종아리에 자동차의 뜨거운 숨결이 느껴졌다.

젯은 왼쪽으로 방향을 틀어 공립도서관 뒤쪽의 주차장으로 들어가려다 막 차를 빼던 은색 트럭 보닛에 부딪혔다.

운전자가 경적을 빵 울렸다.

젯은 트럭 보닛을 짚고 몸을 일으켜 세운 뒤 비틀거리며 트럭 뒤로 빠져나갔다.

그리고 뒤를 돌아봤다.

경찰차가 은색 트럭을 피해 젯을 따라 주차장으로 들어왔다. 속력이 점점 높아졌다.

젯을 통째로 삼킬 기세로 사이렌이 울려댔다.

젯은 주차장 끝으로 더 세게 내달렸다.

주차장 끝의 벽돌 벽에 다다르자 속력을 높여 벽 가장자리를 왼손으로 짚고 뛰어넘었다. 깔끔하게 넘지는 못했다. 발이 걸려 반대쪽 자갈밭에 데굴데굴 굴렀다. 하지만 넘긴 넘었다.

사이렌이 뚝 끊기고 차 문 두 개가 쾅 닫혔다.

"젯, 제발 멈춰!" 잭이 소리쳤다.

안 그래도 뒤를 확인하려고 멈춰 선 참이었다. 두 경찰이 벽을 넘어 쫓아오고 있었다.

잡히나 봐라.

이럴 시간은 없었다. 목숨이 48시간도 남지 않았는데 포기하라고? 절대로 그럴 수 없었다.

젯은 달렸다.

나무 사이를 헤치고, 길을 건너 건물 사이의 좁은 골목을 지났다.

주차된 차를 밟고 올라가 담을 넘으려는데, 차에서 경보가 울려 경찰에게 젯의 위치를 알렸다.

망했다.

하지만 이번에는 제대로 착지했고 그대로 계속 달렸다.

절대 붙잡히지 않을 것이다.

모퉁이를 돌아 또 다른 주차장을 가로질렀다.

약국 뒤편 골목을 통과하면 센트럴 스트리트가 코앞이었다. 조금만 더 가면 집이, 빌리가 있다.

골목이 점점 좁아지며 젯을 압박했다. 벽돌들이 젯을 집어삼킬 듯 스쳐 지나갔다.

이제는 앞도 잘 보이지 않았다. 세상이 빙글빙글 돌고, 다리에 힘이 풀리기 시작했다.

갈빗대가 심장을 찌를 듯 죄어왔다.

젯은 쓰레기 컨테이너 뒤에 멈춰 서서 숨을 돌렸다. 호흡과 심장박동과 어지러운 시야를 가라앉혔다. 그러지 않으면 다 무너질 것 같았다.

딱 2초만. 그러고는 다시 뛰어나갔다.

골목 반대쪽에서 잭 피니가 나타났다.

젯은 왔던 길로 되돌아가려고 몸을 돌렸지만, 뒤에서는 경찰서장이 젯을 가로막고 있었다.

"멈춰, 젯!" 잭이 외쳤다.

"싫어요." 숨이 부족해 간신히 입 밖으로 내뱉었다.

"잡아!" 서장이 악을 썼다.

건물 벽면에 소방용 비상계단이 보였다.

젯은 두 사람과 경주를 벌이듯 그쪽으로 맹렬히 내달렸다. 왼손으로 계단 끝에 달린 사다리를 붙잡고 발 하나를 올렸다. 사다리만 오르면 창문을 깨고 안으로 들어가…

그때, 누군가의 손이 젯의 재킷과 머리카락 일부를 움켜쥐고는 잡아당겼다.

땅으로 끌려 내려왔지만 넘어지지는 않았다. 뒤에서 젯을 벽으로 밀어붙였다. 입술과 뺨이 벽돌에 쓸렸다. 손 하나가 젯의 뒤통수를, 그것도 망치에 깨진 부위를 눌렀다.

경찰서장이 젯에게 몸을 밀착한 채 양팔을 강제로 모았다.

수갑이 손목을 조이는 감각이 뒤늦게 전해졌다.

"안 돼요. 제발."

마지막 희망마저 사라졌다. 이 세상에 남아 있던 시간도 함께 사라져 버렸다.

"마거릿 메이슨." 서장이 숨을 헐떡이며 말했다. "2급 방화 혐의로 당신을 체포합니다. 당신은 묵비권을 행사할 권리가 있습니다. 지금부터 하는 모든 말은 법정에서 불리한 증거로 사용될 수 있습니다."

30

플래시가 번쩍이고, 쉬이익 소리를 내며 카메라 필름이 감겼다. 젯의 왼손에는 플래카드가 들려 있었다.

이름: 마거릿 메이슨
나이: 27세
수감번호: 4669283

"카드 보지 말고 여기 카메라 보세요."
젯은 시키는 대로 했다. 하얀 플래시 불빛에 눈이 멀었다. 아무것도 보이지 않았다. 이 공간도, 수속 담당 경찰도, 젯 본인조차도. 눈 안쪽의 집요한 통증만 남기고 전부 사라졌다.
"왼쪽으로 돌아서십시오."
또 한 번 플래시가 터졌다.

시간이 흘렀고 젯의 의식은 사진을 찍히는 순간과 순간 사이를 띄엄띄엄 오갔다. 그저 두통이 머릿속을 지배하고 있었다.

수갑이 벤치에 묶였다.

또 머리에서 발끝까지 몸수색을 당했다.

"흉기를 소지하고 있습니까?"

"아니요." 또 대답했다.

또 다른 벤치로 이동했다.

"유리 스캐너에 손 올리세요. 손가락 펼쳐서."

유리 아래에서 초록색 빛으로 된 선명한 선이 위아래로 움직였고 모니터에 젯의 지문이 나타났다.

"오른손."

"안 움직여요."

다른 작은 철제 의자에 떠밀리듯 앉았다. 전에도 들어와 본 적 있는 조사실이었다. 위에 달린 디지털시계는 종말을 향해 카운트다운을 하고 있었다. 깜박이는 빨간 숫자는 젯의 뇌에 천천히 새고 있는 피와 같았다. 뒤에서 타오르는 불길과도 같았다.

다시 수갑이 채워졌다. 금속이 손목에 자국을 남겼다. 멀쩡한 팔이 죽은 팔과 엮여 테이블 위에 고정되었다.

"시계 그만 보고, 여기를 봐요." 맞은편에 앉은 서장이 말했다. 그 옆에는 잭 피니가 앉아 있었다. 세 사람의 이런 쇼는 처음이 아니었다. 하지만 이번에는 달랐다. 자물쇠와 쇠사슬에 묶여 벗어날 수 없었다.

"말했잖아요. 메이슨 건설에 불 같은 거 안 냈다고요." 젯이 따졌다. 모든 희망이 사라진 지금, 젯의 목소리는 높낮이가 사라져 이상했다. "나 아니에요."

"이건 매우 중대한 범죄입니다." 서장이 말했다. "B급 중죄에 해당하죠. 알겠어요, 젯?"

"네. 일주일 전에 누가 나를 죽여서 살 수 있는 시간이 이제 36시간 정도밖에 안 남은 건 아시고요?" 목소리가 더 이상하고 단조로워졌다. 젯은 서장 대신 잭을 쳐다보며 말했다. 그의 눈빛은 상대적으로 더 다정하고 친숙했다. "보내주세요."

"안타깝지만 불가능합니다." 서장이 끼어들었다.

"나 곧 죽는다고요!" 젯이 왼쪽 주먹으로 테이블을 쾅 때렸다. 눈 안쪽이 섬광처럼 번쩍이더니 머릿속에 지옥 불이 번졌다. 그 안으로 빨려 들어갈 것만 같았다.

"그런다고 달라지는 건 없습니다." 서장이 코를 훌쩍였다. "법은 법이니까요. 충분한 증거가 확보되어…."

"무슨 증거요?"

서장이 한숨을 쉬고 파일에 손을 뻗었다. 테이블에서 미끄러지는 파일도 한숨 비슷한 소리를 냈다.

"11월 5일 수요일, 밤새 빌리 피니의 아파트에 있었다고 했죠."

"네, 맞아요."

"거짓말인 거 알아, 젯." 잭이 말했다. 하지만 그렇게 말하기가 고통스럽다는 듯 시선을 피했다.

서장이 파일에서 무언가를 꺼냈다. 사진의 사본이었다. 종이를 젯 쪽으로 밀고 확인하라며 뒤집었다.

사진 속에는 뒤에서 찍힌 젯의 트럭이 담겨 있었다. 달빛과 플래시 불빛을 제외하면 주변은 온통 캄캄했다. 트럭은 메이슨 건설 입구 근처의 길가에 주차되어 있었다.

젯은 반응하지 않고 사진을 밀어냈다. "아빠 회사라 자주 드나

들었어요. 언제 찍힌 사진인지 알고요. 이런 건 증거라고 할 수 없죠."

서장이 앞으로 당겨 앉자 의자가 삐걱거렸다. "메타데이터를 보면 이 사진은 수요일 밤 11시 22분 메이슨 건설 진입로에서 찍혔습니다."

젠장.

젯은 눈도 깜박이지 않았다.

"건물 내부의 화재경보기가 오후 11시 17분에 작동되었고 오후 11시 31분 소방차가 도착했죠. 자, 젯." 서장이 다섯 손가락을 다 맞댔다. "정말 빌리의 집에 밤새 있었다면 왜 화재가 일어난 시각 당신의 차가 건물 앞에 주차되어 있었을까요?"

젯은 입을 꾹 다물었다. 망할, 걸렸다. 여기서 빠져나가야 했다. 그러려면 무슨 말을 해야 할까? 하지만 사진으로 또 한 번 눈길을 주자 다른 질문이 먼저 치고 올라왔다.

"저 사진은 누가 찍은 거예요?" 젯이 그 질문을 뱉었다. 대체 어떤 놈이 밤 11시 22분에, 젯과 빌리가 안에서 거의 타죽을 뻔했던 그 시간에 거기서 사진을 찍고 있었단 말인가? 이 의문은 속으로만 삼켰다.

서장이 주먹에 대고 기침을 했다. "목격자입니다."

"뭘 목격했는데요?" 젯이 허리를 세웠다.

"알려줄 수 없습니다."

"왜요?"

"그럴 수 없으니까요."

젯이 몸을 앞으로 숙이고 손가락 하나로 사진을 짚었다. 오른손도 함께 끌려 올라왔고 수갑의 쇠사슬이 테이블에 철컹철컹 부딪했다.

"화재가 일어난 시각에 마침 그 근처에 있었다는 목격자가 용의자일 수도 있다는 생각은 안 해보셨나 봐요?"

서장이 고개를 저었다.

"목격자는 당시 그곳에 있을 합당한 이유가 있었습니다. 반면 당신은…."

"합당한 이유가 뭔데요? 목격자는 누구고요?"

젯은 결단코 불을 지르지 않았다. 그때 현장에 다른 사람이 있었다면, 이 목격자라는 인간이 진범일 것이다. 젯을 두 번째로 죽이려 한 범인. 첫 번째 범죄도 같은 인물의 소행일 수 있었다. 자신을 죽인 범인을 찾는 젯의 여정이 이렇게 마무리되는 건가? 수갑을 차고 앉아서 하지도 않은 범죄로 추궁을 받으며?

그 이름만 들으면 됐다. "누구냐니까요?!"

경찰서장이 고개를 숙였다. "이름을 말할 수는 없지만 용의자는 아닙니다. 그 사람은 경보가 울렸을 때 알림을 받고 무슨 일인가 해서 현장으로 갔다고 합니다. 밖에 서 있는 당신 트럭을 보고 중요한 단서라고 생각해 사진을 찍었어요."

젯이 고개를 저었다. "지금 무슨 말을 하는 거예요? 알림을 받았으면… 우리 아빠라고요?"

서장은 대답하지 않았다. 움직이지도 않았다.

하지만 젯에게는 충분한 대답이었다. 생각이 바쁘게 돌아갔다. 통증을 피해 머리를 이리저리 굴렸다.

"아니야." 젯이 코를 훌쩍였다. "루크 말하는 거죠? 루크가 소방차보다 먼저 현장에 와 있었어요?"

"증인은 화재가 시작된 이후인 오후 11시 22분 회사 앞에서 당신의 트럭을 목격하고 사진을 찍었습니다. 왜냐하면…."

"루크 맞죠." 웃음이 나오려 했다. 웃음은 젯의 가슴에 공허하게 퍼져 나갔다. "경보가 11시 17분에 꺼졌다면서요. 루크가 그래요? 5분 만에 자기 집에서 메이슨 건설까지 와서 사진을 찍었다고? 웃기고 있네. 이미 와 있었던 거지."

루크가 현장에 이미 와 있었다면 가능한 이유는 하나뿐이었다. 마지막 퍼즐이 맞춰지고 금속 나사와 철망으로 고정되었다. 젯의 머리처럼.

"루크가 사진을 줬죠?" 젯이 치아의 절반만 보이게 입꼬리 한쪽을 올려 얼굴을 일그러뜨리고 물었다. "죄책감 장난 아니겠네. 경찰에 제출한 증거 쪼가리가 자기 동생을 지목했으니. 참 유능한 목격자 나셨군."

젯의 등줄기를 타고 내려온 분노가 뱃속에서 화르르 타올랐다. 젯이 발길질을 해대자 테이블 다리에 발이 걸렸다. 목구멍 깊은 곳에서 짐승 같은 소리가 끓었다.

젯이 움찔하며 부들부들 떨리는 손을 테이블에서 들어 올렸다.

"개새끼가." 젯이 욕설을 뱉었다. "루크네. 루크가 불을 질렀어요. 그래 놓고 나한테 뒤집어씌우려는 거라고요."

루크는 젯의 트럭을 봤다. 건물에 휘발유를 붓고 불을 붙일 때 젯이 그 안에 있다는 걸 알았다. 회사와 함께 타죽어도 괜찮다고 생각했다는 거다. 그리고 이제는 경찰이 젯을 체포하게 만들었다. 남은 시간이 얼마 없는 젯을. 그래서 더 악랄했다.

"젯." 잭의 목소리는 단호하지만 차분했다. "스트레스가 심한 상황이라는 건 이해하지만…."

"아, 그러세요?"

"거기서 뭘 하고 있었는지 말해야 해."

거기서 뭘 하고 있었냐고? 진실을 말할 수는 없었다. 젯이 보안 카메라에 테이프를 붙이고 경보를 해제했다고 하면 어떻게 보이겠는가? 생각하자. 생각.

"당신은 정문과 열쇠 보관함 비밀번호를 알고 있죠." 서장이 굳은 눈빛으로 결정타를 날리기 위해 움직였다. "그렇게 침입했을 겁니다."

"무슨 말을 하는지 모르겠네요."

"카메라에 테이프를 붙여서 들어가는 모습은 찍히지 않게 했고요."

사실이긴 하지. 하지만 불 싸지르러 들어간 게 아니라고.

"누가 카메라에 테이프를 붙였어요?" 젯이 되물었다.

"당신은 경보를 해제하는 비밀번호도 알고 있죠."

"그거 질문인가요? 아니면…?"

"그냥 자백하면 일이 훨씬 수월해질 겁니다." 서장이 말했다.

"정말 그럴까요?" 젯이 자세를 바꾸자 수갑이 철컹거렸다.

"손에 있는 건 화상 자국인가요?" 서장이 젯의 손을 가리켰다.

"요리하다가 다쳤어요."

"뭘 만들었습니까?"

"파스타요."

"자, 젯. 그 마음 이해합니다." 경찰서장이 한숨을 쉬었다.

"그러세요?"

"끔찍한 일을 당했고, 그래서 화가 났겠지요. 남은 시간 동안 그 분노를 다른 사람에게 표출하자고 생각했을지도 모르겠습니다. JJ가 당신을 공격할 때 옆에서 도와주지 못한 아버지나 형제에게 화가 났을 수도 있어요. 회사를 불태워 그들에게 본때를 보여주자. 그런 거 아닙니까? 말을 해봐요, 젯. 우리가 도울 수 있게."

"내 살인 사건을 해결할 때처럼요?" 젯이 물었다.

"젯." 잭이 나직이 말했다.

"나는. 그 건물에. 불을. 지르지. 않았어요."

경찰서장이 주먹으로 테이블을 쳤다. "그럼. 거기서. 뭘. 하고. 있었는데?"

"트럭에 있었죠. 그냥 거기 차 세워놓고 있었어요. 한적한 도로라."

"혼자?"

젯이 침을 삼켰다. '혼자 있었다'는 알리바이가 되지 않았다. 하지만 빌리가 모든 책임을 뒤집어쓰게 하지는 않을 것이다. 절대로. 빌리는 계속 살아가야 했으니까.

"아니요, 누구랑 같이 있었어요." 젯이 말했다.

"누구?"

"알려줄 수 없습니다." 젯이 서장의 말투를 흉내 내며 말했다.

"빌리니?" 잭이 조용히 말했다. 질문처럼 말끝을 올렸지만, 사실 질문은 아니었다.

그 이름 외에는 다른 대답이 있을 수 없었다.

젯은 아무 말도 하지 않았다.

"트럭에서 빌리 피니와 뭘 하고 있었던 거죠? 그날 밤, 그 시간, 그 도로에서?" 그 말을 한 경찰서장은 승리자처럼 의기양양하게 의자에 기대앉았다.

"뭘 했을 것 같아요?" 젯이 빈정거렸다. 솔직히 말하면 대답할 시간을 벌기 위한 작전이었다.

"직접 말해요."

순간 한 가지 기억이 머리를 스쳤다. 빌리가 도로를 지나는 사람이 트럭을 발견하지 않을까 걱정해서 젯은 걱정하지 말라며 우스갯소리로 핑계를 만들어 냈었다.

젯이 미소를 지으며 그 말을 그대로 다시 읊었다.

"카섹스요. 발정 난 애들처럼."

잭이 바닥으로 시선을 떨어뜨렸다. 관심을 피하고 싶었겠지만 하필 그 순간 의자가 삐걱거리며 잭에게 관심이 쏠렸다.

"죄송해요." 젯이 잭을 보며 말하고 다시 서장을 돌아보았다. "트럭에서 섹스하기도 죽기 전 버킷리스트에 있었거든요. 그래서 거기 갔던 거예요. 우리는 불이 난 것도 몰랐다고요. 사이렌 소리를 듣고 떠났어요. 그것뿐이에요."

서장이 고개를 저었다. "내 생각은 달라요. 당신이 했다는 거 압니다."

"내가 건물 안에 들어갔다는 증거라도 있어요?"

서장이 잭을 힐끗 보고 눈빛으로 무언의 대화를 나누었다. '없다'라는 경찰들만의 언어였다.

젯이 몸을 앞으로 기울였다. "없으면 보내주세요."

잭이 까끌까끌한 수염을 문질렀다. 제복이 상징하는 경찰이라는 정체성과 젯이 태어날 때부터 봐왔던 이웃이라는 정체성 사이에서 갈등하고 있는 듯했다. "그건 안 돼." 잭이 말했다. "판사가 네 체포 영장을 발부했어."

영장! 아까 생각이 안 나던 단어는 이거였다.

잭은 설명을 계속했다. "기소 여부는 검사가 결정할 거야."

"알았어요." 젯이 말했다. "기소하고 보내줘요. 마음대로 하세요. 어차피 내일이 지나면 아무 상관 없어질 텐데."

잭이 고개를 작게 저었다. "기소 처분이 난다면 아침까지 너를 구금하게 되어 있어. 그런 다음 법정에 출석해서 무죄를 주장하거나 유죄를 인정하는 절차가 있고. 보석을 요청할 수 있고, 판사가 요청을 받아들일 수도 있지만 보석금을 내기 전까지는 카운티 교도소에 수감될 거야."

"그럴 시간 없어요." 젯의 언성이 높아졌다. "지금은요? 가도 돼요? 나갈 수 있는 방법이 있어요?"

잭이 또 한 번 고개를 작게 저었다. "검사가 기소 여부를 결정할 때까지 너를 붙잡아 둬야 해."

"언제까지 붙잡아 둘 수 있는데요?"

"48시간."

젯의 목구멍이 완전히 닫히며 호흡을 차단했다. 방이 기울어지고 눈앞의 세상이 두 겹, 세 겹으로 번졌다. 숨을 쉴 수가 없었다.

젯은 눈을 감았다.

"끝이네요." 젯이 말했다. "이렇게 죽는 거였군요. 외롭게. 감방 안에서. 이렇게 끝나는 거였어."

흰색 페인트를 바른 벽과 바닥은 이미 더러운 회색빛이 되어 있고, 식수대는 구석에 있는 금속으로 된 변기와 일체형이었다. 물을 마시려면 그곳을 이용해야 했다.

젯은 들고 있던 플라스틱 컵을 반으로 찢은 다음 잘게 쪼개버렸다. 작은 조각들이 눈처럼, 재처럼 젯의 주위로 흩어졌다.

바닥에 앉았다. 벤치보다는 덜 아팠으니까. 다리를 뻗으면 반대쪽 벽에 닿을 만큼 좁았다. 젯이 몸을 다 펴지도 못할 만큼.

검은 창살 사이로 찬바람이 들어와 너무 추웠다. 옷으로 가리지 않은 팔에 닭살이 오소소 돋아났다. 등줄기를 타고 소름이 끼쳤다.

젯은 이 안에서 죽는다.

문마저 창살인 이 좁고 차가운 방에서 죽음을 맞을 것이다. 그만 현실을 받아들이고 눈물을 그쳐야 했다.

그만 울어, 젯.

그럴 수 없었다.

눈을 깜박이자 눈물이 더 줄줄 흘렀다.

다 끝났다.

젯은 실패했다.

젯은 언제나 실패했다. 왜 이번에는 다를 거라 생각했을까?

답을 찾지 못하고 함께 무덤으로 들어가게 될 질문이 너무 많았다.

니나가 아는 엄마의 비밀은 뭐였을까? 에밀리가 엿들었다는 루크 이야기는 대체 뭘까? 어린 시절 정말 루크가 에밀리를 죽였을까? 익사할 때까지 물속에 머리를 눌러서? 루크는 자기가 물려받으려고 평생을 공들인 회사인 메이슨 건설에 불을 지를 때 젯을 죽일 작정이었을까? 자기만 살겠다고 젯을 경찰에 넘겨 마지막 남은 시간을 빼앗아 놓고 미안함을 느낄까? 콜비 공구 세트의 주인은 누구일까? 빨간 가발의 머리카락은 누가 흘렸을까? 핼러윈에 젯을 죽인 사람은 누구일까? 그리고 왜 그랬을까?

젯은 죽어도 싼 사람이었을까?

젯이 코를 훌쩍이고 소매로 콧물을 닦았다.

하지만 그 모든 사실을 합쳐도 이것만큼 끔찍하지는 않았다.

젯은 빌리에게 미움을 받는 채로 죽을 것이다.

그게 최악이었다.

가슴에서 시작된 시커먼 블랙홀이 모든 것을 집어삼키며 퍼져 나갔다.

빌리의 창백한 눈동자만 남기고.

젯을 두고 떠나던 차디찬 눈빛. 젯에게는 그것이 빌리의 마지막 모습이겠지. 빌리에게도 젯의 마지막 모습일 테고.

지난주 이 시간에는 상상도 하지 못했다. 누가 알았을까? 빌리가 젯에게 가장 소중한 존재가 될지?

그냥 착해 빠진 빌리가 아니었다. 빌리는 그보다 더 큰 의미를 가진 존재였다.

젯에게 빌리는 집이었다.

하지만 젯이 죽게 될 곳은 이 유치장이었다. 유치장은 잠시 머무는 곳이지, 무덤이 아닌데 말이다.

문이 끼익 열리고 발소리가 들렸다. 여러 사람이었다. 복도에 울려 퍼지는 그들의 발소리가 점점 더 가까워졌.

젯은 코를 훌쩍이고 일어났다. 창살로 걸어가 밖을 내다보았다.

남자 넷이었다. 둘은 제복을 입었고, 둘은 아니었다. 한 명은 등 뒤로 수갑을 차고 끌려가는 중이었다.

"JJ?" 젯이 창살에 얼굴을 들이밀며 말했다.

"젯?" JJ의 고개가 젯 쪽으로 홱 움직였다. 짙은 색 눈에 두려움이 스몄고 당황스러운 듯 미간을 찌푸렸다. "너 여기서 뭐 해?"

"말 걸면 안 됩니다." 에커 형사가 으름장을 놓으며 JJ의 팔꿈치를 더 꽉 쥐었다.

"괜찮아요." 한 덩어리로 뒤엉켜 유치장 앞을 지나는 남자들을 향해 젯이 말했다.

"나를 판사 앞에 데려간대." 에커와 서장에게 붙잡힌 JJ가 젯 앞에 멈춰 서려고 몸부림을 쳤다. "나를 기소할 거래. 나 아니야, 젯. 내가 안 그랬어."

"갑시다!" 에커가 호통을 쳤다.

"알아." 젯이 말했다.

"전화하고 싶었는데, 이 사람들이 전화를 못 하게 했어."

JJ가 신음했다. 경찰서장이 계속 가라고 JJ를 벽으로 밀었기 때문이다.

JJ는 창살에 얼굴을 대고 그들의 뒷모습을 바라보았다. 서장과 에커가 양쪽에서 JJ를 빈틈없이 붙잡은 상태였고, 두 걸음 뒤처져 걷는 잭 피니가 젯의 시야에서 JJ를 가렸다.

"미안하다고 말하고 싶었어." JJ의 말끝이 길게 늘어졌다. 끌려가지 않으려고 버티고 있는 듯한 목소리였다. "대출 말이야. 헨리 일로 너무 급했어. 미안해."

"알아." 젯은 아까와 똑같은 대답을 했다. 답을 알지 못하는 질문 중 하나를 가운데에 놓고 머리가 빙빙 돌았다. 지금이 아니면 다시는 묻지 못한다. "잠깐만, JJ. 혹시 축제 때 나 만졌어?" 젯이 창살 사이로 외쳤다. "빨간 가발 쓰고 내 팔 붙잡은 적 있어? 기억이 안 나서 그래."

"멈추지 말고 계속 걸어요!"

"아니, 아니야. 너 안 만졌어. 그리고 나 아니야! 네가 그렇게 된 거 가슴 아프…"

끝에서 문이 쾅 닫히며 JJ를 데리고 나갔다. 그러는 소리가 들렸다. 거기까지 보이지는 않았으니까.

"알아." 젯이 속삭였다. 감옥에서 죽음을 맞이할 사람은 젯 혼자가 아니었기 때문이다. JJ는 진범이 아니었다. 젯도 불을 지르지 않았다. 하지만 더는 아니라고 소리를 지를 수 없었다. 정말 아무것도 남아 있지 않았다.

아니, 아직 남은 게 있었다.

발소리 하나가 다시 이쪽으로 다가왔다.

빌리의 아빠, 잭이었다. 젯이 있는 유치장 앞에 멈춰 서서 젯과 씁쓸한 미소를 주고받았다.

"미안해, 젯." 잭이 코를 훌쩍였다. "그래서 내가 뒤로 데리고 나가야 한다고 말했는데. 네게 말을 걸지 못하게."

하지만 젯은 오히려 기뻤다. JJ가 한 어떤 말이 계속 머릿속을 맴돌고 있었기 때문이다. 그 말은 아직 블랙홀의 마수에 걸리지 않고 남아 있었다.

"전화." 젯이 차가운 창살에 이마를 대고 말했다. "잭 아저씨, 저 전화 통화 할 수 있지 않아요?"

"응. 할 수 있지."

"그거… 지금 가능해요?"

잭이 창살 너머로 유치장 안을 들여다보았다. 젯의 윤곽선을 따라, 잘게 찢긴 플라스틱 컵이 마치 젯의 유령처럼 뒤에 남겨져 있었다.

"물론."

잭이 주머니에서 열쇠를 꺼내 자물쇠를 풀었다. 유치장 문을 열어젖히자, 경첩의 금속이 비명을 질렀다.

"그… 수갑을 채워야 해." 잭이 조용히 말했다.

"알았어요."

하지만 손목을 모아 내밀 수 없었다. 손 하나만 겨우 올라갔다. 잭이 젯의 오른팔을 잡아 올리고 양손을 결박했다. 그래도 잰카우스키 서장보다는 수갑을 느슨하게 채웠다.

"이쪽이야."

잭이 젯을 오른쪽으로 안내했다. 복도와 문을 지나 사무실 구역으로 들어갔다. 책상과 서류와 창문, 오후의 흐릿한 햇살이 보였다. 벽에 붙은 유선 전화도. 두꺼운 전화선에 검은 수화기가 달려 있었고 버튼은 손때로 맨질맨질했다.

잭 피니가 젯의 어깨에 다정히 손을 올리고 젯을 전화기로 이끌었다.

"아버지한테 전화해." 잭이 코를 훌쩍였다. "네 아빠라면 네 상황을 참작해 너를 빼내 줄 변호사를 선임할 수 있을 거야. 얼마든지 가능해. 아빠에게 전화를 걸자, 젯. 이 문제를 해결해달라고 해."

젯은 잭을 올려다보고 눈을 깜박였다. 아빠에게 전화하면 늘 그랬듯이 아빠가 이 사태를 해결해 줄 것이다. 젯을 빼내고 젯의 시간을, 젯이 시작한 일을 마무리할 시간을 돌려줄 수 있었다. 머리는 잭의 말에 동의했다. 하지만 심장은 다시 목구멍 밑으로 올라와 쿵쾅거리며 젯을 반대쪽으로 끌어당겼다. 선택지는 두 개였다. 마음을 정해야 했다.

"전화는 딱 한 통만 할 수 있죠?" 젯이 물었다.

"맞아." 잭이 대답했다.

젯은 고개를 끄덕였다.

"통화하고 싶은 사람은 한 명밖에 없어요."

마음을 정했다.

"빌리 전화번호가 뭐예요?"

잭이 눈을 껌벅이며 젯을 내려다보았다.

"진심이니?"

"진심이에요."

잭이 전화기로 돌아서서 수화기를 들고 반대쪽 손으로 버튼을 눌렀다.

"신호 간다." 그렇게 말하고 젯에게 수화기를 내밀었다.

받으려 했지만 죽어버린 팔이 너무 무거웠다. 들어 올리려고만 해도 반대쪽 팔이 같이 떨어졌다. "못하겠어요."

잭이 젯의 손을 잡고 수갑을 풀었다. "아무에게도 말하면 안 된다." 그러고는 젯의 왼손에 수화기를 들려주었다. "나는 프라이버시를 위해 저기 가 있을게."

젯이 고개를 끄덕이고 수화기를 귀에 댔다.

연결음이 들렸다.

계속 들렸다.

두개골의 균열 사이로 들어온 그 소리가 머릿속에 울려 퍼졌다.

젯은 눈을 감았다.

제발, 빌리.

연결음이 들렸다.

계속 들렸다.

"제발 받아, 빌리." 젯이 들릴 듯 말 듯 한 목소리로 속삭였다. "받아, 받아, 받아."

딸깍.

젯이 눈을 번쩍 떴다.

"안녕하세요." 기계음이었다. "음성 사서함 서비스입니다. 죄송하지만 '빌리'는…." 진짜 빌리의 목소리로 녹음된 이름이었다. 목소리에 반응해 젯의 가슴이 뛰었다. "현재 전화를 받을 수 없습니다. 삐 소리 후 메시지를 남겨주세요."

 삑 소리는 지나치게 날카로웠다. 아직 마음의 준비가 되지 않았지만 어쩔 수 없었다.

 "안녕, 빌리." 젯이 말했다. "나야, 젯. 알지? 앞집 사는 소꿉친구." 긴장해서 피가 얼굴로 솟았다. "음, 그래, 저기, 나 지금 경찰서야. 나 체포됐어. 경찰은 메이슨 건설에 불을 지른 게 나라고 생각한대. 결국… 아무튼, 그 얘기를 하려는 게 아니라, 네 얘기를 하고 싶어." 숨을 들이마셨지만 별 도움이 되지는 않았다. 그랬는데도 목소리가 갈라졌다. "미안해, 빌리. 정말 미안해. 다른 사람은 몰라도 너한테는 상처 주고 싶지 않았는데. 내가 무슨 짓을 하고 있는지도 몰랐어. 변명이 아니야. 하지만 나는 내가 뭘 하는지도 모르고 평생을 살았던 것 같아. 그냥 이런 생각에만 지, 집착했지. 뭐든 대단한 성과를 올려야 한다. 나도 언니처럼 될 수 있다고 부모님에게 증명해야 한다. 언니가 하려던 일은 나도 할 수 있다." 젯이 콧물을 들이마셨다. "그래서 그랬어. 너희 엄마께. 나는… 모든 게 시작되기만을, 본격적인 인생이 펼쳐지기만을 한없이 기다리다 정말 중요한 걸 놓치고 살았던 것 같아. 그건 로스쿨도, 잘 나가는 대기업도, 화려한 직업도 아니었어. 무언가를 증명할 마지막 기회라며 내 살인 사건을 해결하는 것도 아니었고. 정말 중요한 건 내가 기다리는 동안 놓쳐버린 사소한 순간들이야. 그걸 이제야 깨달았어. 누가 이기든 신경 쓰지 않고 같이 자전거 타고 달리기. 차가운 맥주 마시기. 스스로 좋아서 노래 만들기. 웃기. 지난 며칠 너와 함께 보내며 평생 웃을 걸 다 웃은 기분이야.

대단한 일이지. 사실 나는 일주일 전에 죽었으니까. 네게는 무모하고 무력한 모습을 숨기지 않아도 됐고, 네 도움도 그대로 받아들일 수 있었어. 바닥에 앉은 것도 사실 너를 괴롭히려고 그랬던 거야. 같이 별 올려다본 거, 사실 개구리처럼 보이지도 않았어, 빌리." 젯이 미소를 지었다. 입술 위에 눈물이 고이고 혀끝에 짭짤한 맛이 느껴졌다. "그만두고 싶지 않다고 한 건 너무 즐거웠기 때문이야. 그냥… 뭐랄까, 나답게 이기적으로 살았는데, 어쩌다 그렇게 된 것 같아. 인식하지 못했을 뿐이지. 왜냐하면, 지난 일주일은 내게 죽어가던 시간이 아니었거든. 내 생각에는, 그 반대였던 것 같아. 일주일 동안 나는 마침내 내 인생을 살았어. 다 네 덕분이야. 네가 보여줬어. 그건 내 인생 최고의 선물이었어. 절대 잊지 않을게. 더 늦기 전에 그 말을 하고 싶었어. 전부 네 덕분이라고." 젯의 숨소리가 떨리고 꽉 막힌 코에서 콧물을 빨아들이는 소리가 났다. "더럽게, 미안해. 정말 미안해, 빌리. 네가 이 메시지를 듣고 어떻게든 나를 용서해 주기를 바라. 나는 이기적이라 네가 나를 미워한다는 사실을 알고 죽을 수 없거든. 왜냐하면…"

"최대 녹음 시간에 도달했습니다. 전송을 원하시면 통화를 종료하고, 메시지를 다시 녹음하시려면 1번을 눌러주세요."

젯은 침을 삼키며 전화를 끊고 눈물을 닦았다. 양쪽 눈을 하나씩 차례로.

"다했니?" 뒤에서 잭 피니의 목소리가 들렸다.

"다했어요." 젯이 말했다.

잭은 수갑을 다시 채우지 않았다. 그저 젯의 어깨에 손을 올리고 다시 유치장으로 말없이 데려다주었다. 빌리에게 한 일방적인 대화를 못 들은 척했다. 하지만 들었어도 상관없었다. 한마디도 빠짐없이 진심이었으니까.

잭이 문을 밀어서 닫자 경첩이 시끄럽게 삐걱거렸다. 잭은 양쪽 입꼬리가 처져 구슬픈 표정으로 문을 잠그고 창살 사이로 젯을 바라보았다. 주름진 얼굴이 미안하다 말하고 있었다.

"저기, 잭 아저씨." 젯이 코를 훌쩍이고 잭을 다시 한 사람으로 꿰어맞추려 눈을 깜박였다. 발밑의 콘크리트 바닥이 불안정하게 흔들렸다. "종이를 더 빌릴 수 있을까요? 펜도요."

잭이 뒤를 힐끗 쳐다보았다. 이쪽 한 번, 저쪽 한 번.

"물건은 반입 불가야."

"제발요." 젯이 말했다. 창살을 움켜쥔 손 덕분에 겨우 서 있었다. "앞으로 어떻게 될지 아시잖아요. 아마 아무도 못 만나고 갈 거예요. 작별 인사를 할 기회가 없을 거라고요. 편지라도 써야죠. 작별 인사를 해야 돼요."

잭이 입술을 깨물고 고개를 끄덕였다.

"몇 장이나 필요하니?" 잭이 물었다.

"많이요."

"그래." 잭이 다시 고개를 끄덕였다. "금방 돌아오마."

"감사합니다."

젯은 다리에 힘이 풀려 무릎을 꿇었다. 벽에 등을 기댄 후 앞으로 다리를 뻗고 위를 올려다보았다. 천장이 전처럼 좁고 차갑게 느껴지지 않았다.

"여기 있다."

돌아온 잭 피니가 허리를 굽혀 창살 아래로 인쇄용지 뭉치를 밀어 넣었다. 티 하나 없는 새하얀 종이였다. 잭이 볼펜도 굴려 보냈다. 뚜껑은 없었다.

"미안해. 보이는 게 빨간색뿐이더라." 잭이 말했다.

"괜찮아요." 젯은 펜을 집어 들고 첫 번째 종이를 바닥에 펼쳤다. 다리를 종이 위에 걸치고 한쪽 발로 모서리를 눌러 종이를 고정했다.

"몇 시간 있다 다시 올게. 먹을 것도 좀 가지고."

복도를 뚜벅뚜벅 지나는 잭의 발소리가 멀어지더니 이내 사라졌다. 젯에게는 보이지 않는 문 너머로.

사실 앞에 놓인 종이도 잘 보이지 않았다. 눈의 초점이 맞지 않고 방향을 잃었다. 하지만 정신의 방향마저 잃을 수는 없었다.

젯은 무모하고 무력했지만 그래도 괜찮았다.

익숙하지 않은 왼손으로 펜을 잡았다. 과연 쓸 수나 있을까?

젯은 글을 써보려고 노력했다.

'엄마에게'

속도가 너무 느렸다. 삐뚤빼뚤한 글씨가 꼭 어린애가 쓴 것 같았다. 글씨가 줄을 벗어나 위아래로 흔들렸다. 인생 마지막 편지가 아니라 인생에서 처음 써보는 편지 같았다.

이런 식으로는 몇 시간이 걸릴 것 같았다.

하지만 젯에게는 시간이 있었다.

숨을 들이마시고 몸의 균형을 잡았다. 안정적으로 자리를 잡고 두 겹으로 보이는 세상을, 그 너머를 바라보았다.

종이에 펜을 대고 작별 인사를 시작했다.

31

시끄러운 경첩 소리에 젯이 퍼뜩 잠에서 깼다. 젯은 아직 살아 있었다. 어떻게 알았냐면 뒤이어 고통이 찾아왔기 때문이다. 머리를 벽에 쿵 박고 몸을 웅크렸다.

눈을 깜박이며 열려 있는 유치장 문을 보았다. 잭 피니가 창살 문에 손을 올리고 있었다.

"감사하지만 배 안 고파요." 젯이 갈라진 목소리로 말하고 콘크리트 바닥에 다시 누웠다.

"젯." 잭이 문을 조금 더 열자 끼익 소리가 났다. 금속의 언어는 이해할 수 없었다. "그만 가도 돼."

하지만 그 말은 이해했다.

젯이 코를 훌쩍이며 일어나 앉았다. 감각이 사라진 쪽의 볼은 바닥에 눌려 납작했고 눈가에는 눈물 자국이 말라붙어 있었다.

"뭐, 뭐라고요?" 젯이 말했다.

"그만 가봐도 된다고."

젯이 한 발씩 땅을 밟고 일어나다 휘청하고 벽을 붙잡았다.

"왜, 왜요?" 다시 눈을 깜박였다. 지금 몇 시지? 남은 시간은 얼마나 될까?

잭이 뒤로 물러나 입구를 열어주었다.

"증인이 와서 증언을 했어." 잭이 말했다. "증언이 네 진술과 일치했고. 검사가 기소를 결정하기 전에 우리 쪽에서 추가 조사를 해달라 요청했어. 그러니…" 열려 있는 문을 가리켰다. "이만 가도 돼. 일단은."

"가도 된다고요?" 젯이 조심스럽게 한 걸음 내디뎠다. "누가 증언을 했는데요?"

잭은 입을 꾹 다물었다. 언뜻 미소 같기도 했다. "누구인지 알 거야. 가자."

젯의 심장이 제자리로 돌아와 빠르게 뛰기 시작했다. 집으로 돌아왔다. 비틀거리며 앞으로 나아가는데 무언가에 발이 걸렸다.

"아, 여기 펜이요." 젯이 펜을 주우려 허리를 굽혔다. 세상이 기울어져 하마터면 넘어질 뻔했다. 겨우 균형을 잡고 빨간색 펜을 잭에게 건넸다. 그런 다음 유치장을 돌아보았다. 마지막으로.

재킷 주머니를 더듬어 잘 있는지 확인했다. 접힌 편지들은 무사했다. 아예 꺼낼 일이 없을지도 모르고.

젯은 자유의 몸이 되었다.

잭을 따라 걸었다. 숨을 죽이며 창살을 지나 문턱을 넘었다. 그 선을 넘어 복도로 나갔다.

지금까지 볼 수 없었지만 이제는 보이는 문을 통과해 대기실로 들어갔고, 수갑으로 묶여 있던 벤치를, 데스크를 지났다.

데스크 뒤에는 젯을 가둔 경관이 서 있었다. 그 옆에서 경찰서장도 비틀거리며 지나가는 젯을 바라보았다. 찡그린 표정이 미안하다는 의미가 아니라는 사실을 젯은 잘 알았다.

"저 가도 되죠." 젯도 똑같이 쳐다보며 도전하듯 말했다. 얼굴로 흘러내린 머리카락을 손가락 하나로 넘겼다. 가운뎃손가락으로.

서장은 아무 말 없이 젯을 보기만 했다. 유리문을 지나 밤하늘과 달이 기다리는 바깥으로 나가는 모습을.

잭 피니가 문을 열어주었다.

"고맙습니다." 젯이 말했다. "펜 빌려주셔서요."

잭이 고개를 끄덕였고 젯은 밖으로 걸어 나왔다.

젯을 기다리고 있는 것은 밤하늘과 달만이 아니었다.

젯의 파란색 트럭도 주차장에 서 있었다.

누군가가 팔짱을 낀 자세로 보닛에 몸을 기댔다.

"음성메시지 들었어." 빌리가 외쳤다.

"진짜?" 젯이 걸음을 멈췄다.

"응." 빌리가 트럭에서 몸을 떼고 트럭 앞을 비추고 있는 전조등 불빛 하나를 지났다. "꽤 길더라."

"어, 하고 싶은 말이 많았거든." 젯이 빌리를 더 선명하게 보려고 눈 위로 손을 올렸다. 지금까지 본 것 중에 가장 선명한 모습이었다.

"너는 언제나 하고 싶은 말이 많지." 빌리가 씩 웃었다.

"다시는 너를 못 볼 거라 생각했어."

빌리가 입술을 잘근거리며 고개를 끄덕였다. "지금 나 보여?" 두 팔을 들어 보였다.

"응." 젯이 말했다. "보여. 너는 나 보여?"

"내 눈에는 언제나 네가 보여, 젯."

젯이 고개를 끄덕였다. 심장이 목구멍까지 튀어 올라왔다.

"좋아." 젯이 외쳤다. "우리 그만 어색할까?"

"너부터."

나부터.

이제는 용기를 내자. 쓸모 있는 사람이 될 시간이다.

젯이 자갈밭에서 뛰쳐 나가 빌리에게 돌진했다. 멈출 수가 없어 빌리와 함께 트럭을 들이받았다.

빌리가 젯을 감싸 안았다. 젯은 왼손을 빌리의 팔에 걸고 자신을 껴안는 빌리를 붙들었다. 빌리의 가슴에 얼굴을 묻었다. 더 세게 파고들었다. 뺨에는 감각이 없었지만 다른 곳에서 느낄 수 있었다. 날개가 파닥이는 느낌이 났다.

"미안해." 젯의 목소리는 빌리의 셔츠에 묻혔다.

"괜찮아." 빌리의 목소리는 젯의 머리카락에 묻혔다. "나도 미안해."

"네가 뭐가 미안해."

"미안해, 젯." 빌리가 몸을 뒤로 빼고 젯을 내려다보았다. 반짝거리는 옅은 색의 눈은 끝도 없는 여름의 호수 같았다. 눈을 깜박일 때도 마찬가지였다. "네가 말했지. 무언가를 증명할 시간이 일주일밖에 남지 않았다고. 나도 그랬어. 종류는 달라도 똑같이 중요한 무언가가 있다고 생각했어. 다른 건 중요하지 않았지. 그런데 그건 우리 두 사람에게 공평하지 않았던 것 같아." 빌리가 숨을 내쉬며 그 무언가도 함께 떠나보냈다. "나는 아무것도 증명할 필요 없어. 너도 그렇고."

젯은 빌리가 하는 말의 의미를 알 것 같았다. 어쩌면 빌리의 노래를 들은 순간부터 알았는지도 모르겠다. 오래전부터 알았을 수도 있었다.

"나 너 미워하지 않아." 젯이 말했다.

"나도 너 미워하지 않아." 빌리가 미소를 지었다. "그만 갈까?"

빌리가 뒤로 물러나 조수석을 열어주었다.

젯은 힘겹게 차에 올라탔다. 발밑 공간에 빌리의 기타가 놓여 있었기 때문이다. 기타 양옆으로 다리를 두었다.

"이게 왜 여기 있어?" 운전석에 앉는 빌리에게 물었다.

"아." 빌리가 얼굴을 붉혔다. "그게, 유치장에서 누구를 빼본 경험이 없어서."

"노래로 나를 빼내려고 했어?"

"아니." 빌리의 검은 머리카락이 눈을 찔렀다. "전당포를 찾아가서 내 기타를 팔려고 했어. 네 트럭도. 얼마가 됐든 보석금을 마련하려고 했지."

젯이 경악한 소리를 냈다. 하지만 진심은 아니었다. "내 새끼를 팔 생각이었어?"

빌리가 대시보드를 쓰다듬었다. "나도 가슴 아팠을 거야. 우리는 하나로 연결된 사이거든."

젯이 웃었다. "우리 애가 그 손 떼래."

"괜찮아." 빌리가 말하며 시선을 떨어뜨렸다. "보답받지 않아도 사랑할 수는 있어."

젯이 고개를 끄덕이고 시선을 피하는 빌리를 쳐다보았다.

"뭘 어떻게 한 거야?" 젯이 물었다. "무슨 말을 했길래 경찰이 나를 풀어줬어?"

빌리는 뺨을 더 붉혔고 아직도 젯과 눈을 맞추지 못했다. "화내지 마."

"왜?"

"나… 너랑 같이 있었다고 했어. 트럭에서."

"뭘 하면서?" 젯이 캐물었다. 당황해서 몸을 배배 꼬는 빌리를 보고 있으려니 너무 즐거웠다.

"카섹스. 발정 난 애들처럼." 두 사람은 동시에 말하고 웃음을 터뜨렸다. 빌리의 손이 또 실수로 경적을 눌렀다.

"나도 그렇게 말했어."

빌리가 코를 훌쩍이고 터져 나오려는 웃음을 삼켰다. "미리 알리바이를 맞춰놓길 잘했네. 그치?"

젯이 다리 사이에 기타 케이스를 끼운 채로 자세를 고쳤다. 자신을 쳐다보는 빌리의 시선이 느껴졌다.

"있잖아." 어디 가는 것도 아닌데 두 손으로 핸들을 움켜쥔 채로 빌리가 말했다. "이번 주는 내 인생에서 가장 끔찍한 한 주였어. 너를 잃게 될 텐데, 나는 너를 잃고 싶지 않거든." 목이 멘 듯 헛기침을 했다. "하지만 다른 한편으로는 내 인생에서 가장 행복한 일주일이었어. 너와 함께 보낼 수 있어서."

"나도." 젯이 다시 말했다. 같은 말이었지만 느낌은 전혀 달랐다. 다른 언어와도 같았다.

"좋아." 빌리가 혀를 튕겼다. "같은 생각이라니 다행이다."

"응. 같은 생각이야."

빌리가 젯을 바라보자 젯은 한쪽 입꼬리를 올리며 살짝 미소를 지었다.

빌리도 반대쪽 입꼬리를 올리고 차에 시동을 걸었다.

"그럼. 오늘 밤에는 뭘 할까?" 빌리가 물었다. "살인 사건을 해결하러 갈까?"

젯이 콧잔등에 주름을 만들고 존재하지도 않는 손목시계를 내려다보았다. "아직은 시간이 있는 것 같네."

"어디로 모실까요, 형사님?" 빌리가 안전벨트를 맸다.

"루크." 젯이 얼굴에서 미소를 지우며 말했다. "내 트럭 사진을 찍어서 경찰에 제보한 게 루크야. 하지만 루크가 당시 현장에 있었다면, 그 말은…."

"불을 지른 장본인이라는 뜻이지." 빌리가 말을 대신 받았다. "두 번째로 너를 죽이려 했어. 하지만 핼러윈 때는 루크가 아니었어. 그때는 헨리 림과 있었으니까."

"맞아." 젯이 고개를 끄덕였다. "루크는 나를 죽이지 않았어. 하지만 에밀리는 루크가 죽였을지도 몰라. 진실을 알아야겠어, 빌리. 나는… 꼭 알아야 해. 그래야만 편하게…." 젯이 기침을 했다. "네 전화 어디 있어?"

빌리가 주머니에서 휴대폰을 꺼내 젯에게 건넸다.

젯은 빌리의 연락처에서 '루크 메이슨'을 찾아 통화 버튼을 눌렀다.

연결음이 들렸다.

세 번.

딸칵.

젯은 루크의 대답을 기다리지도 않았다.

"어디야? 집이야?"

"젯?" 수화기 반대편에서 루크의 걸걸한 저음이 들렸다.

"참, 나 감옥에서 나왔어. 오빠 덕분이야." 젯이 쏘아붙였다. "집이야?"

"아니. 집 아니야."

"어디야?"

루크는 선뜻 대답하지 못했다. 숨소리가 차갑고 거칠었다.

"메이슨 건설."

젯은 고개를 끄덕이고 혀로 쯧쯧 소리를 내 빌리의 주의를 끌었다. "메이슨 건설."

빌리가 차를 뒤로 뺐다.

"그래, 거기 있어." 젯이 전화기에 대고 말했다. "다른 데 가지 마. 나 가고 있으니까."

전화를 끊었다.

"간다." 빌리가 말하고 큰길로 차를 몰았다. 트럭의 전조등이 어둠을 갈랐다.

차창 밖으로 밤의 풍경이 빠르게 스쳐 지나가는 동안, 젯은 몸을 숙여 글로브박스를 열었다.

헨리의 총이 아직 그곳의 어둠 속에서 기다리고 있었다.

젯은 글로브박스에 손을 넣어 총을 쥐었다. 금속 표면의 냉기에 살갗이 따끔거렸다. 총을 꺼내다 또 핸들을 꺾는 빌리와 눈이 마주쳤다. 호수에 물결이 일었다.

"혹시 모르니까." 젯이 말했다. "루크가 화나면 무섭거든."

젯이 창문을 열고 공기를 들이마셨다. 어둠이 몸 안에 가득 스며들어 젯을 새롭게 만들었다.

머금었던 숨을 내쉬었다.

둘은 대화하지 않았다.

그 대신 라디오 볼륨을 높였다.

"야, 빌리 네가 좋아하는 노래다."

볼륨을 더 높였다.

가사에 버몬트와 앙상한 가지가 나오는 그 노래였다.

빌리가 계속 운전하며 노래를 흥얼거리기 시작했다. 젯도 흥얼 거렸다. 목소리를 높였다.

노래를 불렀다.

크게.

더 크게.

라디오 볼륨을 또 높였다.

거의 소리를 질렀다.

가사를 모르는 젯은 가사를 막 지어냈다. 빌리가 그런 젯을 보며 웃었다. 웃음을 감추려 더 크게 노래를 불렀다.

음정은 엉망이었지만 박자는 정확했다.

젯은 총을 무릎에 소중히 얹은 채로 밤하늘에 머리카락을 날리며 눈을 감고 미친 사람처럼 노래만 불렀다.

"이런 말 못 들어봤어, 오빠? 범죄 현장에 다시 나타나면 안 된다는 거?"

젯이 오빠를 향해 걸어갔다. 걸을 때마다 낙엽이 바스락 밟혔다.

루크는 움직이지 않았다. 두 사람을 등지고 메이슨 건설 정문 앞에 가만히 서 있을 뿐이었다. 굳게 닫힌 정문에는 자물쇠가 걸려 있었고, 노란색과 검은색 테이프가 X자로 앞을 막았다. '출입금지'. 집에 이어 이곳도 범죄 현장이 되었다.

그 뒤로는 불에 타 껍데기만 남은 건물이 서 있었다. 아무것도 남아 있지 않았다. 검게 그을린 벽돌 더미. 계단에서 떨어져 나온,

꺾이고 구부러진 쇳덩이. 중앙을 베어 먹힌 듯 무너진 지붕. 재. 검댕. 검은색과 회색을 제외한 모든 색은 흘러 나가고 없었다. 파란색 로고가 찍힌 흰색 밴으로 가득한 주차장은 마치 다른 세계에 속하는 듯했다. 묘지 같은 이곳에서 주차장만이 아직 살아 있었다.

"오빠." 젯이 루크를 불렀다. 하마터면 불에 타 죽을 뻔했던 건물에서 겨우 시선을 떼고 오빠를 바라보았다. "뭐 하는 거야?"

젯과 빌리의 뒤에서는 아직 시동을 끄지 않은 트럭이 숨을 쉬고 있었다. 전조등 불빛이 세 사람의 무대를 환히 밝혔다. 한 스포트라이트의 중심에 루크가 있었고, 다른 스포트라이트는 세 걸음 뒤에 있는 젯을 비추었다.

"그냥 보고 있어." 루크의 목소리가 중간에 갈라졌다. "다 사라졌네."

젯이 코를 훌쩍였다. "응. 보통 그렇게 되잖아. 기름 붓고 불을 붙일 때 모르지 않았을 텐데."

젯이 한 걸음 더 다가갔다.

"불 지를 때 우리가 안에 있다는 거 알았어? 우리를 죽일 셈이었던 거야?"

루크는 대답하지 않았다. 하지만 긴장한 한쪽 어깨가 귀 쪽으로 움찔했다.

"내가 안에 있는 거 알았어?"

루크가 한숨을 쉬었다.

"알았구나." 바람이 휘몰아치는 침묵 속에서 루크의 대답을 읽어낸 젯이 말했다. "나를 죽이려고 했어."

"아니야." 루크가 드디어 목소리를 냈다. "빠져나갈 시간이 있다고 생각했어. 그냥 너를 막으려 했던 거야."

"내가 청구서 사기를 알아내지 못하게 하려고?" 젯이 말했다. "산재보험, 급여세 조작도? 헨리 림의 비밀도? 뭐, 막지 못했네. 우리가 다 찾아냈거든. 오빠 정말 바빴더라."

루크가 갑자기 분노에 찬 표정으로 돌아섰다. 전조등 불빛 때문에 눈이 부신 듯 눈을 깜박였다.

"회사를 구하느라고!"

"다른 누군가가 오빠 손에서 회사를 구해야 했겠지!" 젯의 왼손은 주머니 안에서 총을 감싸고 있었다. 그 뒤로 접힌 편지가 자리했다. 루크는 화나면 무서웠지만 젯은 루크가 두렵지 않았다. "그리고 오빠는 우리를 죽일 뻔했어. 나랑 빌리 말이야. 나를 죽이려고 했어. 괜찮다고 생각했겠지. 어차피 나는 죽을 거니까. 하지만 괜찮지 않아. 무의미하지 않다고. 이 세상에는 회사보다 중요한 문제도 있어."

루크가 고개를 저었다.

"사실이야." 젯이 목소리에, 움켜쥔 손에 힘을 더 주었다. "그거 알아? 다 에밀리 때문이야. 오빠가 이렇게 된 거."

루크가 웃었다. 기가 찬 듯 헛웃음을 쳤다.

"왜 다들 에밀리 얘기를 하지?"

"오빠는 왜 안 하는데?"

"이제는 중요하지 않으니까. 17년 전 일이야. 철 좀 들어라, 젯."

젯이 앞으로 다가갔다. 바스락거리는 낙엽이 젯의 발밑에서 속삭였다.

"중요하지 않기는. 언니가 죽으면서 모든 것이 달라졌는데. 그거 알아? 엄마가 나를 원망하는 거?" 젯이 코를 훌쩍였다. "장례식 끝나고 우연히 들었어. 내가 결승전에 진출하지 않았으면, 내가 우승하지 않았으면, 엄마는 아빠랑 집에 있고 에밀리도 익사하지 않았을 거라고 했어. 그 말이 나한테 어떤 영향을 줬는지 알아?"

가슴이 조여오며 심장을 압박했다. 하지만 잠시뿐이었다. 젯은 그날 비롯된 죄책감을 버렸다. 처음부터 젯의 몫이 아니었으니까.

"하지만 언니가 죽은 건 내 잘못이 아니었어." 젯이 고개를 갸웃하고 내리깐 눈으로 루크를 쳐다보았다. "오빠 잘못이었지."

루크가 얼굴을 구겼다. 불빛 그림자가 주름을 강조하는 바람에 표정이 더 흉악해 보였다. "무슨 말을 하는 거야?"

"오빠가 언니를 익사시켰잖아?"

루크가 웃음을 터뜨렸다.

"너 정신 나갔구나."

"아니, 정신은 아직 붙어 있어. 진실을 말해. 오빠가 언니 죽였어?"

루크는 웃음을 멈추지 않았다.

"누나는 사고로 죽었어, 젯."

그 웃음이 결정타였다.

"오빠가 언니 죽였냐고!" 젯이 소리를 질렀다.

주머니에서 총을 꺼내 루크를 겨냥했다. 루크의 가슴 한복판을.

웃음이 뚝 그쳤다.

"총이 있어?" 루크가 말했다. "네가 총을 왜 가지고 있는 거야, 젯?"

"말해!"

"너는 나 못 쏴, 젯." 루크가 양손을 들고 한 걸음 앞으로 다가

왔다.

"나 살 수 있는 시간이 24시간밖에 안 남았어." 젯이 말했다. 손에 든 총이 부들부들 떨렸다. "오빠 하나 쏘는 게 어려울 것 같아? 나한테 그런 짓을 해놓고?"

"너는 못 해." 또 한 걸음.

젯이 총을 겨누었다. 방아쇠를 당겼다.

요란한 총성이 밤하늘을 반으로 갈랐다.

루크가 눈을 번쩍 떴다.

루크의 발밑에서 낙엽들이 폭발했다.

젯은 총을 다시 들었다.

"오빠가 언니 죽였어?!"

루크가 두 손을 들고 무릎을 꿇었다. 못마땅하게 찡그리고 있던 얼굴에 두려움이 떠올랐다.

루크가 눈을 감았다. 표정이 일그러졌다.

"일부러 그런 건 아니었어!" 처음에는 고함으로 내질렀지만 끝에 가서는 속삭임으로 바뀌었다. "그러고 싶지 않았어. 정말이야. 하지만 나도 모르게 저질러 버렸어. 누나가 그런 말을 했으니까. 멈출 수가 없었어. 그냥 물속에 머리를 누르고 있었어. 버둥거리던 누나가 움직이지 않을 때까지."

젯이 한 걸음 뒤로 물러났다. 가슴에 가득 찬 숨이 젯의 몸을 무겁게 짓눌렀다. 이미 알고 있었지만 이제는 확실히 알았다. 목구멍으로 담즙이 올라왔다. 하도 문질러 짓무른 눈에서 눈물도 터져 나왔다.

"언니는 저항했어." 젯이 말했다. "살고 싶어서."

"팔 전체를 할퀴었었지." 뒤편의 어둠 속에서 빌리의 목소리가 들렸다.

루크가 주저앉아 양손에 낙엽을 움켜쥐었다.

"대체 왜?" 젯이 총을 내리며 말했다. "왜 그런 짓을 했어?"

루크가 울기 시작했다. "누나가 가끔 잔인한 말 하는 거 너도 알잖아. 화가 났어. 그냥… 이성을 잃었어. 정신을 차리고 보니 늦었더라고. 돌이킬 수 없었어. 나도 돌이킬 수 있었으면 좋겠어!"

"언니가 뭐랬는데?" 젯은 궁지에 몰린 짐승을 보듯 오빠를 바라보았다. 눈물을 믿을 수는 없었다. 절대로.

루크가 눈물을 닦았다. "나는 수영장에 뛰어들어 물만 조금 튀겼어. 그게 전부였다고. 왜 그런 말을 해서. 안 해도 될 말을…."

"언니가 뭐랬는데?"

"나는 애초에 메이슨이 아니라고 했어. 아빠가 내 친아빠가 아니고, 나는 이 집에 살 자격도 없다고." 루크가 마침내 젯과 눈을 맞췄다. "그냥 화가 났어. 약 올리려고 지어낸 얘기라 생각했지. 그렇게 생각하며 살았어. 그렇게 믿고 싶었어. 하지만 이제는…."

"이제는 뭐?" 젯이 말했다. "이제는 사실이라는 걸 안다고?"

이거였다. 이게 에밀리가 엿듣고 니나에게 말한 비밀이었다. 니나가 엄마를 협박했다가 보복을 당한 비밀은 루크 이야기였다. 에밀리는 그날 루크에게 이 비밀을 폭로했고, 그래서 죽었다. 루크는 메이슨이 아니고, 아빠의 아들이 아니라고.

"사실이야?"

루크는 잔디를 내려다보았고 젯은 루크를 바라보았다. 환한 스포트라이트를 받고 있는 오빠를 유심히 관찰했다. 다갈색의 눈은 젯과 똑같았다. 하지만 그건 엄마의 눈을 닮았기 때문이다. 루크는 아빠보다 키와 덩치가 크고 힘도 더 강했다. 지금은 머리를 짧게 깎았지만 장발일 때는 머리카락이 구불구불하게 자랐다. 그것만이 아니었다.

"오빠가 다낭성 신장질환을 앓을 확률도 50퍼센트였어." 젯이 말하며 동시에 깨달았다. "하지만 아빠가 친아빠가 아니라면 말이 달라지지. 아닌 거구나?"

"맞아." 루크가 갈라진 목소리로 말하고 뒤에 다 타버린 메이슨 건설의 뼈대를 돌아보았다.

"누구인지도 알아? 언니가 말했어?"

루크는 돌아보지 않았다. 시선이 여전히 그곳에 붙잡혀 있었다.

"아니, 안 했어. 그럴 기회도 없었지. 직접 말해주기 전까지는 나도 몰랐어."

"그게 언제야?"

"수요일. 너 만나기 전에. 그날 퇴근하기 전에. 또… 불이 나기 전에."

"누구야?" 젯이 물으며 가까이 다가갔다. 루크의 목소리는 너무 작았다. 이제는 반대쪽을 보고 있었다. "루크?"

"그냥 친절한 분이라고 생각했어." 루크가 코를 훌쩍였다. "나를 보호해 주고, 회사 운영에 관해 조언도 하고. 사실 이것저것 다 조언을 해줬어. 아빠에게서는 들을 수 없는 다정한 말투로. 하지만 그 말을 했을 때, 마음 깊은 곳에서는 나도 알고 있었나 봐. 그날 누나가 한 말이 진실이라는 걸 처음부터 알고 있었던 것 같아. 나는 메이슨이 아니고, 저건 원래 내 몫이 아니라고." 루크가 뒤편의 폐허를 가리켰다.

"루크?"

"그 사람은 내가 자기 아들이라고 했어. 내가 아는 줄 알았대."

누나가 그렇게 된 날부터. 그러면서 나를 도우려 했다고 말했어. 네가 곧 회사를 들쑤실 거라고, 숨길 게 있으면 숨겨야 한다고 했어." 루크가 다시 뒤를 돌아보았다. "그날 집으로 오니 네가 있더라. 어차피 아빠는 나한테 회사를 물려줄 마음이 없다고, 회사를 팔 계획이라고 했지. 나는 그냥… 이성을 잃었던 거야."

"루크!" 젯이 날카롭게 외쳤다. "누구야? 누가 오빠 친아버지인 거야?"

루크는 고개를 젓고 오른쪽으로 먼 곳을 응시했다. "말 못 해. 중요하지도 않고."

젯이 총을 들었다. "아니, 해야 돼. 중요한 문제야!"

"너는 나를 쏠 수 없어, 젯." 그 말을 증명하듯 루크가 일어났다.

젯의 손에서 총이 흔들렸다. 계속 들고 있기에는 힘이 너무 달렸다. 방아쇠에 얹은 손가락이 파르르 떨렸다.

"말 못 해." 루크가 말했다. "여기서 이런 식으로는. 네가 떠나도 남은 우리는 계속 살아가야 해. 그런 눈으로 보지 마, 젯. 나도 네가 떠나는 걸 바라지 않아. 너는 내 동생인데. 평생을 그리워할 거야. 너 없이 우리 가족이 유지될지도 모르겠어. 이제는 누가 내 머리 스타일을 놀려주겠어. 너랑 말싸움하는 거 내게는 즐거움이었어. 너를 이렇게 만든 JJ 자식 반드시 죗값을 치르게 할게. 너는 나를 쏠 수 없어."

할 수 있었다.

앞으로 나아가 총구를 루크의 가슴에 대고 루크의 눈을 올려다보았다. 자신과 똑같이 생긴 눈을.

할 수 있었다.

하지만 하지 않을 것이다. 루크의 죄를 알지만 그러지 않을 것이다. 젯은 루크가 아니었으니까.

젯이 총을 내렸다. 루크의 얼굴에 미소가 떠올랐다.

"개자식." 젯이 코웃음을 쳤다.

"알아." 루크가 대답했다.

"언니를 죽였어."

"누나가 죽은 건 사고였어."

"어떻게 한 거야?" 젯이 말했다. 또다시 눈물이 차올랐다. "겨우 열세 살이었잖아. 힘이 세다고 해도 멍청한 애새끼였어. 사고로 위장할 방법을 어떻게 알아낸 거냐고. 빌리한테 놀자고 찾아가서 알리바이를 만들어? 대체 어떻게 그런 생각을 한 거야?"

"나는 안 했어."

젯이 침을 삼켰다. "오빠는 안 했다고? 누가 도와준 거야?"

루크가 눈을 깜박였다.

"그 사람이야?" 젯이 물었다. "오빠 친아버지?"

루크가 손으로 머리를 쓸었다. 지나치게 짧은 머리카락에서 서걱서걱 소리가 났다. 그 소리는 거세지는 바람을 타고 흩어졌다.

"나를 보호해 줬어."

그 말뿐이었다.

루크는 정문으로 돌아가 전소된 건물을 지켜보았다. 쌓여 있는 잔해 틈을 통과한 바람이 울부짖고 비명을 질러댔다.

젯은 루크를 뒤로 하고 전조등 불빛을 따라 트럭으로 돌아가 조수석 문을 열었다. 총 때문에 쉽지 않았다.

겨우 문을 열고 몸을 숙여 글로브박스에 총을 넣었다. 글로브박스를 쾅 닫았다. 목구멍에서 분노가 끓어올랐다.

"젯." 빌리가 운전석에 올라타며 말했다. "괜찮아?"

젯은 대답하지 않았다.

생각이 다른 곳에 가 있었다. 빌리의 기타 케이스를 훑던 시선이 목 부분에 붙은 검은색의 작은 네모에 이르렀다.

요리조리 뜯어보다 아이디어가 하나 떠올랐다.

젯이 손을 뻗었다. 아래에 손톱을 끼우고 케이스에서 네모난 추적기를 떼어냈다.

"젯, 어디 가는 거야?"

다시 루크에게로.

젯 주위로 나뭇잎이 흩날렸다.

젯은 루크가 있는 정문으로 가서 나란히 섰다. 오빠와 여동생의 실루엣이 검게 타버린 폐허에 떠올랐다.

"오빠가 나를 죽이지 않은 건 알아." 젯이 말했다. "하지만 내가 죽은 이유가 오빠 때문일 수는 있다고 생각해."

젯은 손을 내밀어 루크의 팔에 얹었다. 루크는 화나면 무서웠지만 지금은 아니었다. 턱 근육이 움찔거리고 소리 없이 눈물을 흘리고 있었다. 젯이 손을 내리며 루크의 주머니에 작은 네모를 떨어뜨렸다.

"달라진 게 없다니 유감이네."

젯은 뒤돌아 트럭으로 향했다.

트럭에 올라타고 문을 닫았다.

조용한 밤하늘에 문 닫는 소리가 크게 울렸다.

"어디로…." 빌리가 사이드 브레이크를 풀며 입을 열었다.

"집으로 가자."

32

"아직 안 움직였어?"

젯이 물으며 빌리를 바라보았다. 너무 초조해서 앉아 있기가 힘들었다. 등줄기를 타고 올라가는 거미 다리가 머릿속까지 침투해 증식하는 중이었다. 눈 안쪽이 간질거렸다.

빌리는 휴대폰을 움켜쥔 채 조리대에 몸을 기대고 화면만 들여다보고 있었다.

"아니." 빌리가 말했다. "아직도 메이슨 건설에 있는 것 같아. 아니면 네가 주머니에 넣은 위치 추적기를 발견하고 거기다 버렸거나."

젯이 고개를 저었다. "아니야, 발견 못 했어. 이 방법은 먹힐 거야. 분명히 먹혀." 목소리를 더 강하게 냈다. 두근거리는 심장과 빌어먹을 거미 떼 때문에 그러지 않으면 잘 들리지 않았다. "루크는 틀림없이 우리를 범인에게 데려다줄 거야. 범인을 찾아가게 돼 있어. 방금 한 얘기 때문에라도 그럴 수밖에 없어. 우리는 쫓아가기만 하면 돼."

"정말로 루크 친아버지가 너를 죽인 범인이라고 생각해?" 빌리는 고개를 들지 않았다.

"그래서 나를 죽였다고 생각해."

젯이 침을 꿀꺽 삼켰다. 느낌이 왔다. 확실했다. 가능성이 보였다. 두 사람이 정말로 젯의 살인 사건을 해결하려나 보다. 앞이 제대로 보이지 않아도 그런 미래는 예상할 수는 있었다. 해냈다. 비록 세상이 반으로 갈라져 두 개의 얇은 막처럼 겹쳐 보였지만 상관없었다. 하나는 조금 가깝고, 다른 하나는 살짝 멀리 떨어져 있었다. 두 명의 빌리도 하나는 손 닿을 거리에 있었지만 하나는 그렇지 않았다. 젯이 눈을 비볐다. 그러는 손도 두 개로 보였고 양쪽 세상에 모두 존재했다. 이제는 그 사이의 경계를 찾는 것도 익숙했다.

"그냥 너희 엄마 찾아가서 묻는 건 싫어?" 이제야 빌리가 고개를 들었다. 옅은 파란색 눈 네 개가 젯을 응시했다. "아주머니는 루크 친아버지가 누구인지 알 거 아냐."

젯이 고개를 끄덕이다 균형을 잃고 휘청일 뻔했다. 끄덕이지 말걸. "아빠 인생을 망치고 바로 죽어버리는 딸이 되고 싶지는 않아. 루크 일은 엄마가 직접 고백해야 돼. 내가 아니라. 하지만 어쩔 수 없다면… 루크가 범인을 찾아가기를 한 시간만 기다려 보자. 그래도 안 되면 엄마에게 묻고. 루크가 한 시간 안에 범인의 정체를 밝혀주기를 바라야지."

"좋아, 한 시간." 빌리가 동의하고 화면을 새로고침했다. "누구일 것 같아? 루크 친부? 또 다스 베이더라고는 하지 마. 진지한 질문이니까."

"나를 죽인 범인과 동일 인물." 젯이 진지하게 말했다.

"누구?"

"후보는 둘이야." 젯이 코를 훌쩍였다. "둘 중 하나는 분명해."

"앤드루 스미스?" 빌리가 현관문을 힐끗 살폈다. "앤드루면 루크가 여기로 오겠네."

"한 명은 앤드루야." 젯도 현관문을 쳐다보았다. 두 개의 문 사이에 진실이 숨어 있었다. "경찰서에서 JJ에게 물어봤어. 자기는 핼러윈 축제 때 나를 만지지 않았대. 내 생각도 그래. 범죄 현장에 빨간 머리카락을 흘린 사람은 내가 아니라는 거지. 그 말은 범인이 축제 때 앤드루 스미스나 JJ와 접촉했다는 뜻이야. 앤드루 스미스는 당연히 앤드루 스미스와 접촉했지. 본인이 그 가발을 쓰고 있었으니까. 노스 스트리트 공사장은 원래 앤드루의 집이었어. 진행 상황을 지켜보고 있었을지도 몰라. 언제 기초 공사를 하는지 알고, 거기에 망치와 내 휴대폰을 숨기면 된다는 것도 알았을 수 있어. 아니면 루크와 대화하면서 들었거나. 루크가 말로는 앤드루가 회사 운영에 관해 조언도 했대."

"하지만 왜? 앤드루라면 동기가 뭔데?"

"루크를 위해서." 젯의 말은 목구멍에 박힌 심장을 뚫지 못하고 가슴 안에서 메아리쳤다. "앤드루는 아빠가 나 때문에 회사를 루크에게 물려주지 않고 넬 잰카우스키에게 팔 계획을 알았어. 이 문제에서 나만 빠지면 루크는 회사를 받을 수 있잖아. 그게 앤드루의 동기야."

납득하지 못한 빌리가 눈을 가늘게 떴다. "루크가 회사를 받기를 원한다고? 앤드루가 왜?"

"자기 아들이니까. 앤드루는 빈털터리야. 메이슨 건설이 벌어들이는 돈을 다 쓸어 담고 싶지 않겠어? 모든 것을 잃은 처지에 루크를 붙잡으면 밥이라도 먹고 살 수 있잖아. 뭐, 밥보다는 술을 원하겠지만."

빌리가 입술을 깨물었다. "글쎄. 저번에 보니까 앤드루는 루크를 진심으로 증오한다는 것 같던데."

"일부러 그런 인상을 남겼을 수 있지." 젯이 반박했다. "또 루크를 좋아하지 않아도 이용할 수 있어. 에밀리 사건 때 루크가 의심받지 않게 도와줬다 그 일을 폭로한다고 협박할 가능성도 있어. 회사가 루크 차지면 원하는 걸 다 받아낼 수 있잖아."

"하지만 앤드루는 집을 잃었다고 억울해했잖아." 빌리가 말했다. "루크에게 팔고 나서."

"그러니까." 젯이 한 손으로 조리대를 내리쳤다. 사실은 몸을 지탱하려는 시도였다. 세상이 다시 기울어지고 속이 뒤집혔다. "원하지도 않으면서 왜 루크에게 집을 팔았겠냐고? 니나가 팔지 말라고 애원까지 했는데. 루크를 도우려고 그랬던 거야. 그 프로젝트를 성공시켜야 루크가 능력을 증명할 수 있으니까. 루크를 위해서 그랬어. 둘 사이에는 분명 뭐가 있어. 앤드루는 우리 가족, 우리 엄마를 증오해. 사귀다 헤어졌기 때문일 수도 있지. 엄마가 루크를 못 만나게 했을 수도 있고. 니나가 죽은 일로도 엄마를 탓하잖아. 복잡하게 꼬였지만 앤드루는 전부 연결돼 있어. 하나도 빠짐없이. 노스 스트리트에 있는 그 집까지도. 왜 나를 죽이려고 했는지 알겠어."

빌리가 인정하듯 한숨을 쉬었다. 하지만 여전히 입술을 깨물고 있었다. "다른 후보는?"

젯이 조리대를 위아래로 톡톡 쳤다. 더 많은 거미 다리가 목구멍으로 누군가의 이름을 끌어올렸다. "루 잰카우스키."

빌리가 허리를 곧게 폈다. "정말?"

"증거를 봐." 갈피를 잃기 전에 젯이 말했다. "빨간 가발에서 나온 머리카락 말이야. 축제에서 앤드루 스미스가 너를 공격했을 때 경찰서장이 말렸잖아. 그때 머리카락 한 가닥이 옮겨붙은 거야. 어쩌면 앤드루 스미스가 묻힌 게 아닐지도 몰라. 오언 클레이가 찍은 사진 중에 똑같은 가발을 쓴 여자애 있었지. 개도 서장이랑 사진을 찍었어. 그 여자애가 쓴 가발에서 나왔을 수도 있다고. 가능성은 두 개인 거야. 그리고 봐, 루크는 자기 친아빠가 회사 일로 조언을 해준다고 했어. 그래서 루도 노스 스트리트에서 기초 공사를 할 예정이라는 사실을 알았고, 거기에 망치를 숨긴 거야. 우리 엄마 관련해서도 자꾸 걸리는 게 있어. 왜 평생을 이웃으로 알고 지낸 너희 아빠 두고 경찰서장으로 루를 뽑았냔 말이야. 분명 전부터 아는 사이였어. 하틀랜드면 그렇게 멀지도 않잖아. 아, 그리고 넬이 그랬어. 루가 30대 때 우드스톡에 6개월 살았다고. 그때 불륜을 시작하고 루크를 가졌을 수 있어. 루크가 루의 아들일지도 모른다는 거야. 그렇지 않고서야 엄마가 왜 생뚱맞은 사람에게 투표했겠어? 아, 또 나를 안 좋아해. 경찰서장 말이야. 진심으로 나를 유치장에서 내보내기 싫은 것 같았어. 수사를 못 하게 시간을 끌려고."

"하지만 동기가 뭐야?"

젯이 어깨를 으쓱했다. "몰라. 직접 물어봐야지. 앤드루와 비슷하지 않겠어? 루크가 회사를 차지하기를 바란 거지. 경찰서장 수입보다 훨씬 돈이 될 테니까."

빌리가 입을 꾹 다물었다. 빌리를 지켜보고 있으니 속이 울렁거리고 잔잔하게 이명이 들렸다. 똑같은 빌리였지만 어쩐지 전혀 다른 사람처럼 보였다.

"하지만 루는 어차피 회사를 갖게 됐을 거 아냐. 너희 아빠가 그 사람 부인에게 회사를 팔 계획이었으면."

그 생각은 못 했네. 지끈거리는 두통과 날개가 퍼덕이는 듯한 뱃속의 느낌 때문에 그럴 정신이 없었다. "모르겠다." 젯이 말했다. "일단 누가 그랬는지 알아내야 해. 이유는 그러고 나서 물어야지. 루크를 추적해 범인을 찾으면."

"그때는 어떡할 거야? 루크를 추적해서 범인을 찾으면?"

빌리가 다시 현관문을 힐끗 돌아보았다.

"글쎄. 묶어놓고 이유와 방법을 털어놓게 할까. 트럭에 총 있잖아. 자백을 시키는 거야."

빌리가 젯을 돌아보고 눈을 맞췄다.

"그런 다음에?"

"모르겠어." 젯이 말했다. 진심이었다. "거기까지는 생각 안 해봐서. 여기까지 올 줄도 몰랐거든. 어떻게 할지 모르겠네. 나를 죽였으니까 나도 죽어야 하나?" 젯이 물었다.

빌리는 대답하지 않았다. 대답할 수 없었다. 째깍째깍, 침묵이 점점 길어졌다. 하지만 젯에게 이런 침묵은 환영이었다. 다른 사람과 다르게 빌리 곁에 있을 때는 침묵도 특별하게 느껴졌다. 그저 소리의 부재가 아닌 둘만의 시간이었다. 침묵을 깨고 싶지 않았다. 하지만 깨야 했다.

"루크 움직였어?" 젯이 빌리의 휴대폰을 가리켰다.

빌리가 앱을 새로고침했다. "아니, 아직 그대로야."

"우리도 준비하자." 젯이 코를 훌쩍였다. "루크가 이동할 때를 대비해서." 조리대에서 몸을 떼고 일어났다. 발이 마음처럼 움직이지 않았다. 땅이 젯의 발목을 붙잡고 늘어지는 듯 걸음이 너무 무거웠다. "보안 카메라 가린다고 썼던 테이프 어디 있어?"

"그건 왜?"

"사람을 묶어야 할 수도 있잖아."

젯이 지극히 당연한 말인 것처럼 윙크를 하고 입꼬리를 반쯤 올려 웃었다. 그리고 빌리가 똑같이 웃는 걸 지켜봤다.

빌리에게 언제 말해야 할까? 이 일을 마무리하면? 살인자를 찾은 후에? 그런데 말해도 되나? 끝을 앞두고 그런 말을 해도 될까? 무엇이 빌리에게 최선일까? 빌리는 이 수사가 끝나고도 계속 살아가야 할 텐데.

"테이프는 다시 넣어놨지." 빌리가 말했다. "벽장에. 공구 가방 옆에 뒀어."

"알았어."

젯이 벽장으로 비틀비틀 다가가 한쪽 문을 열었다.

"혹시 장갑도 있어?" 젯이 뒤에 대고 물었다.

"이유는 알고 싶지도 않다." 빌리가 조리대에 휴대폰을 올려놓으며 말했다. "방에 있을 거야. 가져올게."

"고마워."

젯은 빌리의 뒷모습을 바라보며 미소를 지었다. 누구에게도 들키고 싶지 않은 혼자만의 미소였다.

벽장으로 돌아서서 선반에 손을 뻗었다. 이리저리 더듬었다. 강력 테이프가 만져지지 않았다. 어디 있지? 빌리가 공구 가방에 다시 넣었나?

천으로 된 손잡이를 잡고 선반에 있는 가방을 끌어 내렸다. 팔 하나로는 감당할 수 없는 무게라 가슴으로 떠받쳐야 했다. 몸을 굽히고 가방을 바닥에 쿵 내려놓았다.

와, 더럽게 무겁네. 도와달라고 할걸.

"무슨 소리야?" 빌리가 침실에서 외쳤다.

"아무것도 아니야."

옆에 무릎을 꿇고 앉아 검은색 천 가방의 지퍼를 열었다.

위에 강력 테이프는 보이지 않았다.

젯은 손을 깊숙이 넣어 연장들을 밀어내며 테이프를 찾았다.

분명 여기 있을 텐데.

젯은 안을 들여다보며 뭔가 걸리는 물건을 끄집어냈다. 입을 벌리고 있는 펜치였다.

검은색 고무 손잡이 아래쪽에 노란색 로고가 보였다.

잠깐만.

아니야.

펜치를 뒤집어 브랜드명을 읽었다. 심장이 뱃속까지 쿵 떨어지며 날개도 함께 꺾였다.

'콜비.'

검은색 바탕, 노란색 타원, 그 안에 적힌 브랜드명은 콜비였다.

아니야, 아니야, 아니야.

벌써 결론을 낸 심장과 달리 젯의 머리는 아직 따라잡지 못했다.

연장을 더 꺼냈다.

스크루드라이버, 렌치.

검은색 고무 손잡이에 작게 박힌 노란색 로고.

콜비. 콜비. 전부 콜비였다.

줄자, 작은 칼.

뭐야. 그건 어디 있지? 여기 있을 텐데.

망치가 있으면 아무 문제 없었다. 그냥 우연의 일치일 것이다. 묘한 우연의 일치지만 웃어넘길 수 있었다.

찾자. 무조건 찾아야 했다.

줄. 이것도 스크루드라이버고. 이건 플라이어.

망치는 어디 있지? 여기 있어야 하는데.

젯은 어두워서 속이 잘 보이지 않는 공구 가방에서 손을 뺐다. 손잡이를 쥐고 가방을 뒤집었다.

연장들이 바닥으로 떨어졌다. 내용물이 전부 쏟아질 때까지 가방을 탈탈 털었다.

다시 무릎을 꿇고 어질러진 금속과 잡동사니를 한 손으로 정리했다. 톱을 치우고 각종 스크루드라이버 헤드 밑을 뒤지고 또 뒤졌다.

없었다.

"아니야, 아니야, 아니야."

망치가 없었다.

"젯, 뭐 하는 거야?" 문가에서 빌리가 물었다.

젯이 돌아보다 그대로 주저앉았다.

"네 거였어." 젯이 말했다. 목소리가 심장과 함께 뱃속으로 떨어져 거의 들리지 않았다. "없어진 흉기. 네 망치야, 빌리."

옆면의 노란색 로고가 보이게 빈 공구 가방을 발로 툭 찼다. 빌리가 눈을 찌푸리고 고개를 저었다.

"콜비." 젯이 말하자 담즙이 같이 올라왔다. "60개 세트. 그런데 망치가 없어. 살해 도구는, 빌리 네 망치였어."

숨을 쉴 수 없었다. 이곳에는 공기가 없었다. 젯은 두 개의 세계 사이에 갇혀버렸다. 두 명의 빌리가 젯을 향해 다가왔다.

"너였어."

"뭐?"

빌리가 한 걸음 더 다가왔다.

"가까이 오지 마!" 젯이 외치며 벌떡 일어나다 흩어져 있는 연장에 발이 걸려 휘청였다. "거기 서!"

빌리는 서지 않았다. 계속 다가왔다.

"젯, 지금 무슨 말을 하는 거야?"

"너였어." 젯이 말했다. 머리도 심장을 따라 고동치기 시작했다. 거미 다리가 사사삭 움직이는 소리는 사라지고 북소리가 울려 퍼졌다. "네가 나를 죽인 거야."

빌리의 옅은 눈이 싸늘하게 식었다.

빌리가 이제야 멈춰 섰다.

"아니야, 젯."

"너였어."

세상이 흐릿해져 눈을 깜박였다. 뜨거운 눈물이 입 안으로 빠르게 흘러내렸다.

짭짤한 맛이 났다.

"나 아니야, 젯!"

빌리는 계속 고개만 저었다. 목의 힘줄이 가지처럼 뻗어나갔다. 커다랗게 뜬 눈은 얼음처럼 차가웠다.

"너일 수밖에 없어. 살해 도구가 네 망치잖아."

"아니야, 젯. 나는 몰랐어. 알았으면 말했겠지. 나는 그 망치 사용한 적도 없어!"

"빨간 머리카락. 그건 축제에서 앤드루 스미스가 너를 밀쳤을 때 옮겨붙었어."

"젯, 그만해!"

"뛰어가면 그사이에 얼마든지 내 휴대폰과 나를 죽이는 데 쓴 망치를 가져다 놓을 수 있었어. 노스 스트리트 공사장에 갔다가 돌아와서 나를 발견하고 문을 잘 시간은 충분했어."

"젯, 그만해!" 이제는 빌리도 울고 있었다.

그만할 수 없었다. 퍼즐 조각들이 차례로 맞아 들어갔다. 눈을 깜박일 때마다 북소리가 더 빠르게, 더 세차게 들렸다.

"너는 다음 날 아침 기초 공사를 한다는 사실을 알았어. 축제 날 소피아가 말했으니까. 이 프로젝트가 루크에게 얼마나 중요한지 말하다 그 정보를 흘렸을 거야. 콘크리트를 부을 예정이라는 걸 너는 알았어."

"제발, 젯. 나 알잖아." 빌리가 소리쳤다. "나는 망치에 대해서 아무것도 몰랐어. 여기서 나왔는지 몰랐다고. 맹세해. 우리 힘을 합쳐서 진실을 찾아보자."

"여태껏 그러고 있었잖아. 이번 주 내내! 아마 너 아닌 다른 사람을 의심하게 유도했겠지!"

"젯, 그만해! 나는 절대로 너를 해치지 않아. 알잖아. 내가 왜 너한테 그런 짓을 해?"

젯이 터져 나오는 울음을 손으로 틀어막았다. 눈을 감고 머릿속의 북소리에 귀를 기울였다.

"왜냐하면… 왜냐하면 내가 살아 있는 한 아빠가 루크에게 회사를 물려주지 않을 걸 알았으니까. 아마 앤드루가 옆집 사는 너한테 넬 잰카우스키 얘기를 했겠지. 루크가 회사를 물려받으면 돈을 뜯어낼 수 있는데…."

"젯, 그만해! 그게 무슨 소리야! 나 몰라? 나야, 빌리!"

"너는 루크가 에밀리를 죽였다는 걸 우리가 어릴 때부터 알았어. 네가 말해줬잖아. 너는 다 알고 있었어. 기억이 잘 안 나는 척 연기했을 뿐이지. 만약 루크가 회사를 물려받았으면, 너는 에밀리 일로 협박해 원하는 만큼 돈을 뜯어낼 수 있었어."

"젯!"

빌리가 앞으로 한 발 나왔다. 젯은 커피 테이블이 있는 뒤로 한 발 물러났다.

"아니면 나 때문에 너희 엄마가 가출한 걸 알고 그랬는지도 모르지."

"젯, 제발!"

"아니면 내가… 내가… 내가…."

벼락이 쳤다.

하늘이 아닌 젯의 머릿속에서 갑자기. 이제는 사방으로 울려 퍼졌다.

지옥 불보다도 뜨거웠다. 두개골이 깨졌을 때보다도 더 고통스러웠다.

나머지는 이 순간을 위한 연습에 불과했다.

말로 할 수 없게 아팠다. 악몽을 초월하는 고통이었다.

젯이 비명을 질렀다.

한 손을 머리에 올렸지만 그런다고 뭐가 달라질까. 전부 무너져 내리고 있는데.

"젯!"

젯은 고통을 이기지 못하고 몸을 반으로 접었다. 더는 지탱할 수 없었다. 목이 뻣뻣해졌다.

"안 돼!" 젯이 악을 썼다. "아직 아니잖아!"

세상이 기울어지더니 결국에는 젯을 넘어뜨렸다.

다리가 힘없이 꺾였다.

옆에 있는 커피 테이블로 쓰러지다 간신히 테이블을 붙잡았다.

무언가가 바닥으로 떨어져 와장창 깨졌다. 유리병 양초였다. '시더 딜라이트' 향.

"젯!"

젯은 손을 놓았다. 더 이상 버틸 힘이 없었다.

바닥으로 쓰러졌다.

위에서 빌리의 얼굴이 나타났다. 빌리가 젯을 일으켜 앉히고 얼굴을 감싸 쥐었다.

"젯!"

"시작됐어, 빌리."

"안 돼!" 젯은 이제 악을 쓰지 못하지만 빌리는 그럴 수 있었다. "안 돼! 시간 아직 안 됐잖아! 시간이 더 필요한데, 왜!"

젯이 가능한 만큼만 고개를 저었다. 머리를 움직일 때마다 고통이 뒤따랐다.

"시작됐어." 젯이 말했다.

"그래." 빌리가 침을 삼켰다. 눈물을 참느라 얼굴이 일그러졌다. 더는 참지 못했다. "괜찮아, 젯. 내가 옆에 있어."

"빌리…"

"네가 해냈어. 해낸 거야, 젯." 빌리가 소리쳤다. "네가 사건을 해결했어. 나야. 네 말이 맞아. 제대로 맞혔어. 네가 해낸 거야."

"아니야, 빌리." 이제는 고개도 저을 수 없었다.

"맞아, 젯. 나였어. 내가 그런 거야. 나 맞아." 빌리가 흐느꼈다. "네가 해냈어. 나야."

젯이 미소를 지었다. 입꼬리가 반밖에 올라가지 않았지만 그게 한계였다. "아니야, 빌리. 나 알아. 너 아닌 거."

젯은 알았다.

당연하지.

세상이 무너지는 와중에도 알고 있었다.

빌리인데.

빌리가 젯을 해칠 리 없었다. 절대로. 그것 한 가지는 확실했다. 목숨을 걸고 장담할 수 있었다. 그러면 됐다.

그래.

그거면 충분했다.

젯의 팔이 갑자기 튀어 올랐다. 다리도.

뻣뻣하게 굳었다.

경련을 일으켰다.

몸이 말을 듣지 않았다. 전신이 떨렸다. 빌리의 눈을 보고 싶은데 고개가 뒤로 젖혀지고 시선이 천장에 고정되었다. 얼음처럼 차갑진 않지만, 폭풍우가 휘몰아치는 호수 같은 그 눈을 보고 싶었다.

빌리가 젯을 끌어안았다. 다 끝날 때까지 젯을 안고 있었다. 다시 온몸에서 힘이 빠지며 젯이 바닥으로 녹아내렸다.

하지만 젯이 누워 있는 곳은 바닥이 아니었다. 빌리의 무릎에 누워 빌리의 팔을 베고 있었다.

"나 여기 있어, 젯." 빌리가 외쳤다. "네가 해냈어. 나 맞아."

"괜찮아." 목소리에서도 힘이 빠진 젯이 겨우 말을 내뱉었다. "나 알아, 빌리. 너 아닌 거. 괜찮아. 이제는 의미 없어."

그런 건 더 이상 중요하지 않았다.

"하지만 네가 해낸 거야. 네가 사건을 해결…."

"조용히 해, 빌리." 젯이 속삭이고 빌리의 얼굴에 손을 뻗었다. 손가락으로 보조개를 찔렀다.

"알았어." 빌리도 속삭였다. 빌리의 눈물이 젯의 뺨으로 떨어져 둘 사이의 거리를 메웠다.

"빌리." 아직 말할 수 있을 때 말해야 했다. "내 주머니에, 편지가 있어. 모두에게 쓴."

젯이 눈을 깜박였다.

온 세상의 속도가 느려졌다.

"젯?" 빌리의 목소리가 메아리쳤다. "젯. 돌아왔구나."

"그래, 나 여기 있어." 젯이 말했다. "편지 말이야, 빌리. 모두에게 꼭 전해줘야 해. 어디 있냐면, 내… 내…."

"네 주머니에 있는 거 알아. 꼭 전할게. 약속해."

젯은 자세를 바꿔 빌리에게서 조금 떨어졌다. 살이 아니라 쇠로 만들어진 것처럼 목이 뻣뻣했다. 그래도 빌리의 눈을 보고 싶었다.

"빌리."

"나 여기 있어." 빌리가 대답했다.

여기였다.

모든 것이 시작된 바로 그곳.

이번에는 그때와 달리 피는 없었다.

빌리가 젯의 힘 빠진 몸을 안고 있다. 또다시.

아무것도 변하지 않은 것 같았다.

아니, 모든 것이 달라졌다.

젯이 눈을 깜박였다.

"아직은 안 돼, 젯. 아직은 아니야."

"나 여기 있어." 이번에는 젯이 그렇게 말했다.

"내가 대신 마무리할게, 젯. 약속해."

빌리가 약속했다. 그의 따스한 손이 젯의 뺨을 어루만지더니 엄지로 젯의 눈물을 훔쳤다.

젯은 가만히 눈물을 빌리에게 맡겼다.

눈이 감긴다.

"돌아와, 젯. 돌아와."

돌아왔잖아. 젯이 눈을 떴다.

"미안해." 빌리가 울먹였다.

뭐가 미안해. 집을 줬는데 왜 미안해. 빌리와 함께 있으면 그곳이 집이었다.

빌리가 젯을 껴안고 얼굴의 머리카락을 쓸어 넘겨줬다.

젯은 눈꺼풀과 싸우며 빌리를 올려다보고 미소 지었다.

"사랑해, 젯."

알고 있어.

"네 편지, 빌리." 젯이 속삭였다. 빌리가 고개를 숙이고 귀를 기울였다. "내가 쓴 편지 꼭 읽어."

"그럴게."

빌리는 다시 터져 나오려는 비명을 필사적으로 참고 있다. 느껴졌다. 뜨거운 피부 아래의 떨림으로, 꽉 깨문 입술로 알 수 있었다.

"꼭 읽어." 젯이 말한다. "네 편지."

"꼭 읽을게."

빌리가 또 한 번 약속했다.

다시 눈을 깜박인다.

이번에는 어둠 속에서 돌아오는 속도가 느렸다.

빌리가 젯을 품에 안고 울부짖었다.

"빌…리." 그 이름은 하나의 단어가 아닌 두 개의 음절로 들렸다. 입술이 먼저 달싹이고 혀가 겨우 뒤따라 움직였다.

"젯."

젯은 안다. 이번에 눈을 감으면 다시는 돌아오지 못한다는 걸.

버틸 수 있을 만큼 버텼다. 단 1초도 허투루 쓰지 않으려 했다.

마지막으로 빌리의 눈을 보고 싶다. 그 안에서 끝없이 헤엄치고 싶다. 오래도록.

젯의 눈이 감겼다.

엄마에게,

저녁 식사에 못 가 죄송해요.
지금은 진심으로 아쉽네요.
엄마에게 작별 인사를 하고 싶었어요. 더 많은 이야기도. 그러니 지금 할게요.
에밀리 언니가 못 돼서 죄송해요. 하지만 처음부터 불가능한 일이었어요. 그 사실을 깨닫기까지 오랜 시간이 걸렸네요. 이제는 엄마도 알고 있기를 바라요. 나는 평생을 기다리기만 했어요. 결코 내 것이 아닌 미래를 잡으려고 노력하고 있었기 때문이에요. 사실은 엄마에게 자랑스러운 딸이 되고 싶어서 그랬어요. 한 번만이라도 "잘했어, 젯"이라는 말을 들으려고요. 그 말이 듣고 싶었고, 그 말만 바라보며 살았던 것 같아요. 지금 생각해보면 우리 두 사람에게 별로 바람직한 삶은 아니었던 것 같네요.
죄송해요.
엄마에게 한 번도 자랑스럽다는 말을 못 듣고 죽게 되겠지만 그래도 괜찮아요. 이번 주에 있었던 일로 저는 분명 더 나은 사람이 되었을 거예요. 엄마가 그렇게 생각하지 않더라도 나는 내가 자랑스러워요. 저 정말 잘했거든요.
내 말을 꼭 들을 필요는 없지만 그래도 들어줬으면 좋겠어요. 나는 엄마가 평생 다른 사람을 원망하며 살았다고 생각해요. 삶이 힘들거나 불공평할 때면 다른 사람에게서 책임을 돌렸죠. 기분은 나아졌을 거예요. 나도 시간이 충분하다고, '나중에' 하면 된다고 말할 때 기분이 나아졌으니까요. 하지만 결국 우리에게 상처를 주는 건 그런 믿음일 때도 있더라고요.

부탁 하나만 들어줘요, 엄마. 그냥 다 훌훌 털어버려요.
마음이 훨씬 가벼워질 거예요.
전 지금 그래요.
사랑해요. 그리고 엄마,
저는 엄마가 자랑스러워요.

젯xx

아빠에게,

어떻게 시작해야 할지 모르겠으니 이 말부터 할게요.
아빠는 내 인생에서 가장 다정한 사람이에요.
아빠 생각은 다르겠지만(아빠와 내 거지 같은 신장 때문에) 나는 아빠 딸로 태어나 행운이라고 생각해요.
아빠는 참 다정해요. 간혹 심하다 싶을 정도로. 언제나 공평해지려고 하죠. 절대 다른 사람의 마음을 상하게 하지 않으려고 해요. 하지만 그러는 바람에 아빠 자신이나 주변 사람들에게 불공평한 선택을 할 때도 있다고 생각해요.
누구 편 좀 들으면 어때요. 무엇이 공평한지 생각하지 말고 아빠 진심이나 직감을 따라도 돼요.
가끔은 과감하게 결정하세요. '싫어'라는 말도 더 자주 하고요. 그래도 괜찮아요, 정말.
늘 아빠를 지켜보고 있을게요. 잊지 말고 로트렐 꼬박꼬박 챙겨 먹어요. 아빠와 금방 다시 만나고 싶지는 않으니까요.
진심이에요.
사랑해요, 아빠.

젯xx

레지에게,

네가 강아지고, 글을 못 읽는다는 거 알아.
하지만 언제나 네게 했던 말을 하지 않고는 못 떠나겠더라고.
누가 이렇게 착한 강아지지?
바로 너야, 레지.
네가 착한 강아지란다.
나 대신 엄마, 아빠 잘 보살펴 줘.
사랑해.

젯xx

소피아에게,

너는 나쁜 년이야.
사랑해.

                젯xx

루크에게,

우리는 참 많이 닮은 것 같아. 오빠와 나.
닮았었다고 해야 하나.
우리는 평생 에밀리 자리를 채우려고 노력하며 살았어. 언니 그림자에 묻혀 우리도 괜찮은 자식이라고 엄마, 아빠에게 증명하려 했지.
오빠는 그러기 위해 단 하나에 집착했어. 회사 말이야. 나는 수많은 일들을 벌이다가 무엇 하나 끝내거나 이루지 못하고 항상 내 손으로 망쳐버렸고.
하지만 우리가 과연 이길 수 있었을까? 경쟁 상대는 죽은 사람인데? 그리고 이겨서 뭐 해?
언젠가 오빠에게 물었지. 회사를 물려받으면 드디어 행복해질 수 있냐고. 그 목표를 이루면 진정한 삶이 시작되느냐고. 오빠는 회사만이 유일하게 행복을 가져다줄 거라고 했어. 회사가 인생에서 가장 중요하다고.
나는 오빠가 틀렸다고 생각해. 내가 평생 틀린 답을 믿었던 것처럼. 그 목표를 이뤄도 오빠는 행복해지지 않을 거야. 오빠가 내 말을 들었으면 좋겠지만 너무 늦지 않았을까 걱정이네.
인생은 무언가를 증명하는 시간이 아니야. 모든 것의 시작을 기다리는 시간도 아니고. 인생은 이미 시작되었어, 오빠. 오빠는 그걸 놓치고 있는 거야. 하지만 우리는 처지가 다르지. 그렇게 사는 동안 내가 상처 준 사람은 나 하나라 생각해. 하지만 오빠는 다른 사람에게도 상처를 줬을 거야. 그랬다는 거 알아.
제발 그만해. 더 나은 사람이 되어줘. 하지만 오빠는 방법을 모를 수도 있겠다.

　내가 곁에서 붙잡아줄 수 없어서 유감이네. 더 중요한 일들이 남아 있어서 말이야.

　제발 더는 다른 사람에게 상처 주지 마.

　사랑해.

젯xx

빌리에게,

일부러 네 편지를 마지막으로 남겨뒀어. 제일 힘들게 쓸 편지일 테니까. 하지만 어떻게 보면 제일 편할지도 모르겠다. 왜냐하면 너는 내게 편하다는 느낌을 주는 유일한 사람이니까. 내게는 빌리 네가 있는 곳이 집이야.

네게 하고 싶은 말은 거의 다 했지만, 더 하고 싶은 말이 있어.

27년을 살면서 너와 보낸 지난주만큼 삶을 만끽한 경험은 처음이었어. 이 시간이 영원히 계속되기를, 절대 끝나지 않기를 바랐지.

그 노래의 뜻 알아. 나를 보고 쓴 곡이라는 거 안다고. 다 알아, 빌리. 우리가 같은 마음이 아니라고, 네가 생각하고 있다는 것도 알아.

그런데 말이야.

아직은 네가 날 사랑하는 것처럼, 내가 널 사랑하는 건지는 모르겠지만 나도 널 사랑하기 시작한 것 같아. 사랑에 빠지고 있나 봐. 그게 어떤 느낌인지는 모르겠지만. 하지만 너와 있으면 불안하지 않다는 건 알아. 너와 있으면 키가 3미터까지 커지는 느낌이 들어. 또 너는 내 베스트 프렌드잖아. 언제나 내 베스트 프렌드였어. 만약 우리에게 시간이 더 있었다면 연인이 될 수 있었을 거야. 틀림없이 그렇게 됐겠지. 하지만 내가 죽을 운명이 아니었다면, 우리가 이번 주를 함께 보내지 않았더라면 결국에는 우린 서로의 마음을 알아차리지 못했을 거라고 생각해. 나는 보스턴으로 떠나 너를 영영 잊었을 거야. 그러니 이게 어떤 의미인지는 모르겠어. 어쩌면 우리는 하늘이 맺어준 인연은 아니었나 봐.

너는 앞으로도 살아가야 할 사람이야. 그러니까 네 인생을 살아.

하지만 꼭 약속해 줘.

다른 사람을 사랑하는 걸 두려워하지는 마, 빌리.

그리고 가장 중요한 부탁인데, 사랑받는 걸 두려워하지 말아줘. 분명 누군가는 네게 사랑을 돌려줄 테니까, 빌리. 그 사람은 나보다 빨리 깨달을 거야.

네게 잘해주라고 해. 너는 최고의 남자니까. 내가 지켜보고 있다고도 전해주고.

아무래도 나는 이 감방 안에서 죽을 것 같아. 누가 나를 죽였는지도 알아내지 못한 채. 아직 내 살인 사건을 해결하지 못했어. 우리가 실패했다는 뜻이지. 이번 주는 시간만 낭비한 셈이야.

하지만 매 순간이 행복했다면 과연 시간 낭비였다고 할 수 있을까?

너를 사랑해.

(진심으로 그런 것 같아)

젯xx

마거릿 "젯" 메이슨의 마지막 유언

날짜: 2025년 11월 7일

   나 마거릿 "젯" 메이슨(버몬트주 우드스톡 칼리지 힐 로드 10번지 거주)은 다음과 같이 유언하며 기존 유언장의 모든 조항을 철회한다.
   나는 내 계좌에 있는 전액과 그 밖의 모든 개인 재산을 헨리 림에게 눈 수술 비용으로 유증한다.
   그리고 빌리 피니(버몬트주 우드스톡 센트럴 스트리트 4번지 1B호 거주)에게는 잘 관리해 줄 것이라 믿으므로 내 포드 F-150 트럭을 유증한다.

                                    새로운 별을 찾아 떠나, 빌리.

11월 15일 토요일

33

"빌리, 너 여기서 뭐 해?"

"왔어요, 아빠?"

빌리는 화면이 아래로 가도록 테이블 위에 핸드폰을 엎어 두고, 파란색 계단을 내려오는 아빠를 지켜보았다. 괜히 불안한지 계단을 내려오는 속도가 느려졌다.

아빠는 아직 정장 차림이었다.

빌리도 마찬가지였다.

"너는 장례식 끝나고도 메이슨네에 있을 줄 알았는데." 아빠가 계단을 다 내려오며 말했다.

빌리가 코를 훌쩍였다. "아, 다시 갈 거예요. 그 전에 중요하게 처리할 일이 있어서요."

아빠가 눈을 가늘게 떴다.

"그러는 아빠는 왜 장례식장에서 나온 거예요? 사람들이 모를 줄 알았어요?"

아빠가 침을 삼켰다. 불안해진 걸까?

"대답은 필요 없어요." 빌리가 말했다. "내 말이 틀리면 그때나 얘기해요."

빌리는 용기가 없었다. 하지만 젯을, 그 악동 같은 미소를 떠올리면 달라졌다. 젯을 생각하며 어렵게 입을 열었다.

"루크 메이슨이 아빠 아들이죠. 아빠는…"

"무슨 말을 하는지 모르겠다, 빌리. 그래, 오늘 많이 힘들 거야. 그러지 말고 우리…"

"대답은 필요 없다고 했어요." 빌리는 언성을 높이지 않았다. 그럴 필요도 없었다. "나 알아요, 아빠. 젯이 내 품에서 죽어가는 동안, 루크가 여기로 왔어요. 아빠를 만나러. 자기 친아빠를 찾아왔다고요. 아빠와 다이앤 메이슨은 길 하나를 마주 보고 살면서 외도를 저질렀어요. 루크가 태어나고도 불륜을 멈추지 않았죠. 에밀리 메이슨이 사망한 그날까지. 그걸 내가 어떻게 알았는지 궁금해요?" 빌리는 바로 말을 이었다. "엄마가 의심하고 있었거든요. 하지만 엄마는 다른 식으로 생각했어요. 그동안 여기 와서 엄마의 플래너를 읽었어요. 엄마가 거기에 짧은 메모들을 적어놨더라고요. 그냥 읽으면 무슨 뜻인지 이해하기도 힘들어요. 엄마 생각을 모르고 읽으면."

"빌리, 나는…"

"그건 야근을 한다던 아빠가 메이슨네에서 나오는 모습을 본 날짜와 시간이었어요. 엄마도 처음에는 몰랐어요. 그러다 2008년에 알아차리기 시작했죠. 그런데요, 엄마는 아빠가 만나러 가는 사람이 다이앤이라고 생각하지 않았던 것 같아요. 엄마는 아빠가 에밀리를 만나러 간다고 생각했어요. 열여섯 살 에밀리요."

아빠의 눈이 커지면서 흰자가 지나치게 많이 드러났다.

"에밀리 메이슨이 익사한 날에 엄마는 '이미 젖어 있었다. 그 전부터.'라고 썼어요. 처음엔 루크 얘기라고 생각했지만, 사실은 아빠 얘기였던 거예요. 확신은 없었지만, 엄마는 정말로 아빠가 에밀리를 죽이고 사고로 위장했을까 봐 두려워하고 있었어요. 물론 오해였죠. 하지만 엄마는 그렇게 생각했어요. 아빠를 떠나지는 않았지만 공포를 느꼈을 거예요. 그러다 7년 후, 젯이 엄마를 찾아가 시험 성적을 바꿔 달라고 부탁하면서 에밀리 얘기를 꺼냈어요. 아빠가 에밀리와 루크를 확인하기로 했는데 그러지 않았다는 말로 엄마의 죄책감을 이용하려고 했죠. 젯은 엄마가 왜 그렇게 격한 반응을 보인 건지 알 수 없었죠. 이제 나는 알아요. 젯이 무슨 말을 했는지는 모르겠지만 그 말은 엄마의 머리에 존재하던 의심을, 두려움을 확인해 줬어요. 아빠가 에밀리를 죽였고, 모든 게 아빠 책임이었다는 사실 말이에요. 그래서 그날 밤 엄마가 짐을 싸서 뒤도 돌아보지 않고 집을 나간 거예요." 빌리가 침을 삼켰다. "내 문제가 아니었어요. 아빠 때문이었던 거예요."

그 말을 하는 순간, 상처가 치유되는 느낌이 들었다. 뻥 뚫려 있던 가슴의 구멍에 반창고가 붙은 것만 같았다.

아빠가 조금 더 뒤로 움직였다. 뒤꿈치가 나무 계단에 닿았다.

"하지만 엄마가 완전히 잘못 짚은 건 아니었어요." 빌리는 계속 밀고 나갔다. 젯을 위해서. "아빠는 그날 집에 돌아왔을 때부터 젖어 있었어요. 우리가 에밀리를 발견하기 전부터요. 다이앤 메이슨이 부탁한 대로 에밀리와 루크가 잘 있는지 확인하러 갔었거든요. 그때 아빠는 루크가 한 짓을 목격했어요. 아빠 아들이, 아빠가 사랑한 여자의 딸을 죽인 거예요. 아빠는 옳은 일을 한다고 생각했을지도 몰라요. 아빠는 에밀리가 익사한 것처럼 보이도록 수영장 바닥으로 끌고 내려가 머리카락을 배수구에 감아 묶었어요. 그런 다음 루크의 알리바이를 만들려고 집으로 데려와서 나랑 같이 축구를 시키고 일부러 덤불에 공을 던졌죠. 루크 팔에 긁힌 상처가 있는 이유가 필요하니까. 아빠는 상처를 보고 호들갑을 떨었고 엄마랑 나는 덤불 때문에 난 상처라고 생각했죠. 그런데 루크 몸에는 이미 상처가 있었어요, 아빠. 나 기억해요. 그런 다음 아빠는 에밀리의 시체를 발견하도록 나랑 엄마를 메이슨네로 보냈어요. 아빠가 한 짓이었던 거예요. 전부 다."

이제 아빠의 눈에는 어두운 그림자가 사라지고 눈물만 고여 있을 뿐이었다. 아빠가 눈물을 참으려 눈을 깜박였다.

"다이앤은 에밀리가 죽은 일로 아빠를 원망했어요. 다른 사람들도 원망을 받았지만, 어쨌든 다이앤은 아빠를 탓했죠. 애들이 잘 있는지 확인해달라는 부탁을 지키지 않았다고요. 하지만 아빠는 부탁을 지켰어요. 사실대로 말할 수 없었을 뿐이죠. 두 사람은 그때 헤어졌어요. 14년쯤 됐나요? 그보다 더 오래 만났을지도 모르겠지만, 관계가 끝난 건 그때였어요. 확실해요. 엄마 일기장에 아빠가 일하느라 늦게 온다고 걱정하는 내용도 그때 끊겼으니까. 엄마는 상대가 에밀리라고 생각했어요. 에밀리가 죽고 끝났잖아요. 어떻게 보면 틀린 추측도 아니었죠."

"빌리." 아빠는 그 한마디만 했다. 하지만 그 입에서 나온 빌리의 이름은 형태가 뒤틀린 듯 이상하게 들렸다. 그의 이름을 젯처럼 불러주는 사람은 없었다. 다시는 없을 것이다.

"화가 났을 거예요. 사랑하는 여자가 더 이상 아빠를 사랑하지 않는다는 사실에. 아빠는 부탁대로 했는데 말이죠. 다이앤이 루크의 진실을 모르게 하려고 노력했을 뿐인데. 그래서 억울했어요?"

눈물 한 방울이 흐르다 아빠의 짧은 턱수염에 스며들었다.

"하지만 아빠는 아들인 루크가 자라는 동안 계속 교류했어요. 루크를 지켜줬죠. 일주일에 두 번씩 골프를 치기도 했어요. 나한테는 골프를 치자는 말을 한 번도 안 했으면서." 빌리가 코웃음을 쳤다. "루크는 여태 몰랐어요. 아빠가 자기 아빠인 거. 그냥 친절한 이웃이라고만 생각했죠. 아빠는 회사 운영에 관해서도 루크에게 조언했어요. 혹시 그것도 아빠 아이디어였을까요? 회사가 망해간다는 루크 말을 듣고 돈을 아껴서 상황을 뒤집을 방법을 알려준 사람이 아빠였을지도 모른다는 생각이 드네요. 루크는 노스 스트리트 공사에 대해서도 말했을 거예요. 자기 능력을 증명할 대형 프로젝트라고. 그런데 루크가 회사를 물려받는 문제에 왜 그렇게 신경 썼던 거예요? 스콧 메이슨 때문이에요? 그 사람이 아빠 것을 다 빼앗아 간다고 생각해서? 사랑하는 여자, 아들에다 우리 집을 초라하게 만드는 그 저택까지? 일종의 복수로 스콧의 회사를 빼앗고 싶었어요? 그러면 아빠가 이기는 거예요? 루크가 아빠를 선택하면? 루크가 아빠 아들이 되고 회사도 아빠가 차지하면?"

빌리는 아빠의 대답을 기다리지 않았다. 들을 필요도 없었다. 부정이나 변명 따위는 듣고 싶지 않았다.

"여기서 젯 이야기를 해야죠." 빌리가 말했다. 침착한 목소리로 말하고 싶었다. 하지만 그럴 수 없었다. 말하는 중간에 목소리가 갈라졌다. "핼러윈. 그날 아빠는 젯을 죽였어요."

아빠가 고개를 저었다.

"집어치워요!" 빌리가 분노를 참지 못하고 말했다. 몸 옆에서 손이 움찔거렸다. "됐으니까 집어치우라고요. 나 진실을 알아요, 아빠." 빌리가 분노의 불길을 삼켰다. 참고 나아가야 했다. 젯을 위해서. "젯이 그러더라고요. 그날 밤 게리 클레이가 아빠와 자기한테 어떤 말을 했다고. 게리는 경찰서장으로 아빠를 뽑았다고 했어요. 아빠는 모르는 사실이었죠. 당연히. 아빠는 다이앤과 데이비드 데일이 아빠를 뽑았다고 생각했을 거예요. 나머지 위원들은 루 잰카우스키에게 넘어갔고요. 그래서 게리 클레이가 아빠를 뽑았다는 말을 들었을 때 아빠는 그 말의 의미를 깨달았어요. 다이앤 메이슨이 아빠에게 투표하지 않았다는 걸요." 빌리는 아빠의 흔들리는 눈빛을 탐색하듯 들여다보았다. 그의 짐작이 옳았다는 확신이 들었다.

"또 빼앗겼다고 느꼈을까요? 아빠는 평생 꿈이 경찰서장이었는데, 사랑했던 다이앤이 아빠와 절대 같이 일하고 싶지 않다고 모르는 사람에게 경찰서장직을 맡겼잖아요."

빌리가 보조 테이블에 놓인 휴대폰을 힐끗 확인했다. 아빠가 보지 못하게 화면을 뒤집어 놓은 상태였다.

"아빠는 이미 화가 나 있었어요. 하지만 눈이 뒤집힌 건 다른 이유 때문이었죠? 그것만 아니었어도 참고 살 수 있었어요. 그런데 앤드루 스미스가 몸싸움 중에 나를 밀쳤고 아빠는 싸움을 말리려고 왔어요. 그때 빨간 가발에서 머리카락이 옮겨붙은 거예요. 앤드루를 데려다주겠다고 내 옆집으로 오다가 붙었을 수도 있고요. 오는 길이었을지, 집에 도착해서 그랬는지는 모르겠지만 아빠는 앤드루 스미스에게 무슨 말을 들었어요. 앤드루는 웃기다고 생각해서 한 말이었어요. 루크 메이슨이 메이슨 건설을 물려받지 못한다. 스콧이 다른 사람에게 회사를 팔 계획이기 때문이다. 심지어 신임 서장의 아내인 넬 잰카우스키에게 매각할 예정이다. 루 잰카우스키가 경찰서장직을 빼앗은 것도 모자라 내 아들의 회사도 빼앗다니. 그렇게 생각한 거죠? 그러다 젯만 없으면 모든 것이 해결된다는 사실을 깨달았어요. 생각할 시간은 충분했어요. 아빠는 그 소식을 듣고 순간의 분노에 휩쓸렸던 게 아니에요. 철저히 계획했어요."

고지가 보이고 있었다. 빌리가 자세를 고치고 서자 셔츠 아래 숨긴 차가운 금속이 살을 파고들었다.

"아빠는 앤드루 집을 나와서 내 아파트로 들어왔어요. 내가 복도 매트 아래에 열쇠를 두는 걸 알고요. 내가 이사할 때 아빠가 사준 공구 가방을 찾았죠. 난 그거 쓰지도 않았어요. 가방을 열고 원하던 걸 찾았어요. 사람을 죽일 수 있는 흉기. 망치 말이에요. 그리고 집으로 갔지만 집에 들어가지 않고 메이슨네로 갔어요. 차에서 내려 집 옆쪽으로 돌아갔어요. 초인종 카메라에 찍히지 않으려고요. 아빠는 젯 부모님이 축제 끝나고 부스를 정리할 걸 알았죠. 그렇다면 젯은 집에 혼자 있다는 뜻이에요. 뒷문을 한번 열어봤을 거예요. 그 문이 잠겨 있었다면 포기하고 집으로 갔을지도 모르죠. 하지만 문은 잠겨 있지 않았어요. 걸리는 게 없었죠. 아빠는 집 안으로 들어가 젯을 죽였어요. 뒤통수를 두 번 내리쳤어요. 젯이 쓰러지자 확실히 처리하겠다고 옆머리를 한 번 더 때렸고요. 젯은 그렇게 죽었어요. 우리 다 젯이 죽었다고 생각했어요. 아빠도 그랬을 거예요." 빌리의 말이 목구멍에 턱 걸려 나오지 않았다. "개가 시끄럽게 비명을 질러댔어요. 이웃에 다 들리게. 아빠는 시간이 없었어요. 젯의 휴대폰을 집어 들었고, 망치를 감쌀 행주도 들고나왔어요. 노스 스트리트까지는 차로 몇 분밖에 걸리지 않죠. 아빠는 휴대폰을 숨겨야 했어요. 그렇게 하면 젯이 평소 연락하던 사람이 의심을 받을 테니까요. 전 남자친구 같은 사람요. 그리고 흉기는, 그 망치를 추적하면 내가 나오고, 자연스럽게 아빠로 이어질 위험이 있었어요. 하지만 아빠는 어디에 숨기면 좋을지 알았죠. 거기에 숨기면 아무도 찾을 수 없었어요. 몇 시간 있으면 그 위에 콘크리트를 부을 테니까. 도착하기 전에 잊지 않고 젯의 휴대폰을 껐어요. 아빠는 공사장에 묻혀 있으면 평생 아무도 못 찾을 거라 생각했어요. 그리고 차에서 무전이 오기를 기다린 다음 현장으로 달려갔죠. 무전을 받고 온 경찰처럼. 내가 젯을 발견할 줄은 몰랐을 거예요. 그건 계획이 아니었죠?"

빌리의 코가 시큰해지고 눈가에 눈물이 맺혔다. 빌리는 두 번이나 견뎌야 했다. 사랑하는 여자가 품 안에서 죽어가는 시련을.

"하지만 젯은 죽지 않았죠." 빌리의 눈이 뿌예지고 세상이 둘로 나뉘어 보였다. 그러다 눈을 깜박이자 눈물이 턱까지 흘렀다. "진실을 거의 다 밝혀낸 건 내가 아니라 젯이었어요. 젯이 해낸 거예요. 몇 시간, 딱 몇 시간만 더 있었으면 젯도 아빠라는 걸 알았을 텐데 모른 채 죽었어요." 이제는 울음을 멈출 수 없었다. "내가 범인이라 믿고 떠나게 할 생각이었어요. 네가 답을 찾았다고. 그렇게 해주려고 했어요. 그러고 싶었어요. 젯에게는 답이 필요하다고 생각했으니까."

하지만 젯은 마지막에 답을 원하지 않았다. 이제는 빌리도 알았다. 젯은 그보다 더 중요한 것을 찾았다. 빌리도 무언가를 깨달았다. 젯을 안고 있을 때, 둘을 둘러싼 세상이 멸망해 무너져 내릴 때, 그래야만 한다는 생각에 사랑을 고백했을 때.

그 순간 빌리는 마침내 놓아버렸다.

사랑한 여자를 포기한 건 아니다. 젯을 잊을 일은 앞으로도 없을 것이다. 하지만 사랑받고 싶다는 욕구, 엄마가 남긴 마음속 빈자리를 누군가가 채워주기를 바라는 집착을 내려놓았다.

빌리도 사랑받을 수 있었다. 실제로 사랑을 받았다. 지금도 젯의 편지를 재킷 주머니 안에 곱게 접어 보관하고 있었다. 젯이 영원히 땅에 묻히게 될 오늘은 더 가까이 간직해야 했다.

"맞죠?" 빌리의 목이 멨다. "아빠가 젯을 죽였어요. 루크를 위해서, 또 아빠 본인을 위해서. 화가 났기 때문이에요. 다이앤에게 배신감을 느꼈기 때문에. 아빠가 원하던 인생을 도둑맞았다고 생각했고 그걸 훔쳐 간 젯의 부모님에게 벌을 주고 싶었어요. 한때 사랑했지만 이제는 증오하는 여자의 남은 딸을 빼앗아 그 여자에게 복수하고 싶었던 거예요. 아빠는 루크를 선택했어요. 이 세상에서 제일 아끼는 존재니까. 그러느라 내가 이 세상에서 제일 아끼는 사람을 빼앗아 갔죠. 내 눈 똑바로 봐요, 아빠!"

"할 말이 없다." 아빠가 두 손을 들었다. "빌리 네가 많이 슬프고 혼란스러운가 보구나."

"할 말이 없기는 뭐가 없어요!" 빌리의 목소리가 다시 천 갈래로 갈라졌다. "젯은 아빠가 자백하기를 원했어요. 자백하라고요!"

빌리가 등 뒤로 셔츠 안에 손을 넣었다. 손가락으로 차가운 금속을 감쌌다.

총을 꺼냈다.

그를 낳아준 아빠의 가슴을 조준했다.

손도 떨지 않았다.

온 세상이 흔들렸지만 빌리는 가만히 서 있었다. 꿈쩍도 하지 않았다.

아빠가 황급히 뒷걸음질 치다 계단에 발이 걸렸다. 양손을 머리 위로 올리고 뒤로 쿵 넘어졌다.

"총 어디서 났니, 빌리?"

"자백해요, 아빠!"

"빌리, 나는…."

빌리가 안전장치를 풀고 총을 더 높이 들어 아빠의 머리를 조준했다.

"자백해요." 빌리가 말했다. 소리칠 필요는 없었다. 그럴 힘도 남아 있지 않았다. "아빠가 젯 죽였어요?"

아빠가 움찔하고 양손을 얼굴 앞으로 올렸다. 머리를 보호하는 자세였다. "그래, 그래, 빌리, 내가 했어. 네 말이 맞아. 제발, 총을 내려."

빌리는 움직이지 않았다.

"미안함을 느껴요?"

"빌리."

"미안하기는 해요, 아빠?"

아빠가 고개를 푹 숙였다. 시선은 빌리의 발로 떨어졌다.

"그래." 아빠가 속삭이는 목소리로 말했다. "그럼, 미안하지."

"왜요? 왜 미안한데요?"

아빠가 손을 내리고 가슴에 대자 짙은 색 정장이 구깃해졌다.

"공사장에 도착했을 때 알았다. 너희가 휴대폰과 망치를 찾은 직후였지. 네가 젯을 바라보는 눈빛을 봤어. 그건… 내가 예전에 다이앤을 보던 눈빛이었어. 그전까지는 정말 몰랐어."

"내가 젯을 사랑한다는 거요? 어렸을 때부터 젯을 사랑하지 않은 날이 없다는 거요? 젯이 내 인생의 전부라는 거요?"

"미안하다." 아빠가 고개를 떨궜다.

"알았으면 죽이지 않았을까요?"

"나도 모르겠어, 빌리." 아빠가 외쳤다. "어쩌다 이렇게 됐는지 나도 모르겠다. 그냥 화가 났어. 이 세상에. 이 세상 모든 사람들에게. 해결할 방법이 하나밖에 안 보였고, 충분히 생각할 시간도 없었어. 뭔가에 홀린 기분이었어. 에밀리가 죽은 날처럼. 그냥 내가 해야 할 일을 한 거야. 루크를 보호하는 일. 내 아들을 돕는 일."

"나도 아빠 아들이잖아요!" 빌리가 부르짖었다. "나도 아들이에요! 아빠 옆에 있었던 건 나예요. 항상! 그런데 아빠는 나를 쳐다도 보지 않았죠. 엄마가 떠난 후로는 더!"

"미안하다."

"사과한다고 젯이 돌아오지는 않아요, 아빠. 젯은 죽었으니까. 나는 젯을 잃었어요."

빌리의 가슴이 심장을 움켜쥐듯 조여들었다. 이 심장의 주인은 젯이었다. 영원히 그럴 것이다. 동시에 빌리의 것이기도 했다. 둘이 절반씩 나눠 가진, 하나의 마음이었다.

"그 총 어디서 났니, 빌리?"

"이거요." 빌리가 오른손에 든 총을 힐끗 쳐다보았다. "헨리 림 총이에요. 헨리가 빌려주더라고요. 자기 형이 젯을 죽인 살인자로 평생 감옥에서 못 나올까 봐. JJ는 젯을 죽이지 않았잖아요. 그렇게 만들려고 애쓴 거 알아요. 온갖 정황 증거를 아주 그럴싸한 이야기로 포장해서 말이죠. 에커 형사를 설득하기 어렵지는 않았어요? 아니면 쉬운 길이 생겼다고 좋아했으려나? 간단하게 설명할 수 있으니까?"

"빌리…."

"이대로 넘어갈 수 없어요, 아빠." 빌리가 코를 훌쩍이고 용기를 잃기 전에 더 강하게 밀어붙였다. 용기를 잃을 일은 없을 것이다. 젯이 옆에 있었으니까. 젯은 용감한 사람이었다. "젯은 내가 계속 살아가야 한댔어요. 그런데 이렇게는 못 살아요. 아빠가 손에 젯의 피를 묻히고도 뻔뻔하게 돌아다니는 동안, JJ는 하지도 않은 일로 평생 감옥에서 썩으라고요? 루크를 위해서? 왜 그랬어요?!" 빌리의 목소리가 거칠게 갈라지며 목구멍을 찢었다. "루크를 왜 그렇게 감싸는 건데요?!"

"내 자식이니까!" 아빠가 울부짖었다. "다이앤 자식이고. 우리 아들이니까!"

"루크가 바랐을 것 같아요? 아빠가 자기 여동생을 죽이는 걸?"

아빠가 불안하고 다급한 눈빛으로 다시 손을 들어 올렸다.

"이해할 거야." 아빠가 말했다. "다 자기를 위해서 한 건데. 나는 언제나처럼 그 아이를 보호한 거다. 나처럼 자기 것을 남에게 빼앗기고 살면 안 되니까." 아빠가 고개를 저었다. 총신을 내려다보는 눈에 무언가가 꿈틀거렸다.

빌리는 총을 더 꽉 쥐었다. "젯이 죽기 전에 약속했어요. 내가 대신 마무리하겠다고요."

"아니야, 빌리, 안 돼!" 아빠가 애원했다. "이러지 마. 제발. 총 내려놔!"

"알았어요." 빌리가 총을 휴대폰 옆에 내려놓았다.

"알았다고?" 아빠는 어리둥절한 표정이었다. 빌리와 총을 번갈아 쳐다보는 시선이 빠르게 흔들렸다.

"죽이지는 않을 거예요. 아빠를 증오하지만, 전 아빠와 다르니까요." 빌리가 말했다. 그 대신 휴대폰을 집어 들고 화면을 터치했다. "목적은 이뤘어요."

아빠가 몸을 겨우 일으켜 세우고 손으로 얼굴을 문질렀다. "목적? 내 말을 녹음한 거야?" 아빠가 빌리의 휴대폰을 가리켰다. 관자놀이를 타고 땀이 흘러내렸다. "그걸 들고 경찰서에 가면 네 생각대로 옳다구나 하고 나를 체포할 것 같아? 세상은 그렇게 돌아가지 않아, 빌리. 그런 녹음은 증거가 되지 않아. 총을 들이대고 받은 자백 같은 건 법정에서 인정되지 않는다고."

"나도 알아요, 아빠. 바보가 아니니까. 나 아빠가 생각하는 것만큼 모자라지 않아요. 그냥 착해 빠진 빌리가 아니라고요." 빌리가 코를 훌쩍이고 휴대폰을 흔들었다. "녹음은 안 했어요. 하지만 우리 대화를 듣고 있는 사람이 있었죠. 딱 한 사람."

"누구…?" 아빠가 속삭였다.

"나야."

뒤에서 누군가의 목소리가 들렸다.

루크였다.

빳빳하게 다린 흰 셔츠. 벌겋게 달아오른 목을 꽉 조이는 검은 넥타이. 옆으로 늘어뜨린 손에는 휴대폰이 들려 있었다.

아빠가 침을 삼켰다. 얼굴에서 색이 다 사라졌다. 어쩐지 눈의 색도 옅어졌다. 머리카락이 더 희끗희끗해지고 피부는 잿빛으로 변했다. "루크. 내가 설명할 수 있어. 다 거짓말이야. 애가 총을 겨누고 있었어. 나는…."

"당신이 젯을 죽였어." 루크가 낮고 음침한 목소리로 말했다. 턱의 피부밑에서 무언가가 움찔거렸다.

"아니야! 왜 그렇게 말했냐면…."

"전부 들었어요."

"루크, 내 말 좀 들어봐. 나는…."

"아니, 내 말이나 들어요, 아빠." 빌리가 말을 자르며 뒤로 한 발 움직여 루크와 나란히 섰다. 반쪽짜리 형제 옆에. 두 사람이 공유한 피의 주인은 그들 앞에서 떨고 있었다. "무엇이 아빠를 가장 고통스럽게 할지 생각했어요. 이 결말이더라고요. 아빠는 루크를 위해 모든 걸 버렸죠. 근데 이젠 루크도 잃게 됐네요."

루크의 눈이 날카로워졌다. 녹색과 갈색이 어우러진 그 눈동자는 젯과 똑 닮아 있었다.

아빠가 고개를 저으며 루크를 바라보았다.

"내가 물었죠." 루크의 목소리에서 분노가 느껴졌다. "젯이 죽던 그날 밤. 혹시 관련 있냐고. 맹세했잖아요. 아니라면서요. 그런데 거짓말이었어! 당신이 젯을 죽였다고!" 분노가 목구멍을 타고 올라와 루크의 목소리가 갈라졌다.

"진정해, 루크. 대화로 하자."

"진정 같은 소리! 젯을 죽여놓고!"

"너를 보호하려던 거야, 루크. 다 너를 위해서."

"왜요?!" 루크가 울부짖었다. "내가 회사를 차지해야 해서? 고작 그따위 이유로?!"

"네 것인데! 당연히 네가 가져야지!"

"왜요? 그런다고 내가 행복해져요? 이 세상에는 더 중요한 것도 있어요. 내 동생이 더 중요했다고요!"

빌리는 루크를 바라봤다. 젯이 루크에게 보낸 마지막 편지에서 한 말이 이거였나. 루크는 화나면 무섭고 성질도 더러웠지만, 다른 사람이 될 수 있었다. 지금 이 순간에도 빌리의 눈앞에서 달라지고 있는 걸까. 젯은 이걸 원했던 건가?

"맞아요, 아빠." 빌리가 입을 열고 두 사람 사이에 섰다. "통화 녹음은 법정에서 인정되지 않을 거예요. 하지만 자백을 들은 증인이 두 명이나 있어요. 아빠의 아들들요. 그것도 증거죠." 빌리가 말을 멈추고 계단 위를 가리켰다. "콜비 공구 가방, 그거 위층 벽장에 넣어 놨어요. 경찰이 발견하겠죠. 우리가 경찰에 다 말할 거예요. 오늘 밤, 장례식 끝나고 가려고요. 제가 사랑했던 여자에게 작별 인사만 하고요."

아빠의 목구멍에서 쿡 소리가 났다.

"소용없는 일이야." 아빠가 말했다. "총으로 위협당해서 어쩔 수 없이 한 말이니까."

"총이 어디 있다고 그래요? 보여요, 루크?"

루크의 턱이 실룩였다. 긴장이 최고조에 달한 듯 양옆에 둔 손은 움찔거렸다.

"루크?"

루크의 눈빛이 어두워지고 목이 경직되며 힘줄이 불끈 솟았다.

"나는 보여." 루크는 빌리가 말릴 새도 없이 몸을 날려 테이블에 놓인 총을 집었다.

"루크, 안 돼!"

루크가 아빠의 머리를 겨누고 방아쇠에 손가락을 올렸다.

"아빠, 도망쳐요!"

빌리가 루크를 밀쳤다.

총성이 밤공기를 반으로 갈랐다.

빌리의 머리 위로 석고 조각들이 쏟아지고 재킷에 뿌연 먼지가 내려앉았다. 천장에는 총알구멍이 났다.

루크가 짐승처럼 으르렁거렸다. 팔을 들어 다시 총을 겨누었다. 하지만 표적인 아빠가 사라졌다.

아빠는 빌리와 루크를 지나쳐 현관문으로 달려 나갔다.

루크는 빌리를 밀치고 아빠를 쫓았다. 총을 든 채로.

"루크, 멈춰요!"

루크도 뒤를 쫓았다. 계획은 이게 아닌데.

밖으로 나간 아빠는 울타리를 넘어 길 건너에 있는 메이슨 가족의 집 진입로로 전력 질주를 했다.

루크가 뒤에서 아빠를 바짝 쫓았다.

젯이라면 어떻게 할까?

진입로를 따라 십수 대의 차가 마구잡이로 주차되어 있었다.

아빠가 그사이를 지나다 파란색 레인지로버와 부딪쳤다. 경보가 울리고 붉은빛이 번쩍거렸다.

뒤따르던 루크도 레인지로버를 지나쳤다.

"루크, 이러지 마요! 다른 방법이 있다고요!" 빌리가 외쳤다.

집에 도착한 아빠가 빨간색으로 페인트칠을 한 현관문을 주먹으로 두드렸다.

"다이앤! 도와줘!" 아빠가 외쳤다.

루크가 아빠 뒤에 우뚝 섰다.

뒤따르던 빌리도 멈췄다.

"다이앤!"

거실 창문 너머로 다이앤이 보였다. 붉게 상기된 얼굴로 경보가 울리는 자동차 쪽을 내다보고 있었다.

루크가 총을 들었다.

"루크, 안 돼!"

"다이앤! 도와줘!"

아빠가 결국 초인종을 눌렀다. 벨이 울렸다. 초인종 카메라가 그 모든 광경을 지켜보고 있었다. 이제는 피할 수 없었다.

루크가 왼팔을 들어 양손으로 총을 쥐었다.

"루크!"

천둥 같은 소리가 울렸다.

빌리의 머릿속이 아니라 루크의 손에서.

섬광이 터지고 빌리는 눈을 깜박였다.

아빠가 무릎을 꿇었다.

현관문에 검붉은 피가 튀었다.

"안 돼…." 빌리가 속삭였다.

또 한 번 총성이 들리고 하얀빛이 번쩍였다.

아빠가 땅으로 쓰러졌다.

움직이지 않았다.

빌리는 눈을 깜박였다.

이렇게 되길 원한 건 아니었지만, 이 정도면 만족할 수 있는 결말이었다. 앞으로도 살아가야 할 사람은 빌리였으니까.

젯을 위해서.

현관문이 열리고, 다이앤과 스콧과 소피아가 뛰어나왔다.

그리고 누군가가 비명을 질렀다.

빌리는 다시 한번 눈을 깜박였다.

그녀를 위해

(벌스와 코러스 수정 버전)

더 이상 내 가슴 속에 널 끌고 다니지 않을게.
나를 위해 반만 남겨둘 거야.
너를 놓아주지만 절대 잊지는 않아.
너는 그곳에 있을 테니까.
네가 원하는 대로, 나 이제야 떠나려 해.
새로운 별을 찾아서, 그래, 가볼게.
네 작은 파란 트럭 안에서 행운을 빌어줘.

언젠가의 그날은 오늘부터야—

난 그녀를 사랑했고, 그녀도 나를 사랑했어.
같은 마음, 같은 길, 하지만 어긋난 이야기.
우리는 우리를 찾기 위해 서로를 찾은 거야.
죽을 때까지 잊을 수 없겠지.
너무나 짧았던 마지막 일주일이
아직도 끝나지 않은 것 같아.
네 눈에 개구리면 내 눈에도 개구리야.
맹세해 (언제나) 영원히 연주하겠다고 (정말).
이 작은 노래는. 젯, 너를 위한 거니까.

옮긴이 유혜인

경희대학교 사회과학부를 졸업했다. 현재 바른번역에서 영어 번역가로 활동 중이다. 옮긴 책으로는 《봉제인형 살인사건》, 《꼭두각시 살인사건》, 《엔드게임 살인사건》, 《죽음을 보는 재능》 등이 있다.

아직은 죽을 수 없다

초판 1쇄 2025년 9월 15일
저자 홀리 잭슨
옮긴이 유혜인
편집 나다연 **디자인** 배석현
ISBN 979-11-93324-67-7　　03840

발행인 아이아키텍트 주식회사
출판브랜드 북플라자
주소 서울시 강남구 학동로 329 북플라자 타워
홈페이지 www.bookplaza.co.kr

오탈자 제보 등 기타 문의사항은 book.plaza@hanmail.net으로 보내주세요.
잘못된 책은 구입하신 서점에서 교환해 드립니다.